Arena Klassiker

Karl Friedrich May
wurde 1842 in Ernstthal geboren
und starb 1912 in Radebeul.
Er gilt als einer der produktivsten Autoren von
Abenteuerromanen und ist mit 100 Millionen Büchern
der meistgelesene Schriftsteller deutscher Sprache.
Bekannt wurde er vor allem durch seine Reiseerzählungen
und die Geschichten um den Indianer Winnetou.
Zahlreiche seiner Werke wurden verfilmt
und auch als Hörspiel umgesetzt.

Karl May

Der Schatz im Silbersee

Winnetous größte Abenteuer

Arena

MIX
Papier aus verantwortungsvollen Quellen
FSC® C110508
www.fsc.org

1. Auflage 2014
Lizenzausgabe für den Arena Verlag GmbH, Würzburg,
mit Genehmigung des Karl-May-Verlags, Bamberg

Erschienen innerhalb der Reihe „Karl May's Gesammelte Werke",
Band 36; herausgegeben von Lothar und Bernhard Schmid

Einbandillustration: Carl Lindeberg
Gesamtherstellung: Westermann Druck Zwickau GmbH
ISBN 978-3-401-60086-4

www.arena-verlag.de

INHALT

1. Der schwarze Panther

Es war um die Mittagszeit eines sehr heißen Junitages, als der ‚Dogfish', einer der größten Personen- und Güterdampfer des Arkansas, mit seinen mächtigen Schaufelrädern die Fluten des Stromes peitschte. Er hatte am frühen Morgen Little Rock verlassen und sollte nun bald Lewisburg erreichen, um dort anzulegen.

Diese Dampfer gleichen in ihrem Äußeren keineswegs denen, die wir etwa auf den deutschen schiffbaren Flüssen zu sehen gewöhnt sind. Den Unterbau gleichsam bildet ein sehr großes, auffällig flachgehendes Boot. Dadurch will man angesichts der vielen Untiefen und Sandbänke der nordamerikanischen Ströme Unfälle vermeiden. Auf diesem Boot erhebt sich dann ein Aufbau, der einem dreistöckigen Wohnhaus gleicht. Sozusagen im Erdgeschoss, also auf dem unteren Deck, stehen die Dampfkessel und die Maschinen, die die mächtigen Schaufelräder treiben, lagern die Kohlen und die Schiffsfrachten. Auch haust hier die Schiffsmannschaft nebst denjenigen Fahrgästen, die möglichst billig reisen wollen. Auf dem ersten und zweiten Deck sind die Kabinen der besser zahlenden Reisenden sowie die ‚Saloons' untergebracht, also Speisesaal, Rauchzimmer usw. Ganz oben breitet sich eine Art Sonnendeck aus.

Die Strecke stromauf war immerhin beträchtlich, und der Dampfer schnaufte und stampfte denn auch gehörig, um den Anforderungen derer gerecht zu werden, die er an Bord trug.

Die große Hitze hatte die besser bemittelten Reisenden in ihre Kajüten und Kabinen getrieben, die meisten Deckfahrgäste aber lagen unten hinter Fässern, Kisten und anderen Gepäckstücken, die ihnen ein bequemes Ruhen gewährten. Für diese Fahrgäste hatte der Kapitän einen Schanktisch errichten lassen, worauf allerlei Gläser und Flaschen standen, deren scharfer Inhalt jedenfalls nicht für verwöhnte Gaumen und Zungen berechnet war. Hinter diesem Schanktisch saß der Kellner mit geschlossenen Augen, von der Hitze ermüdet, mit dem Kopf nickend. Wenn er einmal die Lider hob, stahl sich ein leiser Fluch oder sonst ein kräftiges Wort über seine Lippen. Sein Unmut galt einer Schar von etwa zwanzig Männern, die vor dem Tisch in einem Kreis auf dem Boden saßen und den Würfelbecher von Hand zu Hand gehen ließen. Es wurde um den so genannten ‚Drink' gespielt, das heißt, der Verlierende hatte am Schluss für jeden Mitspielenden ein Glas Schnaps zu bezahlen. Infolgedessen blieb dem Kellner das Schläfchen, wozu er so große Lust verspürte, versagt.

Diese Männer hatten sich jedenfalls nicht erst hier auf dem Steamboat zusammengefunden, denn sie taten sehr vertraulich miteinander und schienen sich, wie gelegentliche Äußerungen verrieten, genau zu kennen. Entgegen dieser allgemeinen Vertraulichkeit gab es unter ihnen einen, dem eine gewisse Achtung erwiesen wurde. Man nannte ihn Cornel, eine gebräuchliche Verstümmelung des Wortes Colonel, Oberst.

Der Mann war lang und hager, sein glattrasiertes Gesicht scharf und spitz gezeichnet. Die kurzgeschorenen Kopfhaare waren fuchsrot, wie man sehen konnte, da er den alten, abgegriffenen Filzhut weit in den Nacken geschoben hatte. Sein Anzug bestand aus schweren, nägelbeschlagenen Lederschuhen, Nankinghosen und einer kurzen Joppe von gleichem Stoff. Eine Weste trug er nicht. Deren Stelle vertrat ein ungeplättetes, schmutziges Hemd, dessen breiter Kragen weit offen stand und die nackte, sonnenverbrannte Brust sehen ließ. Um die Hüften hatte er sich ein rotes Fransentuch geschlungen, aus dem die Griffe eines Messers und zweier Pistolen blickten. Hinter ihm lagen ein ziemlich neues Gewehr und ein leinener Schnappsack, der mit zwei Bändern versehen war, um auf dem Rücken getragen zu werden.

Die anderen Männer waren in ähnlicher Weise sorglos

und gleich schmutzig gekleidet, dafür aber ebenfalls sehr gut bewaffnet. Es war kein Einziger unter ihnen, dem man beim ersten Blick hätte Vertrauen schenken können. Sie trieben ihr Würfelspiel mit wahrer Leidenschaft und unterhielten sich dabei in so rohen Ausdrücken, dass ein halbwegs anständiger Mensch sicher keine Minute lang bei ihnen stehen geblieben wäre. Jedenfalls hatten sie schon manchen ‚Drink' getan, denn ihre Gesichter waren nicht nur von der Sonne, sondern auch vom Branntwein erhitzt.

Der Kapitän war aufs Achterdeck zum Bootsmann gegangen, um ihm einige notwendige Weisungen zu erteilen. Dabei fragte ihn der Bootsmann: „Was meint Ihr zu den Jungens, die da vorn beim Würfeln sitzen, Captain? Mir scheint, es sind Boys, die man nicht gern an Bord kommen sieht."

„Denke es auch", nickte der Gefragte. „Haben sich zwar als *Harvesters*[1] ausgegeben, die nach dem Westen wollen, um sich auf Farmen zu verdingen, aber ich möchte nicht der Mann sein, bei dem sie nach Arbeit fragen."

„*Well*, Sir. Ich meinesteils halte sie für richtige und wirkliche *Tramps*[2]. Hoffentlich halten sie wenigsten hier an Bord Ruhe!"

„Wollten es ihnen nicht raten, uns über Gebühr zu belästigen. Wir haben *Hands*[3] genug an Bord, sie alle in den alten, gesegneten Arkansas zu werfen. Macht Euch übrigens zum Anlegen klar! In zehn Minuten kommt Lewisburg in Sicht."

In der Tat sah man bald die Häuser des genannten Ortes, den das Schiff mit einem lang gezogenen Heulen der Dampfpfeife begrüßte. Von der Landebrücke wurde das Zeichen gegeben, dass der Steamer Fracht und Fahrgäste mitnehmen solle.

Der Ort war damals lange noch nicht so groß wie heute. Am Halteplatz standen nur wenige müßige Menschen. Es

[1] Erntearbeiter [2] Landstreicher [3] Arbeiter, Matrosen

gab nur einige Kisten und Pakete aufzunehmen und die Zahl der an Bord steigenden neuen Fahrgäste betrug nicht mehr als drei.

Der eine von ihnen war ein Weißer von hoher, überaus kräftiger Gestalt. Er trug einen so starken, dunklen Vollbart, dass man nur die Augen, die Nase und den oberen Teil der Wangen erkennen konnte. Auf seinem Kopf saß eine alte Bibermütze, die im Laufe der Jahre fast kahl geworden war und ihre ursprüngliche Form völlig verloren hatte. Der Anzug des Mannes bestand aus Hose und Jacke von starkem, grauem Leinen. In dem breiten Ledergürtel steckten zwei Revolver, ein Messer und mehrere kleine, dem Westmann unentbehrliche Gegenstände. Außerdem besaß er eine schwere Doppelbüchse, an deren Schaft ein langes Beil gebunden war.

Als er das Fahrgeld bezahlt hatte, warf er einen forschenden Blick rundum. Dabei fiel sein Auge auf die Männer, die vom Spiel aufgestanden waren, um die an Bord Gehenden zu betrachten. Er sah den Cornel. Sein Blick glitt sofort weiter, als hätte er ihn gar nicht bemerkt. Aber er brummte, während er die heruntergerutschten Schäfte seiner hohen Wasserstiefel über die mächtigen Oberschenkel heraufzog, vor sich hin: „*Behold!* Wenn das nicht der rote Brinkley ist, so will ich geräuchert und mit der Schale aufgefressen werden! Hoffentlich kennt er mich nicht.“

Derjenige, den er meinte, hatte bei seinem Anblick gleichfalls gestutzt. Er wandte sich leise an seine Gefährten: „Seht euch einmal den schwarzen Kerl an! Kennt ihn einer von euch?“

Die Frage wurde verneint.

„Nun, ich muss ihn schon einmal gesehen haben, und zwar unter Umständen, die für mich nicht erfreulich waren. Es steckt in mir so eine dunkle Erinnerung daran.“

„Dann müsste er dich doch auch kennen“, meinte einer. „Er hat uns flüchtig gemustert, dich aber dabei gar nicht beachtet.“

„Hm! Vielleicht fällt es mir noch ein. Oder noch besser, ich frage ihn nach seinem Namen. Wenn ich den höre, werde ich gleich wissen, woran ich bin. Machen wir also einen Drink mit ihm!“

„Wenn er mittut!“

„Etwa nicht? Das wäre eine schandbare Beleidigung, wie ihr alle wisst. Derjenige, dem ein Drink abgeschlagen wird, hat hier zu Lande das Recht, mit dem Messer oder der Pistole zu antworten, und wenn er den Beleidiger niedersticht, kräht kein Hahn danach.“

„Er sieht aber nicht so aus, als sei er zu etwas, was ihm nicht beliebt, zu zwingen.“

„Pshaw! Wettest du mit?“

„Ja, wetten, wetten!“, ertönte es im Kreise. „Der Verlierer zahlt drei Glas für jeden.“

„Mir ist's recht“, erklärte der Cornel.

„Mir auch“, meinte der andere. „Aber es muss Gelegenheit zur Revanche sein. Drei Wetten und drei Drinks.“

„Mit wem?“

„Nun, zunächst mit dem Schwarzen, den du zu kennen behauptest, ohne zu wissen, wer er ist. Sodann mit einem der Gentlemen, die da nach dem Ufer gaffen. Nehmen wir den großen Kerl, der wie ein Riese unter Zwergen bei ihnen steht. Und endlich den Indsman, der nebst seinem Jungen mit an Bord gekommen ist. Oder fürchtest du dich vor ihm?“

Ein allgemeines Gelächter erklang als Antwort auf diese Frage, und der Cornel meinte verächtlich: „Ich mich vor dieser roten Fratze fürchten? *Pshaw!* Dann noch eher vor dem Riesen, auf den du mich hetzen willst. *The devil*, muss dieser Mensch stark sein! Aber gerade solche Hünen pflegen oft am wenigsten Mut zu haben, und er ist so fein und schmuck gekleidet, dass er mit Leuten unseres Schlages schwerlich umzugehen versteht. Also ich halte die Wette. Einen Drink mit jedem der drei. Und nun ans Werk!“

Der Rothaarige hatte die drei letzten Sätze so laut gerufen, dass sie von allen Fahrgästen gehört werden mussten. Jeder Amerikaner und jeder Westmann kennt die Bedeutung des Wortes Drink, besonders wenn es so laut und drohend ausgesprochen wird. Deshalb richteten sich aller Augen auf den Cornel. Man sah, dass er, ebenso wie seine Gesellen, schon halb betrunken war, und so war ein fesselnder Auftritt zu erwarten.

Der Cornel ließ die Gläser füllen, nahm das seinige in die Hand, ging auf den Schwarzbärtigen los und sagte:

„*Good day*, Sir! Ich möchte Euch dieses Glas anbieten. Halte Euch für einen Gentleman und hoffe, dass Ihr es auf mein Wohl leeren werdet!"

Der Vollbart des Angeredeten wurde breit und zog sich wieder zusammen, woraus zu schließen war, dass ein vergnügtes Lächeln über sein Gesicht ging.

„*Well*", entgegnete er. „Bin nicht abgeneigt, Euch diesen Gefallen zu tun, möchte aber vorher wissen, wer mir die überraschende Ehre erweist."

„Ganz richtig, Sir! Man muss wissen, mit wem man trinkt. Ich heiße Brinkley, Cornel Brinkley, wenn's Euch beliebt. Und Ihr?"

„Mein Name ist Großer. Thomas Großer, wenn Ihr nichts dagegen habt. Also auf Euer Wohl, Cornel!"

Er leerte das Glas, wobei die andern auch austranken, und gab es zurück. Der Cornel fühlte sich als Sieger, musterte den Schwarzbärtigen beinahe beleidigend vom Kopf bis zu den Füßen und fragte: „Mir scheint, das ist ein deutscher Name. Ihr seid also ein verdammter Dutchman, he?"

„Nein, ein German, Sir", erwiderte der Deutsche freundlich, ohne sich durch die Grobheit aufregen zu lassen. „Euern ‚verdammten Dutchman' müsst Ihr anderswo unterzubringen suchen. Bei mir verfängt er nicht. Also Dank für den Drink und damit hallo!"

Großer wendete sich scharf auf dem Absatz um und ging rasch davon, indem er leise zu sich selbst sagte: „Also tatsächlich dieser Brinkley! Und Cornel nennt er sich jetzt!

Der Kerl hat nichts Gutes vor. Werde die Augen offen halten."

Brinkley hatte zwar den ersten Teil der Wette gewonnen, blickte aber gar nicht sehr siegesfroh drein. Seine Miene bewies vielmehr, dass er sich ärgerte. Er hatte gehofft, dass Großer sich weigern und dann durch Drohungen zum Trinken zwingen lassen werde. Der aber war der Klügere gewesen, hatte erst getrunken und dann ganz offen gesagt, dass er zu schlau sei, Veranlassung zu einem Krakeel zu geben. Das wurmte den Cornel. So näherte er sich denn, nachdem er sich das Glas wieder hatte füllen lassen, seinem zweiten Opfer, dem Indianer.

Mit Großer waren nämlich zwei Indsmen an Bord gekommen, ein älterer und ein junger, der vielleicht fünfzehn Jahre zählen mochte. Die unverkennbare Ähnlichkeit ihrer Gesichtszüge ließ vermuten, dass sie Vater und Sohn seien. Sie waren so gleich gekleidet und bewaffnet, dass der Sohn als das verjüngte Ebenbild des Vaters erschien.

Ihre Anzüge bestanden aus ledernen, an den Seiten gefransten Leggins und gelb gefärbten Mokassins. Ein Jagdhemd oder Jagdrock war nicht zu sehen, da sie den Leib von den Schultern an in jene Art bunt schillernder Zuñidecken gehüllt hatten, von denen das Stück oft über sechzig Dollar kostet. Das schwarze Haar war schlicht nach hinten gekämmt und fiel dort bis auf den Rücken herab, was ihnen ein frauenhaftes Aussehen verlieh. Ihre Gesichter waren voll, rund und besaßen einen gutmütigen Ausdruck, der dadurch noch erhöht wurde, dass sie ihre Wangen mit Zinnober hochrot gefärbt hatten. Die Gewehre, die sie in den Händen hielten, schienen zusammen keinen halben Dollar wert zu sein. Überhaupt sahen die beiden ganz und gar ungefährlich aus. Sie waren, als ob sie sich vor anderen Menschen fürchteten, scheu auf die Seite gegangen und lehnten nun an einem aus starkem Holz gefertigten, mannshohen Kasten. Dort schienen sie auf nichts zu achten, und selbst als der Cornel jetzt auf sie zukam, erhoben sie die Augen nicht eher, als bis er hart vor ihnen stand und sie anredete: „Heißes Wetter heut! Oder nicht, ihr roten Burschen? Da tut ein Trunk wohl. Hier, nimm, Alter, und schütte es auf die Zunge!“

Der Indianer rührte kein Glied und antwortete in gebrochenem Englisch: *„Not to drink* – nicht trinken.“

„Was, du willst nicht?“, brauste der Rothaarige auf. „Es ist ein Drink, verstanden, ein Drink! Damit abgewiesen zu werden, ist für jeden echten Gentleman eine blutige Beleidigung, die mit dem Messer vergolten wird. Wie heißt du?“

„Nintropan-hauey“, antwortete der Indsman ruhig und bescheiden.

„Zu welchem Stamm gehörst du?“

„Tonkawa.“

„Also zu den zahmen Roten, die sich vor jeder Katze fürchten. Mit dir werde ich nicht viel Federlesens machen. Also, willst du trinken?“

„Ich nicht trinken Feuerwasser.“

Der Indianer sagte das trotz der Drohung, die der Cornel ausgesprochen hatte, ebenso ruhig wie vorher. Der Cornel aber holte aus und gab ihm eine schallende Ohrfeige.

„Hier dein Lohn, du roter Feigling!“, rief er aus. „Ich will mich nicht anders rächen, weil so ein Kerl zu tief unter mir steht.“

Kaum war der Hieb gefallen, so fuhr die Hand des Indianerknaben unter die Zuñidecke, jedenfalls nach einer Waffe, und zugleich flog sein Blick zum Gesicht seines Vaters empor, prüfend, was dieser jetzt tun und sagen werde.

Das Gesicht des Roten war so ganz anders geworden, dass man es fast nicht wieder erkennen konnte. Seine Gestalt schien gewachsen zu sein, seine Augen leuchteten auf und über seine Züge zuckte eine plötzlich erwachte Spannkraft. Aber ebenso schnell senkten sich seine Wimpern wieder, sein Körper fiel zusammen und sein Gesicht nahm den vorherigen ergebenen Ausdruck an.

„Nun, was sagst du dazu?“, fragte der Cornel höhnisch.

„Nintropan-hauey danken.“

„Hat dir die Ohrfeige so sehr gefallen, dass du dich dafür bedankst? Nun, da hast du noch eine!“

Der Cornel holte abermals aus, schlug aber, da der Indianer den Kopf blitzschnell senkte, mit der Hand gegen den Kasten, woran die Indsmen lehnten. Es gab einen lauten, hohlen Ton. Da erscholl von innen ein kurzes, rasselndes Knurren und Fauchen, das schnell zu einem wilden, heiseren Schrei anschwoll, der Unheil verkündend über das ganze Schiff tönte.

Brinkley sprang jäh zurück, ließ das Glas fallen und rief erschrocken: *„Heavens!* Was ist das? Was für eine Bestie steckt in diesem Kasten? Ist das erlaubt? Man kann ja vor Schreck den Tod davontragen!“

Der Schreck hatte auch die anderen Fahrgäste ergriffen. Nur vier von ihnen hatten mit keiner Wimper gezuckt, nämlich der Schwarzbärtige, der jetzt ganz vorn am Bug saß, der Hüne, den der Cornel zum dritten Drink einladen wollte, und die beiden Indianer. Diese vier mussten eine ausgeprägte Selbstbeherrschung besitzen.

Das Gebrüll war auch in den Kajüten gehört worden. Mehrere Fahrgäste fragten ängstlich, was geschehen sei.

„Es ist nichts, Ladys und Gentlemen“, rief ein gut gekleideter Mann, der soeben aus seiner Kabine getreten war. „Nur ein Pantherchen, ein kleines Pantherchen, weiter gar nichts! Ein allerliebster *Felis pardus*, nur ein schwarzer, Mesch’schurs!“

„Was? Ein schwarzer Panther?“, heulte ein kleines, bebrilltes Männlein auf, dem man es ansah, dass es mehr in zoologischen Büchern als im praktischen Verkehr mit wilden Tieren bewandert sei. „Der schwarze Panther ist ja das allergefährlichste Viehzeug! Er ist verwegener und gewandter als der Löwe und der Tiger! Er mordet oft aus reiner Blutgier. Wie alt ist er denn?“

„Nur drei Jahre, Sir.“

„Nur? Das nennt Ihr ‚nur'? Da ist er ja vollkommen ausgewachsen! Mein Gott! Und so eine Bestie befindet sich hier an Bord! Wer kann das verantworten?"

„Ich, Sir, ich", versicherte der Fremde, indem er sich gegen die Damen und Herren verneigte. „Erlaubt mir, mich vorzustellen, Ladys und Gentlemen! Ich bin der berühmte Tierschaubesitzer Jonathan Boyler und befinde mich seit einiger Zeit mit meiner Truppe in Van Buren. Da dieser schwarze Panther in New Orleans für mich angekommen war, begab ich mich mit meinem erfahrensten Tierbändiger dorthin, um ihn abzuholen. Der Kapitän dieses guten Schiffes erteilte mir gegen hohes Entgelt die Erlaubnis, das Tier hier zu verladen. Er machte dabei die Bedingung, dass die Fahrgäste möglichst nicht erfahren sollten, in welcher Gesellschaft sie sich befinden. Darum fütterte ich den Panther nur des Nachts und habe ihm, *by god*, stets ein ganzes Kalb gegeben, damit er sich so voll fressen soll, dass er den ganzen Tag verschläft und sich kaum bewegen kann. Freilich, wenn man mit Fäusten an den Kasten schlägt, dann wacht er auf und lässt auch seine Stimme hören. Ich hoffe, dass die verehrten Damen und Herren nun die Anwesenheit des Pantherchens, das ja nicht die mindeste Störung bewirkt, nicht übel vermerken."

„Was?", entgegnete der mit der Brille, dessen Stimme fast überschnappte. „Keine Störung bewirkt? Nicht übel vermerken? Ich muss schon sagen, das ist ein unerhörtes Ansinnen. Ich soll dieses Schiff mit einem schwarzen Panther bewohnen? Ich will gehenkt sein, wenn ich das fertig bringe! Entweder muss *er* fort oder *ich* gehe. Werft die Bestie ins Wasser! Oder schafft den Kasten ans Ufer!"

„Aber, Sir, es ist wirklich ganz und gar keine Gefahr vorhanden", versicherte der Tierschaubesitzer. „Seht Euch nur den starken Kasten an, und..."

„Ach was Kasten!", unterbrach ihn das Männchen. „Diesen Kasten kann *ich* zersprengen, um wie viel leichter der Panther!"

„Bitte, zu beachten, dass sich in dem Kasten erst der eiserne Käfig befindet, den selbst zehn Löwen und Panther nicht zu zertrümmern vermöchten."

„Ist das wahr? Zeigt uns den Käfig! Ich muss mich überzeugen."

„Ja, den Käfig zeigen, den Käfig zeigen! Wir müssen wissen, woran wir sind", riefen zehn, zwanzig, dreißig Stimmen.

Der Tierbudenbesitzer war Yankee und ergriff die Gelegenheit beim Schopf, diesen allgemeinen Wunsch zu seinem Vorteil auszubeuten.

„Ganz gern!", erwiderte er. „Aber Ladys und Gentlemen, es ist leicht einzusehen, dass man den Käfig nicht betrachten kann, ohne auch den Panther zu erblicken. Dies jedoch darf ich ohne eine gewisse Gegenleistung nicht gestatten. Um den Reiz des seltenen Schauspiels zu erhöhen, werde ich eine Fütterung des Tieres anbefehlen. Wir rechnen drei Plätze, den ersten zu einem Dollar, den zweiten zu einem halben und den dritten zu einem Vierteldollar. Da sich lauter Ladys und Gentlemen hier befinden, so bin ich überzeugt, dass wir den zweiten und dritten Platz gleich von vornherein weglassen können. Oder ist jemand da, der nur einen halben oder gar einen Vierteldollar zahlen will?"

Es meldete sich natürlich niemand.

„Nun also, nur erste Plätze. Bitte Ladys und Gentlemen, einen Dollar die Person."

Er nahm seinen Hut ab und sammelte die Dollars ein, während sein Tierbändiger, den er rasch herbeigerufen hatte, die zu der Schaustellung nötigen Vorbereitungen traf.

Die Fahrgäste waren meist auch Yankees, und als solche erklärten sie sich mit der jetzigen Wendung der Angelegenheit durchaus einverstanden. Waren vorher die meisten von ihnen empört gewesen, so freuten sie sich jetzt der willkommenen Abwechslung in dem langweiligen Schiffsleben. Selbst der kleine Gelehrte hatte seine Angst überwunden und blickte der Schaustellung mit großer Spannung entgegen.

„Hört, Boys", sagte der Cornel zu seinen Gefährten, „eine Wette habe ich gewonnen und die andre verloren, da der rote Halunke nicht getrunken hat! Das hebt sich auf. Die dritte machen wir nicht um drei Gläser Brandy, sondern um den Dollar Eintrittsgeld, den wir zahlen müssen. Seid ihr einverstanden?"

Die Genossen nahmen den Vorschlag an, denn der Riese sah nicht so aus, als werde er sich Angst einflößen lassen.

„Gut", meinte der Cornel, den der Genuss des vielen Branntweins siegesgewiss machte. „Passt auf, wie gern und schnell dieser Goliath mit mir trinken wird!"

Brinkley ließ sich das Glas füllen und näherte sich dann dem Erwähnten. Die Körperformen dieses Mannes waren allerdings gewaltig. Er war noch höher und breiter gebaut als Großer und mochte etwa vierzig Jahre zählen. Sein glattrasiertes Gesicht war von der Sonne braun gebrannt. Die männlich schönen Züge besaßen einen kühnen Schnitt und seine blauen Augen hatten jenen eigentümlichen Blick, wodurch sich Menschen auszeichnen, die auf großen Flächen leben, wo das Blickfeld nicht eng begrenzt ist, also Seeleute, Wüstenbewohner und Prärieleute. Er trug einen feinen Reiseanzug, Waffen sah man nicht an ihm. Neben ihm stand der Kapitän, der vom Steuerhaus heruntergekommen war, um der Vorstellung mit dem Panther ebenfalls beizuwohnen.

Da stellte sich der Cornel breitspurig vor sein drittes vermeintliches Opfer hin und sagte: „Sir, ich biete Euch einen Drink an. Hoffentlich weigert Ihr Euch nicht."

Der Angeredete warf ihm einen erstaunten Blick zu und wandte sich ab, um die durch den frechen Burschen unterbrochene Unterhaltung mit dem Kapitän fortzusetzen.

„Pooh!", rief der Cornel aus. „Seid Ihr taub? Oder wollt Ihr mich nicht hören? Das möchte ich Euch nicht raten, da ich keinen Spaß verstehe, wenn mir ein Drink abgeschlagen wird. Ich gebe Euch den guten Rat, Euch ein Beispiel an dem Indsman zu nehmen!"

Der Belästigte zuckte leicht die Schultern und fragte den Kapitän: „Ihr habt gehört, was dieser Bursche da zu mir sagt?"

„*Yes*, Sir, jedes Wort", nickte der Gefragte.

„*Well*, so seid Ihr Zeuge, dass ich ihn nicht hergerufen habe."

„Was?", brauste der Cornel auf. „Einen Burschen nennt Ihr mich? Und den Drink weist Ihr zurück? Soll es Euch wie dem Indianer ergehen, dem ich..."

Er kam nicht weiter, denn er hatte in diesem Augenblick eine so gewaltige Ohrfeige von dem Riesen erhalten, dass er niederstürzte, eine Strecke auf dem Deck dahinschoss und sich dann sogar noch überkugelte. Da lag er einen Augenblick wie erstarrt, raffte sich jedoch schnell auf, riss das Messer heraus, hob es zum Stoß und sprang auf den Riesen ein.

Der Hüne hatte beide Hände in die Hosentaschen gesteckt und stand so gemütlich da, als drohe ihm nicht die mindeste Gefahr, als sei der Cornel gar nicht vorhanden. Der aber brüllte: „Hund, mir eine Ohrfeige? Das kostet dein Blut!"

Der Kapitän wollte dazwischentreten, doch der Riese wies ihn mit einem Kopfschütteln zurück, hob, als der Cornel ihm bis auf zwei Schritt nahe gekommen war, das rechte Bein und empfing ihn mit einem solchen Fußtritt auf den Magen, dass der Angreifer abermals zu Boden flog und fortkollerte.

„Nun ist's aber gut, sonst...", rief der Hüne drohend.

Aber der Cornel sprang wieder auf, schob das Messer in den Gürtel und zog, vor Grimm brüllend, eine der Pistolen hervor, um sie auf den Gegner zu richten. Der jedoch nahm seine rechte Hand aus der Tasche, worin er einen Revolver stecken hatte.

„Fort mit der Pistole!", gebot er, indem er auf die rechte Hand des Gegners zielte. Ein – zwei – drei dünne, scharfe Knalle – der Cornel schrie auf und ließ die Pistole fallen.

„So, Bursche!", sagte der Riese. „Du wirst nicht gleich wieder Ohrfeigen geben, wenn man es verschmäht, aus dem Glase zu trinken, woran du vorher dein großes Maul abgewischt hast. Und wenn du nun noch wissen willst, wer ich bin, so..."

„Verdammt sei dein Name!", schäumte der Cornel. „Ich mag ihn nicht hören. Dich selbst aber will ich und muss ich haben. Drauf! Auf ihn, Jungens, *go on!*"

Jetzt zeigte es sich, dass diese Kerle wirklich eine Bande bildeten, in der alle für einen standen. Sie rissen ihre Messer aus den Gürteln und warfen sich auf den Riesen. Der aber streckte einen Fuß vor, hob die Arme und rief: „So kommt heran, wenn ihr es wagt, mit Old Firehand anzubinden!"

Der Klang dieses Namens war von augenblicklicher Wirkung. Der Cornel, der sein Messer mit der unverletzten Linken wieder ergriffen hatte, erschrak. „Old Firehand? Zum Teufel, wer hätte das gedacht! Warum habt Ihr das nicht vorher gesagt?"

„Ist's etwa nur der Name, der einen Gentleman vor euern Unverschämtheiten schützt? Macht euch von dannen, setzt euch ruhig in einen Winkel und kommt mir nicht wieder vor die Augen, sonst bringe ich euch Anstand bei!"

„*Well*, wir sprechen später weiter!"

Der Cornel drehte sich um und ging mit seiner blutenden Hand nach vorn. Die Seinen folgten ihm wie geprügelte Hunde. Sie setzten sich abseits nieder, verbanden ihrem Anführer die Hand, sprachen leise und angelegentlich miteinander und warfen dabei Blicke auf den berühmten Jäger, die zwar keineswegs freundlich waren, aber doch bewiesen, welche gewaltige Scheu sie vor ihm empfanden.

Und nicht allein auf sie hatte der weit bekannte Name gewirkt. Es gab unter den Fahrgästen wohl keinen, der nicht schon von diesem kühnen Mann, dessen ganzes Leben aus gefährlichen Taten und Abenteuern zusammengesetzt war, gehört hatte. Der Kapitän reichte ihm die Hand und sagte im liebenswürdigsten Ton, zu dem ein Yankee sich verstehen kann: „Aber, Sir, das hätte ich wissen sollen! Ich hätte Euch meine eigene Kajüte abgetreten. Warum habt Ihr Euch anders genannt?"

„Ich habe Euch meinen wirklichen Namen gesagt. Old Firehand heiße ich bei den Westmännern, weil meine Büchse jedem Feind Verderben bringt."

„Ich hörte, Ihr schießt nie fehl?"

„*Pshaw!* Jeder gute Westmann kann das so wie ich. Aber Ihr seht, welchen Vorteil ein bekannter Kriegsname hat. Hätte sich der meinige nicht so weit herumgesprochen, so wäre es jetzt gewiss zum Kampf gekommen."

„Und Ihr hättet gegen diese Übermacht unterliegen müssen!"

„Meint Ihr?", fragte Old Firehand, indem ein Lächeln über sein Gesicht flog. „Solange mir nur solche Burschen gegenüberstehen, ist mir nicht bange. Ich hätte mich gewiss gehalten, bis Eure Leute zur Hand waren."

„An denen hätte es freilich nicht gefehlt. Aber was tue ich nun mit den Halunken? Ich bin Herr und Richter auf meinem Schiff. Soll ich sie in Ketten legen?" – „Nein." – „Oder soll ich sie an Land setzen?" – „Auch nicht. Ihr wollt die Strecke mit Eurem Steamboat doch wohl nicht zum letzten Mal fahren?" – „Fällt mir nicht ein! Ich gedenke noch lange Jahre auf dem alten Arkansas auf und ab zu schwimmen." – „Nun, so hütet Euch, die Rache dieser Menschen zu wecken! Sie sind im Stande, sich irgendwo am Ufer festzusetzen und Euch gelegentlich einen Streich zu spielen, der Euch nicht nur das Schiff, sondern auch das Leben kosten kann."

Jetzt bemerkte Old Firehand den Schwarzbärtigen, der herbeigekommen und in der Nähe stehen geblieben war, den Blick in bescheidenem Verlangen auf den Jäger gerichtet. Old Firehand streckte ihm die Rechte entgegen und fragte: „Wie weit wollt Ihr mit diesem Schiff fahren?"

„Nur bis Fort Gibson, dann will ich mit dem Boot weiter. Ich fürchte, dass Ihr mich für furchtsam haltet, weil ich vorhin den Drink dieses so genannten Cornels angenommen habe."

„O nein! Ich kann Euch nur loben, dass Ihr so besonnen wart. Freilich, als er dann den Indsman schlug, nahm ich mir vor, ihm eine scharfe Lehre zu erteilen."

„Hoffentlich lässt er sie sich zur Warnung dienen. Übrigens, wenn Ihr ihm die Finger steif geschossen habt, so ist's mit ihm als Westmann aus. Von dem Indianer aber weiß ich nicht, was ich denken soll. Er hat sich wie ein Feigling betragen und erschrak doch nicht im Mindesten, als das Brüllen des Panthers erscholl. Das kann ich mir nicht zusammenreimen."

„Nun, den Reim will ich Euch machen. Kennt Ihr den Indianer?"

„Ich hörte den Namen, als er ihn aussprach. Es war ein Wort, bei dem die Zunge brechen kann."

„Weil er sich seiner Muttersprache bediente, jedenfalls um den Cornel nicht merken zu lassen, mit wem er es zu tun hatte. Sein Name ist Nintropan-hauey und sein Sohn heißt Nintropan-homosch; das bedeutet der Große und der Kleine Bär."

„Ist's möglich? Von diesen beiden habe ich freilich schon oft gehört. Die Tonkawa sind entartet. Nur diese beiden haben die Kriegslust ihrer Ahnen geerbt und streifen noch frei im Gebirge und in der Prärie umher."

„Ja, sie sind zwei tüchtige Kerle. Habt Ihr nicht gesehen, dass der Sohn unter seine Decke nach dem Messer oder dem Tomahawk griff? Nur als er das regungslose Gesicht seines Vaters bemerkte, verzichtete er darauf, die Tat des Cornel augenblicklich zu rächen. Ich sage Euch, bei diesen Indsmen genügt ein kurzer Blick, wo es bei uns Weißen oft einer langen Rede bedarf. Seit dem Augenblick, da der Cornel den Indianer ins Gesicht schlug, ist sein Tod eine beschlossene Sache. Die beiden ‚Bären' werden nicht eher von seiner Fährte lassen, bis sie ihn ausgelöscht haben. Aber

Ihr nanntet ihm Euren Namen, den ich als einen deutschen erkannte. Wir sind also Landsleute."

„Wie, Sir, auch Ihr seid ein Deutscher?", fragte Großer erstaunt.

„Allerdings. Mein eigentlicher Name ist Winter. Auch ich fahre noch eine gute Strecke mit diesem Schiff und da findet sich für uns beide jedenfalls Gelegenheit, uns wieder zu sprechen. Seid Ihr erst kurze Zeit im Westen?"

„Nun", meinte der Bärtige bescheiden, „etwas länger bin ich doch schon da. Ich heiße Thomas Großer. Den Familiennamen lässt man hier weg, aus dem Thomas macht man Tom und weil ich einen so gewaltigen schwarzen Bart trage, nennt man mich den Schwarzen Tom."

„Wie?", rief Old Firehand aus, „Ihr seid der Schwarze Tom, der bekannte *Rafter*[1]?"

„Tom heiße ich, Rafter bin ich, ob bekannt, das bezweifle ich. Aber Sir, der Colonel dort soll meinen Namen nicht hören, weil er mich daran wieder erkennen würde."

„So habt Ihr schon mit ihm zu tun gehabt?"

„Ein wenig. Ich erzähle es Euch noch. Ihr kennt ihn nicht?"

„Ich sah ihn heute zum ersten Mal, werde ihm aber, wenn er länger an Bord bleibt, etwas schärfer auf die Finger passen. Und Euch muss ich näher kennen lernen. Ihr seid der Mann, der für mich passt. Wenn Ihr Euch nicht bereits anderweit versprochen habt, könnte ich Euch brauchen."

„Nun", meinte Tom, indem er nachdenklich zu Boden blickte, „die Ehre, bei Euch sein zu können, ist mehr wert als vieles andere. Ich bin zwar einen Bund mit andern Rafters eingegangen; sie haben mich sogar zu ihrem Anführer gemacht, aber wenn Ihr mir Zeit gebt, sie zu benachrichtigen, so lässt sich das leicht lösen. – Doch seht! Mir scheint, die Vorstellung soll jetzt beginnen."

Der Schaubudenbesitzer hatte aus Kisten und Paketen

[1] Holzfäller und Flößer

mehrere Sitzreihen hergestellt und lud nun in schwülstigen Worten die Zuschauer ein, Platz zu nehmen. Dies geschah. Auch die Schiffsmannschaft durfte, so weit sie nicht beschäftigt war, zuschauen. Der Cornel kam mit seinen Leuten nicht herbei. Er hatte die Lust dazu verloren.

Die beiden Indianer waren nicht gefragt worden, ob sie teilnehmen wollten. Zwei Indsmen bei Ladys und Gentlemen, die je einen Dollar bezahlt hatten, das wollte sich der Besitzer des Tieres nicht vorwerfen lassen. Sie standen also von ferne und schienen weder dem Käfig noch der Zuschauergruppe irgendwelche Aufmerksamkeit zu schenken, während jedoch ihren scharfen, verstohlenen Blicken nicht das Geringste entging.

Nun saßen die Zuschauer vor dem noch geschlossenen Kasten. Die meisten von ihnen hatten keinen richtigen Begriff von einem schwarzen Panther. Von den katzenartigen Raubtieren der Neuen Welt ist der Puma oder Silberlöwe bedeutend kleiner und ungefährlicher als der Löwe der alten Welt und flieht vor den Menschen, selbst wenn er vom Hunger gepeinigt wird. Den Jaguar aber, den man als amerikanischen Tiger bezeichnet, fängt der Gaucho mit dem Lasso und schleift ihn hinter sich her. Das dürfte er beim bengalischen Königstiger nicht wagen. So erwarteten die meisten Zuschauer ein nicht gerade furchtbares Raubtier zu sehen. Wie aber fühlten sie sich betroffen, als jetzt die Vorderwand des Kastens entfernt und der Panther sichtbar wurde.

Er hatte seit New Orleans im Dunkeln gelegen. Der Kasten war nur des Nachts geöffnet worden. Jetzt erblickte das Tier erstmals wieder das Tageslicht, das seine Augen blendete. Es schloss sie und blieb zunächst noch lang ausgestreckt liegen.

Dann blinzelte es. Dabei bemerkte es die vor ihm sitzenden Menschen. Im Nu war das Raubtier auf und stieß ein Fauchen aus, sodass die Mehrzahl der Zuschauer aufsprang, um zu flüchten.

Ja, dieser Panther war ein ausgewachsenes, prächtiges Tier, gewiss über sechzig Zentimeter hoch und zwei Meter lang. Er fasste die Stäbe des eisernen Käfigs mit den Vordertatzen und schüttelte sie, dass der Kasten in Bewegung kam. Dabei zeigte er das fürchterliche Gebiss.

„Ladys und Gentlemen“, sagte der Tierbudenbesitzer erklärend, „die schwarze Abart des Leoparden oder Panthers ist auf den Sundainseln daheim, wird aber auch in Nordafrika, an der Grenze der Sahara und in Abessinien gefunden. Diese Raubkatze ist behänder und gefährlicher als der Löwe und kann ein junges Rind im Rachen forttragen. Was ihre Zähne vermögen, werdet ihr gleich sehen, da die Fütterung beginnt.“

Der Bändiger brachte die Hälfte eines Schafes herbei und legte sie vor dem Käfig nieder. Als der Panther das Fleisch erblickte, gebärdete er sich wie unsinnig.

Ein an der Schiffsmaschine beschäftigter Neger hatte der Neugierde nicht widerstehen können und sich herbeigeschlichen. Der Kapitän befahl ihm, sofort an seine Arbeit zurückzukehren. Als der Schwarze nicht gleich gehorchte, ergriff der Kapitän ein Tauende und versetzte ihm damit einige Hiebe. Nun zog sich der Gezüchtigte schnell zurück, blieb aber in einiger Entfernung wieder stehen, zog eine drohende Grimasse und schüttelte die Fäuste gegen den Kapitän. Da die Zuschauer nur auf den Panther achteten, hatten sie das nicht bemerkt. Nur der Cornel sah es und sagte zu seinen Gefährten: „Dieser Nigger ist dem Kapitän nicht hold, wie es scheint. Wollen uns an ihn machen. Einige Dollars wirken bei einem Schwarzen Wunder.“

Jetzt schob der starkknochige Tierbändiger das Fleisch zwischen den Eisenstäben hindurch in den Käfig, musterte die Zuschauer mit prüfendem Blick und flüsterte dann seinem Herrn etwas zu. Der schüttelte bedenklich den Kopf. Der andere redete weiter auf ihn ein und schien seine Besorgnis zu zerstreuen, denn der Besitzer nickte endlich und erklärte laut: „Ladys und Gentlemen, ich sage euch, dass ihr ungeheures Glück habt. Ein gebändigter schwarzer Panther ist noch nie gesehen worden, wenigstens hier in den Staaten nicht. Während des dreiwöchigen Aufenthalts in New Orleans hat nun mein Bändiger den Panther in die Schule genommen und erklärt jetzt, zum ersten Mal öffentlich zu ihm in den Käfig gehen und sich neben ihm niedersetzen zu wollen, falls ihr ihm eine entsprechende Vergütung zusagt."

Der Panther hatte sich über seine Mahlzeit hergemacht, deren Knochen zwischen seinen Zähnen zermalmt wurden. Er schien nur auf seinen Fraß zu achten und so konnte man wohl der Ansicht sein, dass es keine große Gefahr bedeute, gerade jetzt den Käfig zu betreten.

Ausgerechnet der vorhin so ängstliche kleine Gelehrte rief begeistert: „Das wäre herrlich, Sir! Eine Leistung, wofür man schon etwas zahlen kann. Wie viel will der Mann haben?"

„Hundert Dollar, Sir. Die Gefahr, in die er sich begibt, ist nicht gering, da er des Tieres noch nicht ganz sicher ist."

„Nun, ich bin nicht reich. Fünf Dollar aber steure ich bei. Gentlemen, wer zahlt noch etwas?"

Es meldeten sich so viele, dass die Summe zusammenkommen musste. Das Schauspiel sollte völlig ausgekostet werden. Selbst der Kapitän wurde erregt und bot Wetten an.

„Sir", warnte ihn Old Firehand, „seid vorsichtig! Ich bitte Euch, das Wagnis nicht zu dulden. Da der Mann des Tieres noch nicht ganz sicher ist, habt Ihr die Verpflichtung, Einspruch zu erheben."

„Einspruch?", lachte der Kapitän. *„Pshaw!* Bin ich etwa der Vater oder die Mutter des Bändigers? Hier in diesem gesegneten Land hat jedermann das Recht, seine Haut zu Markte zu tragen, wie es ihm beliebt. Wird er von dem Panther gefressen, so ist das seine und des Panthers Sache. Also, Gentlemen, ich behaupte, dass der Mann aus dem Käfig nicht so heil wieder herauskommt, wie er hineingeht, und setze hundert Dollar. Wer setzt dagegen? Zehn Prozent der Gewinne soll der Bändiger erhalten."

Dieses Beispiel machte Schule. Es wurden Wetten zu bedeutenden Beträgen abgeschlossen, und es stellte sich heraus, dass sie dem Bändiger, falls sein Wagnis gelang, gegen dreihundert Dollar einbringen mussten.

Der Tierbändiger holte jetzt seinen Totschläger, eine Peitsche, deren Knauf eine Explosionskugel enthielt. Griff das Tier ihn an, so bedurfte es nur eines kräftigen Hiebes, den Panther abzuwehren.

„Ich traue selbst einem Totschläger nicht", meinte Old Firehand zu dem Schwarzen Tom. „Ich will das Wagnis erst dann loben, wenn es gelungen ist."

Der Bändiger hielt eine kurze Ansprache an die Zuschauer, öffnete dann die schweren Riegel des Käfigs und schob das schmale Gitter, das die Tür bildete, zur Seite. Um einzutreten, musste er sich bücken. Dabei brauchte er beide Hände, um die Tür zu halten und sie dann, wenn er sich im Käfig befand, wieder zu schließen. Deshalb hatte er den Totschläger zwischen die Zähne genommen, war also, wenn auch nur für diesen kurzen Augenblick, wehrlos. Zwar war er schon oft bei dem Panther im Käfig gewesen, aber unter ganz anderen Umständen. Da war das Tier nicht tagelang im Dunkeln gewesen, es hatten sich nicht so viele Menschen in der Nähe befunden und es hatte auch nicht das Stampfen der Maschine gegeben. Diese Umstände waren weder von dem Tierbudenbesitzer noch von dem Bändiger in Betracht gezogen worden und nun zeigten sich die Folgen.

Als der Panther das Geräusch des rasselnden Gitters hörte, blickte er auf. Soeben schob der Bändiger den gesenkten Kopf hinein – eine gedankenschnelle Bewegung des Raubtiers und es hatte den Kopf, aus dessen Mund der Totschläger herabfiel, im Rachen und zerkrachte ihn mit einem einzigen Biss zu Splittern und Brei.

Das Geschrei, das sich jetzt vor dem Käfig erhob, spottete jeder Beschreibung. Alles sprang auf und rannte zeternd davon. Nur drei blieben, der Schaubudenbesitzer, Old Firehand und der Schwarze Tom. Der Erste wollte die Tür des Käfigs zuschieben, aber das war unmöglich, da sich die Leiche halb drinnen, halb draußen befand. Dann wollte er den Toten bei den Beinen fassen und herausziehen.

„Um Gottes willen, das nicht!“, rief Old Firehand. „Der Panther käme hinterdrein. Schiebt den Körper vollends hinein. Es lässt sich nicht vermeiden. Dann geht die Tür zu!“

Der Panther lag vor der kopflosen Leiche. Die Knochensplitter im blutig geifernden Rachen, hielt er die funkelnden Augen auf den Schaubudenbesitzer gerichtet. Er schien dessen Absicht zu erraten, denn er fauchte zornig und kroch auf der Leiche vor. Sein Kopf war jetzt nur noch wenige Zentimeter von der Türöffnung entfernt.

„Fort, fort! Er kommt heraus!“, rief Old Firehand. „Tom, Euer Gewehr! Ein Revolver würde das Übel nur ärger machen!“

Seit dem Augenblick, da der Bändiger den Kopf in den Käfig gesteckt hatte, waren kaum zehn Sekunden vergangen. Der gesamte untere Schiffsraum bildete einen Wirrwarr von fliehenden und vor Angst schreienden Menschen. Die Gänge zwischen den Maschinen, Kesseln und Frachten waren verstopft. Man duckte sich hinter Fässern und Kisten nieder und sprang doch wieder auf, weil man sich da nicht sicher fühlte.

Der Kapitän eilte zur Treppe und drängte sich hinauf, um Ordnung zu schaffen. Old Firehand folgte ihm. Der Tierbudenbesitzer flüchtete nach der Hinterwand des Käfigs. Der Schwarze Tom rannte nach seinem Gewehr. Unterwegs fiel ihm ein, dass er es mit dem Beil zusammengebunden hatte, es also nicht augenblicklich gebrauchen konnte. Er riss dem alten Indsman das Gewehr aus der Hand.

„Selbst schießen“, sagte der Rote, seine Hand nach der Waffe ausstreckend.

„Lass mich!“, herrschte ihn der Bärtige an. „Ich schieße jedenfalls besser als du!“

Er drehte sich zu dem Panther um. Das Tier hatte den Käfig soeben verlassen, hob den Kopf und brüllte. Der Schwarze Tom legte an und drückte ab. Der Schuss krachte, aber die Kugel traf nicht. Hastig riss er nun auch dem jungen Indianer das Gewehr aus der Hand und gab die Ladung auf das Tier ab – leider mit demselben Misserfolg.

„Schlecht schießen. Gewehr nicht kennen", sagte der Große Bär so ruhig, als säße er in seinem sicheren Wigwam.

Der Deutsche beachtete diese Worte nicht. Er warf das Gewehr weg und eilte weiter nach vorn, wo die Gewehre der Leute des Cornel lagen. Diese Gentlemen hatten keine Lust gehabt, den Kampf mit dem Tier aufzunehmen, und hatten sich schleunigst versteckt.

Da ertönte in der Nähe der Treppe ein entsetzlicher Schrei. Eine Dame wollte sich dort hinauf retten. Der Panther sah sie. Er duckte sich und sprang in langen, weiten Sätzen auf sie zu. Sie befand sich noch unten, während Old Firehand auf der fünften oder sechsten Stufe stand. Im Nu hatte er sie erfasst, schwang sie zu sich empor und hob sie mit starken Armen über sich hinweg, wo sie der Kapitän in Empfang nahm. Das war das Werk eines Augenblicks gewesen und nun war der Panther an der Treppe. Er setzte die beiden Vordertatzen auf eine der Stufen und zog schon den Körper zusammen, um sich zu Old Firehand hinaufzuschnellen. Der versetzte ihm einen gewaltigen Fußtritt auf die Nase und feuerte ihm dann die restlichen Kugeln seines Revolvers gegen den Kopf.

Diese Art der Abwehr war eigentlich lächerlich. Mit einem Fußtritt und einigen Revolverkugeln schreckt man keinen schwarzen Panther zurück. Doch Old Firehand besaß kein wirksameres Verteidigungsmittel. Er war überzeugt, dass das Tier ihn nun packen werde. Aber das geschah nicht, sondern der Panther drehte langsam den Kopf zur Seite, als wollte er sich besinnen. Hatten ihn die aus solcher Nähe abgeschossenen Kugeln, die freilich kaum millimetertief in seine harte Schädeldecke eingedrungen sein konnten, in eine Art Betäubung versetzt? Oder war ihm der Tritt auf die empfindliche Nase zu schmerzhaft gewesen? Kurz und gut, er richtete die Augen nicht mehr auf Old Firehand, sondern nach vorn, wo jetzt ein etwa dreizehnjähriges Mädchen stand, unbeweglich, wie vom Schreck gelähmt, beide Arme nach der Treppe ausgestreckt. Sein helles, weithin leuchtendes Gewand fiel dem Panther auf. Er ließ die Tatzen von der Treppe, wendete sich ab und schnellte sich mit langen Sätzen auf das Mädchen zu.

Alle, die den Vorgang beobachteten, schrien auf, aber niemand konnte helfen. Niemand? Doch, einer! Und zwar derjenige, dem man eine solche Kühnheit und Geistesgegenwart wohl am allerwenigsten zugetraut hatte, nämlich der junge Indianer.

Er stand mit seinem Vater ungefähr zehn Schritt von dem Mädchen entfernt. Als er die furchtbare Gefahr bemerkte, blitzten seine Augen auf. Er sah nach rechts und links, wie nach einem Rettungsweg suchend. Dann ließ er die Zuñidecke von den Schultern fallen und rief seinem Vater in der Sprache der Tonkawa zu: „Tschauál aina; schai schoyana – tritt zurück; ich werde schwimmen!“

Der Tonkawa sprang mit zwei Sätzen auf das Mädchen zu, ergriff es am Gürtel, schnellte mit ihm auf die Reling[1] zu und schwang sich hinauf. Dort blieb er stehen, um zurückzublicken. Der Panther war hinter ihm und setzte soeben zum letzten Sprung an. Kaum hatten die Pranken des Tieres den Boden verlassen, so flog der junge Indianer in seitlicher Richtung, um nicht in Reichweite des Tieres ins Wasser zu kommen, von der Reling in den Fluss hinab. Das Wasser schlug über ihm und seiner Last zusammen. Zugleich schoss der Panther, dessen Sprungkraft so groß war, dass er sich nicht zu halten vermochte, über das Geländer hinaus und hinunter in den Strom.

[1] Schiffsgeländer

„Stopp, stopp auf der Stelle!“, befahl der Kapitän geistesgegenwärtig.

Der Maschinist hatte den Ruf aufgefangen und gab Gegendampf. Der Steamer stoppte und lag still, indem die Räder nur so viel Wasser griffen, wie nötig war, die Rücktrift zu vermeiden.

Da die Gefahr für die Fahrgäste jetzt vorüber war, eilten alle aus den verschiedenen Verstecken hervor und an das Geländer. Der Vater des Kindes aber schrie mit überlauter Stimme: „Tausend Dollar für die Rettung meiner Tochter, zweitausend, dreitausend, fünftausend Dollar!“

Niemand hörte auf ihn. Alle beugten sich über die Reling, um in den Fluss hinabzusehen. Da lag der Panther auf dem Wasser und spähte nach der Beute aus – vergeblich.

„Sie sind ertrunken, in die Räder gekommen!“, jammerte der Vater.

Gleich darauf aber tönte vom andern Bord die schallende Stimme des alten Indianers herüber: „Nintropan-homosch klug gewesen. Unter Schiff wegschwimmen, damit Panther nicht sehen. Hier unten sein!“

Alles rannte nun nach Steuerbord und der Kapitän befahl, Taue auszuwerfen. Ja wirklich, da unten, hart an der Schiffswand, schwamm langsam auf dem Rücken, um nicht abgetrieben zu werden, der Kleine Bär und hatte sich das bewusstlose Mädchen quer über den Leib gelegt. Taue waren schnell zur Hand; sie wurden hinabgelassen. Der Knabe befestigte eines unter den Armen des Mädchens und schwang sich selbst an einem zweiten behänd an Bord.

Er wurde mit brausendem Jubel begrüßt, schritt jedoch stolz davon, ohne ein Wort zu verlieren. Aber als er an dem Cornel, der auch mit zugesehen hatte, vorüberkam, blieb er stehen und sagte so laut, dass jedermann es hörte: „Nun, fürchtet sich Tonkawa vor kleiner, räudiger Katze? Cornel ist ausgerissen mit all seinen Helden. Tonkawa aber hat Panther auf sich gelenkt, um Mädchen und Fahrgäste zu retten. Cornel bald noch mehr von Tonkawa hören!“

Die Gerettete war am Seil heraufgezogen worden und wurde in ihre Kabine getragen. Da streckte der Lotse die Hand nach Backbord aus und rief herunter: „Seht den Panther, seht das Floß!"

Jetzt sprangen alle wieder auf die andere Seite hinüber, wo sich ihnen ein neues, aufregendes Schauspiel bot. Ein kleines, aus Strauchwerk und Schilf gefertigtes Floß, worauf zwei Gestalten saßen, hielt da vom rechten Flussufer gerade auf den Steamer zu. Die zwei arbeiteten mit Rudern, die aus Zweigen notdürftig hergestellt waren. Die eine Person war ein Knabe, die andre schien ein eigenartig gekleidetes Frauenzimmer zu sein. Man sah eine Kopfbedeckung, ähnlich einer altertümlichen Haube, und darunter ein volles, rotwangiges Gesicht mit kleinen Äuglein. Die übrige Gestalt steckte in einem weiten Sack, dessen Schnitt und Form nicht zu bestimmen war. Der Schwarze Tom stand neben Old Firehand und fragte ihn: „Sir, kennt Ihr diese Frau?"

„Nein. Ist sie denn so berühmt, dass ich sie kennen müsste?"

„Allerdings. Sie ist nämlich gar keine Frau, sondern ein Mann, ein Präriejäger und Fallensteller. Und da kommt der Panther! Nun werdet Ihr sehen, was eine Frau, die ein Mann ist, zu leisten vermag."

Er beugte sich über die Reling und rief hinüber: „Hallo, Tante Droll, aufgepasst! Der will Euch fressen."

Das Floß war ungefähr noch fünfzig Schritt vom Steamer entfernt. Der Panther war, nach seiner Beute suchend, immer an der Seite des Schiffes hin und her geschwommen. Jetzt sah er das Floß und hielt darauf zu. Die auf dem Fahrzeug sitzende Frau blickte zum Deck empor, erkannte den, der sie angerufen hatte, und antwortete mit hoher Fistelstimme:

„*Good luck*, Ihr seid es, Tom? Freue mich sehr, Euch zu treffen, wenn es nötig ist! Was für ein Tier ist das?" – „Ein schwarzer Panther, der von Bord gesprungen ist. Macht

Euch davon! Schnell, schnell!" – „Oho! Tante Droll reißt vor niemand aus, auch nicht vor einem Panther, mag er schwarz, blau oder grün aussehen. Darf man das Vieh erschießen?" – „Natürlich! Aber Ihr bringt es wohl kaum fertig. Es gehört einem Tierbändiger, ist jedoch wieder wild geworden. Flieht auf die andre Seite des Schiffes!"

Die närrische Gestalt schien einen Spaß daran zu finden, mit dem Panther Haschen zu spielen. Sie führte das zerbrechliche Ruder mit wahrer Meisterschaft und wusste dem Tier mit erstaunlicher Geschicklichkeit auszuweichen. Dabei rief sie mit ihrer Fistelstimme herauf: „Werde es schon fertig bringen, alter Tom!"

Der Mann, der aussah wie eine Frau, zog das Ruder ein und griff zur Büchse, die neben ihm lag. Floß und Panther näherten sich einander schnell. Das Raubtier blickte mit weit offenen, starren Augen auf den Feind, der das Gewehr hob, kurz zielte und zweimal abdrückte. Das Gewehr weglegen, zum Ruder greifen und das Floß zurücktreiben, war das Werk eines Augenblicks. Der Panther war verschwunden. Ein Strudel bezeichnete den Ort seines Todeskampfes. Dann sah man ihn weiter abwärts wieder an der Oberfläche erscheinen, regungslos und tot. Dort trieb er einige Sekunden lang und wurde abermals in die Tiefe gezogen.

„Ein Meisterschuss!", rief Tom erfreut aus und die Fahrgäste stimmten begeistert bei, nur der Schaubudenbesitzer nicht, der den teuren Panther und seinen Tierbändiger betrauerte.

„Wohin geht dieser Steamer, wenn es nötig ist?", fragte die abenteuerliche Gestalt vom Fluss herauf.

„So weit, wie er genug Wasser findet", erwiderte der Kapitän. – „Wir wollen an Bord und haben uns deshalb drüben am Ufer dieses Floß gebaut. Wollt Ihr uns aufnehmen?" – „Könnt Ihr die Fahrt zahlen, Ma'am[1] oder Sir? Ich

[1] Abkürzung für Madam

weiß wirklich nicht, ob ich Euch als Mann oder als Frau heraufbefördern soll." – „Als Tante, Sir. Ich bin nämlich Tante Droll, wenn es nötig ist. Und was den Fahrpreis betrifft, so pflege ich mit gutem Geld oder auch mit Nuggets zu bezahlen." – „So kommt an Bord! Wir müssen machen, dass wir von dieser unglückseligen Stelle fortkommen."

Ein Matrose reichte seinen Arm zum Floß hinüber. Der Knabe, der gleichfalls mit einer Büchse bewaffnet war, erfasste ihn und schwang sich an Bord. Dann warf der andere sein Gewehr über, erhob sich, ergriff ebenfalls die dargebotene Hand, stieß das Floß unter sich fort und turnte flink an Deck, wo er mit großen, erstaunten Blicken empfangen wurde.

2. Die Tramps

„Die Vereinigten Staaten von Nordamerika sind trotz oder vielmehr infolge ihrer demokratischen Einrichtungen der Herd ganz eigenartiger sozialer Landplagen."

Der Kenner der Zustände dort drüben wird zugeben, dass diese Behauptung eines erfahrenen Geografen berechtigt ist. Man denke nur an die händelsuchenden Loafers und Rowdys und an die so genannten Runners, die es vorzugsweise auf die Einwanderer abgesehen haben. Das Runner-, Loafer- und Rowdytum ist in Amerika sesshaft und wird da, wie es den Anschein hat, auch sesshaft bleiben, allem Vordringen der Zivilisation zum Trotz. Der geeignetste Nährboden aber für Landplagen der genannten Art ist der Wilde Westen mit seinen rechtlosen Zuständen. Hier entwickelte sich das Unwesen der Tramps, der Vertreter des rohesten und brutalsten Vagabundentums.

Als im Osten der Vereinigten Staaten in den sechziger Jahren ein schwerer Druck auf Handel und Wandel lag, Tausende von Fabriken stillstanden und Zehntausende von Arbeitern beschäftigungslos wurden, gingen die Arbeitslosen auf die Wanderung, vorzugsweise in westlicher Richtung. Die Staaten jenseits des Mississippi wurden von ihnen förmlich überschwemmt. Und hier trat bald eine reinliche Scheidung ein, indem die Ehrlichen unter ihnen Arbeit nahmen, wo sie Arbeit fanden, selbst wenn die Beschäftigung wenig lohnend und dabei anstrengend war. Sie verdingten sich meist auf Farmen, um bei der Ernte zu helfen, und wurden deshalb gewöhnlich Harvesters, Erntearbeiter, genannt.

Die Arbeitsscheuen aber vereinigten sich zu Banden, die von Raub, Mord und Brand ihr Leben fristeten. Sie sanken schnell auf die tiefste Stufe sittlicher Verkommenheit herab und wurden von Männern angeführt, nach denen die Hüter des Strafgesetzes fahndeten.

Die Tramps erschienen gewöhnlich in größeren Haufen,

zuweilen bis dreihundert Köpfe stark und darüber. Sie überfielen nicht nur einzelne Farmen, sondern selbst kleinere Städte, um sie auszurauben. Sie bemächtigten sich sogar der Eisenbahnen, überwältigten die Beamten und bedienten sich dann der Züge, um schnell in ein anderes Gebiet zu gelangen und dort die gleichen Verbrechen zu wiederholen. Dieses Unwesen nahm so überhand, dass in einigen Staaten die Gouverneure gezwungen waren, die Miliz einzuberufen, um den Strolchen regelrechte Schlachten zu liefern.

Für solche Tramps hielten Kapitän und Bootsmann des ‚Dogfish' auch den Cornel Brinkley und seine Leute. Die Gesellschaft war nur ungefähr zwanzig Mann stark und somit viel zu schwach, um mit den übrigen Fahrgästen und der Schiffsbesatzung anzubinden. Doch durften Vorsicht und Aufmerksamkeit deshalb keineswegs als überflüssig gelten.

Der Cornel hatte ebenso wie alle anderen sein Augenmerk auf die wunderliche Gestalt gerichtet, die sich dem Schiff auf so zerbrechlichem Floß näherte und so sorglos das mächtige Raubtier erlegte. Er hatte gelacht, als Tom den sonderbaren Namen Tante Droll aussprach. Jetzt aber, als er den Fremden das Deck betreten sah, zogen sich seine Brauen zusammen und er flüsterte seinen Leuten zu: „Dieser Kerl ist gar nicht so lächerlich, wie er scheinen will. Ich sage euch, dass wir uns vor ihm in Acht nehmen müssen."

„Warum dann diese Maskerade?", fragte einer.

„Es ist keine Maskerade. Dieser Mensch ist in Wirklichkeit ein Sonderling, dabei aber einer der gefährlichsten Polizeispitzel, die es geben kann."

„Pshaw! Tante Droll und Polizeispitzel! Dieser Mann soll alles sein, was dir beliebt, ich will es glauben, aber Geheimpolizist ist er nicht."

„Und doch ist er es. Ich habe von Tante Droll gehört, sie sei ein halb verrückter Fallensteller, der mit allen Indianerstämmen seiner Lustigkeit wegen auf bestem Fuß steht.

Nun aber, da ich den Menschen vor mir sehe, kenne ich ihn besser. Dieser Dicke ist ein Detektiv, wie er im Buche steht. Ich bin ihm droben in Dakota in Fort Sully am Missouri begegnet, wo er einen Kameraden mitten aus unserer Gesellschaft holte und an den Strick lieferte, er allein, und wir waren über vierzig Mann."

„Das ist unmöglich. Ihr konntet ihm doch wenigstens vierzig Löcher in den Leib stechen!"

„Nein, das konnten wir nicht. Droll arbeitet mehr mit Verschlagenheit als mit Gewalt. Seht euch nur einmal seine kleinen, listigen Maulwurfsäuglein an! Denen entgeht keine Ameise im Gras. Er macht sich mit unwiderstehlicher Freundlichkeit an sein Opfer und klappt die Falle zu, bevor man an eine Überrumpelung denkt."

„Kennt er denn dich?"

„Das halte ich für unmöglich. Er hat mich damals kaum beachtet. Zudem ist das alles eine lange Zeit her und ich habe mich inzwischen sehr verändert. Dennoch bin ich der Meinung, dass es geraten ist, seine Aufmerksamkeit nicht unnütz zu erregen. Hoffe, dass wir hier einen guten Streich ausführen können, und möchte nicht, dass er uns dabei im Wege steht."

So gefährlich, wie Droll von dem Cornel geschildert wurde, sah er freilich nicht aus, vielmehr mussten sich die Anwesenden alle Mühe geben, bei seinem Erscheinen nicht in ein verletzendes Gelächter auszubrechen. Seine Kopfbedeckung war weder Hut noch Mütze noch Haube und doch konnte man sie mit jedem dieser Wörter bezeichnen. Sie bestand aus fünf verschieden geformten Lederstücken. Das mittlere Stück, das auf dem Kopf saß, hatte die Gestalt eines umgestülpten Napfes. Das hintere beschattete den Nacken, das vordere die Stirn. Es sollte jedenfalls eine Art Schirm oder Krempe sein. Das vierte und fünfte waren breite Klappen für die Ohren.

Der Rock war sehr lang und weit. Er war aus lauter ledernen Flicken und Flecken zusammengesetzt, einer immer auf und über den andern genäht. Keiner dieser Flecken hatte das gleiche Alter. Man sah es ihnen vielmehr an, dass sie so nach und nach aufgesetzt worden waren. Vorn waren die Ränder dieses Rockes mit kurzen Riemen versehen, die zusammengebunden wurden und die Knöpfe ersetzten. Da die große Länge und Weite dieses Kleidungsstückes das Gehen erschwerte, hatte es der Mann hinten vom unteren Saum bis an den Leib aufgeschnitten und sich die beiden Hälften derart um die Beine gebunden, dass sie eine Pumphose bildeten, was den Bewegungen der Tante Droll ein geradezu lächerliches Aussehen verlieh. Diese zweifelhaften Hosenbeine reichten bis auf die Knöchel herab. Ein Paar Lederschuhe vervollständigten nach unten den Anzug. Die Ärmel des Rockes waren gleichfalls ungewöhnlich weit und viel zu lang. Tante Droll hatte sie vorn zugenäht und weiter oben zwei Löcher für die Hände angebracht. In dieser Weise bildeten die Ärmel nun zwei herabhängende Ledertaschen, in denen allerhand untergebracht werden konnte.

Die Gestalt des Mannes bekam durch dieses Kleidungsstück das Aussehen der Unförmigkeit und geradezu die Lachlust herausfordernd wirkte außerdem das volle, rotwangige, freundliche Gesicht, dessen Äuglein fortgesetzt in Bewegung waren, damit ihnen ja nichts entgehe.

Dergleichen Erscheinungen sind im Westen nicht selten. Wer sich jahrelang in der Wildnis aufhält, kann seine abgerissenen Kleidungsstücke eben nur durch das ersetzen, was ihm gerade an die Hand gegeben wird, und man trifft da häufig auf berühmte Leute, deren Anzug so seltsam ist, dass anderwärts die Kinder lachend hinterherlaufen würden.

In der Hand hatte der Mann ein doppelläufiges Gewehr, das jedenfalls ein sehr ehrwürdiges Alter besaß. Ob er außerdem noch Waffen bei sich hatte, war höchstens zu vermuten, nicht aber zu sehen, da der Rock die Gestalt wie ein zugebundener Sack umschloss.

Der Knabe, der sich in Gesellschaft dieses Sonderlings befand, mochte sechzehn Jahre zählen. Er war blond, starkknochig und schaute ernst, ja trotzig drein, wie einer, der seinen Weg schon selbst zu gehen weiß. Sein Anzug bestand aus Hut, Jagdhemd, Hose, Strümpfen und Schuhen, alles aus Leder gefertigt. Außer dem Gewehr war er noch mit einem Messer und einem Revolver bewaffnet.

Als Tante Droll das Schiff betrat, streckte er dem Schwarzen Tom die Hand entgegen und rief mit seiner hohen, dünnen Fistelstimme: „*Welcome*, alter Tom! Welch eine Überraschung! Eine Ewigkeit, dass wir uns nicht gesehen haben! Woher des Wegs und wohin?"

Sie schüttelten sich herzlich die Hände, wobei Tom entgegnete: „Vom Mississippi herauf. Will nach Kansas hinein, wo ich meine Rafters in den Wäldern habe."

„*Well*, so ist alles richtig. Will mit dem Boy Fred Engel auch dorthin und gar noch weiter. Können also noch einige Zeit beisammen sein. – Doch vor allen Dingen das Fahrgeld, Sir! Was haben wir zu zahlen, nämlich ich und dieser kleine Mann, wenn's nötig ist?"

Diese Worte waren an den Kapitän gerichtet.

„Es fragt sich, wie weit ihr mitfahren und welchen Platz ihr wollt", lautete die Antwort.

„Platz? Tante Droll fährt stets auf dem ersten. Also Kajüte, Sir. Und wie weit? Sagen wir einstweilen bis Fort Gibson. Können den Lasso ja zu jeder Zeit länger machen. Nehmt Ihr Nuggets?"

„Ja, sehr gern."

„Aber, wie steht's da mit der Goldwaage? Seid Ihr ehrlich?"

Diese Frage kam so drollig heraus und die beiden Äuglein zwinkerten dabei so eigenartig, dass sie gar nicht übel genommen werden konnte. Dennoch gab sich der Kapitän den Anschein, als ärgere er sich, und brummte: „Fragt ja nicht noch einmal, sonst werfe ich Euch auf der Stelle über Bord!"

„Oho! Meint Ihr, dass Tante Droll so leicht ins Wasser zu bringen sei? Versucht's einmal!"

„Na“, wehrte der Kapitän ab, „gegen Damen muss man höflich sein, und da Ihr eine Tante seid, so gehört Ihr ja zum schönen Geschlecht. Ich will also Eure Frage nicht so scharf nehmen. Übrigens hat es mit dem Zahlen keine große Eile.“

„Nein, ich borge nicht, keine Minute lang. Das ist so mein Grundsatz, wenn's nötig ist.“

„*Well!* Kommt also mit zur Office!“

Die beiden entfernten sich und die andern tauschten gegenseitig ihre Ansichten über den sonderbaren Menschen aus. Der Kapitän kehrte schneller zurück als Droll. Erstaunt berichtete er: „Mesch'schurs, die Nuggets hättet ihr sehen sollen! Er fuhr mit der einen Hand in seinen Ärmel und als er sie wieder hervorzog, hatte er sie voller Goldkörner, erbsengroß, haselnussgroß und sogar noch größer. Dieser Mann muss eine Bonanza entdeckt und ausgenommen haben.“

Droll bezahlte indessen in der Office das Fahrgeld und sah sich dann in der Nähe um. Er erblickte zunächst die Leute des Cornel. Langsam schlenderte er dem Vorderdeck zu und sah sich die Männer an. Sein Auge ruhte für einige Augenblicke auf dem Cornel, dann fragte er ihn: „Verzeihung, Sir, haben wir uns nicht schon einmal getroffen?“

„Nicht dass ich wüsste“, erwiderte Brinkley.

„Und mir ist es so, als ob wir uns schon begegnet seien. Wart Ihr vielleicht schon einmal oben am Missouri?“ – „Nein.“ – „Auch nicht in Fort Sully?“ – „Kenne es gar nicht.“ – „Hm! Darf ich vielleicht Euren Namen erfahren?“ – „Warum? Wozu?“ – „Weil Ihr mir gefallt, Sir. Und sobald ich an einem Menschen mein Wohlgefallen habe, lässt es mir nicht eher Ruhe, als bis ich erfahre, wie er heißt.“

„Was das betrifft, so gefallt Ihr mir auch“, entgegnete der Cornel scharf. „Trotzdem aber möchte ich nicht so unhöflich sein, Euch nach Eurem Namen zu fragen.“

„Warum nicht? Ich halte das nicht für eine Unhöflichkeit und würde Eure Frage sofort beantworten. Ich habe keine Veranlassung, meinen Namen zu verschweigen. Nur derjenige, der kein ganz reines Gewissen hat, verschweigt, wie er heißt." – „Das soll wohl eine Beleidigung sein, Sir?" – „Durchaus nicht. Ich beleidige niemals ein Menschenkind, wenn's nötig ist. Lebt wohl, Sir, und behaltet Euern Namen für Euch! Ich mag ihn nun gar nicht haben."

Droll drehte sich um und ging von dannen.

„Mir das!", knirschte der Rote. „Und ich muss es so hinnehmen!"

„Warum leidest du es?", lachte einer seiner Leute. „Ich hätte diesem Ledersack mit der Faust geantwortet."

„Und den Kürzeren gezogen!" – „*Pshaw!* Diese Kröte sah nicht nach großer Körperstärke aus." – „Mag sein. Aber ein Mann, der einen schwarzen Panther bis in greifbare Nähe herankommen lässt und ihm dann so kaltblütig die Ladung gibt, als hätte er ein Präriehuhn vor sich, der ist nicht zu missachten. Übrigens handelt es sich nicht um ihn allein. Ich hätte sofort noch andre gegen mich gehabt, und wir müssen jedes Aufsehen vermeiden."

Droll war wieder zur Treppe gegangen und stieß unterwegs auf die beiden Indianer, die noch immer auf der erwähnten Kiste saßen. Er hemmte seinen Schritt, ging dann eilig auf sie zu und rief aus: *„Mira, el oso grande y el oso chico* – siehe da, der Große Bär und der Kleine Bär!"

Das war Spanisch. Droll musste also wissen, dass die beiden Roten das Englisch nicht gut, das Spanisch aber geläufiger sprachen und verstanden.

„Qué sorpresa, la tia Droll – welche Überraschung, die Tante Droll!", entgegnete der alte Indsman.

„Was tut Ihr hier im Osten und auf diesem Schiff?", fragte Droll, indem er beiden die Hand reichte.

„Wir waren in New Orleans und befinden uns auf dem Heimweg. Es sind viele Monde vergangen, seit wir das Angesicht der Tante Droll nicht gesehen haben." – „Ja, der Kleine Bär ist indessen doppelt so groß geworden, wie er damals war. Leben meine roten Brüder mit ihren Nachbarn in Frieden?" – „Sie haben ihre Kriegsbeile in die Erde gelegt und wünschen nicht, sie ausgraben zu müssen." – „Wann werdet ihr zu den Eurigen kommen?" – „Das wissen wir nicht. Der Große Bär kann nicht eher heimkehren, als bis er sein Messer in das Blut des Beleidigers getaucht hat." – „Wer ist das?" – „Der weiße Hund dort mit dem roten Haar. Er hat den Großen Bär mit der Hand ins Gesicht geschlagen." – „*Ascuas* – au weh! Ist dieser Kerl bei Sinnen gewesen? Er muss doch wissen, was es heißt, einen Indianer zu schlagen, zumal den Großen Bären." – „Er weiß nicht, wer ich bin. Ich habe meinen Namen in der Sprache meines Volkes gesagt und bitte meinen weißen Bruder zu schweigen." – „Sei ohne Sorge! Aber ich will jetzt zu den anderen, die gern mit mir reden wollen; werde aber noch oft zu euch kommen."

Droll setzte den unterbrochenen Gang nach oben fort. Dort war jetzt der Vater des geretteten Mädchens aus der Kabine gekommen, um zu melden, dass seine Tochter aus ihrer Ohnmacht erwacht sei, sich verhältnismäßig wohl fühle und nur der Ruhe bedürfe, um sich völlig zu erholen. Dann eilte er hinunter zu den Indianern, um dem mutigen Knaben Dank für die verwegene Tat zu sagen. Droll hatte seine Worte gehört und erkundigte sich nach dem, was geschehen war. Als Tom es ihm erzählt hatte, sagte er: „Ja, das traue ich diesem Knaben zu. Er ist kein Kind mehr, sondern bereits ein ganzer Mann."

„Kennt Ihr ihn und seinen Vater? Wir sahen, dass Ihr mit ihm spracht." – „Ich bin Ihnen einige Mal begegnet." – „Begegnet? Er nannte sich einen Tonkawa und dieser fast ausgestorbene Stamm ist auf seinen elenden Reservationen in Texas sesshaft."

„Der Große Bär ist nicht sesshaft geworden, sondern den Gewohnheiten seiner Vorfahren treu geblieben. Er streift umher, gerade wie der Apatschenhäuptling Winnetou. Seinen Wohnsitz hält er geheim. Er spricht zuweilen von ‚den Seinigen', aber wer, was und wo sie sind, das habe ich nie erfahren können. Er wollte auch jetzt zu ihnen, sieht sich aber durch die Rache aufgehalten, die er gegen den Cornel hat."

„Sprach er davon?" – „Ja. Er will nicht eher ruhen, als bis sie vollzogen ist. Der Cornel ist in meinen Augen ein verlorener Mann."

„Das habe ich auch schon gesagt", meinte Old Firehand. „Wie ich die Indianer kenne, ließ sich der Große Bär den Hieb nicht aus Feigheit gefallen."

„So?", fragte Droll, indem er den Riesen musternd anblickte. „Ihr habt die Indsmen auch kennen gelernt, wenn's nötig ist? Ihr seht mir aber gar nicht danach aus, obgleich Ihr ein wahrer Hüne seid. Ich denke, Ihr passt viel besser in den Salon als in die Prärie."

„O weh, Tante Droll!", lachte Tom. „Da habt Ihr einen gewaltigen Pudel geschossen. Ratet einmal, wer dieser Mann ist!"

„Denke nicht daran. Vielleicht seid Ihr so gut, es mir lieber gleich zu sagen." – „Nein, so leicht werde ich es Euch nicht machen. Tante: Dieser Gentleman gehört zu unsern berühmtesten Westmännern." – „So? Nicht zu den berühmten, sondern den berühmtesten?" – „Ja."

„Von dieser Sorte gibt es nach meiner Ansicht nur zwei." Droll machte eine Pause, kniff das eine Auge zusammen, zwinkerte Old Firehand mit dem andern an, ließ ein kurzes Lachen hören, das wie ein auf der Klarinette geblasenes ‚Hihihihi' klang, und fuhr dann fort: „Die beiden sind nämlich Old Shatterhand und Old Firehand. Da ich den Ersten kenne, wenn's nötig ist, so könnte dieser Sir demnach nur Old Firehand sein. Ist's erraten?"

„Ja, ich bin es", nickte der Westmann.

„Egad?", fragte Droll, indem er zwei Schritte zurücktrat und den Hünen nochmals mit dem einen offenen Auge betrachtete. „Ihr seid es wirklich? Die Gestalt ist freilich ganz so, wie er beschrieben wird, aber – vielleicht macht Ihr doch nur Spaß!"

„Nun, ist das auch Spaß?“, fragte Old Firehand, indem er Droll mit der Rechten am Kragen seines Rockes packte, ihn emporhob, dreimal rundum schwenkte und dann wieder hinstellte.

Drolls Gesicht war dunkelrot geworden. Er schnappte nach Atem und rief dabei in einzelnen, kurz abgerissenen Sätzen: *„Zounds*, Sir, haltet Ihr mich für ein Pendel oder eine Wetterfahne? Bin ich dazu geschaffen worden, im Kreis um Euch durch die Luft zu tanzen? Ein wahres Glück, dass mein *sleeping-gown* von starkem Leder ist, sonst wäre er zerrissen und Ihr hättet mich in den Fluss geschleudert! Aber die Probe war gut, Sir. Ich sehe, dass Ihr wirklich Old Firehand seid. Hier ist meine Hand und wenn Ihr mich nicht kränken wollt, so weist sie nicht zurück! Und nun schlage ich vor, auf diese Bekanntschaft einen Trunk zu tun. Ich bin nicht auf diesen Steamer gekommen, um zu verdursten. Gehen wir also in den Speiseraum!“

Man folgte dieser Aufforderung. Als die Männer verschwunden waren, kam der Neger, der den Panther nicht mit hatte ansehen dürfen, gemächlich von der Maschine. Er war dort von einem anderen Arbeiter abgelöst worden und suchte sich nun ein bequemes Plätzchen für den Mittagsschlaf. Langsam und verdrossen nach vorn schlendernd zeigte er ein Gesicht, dem es deutlich anzusehen war, dass er sich in missmutiger Stimmung befand. Das merkte der Cornel. Er rief ihn an und winkte ihm, näher zu kommen.

„Was soll’s sein, Sir?“, fragte der Schwarze. „Habt Ihr einen Auftrag, so wendet Euch an den Steward! Ich bin nicht für die Fahrgäste da.“

„Das kann ich mir denken“, erwiderte der Cornel. „Ich wollte Euch nur fragen, ob es Euch beliebt, ein Glas Brandy mit uns zu trinken.“ – „Wenn’s das ist, so bin ich Euer Mann. An der Feuerung trocknen Gurgel und Leber aus. Aber mit Euch trinken? Ich bin ein Farbiger, Sir.“ – „Hier habt Ihr einen Dollar. Holt, was Euch beliebt, dort am Board, und bringt es her!“

Der Ausdruck der Verdrossenheit verschwand sofort vom Gesicht des Negers. Er brachte eiligst zwei volle Flaschen nebst einigen Gläsern und setzte alles vor den Cornel hin. Der Rothaarige schenkte dem Neger ein und reichte ihm das Glas. Rasch und gierig leerte der Schwarze stehend zwei Gläser und meinte dann: „Das ist eine Erquickung, Sir, die sich unsereiner nicht oft leisten kann. Aber sagt, wie kommt Ihr auf den Gedanken, mich einzuladen? Ihr Weißen seid doch sonst nicht so."

„Bei mir und meinen Freunden ist ein Neger auch ein Mensch. Ich habe bemerkt, dass Ihr beim Kessel angestellt seid. Das ist eine schwere Arbeit, die durstig macht, und da ich mir denke, dass der Kapitän Euch nicht mit Hundertdollarnoten bezahlen wird, so sage ich mir, dass Euch ein guter Schluck gerade recht sein werde."

„Da habt Ihr einen vortrefflichen Gedanken gehabt. Der Kapitän zahlt freilich schlecht. Man kann es zu keinem rechten Trunk bringen, zumal er keinen Vorschuss gibt, wenigstens mir nicht, sondern erst am Schluss der Fahrt in den Beutel greift – *damn!*"

„So steht Ihr Euch wohl nicht gut mit ihm?" – „Nein. Er sagt, mein Durst sei zu groß. Den andern zahlt er täglich, mir aber nicht. Da ist es kein Wunder, wenn der Durst größer und immer größer wird." – „Nun, es soll ganz auf Euch ankommen, ob Ihr ihn heute stillen könnt oder nicht. Ich bin bereit, Euch noch einige Dollar zu geben, wenn Ihr mir dafür einen Gefallen tut." – „Einige Dollar? *Huzza!* Dafür bekäme ich mehrere Flaschen voll! Nur heraus mit Eurem Wunsch, Sir! Wenn's gilt, einen Brandy zu verdienen, so bin ich stets der richtige Mann." – „Möglich. Aber es muss schlau angefangen werden. Ihr sollt nur ein wenig lauschen, ein wenig horchen." – „Wo? Bei wem?" – „Im Speiseraum."

„So! Hm!", brummte der Neger nachdenklich. „Warum denn, Sir?"

„Weil – nun, ich will aufrichtig mit Euch sein." – Der

Cornel reichte dem Neger ein volles Glas hin und fuhr vertraulich fort: „Da ist ein großer, riesenhaft gebauter Mann, den sie Old Firehand nennen, ferner ein dunkelbärtiger Kerl, der Tom heißt, und endlich eine Fastnachtsmaske in einem langen Lederrock, die auf den Namen Tante Droll hört. Dieser Old Firehand ist ein reicher Farmer und die beiden andern sind seine Gäste und Begleiter. Zufälligerweise wollen auch wir nach dieser Farm, um dort Arbeit zu nehmen. Und da möchten wir gern erfahren, was für Leute es sind, mit denen wir es zu tun haben werden. Ihr seht, dass ich nichts Unrechtes oder Verbotenes von Euch verlange."

„Ganz recht, Sir. Kein Mensch hat mir verboten, zuzuhören, wenn andre sprechen. Die nächsten vier Stunden gehören mir. Ich bin arbeitsfrei und kann tun, was mir beliebt."

„Aber wie wollt Ihr es anfangen? Dürft Ihr in den Speiseraum?" – „Untersagt ist es mir gerade nicht; nur habe ich nichts darin zu suchen. Ich könnte etwas hineintragen, etwas herausholen. Das ist aber in so kurzer Zeit geschehen, dass ich meinen Zweck dabei nicht erreiche." – „Gibt es denn nicht irgendeine Arbeit, womit Ihr Euch länger drinnen beschäftigen könnt?" – „Nein – oder doch! Da fällt mir etwas ein. Die Fenster sind schmutzig. Ich könnte sie putzen." – „Wird das nicht auffallen?" – „Nein. Da der Speiseraum stets besetzt ist, kann diese Arbeit nur in Gegenwart der Fahrgäste vorgenommen werden. Sie ist eigentlich Sache des Stewards. Ihm tue ich den größten Gefallen, wenn ich sie ihm abnehme." – „Aber er kann Verdacht schöpfen." – „Nein. Er weiß, dass ich kein Geld habe und doch gern einen Brandy trinke. Ich sage, dass ich Durst habe und an seiner Stelle für ein Glas die Fenster putzen will. Ihr braucht keine Sorge zu haben, Sir; ich werde es gewiss ermöglichen. Also wie viel Dollar versprecht Ihr mir?" – „Ich zahle nach dem Wert der Nachricht, die Ihr mir bringt, wenigstens aber drei Stück." – *„All right*; wird gemacht! Schenkt mir noch einmal ein, dann will ich gehen!"

Als sich der Schwarze entfernt hatte, wurde der Cornel gefragt, was er mit dem soeben erteilten Auftrag bezwecke. „Wir sind arme Teufel und müssen sehen, wo wir bleiben", schmunzelte er. „Wir haben hier Fahrgeld zahlen müssen und so will ich wenigstens den Versuch machen, dieses Geld auf irgendeine Weise wiederzubekommen. Für den weiten Marsch, den wir vorhaben, müssen wir Vorbereitungen treffen und ihr wisst, dass unsere Beutel ziemlich leer sind."

„Wir wollen sie ja aus der Eisenbahnkasse füllen!"

„Wisst ihr so genau, dass uns dieser Plan gelingen wird? Wenn wir schon hier Geld machen können, so wäre es die größte Torheit, die Gelegenheit unbenutzt vorübergehen zu lassen."

„Also, dass ich es geradeheraus sage, Diebstahl hier an Bord? Das ist gefährlich. Wenn der Betreffende den Verlust entdeckt, so gibt es ganz sicher ein schauderhaftes Hallo, dem eine Durchsuchung sämtlicher Personen und aller Winkel des Schiffes folgen wird. Gerade wir werden die Ersten sein, auf die der Verdacht fällt."

„Du bist der größte Kindskopf, der mir vorgekommen ist. Eine solche Sache ist gefährlich und auch nicht, je nachdem, wie sie angefasst wird. Und ich bin nicht der Mann, der sie an der falschen Seite anfasst. Wenn ihr mir in allem folgt, so muss uns alles, auch später der letzte große Streich, gelingen."

„Der droben am Silbersee? Hm! Wenn man dir da nur nicht einen Bären aufgebunden hat."

„Pshaw! Ich weiß, was ich weiß. Es kann mir nicht einfallen, euch jetzt schon einen ausführlichen Bericht zu geben. Wenn wir an Ort und Stelle sind, werde ich euch unterrichten. Bis dahin müsst ihr mir Vertrauen schenken und mir glauben, wenn ich euch sage, dass es da droben Reichtümer gibt, die für uns alle lebenslang ausreichen. Jetzt aber wollen wir jedes unnötige Geschwätz vermeiden und lieber ruhig abwarten, was für einen Bericht uns der dumme Nigger bringt."

Der Cornel lehnte sich an die Reling und schloss die Augen zum Zeichen, dass er nun nichts mehr hören wolle und nichts mehr sagen werde. Auch die andern machten es sich so bequem wie möglich. Die einen gaben sich Mühe einzuschlafen, die andern flüsterten miteinander über den großen Plan, zu dessen Ausführung sie sich verbündet hatten.

Der ‚dumme Nigger' schien seiner Aufgabe doch gewachsen zu sein. Hätte er ein unüberwindliches Hindernis gefunden, so wäre er gewiss zurückgekehrt, um es zu melden. So aber war er erst in den Bedienungsraum gegangen, wohl um mit dem Steward zu sprechen, und dann im Eingang zum Speiseraum verschwunden. Es verstrich weit über eine Stunde, bis er wieder unten bei den Tramps erschien. Er hatte mehrere Wischtücher in der Hand, trug sie fort und kam dann zu der sogleich munter werdenden Gesellschaft, ohne die vier Augen zu bemerken, von denen er und die Tramps scharf beobachtet wurden. Diese vier Augen gehörten den beiden Indianern.

„Nun?", fragte der Cornel gespannt. „Wie habt Ihr Euch meines Auftrags entledigt?"

Der Neger meinte missgestimmt: „Ich habe mir alle Mühe gegeben, glaube aber nicht, dass ich für das, was ich gehört habe, mehr als die ausgemachten drei Dollar bekommen werde. Ihr habt Euch nämlich geirrt, Sir." – „Worin?" – „Der Riese heißt allerdings Old Firehand, ist aber gar nicht Farmer und kann also diesen Tom und die Tante Droll auch nicht auf seine Farm eingeladen haben."

„Das wäre!", fuhr der Cornel auf, indem er Enttäuschung heuchelte.

„Ja, es ist so", bekräftigte der Neger. „Der Riese ist ein berühmter Jäger und will weit hinauf ins Gebirge." – „Wohin?" – „Das sagte er nicht. Ich habe alles gehört und es ist mir kein einziges Wort des Gesprächs entgangen. Die drei Männer saßen mit dem Vater des Mädchens, das der Panther fressen wollte, abseits von den Übrigen. Dieser Vater heißt Patterson und ist Ingenieur. Auch er will mit." – „Ein

Ingenieur? Was werden die Männer in den Bergen wollen?" – „Vielleicht wurde eine Mine entdeckt, die von Patterson untersucht werden soll." – „Nein, denn Old Firehand versteht das besser als jeder Ingenieur." – „Sie wollen erst den Schwager Pattersons aufsuchen, der in Kansas eine Farm besitzt. Dieser Schwager, namens Butler, muss ein sehr reicher Mann sein. Er hat Vieh und Getreide nach New Orleans geliefert und der Ingenieur bringt jetzt das Geld dafür mit."

Das Auge des Cornels leuchtete auf. Aber weder er noch einer der Tramps verriet durch ein Wort, wie wichtig ihnen diese Mitteilung war.

„Ja, in Kansas gibt es steinreiche Farmer", bemerkte der Anführer vielmehr gleichgültig. „Dieser Ingenieur aber ist ein unvorsichtiger Mensch. Ist die Summe groß?" – „Er flüsterte von neuntausend Dollar in Papier. Ich habe es aber dennoch verstanden." – „So eine Summe trägt man doch nicht mit sich herum. Wozu wären sonst die Banken da? Wenn er den Tramps in die Hände fällt, ist das Geld verloren." – „Nein. Sie würden es nicht finden." – „Oh, die Tramps sind verschlagene Kerle!" – „Aber da, wo er es hat, werden sie gewiss nicht suchen." – „So kennt Ihr das Versteck?" – „Ja. Er zeigte es den andern. Er tat zwar heimlich dabei, weil ich zugegen war. Aber ich sah es doch. Ich wendete ihnen den Rücken zu und sie dachten nicht an den Spiegel, in den ich blickte." – „Hm, ein Spiegel ist trügerisch. Wer davor steht, sieht bekanntlich die rechte Seite links und die linke rechts." – „Das habe ich noch nicht beobachtet. Aber was ich gesehen habe, das habe ich gesehen. Der Ingenieur hat ein altes Bowiemesser mit einem hohlen Griff, worin die Noten stecken."

„So! Nun, das kann uns freilich nicht kümmern. Es tut mir nur Leid, dass ich mich in dem Riesen geirrt habe. Die Ähnlichkeit mit dem Farmer, den ich meinte, ist sehr groß und er führt auch den gleichen Namen." – „Vielleicht ist er ein Bruder von ihm. Übrigens hat nicht nur der Ingenieur so viel Geld bei sich. Der Schwarzbärtige sprach auch von einer bedeutenden Summe, die er erhalten habe und an seine Kameraden, die Rafters sind, verteilen müsse." – „Wo stecken denn die?"– „Sie fällen ihre Bäume jetzt am Black Bear-Fluss, den ich freilich nicht kenne." – „Ich kenne ihn. Er mündet unterhalb Tuley in den Arkansas. Ist die Gesellschaft zahlreich?"

„Gegen zwanzig Mann, lauter tüchtige Boys, sagte er. Und der lustige Kerl in dem ledernen Schlafrock hat gar eine ganze Menge Nuggets bei sich. Auch er will nach dem Westen. Möchte wissen, wozu er das Geld mitnimmt. Das schleppt man doch nicht mit in der Wildnis herum!" – „Warum nicht? Auch im Westen hat der Mensch Bedürfnisse. Da gibt es Forts, Sommerstores und herumziehende Händler, bei denen man genug Geld und Nuggets loswerden kann. Doch, wie gesagt, die Leute sind mir nun gleichgültig. Ich begreife nur nicht, dass dieser Ingenieur hinauf ins Felsengebirge will und doch ein junges Mädchen bei sich hat."

„Er hat nur dieses eine Kind. Die Tochter liebt ihn sehr und hat sich nicht von ihm trennen wollen. Da er nun beabsichtigt, eine ungewöhnlich lange Zeit in den Bergen zu bleiben, wozu es sogar notwendig sein wird, Blockhäuser zu bauen, hat er sich entschlossen, die Tochter mitzunehmen." – „Blockhäuser? Hat er das gesagt?" – „Ja." – „Für ihn und seine Tochter würde doch eine einzige Blockhütte genügen. Es steht also zu vermuten, dass sie nicht allein sein werden. Ich möchte wissen, welchen Zweck sie verfolgen." – „Das wollte auch der Schwarzbärtige wissen, aber Old Firehand sagte ihm, das werde er später erfahren." – „Also will er es geheim halten. Es muss sich wahrscheinlich doch um eine Bonanza, eine reiche Erzader handeln, die man heimlich untersuchen und günstigenfalls ausbeuten will. Möchte doch den Ort kennen, wohin sie wollen!"

„Der wurde nicht genannt. Wie es scheint, wollen sie

den Schwarzbärtigen und auch die Tante Droll mitnehmen. Sie haben Gefallen aneinander gefunden und schlafen hier sogar in nebeneinander liegenden Kabinen auf dem Deck über uns. In Nummer eins schläft der Ingenieur, Nummer zwei hat Old Firehand, Nummer drei Tom, Nummer vier die Tante Droll, und Nummer fünf hat der kleine Fred." – „Wer ist das?" – „Der Boy, den die Tante mitgebracht hat." – „Ist der Drolls Sohn?" – „Nein, so viel ich erraten habe." – „Wie ist sein Familienname und weshalb reist er mit Droll?" – „Darüber wurde kein Wort gesprochen." – „Liegen die Kabinen eins bis fünf rechts oder links?" – „Auf der Steuerbordseite, von hier aus also links. Die Tochter des Ingenieurs schläft in einer Damenkabine." – „Da ich mich in diesen Leuten geirrt habe, kann es mir gleichgültig sein, wo sie schlafen. Ich beneide sie übrigens nicht um ihre engen Kabinen, in denen sie fast ersticken müssen, während wir hier unten viel mehr frische Luft haben."

„*Well!* Aber gute Luft haben auch die Kajütenbewohner, da die Fenster herausgenommen und an deren Stelle Gazeflächen eingesetzt werden. Schlimm sind wir daran. Wir müssen, wenn wir des Nachts nicht arbeiten, eigentlich bei den Kohlen schlafen und es ist nur eine besondere Gunst, wenn der Maschinist erlaubt, dass wir uns hier zu den Fahrgästen legen." – „So seid Ihr allerdings zu bedauern. Doch genug von diesen Geschichten! Wir haben ja noch Brandy in der Flasche." – „Recht so, Sir! Auch vom Sprechen wird die Kehle trocken. Ich will noch einmal trinken und mich dann abseits machen, um ein Schläfchen zu tun. Wenn meine vier Stunden vorüber sind, muss ich wieder an die Kessel. Wie aber steht es nun mit meinen Dollars?" – „Ich halte Wort, obgleich ich das Geld umsonst bezahle. Hier sind die drei Dollar. Mehr könnt Ihr nicht verlangen, da Eure Gefälligkeit uns keinen Nutzen gebracht hat." – „Ich bin auch vollauf zufrieden, Sir. Für diese drei Dollar bekomme ich so viel Brandy, dass ich mich volltrinken kann.

Ihr seid ein Gentleman. Habt Ihr wieder einen Wunsch, so wendet Euch nur an mich und nicht etwa an einen andern. Ihr könnt auf mich rechnen."

Der Neger trank noch ein volles Glas aus und ging dann, um sich hinter einem großen Ballen niederzulegen.

Die Tramps sahen ihren Anführer neugierig an. In der Hauptsache wussten sie, woran sie waren, aber sie konnten einige seiner Fragen und Erkundigungen noch nicht in den richtigen Zusammenhang bringen.

„Da schaut ihr mich nun um Auskunft an", sagte der Cornel, indem sein Gesicht ein überlegenes, selbstgefälliges Lächeln zeigte. „Neuntausend Dollar in Banknoten, also bares Geld und nicht etwa Schecks oder Wechsel, bei deren Vorlegen man in Gefahr geraten kann, festgenommen zu werden! Das ist eine Summe, die uns willkommen sein wird."

„Wenn wir sie haben!", fiel derjenige ein, der für die anderen den Sprecher zu machen pflegte.

„Wir werden sie haben!" – „Und wie bekommen wir sie? Wie wollen wir das Messer in unsern Besitz bringen?" – „Ich hole es aus der Schlafkabine." – „Du selbst?" – „Natürlich. Solch eine wichtige Arbeit überlasse ich keinem andern." – „Und wenn man dich erwischt?" – „Das ist unmöglich. Mein Plan ist fertig und er wird gelingen." – „Wenn's wahr ist, soll es mir lieb sein. Aber der Ingenieur wird sein Messer beim Erwachen vermissen. Dann geht der Teufel los!" – „Ja, dann geht freilich der Teufel los! Aber wir sind fort." – „Wohin?" – „Welche Frage! Ans Ufer natürlich." – „Sollen wir etwa hinüberschwimmen?" – „Nein. Das mute ich weder mir noch euch zu. Ich bin kein übler Schwimmer, aber des Nachts möchte ich mich diesem breiten Strom, dessen Ufer man kaum sieht, denn doch nicht anvertrauen." – „So meinst du, dass wir eines der Boote wegnehmen?"

„Auch das nicht." – „Dann leuchtet mir nicht ein, wie wir an Land kommen sollen, bevor der Diebstahl entdeckt ist.“ – „Das ist eben ein Beweis, dass du ein Kindskopf bist. Schau dich um! Was steht dort neben der Ankertaurolle?“ – „Scheint ein Werkzeugkasten zu sein.“ – „Erraten! Ich habe gesehen, dass er Hammer, Feilen, Zangen und mehrere Bohrer enthält, darunter einen, dessen Gewinde einen Durchmesser von vier Zentimeter hat.“

„*By Jove!* Willst du etwa das Schiff anbohren?“, fuhr der andere auf.

„Allerdings will ich das. Wenn das Schiff Wasser zieht, muss ein Leck da sein, und wenn ein Leck da ist, fährt man ans Ufer, um der Gefahr zu entgehen und das Schiff mit Muße zu untersuchen.“ – „Aber wenn man nun das Leck zu spät bemerkt!“ – „Sei doch nicht so ängstlich. Wenn das Schiff sinkt, was sehr langsam geschieht, so steigt die Wasserlinie außen. Das muss dem Offizier oder Lotsen auffallen, wenn er nicht blind ist. Es wird einen solchen Lärm und Schreck geben, dass der Ingenieur zunächst gar nicht an sein Messer denkt. Wenn er dann den Verlust entdeckt, sind wir längst fort.“ – „Und wenn man doch an das Messer denkt, und zwar am Ufer anlegt, aber keinen Menschen aussteigen lässt? Man muss mit allem rechnen.“ – „So wird man doch nichts finden. Wir binden das Messer an eine Schnur, lassen es daran ins Wasser hinab und befestigen das andre Ende draußen am Schiff. Wer es da aufspürt, der muss geradezu allwissend sein.“ – „Dieser Gedanke ist nicht übel. Was aber dann, wenn wir vom Schiff sind?“ – „Ich denke, dass wir bald eine Farm oder ein Indianerlager treffen, wo wir uns Pferde kaufen können, ohne sie zu bezahlen.“ – „Das lasse ich gelten. Und dann reiten wir wohin?“ – „Zunächst nach dem Black Bear-Fluss, zu den Rafters, von denen der Nigger sprach. Es wird leicht sein, ihr Lager auszukundschaften. Natürlich lassen wir uns dort nicht sehen, sondern lauern dem Schwarzbärtigen auf, um auch ihm sein Geld abzunehmen. Ist das geschehen, so haben wir genug, um uns für unsern weiten Ritt ausrüsten zu können.“ – „Auf die Eisenbahnkasse wollen wir also dann verzichten?" – „Keineswegs. Sie wird viele Tausende enthalten und wir werden uns dieses Geld holen. Wir wären aber Toren, wenn wir nicht schon vorher alles, was sich bietet, mitnähmen. Und nun wisst ihr, woran ihr seid. Heute Abend gibt's zu tun und an Schlaf ist nicht zu denken. Darum legt euch jetzt aufs Ohr!"

Dieser Weisung wurde Folge geleistet. Es herrschte überhaupt infolge der großen Hitze auf dem Schiff eine ganz ungewöhnliche Ruhe. Die Landschaft rechts und links des Flusses bot nichts, was die Aufmerksamkeit der Fahrgäste anzog, und so verbrachte man die Zeit schlafend oder wenigstens in müdem Hindämmern.

Erst gegen Abend, als die Sonne sich dem westlichen Himmelsrand näherte, entstand wieder Bewegung an Deck. Die Hitze hatte nachgelassen und ein leidlich frischer Luftzug war wach geworden. Die Fahrgäste kamen aus ihren Kabinen, um diese Frische zu genießen. Auch Patterson befand sich unter ihnen. Er hatte seine Tochter mit, die sich von ihrem Schrecken und dem unfreiwilligen Bad völlig erholt hatte. Die zwei suchten die Indianer auf, da die Tochter den beiden noch nicht gedankt hatte.

Der Kleine und der Große Bär hatten den ganzen Nachmittag mit echt indianischer Ruhe und Unbeweglichkeit auf der Kiste zugebracht, auf der sie schon gesessen hatten, als sie von Tante Droll begrüßt worden waren. „Hé, – elbakh schä-bakh ko-ta neschekh-omeon – jetzt werden sie uns Geld geben", sagte der Vater in der Tonkawasprache zu seinem Sohn, als er den Ingenieur mit seiner Tochter kommen sah.

Sein Gesicht verfinsterte sich, da gemünzter Dank für einen Indianer eine Beleidigung ist. Der Sohn hielt die rechte Hand, mit dem Rücken nach oben gerichtet, vor sich hin und ließ sie dann rasch sinken, was andeutete, dass er anderer Ansicht sei. Da kam auch schon das Mädchen, das er gerettet hatte, mit raschen Schritten auf ihn zu, drückte seine Hand herzlich und sagte: „Du bist ein mutiger Knabe. Schade, dass wir nicht nahe beieinander wohnen; ich würde dich gern haben."

Er sah ihr ernst in das rosige Gesicht und entgegnete: „Mein Leben würde dir gehören. Der Große Geist diese Worte hören; er wissen, dass sie wahr sind."

„So will ich dir wenigstens ein Andenken geben, damit du dich meiner erinnerst."

Sie zog einen dünnen Goldring von ihrem Finger und steckte ihn dem jungen Retter an die linke Hand, wohin er gerade passte. Er blickte auf den Ring und dann auf sie, griff unter seine Zuñidecke, nestelte etwas vom Halse los und reichte es ihr. Es war ein kleines, starkes, viereckiges Lederstück, weiß gegerbt und sorgsam geglättet. Einige Zeichen waren darauf eingepresst.

„Tonkawa dir auch geben Andenken", sagte er. „Es ist Totem von Nintropan-homosch, nur Leder, kein Gold. Aber wenn du kommen in Gefahr bei Indianern und es vorzeigen, dann Gefahr zu Ende. Alle Indianer kennen Nintropan-homosch und achten sein Totem."

Sie ahnte nicht, was ein Totem unter Umständen zu bedeuten hat. Sie wusste nur, dass er ihr für den Ring ein Stück Leder als Gegengabe schenkte, und sie war damit zufrieden. Darum band sie sich das Totem um den Hals, wobei die Augen des jungen Indianers vor Freude leuchteten, und erwiderte: „Ich danke dir. Nun besitze ich etwas von dir und du hast etwas von mir. Das erfreut uns beide, obgleich wir uns auch ohne diese Gaben nicht vergessen würden." Dann sagte Patterson: „Wie soll nun ich die Tat des Kleinen Bären belohnen? Ich bin nicht arm, aber alles, was ich habe, wäre zu wenig für das, was er mir erhalten hat. Ich muss also sein Schuldner bleiben. Nur ein Andenken kann ich ihm geben, womit er sich gegen seine Feinde schützen kann, wie er meine Tochter gegen den Panther verteidigt hat. Wird er diese Waffen nehmen? Ich bitte ihn darum."

Er zog zwei neue, gut gearbeitete Revolver, deren Kolben mit Perlmutter ausgelegt waren, aus der Tasche und hielt sie ihm entgegen. Der junge Indianer besann sich keinen Augenblick. Er trat einen Schritt zurück, richtete sich kerzengerade auf und sagte: „Der weiße Mann bietet mir Waffen. Das große Ehre für mich, denn nur Männer erhalten Waffen. Nintropan-homosch nehmen sie an. Howgh!“

Damit steckte er die Revolver unter der Decke in seinen Gürtel. Jetzt konnte sein Vater sich nicht länger halten. Man sah es seinem Gesicht an, dass freudiger Stolz ihn erfüllte. „Auch Nintropan-hauey weißem Mann danken“, sagte er, „dass nicht geben Geld wie an Knecht. So sein es großer Lohn, den wir nie vergessen. Wir stets Freunde des weißen Mannes und seiner Tochter. Er gut bewahren Totem von Kleinem Bär; es sein auch das meinige. Der große Geist ihm stets schicken Sonne und Freude!“

Der Danksagungsbesuch war zu Ende. Man reichte sich nochmals die Hände und trennte sich dann. Die beiden Indianer setzten sich wieder auf ihre Kiste.

„Enokh-schákinbakh-en – gute Leute!“, sagte der Vater.

„Enokh-akh-schákinbakh-en – sehr gute Leute!“, stimmte der Sohn bei. Das waren die einzigen Herzensergüsse, die ihre indianische Schweigsamkeit ihnen nun noch gestattete.

Dass der Dank des Ingenieurs nach indianischen Begriffen zart ausgefallen war, hatte seinen Grund nicht in ihm selbst. Er war mit den Ansichten und Gebräuchen der Roten zu wenig vertraut, um wissen zu können, wie er sich verhalten musste. Darum hatte er Old Firehand um Rat gefragt und war von ihm unterrichtet worden. Jetzt kehrte er zu dem Jäger, der mit Tom und Droll oben auf dem Sonnendeck saß, zurück und erzählte ihm von der Aufnahme, die seine Geschenke gefunden hatten. Als er das Totem erwähnte, konnte man aus seinem Ton hören, dass auch er dessen Bedeutung nicht ganz zu schätzen wusste. Deshalb erkundigte sich Old Firehand: „Ihr wisst, was ein Totem ist, Sir?“

„Ja. Es ist das Handzeichen eines Indianers, etwa wie bei uns das Petschaft oder Siegel, und kann in den verschiedensten Gegenständen und aus den verschiedensten Stoffen bestehen."

„Diese Erklärung ist richtig, aber nicht gründlich. Nicht jeder Indianer darf ein Totem führen, sondern nur Häuptlinge haben es. Dass dieser Knabe schon eins besitzt, ist ein Beweis, dass er bereits Taten hinter sich hat, die selbst von den roten Männern für ungewöhnlich gehalten werden. Sodann sind die Totems je nach ihrem Zweck verschieden. Eine gewisse Art wird allerdings nur zum Zweck der Beglaubigung und Bekräftigung, also wie bei uns das Siegel, angefertigt. Diejenige Art aber, die für uns Bleichgesichter die wichtigste ist, gilt als eine Empfehlung dessen, der es erhalten hat. Die Empfehlung kann je nach dem Grad ihrer Wärme verschieden sein. Lasst mich doch einmal das Leder sehen!"

Das Mädchen gab es ihm und er betrachtete es sorgfältig. Endlich erklärte er:

„Dieses Totem ist so wertvoll, wie selten eins verschenkt wird. Es bedeutet auf Tonkawa in Schrift übertragen: ‚Schake-i-elatan schake-i-schakin, henschon-elatan henschon-schakin; katepanon.' Diese Worte heißen genau übersetzt: ‚Sein Schatten ist mein Schatten und sein Blut ist mein Blut; er ist mein älterer Bruder.' Und darunter steht das Namenszeichen des Kleinen Bären. Die Bezeichnung ‚älterer Bruder' ist noch ehrenvoller als nur ‚Bruder'. Das Totem enthält eine Empfehlung, wie sie wärmer nicht gedacht werden kann. Wer dessen Besitzer etwas zuleide tut, hat die Rache des Großen und Kleinen Bären und aller ihrer Freunde zu erwarten. Wickelt das Totem gut ein, Sir, damit sich die rote Farbe der Zeichen erhält. Man weiß nicht, welche Dienste es Euch erweisen kann, da wir in die Gegend wollen, wo die Verbündeten der Tonkawa wohnen. An diesem kleinen Lederstück kann das Leben vieler Menschen hängen." –

Das Steamboat hatte während des Nachmittags Ozark, Van Buren und Fort Smith passiert und erreichte jetzt den Winkel, wo der Lauf des Arkansas eine entschiedene Bewegung nach Norden macht. Der Kapitän hatte verkündet, dass man ungefähr zwei Stunden nach Mitternacht Fort Gibson erreichen werde. Um bei der Ankunft dort munter zu sein, legten sich die meisten Reisenden zeitig schlafen, denn es stand zu erwarten, dass man in Fort Gibson gleich bis zum Morgen wach bleiben werde. Die Decks leerten sich gänzlich von den Kajütenreisenden und auch der Aufenthaltsraum enthielt nur wenige Personen, die bei Schach und anderen Spielen saßen. In dem daranstoßenden Rauchzimmer waren nur drei Personen, nämlich Old Firehand, Tom und Droll, die sich über ihre Erlebnisse unterhielten. Der hünenhafte Jäger hatte bisher über die Verhältnisse und nächsten Absichten der Tante Droll noch nichts Genaues erfahren können. Jetzt erkundigte er sich, wie Droll zu der sonderbaren Bezeichnung Tante gekommen sei, und der Befragte antwortete: „Ihr kennt ja die Gewohnheit der Westmänner, jedem einen Spitz- oder Kriegsnamen zu geben. Ich sehe in meinem *sleeping-gown* einem Frauenzimmer ähnlich, wozu auch meine hohe Stimme passt. Früher sprach ich im Bass, aber eine heftige Erkältung hat mich um die tiefen Töne gebracht. Da ich nun die Gewohnheit habe, mich eines jeden braven Kerls wie eine Tante anzunehmen, hat man mir den Namen Tante Droll gegeben."

„Ist Droll Euer Familienname?" – „Ja." – „Der Name klingt deutsch. Ihr seid wohl auch von deutscher Abstammung wie der Schwarze Tom und ich?" – „Ja." – „Und in den Vereinigten Staaten geboren?"

Da machte Droll sein listigstes und lustigstes Gesicht und sagte in deutscher Sprache: „Nee, das is mir damals gar nich eingefalle; ich hab mer e deutsches Elternpaar ausgesucht!"

„Was? Also ein geborener Deutscher, ein Landsmann?", rief Old Firehand. „Wer hätte das gedacht!"

„Das ham Sie sich nich denken könne? Und ich habe gemeent, mer sieht mersch sofort an, dass ich als Urenkel der alten Germanen geboren bin. Können Se vielleicht errate, wo ich meine erschten Kinderstiefel angetrete und abgeloofe habe?"

„Natürlich! Ihre Mundart sagt es mir. Im schönen Herzogtum Altenburg, wo die besten Quarkkäse gemacht werden."

„Richtig, im Altenburgschen. Sie hams sofort errate. Und das mit dem Käse is sehr wahr. Se wer'n Quärcher genannt und in Deutschland gibt's nich ihresgleichen. Wissen Se, ich hab Se überraschen wolle und drum nich gleich gesagt, dass ich e Landsmann von Ihnen bin. Itze aber, wo mer so scheen beisammensitze, is mersch endlich rausgefahre und nun wolle mer von unsrer scheenen Heimat spreche, die mir nich aus dem Sinn kommt, obgleich ich schon so lange hier im Lande bin."

Es hatte den Anschein, als wolle sich nun eine lebhafte Unterhaltung entwickeln, leider aber war das nicht der Fall, denn einige der im Aufenthaltsraum sitzenden Herren waren des Spielens müde geworden und kamen jetzt herein, um noch eine Zigarre zu rauchen. Sie verwickelten die Anwesenden in ein Gespräch und nahmen sie so in Anspruch, dass diese ihre Plaudereien aufgeben mussten. Als man sich später trennte, um schlafen zu gehen, verabschiedete sich Droll von Old Firehand mit den Worten: „Das war jammerschade, dass mer nich weiter rede konnte. Doch morgen is noch e Tag, wo mer unser Gespräch fortsetze könne. Gute Nacht, Herr Landsmann! Schlafe Se wohl und e bisschen rasch, denn nach Mitternacht müsse mer schon wieder off!"

Jetzt waren alle Kabinen besetzt und in den einzelnen Räumen wurden die Lichter verlöscht. Es brannten nur die beiden vorgeschriebenen Laternen, die eine vorn am Bug, die andre achtern. Die vordere beleuchtete den Fluss so hell und so weit, dass ein am Ausguck stehender Matrose etwa im Wasser liegende Hindernisse noch rechtzeitig sehen und melden konnte. Dieser Mann, der Lotse und der auf dem Deck hin und her wandernde Bootsmann waren die einzigen Menschen, die neben der Bedienung der Maschine wach zu sein schienen.

Auch die Tramps taten, als ob sie schliefen. Der Cornel hatte seine Leute schlauerweise rund um eine nach unten führende Luke gelagert, sodass niemand ungesehen dorthin konnte. „Eine verteufelte Geschichte!“, flüsterte er seinem Nebenmann zu. „Ich habe nicht daran gedacht, dass des Nachts hier vorn ein Mann steht, um das Fahrwasser zu beobachten. Der Kerl ist uns im Wege.“

„Nicht so, wie du denkst. In dieser Dunkelheit kann er nicht weit sehen. Es ist stockfinster. Kein einziger Stern steht am Himmel. Überdies muss er scharf in den Lichtkreis der Laterne blicken und ist geblendet, wenn er sich umdreht. Wann beginnen wir?“

„Sofort. Wir dürfen keine Zeit verlieren, denn vor Fort Gibson müssen wir fertig sein. Den Bohrer habe ich schon. Ich gehe jetzt ans Werk. Solltest du mich warnen müssen, so rufe mich vorsichtig.“

Brinkley schob sich, von der dichten Finsternis begünstigt, fort, zwischen die Kisten und Ballen hinein an die Luke zum Ballastraum, und setzte die Füße auf die schmale Treppe. Die zehn Stufen waren schnell zurückgelegt. Nun strich er ein Zündholz an und leuchtete um sich.

Der Raum, worin er sich befand, reichte fast bis in die Mitte des Schiffes. Durch keine Zwischenwand getrennt, hatte er die ganze Breite des unteren Schiffskörpers von einer Seite zur andern. Hohe Berge von Gepäckstücken lagen da umher.

Schließlich trat der Cornel an die Backbordseite und setzte den Bohrer unter der Wasserlinie an die Schiffswand. Unter dem kräftigen Druck seiner Hand griff das Werkzeug und fraß schnell in dem Holz weiter. Dann gab es einen harten Widerstand – das Blech, womit der unter

Wasser stehende Teil des Schiffes bekleidet war. Es musste mit dem Bohrer durchschlagen werden. Aber zur schnelleren Füllung des Raumes waren wenigstens zwei Löcher nötig. Der Cornel bohrte also zunächst möglichst weit unten ein zweites, ebenfalls bis auf das Blech. Dann hob er einen der Steine auf, die als Ballast dalagen, und schlug damit so lange auf den Griff des Bohrers, bis die Spitze durch das Blech gedrungen war. Sofort rieselte das Wasser herein und benetzte ihm die Hand. Als er aber den Bohrer mit einiger Anstrengung zurückgezogen hatte, traf ihn ein so starker, kräftiger Wasserstrahl, dass er schnell weichen musste. Das Klopfen war bei dem Geräusch der Schiffsmaschine unhörbar geblieben. Nun schlug er auch das Blech des ersten Loches, das der Treppe näher war, durch und kehrte auf Deck zurück. Er hatte den Bohrer in der Hand behalten und warf ihn oben an der Treppe weg.

Von den Seinen wurde er leise gefragt, ob es gelungen sei. Er antwortete bejahend und erklärte, er wolle nun sofort zur Kabine Nummer eins schleichen.

Das Speisezimmer und das daran stoßende Rauchzimmer lagen oben auf dem Achterdeck, an beiden Seiten die Kabinen. Die Außenwände der Kabinen waren mit ziemlich großen Fenstern versehen, die jetzt nur mit Gaze verschlossen waren. Vor den Kabinenfenstern lief ein schmaler Sims, von der Treppe aus erreichbar, rund um den ganzen Schiffsaufbau.

Nach dem Sims rechter Hand, also Steuerbord, wendete sich der Cornel, sobald er leise die Treppe hinaufgehuscht war. Die Kabine Nummer eins war die erste, lag somit an der Ecke. Er erreichte sein Ziel glücklich. Durch die Gaze des ersten Fensters fiel ein leiser Schein. Es brannte Licht in der Kabine. Sollte Patterson noch wach sein? Vielleicht lesen?

Aber der Cornel überzeugte sich, dass auch in den anderen Kabinen Licht war, und das beruhigte ihn. Vielleicht erleichterte gerade diese Beleuchtung die Ausführung seines Vorhabens. Er zog sein Messer und zerschnitt die Gaze geräuschlos von oben bis unten. Ein Vorhang hinderte ihn, durch das Fenster in die Kabine zu blicken. Er schob ihn leise zur Seite und hätte vor Freude über das, was er nun sah, laut aufjubeln mögen.

An der linken Wand hing über dem Bett ein brennendes Nachtlämpchen, das nach unten verhüllt war, um den Schläfer nicht zu stören. Darunter schlummerte, mit dem Gesicht nach der Wand gekehrt, der Ingenieur. Auf einem Stuhl lagen seine Kleidungsstücke, an der rechten Wand auf einem Klapptischchen die Uhr, die Börse und – das Messer des Schläfers, von außen leicht mit der Hand zu erreichen. Der Cornel griff hinein und nahm das Messer fort, ließ aber Uhr und Börse liegen. Er zog es aus der Scheide und untersuchte den Griff. Wie an einer Nadel- oder Federbüchse war daran ein Schieber angebracht, der sich mühelos öffnen ließ. Das genügte.

Niemand hatte diesen Vorgang gesehen; denn niemand achtete auf den Sims da oben. Der Cornel steckte das Messer in den Gürtel und kroch wieder zu seinen Leuten zurück. Er kam glücklich auf dem unteren Deck an. Wenige Meter weiter fiel sein Blick nach links. Da war es ihm, als sehe er zwei leise phosphoreszierende Punkte, die sofort wieder verschwanden. Das waren Augen; er wusste es. Flink schnellte er sich mit einer kräftigen Bewegung, aber unhörbar, vorwärts und rollte sich dann ebenso rasch zur Seite. Richtig! Von der Stelle her, wo er die Augen gesehen hatte, erscholl ein Geräusch, wie wenn sich jemand auf einen anderen werfen will. Der auf und ab wandernde Bootsmann hatte es gehört und trat hinzu. „Wer ist da?“, fragte er.

„Hier Nintropan-hauey“, antwortete es. – „Ach, der Indianer! Schlaf doch!“ – „Ein Mann kam geschlichen. Hat etwas Böses getan. Ich ihn gesehen, er aber schnell fort.“ – „Wohin?“ – „Nach vorn, wo Cornel liegen. Er vielleicht selbst gewesen.“ – „*Pshaw!* Wozu sollte er oder ein andrer hier schleichen! Schlafe und störe die andern nicht!“

Der Bootsmann horchte trotzdem vorsichtshalber nach vorn und da sich dort nichts hören ließ, beruhigte er sich. Er war überzeugt, dass der Rote sich geirrt habe.

Es verging eine lange Zeit; da wurde er von dem Ausguck zum Bug gerufen.

„Sir“, sagte der Mann, „ich weiß nicht, woran es liegen mag, aber das Wasser kommt schnell höher. Das Schiff sinkt.“

„Unsinn!“, lachte der Bootsmann.

„Kommt her und seht.“

Der Bootsmann blickte hinab, sagte nichts und eilte fort zur Kajüte des Kapitäns. Nach zwei Minuten kam er mit dem Kapitän wieder. Sie hatten eine Laterne mit und leuchteten damit über Bord. Dann stiegen sie in die Luke, um den Kielraum zu untersuchen. Die Tramps hatten sich dort entfernt. Nach kurzer Zeit schon kam erst der Bootsmann, dann der Kapitän wieder. Mit eiligen Schritten begaben sie sich zum Lotsen.

„Man will nicht Lärm schlagen“, flüsterte der Cornel den Seinen zu. „Aber passt auf, der Steamer wird ans Ufer gehen!“

Brinkley hatte Recht. Die Matrosen und Arbeiter wurden heimlich geweckt und das Schiff änderte seinen Kurs. Ohne einige Unruhe konnte das nicht geschehen. Mehrere Fahrgäste kamen aus ihren Kabinen.

„Es ist nichts, Mesch'schurs, es hat keine Gefahr!“, rief ihnen der Kapitän zu. „Wir haben etwas Wasser im Raum und müssen es auspumpen. Deshalb legen wir an und wer Angst hat, kann einstweilen ans Ufer gehen.“

Er wollte beruhigend wirken, erreichte aber das Gegenteil. Man schrie, man rief nach Rettungsgürteln, die Kabinen leerten sich. Alles rannte durcheinander. Da fiel der Schein der Vorderlaterne auf das hohe Ufer. Das Schiff machte eine Wendung, dass es längs daneben zu liegen kam, und ließ den Anker fallen. Die beiden Landebrücken wurden ausgelegt und die Ängstlichen drängten an Land. Allen voran waren die Tramps, die schnell im Dunkel der Nacht verschwanden.

An Bord geblieben waren außer den Schiffsleuten nur Old Firehand, Tom, Droll und der Große Bär. Der hünenhafte Jäger war in den Raum gestiegen, um den Wasserstand zu prüfen. Mit dem Licht in der Rechten und dem Bohrer in der Linken kam er wieder herauf und fragte den Kapitän, der das Einrichten der Pumpen beaufsichtigte: „Wo hat dieser Bohrer seinen Platz?“

„Dort im Werkzeugkasten“, erklärte ein Matrose. „Er lag am Nachmittag noch drin.“

„Jetzt fand ich ihn an der Treppe. Die Spitze ist verbogen. Ich wette, dass das Schiff angebohrt worden ist.“

Der Eindruck, den diese Worte hervorbrachten, wurde durch eine weitere Entdeckung verstärkt. Patterson hatte vor allen Dingen seine Tochter ans Ufer gebracht. Dann war er auf das Schiff zurückgekehrt, um seinen Anzug zu vervollständigen. Jetzt kam er aus seiner Kabine und rief so laut, dass alle es hörten: „Ich bin bestohlen! Neuntausend Dollar! Man hat das Gazefenster zerschnitten und sie mir vom Tisch genommen!“

Und sogleich rief der Große Bär noch lauter: „Cornel hat gestohlen und Schiff angebohrt. Nintropan-hauey ihn sehen. Aber Bootsmann nicht glauben. Fragen schwarzen Feuermann! Er trinken mit Cornel; er gehen fort in Speiseraum und putzen Fenster; er kommen und trinken wieder; er sagen müssen alles.“

Sofort scharten sich der Kapitän, der Bootsmann, der Lotse und die Deutschen um den Indianer und den Ingenieur, um sie genauer zu befragen. Da ertönte vom Land, unterhalb der Stelle, wo das Schiff lag, ein Schrei.

„Das sein Kleiner Bär“, erklärte der Indianer. „Nintropanhauey ihn nachgeschickt dem Cornel, der schnell an Land. Er sagen wird, wo Cornel sein.“

Und schon kam der Kleine Bär im eiligen Lauf über die Landebrücke gesprungen und rief, auf den Fluss deutend, der von den vielen inzwischen angebrannten Lichtern des Schiffes weit hinaus erleuchtet wurde: „Dort rudern hinaus! Cornel haben abgeschnitten großes Boot und hinüber ans andre Ufer.“

Man sah das entfliehende Boot. Die Tramps jubelten und schrien höhnisch herüber. Die Schiffsleute und ein Teil der Fahrgäste antworteten ihnen wütend. In der allgemeinen Aufregung achtete man nicht auf die Indianer, die plötzlich verschwanden. Endlich gelang es der mächtigen Stimme Old Firehands, die Ruhe herzustellen, und da hörte man auch eine andere Stimme vom Wasser herauf: „Der Große Bär kleines Boot geborgt. Er hinter dem Cornel her, um zu rächen. Roter Mann kleines Boot drüben lassen und anbinden. Kapitän es finden. Großer Bär und Kleiner Bär müssen haben sein Blut. Howgh!“ – Die beiden hatten sich das zweite Boot genommen und ruderten nun hinter den Flüchtlingen her.

Der Kapitän fluchte und schimpfte gewaltig. Während die Deckhands mit dem Auspumpen des Schiffes und dem Abdichten der Lecks begannen, wurde der schwarze Feuermann verhört. Old Firehand trieb ihn mit Fragen so in die Enge, dass er alles gestand und jedes Wort berichtete, das zwischen ihm und den Tramps gefallen war. Daraus erklärte sich nun alles. Der Cornel war der Dieb und hatte das Schiff angebohrt, um noch vor der Entdeckung des Diebstahls mit seinen Leuten an Land entkommen zu können. Dem Neger sollte sein Verrat nicht ungestraft hingehen. Er wurde angebunden, um am Morgen die ihm vom Kapitän zugedachten Hiebe zu erhalten.

Es stellte sich bald heraus, dass die Pumpen das Wasser leicht bewältigten und das Schiff sich nicht in Gefahr befand, sondern in kurzer Zeit die Fahrt fortsetzen konnte. Die Reisenden kehrten also von dem unwirtlichen Ufer an Bord zurück und machten es sich bequem. Der Zeitverlust kümmerte sie nicht, ja, viele freuten sich sogar über die spannende Unterbrechung der langweiligen Reise.

Die geringste Freude konnte freilich der Ingenieur dieser Unterbrechung abgewinnen. Er war dabei um eine bedeutende Summe gekommen. Old Firehand tröstete ihn, indem er ihm sagte: „Noch ist Hoffnung vorhanden, das Geld wiederzuerhalten. Fahrt in Gottes Namen mit Eurer Tochter weiter! Ich treffe bei Eurem Schwager wieder mit Euch zusammen." – „Wie? Ihr wollt fort?" – „Ja, ich will diesem Cornel nach, um ihm seinen Raub abzujagen." – „Aber das ist gefährlich!" – *„Pshaw!* Old Firehand ist nicht der Mann, der sich vor diesen Strolchen fürchtet. Es handelt sich nicht nur um Eure neuntausend Dollar, sondern um mehr. Die Tramps haben durch den Neger erfahren, dass auch Tom Geld bei sich hat und von seinen Gefährten am Black Bear-Fluss erwartet wird. Ich täusche mich gewiss nicht, wenn ich meine, dass sie sich dorthin wenden, um ein neues Verbrechen auszuführen, wobei es Menschenleben kosten kann. Die beiden Tonkawa sind wie gute Schweißhunde hinter ihnen her und beim Anbruch des Tages folgen wir ihrer Fährte, nämlich Tom, Droll, der Knabe Fred und ich. Nicht wahr, Mesch'schurs?"

„Ja", bestätigte Tom einfach und ernst.

„Jawohl", stimmte auch Droll bei. „Der Cornel muss unser werden, auch schon um andrer willen. Erwischen wir ihn, dann gnade ihm, wenn's nötig ist!"

3. Nächtliche Kämpfe

Am hohen Ufer des Black Bear-Flusses brannte ein großes Feuer. Zwar stand der Mond am Himmel, aber sein Licht vermochte nicht die dichten Wipfel der Bäume zu durchdringen. Ohne das Feuer hätte tiefe Finsternis geherrscht. Die Flamme beleuchtete eine Art Blockhaus, das nicht aus waagrecht übereinander lagernden Stämmen, sondern in andrer Weise errichtet war. Man hatte von vier in einem regelmäßigen Viereck stehenden Bäumen die Wipfel abgesägt und auf die Stämme Querhölzer gelegt, die das Dach trugen. Dieses Dach und ebenso die vier Wände bestanden aus so genannten *clapboards*, Brettern, die man roh aus astlosen Zypressen- oder auch Roteichenstämmen spaltet. In der vorderen Wand waren drei Öffnungen gelassen, eine größere als Tür und zwei kleinere, seitlich davon, als Fenster. Vor diesem Haus brannte das erwähnte Feuer, um das gegen zwanzig wilde Gestalten saßen, denen es anzusehen war, dass sie längere Zeit nicht mit der Zivilisation in Berührung gekommen waren. Ihre Anzüge waren abgerissen und ihre Gesichter von Sonne, Wind und Wetter gebräunt. Außer den Messern hatten sie keine Waffen bei sich; die mochten im Innern des Blockhauses liegen.

Über dem Feuer hing von einem starken Baumast herab ein großer eiserner Kessel, worin mächtige Fleischstücke kochten. Neben dem Feuer standen zwei ausgehöhlte Riesenkürbisse mit gegorenem Honigwasser, also Met. Wer Lust hatte, schöpfte sich einen solchen Trunk oder nahm sich einen Becher voll Fleischbrühe aus dem Kessel.

Dabei wurde eine lebhafte Unterhaltung geführt. Die Gesellschaft schien sich sehr sicher zu fühlen, denn keiner gab sich Mühe, leise zu sprechen. Hätten diese Leute die Nähe eines Feindes vermutet, wäre das Feuer wohl nach indianischer Weise genährt worden, das heißt so, dass es eine nur kleine, nicht weit sichtbare Flamme gab. An der

Wand des Hauses lehnten Äxte, Beile, Sägen und anderes Handwerkszeug, woraus sich erraten ließ, dass man hier eine Gesellschaft von Rafters, also von Holzfällern und Flößern, vor sich hatte.

Diese Rafters sind eine eigene Sorte von Hinterwäldlern. Sie sind mit ihrer Tätigkeit nicht an eine Stätte gebunden und haben ein freies, fast unabhängiges Dasein. Der Rafter streift aus einem Staat in den andern und aus einer County in die andre. Menschen und menschliche Wohnungen sucht er nicht gern auf, weil sein Gewerbe eigentlich ungesetzlich ist. Das Land, auf dem er Holz schlägt, ist nicht sein Eigentum. Es fällt ihm auch nur selten ein, zu fragen, wem es gehört. Findet er passende Waldung und ein zum Verflößen bequemes Wasser in der Nähe, so beginnt er seine Arbeit, ohne sich darum zu kümmern, ob der Ort, den er ausbeutet, Kongressland ist oder schon einem Privateigentümer gehört. Er sucht sich die besten Bäume aus, fällt, schneidet und bearbeitet die Stämme, verbindet sie zu Flößen und flößt sie dann stromab, um das Holz irgendwo zu verkaufen.

Deshalb ist der Rafter kein gern gesehener Gast. Zwar ist es wahr, dass manchem neuen Ansiedler der dichte Wald, den er vorfindet, zu schaffen macht und dass er froh wäre, ihn gerodet zu sehen. Aber der Rafter rodet nicht, er nimmt, wie gesagt, nur die besten Stämme, fällt sie, schneidet die Kronen ab und lässt sie liegen. Zwischen diesen Wipfeln und aus den alten Wurzelstöcken sprossen dann neue Schösslinge hervor, die durch wilde Reben und andere Schlingpflanzen zu einem festen Ganzen verbunden werden. So bildet sich erst recht ein dichter Urwald, gegen den dann die Axt und oft sogar auch das Feuer nur wenig vermögen.

Dennoch bleibt der Rafter meist unbelästigt, denn er ist ein kräftiger und kühner Geselle, mit dem nicht so leicht jemand anzubinden wagt. Allein kann er natürlich nicht arbeiten, sondern es tun sich stets mehrere, meist vier bis acht oder zehn zusammen. Zuweilen kommt es auch vor, dass die Gesellschaft aus noch mehr Personen besteht. Dann fühlt sich der Rafter doppelt sicher, denn mit einer solchen Schar, die um den Besitz eines Baumstammes ihr Leben aufs Spiel setzen würde, wird kein Farmer einen Streit beginnen.

Freilich führen die Rafters ein sehr hartes, anstrengendes und entbehrungsreiches Leben, doch ist am Ende ihr Lohn auch nicht gering. Der Rafter verdient, da ihn das Holz nichts kostet, ein schönes Stück Geld. Während die andern arbeiten, sorgt ein Kamerad oder sogar zwei oder mehrere, je nach der Größe der Gesellschaft, für die Ernährung. Das sind die Jäger, die tagsüber und oft auch während der Nacht umherstreifen, um ‚Fleisch zu machen'. In wildreichen Gegenden ist das leicht. Mangelt es aber an Wild, so gibt es schwere Jagd. Dabei bleibt keine Zeit übrig, Honig und andere Leckerbissen zu suchen, und die Rafters müssen auch diejenigen Fleischstücke essen, die der Hinterwäldler sonst verschmäht, sogar die Eingeweide.

Die Gesellschaft nun, die hier am Schwarzen Bärenfluss ihr Wesen trieb, schien, wie der volle Kessel bewies, keine Not zu leiden. Darum waren alle guter Laune und es wurde nach der harten Tagesarbeit viel gescherzt. Man erzählte sich heitere oder sonst wie fesselnde Erlebnisse.

„Da solltet ihr einen kennen, den ich da oben mal in Fort Niobrara getroffen habe", sagte ein alter Graubart. „Der Mann war ein Mann und wurde doch nur Tante genannt."

„Meinst du etwa Tante Droll?", fragte ein andrer.

„Ja, gerade den meine ich. Bist du ihm etwa auch begegnet?"

„Ja, einmal. Das war in Desmoines, im Gasthof, wo sein Erscheinen großes Aufsehen erregte und sich alle über ihn lustig machten. Besonders einer war es, der ihm keine Ruhe ließ, bis Droll ihn bei den Hüften nahm und zum Fenster hinauswarf. Der Mann kam nicht wieder herein."

„Das traue ich der Tante gut und gern zu. Droll liebt einen Spaß und hat nichts dagegen, wenn man über ihn lacht. Aber über eine gewisse Grenze hinaus darf man nicht gehen, sonst zeigt er die Zähne. Übrigens würde ich selbst einen jeden, der ihn ernstlich beleidigen wollte, niederschlagen."

„Du, Blenter? Warum?"

„Weil ich ihm mein Leben verdanke. Ich war mit ihm bei den Sioux gefangen und ich sage euch, dass ich damals ohne seine Hilfe von ihnen in die ewigen Jagdgründe geschickt worden wäre. Bin nicht der Mann, der sich vor ein paar Indianern fürchtet. Pflege auch nicht zu wimmern, wenn es mir einmal verkehrt geht. Damals aber war keine Hoffnung mehr und ich wusste wahrhaftig keinen Ausweg. Dieser Droll jedoch ist ein Pfiffikus sondergleichen. Er hat die Roten so eingeseift, dass sie nicht mehr aus den Augen sehen konnten. Wir entkamen."

„Wie war das? Wie ging das zu? Erzähle doch!"

„Wenn es euch recht ist, werde ich lieber den Mund halten. Ist kein Vergnügen, eine Begebenheit zu berichten, wobei man keine rühmliche Rolle gespielt hat. Genug, dass ich euch sage, wenn ich mir heute hier den Rehbock schmecken lassen kann, so habe ich das der Tante Droll zu danken."

„Dann muss die Tinte, in der du saßest, sehr tief und schwarz gewesen sein. Der alte Missouri-Blenter ist doch als ein Westmann bekannt, der gewiss die Tür findet, wenn überhaupt eine vorhanden ist."

„Damals aber habe ich sie nicht gefunden. Ich stand fast schon am Marterpfahl."

„Das ist freilich eine böse Sache! Eine verteufelte Erfindung, dieser Marterpfahl! Ich hasse die roten Burschen doppelt, wenn ich an dieses Wort denke."

„So weißt du nicht, was du tust und was du sagst. Wer die Indsmen hasst, der beurteilt sie falsch, der hat nicht darüber nachgedacht, was alles die Roten erduldet haben.

Wenn jetzt jemand käme, um uns von hier zu vertreiben, was würdest du tun?"

„Mich wehren, und sollte es sein oder mein Leben kosten."

„Und ist dieser Platz hier etwa dein Eigentum?"

„Weiß ganz und gar nicht, wem er gehört. Aber ich habe ihn gewiss nicht bezahlt."

„Nun, den Roten gehörte alles Land ringsum. Es ist ihnen genommen worden und wenn sie sich wehren, so verurteilst du sie?"

„Hm! Ist schon richtig, was du sagst. Aber der Rote muss weichen, muss aussterben. Das ist ihm nun einmal bestimmt."

„Ja, er stirbt aus, weil wir ihn morden. Es heißt, dass er nicht kulturfähig sei und daher verschwinden müsse. Die Kultur aber schießt man nicht wie eine Kugel nur so aus dem Lauf heraus. Dazu gehört Zeit, viel Zeit. Ich verstehe das nicht so genau, aber ich meine, dass dazu Jahrhunderte gehören. Gibt man nun etwa dem Roten Zeit? Schickst du einen sechsjährigen Boy in die Schule und schlägst ihm über den Kopf, wenn er nach einigen Wochen noch nicht Professor geworden ist? Und so etwa verfährt man mit den Indsmen. Ich will sie nicht verteidigen, denn ich habe nichts davon. Aber ich habe bei ihnen mindestens ebenso viele gute Menschen getroffen wie bei den Weißen, ja eher noch mehr. Wem habe denn gerade ich es zu verdanken, dass ich nicht mehr mein schönes Heim und meine Familie besitze, sondern als alter, grauer Kerl noch im Wilden Westen herumirren muss? Den Roten oder den Weißen?"

„Das kann ich doch nicht wissen. Du hast noch nie davon gesprochen."

„Weil ein richtiger Mann solche Sachen lieber in sich hinein vergräbt, als dass er davon redet. Ich brauche nur noch einen, den Letzten, der mir entkam und der von der Bande übrig geblieben ist, gerade den Anführer, den Allerschlimmsten!"

Der alte Mann sagte das knirschend, langsam, als wollte er auf jedes Wort ein schweres Gewicht legen. Das erhöhte die Aufmerksamkeit der andern. Sie rückten näher zusammen und sahen ihn auffordernd an, ohne jedoch etwas zu fragen. Er starrte eine Weile ins Feuer, stieß mit dem Fuß in die brennenden Hölzer und fuhr fort, als spräche er nur zu sich selbst. „Ich habe sie nicht erschossen und nicht erstochen, sondern totgepeitscht, einen nach dem andern. Lebendig musste ich sie haben, damit sie genauso starben, wie meine Familie sterben musste, mein Weib und meine beiden Söhne. Sechs waren es. Fünf von ihnen habe ich in kurzer Zeit ausgelöscht. Der Sechste entkam. Habe ihn gejagt durch die ganzen Staaten, bis es ihm gelang, seine Fährte unsichtbar zu machen. Bin noch nicht wieder auf sie getroffen. Aber er lebt noch, denn er war jünger als ich, viel jünger, und so denke ich, dass meine alten Augen ihn noch einmal erblicken, ehe ich sie für immer schließe."

Es trat eine tiefe Stille ein. Alle fühlten, dass es sich hier um etwas Ungewöhnliches handle. Erst nach einer langen Pause wagte einer zu fragen: „Blenter, wer war der Mann?"

Der Alte fuhr aus seinem Sinnen auf: „Wer er war? Nicht etwa ein Indianer, sondern ein Weißer, ein Scheusal, wie es bei den Roten keines gibt. Ja, Männer, ich will es euch sogar sagen, dass er das war, was ihr alle seid und was auch ich jetzt bin, nämlich ein Rafter."

„Wie? Rafters haben deine Familie getötet?"

„Ja, Rafters! Ihr habt gar keine Veranlassung, stolz auf euer Gewerbe zu sein und euch besser zu dünken als die Roten. So, wie wir hier sitzen, sind wir alle Diebe und Spitzbuben."

Diese Behauptung stieß natürlich auf lebhaften Widerspruch. Blenter aber fuhr unbeirrt fort: „Dieser Fluss, an dem wir uns befinden, dieser Wald, dessen Bäume wir schlagen und verkaufen, sind nicht unser Eigentum. Wir vergreifen uns an dem, was dem Staat oder gar Privatpersonen gehört. Wir würden jeden niederschießen, selbst den rechtmäßigen Besitzer, wenn er uns von hier vertreiben wollte. Ist das nicht Raub?"

Der Alte sah im Kreis umher und da er nicht gleich Antwort bekam, sprach er weiter: „Und mit solchen Räubern bekam ich es damals zu tun. Ich war von Missouri herübergekommen, mit dem richtigen Kaufbrief in der Hand. Mein Weib und meine Söhne waren bei mir. Wir hatten Rinder mit, einige Pferde, Schweine und einen großen Wagen voll Hausgerät, denn ich war leidlich wohlhabend, sage ich euch. Einen Ansiedler gab es nicht in der Nähe und wir brauchten auch niemand, denn unsre acht Arme waren kräftig und fleißig genug. In kurzer Zeit stand das Blockhaus da. Wir brannten und rodeten ein Stück Ackerland aus und begannen zu säen. Eines schönen Tages fehlte mir eine Kuh und ich ging in den Wald, sie zu suchen. Da hörte ich Axtschläge und ging dem Schall nach. Dort fand ich sechs Rafters, die meine Bäume umschlugen. Bei ihnen lag die Kuh. Sie hatten das Tier erschossen, um es zu verzehren. Nun, Mesch'schurs, was hättet ihr an meiner Stelle gemacht?"

„Die Kerle niedergeschossen!", erklärte einer. „Und das mit vollem Recht. Nach dem Gesetz des Westens verfällt ein Pferde- oder Rinderdieb dem Tode."

„Das ist richtig. Aber ich habe es nicht getan. Ich sprach ruhig zu den Leuten und verlangte von ihnen nur, meinen Grund und Boden zu verlassen und mir die Kuh zu bezahlen. Sie lachten mich aus. Und am andern Tage fehlte mir auch die zweite Kuh. Die Rafters hatten auch sie geholt. Als ich wieder hinkam, hatten sie das Tier in Stücke zerlegt und die Schnitten zum Trocknen aufgehängt, um Pemmikan[1] zu machen. Ich drohte, von meinem Recht Gebrauch zu machen, und verlangte Schadenersatz. Der Sprecher und Anführer der Rafters erhob sein Gewehr gegen mich. Ich zerschmetterte es ihm mit meiner Kugel. Wollte

[1] Getrocknetes und gestoßenes, mit Fett verknetetes Fleisch

ihn selbst nicht verwunden, sondern hatte auf das Gewehr gezielt. Dann eilte ich zurück, um meine Söhne zu holen. Wir drei fürchteten uns keineswegs vor diesen sechs. Doch als wir an Ort und Stelle kamen, waren sie schon fort. Jetzt war Vorsicht geboten und wir streiften mehrere Tage lang nicht über die nächste Umgebung der Blockhütte hinaus. Am vierten Morgen waren die Vorräte knapp geworden und ich ging mit dem ältesten Sohn, um Fleisch zu machen. Natürlich sahen wir uns vor, aber es war keine Spur von den Rafters zu bemerken. Als wir uns dann langsam und leise durch den Wald pirschten, vielleicht zwanzig Schritt voneinander entfernt, sah ich plötzlich jenen Anführer hinter einem Baum stehen. Er erblickte mich nicht, sondern meinen Sohn John und legte das Gewehr auf ihn an. Es ist nie meine Art gewesen, ohne Not ein Menschenkind zu töten, und so sprang ich nur schnell hinzu, riss ihm das Gewehr aus der Hand, das Messer und die Pistole aus dem Gürtel und gab ihm einen Hieb ins Gesicht, dass er zu Boden stürzte. Er verlor seine Geistesgegenwart keinen Augenblick, war vielmehr noch schneller als ich. Im Nu hatte er sich aufgerafft und sprang davon, ehe ich nur eine Hand nach ihm ausstrecken konnte."

„*Heavens!* Diese Dummheit hast du nachher büßen müssen!", rief einer. „Es ist ausgemacht, dass der Mann den Schlag später gerächt hat."

„Ja, er hat ihn gerächt", nickte der Alte, indem er aufstand, um einige Male auf und ab zu schreiten. Die Erinnerung regte ihn auf. Dann setzte er sich wieder und fuhr fort: „Wir hatten Glück und machten eine gute Jagd. Als wir heimkehrten, ging ich hinter das Haus, um dort die Beute abzulegen. Es war mir, als hörte ich einen erschrockenen Ruf Johns, aber ich achtete leider nicht darauf. Beim Eintritt in die Stube sah ich meine Leute gebunden und geknebelt am Herd liegen und zu gleicher Zeit wurde ich gepackt und niedergerissen. Die Rafters waren während unserer Abwesenheit zur Farm gekommen, hatten meine

Frau und den jüngeren Sohn Nic überwältigt und warteten nun auf uns. Als John dann vor mir auftauchte, hatten sie sich so schnell über ihn gemacht, dass ihm kaum Zeit zu dem erwähnten Warnungsruf geblieben war. Mir erging es nicht schlimmer und nicht besser als den andern. Es kam alles so überraschend und ging so schnell, dass ich gebunden war, bevor ich an Gegenwehr denken konnte. Dann stopfte man auch mir irgendeinen Zeugfetzen in den Mund, damit ich nicht schreien könne. Was nun folgt, kann mit Worten nicht geschildert werden. Es wurde Gericht gehalten. Dass ich geschossen hatte, wurde mir in der Anklage als todeswürdiges Verbrechen ausgelegt. Die Halunken hatten sich übrigens über meinen Brandy hergemacht und sie tranken sich einen solchen Rausch an, dass sie nichts Menschenähnliches mehr an sich hatten. Sie beschlossen, uns sterben zu lassen. Als Sonderstrafe für den Schlag, den der Anführer von mir erhalten hatte, verlangte er, dass auch wir geschlagen, das heißt totgepeitscht werden sollten. Zwei stimmten ihm bei, drei waren dagegen. Er setzte es aber durch. Wir wurden hinaus an die Fenz geschafft. Die Frau kam zuerst daran. Man band sie fest und schlug mit Knütteln auf sie los. Einer fühlte doch eine Art von Mitleid mit ihr und gab ihr eine Kugel in den Kopf. Den Söhnen erging es schlimmer als ihr. Sie wurden buchstäblich totgeprügelt. Ich lag dabei und musste es mit ansehen, denn ich sollte der Letzte sein. Leute, ich sage euch, jene Viertelstunde ist mir zur Ewigkeit geworden. Ich war wie wahnsinnig und konnte nichts gegen diese Grausamkeit tun. Endlich kam ich an die Reihe. Ich wurde aufgerichtet und angebunden. Die Schläge, die ich nun erhielt, habe ich nicht gefühlt. Meine Seele befand sich in einem Zustand, der sie gegen körperliche Schmerzen unempfindlich machte. Ich weiß nur, dass plötzlich vom Maisfeld her ein lauter Ruf erscholl und dass, als dieser Ruf von den Rafters nicht augenblicklich beachtet wurde, ein Schuss fiel. Ich war ohnmächtig geworden.“

„Es kamen Leute, die dich retteten?“

„Leute? Nein, es war nur einer. Aus der Haltung meines Kopfes hatte er schon von weitem gesehen, dass mein Leben keinen Cent wert sei, wenn er nicht schon aus der Ferne Einhalt tat. Darum sein Ruf und sein Schuss. Er hatte nur einen Warnungsschuss in die Luft abgegeben, da er nicht geglaubt hatte, es mit Mördern zu tun zu haben. Als er dann rasch herbeikam, erkannte ihn einer der Kerle und rief erschrocken seinen Namen. Feig morden hatten sie gekonnt, es aber mit diesem einen aufzunehmen, dazu fehlte den sechs Schuften der Mut. Sie rannten davon, indem sie das Haus als Deckung benutzten, um in den Wald zu entkommen.“

„Dann muss der Ankömmling ein berühmter Westmann gewesen sein.“

„Westmann? *Pshaw!* Ein Indianer war's. Ja, Leute, ich sage euch, dass ein Roter mich rettete!“

„Ein Roter? Der so gefürchtet war, dass sechs Rafters vor ihm davonliefen? Unmöglich!“

„Es war Winnetou!“

„Winnetou, der Apatsche? *Good luck!* Ja, dann ist's allerdings zu glauben! Aber war der denn schon damals so bekannt?“

„Er stand zwar erst im Anfang seines Ruhmes. Aber der eine Rafter, der den Namen rief und dann ausriss, hatte ihn wohl schon auf eine Weise kennen gelernt, die ihn ein zweites Zusammentreffen nicht wünschen ließ. Überdies, wer Winnetou nur ein einziges Mal gesehen hat, der weiß, welchen Eindruck schon allein sein Erscheinen macht.“

„Und er hat die Kerle entwischen lassen?“

„Einstweilen, ja. Oder hättest du es etwa anders gemacht? Aus ihrer eiligen Flucht erkannte er zwar, dass sie ein böses Gewissen hatten, doch die eigentlichen Umstände wusste er noch nicht. Dann erst entdeckte er die Leichen und schloss daraus, dass hier ein Verbrechen geschehen war. Aber er konnte den Fliehenden nicht nach, weil er sich vor allen

Dingen meiner annehmen musste. Als ich erwachte, kniete er neben mir. Er hatte mich von den Fesseln und dem Knebel befreit. Ich fühlte wahrhaftig keine Schmerzen und wollte auf und fort, um mich zu rächen. Er gab das nicht zu, schaffte mich und die Leichen ins Haus, wo ich mich der Rafters, falls sie es sich einfallen lassen sollten, wiederzukommen, leicht erwehren konnte, und ritt dann zum nächsten Nachbarn, um eine pflegende und helfende Hand zu holen. Ich sage euch, dass dieser Nachbar über dreißig Meilen entfernt wohnte und dass Winnetou noch nie in dieser Gegend gewesen war. Er fand ihn doch, obgleich er erst des Abends dort ankam, und brachte ihn und einen Knecht gegen Morgen zu mir. Dann verließ er mich, um die Spuren der Mörder zu verfolgen. Er blieb über eine Woche aus. Ich hatte indessen meine Toten begraben und dem Nachbar Auftrag gegeben, meinen Besitz zu verkaufen. Meine zerschlagenen Glieder waren noch nicht heil und ich hatte mit wahren Schmerzen auf die Rückkehr des Apatschen gewartet. Er war den Rafters gefolgt, hatte sie des Abends belauscht und gehört, dass sie zum Fort Smoky-Hill wollten. Gezeigt hatte er sich ihnen nicht, ihnen auch nichts getan, da die Rache meine Sache war. Als er sich von mir verabschiedet hatte, nahm ich die Büchse, stieg auf mein Pferd und ritt fort. Das Übrige wisst ihr bereits oder könnt es erraten."

„Wir wissen es nicht. Erzähle nur weiter!"

„Ihr könnt euch denken, dass mir das kein Vergnügen bereitet. Die fünf sind ausgelöscht, einer nach dem andern. Der Sechste und Schlimmste ist mir entkommen. Er war, wie ich schon sagte, Rafter und ist vielleicht noch bei diesem Geschäft. Deshalb bin auch ich Rafter geworden, weil ich denke, dass ich ihn bei diesem Handwerk am sichersten einmal treffe. Und nun – *behold!* Was für Leute sind denn das?"

Er sprang auf und die andern folgten seinem Beispiel, denn soeben waren zwei in bunte Decken gehüllte Gestalten aus dem Dunkel des Waldes in den Lichtkreis des Feuers getreten. Es waren Indianer, ein alter und ein junger. Der alte hob beruhigend die Hand und sagte: „Nicht Sorge haben, wir nicht Feinde! Arbeiten hier Rafters, die Schwarzen Tom kennen?“

„Ja, den kennen wir“, bestätigte Blenter.

„Er für euch fort, um zu holen Geld?“

„Ja, er soll kassieren und kann in einer Woche wieder bei uns sein.“

„Tom noch eher kommen. Wir also bei Rafters, die wir suchen. Feuer klein machen, sonst weit sehen. Und auch leise sprechen, sonst weit gehört werden.“

Der Rote warf die Decke ab, trat ans Feuer, riss die Brände auseinander, verlöschte sie und ließ nur einige weiterbrennen. Der junge Indianer half ihm dabei. Als das geschehen war, tat der alte einen Blick in den Kessel, setzte sich nieder und sagte: „Uns Stück Fleisch geben, denn wir weit geritten und nichts gegessen.“

Sein selbständiges Beginnen erregte natürlich das Erstaunen der Rafters. Der Missourier fragte verwundert: „Aber, Mann, was fällt dir ein! Wagst dich zu uns heran, als ob dieser Platz dir gehörte!“

„Wir nichts wagen“, lautete die Antwort. „Roter Mann muss nicht sein schlechter Mann. Roter Mann sein guter Mann. Bleichgesicht wird das erfahren.“

„Aber wer bist du denn? Jedenfalls gehörst du nicht zu einem Flussland- und Präriestamm. Nach deinem Aussehen muss ich vielmehr vermuten, dass du aus New Mexiko kommst und vielleicht ein Pueblo bist.“

„Kein Pueblo sein. Bin Tonkawahäuptling, heiße Großer Bär und dies ist mein Sohn.“

„Was, der Große Bär?“, riefen mehrere Rafters überrascht und der Missourier fügte hinzu: „Demnach ist dieser Knabe also der Kleine Bär?“

„So richtig!“, nickte der Rote.

„Ja, das ist etwas andres. Die beiden Tonkawabären sind

überall willkommen. Nehmt euch Fleisch und Met, ganz wie es euch beliebt, und bleibt bei uns, solange es euch gefällt! Was aber führt euch in diese Gegend?

„Wir kommen, um Rafters warnen."

„Warum? Gibt es für uns eine Gefahr?"

„Große Gefahr."

„Wieso? Erzähle!"

„Tonkawa erst essen und Pferde holen, dann reden."

Der Große Bär gab seinem Sohn einen Wink, worauf dieser sich entfernte, und nahm sich dann ein Stück Fleisch aus dem Kessel, das er mit solcher Ruhe zu verzehren begann, als befände er sich daheim in seinem sicheren Wigwam.

„Pferde habt ihr mit?", fragte der Alte. „Des Nachts hier im finsteren Wald? Und dabei habt ihr uns gesucht und auch wirklich gefunden! Das ist ein Meisterstück!"

„Tonkawa hat Augen und Ohren. Er weiß, dass Rafters stets wohnen am Fluss. Ihr laut reden und großes Feuer brennen, das wir sehen sehr weit und riechen noch weiter. Rafters unvorsichtig, denn Feinde haben es leicht, sie zu finden."

„Es gibt hier keine Feinde. Wir sind ganz allein in dieser Gegend und sind auf alle Fälle stark genug, uns etwaiger Feinde zu erwehren."

„Missouri-Blenter sich irren."

„Wie, du kennst meinen Namen?"

„Tonkawa stehen lange Zeit da hinter Baum und hören, was Bleichgesicht sprechen. Auch hören Namen. Wenn Feinde nicht da, so nun doch kommen. Und wenn Rafters unvorsichtig, dann werden besiegt sogar von wenigen Feinden."

Jetzt hörte man Hufschlag im weichen Boden. Der Kleine Bär brachte zwei Pferde, band sie an einen Baum, nahm sich auch ein Stück Fleisch aus dem Kessel und setzte sich neben seinen Vater, um zu essen. Der Alte hatte sein Mahl beendet, schob das Messer in den Gürtel und begann von neuem: „Nun Tonkawa sprechen und Rafters dann wohl mit ihm Friedenspfeife rauchen. Der Schwarze Tom hat viel Geld. Tramps kommen, ihm aufzulauern und es ihm abzunehmen."

„Tramps? Hier am Schwarzen Bärenfluss? Da wirst du dich wohl irren."

„Tonkawa nicht irren, sondern genau wissen und es auch erzählen."

Der Indianer berichtete in seinem gebrochenen Englisch das Erlebnis auf dem Steamer, war jedoch zu stolz, dabei von der Heldentat seines Sohnes ein Wort zu erwähnen. Man hörte ihm mit Spannung zu. Er erzählte auch, was nach der Flucht der Tramps geschehen war. Er hatte kurz nach ihnen mit seinem Sohn im kleinen Boot das Ufer des Arkansas erreicht und war dort bis zum ersten Tagesgrauen liegen geblieben, da er des Nachts der Fährte nicht zu folgen vermochte. Die Spur war dann sehr deutlich gewesen und hatte, Fort Gibson vermeidend, zwischen dem Red Fork des Arkansas und dem North Fork des Canadian nach Westen geführt, um endlich wieder nach Norden einzulenken. Während einer der nächsten Nächte hatten die Tramps ein Lager der Creek-Indianer überfallen, um sich Pferde zu verschaffen. Am Mittag des nächsten Tages waren die beiden Tonkawa wandernden Choctawkriegern begegnet, von denen sie sich zwei Pferde gekauft hatten. Doch war durch die beim Pferdehandel üblichen Bräuche eine so lange Zeit in Anspruch genommen worden, dass die Tramps einen Vorsprung von einem ganzen Tag bekommen hatten. Sie waren dann über den Red Fork gegangen und über die offene Prärie nach dem Schwarzen Bärenfluss geritten. Nun lagerten sie auf einer kleinen Lichtung am Flussufer und die Tonkawas hatten zunächst die Rafters aufgesucht, um sie zu benachrichtigen.

Die Wirkung dieser Erzählung ließ nicht auf sich warten. Man sprach nun nur noch leise und löschte das Feuer ganz aus.

„Wie weit ist der Lagerplatz dieser Tramps von hier entfernt?“, fragte der alte Missourier.

„Was die Bleichgesichter eine halbe Stunde nennen.“

„By Jove! Da können sie zwar unser Feuer nicht gesehen, aber doch den Rauch gerochen haben. Wir haben uns wirklich zu sicher gefühlt. Und seit wann liegen sie dort?“

„Eine ganze Stunde vor Abend.“

„Dann haben sie gewiss auch nach uns gesucht. Weißt du nichts darüber?“

„Tonkawa nicht dürfen beobachten Tramps, weil noch heller Tag. Sogleich weiter, um Rafters zu warnen, denn…“

Er hielt inne und lauschte. Dann fuhr er noch viel leiser fort: „Großer Bär etwas sehen, eine Bewegung an Ecke von Haus. Still sitzen und nicht sprechen! Tonkawa fortkriechen und nachforschen.“

Schon legte er sich auf den Boden und kroch, sein Gewehr zurücklassend, dem Haus zu. Die Rafters spitzten die Ohren. Es vergingen wohl zehn Minuten, dann ertönte ein schriller, kurzer Schrei, ein Schrei, den jeder Westmann kennt – der Todesschrei eines Menschen. Nach kurzer Zeit kehrte der Häuptling zurück.

„Ein Kundschafter der Tramps“, erklärte er. „Tonkawa ihm das Messer gegeben. Aber vielleicht noch ein zweiter da. Wird fortlaufen und melden. Darum schnell machen, wenn weiße Männer wollen vielleicht belauschen Tramps.“

„Das ist wahr“, stimmte der Missourier flüsternd zu. „Ich werde mitgehen und du wirst mich führen, da du den Ort kennst, wo sie lagern. Jetzt haben sie noch keine Ahnung davon, dass wir von ihrer Gegenwart wissen. Sie fühlen sich also sicher und werden über ihr Vorhaben sprechen. Wenn wir uns gleich aufmachen, erfahren wir vielleicht, welche Pläne sie haben.“

„Ja, aber leise und heimlich, damit, wenn etwa noch zweiter Kundschafter da, er nicht sehen, dass wir gehen. Und nicht Gewehr mitnehmen, sondern nur Messer. Gewehr uns hindern.“

Dieser Rat wurde befolgt. Die Rafters nahmen ihr Handwerkszeug und den Fleischkessel und begaben sich in die Blockhütte, wo sie nicht beobachtet werden konnten. Der Missourier aber schlich mit dem Häuptling fort.

Der Schwarze Bärenfluss kann die Grenze jenes eigentümlich hügeligen Landes genannt werden, das man mit dem Namen Rolling Prairie, die rollende Prärie, bezeichnet. Es erhebt sich da Hügel neben Hügel, fast einer genauso hoch und breit wie der andere, getrennt durch Täler, die einander ebenso gleichen. Das geht durch den ganzen Osten von Kansas. Diese rollende Prärie ist wasserreich und gut bewaldet. Aus der Vogelschau könnte man die vielen aufeinander folgenden Hügel und Täler mit den rollenden Wogen eines grüngefärbten Meeres vergleichen. Daher der Name, aus dem man erkennt, dass unter Prärie nicht stets ein ebenes Gras- oder Wiesenland zu verstehen ist. In dieses weiche, humusreiche Hügelland haben sich die Wasser des Schwarzen Bärenflusses tief eingefressen, sodass seine Ufer bis dahin, wo sie die rollende Prärie verlassen, meist steil und dabei bis an das Wasser mit dichtem Baumwuchs bestanden sind. Das ist oder vielmehr war ein rechtes, echtes Wildland, denn in neuerer Zeit ist die rollende Prärie verhältnismäßig stark bevölkert und von den Sonntagsjägern ihres Wildbestandes beraubt worden.

Da, wo die Rafters ihren Arbeitsplatz hatten, fiel das hohe Ufer unweit des Blockhauses steil zum Wasser ab, was äußerst vorteilhaft war, da es die Anlage so genannter Schleifen ermöglichte. Das sind Rutschbahnen, auf denen die Rafters die Stämme ohne große Anstrengung ans Wasser bringen können. Das Ufer war außerdem frei von Unterholz. Dennoch war es nicht leicht, es in der Dunkelheit zu beschreiten. Der Missourier war ein erfahrener Westmann. Trotzdem wunderte er sich über den Häuptling, der ihn bei der Hand genommen hatte und nun geräuschlos zwischen den Bäumen dahinschritt und die Stämme so sicher zu vermeiden wusste, als ob es heller Tag sei. Von unten klang das Rauschen des Flusses, was jedes Geräusch der beiden Männer unhörbar machte.

Als etwa eine Viertelstunde vergangen war, stiegen die beiden in ein Wellental hinab, das den Lauf des Flusses kreuzte. Auch dieses Tal war mit Bäumen dicht bewachsen. Es wurde durch einen leise murmelnden Bach bewässert. In der Nähe der Stelle, wo er sich in den Fluss ergoss, gab es einen baumfreien Platz, auf dem nur einige Büsche standen. Dort hatten sich die Tramps gelagert und ein Feuer angebrannt, dessen Schein den beiden Männern schon auffiel, als sie sich noch unter dem Wipfeldach des Waldes befanden.

„Tramps ebenso unvorsichtig wie Rafters", flüsterte der Tonkawahäuptling seinem Gefährten zu. „Brennen großes Feuer, als wollten sie ganzen Büffel braten. Wir da leicht hinkommen und es so machen können, dass uns nicht sehen."

„Ja, hinkommen können wir", meinte der Alte. „Aber ob wir uns so nahe heranwagen dürfen, dass wir hören, was sie sprechen, das ist doch fraglich."

„Wir ganz nahe; wir hören werden. Aber einander beistehen, wenn Tramps uns entdecken. Angreifer im Notfall totstechen und schnell in Wald hinein."

Sie gingen bis an die letzten Bäume vor und sahen nun das Feuer und die ringsum lagernden Leute genauer. Hier unten gab es mehr Stechmücken, die übliche Plage der Flussläufe dieser Gegenden, als oben im Lager der Rafters. Wohl aus diesem Grund hatten die Tramps ein so heftig qualmendes Feuer angebrannt. Seitwärts standen die Pferde. Man sah sie nicht, aber man hörte sie stampfen. Sie wurden so von den Moskitos geplagt, dass sie, um die Peiniger von sich abzuwehren, in immer währender Bewegung waren.

Nun legten sich die beiden Späher auf die Erde nieder und krochen zum Feuer hin. Dabei benutzten sie als Deckung die Büsche, die auf der Lichtung standen. Die Tramps saßen nahe am Bach, dessen Ufer mit dichtem Schilf bewachsen war, das bis an das Lager hinreichte und die beste Deckung bot. Der voranktriechende Indianer entfaltete dabei eine wahre Meisterschaft. Es galt durch die hohen Halme zu kommen, ohne ein Geräusch zu verursachen. Auch durften sich die Spitzen des Schilfs nicht bewegen, weil das leicht zur Entdeckung führen konnte. Der Große Bär vermied diese Gefahr dadurch, dass er sich einfach den Weg schnitt. Er legte mit dem scharfen Messer das Schilf vor sich nieder und hatte dabei noch Aufmerksamkeit für den Missourier übrig, um ihm das Nachfolgen zu erleichtern. Das Niederschneiden des harten Schilfes geschah so unhörbar, dass selbst der Alte das Fallen der Halme nicht vernahm.

So näherten sie sich dem Feuer und blieben erst dann liegen, als sie so nahe bei den Tramps waren, dass sie deren Gespräch verstehen konnten. Blenter musterte die vor ihm sitzenden Gestalten und fragte den Häuptling leise: „Welcher ist denn der Cornel, von dem du uns erzählt hast?"

„Cornel nicht da, er fort", entgegnete der Indianer flüsternd.

„Vermutlich, um uns zu suchen."

„Großer Bär das glauben."

„So ist er vielleicht gar derjenige, den du erstochen hast?"

„Nein, er es nicht sein."

„Das konntest du doch nicht sehen."

„Bleichgesicht sehen nur mit Augen, Indianer aber sehen auch mit Händen. Meine Finger hätten Cornel gewiss erkannt."

„Dann war er in Begleitung eines andern und diesen andern hast du erstochen."

„Das richtig. Nun hier warten, bis Cornel zurückkehren."

Die Tramps unterhielten sich sehr lebhaft. Sie schwatzten von allem Möglichen, nur nicht von dem, was den beiden Lauschern wichtig gewesen wäre, bis dann doch einer sagte: „Möchte wissen, ob der Cornel recht vermutet hat. Es wäre ärgerlich, wenn sich die Rafters nicht mehr hier befänden."

„Sie sind noch da, und zwar ganz nahe", meinte ein anderer. „Die Axtspäne, die das Wasser hier angeschwemmt hat, sind noch ganz frisch. Sie stammen von gestern oder höchstens von vorgestern."

„Wenn das richtig ist, dann müssen wir wieder zurück, weil wir den Kerlen hier so nahe sind, dass sie uns bemerken werden. Und sehen dürfen sie uns doch nicht. Mit ihnen haben wir eigentlich nichts zu schaffen. Wir wollen nur den Schwarzen Tom und sein Geld abfangen."

„Und werden es nicht bekommen", fiel ein dritter ein. „Meint ihr etwa, dass die Rafters uns nicht bemerken, wenn wir eine Strecke zurückgehen? Wir lassen hier Spuren zurück, die gar nicht zu vertilgen sind. Und ist unsere Anwesenheit verraten, so ist es aus mit unserm Plan."

„Durchaus nicht! Wir schießen die Kerle nieder!"

„Werden sich gerade hinstellen und ruhig auf sich schießen lassen! Ich habe dem Cornel den besten Rat gegeben, wurde aber leider von ihm abgewiesen. Im Osten, in den großen Städten, geht der Bestohlene zur Polizei und überlässt es ihr, den Dieb ausfindig zu machen. Dagegen im Westen nimmt jeder seine Sache in die eigene Hand. Ich bin überzeugt, dass man uns wenigstens eine Strecke weit verfolgt hat. Und wer ist es, der sich auf unsere Fährte setzte? Jedenfalls nur diejenigen unter den Fahrgästen des Dampfers, die sich auf so etwas verstehen, also Old Firehand, der Schwarze Tom und höchstens noch diese sonderbare Tante Droll. Wir hätten auf sie warten sollen und es wäre uns leicht gewesen, Tom sein Geld abzunehmen. Stattdessen haben wir diesen wilden Ritt gemacht und sitzen nun hier am Bärenfluss, ohne zu wissen, ob wir es bekommen werden. Und dass der Cornel jetzt bei Nacht im Wald herumläuft, um die Rafters zu suchen, ist ebenso dumm. Er konnte bis morgen warten und..."

Der Sprecher hielt in seinem Tadel inne, denn der Mann, von dem er sprach, kam in diesem Augenblick unter den Bäumen hervor und auf das Feuer zugeschritten. Er sah die Blicke seiner Leute neugierig auf sich gerichtet, nahm den Hut vom Kopf, warf ihn zu Boden und sagte: „Bringe keine gute Nachricht, Leute. Habe Unglück gehabt."

„Unglück? Inwiefern?", fragte es rundum. „Wo ist Bruns? Warum kommt er nicht mit?"

„Bruns?", erwiderte der Cornel, indem er sich niedersetzte. „Der kommt überhaupt nicht wieder. Er ist tot."

„Tot? Bist du des Teufels? Wie ist er verunglückt?"

„Durch ein Messer, das man ihm ins Herz gestoßen hat."

Diese Nachricht brachte begreiflicherweise Aufregung hervor. Jeder fragte nach dem Wie und Wo und vor lauter Fragen konnte der Cornel nicht zur Antwort kommen. Darum gebot er Ruhe. Als es still geworden war, berichtete er: „Bruns und ich vermuteten die Rafters flussaufwärts und schlugen also diese Richtung ein. Dabei mussten wir sehr vorsichtig sein, da wir sonst leicht gesehen werden konnten. Aus diesem Grund kamen wir nur langsam voran und es wurde dunkel. Ich wollte umkehren, aber Bruns gab das nicht zu. Wir hatten mehrere Spuren entdeckt, aus denen er schloss, dass wir dem Flößerplatz nahe seien. Er meinte, wir würden die Rafters riechen, da sie schon wegen der Stechfliegen ein Feuer haben müssten. Diese Ansicht bewahrheitete sich auch, denn es roch endlich nach Rauch und auf der Höhe des Ufers gab es einen leichten Schein wie von einem Feuer, dessen Licht durch Büsche und Bäume dringt. Wir kletterten hinauf und hatten nun das Feuer vor uns. Es brannte vor einem Blockhaus und um die Flamme saßen die Rafters, ihrer zwanzig, gerade so viel wie wir. Wir schlichen näher. Ich blieb unter einem Baum liegen und Bruns machte sich hinter das Haus. Wir hatten noch gar nicht Zeit gefunden, auf das Gespräch zu achten, als plötzlich zwei Fremde kamen. Es waren die beiden Indianer vom ‚Dogfish'."

Die Tramps zeigten sich über diese Nachricht erstaunt. Geradezu betroffen aber waren sie, als sie erfuhren, was der Häuptling den Rafters erzählt hatte. Dann fuhr der Cornel fort: „Ich sah, dass der Rote das Feuer löschte, und fortan wurde so leise gesprochen, dass ich nichts mehr verstehen konnte. Nun wollte ich gern fort, musste aber doch auf Bruns warten. Plötzlich hörte ich einen Schrei, so entsetzlich, so fürchterlich, dass er mir durch Mark und Bein ging. Er kam von der Blockhütte her, hinter der Bruns steckte. Mir wurde bange um ihn. Ich schlich mich also um das Lager zur Hütte. Es war so dunkel, dass ich mich vorwärts tasten musste. Dabei stieß ich mit der Hand an einen menschlichen Körper, der in einer Blutlache lag. Ich fühlte an der Kleidung, dass es Bruns war, und erschrak heftig. Er hatte im Rücken einen Stich, der ins Herz gedrungen sein muss. Was konnte ich tun? Ich leerte seine Taschen, nahm sein Messer und seinen Revolver an mich und ließ ihn liegen. Als ich dann wieder nach vorn kam, bemerkte ich, dass sich die Rafters in die Blockhütte zurückgezogen hatten, und machte mich sogleich aus dem Staube. – Und nun haben wir keine Zeit zu verlieren, denn wir müssen fort.“ – „Warum?“, wurde er gefragt.

„Warum? Habt ihr denn nicht gehört, dass diese Roten unsern Lagerplatz kennen? Natürlich werden sie uns überfallen wollen. Da sie sich aber sagen müssen, dass wir den Toten vermissen und infolgedessen Verdacht schöpfen werden, ist es möglich, dass sie schon bald kommen. Lassen wir uns überraschen, so sind wir verloren. Wir müssen also sofort weiter und auf das Geld der Rafters verzichten. Es ist das Klügste und...“

Brinkley hielt inne und machte mit der Hand eine Bewegung der Überraschung.

„Was hast du?“, fragte ihn einer. „Sprich doch weiter!“

Der Cornel stand auf, ohne zu antworten. Er hatte nahe der Stelle gesessen, wo die beiden Lauscher lagen, und der eine von ihnen hatte sich zu weit vorgewagt. Als nämlich das Auge des alten Missouriers auf den Cornel gefallen war, hatte sich seiner eine ganz ungewöhnliche Aufregung bemächtigt, die sich bei dem Klang der Stimme Brinkleys noch steigerte. Er blieb nicht ruhig liegen, sondern schob sich weiter und immer weiter im Schilf vor. Seine Augen glühten und es schien, als wollten sie aus ihren Höhlen treten. In dieser Erregung vergaß er die nötige Vorsicht. Er achtete nicht darauf, dass sein Kopf fast ganz aus dem Schilf ragte.

„Nicht sehen lassen!", raunte ihm der Häuptling zu, indem er ihn fasste und zurückzog.

Aber es war schon zu spät, denn der Cornel hatte den Kopf erspäht. Darum unterbrach er seine Rede und stand rasch auf, um den Lauscher unschädlich zu machen. Er verfuhr dabei mit großer Schlauheit, indem er sagte: „Es fiel mir eben ein, dass ich dort bei den Pferden noch – doch, kommt ihr beide einmal mit!"

Er winkte den zwei Männern, die zu seiner Rechten und Linken gesessen hatten. Sie erhoben sich und er flüsterte ihnen zu: „Ich verstelle mich nur. Da hinter uns liegt jemand, jedenfalls ein Rafter, im Schilf. Merkt er, dass ich es auf ihn abgesehen habe, so läuft er davon. Sobald ich mich auf ihn werfe, packt auch ihr ihn sofort! Auf diese Weise bekommen wir ihn gleich so fest, dass er sich gar nicht wehren und mich verwunden kann. Also – vorwärts!"

Blitzschnell drehte er sich um und tat einen Sprung auf die Stelle zu, wo er den Kopf erspäht hatte.

Der Tonkawa war ein vorsichtiger, erfahrener und scharfsinniger Mann. Er sah den Cornel aufstehen und mit den beiden flüstern und bemerkte, dass der eine von ihnen unwillkürlich eine Bewegung nach rückwärts machte. So gering und fast unmerkbar diese Bewegung auch war, dem Großen Bär verriet sie genug. Er berührte den Alten mit der Hand und raunte ihm zu: „Schnell fort! Cornel dich gesehen und dich fangen. Komm!"

Zugleich drehte er sich um und schnellte sich, ohne sich vom Boden zu erheben, hinter den nächsten Busch. Das war das Werk von höchstens zwei Sekunden. Aber schon ertönte hinter ihm das ‚Vorwärts' des Cornel und als er zurückblickte, sah er, wie sich die drei Tramps auf den Missourier stürzten.

Der alte Blenter wurde trotz seiner gerühmten Geistesgegenwart überrumpelt. Die drei lagen oder knieten auf ihm und hielten ihm die Arme und Beine fest und die andern sprangen vom Feuer auf und kamen rasch herbei. Der Indianer hatte sein Messer gezogen und wollte dem Alten beistehen, musste aber einsehen, dass er gegen diese Übermacht nichts auszurichten vermochte. Er konnte nur beobachten, was mit dem Missourier geschah, und dann die Rafters benachrichtigen. Um aber nicht auch selbst entdeckt zu werden, kroch er von dem in das Schilf geschnittenen Weg fort, weit weg zur Seite, wo er sich hinter einem Busch verbarg.

Die Tramps wollten, als sie den Gefangenen erblickten, laut werden, doch der Cornel gebot ihnen Schweigen: „Still! Wir wissen nicht, ob noch andre da sind. Haltet ihn fest! Ich werde nachsehen."

Er ging die Umgebung des Feuers ab und bemerkte zu seiner Beruhigung keinen Menschen. Während vier Mann den Gefangenen am Boden festhielten, beugte sich der Cornel nieder, um ihm ins Gesicht zu sehen. Es war ein langer, scharf und nachdenklich forschender Blick, womit er dies tat. Dann sagte er: „Kerl, dich müsste ich kennen! Wo habe ich dich eigentlich schon gesehen?"

Der Alte hütete sich wohl, es ihm zu sagen. Der Hass kochte in seiner Brust, aber er gab sich Mühe, ein möglichst gleichgültiges Gesicht zu zeigen.

„Ja, ich muss dich kennen", wiederholte der Cornel. „Wer bist du? Gehörst du zu den Rafters, die da oberhalb arbeiten?"

„Ja", erwiderte der Gefangene.

„Was hast du hier herumzuschleichen? Warum belauschst du uns?"

„Sonderbare Frage! Ist es hier im Westen etwa verboten, sich die Leute anzusehen, auf die man trifft? Ich meine vielmehr, dass es ein Gebot der Notwendigkeit ist, das zu tun. Es gibt da Menschen genug, vor denen man sich in Acht nehmen muss."

„Du hast gehört, was wir sprachen, und wirst wissen, wer und was wir sind."

„Nichts habe ich gehört. Ich war unten am Fluss und wollte zu unserm Lager. Da sah ich euer Feuer und schlich natürlich herbei, um festzustellen, wer hier lagert. Ich fand gar nicht Zeit, zu hören, was gesprochen wurde, denn ich war zu unvorsichtig und wurde von euch sofort erwischt."

Er hoffte, dass ihn der Cornel oben an der Blockhütte nicht gesehen habe. Aber er irrte sich, denn der Rothaarige entgegnete höhnisch: „Das ist doch Schwindel. Ich sah dich vorhin nicht nur bei den Rafters sitzen, sondern ich hörte dich auch sprechen und erkenne dich wieder. Willst du das eingestehen?"

„Kann mir nicht einfallen. Was ich sage, ist wahr."

„So warst du wirklich allein hier?"

„Ja."

„Und behauptest, tatsächlich nichts von unsrer Unterhaltung gehört zu haben?"

„Kein Wort."

„Wie heißt du?"

„Adams", log der Missourier, der allen Grund zu haben glaubte, seinen wirklichen Namen nicht zu nennen.

„Adams!", wiederholte der Cornel nachdenklich. „Adams! Habe niemals einen Adams gekannt, der dein Gesicht gehabt hätte. Und doch ist es mir, als seien wir einander schon begegnet."

„Nein", behauptete der Alte. „Nun aber gebt mich los! Ich habe euch nichts getan und hoffe, dass ihr ehrliche Westmänner seid, die andre ehrliche Leute in Ruhe lassen."

„Ja, wir sind allerdings ehrliche Männer, Männer, die auf

Recht und Gesetz halten", lachte Brinkley. „Ihr habt vorhin einen von uns erstochen und nach den Gesetzen des Westens schreit das nach Rache. Blut um Blut, Leben um Leben. Magst du sein, wer du willst, es ist aus mit dir!"

„Wie? Ihr wollt mich ermorden?"

„Ja, geradeso, wie ihr unsern Kameraden ermordet habt. Es handelt sich nur darum, ob du, ebenso wie er, durch das Messer stirbst, oder ob wir dich da im Fluss ersäufen. Viel Umstände werden keinesfalls gemacht. Wir haben keine Zeit zu verlieren. Stimmen wir schnell ab! Bindet ihm den Mund zu, dass er nicht schreien kann! Wer von euch dafür ist, dass wir ihn ins Wasser werfen, der hebe den Arm!"

Diese Aufforderung war an die Tramps gerichtet und die Mehrzahl gab sofort das verlangte Zeichen.

„Also ersäufen!", meinte der Cornel. „Bindet ihm Arme und Beine fest zusammen, damit er nicht schwimmen kann! Dann schnell ins Wasser mit ihm und nachher fort von hier, bevor seine Leute kommen!"

Der alte Missourier war während des Verhörs von mehreren Männern festgehalten worden. Jetzt sollte ihm zunächst der Mund zugebunden werden. Er wusste, dass der Indianer unmöglich schon die Rafters erreicht haben würde; er wehrte sich mit Aufbietung aller seiner Kräfte und schrie um Hilfe. Der Ruf drang weit in die Stille der Nacht hinaus.

„Hell and Damnation!", zürnte der Cornel. „Lasst ihn doch nicht so schreien! Wenn ihr nicht mit ihm fertig werdet, so will ich selbst ihn still machen. Passt auf!"

Er ergriff sein Gewehr und holte aus, um dem Alten einen Kolbenhieb an den Kopf zu versetzen. In diesem Augenblick löste sich ein riesenhafter Schatten aus dem Dickicht. Ein gewaltiger Schlag sauste auf den Cornel nieder und streckte ihn rücklings zu Boden.

Kurz vor Abend waren vier Reiter der Fährte der Tramps flussaufwärts gefolgt, nämlich Old Firehand, der Schwarze Tom und Tante Droll mit dem Knaben Fred. Die Spur führte unter den Bäumen hin. Sie war wohl leidlich zu erkennen, aber schwer nach ihrem Alter zu bestimmen. Erst als sie über eine mit Gras bewachsene lichte Stelle ging, stieg Old Firehand vom Pferd, um sie zu untersuchen, da er an den Halmen eher etwas feststellen konnte als an dem niedrigen Waldmoos. Nachdem er die Eindrücke genau betrachtet hatte, meinte er: „Die Tramps sind ungefähr eine gute Meile vor uns, denn die Fährte wurde vor einer halben Stunde getreten. Wir müssen unsre Pferde also besser ausgreifen lassen."

„Warum?", fragte Tom.

„Um noch vor Nacht so nahe an die Tramps zu kommen, dass wir ihren Lagerplatz erfahren."

„Ist das nicht gefährlich für uns? Sie lagern jedenfalls, noch ehe es dunkel wird, und wir müssen gewärtig sein, ihnen gerade in die Arme zu reiten."

„Das befürchte ich nicht. Selbst wenn Ihre Voraussetzung richtig sein sollte, können wir sie vor der Dämmerung nicht erreichen. Ich schließe aus verschiedenen Anzeichen, dass wir in der Nähe der Rafters sind, die wir warnen wollen. Da ist es vorteilhaft, den Ort zu kennen, wo die Tramps lagern. Und dazu eben ist Eile nötig. Sonst überrascht uns die Nacht, in der bis zum Morgen viel geschehen kann, was wir dann nicht zu verhindern vermöchten. Was meinen Sie dazu, Droll?"

Die beiden hatten Deutsch gesprochen. Droll erwiderte deshalb in seiner Mundart: „Sie habe da ganz meine eegne Meenung ausgesprochen. Reite mer rasch weiter, so habe mer se eher. Reite mer aber langsamer, so bekomme mer se später. Also, meine Herren, reite mer Trab, dass die Bäume wackeln!"

Da die Bäume nicht eng standen, konnten sie die Tiere ausgreifen lassen. Doch hatten auch die Tramps das Tageslicht ausgenützt und erst dann Halt gemacht, als sie durch die Dunkelheit dazu gezwungen wurden. Hätte Old Firehand sich nicht auf ihrer Fährte, sondern mehr in der Nähe des Ufers gehalten, so wäre er auf die Spur der beiden Tonkawa-Indianer gestoßen, die nur einen geringen Vorsprung vor ihm hatten.

Als es so dunkel wurde, dass die Hufeindrücke fast nicht mehr zu erkennen waren, stieg er abermals ab, um sie zu untersuchen. Das Ergebnis war: „Wir haben eine halbe Meile gutgemacht. Leider sind aber die Tramps auch schnell geritten. Dennoch wollen wir versuchen, sie einzuholen. Steigen Sie ab! Wir müssen nun zu Fuß weiter und die Pferde führen!"

Doch es wurde nun rasch so finster, dass die Fährte überhaupt nicht mehr zu erkennen war. Die vier blieben halten.

„Was nun?", fragte Tom. „Wir sind fast gezwungen hier zu bleiben."

„Nee", wehrte Droll. „Mer bleibe nich, sondern mer loofe hübsch weiter, bis mer se finde."

„Da hören sie uns doch kommen!"

„So mache mer sachte. Mich höre se nich und mich kriege se nich. Meenen Se nich ooch, Herr Firehand?"

„Ja, ich bin ganz Ihrer Meinung", bestätigte der Jäger. „Die Vorsicht verbietet uns allerdings, die Richtung der Fährte beizubehalten. Wenden wir uns mehr nach rechts, vom Fluss ab. Dann haben wir die Kerle zwischen uns und dem Wasser und müssen ihr Feuer bemerken, ohne dass sie uns gewahren."

„Und wenn sie kein Feuer haben?", erkundigte sich Tom.

„So rieche mer ihre Pferde", entgegnete Droll. „Im Walde schnuppert mer de Pferde viel leichter aus als draußen im freien Feld. Meine Nase hat mich da noch nich im Stich gelasse. Steige mer also weiter, nach rechts nüber!"

Old Firehand schritt, sein Pferd am Zügel führend, voran und die andern folgten hintereinander. Der Fluss machte hier einen ziemlich weiten Bogen nach links. Die Folge war, dass sie zu weit davon abkamen. Old Firehand bemerkte das an der verminderten Feuchtigkeit des Bodens und der Umgebung und wendete sich darum wieder mehr nach links. Da spürte er plötzlich den Geruch des Rauches und blieb stehen. Hinter ihm schnupperte Droll in der Luft herum und meinte dann: „Das is Rooch. Er kommt von da drüben rüber. Also müsse mer dorthin. Aber nehme mer uns in Acht. Mer scheint's, als ob's dort heller werde wolle. Das kann nur vom Feuer sein."

Er wollte den Fuß weiter setzen, hielt aber inne, denn sein scharfes Ohr vernahm nahende Schritte. Old Firehand hörte sie auch und zugleich das hastige Atmen des Kommenden. Er ließ den Zügel seines Pferdes los und trat einige Schritte vor. Sein Gehör sagte ihm, dass der Mann da vorüberkommen müsse. Im Dunkel der Nacht und des Waldes, selbst dem Auge des geübten Jägers kaum erkennbar, tauchte vor ihm eine Gestalt auf, die schnell weiterhuschen wollte. Old Firehand griff mit beiden Händen zu.

„Halt!", gebot er mit unterdrückter Stimme. „Wer bist du?"

„Schai nek-enokh, schai kopeia – ich weiß es nicht, niemand", antwortete der Gefragte, indem er sich loszureißen versuchte.

Selbst der furchtloseste Mann wird erschrecken, wenn er des Nachts im Wald plötzlich von zwei starken Fäusten gepackt wird. In solchen Augenblicken bedient sich wohl jeder unwillkürlich der Muttersprache. So auch der Mann, der von Firehand festgehalten wurde. Firehand verstand die Worte und sagte überrascht: „Das ist Tonkawa! Der Große Bär ist mit seinem Sohn vor uns. Solltest du – sag, wer bist du?"

Jetzt hörte der Mann auf zu widersprechen. Er hatte die Stimme des Jägers erkannt und entgegnete hastig in seinem gebrochenen Englisch: „Hier Nintropan-hauey; du Old Firehand. Das sehr gut! Noch mehr Männer bei dir?"

„Also der Große Bär! Das ist ein glückliches Zusammentreffen. Ja, ich bin Old Firehand. Es sind noch drei Personen bei mir und wir haben unsere Pferde mit. Was treibst du hier? Die Tramps sind in der Nähe. Nimm dich in Acht!"

„Habe sie sehen. Tramps gefangen nehmen alt Missouri-Blenter. Wollen ihn töten. Nintropan-hauey laufen zu Rafters um Hilfe. Da mich Old Firehand festhalten."

„Sie wollen einen Rafter töten? Dem müssen wir Einhalt tun. Wo sind sie?"

„Dort hinter mir, wo zwischen den Bäumen hell werden."

„Ist der rote Cornel bei ihnen?"

„Ja, der dort sein."

„Wo haben sie ihre Pferde?"

„Wenn Old Firehand zu ihnen, dann Pferde stehen rechts, ehe an Feuer kommen."

„Und wo befinden sich die Rafters?"

„Oben auf Berg. Der Große Bär schon bei ihnen gewesen und mit ihnen gesprochen."

Der Tonkawa erzählte in fliegender Eile, was geschehen war, worauf Old Firehand erklärte: „Wenn ein Tramp getötet worden ist, so werden sie dafür den Missourier ermorden wollen. Wir vier werden unsre Pferde hier anbinden und uns beeilen, den Mord zu verhindern. Du aber lauf zu den Rafters, um sie rasch herbeizuholen!"

Der Indianer rannte fort. Die vier befestigten ihre Pferde hastig an den Bäumen und schritten dann so schnell wie möglich dem Lager der Tramps zu. Schon nach kurzer Zeit wurde es vor ihnen heller und bald sahen sie das Feuer zwischen den Stämmen der Bäume leuchten. Rechts erblickten sie auf der Lichtung die Tiere der Tramps.

Nun legten sie sich nieder und näherten sich dem Feuer kriechend. Dabei wendete sich Old Firehand zu dem Knaben Fred. Er wollte ihm sagen, er solle sich zu den Pferden begeben und jeden Tramp niederschießen, der etwa aufsteigen und entfliehen wolle. Aber kaum war das erste Wort über seine Lippen, da ertönte vor ihnen ein lauter, durchdringender Schrei. Es war der bereits erwähnte Hilferuf des alten Missouriers.

„Sie morden ihn!", rief Old Firehand. „Schnell drauf, mitten unter sie hinein! Keine Schonung gegen den, der sich wehrt!"

Der Jäger erhob sich und sprang dem Feuer zu. Drei, vier Tramps warf er zur Seite, um zu dem Rothaarigen zu gelangen, der soeben zum Schlag ausholte. Er kam gerade noch zur rechten Zeit und hieb den Cornel mit dem Kolben nieder. Zwei, drei Tramps, die sich bemühten, den Missourier zu binden und zu knebeln, fielen unter seinen nächsten Streichen. Dann zog er, das noch geladene Gewehr wegwerfend, die Revolver und feuerte auf die übrigen Feinde. Dabei kam kein Laut über die Lippen des hünenhaften Kämpfers.

Desto lauter waren die drei andern. Der Schwarze Tom war wie ein Wetter unter die Tramps gefahren und schlug sie mit dem Kolben nieder, wobei er ihnen die kräftigsten Schimpf-, Spott- und Drohnamen zurief. Der sechzehnjährige Fred hatte erst die Büchse auf sie abgeschossen, die Waffe dann weggeworfen und die Revolver gezogen. Er gab Schuss auf Schuss ab und schrie dabei aus Leibeskräften, um die einschüchternde Wirkung zu erhöhen.

Am lautesten aber ließ sich die kreischende Fistelstimme der Tante Droll hören. Der wundersame Jäger tobte und wetterte für ein Dutzend. Seine Bewegungen waren so schnell, dass keiner der Feinde mit Sicherheit auf ihn zu zielen vermocht hätte. Die Tramps waren über den unerwarteten Überfall so verblüfft, dass sie zunächst gar nicht an Widerstand dachten, und als sie zu sich kamen, sahen die Unverletzten so viele ihrer Kameraden tot, verwundet oder betäubt am Boden liegen, dass sie es für das Klügste hielten, die Flucht zu ergreifen. Sie rannten davon, ohne sich ihrer Übermacht bewusst zu werden, da sie infolge von Tante Drolls und Freds Geschrei die Zahl der Angreifer überschätzten. Von dem Augenblick, da Old Firehand den ersten Streich geführt hatte, bis zur Flucht der unverwundeten Tramps war kaum eine ganze Minute vergangen.

„Ihnen nach!“, rief Old Firehand. „Ich halte den Platz. Lasst sie nicht zu den Pferden!“

Tom, Droll und Fred rannten unter großem Geschrei

dorthin, wo sie die Tiere gesehen hatten. Diejenigen Tramps, die geflohen waren, um sich in den Sattel zu retten, kamen nicht dazu, diesen Vorsatz auszuführen. Sie stürmten weiter in den Wald hinein.

Indessen hatten die Rafters oben in ihrer Blockhütte auf die Rückkehr der beiden Kundschafter, des Missouriers und des Tonkawahäuptlings, gewartet. Als sie die Schüsse unten am Fluss hörten, glaubten sie die beiden in Gefahr. Sie griffen zu den Waffen, verließen das Haus und rannten, so gut die Finsternis es ihnen gestattete, der Gegend zu, wo die Schüsse gefallen waren. Dabei schrien sie aus Leibeskräften, um die Tramps von den Bedrohten abzuschrecken. Ihnen voran lief der Kleine Bär, der von Zeit zu Zeit ebenfalls seine Stimme erschallen ließ, um die Rafters in der rechten Richtung zu halten. Sie hatten kaum die Hälfte des Weges zurückgelegt, als vor ihnen eine andere Stimme ertönte, nämlich die des Großen Bären.

„Rasch kommen!“, rief er. „Old Firehand da sein und auf Tramps schießen. Er nur drei Mann mit. Ihm helfen!“

4. Der Vergeltung entronnen

Als die Rafters unten am Fluss erschienen, saßen Old Firehand, Tom, Droll, Blenter und Fred so ruhig am Feuer der Tramps, als sei es für sie angebrannt und gar nichts Ungewöhnliches geschehen. Auf der einen Seite lagen die toten und auf der anderen die verwundeten und gefangenen Tramps, unter ihnen der rote Cornel.

„Alle Wetter!“, rief der erste der Ankommenden dem Missourier zu. „Wir glaubten dich in Gefahr und da sitzt du gesund und vergnügt!“

„Ja“, schmunzelte der Alte. „Sollte freilich ins Jenseits befördert werden. Der Gewehrkolben des Cornel schwebte schon über mir. Da kamen diese vier Gentlemen und arbeiteten mich heraus. Schnelle und gute Arbeit! Könnt was von ihnen lernen, Boys!“

„Und – ist Old Firehand wirklich dabei?“

„Ja, da sitzt er! Seht ihn euch an und drückt ihm die Hand! Er hat es verdient. Denkt euch, drei Mann und ein Knabe werfen sich auf zwanzig und machen, ohne dass ihnen auch nur die Haut geritzt wird, neun Tote und sechs Gefangene!“

Blenter war bei diesen Worten vom Feuer aufgestanden. Auch die andern erhoben sich. Die Rafters hatten die Blicke auf die Riesengestalt Old Firehands gerichtet. Er forderte sie auf, näher zu kommen, und drückte jedem Einzelnen von ihnen die Hand. Die beiden Tonkawas bewillkommte er mit besonderer Auszeichnung, indem er zu ihnen sagte: „Meine roten Brüder haben in der Verfolgung der Tramps ein Meisterstück geliefert, das es mir leicht gemacht hat, nachzukommen.“

„Das Lob meines weißen Bruders mehr ehren, als verdienen“, wehrte der Große Bär bescheiden ab. „Die Tramps haben machen eine Fährte wie Herde Büffel. Wer sie nicht sehen, der blind. Aber wo sein Cornel? Er auch tot?“

„Nein, er lebt. Mein Kolbenhieb hat ihn nur betäubt.

Nun ist er wieder zu sich gekommen und wir haben ihn gebunden. Da ist er.“

Der Jäger deutete mit der Hand auf die Stelle, wo der Cornel lag. Der Tonkawa ging hin, zog das Messer und sagte: „Wenn Bleichgesicht nicht gestorben von Hieb, dann sterben von Messer. Hat Nintropan-hauey geschlagen, nun er nehmen sein Blut!“

„Halt!“, rief da der alte Missourier, indem er den erhobenen Arm des Häuptlings ergriff. „Dieser Mann ist mein.“

Der Große Bär drehte sich um und blickte dem Sprecher fragend ins Gesicht: „Du auch Rache gegen den?“

„Ja, und was für eine!“ – „Blut?“ – „Blut und Leben.“ – „Seit wann?“ – „Seit vielen Jahren. Er hat mir mein Weib und meine beiden Söhne totpeitschen lassen.“

„Du dich nicht irren?“, fragte der Indianer, dem es schwer wurde, seine Rache aufzugeben, wozu er nach den Gesetzen der Prärie nun doch gezwungen war.

„Nein, es ist doch kein Irrtum möglich. Ich habe ihn sofort erkannt. Ein solches Gesicht kann man nicht vergessen.“ – „Du ihn also töten?“ – „Ja, ohne Gnade und Barmherzigkeit.“ – „Dann Nintropan-hauey zurücktreten, aber nicht ganz. Cornel ihm geben Blut und dir geben Leben. Tonkawa ihm nicht darf schenken Strafe.“

Der Häuptling kniete neben dem Cornel nieder. Als der Verbrecher das sah, zeterte er: „Was fällt euch ein, Mesch’-schurs! Was habe ich euch getan, dass ihr diesem roten Burschen erlaubt, sich an mir zu vergreifen?“

„Von dem, was du mir getan hast, werden wir nachher reden“, entgegnete der Missourier kalt und ernst.

„Und was wir andern dir vorzuwerfen haben, werde ich dir gleich jetzt zeigen“, fügte Old Firehand hinzu. „Noch haben wir deine Taschen nicht untersucht. Lass sehen, was sich darin befindet!“

Er gab Droll einen Wink und der leerte die Taschen des Gefangenen. Da fand sich denn neben vielen andern Gegenständen die Brieftasche des Tramp. Als sie geöffnet wurde, erwies es sich, dass sie noch die volle Summe, die dem Ingenieur gestohlen worden war, in Banknoten enthielt.

„Ah, du hast noch nicht mit deinen Leuten geteilt!“, lächelte Old Firehand. „Das ist ein Beweis, dass sie mehr Vertrauen zu dir besaßen als wir. Du bist ein Dieb und wahrscheinlich noch mehr als das. Du verdienst keine Gnade.“

Im selben Augenblick schrie der Cornel vor Entsetzen laut auf. Der Tonkawa hatte ihn plötzlich beim Schopf gefasst und ihm mit zwei schnellen, sicheren Schnitten die beiden Ohrmuscheln losgetrennt, die er dann in den Fluss warf.

„So“, sagte der Indianer. „Tonkawa sich nun gerächt, jetzt fortreiten.“

Old Firehand war dazwischengesprungen, um den Großen Bär an seiner raschen Tat zu hindern. Aber der Indianer war flinker gewesen und nun ließ sich Geschehenes nicht ungeschehen machen.

Gleichwohl blitzten die Augen des Jägers den Tonkawa zornig an.

„Wir sollten den roten Mann zur Rechenschaft ziehen“, grollte Old Firehand. „Er hat unrecht getan.“

Der Tonkawa erhob sich, wischte das blutige Messer ab und schob es in den Gürtel. Dann warf er stolz den Kopf zurück.

„Weißer Jäger spricht als Bleichgesicht. Großer Bär hat als roter Krieger gehandelt. Ehrlicher Gegner, ehrlicher Kampf! Ungeziefer muss zertreten werden. Howgh!“

Er schulterte sein Gewehr und schritt davon. Sein Sohn warf ebenfalls die Büchse über die Schulter und folgte ihm.

Die Zurückbleibenden sahen ihnen schweigend nach.

„Wo haben sie denn ihre Pferde?“, erkundigte sich Old Firehand.

„Droben an unserm Blockhaus“, erwiderte der Missourier.

„Lassen wir sie reiten“, erklärte der Jäger gleichmütig, „und wenden wir uns unsern eigenen Angelegenheiten zu! Was soll mit den Toten und den Gefangenen werden?“

„Die Toten werden wir begraben und über die andern halten wir nach altem Brauch Gericht. Vorher aber wollen wir uns überzeugen, dass uns durch die Entkommenen keine Gefahr droht."

„Die brauchen wir nicht zu fürchten. Sie werden so weit wie möglich gelaufen sein. Übrigens können wir Wachen ausstellen."

Der Cornel lag bei seinen gefangenen Tramps und wimmerte vor Schmerzen. Aber vorerst befasste sich noch niemand mit ihm. Von der Flussseite war nichts zu befürchten und nach der Landseite sicherte man sich durch einige Posten. Old Firehand ließ die zurückgelassenen Pferde holen, dann konnte das Savannengericht beginnen.

Zunächst wurde über die Genossen des Cornel verhandelt. Es war ihnen nicht nachzuweisen, dass einer von ihnen einem der Anwesenden ein Leid zugefügt habe. Für das, was sie beabsichtigt hatten, wurden ihnen ihre Wunden und der Verlust ihrer Pferde und Waffen als Strafe angerechnet. Über Nacht sollten sie streng bewacht und dann am Morgen entlassen werden. Die Wunden durften sie sich gegenseitig verbinden.

Nun kam die Reihe an den Haupttäter, den Cornel. Er hatte bisher im Schatten gelegen und wurde nahe ans Feuer gebracht. Kaum fiel der Schein der Flamme auf sein Gesicht, da stieß der Knabe Fred einen lauten Schrei aus, sprang auf ihn zu, beugte sich über ihn, betrachtete ihn, als wolle er ihn mit den Augen verschlingen, und rief dann zur Tante Droll gewandt: „Er ist's! Der Mörder! Ich erkenne ihn. Wir haben ihn!"

Droll eilte herbei und fragte: „Irrst du dich auch nicht? Es ist kaum möglich."

„Doch, er ist's gewiss!", behauptete der Knabe. „Schau die Augen an, die er macht! Liegt darin nicht die Angst des Todes? Er sieht sich entdeckt und ahnt, was ihm bevorsteht."

„Aber wenn er es wäre, müsstest du ihn schon auf dem Dampfer erkannt haben."

„Da habe ich ihn gar nicht gesehen. Die Tramps sah ich wohl, ihn aber nicht. Er muss stets so gesessen haben, dass die andern ihn verdeckten."

„Das mag der Fall gewesen sein. Aber noch eins: Du hast mir den Täter als schwarz und lockenhaarig beschrieben, der Cornel hier aber hat straffes, kurzes und rotes Haar."

Der Knabe antwortete nicht sofort. Er griff sich an die Stirn, schüttelte den Kopf, trat einen Schritt zurück und meinte schließlich merkbar unsicher: „Das ist allerdings wahr. Sein Gesicht ist's ganz, aber das Haar ist anders."

„Es wird eine Verwechslung sein, Fred. Menschen sehen einander ähnlich. Schwarzes Haar aber kann nicht rot werden."

„Das zwar nicht", fiel der alte Missourier ein. „Aber man kann sich dunkle Haare abrasieren und dann eine rote Perücke tragen."

„Sollte das hier...?", fragte Droll stockend.

„Ich habe mich von dem roten Haar nicht irremachen lassen. Der Mann, nach dem ich so lange Zeit gesucht habe, der Mörder meines Weibes und meiner Kinder, hatte auch schwarzes, lockiges Haar. Dieser Kerl hier hat einen roten Schopf und ich behaupte dennoch, dass er der Gesuchte ist. Er trägt eine Perücke."

„Unmöglich!", meinte Droll. „Habt Ihr denn nicht gesehen, wie der Indianer ihn vorhin anpackte, als er ihm die Ohren abschnitt? Trüge der Kerl falsches Haar, so wäre es ihm vom Kopf gezogen worden."

„*Pshaw!* Die Perücke ist gut gearbeitet und befestigt. Ich werde es sofort beweisen."

Der Cornel lag mit gefesselten Armen und Beinen lang ausgestreckt am Boden. Seinen Ohrenstummeln entströmte noch immer Blut. Sie mussten ihm große Schmerzen verursachen, aber er achtete nicht darauf. Seine ganze Aufmerksamkeit war auf die Worte der beiden Sprecher gerichtet. Hatte er erst ziemlich trostlos dreingeschaut, so war der Ausdruck seines Gesichts jetzt ganz anders geworden. Die Angst war der Hoffnung, die Furcht dem Hohn, die Verzagtheit der Siegesgewissheit gewichen.

Der alte Missourier war fest überzeugt, dass der Cornel falsches Haar trage. Er richtete ihn in sitzende Stellung auf, ergriff ihn beim Schopf und zog daran, um die vermeintliche Perücke vom Kopf zu reißen. Zu seinem größten Erstaunen jedoch wollte das nicht gelingen. Das Haar hielt fest; es war wirklich eigenes Haar.

„*Go to hell*, der Halunke hat wirklich Haar auf seiner Glatze!“, rief er erstaunt aus und machte dabei ein so bestürztes Gesicht, dass die andern gewiss darüber gelacht hätten, wenn die Angelegenheit nicht so ernst gewesen wäre.

Das Gesicht des Cornels verzog sich zu einem Grinsen und er höhnte gehässig: „Nun, du Lügner und Verleumder, wo ist denn die Perücke? Es ist leicht, einen Menschen wegen einer Ähnlichkeit, die er mit einem andern hat, anzuschuldigen. Beweise doch, dass ich der bin, für den du mich ausgeben willst!“

Der alte Missourier blickte bald auf Brinkley, bald auf Old Firehand und bat schließlich ratlos: „Sagt mir doch, Sir, was Ihr davon denkt! Der, den ich meine, war wirklich schwarz und lockig, dieser ist rot und straffhaarig. Und dennoch will ich tausend Eide schwören, dass er jener Mordbube ist. Meine Augen können mich unmöglich täuschen.“

„Ihr könnt Euch dennoch irren“, meinte der Jäger. „Wie es scheint, gibt es hier eine Ähnlichkeit, die Euch täuscht.“

„Dann darf ich meinen alten Augen nicht mehr trauen.“

„Mach sie besser auf!“, höhnte der Cornel. „Der Teufel soll mich holen, wenn ich etwas davon weiß, dass irgendwo eine Mutter mit zwei Söhnen ermordet oder, wie du behauptest, gar totgepeitscht worden ist!“

„Aber du kennst mich doch! Du hast es mir vorhin selbst gesagt.“

„Muss ich, wenn ich dich einmal gesehen habe, der Mann

sein, den du meinst? Auch der Knabe da irrt sich. Jedenfalls ist der Mann, von dem er redet, derselbe, von dem auch du gesprochen hast. Aber ich kenne den jungen Boy nicht und…“

Er hielt plötzlich inne, als sei er über irgendetwas erschrocken oder erstaunt, fasste sich aber augenblicklich und fuhr im gleichen Ton wie vorher fort: „…und bin ihm niemals begegnet. Nun klagt mich meinetwegen an, aber bringt Beweise! Wenn ihr mich einer zufälligen Ähnlichkeit wegen verurteilen und lynchen wollt, so seid ihr einfach Mörder und das traue ich wenigstens dem berühmten Old Firehand nicht zu, in dessen Schutz ich mich hiermit begebe.“

Dass sich der Cornel mitten im Satz unterbrach, hatte einen triftigen Grund. Er saß jetzt dicht vor den Leichen und er hatte anfangs mit dem Kopf auf einer der leblosen Gestalten gelegen. Als ihn dann der Missourier zum Sitzen aufrichtete, hatte der steife Körper der Leiche eine leichte, rollende Bewegung gemacht, die keinem Menschen auffallen konnte, da sie anscheinend in dem Rotköpfigen ihren Stützpunkt verloren hatte. Nun lag sie hart hinter ihm, und zwar in seinem Schatten, dem Feuer entgegengesetzt. Aber dieser Mann war keineswegs tot, er war nicht einmal verwundet. Er gehörte zu denen, die Old Firehand mit dem Kolben niedergeschlagen hatte. Das Blut seiner getöteten Kameraden hatte ihn bespritzt und ihm das Aussehen gegeben, als sei er selbst getroffen. Als er dann wieder zu sich kam, sah er sich unter den Toten, denen soeben die Taschen geleert und die Waffen abgenommen wurden. Er wäre zwar gern aufgesprungen und entflohen, da er nur vier Feinde zählte, aber in den Fluss wollte er nicht und von der andern Seite ertönte das Geschrei der herannahenden Rafters. Deshalb beschloss er, einen günstigen Augenblick abzuwarten. Er zog heimlich sein Messer und verbarg es im Ärmel. Dann trat der Missourier zu ihm, wendete ihn hin und her, hielt ihn für tot, nahm ihm ab, was sich in den Taschen und im Gürtel befand, und zog ihn zu der Stelle wo die Leichen liegen sollten.

Von da an hatte der Tramp mit vorsichtig geöffnetem Auge alles beobachtet. Er war als vermeintlicher Toter nicht gefesselt worden, konnte also im geeigneten Augenblick aufspringen und davonlaufen. Da legte man den Cornel auf ihn und sofort kam ihm der Gedanke, diesen zu befreien. Als nun der Rothaarige aufgerichtet wurde, rollte sich der angebliche Tote nach, sodass er hinter Brinkley zu liegen kam, dem die Hände hinten zusammengebunden waren. Während der Cornel sprach und aller Aufmerksamkeit auf ihn gerichtet war, zog der Tramp sein Messer aus dem Ärmel und zerschnitt dem Gefangenen mit einer vorsichtigen Bewegung die Fessel, worauf er ihm den Messergriff in die rechte Hand schob, damit er sich mit einer schnellen Bewegung auch der Fußbande entledigen und plötzlich aufspringen und entfliehen könne. Der Rothaarige fühlte die heimliche Befreiung seiner Hände. Er fühlte den Messergriff, packte ihn rasch und war über die Rettung doch so erstaunt, dass er für einen Augenblick die Fassung verlor und in der Rede innehielt. Aber eben nur für einen kurzen Augenblick. Dann sprach er weiter und niemand merkte, was hinter dem Rücken des Angeklagten geschehen war. Da er sich auf die Rechtlichkeit Old Firehands bezogen hatte, antwortete ihm der Jäger: „Wo ich mit dreinzureden habe, da findet kein Mord statt, darauf kannst du dich verlassen. Aber ebenso gewiss ist, dass ich mich durch die Röte deines Haares nicht irremachen lasse. Es kann gefärbt sein."

„Oho! Kann man Haare, die sich noch auf dem Kopf befinden, rot färben?"

„Allerdings", nickte der Jäger bedeutungsvoll.

„Etwa mit Ruddle[1]?", fragte der Cornel mit einem gepressten Lachen. „Der würde schön abfärben!"

[1] Rötelstein

„Lache immerhin! Du wirst nicht lange höhnen", entgegnete Old Firehand ruhig. „Andre magst du täuschen, mich nicht."

Er trat zu den Waffen und sonstigen Gegenständen, die den Gefangenen und Toten abgenommen worden waren, bückte sich, hob den Lederbeutel auf, der am Gürtel des Cornel gehangen hatte, und meinte, indem er ihn öffnete: „Ich habe diesen Beutel schon vorhin untersucht und darin einige Dinge gefunden, deren Zweck und Gebrauch mir unklar war. Jetzt aber geht mir eine Ahnung auf."

Der Jäger zog ein zugestöpseltes Fläschchen, eine kleine Raspel und ein fingerlanges Aststückchen, woran sich noch die Rinde befand, hervor, hielt dem Rothaarigen diese drei Gegenstände vor die Augen und fragte ihn: „Wozu schleppst du diese Sachen mit dir herum?"

Das Gesicht des Gefangenen wurde um einige Töne blasser, doch entgegnete er sofort zuversichtlich: „Welch ein Wunder, dass der große Old Firehand sich um solche Kleinigkeiten kümmert! Wer hätte das gedacht! Das Fläschchen enthielt eine Medizin, die Raspel ist für jeden Westmann ein unentbehrliches Ding und das Stück Holz kam ganz zufällig in den Beutel. Es hatte keinen besonderen Zweck. Seid Ihr nun zufrieden, Sir?"

Dabei warf er einen höhnischen, aber doch ängstlich forschenden Blick in das Gesicht des Jägers. Old Firehand erwiderte in seiner ernsten, bestimmten Art: „Ja, ich bin befriedigt, freilich nicht durch deine Worte, sondern durch meine Folgerungen. Der Tramp braucht keine Raspel, wenigstens keine so winzige. Eine Feile wird ihm von viel größerem Nutzen sein. Dieses Fläschchen enthält Raspelspäne in Spiritus und dieses Stück Holz ist, wie ich nach der Rinde beurteile, ein Stück vom Ast eines Zürgelbaumes[1]. Nun aber weiß ich genau, dass man mit geraspeltem Zürgelholz, das in Spiritus gestanden hat, selbst das dun-

[1] Celtis occidentalis L.

kelste Haar rot zu färben vermag. Folglich – nun, was sagst du dazu?“

„Dass ich davon kein Wort verstehe“, entgegnete der Cornel zornig. „Möchte doch den Menschen sehen, dem es einfallen könnte, sein schönes schwarzes Haar fuchsrot zu färben. Der Kerl hätte einen wunderlichen Geschmack!“

„Der Geschmack ist hier gleichgültig. Auf den Zweck kommt es an. Ein Mensch, der wegen schwerer Verbrechen verfolgt wird, färbt sich das schwarze Haar gewiss gern rot, wenn er dadurch sein Leben retten kann. Ich bin überzeugt, dass du der Gesuchte bist, und werde morgen früh, wenn es hell geworden ist, deinen Kopf und dein Haar genau untersuchen.“

„So lange brauchen wir gar nicht zu warten“, fiel Fred ein. „Es gibt ein Erkennungszeichen. Als mich jener Mörder niederwarf und mit Füßen trat, stach ich ihn mit dem Messer in die rechte Wade, hüben hinein und drüben heraus, so, dass das Messer stecken blieb. Der Angeklagte mag den Unterschenkel entblößen. Ist er der Richtige, so müssen die zwei Narben noch zu sehen sein.“

Nichts konnte dem Rothaarigen so gelegen kommen wie dieser Vorschlag. Wurde er ausgeführt, so brauchte er sich die Fußfessel nicht selbst zu durchschneiden. Darum war er schnell bereit. „*Well*, mein sehr kluger Boy. In diesem Fall wirst du dich überzeugen, dass ihr euch alle irrt. Bei dieser großen Pfiffigkeit aber muss ich mich wundern, dass du von einem gefesselten Menschen verlangst, er soll die Hosen aufstreifen!“

Der Eifer trieb den Knaben zu dem Gefangenen hin. Er kniete bei ihm nieder und nestelte an dem Riemen, der dem Cornel in der Wadengegend um die Beine gebunden war. Als der Knoten geöffnet war, wollte er das rechte Bein der Nankinghose emporstreifen, erhielt aber von dem Rothaarigen einen solchen Stoß mit den Füßen, dass er weit fortflog. Im nächsten Augenblick schnellte der Cornel auf.

„*Good bye*, Mesch'schurs! Wir sehen uns wieder!“, rief er,

sprang, das Messer schwingend, zwischen zwei Rafters hindurch und schoss über die Lichtung hinweg den Bäumen zu.

Die Flucht des Mannes, den man für gut gefesselt gehalten hatte, kam den Anwesenden so unerwartet, dass sie wie angenagelt standen. Nur Old Firehand und Tante Droll besaßen eine Geistesgegenwart, die selbst in der ungewöhnlichsten Lage nicht versagte.

Sobald der Rothaarige aus seiner sitzenden Lage auffuhr und das Messer erhob, hatte Old Firehand auch schon zum Sprung ausgeholt, um ihn zu fassen und festzuhalten. Aber er traf auf ein unerwartetes Hindernis. Der für tot gehaltene Tramp nämlich hielt seine Zeit für gekommen. Da aller Aufmerksamkeit auf den Cornel gerichtet war, glaubte er, jetzt leicht fliehen zu können. Er sprang also auch auf und schnellte sich an dem Feuer vorüber, um den Kreis der Rafters zu durchbrechen. Im selben Augenblick kam Old Firehand in gewaltigem Satz über die Flamme herübergeflogen und stieß mit dem Tramp zusammen. Ihn packen, emporheben und niederschmettern war für ihn das Werk von nur zwei Sekunden.

„Bindet diesen Kerl, der sich tot gestellt hat!“, rief er, drehte sich zum Cornel um, dem der Zusammenprall der beiden Zeit gegeben hatte, aus dem Lagerkreis hinauszukommen, riss das Gewehr hoch und legte auf ihn an, um ihn durch eine Kugel niederzuwerfen.

Allein Old Firehand erkannte die Unmöglichkeit, diesen Vorsatz auszuführen, denn Droll war hart hinter dem Flüchtling her und verdeckte mit seiner Gestalt dessen Körper so unglücklich, dass die Kugel Droll hätte treffen müssen.

Der Rothaarige rannte um sein Leben. Droll stürmte, was er konnte, hinter ihm her. Er hätte ihn gewiss ereilt, wenn er seinen berühmten ledernen *sleeping-gown* nicht angehabt hätte. Dieses Kleidungsstück war für eine solche Verfolgung viel zu schwerfällig und unbehilflich. Darum ließ Old Firehand sein Gewehr fallen und setzte mit pantherartigen Sätzen hinter den beiden her. „Stehen bleiben, Droll!“, rief er dabei seinem Vorläufer zu.

Droll aber achtete nicht auf den Zuruf und rannte weiter. Jetzt hatte der Cornel den Lichtkreis des Feuers hinter sich und verschwand im Dunkel der Bäume.

„Stehen bleiben, Droll!“, schrie Old Firehand voller Zorn abermals. Er befand sich nur noch drei oder vier Schritte hinter Droll.

„Muss ihn haben, muss ihn haben!“, entgegnete die erregte Tante im Fistelton und schoss auch zwischen die Bäume hinein.

Da hielt Old Firehand wie ein gut geschultes Pferd, das im Galopp sofort dem Zügel gehorcht, mitten im eiligsten Lauf inne, drehte um und kehrte langsam, als sei nichts geschehen, zum Feuer zurück. Dort standen die Zurückgebliebenen in erregten Gruppen und blickten nach dem Wald, um den Ausgang der Verfolgung zu erwarten.

„Ihr kommt ja allein!“, rief der alte Missourier Old Firehand entgegen.

„Wie Ihr seht“, meinte der Jäger achselzuckend.

„War er denn nicht zu fassen?“ – „Sehr leicht sogar, wenn mir nicht dieser verteufelte Tramp und dann auch noch Droll dazwischen gekommen wären.“ – „Ärgerliche Geschichte, dass uns gerade der Hauptspitzbube entkommen muss!“ – „Nun, Ihr dürft Euch am wenigsten darüber beschweren, Blenter.“ – „Warum ich?“ – „Weil nur Ihr selbst daran schuld seid.“

„Ich?“, fragte der Alte verwundert. „Das begreife ich nicht. Euer Wort in Ehren, Sir, aber erklären möchtet Ihr es mir doch!“

„Das ist leicht. Wer hat den Toten, der da plötzlich wieder lebendig wurde, untersucht?“ – „Freilich ich.“ – „Und ihn für tot gehalten! Wie kann das einem so erfahrenen Rafter und Jäger, wie Ihr seid, geschehen! Und wer hat ihm die Taschen geleert und die Waffen abgenommen?“ – „Auch ich.“ – „Aber das Messer habt Ihr ihm gelassen!“ – „Er hatte gar keines." – „Er hatte es nur versteckt. Dann lag er hinter dem Cornel und hat ihm nicht nur den Handriemen zerschnitten, sondern ihm auch das Messer gegeben."

„Sollte das wirklich so sein, Sir?", fragte der Alte verlegen.

„Fragt ihn selbst! Da liegt er ja."

Blenter versetzte dem jetzt gefesselten Tramp einen Fußtritt und zwang ihn durch Drohungen, Antwort zu geben. Er erfuhr, dass alles so gewesen war, wie Old Firehand vermutete. Da griff er sich mit beiden Händen in die langen, grauen Haare, wühlte ärgerlich darin herum und meinte zornig: „Ich könnte mich selbst ohrfeigen. So eine Dummheit ist in den ganzen Staaten noch nicht vorgekommen. Ich allein bin schuld! Und ich möchte mein Leben dafür wetten, dass er derjenige war, für den ich ihn hielt."

„Natürlich war er es, sonst hätte er die Untersuchung seines Beins ruhig abgewartet. Waren die beiden Narben nicht vorhanden, so konnte ihm nichts geschehen; denn dafür, dass er das Geld des Ingenieurs gestohlen hatte, konnten wir ihn nach dem Gesetz der Savanne nicht bestrafen, da der Bestohlene nicht zugegen ist."

Jetzt kam auch Droll kleinlaut und zögernd über die Lichtung zurück. Er war, wie er glaubte, dem Flüchtling im Walde eine weite Strecke nachgelaufen, hatte einige Bäume angerannt, war dann stehen geblieben, um zu lauschen, und hatte, als nicht das geringste Geräusch um ihn zu hören war, den Rückweg angetreten.

Old Firehand hatte den sonderbaren Mann lieb gewonnen und wollte ihn vor den Rafters nicht bloßstellen. Darum fragte er ihn in deutscher Sprache:

„Aber, Droll, haben Sie denn nicht gehört, was ich Ihnen mehrmals zurief?"

„Was Se gerufe habe, ja, das hab'ch wohl gehört", erwiderte der Dicke.

„Und warum haben Sie nicht danach gehandelt?" – „Weil ich den Kerl hab fange wolle." – „Und da rennen Sie hinter ihm her in den Wald hinein?" – „Wie hätt ich's denn sonst mache solle? Hat er vielleicht hinter mir dreinloofe solle?“

„Freilich nicht“, lachte Old Firehand. „Aber um einen Menschen im Wald zu ergreifen, muss man ihn sehen oder wenigstens hören. Indem Sie selbst laufen, wird für Sie das Geräusch seiner Schritte unhörbar, verstanden?“

„Das is freilich leicht zu begreife. Also hätt ich wirklich stehe bleibe solle?“ – „Ja. Ich wette, er ist nur ein kleines Stück in den Wald hineingeflohen und hat sich dann hinter einen Baum gesteckt, um Sie in aller Gemütlichkeit an sich vorübersausen zu lassen.“ – „Wie? Was? An ihm vorüber? Wenn das wahr wäre!“ – „Es ist gewiss so. Deshalb forderte ich sie auf anzuhalten. Wir hätten uns dann gemeinsam im Dunkel des Waldes niedergelegt und gelauscht. Mit den Ohren an der Erde hätten wir seine Schritte gehört und deren Richtung beurteilen können. Wäre er stehen geblieben, so hätten wir ihn beschlichen. Und im Beschleichen leisten Sie etwas Ordentliches, das weiß ich ja.“

„Das will ich gloobe!“, meinte Droll, durch dieses Lob getröstet. „Wenn ich darüber nachdenke, so will mer's scheine, als ob Se Recht hätte. Ich bin da e bissel sehr dumm gewese. Aber vielleicht bringe mersch wieder ein. Meene Se nich?“

„Möglich ist es wohl, den Fehler wieder gutzumachen, aber leicht wird es uns nicht werden. Wir müssen warten bis morgen früh und die Spur des Flüchtlings suchen. Folgen wir dann seiner Fährte, so holen wir ihn höchstwahrscheinlich ein.“

Diese Ansicht teilte Old Firehand auch den Rafters mit, worauf der alte Missourier erklärte: „Sir, ich reite mit. Pferde haben wir genug erbeutet, sodass ich eines davon bekommen kann. Dieser rote Cornel ist der Mann, den ich seit langen Jahren suche. Nun setze ich mich auf seine Spur und meine Kameraden werden es mir nicht übel nehmen, dass ich sie verlasse. Einen Verlust habe ich dabei auch nicht, weil wir erst vor kurzem angefangen haben.“

„Das ist mir lieb", nickte Old Firehand. „Ich möchte übrigens euch allen nachher einen Vorschlag machen. Jetzt müssen wir erst zu euerm Blockhaus hinauf."

„Warum bleiben wir nicht bis zum Morgen hier, Sir?"

„Weil euer Eigentum in Gefahr ist. Dem Cornel ist alles zuzutrauen. Er kann leicht auf den Gedanken kommen, die Hütte aufzusuchen." – *„Zounds!* Das wäre schlimm! Wir haben unsre Werkzeuge und Ersatzwaffen dort, auch Pulver und Patronen. Schnell, wir müssen fort!" – „Sehr wohl! Geht Ihr immer voran, Blenter, und nehmt noch zwei mit! Wir andern folgen mit den Pferden und Gefangenen. Den Weg erleuchten wir uns durch Brände, die wir uns hier aus dem Feuer nehmen."

Der scharfsinnige Jäger hatte den roten Cornel ganz richtig beurteilt. Der Flüchtling hatte sich tatsächlich im Wald hinter einem Baum versteckt. Er hörte Droll an sich vorüberlaufen und sah, dass Old Firehand zum Feuer zurückkehrte. Da Droll nicht die Richtung nach der Blockhütte einschlug, lag es für den Rothaarigen nahe, sich leise dorthin zu entfernen. Ihm kam der Gedanke, welchen Vorteil ihm die Blockhütte biete. Er war schon dort gewesen und konnte sie nicht verfehlen. Gewiss barg sie einen Teil des Eigentums der Rafters. Er konnte sich an ihnen rächen. Darum beschleunigte er seine Schritte, so weit die Dunkelheit dies zuließ.

Oben auf der Anhöhe blieb er zunächst lauschend stehen. Es war ja doch möglich, dass ein Rafter hier zurückgeblieben war. Da alles still blieb, näherte er sich dem Blockhaus, horchte abermals und tastete sich zur Tür. Gerade war er dabei, den Türverschluss zu untersuchen, als er plötzlich bei der Kehle gepackt und niedergerissen wurde. Mehrere Männer knieten auf ihm.

„Da haben wir wenigsten einen und der soll es büßen!", sagte jemand. Der Rote erkannte diese Stimme und empfand ein freudiges Erstaunen. Er machte eine gewaltige Anstrengung, die Kehle freizubekommen, und es gelang ihm, die Worte hervorzustoßen: „Woodward, bist du des Teufels? Lass doch los!“

Woodward hieß der Unteranführer der Tramps. Er erkannte die Stimme Brinkleys, ließ los, schob die andern weg und rief: „Der Cornel! Wahrhaftig der Cornel! Wo kommst du her? Wir glaubten dich gefangen.“

„War es auch“, keuchte Brinkley, indem er sich aufrichtete, „bin aber entkommen, allerdings unter Verlust meiner Ohrmuscheln. Doch davon später! Konntet ihr denn nicht vorsichtiger sein? Habt mich mit euren Fäusten beinahe umgebracht! Was tut ihr hier?“ – „Wir fanden uns ganz zufällig da unten zusammen, drei Mann nur. Wo die andern sind, wissen wir nicht. Wir sahen, dass die Rafters am Feuer blieben, und kamen auf den Gedanken, uns hierher zu machen und ihnen einen Streich zu spielen.“ – „Das ist recht. Der gleiche Gedanke hat auch mich hierher geführt. Ich möchte ihnen diese Bude wegbrennen.“ – „Das wollten wir auch, doch nicht ohne vorher nachgesehen zu haben, was die Hütte enthält. Vielleicht finden wir einiges, was wir gebrauchen können.“ – „Dazu gehört Licht. Diese Halunken haben mir alles abgenommen und da drinnen können wir ewig suchen, bis wir ein Feuerzeug aufstöbern.“ – „Aber wir haben die unsrigen bei uns, da wir nicht ausgeraubt wurden.“ – „Das ist wahr. Und habt ihr euch überzeugt, dass hier kein Hinterhalt lauert?“ – „Es ist keine Menschenseele da, die Tür geht leicht aufzuriegeln und wir wollten eben hinein, als du kamst.“ – „So macht schnell, ehe die Kerle auf den Gedanken verfallen, wieder heraufzukommen!“

Woodward schob den Riegel zurück und sie traten ein. Nachdem er die Tür hinter sich zugezogen hatte, machte er Licht und leuchtete in dem Raum umher. Über den Lagerstätten waren Bretter angebracht und darauf lagen Hirschtalglichter, wie sie von den Westmännern eigenhändig gegossen werden. Jeder der vier brannte eines für sich an und nun wurde in aller Eile nach brauchbaren Gegenständen gesucht.

Es gab da einige Gewehre, gefüllte Pulverhörner, Äxte, Beile, Sägen, Messer, Pulver, Schachteln mit Patronen, Fleisch und andere Vorräte. Jeder Tramp nahm, was er brauchte und was ihm gefiel. Dem Cornel kam besonders das Verbandszeug der Rafters gelegen. Er ließ sich in aller Eile einen Notverband anlegen. Dann wurden die brennenden Lichter in das Schilfrohr der Lagerstätten gesteckt. Diese fingen im Nu Feuer und die Brandstifter eilten hinaus. Sie ließen die Tür offen, damit der nötige Zug herrschte, und blieben draußen stehen, um zu lauschen. Es war nichts zu hören als das Knistern des Feuers und das Rauschen der Bäume.

„Sie kommen noch nicht", sagte Woodward. „Was nun?"

„Fort natürlich", erklärte der Cornel.

„Aber wohin? Die Gegend ist uns unbekannt." – „Man wird morgen früh unsre Spur suchen und ihr folgen. Wir dürfen also keine Fährte machen." – „Das ist unmöglich, außer im Wasser." – „So fahren wir. Jede Raftergesellschaft hat ein oder mehrere Boote, die zu dem Geschäft notwendig sind. Ich wette, sie liegen unten am Floßplatz." – „Den kennen wir nicht." – „Er wird zu finden sein. Da seht, hier führt die Rutschbahn hinab! Wollen untersuchen, ob wir hinab können."

Soeben schlug die Flamme durch das Dach und erleuchtete den ganzen Platz. Am Rande des Waldes, nach dem Fluss zu, war eine Lücke zwischen den Bäumen zu bemerken. Die Tramps eilten dorthin. Es führte da eine gerade, steile, schmale Bahn hinab, neben der ein Seil befestigt war, woran man sich halten konnte. Die vier ließen sich hinab.

Als sie unten am Flussufer ankamen, hörten sie von fern ein Geschrei, das sich dem Blockhaus näherte. „Sie kommen", sagte der Cornel. „Nun schnell, dass wir ein Boot finden!"

Die Tramps brauchten nicht lange zu suchen, denn gerade da, wo sie standen, lagen drei Fahrzeuge angebunden. Es waren Kanus, auf indianische Weise aus Baumrinde gebaut und mit Harz gedichtet, jedes vier Mann fassend.

„Hängt die beiden, die wir nicht brauchen, hinten an!“, gebot der Rothaarige. „Wir müssen sie mitnehmen und später vernichten, damit wir nicht verfolgt werden können.“

Man gehorchte ihm. Dann stiegen die vier in das erste Kanu, griffen zu den darin liegenden Rudern und arbeiteten sich vom Ufer ab. Der Cornel saß hinten und steuerte. Einer seiner Leute tat einen Ruderschlag, als ob er flussaufwärts wolle.

„Falsch!“, erklärte der Anführer. „Wir fahren abwärts.“

„Aber wir wollen doch weiter nach Kansas hinein, zum großen Tramp-Meeting!“, meinte der Mann.

„Allerdings. Doch das wird dieser Old Firehand erfahren, denn er presst es sicher aus den Gefangenen heraus. Er wird uns morgen also flussaufwärts suchen. Wir müssen deshalb abwärts, um ihn irrezuführen.“

„Ein gewaltiger Umweg!“

„Gar nicht. Wir fahren bis zur nächsten Prärie, die wir am Morgen erreichen. Dort versenken wir die Boote und stehlen uns Pferde bei den erstbesten Indianern. Dann geht es rasch nach Norden und wir holen die kleine Verspätung in einem Tag wieder ein, während die Rafters langsam, mühselig und vergeblich nach unsrer Fährte suchen.“

Die Boote wurden im Schatten des Ufers gehalten, damit der Schein des brennenden Blockhauses sie nicht treffen konnte. Dann, als sie dessen untere Grenze erreicht hatten, steuerte der Cornel in die Mitte des Flusses, gerade als die Rafters mit den Pferden und Gefangenen die brennende Hütte erreichten.

Die Männer fluchten, als sie ihre Habe im Feuer zu Grunde gehen sahen, und verwünschten die Brandstifter. Old Firehand beruhigte die Erregten, indem er ihnen sagte: „Ich habe es mir gedacht, dass der Cornel so etwas anstiften werde. Leider sind wir zu spät gekommen. Aber lasst es euch nicht zu Herzen gehen! Wenn ihr den Vorschlag, den ich euch machen will, annehmt, so werdet ihr bald Ersatz für das Verlorene erhalten. Doch davon nachher! Jetzt müssen wir uns vor allen Dingen überzeugen, dass nicht noch einer der Strolche in der Nähe ist."

Die ganze Umgebung wurde genau abgesucht, aber nichts Verdächtiges gefunden. Dann ließ man sich beim Schein des Feuers bei Old Firehand nieder. Die Gefangenen waren abseits untergebracht, sodass sie nicht hören konnten, was gesprochen wurde.

„Zunächst, Mesch'schurs", begann der Jäger, „gebt mir euer Ehrenwort, dass ihr das, was ich euch sage, nicht verraten wollt, auch wenn ihr nicht auf meinen Vorschlag eingehen solltet! Ich weiß, ihr alle seid Gentlemen, auf deren Wort ich mich verlassen kann."

Er erhielt das verlangte Versprechen und fuhr dann fort: „Kennt jemand von euch das große Felsenwasser droben im Gebirge, das man den Silbersee nennt?"

„Ich", antwortete ein Einziger, nämlich die Tante Droll. „Den Namen kennt von uns ein jeder, aber außer mir ist wohl niemand oben gewesen, wie ich aus dem Schweigen dieser Gentlemen schließe."

„*Well!* Ich weiß, dass es da oben überaus ertragreiche Minen gibt, alte Erzgänge und Erzlager. Ich will jetzt mit einem tüchtigen Bergbau-Ingenieur hinauf, damit wir uns die Sache ansehen und prüfen, ob sie im Großen betrieben werden kann und ob wir dem See die nötige Wasserkraft zu entnehmen vermögen. Dieses Unternehmen ist freilich nicht ungefährlich und deshalb brauche ich tüchtige und erfahrene Westmänner, die uns begleiten. Lasst also eure Arbeit einstweilen hier ruhen und reitet mit mir zu diesem See, Mesch'schurs! Ich werde euch gut bezahlen!"

„Das ist ein Wort!", rief der alte Missourier ganz begeistert. „Ich würde auf der Stelle dabei sein, aber ich kann nicht, ich darf nicht, weil ich diesen Cornel haben muss."

„Und ich auch", stimmte Droll ein. „Wie gern würde ich mitgehen, nicht der Bezahlung, sondern des Abenteuers wegen und weil ich es für eine Ehre halte, mit Old Firehand reiten zu dürfen. Aber es kann nicht sein, denn auch ich darf nicht von der Spur dieses roten Cornel lassen."

Über das Gesicht Old Firehands ging ein feines Lächeln, als er entgegnete: „Ihr beide habt da einen Wunsch, der euch vielleicht gerade dann, wenn ihr bei mir bleibt, am sichersten erfüllt wird. Als wir unten das Feuer verließen, um hierherauf zu steigen, mussten wir die gefesselten Tramps führen. Ich griff mir dabei einen, den jüngsten von ihnen, heraus. Er wagte es, mich anzureden, und ich hörte, dass er eigentlich nicht unter die Tramps passt, dass es ihm Leid ist, unter sie geraten zu sein, und dass er sich ihnen vor einiger Zeit nur aus Rücksicht auf seinen Bruder angeschlossen hat, der aber jetzt unten bei den Toten liegt. Er stellte mir Aufklärung über die Absichten des Cornels in Aussicht und ich möchte ihn teils aus Menschlichkeit, teils aus Klugheit nicht von mir weisen. Darf ich den Mann holen?"

Die andern stimmten bei und Old Firehand erhob sich, um den Tramp zu bringen. Der Bursche war nicht viel über zwanzig Jahre alt, von klugem Aussehen und kräftiger Gestalt. Old Firehand hatte ihm die Fesseln abgenommen und ließ ihn sich niedersetzen. „Nun", wendete er sich an ihn, „du siehst, dass ich nicht abgeneigt bin, deinen Wunsch zu erfüllen. Du bist von deinem Bruder verleitet worden. Wenn du mir in die Hand versprichst, von jetzt an ein braver Mensch zu sein, so gebe ich dich von diesem Augenblick an frei. Wie heißt du?"

„Nolley heiße ich, Sir", entgegnete der Gefragte, indem er Old Firehand zögernd die Hand gab. „Ich will es Euch zeit meines Lebens danken, wenn Ihr mir zwei Wünsche erfüllt."

„Zwei Wünsche? Sprich!"

„Vergebt mir nicht nur scheinbar, sondern in Wirklichkeit, dass Ihr mich in so schlechter Gesellschaft gefunden habt, und erlaubt mir, morgen früh meinen erschossenen Bruder zu begraben! Diesen Liebesdienst möchte ich ihm noch erweisen."

„Diese Wünsche sagen mir, dass ich mich in dir nicht geirrt habe. Sie sind erfüllt. Von jetzt an bist du ein freier Mann. Nun aber beantworte mir einige Fragen! Du hast von den Absichten des Cornel gesprochen. Kennst du sie?“

„Ja. Er hat erst lange damit zurückgehalten, gestern aber teilte er uns alles mit. Er will zunächst zu dem großen Tramp-Meeting, das nächstens abgehalten werden soll.“

„Heigh-day!“, rief da Droll. „Also war ich nicht falsch unterrichtet, als ich hörte, dass sich diese Vagabunden ungefähr hinter Harper zu Hunderten zusammenfinden wollen, um einige Streiche, die in Masse unternommen werden müssen, zu verabreden. Kennst du den Treffpunkt?“

„Ja“, bestätigte Nolley. „Er liegt allerdings von hier aus hinter Harper und wird Osage Nook genannt.“

„Habe von diesem Nook noch nichts gehört. Sonderbar! Ich wollte dieses Meeting aufsuchen, um dort vielleicht den zu finden, den ich suche, und hatte keine Ahnung, dass ich mit ihm auf dem Steamboat fuhr. Hätte ihn doch gleich an Bord fassen können. Also zum Osage Nook will der Cornel. Nun, so reiten wir ihm nach, nicht wahr, Mr. Blenter?“

„Ja“, nickte der Alte. „Freilich müssen wir da auf Mr. Firehand verzichten.“

„Das ist keineswegs der Fall“, erklärte der Jäger. „Mein nächstes Ziel liegt dort in der Nähe, nämlich Butlers Farm, die dem Schwager des Ingenieurs, der mich dort erwartet, gehört. Wir bleiben also wenigstens bis dorthin beisammen. Hat der Cornel noch weitere Absichten?“

„Allerdings“, erwiderte der bekehrte Tramp. „Nach dem Meeting will er zum Eagle Tail, um dort die Bahnbeamten und -arbeiter zu überfallen und ihnen die Kasse abzunehmen.“

„Gut, dass wir das erfahren! Fangen wir ihn beim Meeting nicht, so finden wir ihn dann umso sicherer am Eagle Tail.“

„Und entgeht er euch auch da“, fuhr Nolley fort, „so könnt ihr ihn später am Silbersee ergreifen.“

Diese Worte brachten eine allgemeine Überraschung hervor. Selbst auf Old Firehand machten sie einen solchen Eindruck, dass er schnell fragte: „Am Silbersee? Was weiß denn der Cornel von diesem Ort und was will er da?“

„Einen Schatz will er heben.“

„Einen Schatz?“

„Ja, es sollen ungeheure Reichtümer dort vergraben oder versenkt sein, von alten Völkern und Zeiten her. Der Cornel hat einen genauen Plan der Stelle, wo man suchen muss.“

„Hast du diesen Plan gesehen?“

„Nein. Er zeigt ihn keinem Menschen.“

„Aber wir haben ihn doch durchsucht und ihm alles abgenommen, ohne den Plan bei ihm zu finden!“

„Brinkley hat ihn jedenfalls gut versteckt. Ich glaube sogar, dass er ihn gar nicht bei sich trägt. Aus einer seiner Bemerkungen war zu schließen, dass er ihn irgendwo vergraben hat.“

Die Aufmerksamkeit der Zuhörer war auf den Sprecher gerichtet und so achtete niemand auf Droll und Fred, die durch das, was sie da hörten, in eine nicht geringe Aufregung versetzt wurden. Droll starrte den Tramp mit weit geöffneten Augen an und Fred rief, als der Erzähler geendet hatte: „Der Cornel ist's wahrhaftig! Dieser Plan hat meinem Vater gehört!“

Die Blicke aller richteten sich auf den Knaben. Man bestürmte ihn mit Fragen, doch Droll wehrte heftig ab: „Jetzt nichts davon, Mesch'schurs! Ihr werdet den Sachverhalt später erfahren. Jetzt ist die Hauptsache, dass ich nunmehr erklären kann: Ich stehe mit Fred auf alle Fälle Old Firehand zu Diensten.“

„Ich auch!“, stimmte der alte Missourier bei. „Wir sind da zwischen eine solche Menge von Geheimnissen geraten, dass es mich wundern soll, wie wir sie auseinander wickeln werden. Ihr geht doch auch alle mit, Kameraden?“

„Ja, ja, natürlich!“, ertönte es rund im Kreis der Rafters.

Wobei sich nur einer ausschloss, der Schwarze Tom. Er erklärte, nunmehr doch zurückbleiben und das zerstörte Blockhaus wieder aufbauen zu wollen. Und Nolley, der gewesene Tramp, bot sich ihm als Helfer an.

„*Well!*“, sagte zum Schluss Old Firehand. „So wird morgen früh aufgebrochen. Wir brauchen uns um die Fährte des Cornel gar nicht zu kümmern, da wir wissen, wo er zu treffen ist. Er wird gejagt durch die Wälder und Prärien, über Berg und Tal und, wenn es sein muss, bis hinauf zum Silbersee. Es ist ein bewegtes Leben, das unser wartet. Lasst uns gute Kameraden sein, Mesch'schurs!“

5. Indianisches Meisterstück

Die Rolling Prairie lag im Mittagssonnenglanz. Hügel auf Hügel, bewachsen mit dichtem Gras, dessen Halme sich im leisen Wind bewegten, war sie wie ein Smaragdsee, dessen Wellen plötzlich erstarren mussten. Eine dieser Wogen glich in Länge, Gestalt und Höhe der andern und wenn man aus einem der Wellentäler in das andre kam, hätte man sie miteinander verwechseln können. Rundum nichts als Wellenhügel, so weit der Blick reichte. Wer sich hier nicht nach dem Kompass oder dem Stand der Sonne richtete, der musste sich verirren, wie sich der Laie im kleinen Boot auf der weiten See verirrt.

In dieser grünen Einöde schien es kein Lebewesen zu geben. Nur droben, hoch in den Lüften, zogen zwei schwarze Hühnergeier, scheinbar ohne die Flügel zu bewegen, ihre Kreise. Doch sollten sie wirklich die einzigen Geschöpfe sein, die es hier gab? Nein, denn soeben ließ sich ein kräftiges Schnauben vernehmen und hinter einem der Wellenberge kam ein Reiter hervor, und zwar eine recht seltsame Erscheinung.

Der Mann war weder zu groß noch zu klein, weder zu dick noch zu dünn, schien aber kräftig zu sein. Er trug lange Hose, Weste und eine kurze Jacke, die aus wasserdichtem Gummistoff gefertigt war. Auf dem Kopf saß ein Korkhut mit Nackentuch, wie ihn die Europäer in Indien und andern heißen Ländern zu tragen pflegen. Die Füße steckten in indianischen Mokassins.

Die Haltung des Mannes verriet den geübten Reiter. Sein Gesicht – ja, dieses Gesicht war sehr sonderbar. Sein Ausdruck wirkte geradezu einfältig, und zwar nicht etwa ausschließlich durch die Nase, die zwei ganz verschiedene Seiten hatte. Von links gesehen war sie weiß und hatte die leicht gebogene Gestalt einer gewöhnlichen Adlernase. Von rechts gesehen war sie dick, wie geschwollen und von einer Farbe, die man weder rot noch grün noch blau nennen konnte. Eingerahmt wurde dieses Gesicht von einem Kehlbart, dessen lange dünne Haare vom Hals aus bis über das Kinn hervorstarrten. Der Bart wurde gestützt durch zwei riesige Vatermörder, deren bläulicher Glanz verriet, dass der Reiter Gummiwäsche trug.

An die Steigbügelriemen war rechts und links je ein Gewehr geschnallt, dessen Kolben neben dem Fuß des Reiters auf dem schuhartigen Bügel stand. Quer vor dem Sattel hing eine lange Blechrolle, die ein besonders großes Fernrohr barg. Auf dem Rücken trug der Mann einen Lederranzen mittlerer Größe und darauf einige blecherne Gefäße und sonderbar geformte Eisendrähte. Der Gürtel war breit, gleichfalls von Leder und glich einer so genannten Geldkatze. Von ihm hingen mehrere Beutel herab. Vorn blickten die Kolben oder Griffe eines Messers und mehrerer Revolver heraus und an den Seiten waren zwei Taschen, die man für Patronenbehälter halten musste, daran befestigt.

Das Pferd war ein gewöhnlicher Gaul, nicht zu gut und nicht zu schlecht für die Strapazen des Westens. Es war an ihm gar nichts Besonderes zu entdecken, als dass er als Schabracke eine Decke trug, die sicherlich viel Geld gekostet hatte.

Der Reiter schien anzunehmen, dass sein Pferd mehr Prärieverstand besitze als er. Er ließ es laufen, wie es ihm beliebte. Es schritt durch einige Wellentäler, kletterte dann einen Hügel hinauf, trollte drüben wieder hinab, fiel einmal freiwillig in Trab, ging wieder langsamer, kurz, der Mann mit dem Korkhelm und dem dummen Gesicht schien kein bestimmtes Ziel, aber viel Zeit zu haben.

Plötzlich blieb das Pferd stehen. Es spitzte die Ohren und der Reiter schrak leicht zusammen, denn vor ihm ließ sich eine scharfe, befehlende Stimme hören: „Stopp, oder ich schieße! Wer seid Ihr, Sir?“

Der Reiter blickte auf, vor sich, hinter sich, nach rechts und nach links. Es war kein Mensch zu sehen. Dann musterte er gelassen den Himmel, bis die gleiche Stimme sich lachend vernehmen ließ: „Was fällt Euch ein! Ich sitze nicht auf dem Mond, sondern hier unten auf der alten Mutter Erde. Und nun sagt mir, woher Ihr kommt!"

Der Reiter deutete gelassen hinter sich und entgegnete: „Von da her!"

„Das sehe ich, *old Boy!* Und wo wollt Ihr hin?"

„Dorthin!", sagte der Gefragte, indem er mit der Hand vorwärts zeigte.

„Ihr seid ein sonderbarer Kauz!", lachte der noch immer unsichtbare Frager. „Da Ihr Euch aber nun einmal auf dieser alten Prärie befindet, vermute ich, dass Ihr deren Gebräuche kennt. Es treibt sich hier so viel fragwürdiges Gesindel herum, dass ein ehrlicher Mann gezwungen ist, jede Begegnung genau zu nehmen. Zurück könnt Ihr in Gottes Namen reiten, wenn es Euch gefällig ist. Wollt Ihr aber vorwärts, wie es den Anschein hat, so müsst Ihr uns Rede und Antwort stehen, und zwar der Wahrheit gemäß. Also heraus damit! Woher kommt Ihr?"

„Von Schloss Castlepool", erwiderte der Fremde etwa im Ton eines Schulknaben, der sich vor dem strengen Lehrer fürchtet.

„Das kenne ich nicht. Wo ist dieser Ort zu finden?"

„Auf der Landkarte von Schottland", erklärte der Reiter, indem sein Gesicht fast noch dümmer wurde als vorher.

„Gott segne Euren Verstand, Sir! Was geht mich Schottland an! Und wohin reitet Ihr?" – „Nach Kalkutta." – „Mir auch unbekannt. Wo liegt denn dieser schöne Ort?" – „In Ostindien." – *„Lack-a-day!* So wollt Ihr wohl an diesem sonnigen Nachmittag von Schottland über die Vereinigten Staaten nach Ostindien reiten?" – „Heute nicht ganz." – „So! Würdet es wohl auch nicht leicht schaffen können. Ihr seid wohl ein *Englishman?"* – *„Yes."* – Von welchem Stand?" – „Lord." – „Aha! dachte mir's doch. Ein Lord mit einer runden Hutschachtel auf dem Kopf! Euch muss man sich genauer besehen. Komm, Uncle, der Mann wird uns wohl nicht beißen. Ich habe Lust, seinen Worten Glauben zu schenken. Er scheint ein wenig übergeschnappt zu sein. Das stimmt zu einem Lord mit fünf Gallonen[1] Spleen."

Jetzt wurden auf der Höhe des nächsten Wellenhügels zwei Gestalten sichtbar, die dort im Gras gelegen hatten, eine lange und eine sehr kleine. Beide waren ganz gleich gekleidet, völlig in Leder wie echte, richtige Westmänner. Selbst ihre breitkrempigen Hüte waren von Leder. Die Gestalt des Langen stand steif wie ein Pfahl auf dem Hügel. Der Kleine war bucklig und hatte eine Habichtsnase, so scharf wie ein Messer. Ihre Gewehre waren alte, lange Rifles. Der kleine Bucklige hatte seins mit dem Kolben auf die Erde gesetzt und doch ragte die Mündung des Laufes noch um einiges über seinen Hut hinaus. Er schien der Sprecher der beiden zu sein, denn während der Lange noch kein Wort gesagt hatte, fuhr er jetzt fort: „Bleibt noch halten, Sir, sonst würden wir schießen! Wir sind noch nicht miteinander fertig."

„Wollen wir wetten?", fragte der Engländer hinauf. Sein Gesicht bekam plötzlich lebendigere Züge.

„Was?" – „Zehn Dollar oder fünfzig oder hundert Dollar, ganz wie es euch beliebt." – „Worum wetten?" – „Dass ich euch eher erschieße als ihr mich." – „Dann würdet Ihr verlieren!" – „Meint Ihr? *Well*, setzen wir also hundert Dollar!"

Der Reiter griff an die eine Patronentasche, zog sie nach vorn, öffnete sie und nahm einige Banknoten heraus. Die beiden Obenstehenden sahen einander erstaunt an. „Sir", rief der Kleine, „ich glaube, Ihr tragt eine Tasche voll Banknoten in der Prärie herum!" – „Könnte ich wetten, wenn ich kein Geld bei mir hätte? Also hundert Dollar? Oder wollt ihr noch mehr setzen?" – „Wir haben kein Geld." – „Das schadet nichts. Ich schieße euch das Nötige einstweilen vor, bis ihr bezahlen könnt."

[1] Gallone, ein englisches Hohlmaß = 4,5 Liter

Der Mann sagte das mit solchem Ernst, dass der Lange vor Verwunderung tief Atem holte und der Bucklige betroffen ausrief: „Uns borgen – bis wir bezahlen können? Ihr seid also sicher zu gewinnen?“

„Ja.“

„Aber, Sir, um zu gewinnen, müsstet Ihr uns eher erschießen als wir Euch. Als Tote aber könnten wir Euch nicht bezahlen!“

„Bleibt sich gleich! Ich hätte doch gewonnen und ich habe so viel, dass ich euer Geld nicht brauche.“

„Uncle“, meinte der Kleine zu dem Langen. „Dieser Mann ist wirklich ein Lord aus Old England. Dass er so auf seinen Geldbeutel pocht, vervollständigt das Bild. Wir müssen hinab zu ihm, um ihn näher zu betrachten.“

Er kam mit schnellen Schritten herab und der Lange folgte ihm steif und in kerzengerader Haltung, als habe er eine Bohnenstange im Körper. Unten im Wellental sagte der Bucklige: „Steckt Euer Geld wieder ein! Aus der Wette kann nichts werden. Und nehmt den Rat von mir an: Lasst diese Banknotentasche niemand sehen! Ihr könntet es bereuen oder gar mit dem Leben büßen.“

„*Well*“, nickte der Reiter. „Dank für den gut gemeinten Rat. Nun aber gestattet ein paar Fragen meinerseits! Wie heißt Ihr und wer seid Ihr?“

Diese Fragen waren an den Kleinen gerichtet. Er nickte dazu.

„Ihr seid hier fremd. Darum fragt Ihr so. Sonst kennt man uns vom Mississippi bis hinüber nach Frisco[1] als ehrliche Jäger und Fallensteller. Wir sind jetzt unterwegs in die Berge, um eine Gesellschaft von Bibermännern zu suchen, der wir uns anschließen können.“

„*Well!* Und eure Namen?“

„Unsere eigentlichen Namen können Euch nichts nützen. Mich nennt man den Humply-Bill, weil ich leider

[1] San Francisco

bucklig bin, und mein Kamerad hier ist als Gunstick-Uncle bekannt, weil er so steif in der Welt herumläuft, als hätte er einen Ladestock verschluckt. So, nun kennt Ihr uns und werdet uns auch über Euch die Wahrheit sagen, ohne dumme Witze zu machen. Was wollt Ihr in der Prärie? Euer Leben steht hier…"

„Pshaw!", unterbrach ihn der Lord. „Was ich hier will? Die Prärie und das Felsengebirge kennen lernen und dann nach Frisco gehen. War schon überall in der Welt, nur in den Vereinigten Staaten noch nicht. Doch kommt jetzt zu euern Pferden! Ich meine nämlich, dass ihr Pferde habt, obgleich ich sie noch nicht gesehen habe."

„Freilich haben wir welche. Sie stehen da hinter dem Hügel, wo wir anhielten, um auszuruhen."

Der Fremde stieg vom Pferd und schritt den beiden voran im Wellental weiter. Hinter dem Wellenberg grasten zwei Tiere von der Art, die man im Volksmund Klepper, Ziegenbock oder Kracke zu nennen pflegt. Sein Tier war ihm dabei wie ein Hund nachgelaufen. Die beiden Gäule wollten sich ihm nähern. Es wieherte aber zornig und schlug gegen sie aus, um sie von sich zu treiben.

„Eine giftige Kröte!", meinte Humply-Bill. „Scheint ungesellig zu sein."

„O nein!", meinte der Lord. „Das Tier weiß nur, dass ich noch nicht näher bekannt mit euch bin, und will deshalb von euren Pferden einstweilen noch im Abstand bleiben."

„Wäre es wirklich so klug? Man sieht es ihm nicht an. Scheint ein Ackerpferd gewesen zu sein." – „Oho! Es ist ein echter kurdischer Husahn[1], wenn ihr gütigst erlaubt." – „So! Wo liegt denn dieses Land?" – „Zwischen Persien und der Türkei. Habe das Tier selbst dort gekauft und mit nach Hause genommen."

Der Engländer sagte das mit einer Gelassenheit, als sei es ebenso leicht, ein Pferd aus Kurdistan nach England und

[1] Hengst

von da wieder hinüber in die Vereinigten Staaten zu befördern, wie einen Kanarienvogel vom Harz in den Thüringer Wald zu bringen. Die beiden Jäger warfen einander verstohlene Blicke zu. Er aber setzte sich gemächlich ins Gras, wo sie vorher gesessen hatten. Dort lag eine angeschnittene, gestern gebratene Rehkeule. Er zog sein Messer, schnitt sich ein tüchtiges Stück herunter und begann zu essen, als gehöre das Fleisch ihm.

„So ist's recht!", meinte der Bucklige. „Nur keine Umstände machen in der Prärie."

„Mache ich auch nicht", erklärte er. „Habt gestern ihr Fleisch für euch und mich geschossen, so tue ich es heute oder morgen ebenso."

„So? Meint Ihr denn, dass wir morgen noch beisammen sein werden?"

„Morgen und noch viel länger. Wollen wir wetten? Ich setze zehn Dollar und auch mehr, wenn ihr wollt."

Castlepool griff zur Geldtasche.

„Lasst eure Banknoten", wehrte der Humply-Bill ab. „Wir wetten nicht mit."

„So setzt euch her zu mir! Will es euch erklären."

Sie ließen sich ihm gegenüber nieder. Er musterte sie und sagte dann: „Bin den Arkansas heraufgekommen und in Mulvane ausgestiegen. Wollte dort einen Führer mieten oder zwei; fand aber keinen, der mir gefiel. Waren lauter Schund, die Kerle. Bin also fortgeritten, weil ich mir sagte, dass echte Präriemänner wohl nur in der Prärie zu finden sind. Treffe jetzt euch und ihr gefallt mir. Wollt ihr mit nach Frisco hinüber?"

„Das sagt Ihr so, als wäre es nur ein Tagesritt?" – „Es ist ein Ritt. Ob er einen Tag oder ein Jahr dauert, das hat nichts zu sagen." – „Hm, ja. Aber habt Ihr eine Ahnung von dem, was einem unterwegs begegnen kann?" – „Hoffe es zu erfahren." – „Wünscht Euch nicht zu viel. Übrigens können wir nicht mit. Wir sind nicht so reich, wie Ihr zu sein scheint. Wir leben von der Jagd und können keinen monatelangen Abstecher nach Frisco machen." – „Ich bezahle euch!" – „So? Na, dann ließe sich über die Sache sprechen." – „Könnt ihr schießen?" – Es war ein fast mitleidiger Blick, den der Bucklige auf den Lord warf, als er antwortete: „Ob ein Präriejäger schießen kann! Das ist fast noch schlimmer, als wenn Ihr fragt, ob ein Bär fressen kann. Beides ist so selbstverständlich wie mein Buckel."

„Möchte aber doch eine Probe sehen. Könnt ihr die Geier von da oben herunterholen?"

Der Humply-Bill maß die Höhe, wo die beiden Vögel schwebten, mit den Augen und erwiderte: „Warum nicht?"

„So schießt!"

Der Kleine stand auf, legte sein Gewehr an, zielte kurz und drückte ab. Man sah, dass der eine der Geier einen Stoß erhielt. Er schlug flatternd mit den Flügeln und suchte sich zu halten, doch vergebens. Er musste nieder, erst langsam, dann schneller. Endlich zog er die Flügel an den Leib und fiel wie ein schwerer Klumpen senkrecht zur Erde nieder.

„Nun, Sir, was sagt Ihr dazu?", fragte der Schütze.

„Nicht übel", lautete die Antwort.

„Was? Nicht übel nur? Bedenkt diese Höhe. Und die Kugel hat den Vogel gerade ins Leben getroffen, denn er war schon in der Luft tot! Jeder Kenner hätte das einen Meisterschuss genannt."

„*Well,* der zweite!", nickte der Lord dem langen Jäger zu, ohne auf den Vorwurf des Kleinen einzugehen.

Der Gunstick-Uncle erhob sich steif vom Boden, stützte sich mit der Linken auf seine lange Rifle, hob die Rechte wie ein Vortragskünstler, richtete das Auge gen Himmel auf den zweiten Geier und sprach in feierlichem Ton: „Wandelt der Aar in Gefilden der Lüfte – blickt er herab auf die Grüfte und Schlüfte – denket mit Sehnsucht des Aases voll Düfte – ich aber schieße ihn tot in die Hüfte!"

Bei diesen Reimen war seine Haltung so steif und eckig wie die eines Gliedermannes. Er hatte bisher noch kein einziges Wort gesprochen. Umso größeren Eindruck musste dieses herrliche Gedicht machen. So dachte er wenigstens; denn er ließ den erhobenen Arm sinken, wendete sich dem Lord zu und blickte ihn mit stolzer Erwartung an. Der Engländer hatte längst wieder sein dummes Gesicht angenommen. Jetzt zuckte es darin, als kämpfe das Lachen mit dem Weinen.

„Habt Ihr es gehört, Sir?", fragte der Bucklige. „Ja, der Gunstick-Uncle ist ein feiner Kerl. Er war Schauspieler und ist noch jetzt ein Dichter. Er spricht wenig, aber wenn er einmal den Mund auftut, so redet er nur mit Engelszungen, das heißt in Reimen."

„*Well!*", nickte der Engländer. „Ob er in Reimen oder in Gurkensalat redet, das ist seine Sache. Aber kann er schießen?"

Der lange Dichter zog den Mund bis an das rechte Ohr und warf die Hand weit von sich, was eine Bewegung der Verachtung sein sollte. Dann hob er seine Rifle, zielte, drückte ab, alles in einem einzigen kurzen Augenblick, und ließ das Gewehr wieder sinken. Der Vogel war getroffen, und zwar gut, denn er fiel mit zunehmender Schnelligkeit in einer sich verengenden Schneckenlinie zur Erde nieder.

„*Wonderful!*", rief Humply-Bill begeistert aus.

Der famose Ladestock-Onkel warf sich abermals in Pose, mit beiden Händen fuchtelnd. „Getroffen ist der Geier – der Schuss war ungeheuer – ich will auf Ruhm verzichten..."

„...und höre auf zu dichten!", fiel ihm der Engländer in die Rede. „Wozu diese Reime und das Geschrei? Ich wollte wissen, was für Schützen ihr seid. *Well*, die Sache ist in Ordnung. Nun setzt euch wieder her und lasst uns weiter verhandeln! Also, ihr geht mit mir und ich bezahle euch die Reise. Einverstanden?"

Beide blickten einander an, nickten sich zu und antworteten mit einem Ja.

„*Well!* Und wie viel verlangt ihr?" – „Ja, Sir, mit dieser Frage bringt Ihr mich in Verlegenheit. Von einer so genannten Bezahlung kann bei Scouts[1], die wir sein sollen,

[1] Führer, Pfadfinder

doch wohl nicht gesprochen werden. Wir gehen da mit Euch eine Kameradschaft ein, unter Umständen auf Leben und Tod. Meint Ihr, das ließe sich so alles mit Geld abmachen?" – *„Allright!* Ihr habt euern Stolz. Es kann also nur von einem Ehrensold die Rede sein, dem ich, wenn ich mit euch zufrieden bin, eine Belohnung hinzufüge. Ich bin hierher gekommen, um etwas zu erleben, um berühmte Jäger zu sehen, und mache euch folgendes Anerbieten: Ich zahle euch für jedes Abenteuer, das wir erleben, fünfzig Dollar."

„Sir", lachte Humply-Bill, „da werden wir reiche Leute, denn an Abenteuern gibt's hier keinen Mangel. Erleben tut man sie, ja, ob aber überleben, das ist eine Frage. An uns beiden soll es da nicht fehlen. Doch für einen Fremden ist es geratener, die Abenteuer zu fliehen, als sie aufzusuchen." – „Ich aber will sie haben! Ist meine Sache. Auch will ich mit berühmten Jägern oder Häuptlingen zusammentreffen, von denen ich schon viel gehört habe, z. B. Old Shatterhand, Old Firehand und Winnetou. Für jeden von diesen dreien, dem wir begegnen, zahle ich euch hundert Dollar." – *„By Jove!* Habt Ihr denn gar so viel Geld bei Euch?" – „Ich habe, was ich unterwegs brauche. Ihr bekommt euern Sold übrigens erst in Frisco bei meinem Bankier. Seid ihr damit zufrieden?" – „Ja. Hier unsre Hände darauf!"

Beide reichten ihm die Rechte. Dann zog er die zweite Tasche von hinten nach vorn, öffnete sie und nahm ein Buch heraus.

„Das ist mein Notizbuch, worin alles eingetragen wird", erläuterte er. „Ich werde jedem von euch ein Konto eröffnen und seinen Kopf und Namen darüber setzen."

„Seinen Kopf?", fragte der Bucklige verwundert.

„Ja, seinen Kopf! Bleibt einmal unbeweglich so sitzen wie jetzt!" Castlepool schlug das Buch auf und nahm den Stift zur Hand. Sie sahen, dass er abwechselnd sie anblickte, dann wieder auf das Papier schaute und dabei den Stift bewegte. Nach wenigen Minuten zeigte er ihnen, was er gezeichnet hatte. Sie erkannten ihre wohlgetroffenen Köpfe und darunter die Namen.

„Auf diese Blätter wird eingetragen, was ich euch nach und nach schulde“, erklärte er ihnen. „Verunglücke ich, so nehmt ihr das Buch mit nach Frisco und zeigt es dem Bankier, dessen Namen ich hierher schreibe! Er wird euch die vermerkte Summe sofort unbeanstandet auszahlen.“

„Das ist ja eine prächtige Einrichtung!“, meinte Humply-Bill. „Wir wollen zwar nicht wünschen, dass – *behold*, Uncle, sieh einmal unsre Pferde an! Sie wedeln mit den Ohren und öffnen die Nüstern. Es muss etwas Fremdes in der Nähe sein. Die Rolling Prairie ist gefährlich. Steigt man auf die Hügel, so wird man gesehen, und bleibt man unten, so kann man das Nahen eines Feindes nicht bemerken. Will doch einmal hinaufklettern.“

„Ich gehe mit“, meinte der Lord.

„Bleibt lieber unten, Sir! Ihr könntet mir die Sache verderben.“

„*Pshaw!* Verderbe nichts.“

Die beiden stiegen aus dem Wellental zur Kuppe des Hügels empor. Als sie die Höhe beinahe erreicht hatten, legten sie sich nieder und krochen vorsichtig vollends hinauf. Das Gras verdeckte ihre Körper und die Köpfe hoben sie nur so weit, wie unbedingt nötig war, Umschau zu halten.

„Hm, Ihr fangt die Sache für einen Neuling gar nicht so übel an, Sir“, lobte Humply-Bill. „Aber sehr Ihr dort den Mann auf dem zweiten Wellenhügel, geradeaus von uns?“

„*Yes!* Ein Indianer, wie es scheint?“

„Ja, es ist ein Roter. Hätte ich – ah, Sir, lauft doch einmal hinab und holt Euer Fernrohr herbei, damit ich das Gesicht des Mannes erkennen kann!“

Castlepool folgte dieser Aufforderung.

Der Indianer lag auf dem erwähnten Hügel im Gras und schaute aufmerksam nach Osten, wo jedoch gar nichts zu sehen war. Er richtete einige Male seinen Oberkörper weiter auf, um seinen Gesichtskreis zu vergrößern, ließ sich aber stets schnell wieder fallen. Wenn er jemand erwartete, dann gewiss nur ein feindliches Wesen.

Jetzt brachte der Lord sein Rohr, stellte es ein und reichte es dem Buckligen hin. Eben als Humply-Bill den Indianer vor das Glas bekam, sah dieser für einen Augenblick nach rückwärts, sodass sein Gesicht zu erkennen war. Sofort legte Humply-Bill das Rohr weg, sprang auf, sodass seine Gestalt vom Standpunkt des Roten aus voll zu erkennen war, hielt die Hände an den Mund und rief mit lauter Stimme: „Menaka tanka, Menaka tanka! Mein Bruder mag zu seinem weißen Freund kommen!"

Der Indianer fuhr herum, erkannte die bucklige Gestalt des Rufenden und glitt augenblicklich von der Kuppe des Hügels herab, sodass er im Wellental verschwand.

„Jetzt, Sir, werdet Ihr wohl bald die ersten fünfzig Dollar einschreiben müssen", sagte Humply-Bill zu dem Engländer, indem er sich wieder niederduckte.

„Wird es ein Abenteuer geben?" – „Sehr wahrscheinlich, denn der Häuptling blickte jedenfalls nach Feinden aus." – „Ein Häuptling ist er?"

„Ja, ein tüchtiger Kerl, Osagenhäuptling. Der Uncle und ich haben mit ihm die Pfeife des Friedens und der Freundschaft geraucht und sind verpflichtet, ihm beizustehen." – „*Well*, so wünsche ich, dass er nicht nur einen, sondern möglichst viele Gegner erwartet!" – „Malt den Teufel nicht an die Wand! Derartige Wünsche sind gefährlich, da sie nur allzu leicht in Erfüllung gehen. Kommt mit hinab! Der Uncle wird erfreut, aber auch erstaunt darüber sein, dass sich der Häuptling in dieser Gegend befindet." – „Wie nanntet ihr den Roten?" – „In der Osagensprache Menaka tanka; das heißt Gute Sonne. Er ist ein tapferer und erfahrener Krieger und dabei kein ausgesprochener Feind der Weißen, obgleich die Osagen zu den Völkerschaften der Sioux gehören."

Unten fanden sie den Uncle in einer steifen, theatralischen Pose. Er hatte alles gehört und diese Haltung angenommen, um seinen roten Freund möglichst würdevoll zu begrüßen. Nach kurzer Zeit begannen die Pferde zu schnauben und gleich darauf sah man den Indianer kommen. Er befand sich in den besten Mannesjahren und trug die allgemein übliche indianische Lederkleidung, die an einigen Stellen zerrissen und an anderen mit frischem Blut befleckt war. Waffen hatte er keine. Auf jede seiner Wangen war eine Sonne tätowiert. An seinen beiden Handgelenken war die Haut aufgeschunden; er musste gebunden gewesen sein und die Fessel gesprengt haben. Jedenfalls befand er sich auf der Flucht und wurde verfolgt.

Trotz der Gefahr, die dem Indianer drohte und ihm sehr nahe sein konnte, kam er langsam herbei, erhob die Hand zum Gruß und sagte zu den beiden Jägern, ohne zunächst den Engländer zu beachten, ruhig in geläufigem Englisch: „Menaka tanka hat die Stimme und Gestalt seines Bruders und Freundes sogleich erkannt und freut sich, euch begrüßen zu können."

„Wir freuen uns ebenfalls. Das wirst du uns glauben", entgegnete Humply-Bill.

Der lange Uncle streckte beide Hände über den Kopf des Roten, als ob er ihn segnen wolle, und rief aus: „Sei gegrüßt im Erdentale – viele, viele tausend Male – großer Häuptling, edler Schatz – nimm bei deinen Freunden Platz – und verzehr in aller Eile – diesen Rest der Reheskeule!" Er deutete ins Gras, wo das lag, was der Lord von der Keule übrig gelassen hatte, nämlich den Knochen mit einigen Fleischfasern, die dem Messer nicht hatten weichen wollen.

„Still, Uncle!", gebot Humply-Bill. „Es ist wahrhaftig keine Zeit für deine Gedichte. Siehst du denn nicht, in welchem Zustand sich der Häuptling befindet?"

„Gebunden, doch entkommen – hat er zu seinem Frommen – die Flucht hierher genommen", erwiderte der Gescholtene.

Der Bucklige wendete sich von ihm ab, deutete auf Castlepool und sagte zu dem Osagen: „Dieses Bleichgesicht ist ein neuer Gefährte von uns. Ich empfehle ihn dir und deinem Stamm."

Der Rote senkte wie zustimmend den Kopf. „Menaka tanka ist der Freund eines jeden guten und ehrlichen Weißen. Die Diebe, Mörder und Leichenschänder aber sollen vom Tomahawk gefressen werden!"

„Bist du schlimmen Leuten begegnet?", erkundigte sich Humply-Bill.

„Ja. Meine Brüder mögen ihre Gewehre bereithalten, denn diejenigen, die dem Häuptling nachjagen, können jeden Augenblick hier sein, obgleich er sie nicht gesehen hat. Sie werden zu Pferd sitzen und Menaka tanka musste laufen. Aber die Füße der Guten Sonne sind so schnell und ausdauernd wie die Läufe des Hirsches, den kein Ross einholt. Menaka tanka hat viele Bogen und Kreise geschlagen, auch hat er sich oft rückwärts bewegt. Die Feinde trachten nach seinem Leben." – „Sind ihrer viele?" – „Es sind mehrere hundert schlechte Leute, die von den Bleichgesichtern Tramps genannt werden." – „Tramps? Wie kommen die hierher und was wollen sie in dieser abgelegenen Gegend? Wo befinden sie sich?"

„In dem Winkel des Waldes, den man Osage Nook nennt, den aber wir die Ecke des Mordes heißen, weil unser berühmtester Häuptling mit seinen tapfersten Kriegern dort hinterlistig umgebracht wurde. Alle Jahre, wenn sich der Mond dreizehnmal gefüllt hat, besuchen einige Abgesandte unsres Stammes diesen Ort, um an den Gräbern der gefallenen Helden den Tanz des Todes aufzuführen. So verließ auch Menaka tanka in diesem Jahr mit zwölf Kriegern unsre Weidegründe, um sich nach dem Osage Nook zu begeben. Wir kamen vorgestern dort an und schlugen unser Lager bei den Gräbern auf. Heute nahmen wir die Feier vor. Wir hatten zwei Wachen ausgestellt. Dennoch war es weißen Männern gelungen, sich unbemerkt in unsre Nähe zu schleichen. Sie hatten wohl die Spuren gesehen, die von unsern Füßen und von den Hufen unsrer Pferde herrührten, und fielen während des Tanzes so plötzlich über uns her, dass wir kaum Zeit zum Widerstand fanden. Sie waren mehrere hundert Mann stark. Wir töteten einige von ihnen; sie erschossen acht von uns. Menaka tanka wurde mit den übrigen vier überwältigt und gebunden. Wir erfuhren, dass wir heute Abend am Feuer gemartert und dann verbrannt werden sollten. Sie lagerten bei den Gräbern und trennten den Häuptling von seinen Kriegern, damit er nicht mit ihnen sprechen könne. Man band ihn an einen Baum und stellte einen weißen Wächter dazu. Aber der Riemen, der ihn hielt, war zu schwach. Menaka tanka zerriss ihn. Zwar schnitt er tief ins Fleisch, doch kam Gute Sonne los und benutzte den Augenblick, als der Wächter einmal fortging, sich heimlich davonzuschleichen."

„Und deine vier Gefährten?", fragte Bill.

„Sie sind noch dort. Oder meinst du, Menaka tanka hätte versuchen sollen, sie mitzunehmen? Er hätte sie nicht retten können, sondern wäre mit ihnen umgekommen. Deshalb beschloss er, nach Butlers Farm zu eilen, deren Besitzer sein Freund ist, und von dort Hilfe zu holen."

Humply-Bill schüttelte den Kopf und meinte: „Fast unmöglich! Vom Osage Nook bis zu Butlers Farm sind gute sechs Stunden zu reiten. Mit einem schlechten Pferd bringt man noch viel länger zu. Wie kannst du da bis zum Abend, an dem deine Gefährten sterben sollen, zurück sein?"

„Die Füße der Guten Sonne sind ebenso schnell wie die eines Pferdes", beteuerte der Häuptling selbstbewusst. „Infolge seiner Flucht wird man die Hinrichtung aufschieben und sich zunächst alle Mühe geben, Menaka tanka wieder einzufangen. Die Hilfe würde also wohl zur rechten Zeit eintreffen."

„Diese Folgerung kann stimmen und auch nicht. Gut, dass du uns getroffen hast, denn nun ist es nicht nötig, nach Butlers Farm zu laufen. Wir werden mit dir gehen, um deine Gefährten zu befreien."

„Will mein weißer Bruder das wirklich tun?", fragte der Indianer freudig.

„Gewiss. Was denn sonst? Die Osagen sind unsre Freunde, während die Tramps die Gegner eines jeden ehrlichen Mannes sind."

„Aber es sind ihrer sehr viele und wir haben zusammen nur acht Arme und Hände."

„*Pshaw.* Vier listige Köpfe können es schon wagen, sich an eine Horde Tramps zu schleichen, um einige Gefangene herauszuholen. Was sagst du dazu, alter Uncle?"

Der Steifnackige breitete beide Arme aus, schloss entzückt die Augen und rief: „Ich reite gern und mit Vergnügen – hin, wo die weißen Schufte liegen – und hole ohne Furcht und Graus – die roten Krieger alle raus!"

„Schön. Und Ihr, Sir?"

Der Engländer hatte sein Notizbuch herausgenommen, um den Namen des Häuptlings aufzuschreiben. Er schob es jetzt wieder in die Tasche und erklärte: „Natürlich reite ich mit. Es ist ja ein Abenteuer!"

„Aber ein sehr gefährliches, Sir!"

„Umso besser! Da zahle ich zehn Dollar mehr, also sechzig. Aber wenn wir reiten wollen, müssen wir ein Pferd für die Gute Sonne besorgen!"

„Hm, ja!", erwiderte der Bucklige, indem er den Häuptling forschend anblickte. „Woher würdet denn Ihr eins nehmen, he?"

„Einfach von seinen Verfolgern, die wahrscheinlich nahe genug hinter ihm sind."

„Richtig, ganz richtig! Ihr seid kein unebener Westmann, Sir, und ich denke, dass wir uns so leidlich zusammenarbeiten werden. Nun ist es nur noch wünschenswert, dass unser roter Freund eine Waffe besitzt."

„Ich trete ihm eins von meinen beiden Gewehren ab. Hier ist's! Den Gebrauch werde ich ihm erklären. Und nun dürfen wir keine Zeit versäumen, sondern müssen uns so aufstellen, dass die Verfolger, wenn sie hier ankommen, von allen Seiten eingeschlossen sind."

Der Ausdruck des Erstaunens auf dem Gesicht des Kleinen wurde immer deutlicher. Er maß den Engländer mit einem fragenden Blick und meinte: „Ihr sprecht da wie ein alter, erfahrener Jäger, Sir! Wie hätten wir das Eurer Meinung nach wohl anzufangen?"

„Sehr einfach. Einer bleibt hier auf dem Hügel, wo wir beide vorhin waren. Er empfängt die Kerle genauso, wie ihr mich empfangen habt. Die anderen drei gehen im Bogen und besteigen die drei benachbarten Höhen. Kommen dann die Burschen, so befinden sie sich zwischen den vier besetzten Hügeln und wir haben sie fest, denn wir sind oben gedeckt und können sie nach Belieben wegputzen, während sie von uns nur den Rauch unsrer Schüsse bemerken."

„Ihr redet wirklich wie ein Buch, Sir! Sagt aufrichtig, seid Ihr wirklich jetzt zum ersten Mal in der Prärie?"

„Allerdings. Aber ich habe mich vorher an andern Orten befunden, wo man nicht weniger vorsichtig sein muss als hier. Wir haben ja bereits davon gesprochen."

„*Well!* Ich sehe, dass wir mit Euch nicht viel Ärger haben werden, und das ist mir lieb. Ich gestehe, dass ich den gleichen Vorschlag machen wollte. Bist du einverstanden, alter Uncle?"

Der Steife machte eine theatralische Armbewegung und erwiderte: „Jawohl, sie werden eingeschlossen – und miteinander totgeschossen!"

„Gut, so bleibe ich hier, um sie, sobald sie kommen, anzureden. Der Lord geht nach rechts, du wendest dich links und der Häuptling begibt sich auf den vorstehenden Hügel. Auf diese Weise bekommen wir sie zwischen uns und ob wir sie töten oder nicht, das soll ganz darauf ankommen, wie sie sich verhalten. Ich werde so laut mit ihnen reden, dass auch ihr es versteht. Dann wisst ihr, was zu tun ist. Schieße ich einen über den Haufen, so ist das ein Zeichen, dass ihr auf die anderen schießen sollt. Entkommen darf keiner. Denkt daran, dass sie acht Osagen getötet haben, ohne von ihnen vorher feindlich behandelt worden zu sein! Schont aber die Pferde! Wir brauchen sie. Und nun vorwärts, Mesch'schurs! Ich denke, dass wir nicht länger zögern dürfen."

Der Humply-Bill stieg den nächsten Wellenberg hinauf und legte sich da, wo er vorher mit dem Engländer den Indianer beobachtet hatte, ins Gras. Die drei andern verschwanden zu beiden Seiten in den Wellentälern. Die Pferde blieben da, wo sie gestanden hatten. Castlepool hatte sein Fernrohr mitgenommen.

So verging wohl eine Viertelstunde. Dann war von dem Hügel, auf dem sich der Engländer befand, der laute Ruf zu hören: „Aufgepasst, sie kommen!"

„Still!", warnte der Bucklige etwas weniger laut.

„Pshaw! Sie können es nicht hören. Sind fast noch eine Meile entfernt."

„Wo?"

„Geradeaus nach Ost. Habe durch das Rohr zwei Kerle gesehen, die auf einem Hügel standen und ausschauten, vermutlich nach dem Häuptling. Haben jedenfalls die Pferde unten stehen gehabt."

Es verging wieder einige Zeit, dann hörte man den Hufschlag nahender Tiere. Im Wellental, das vor dem Buckligen lag, wurden nebeneinander zwei Reiter sichtbar. Sie waren gut bewaffnet und beritten und hielten die Augen scharf auf die Fährte des Häuptlings gerichtet. Gleich hinter ihnen erschienen noch zwei und dann noch einer. Es waren also fünf Verfolger. Als sie die Mitte des Wellentales erreicht hatten und sich somit zwischen den vier Verstecken befanden, rief Bill ihnen zu: „Stopp, Mesch'schurs! Keinen Schritt weiter, oder ihr hört meine Büchse reden!"

Sie hielten überrascht an und schauten hinauf, ohne aber jemand zu erblicken, da der Bucklige im tiefen Gras lag.

Doch gehorchten sie seinem Befehl und der Vorderste antwortete: „Zum Teufel! Was steckt denn da für ein Wegelagerer? Zeigt Euch uns doch und sagt, welches Recht ihr habt, uns anzuhalten!"

„Das Recht eines jeden Jägers, dem Fremde begegnen."

„Wir sind auch Jäger. Seid Ihr ein ehrlicher Kerl, so lasst Euch blicken!"

Die fünf Tramps hatten ihre Gewehre zur Hand genommen. Sie sahen keineswegs friedlich aus, dennoch erhob sich der Kleine. „Da habt ihr mich!"

Er hielt sein Auge scharf und wachsam auf die Tramps gerichtet.

„Zounds!", rief einer von ihnen. „Irre ich mich nicht, dann ist das der Humply-Bill!"

„So werde ich allerdings genannt." – „Dann ist auch der Gunstick-Uncle in der Nähe; denn die beiden trennen sich nie." – „Kennt Ihr uns denn?" – „Will's meinen. Habe von früher her ein Wort mit Euch zu reden." – „Ich kenne Euch aber nicht." – „Möglich, denn Ihr habt mich damals nur von weitem gesehen. Boys, dieser Kerl ist uns im Wege. Ich glaube gar, er hat mit dem Roten gemeinschaftliche Sache gemacht. Holen wir ihn von da oben herunter!"

Der Tramp zielte auf den Kleinen und drückte ab. Bill sank blitzschnell, wie von der Kugel getroffen, ins Gras.

„Heigh-day, das war fein gezielt!", rief der Mann. „Nun ist nur noch der Gun..."

Er konnte den Satz nicht vollenden. Bill hatte sich absichtlich niedergeworfen, um nicht getroffen zu werden. Jetzt blitzte es rasch hintereinander aus seinen beiden Läufen auf und gleich darauf krachten auch die Gewehre der drei andern. Die fünf Tramps stürzten von ihren Pferden und die vier Sieger kamen von den Hügeln in das Tal, um die fünf Pferde an der Flucht zu hindern. Die Tramps wurden untersucht.

„Nicht schlecht gemacht", meinte Bill. „Kein einziger Fehlschuss. Der Tod ist augenblicklich eingetreten."

Der Osagenhäuptling betrachtete die beiden Männer, nach deren Stirnen er gezielt hatte. Er sah die kleinen Kugellöcher hart über den Nasenwurzeln und wendete sich an den Lord: „Das Gewehr meines Bruders ist eine ausgezeichnete Waffe, auf die man sich verlassen kann."

„Will ich meinen", nickte der Englishman. „Habe beide Gewehre eigens für die Prärie bestellt."

„Mein Bruder mag dem Häuptling dieses hier verkaufen. Er gibt ihm hundert Biberfelle dafür." – „Es ist mir nicht feil." – „So gibt er ihm hundertfünfzig!" – „Auch dann nicht!" – „Auch nicht für zweihundert?" – „Nein und wenn diese Biberfelle zehnmal so groß wie Elefantenhäute wären."

„So bietet ihm Gute Sonne den höchsten Preis, den es geben kann. Sie tauscht diese Gun gegen das beste Reitpferd der Osagen ein!"

Es war seinem Gesicht anzusehen, dass er glaubte, ein noch nie da gewesenes Gebot gemacht zu haben, doch der Lord schüttelte den Kopf. „Ein Castlepool tauscht und verkauft nicht. Was wollte ich mit dem Pferd tun, da das meinige bestimmt ebenso vortrefflich ist wie das, von dem du sprichst."

„Kein Pferd der Savanne geht über das des Häuptlings. Aber da er seinen weißen Bruder nicht zwingen kann, ihm sein Gewehr zu verkaufen, so gibt er es ihm hiermit zurück. Diese Toten haben mehr Waffen bei sich, als Menaka tanka für sich braucht."

Der Osage gab das Gewehr zurück, machte aber dabei ein Gesicht, worin das größte Bedauern zu lesen war. Den Toten wurden alle verwendbaren Gegenstände abgenommen. Als man ihre Taschen durchsuchte, meinte Bill: „Der Kerl hat mich gekannt. Ich aber kann mich nicht erinnern, ihn jemals gesehen zu haben. Mag sein! Wer weiß, wie viele Schandtaten wir dadurch, dass sie unsre Kugeln bekamen, verhütet haben. Nun kann sich auch der Häuptling beritten machen und es bleiben noch vier ledige Pferde übrig, gerade ausreichend für die Osagen, die wir herausholen wollen."

„Reiten wir jetzt sofort zu den Tramps?", fragte der Engländer.

„Gewiss. Ich kenne diese Gegend und weiß, dass wir nicht vor Abend am Osage Nook ankommen können, da wir nicht die gerade Richtung einschlagen dürfen, sondern einen Bogen machen müssen, um den Wald, in dem die Tramps lagern, hinter ihnen zu erreichen."

„Und die Leichen?"

„Lassen wir liegen. Oder wollt Ihr diesen Halunken vielleicht ein Erbbegräbnis bauen lassen? Mögen die Geier und die Kojoten sie begraben!"

Das war eine harte Rede, aber der Wilde Westen hat nun einmal seine eigene Art.

Man koppelte die ledigen Pferde zusammen, stieg auf und ritt davon, zunächst gerade nordwärts, um dann nach Osten abzubiegen. Der Häuptling machte den Führer. Es ging während des ganzen Nachmittags über die offene Rolling Prairie.

Als die Sonne sich zur Rüste neigen wollte, erblickte man in der Ferne einen dunklen Waldstreifen und der Osage erklärte: „Das ist die hintere Seite des Waldes. Die vordere biegt sich nach innen und bildet die Ecke oder den Winkel, den wir den Winkel des Mordes nennen, und dort liegen die Gräber unsrer Erschlagenen. Haben wir den Wald betreten, so müssen wir eine Viertelstunde gehen, um an das Lager der Tramps zu gelangen."

Da hielt Bill sein Pferd an, stieg ab und setzte sich schweigend ins Gras. Der Uncle und der Indianer folgten diesem Beispiel, als verstände sich das ganz von selbst. Der Engländer stieg infolgedessen auch ab, erkundigte sich aber: „Ich denke, wir dürfen keine Zeit verlieren. Wie können wir die Osagen befreien, wenn wir uns hier niedersetzen und die Hände in den Schoß legen?"

„Das ist falsch gefragt, Sir", erklärte der Bucklige. „Meint Ihr, dass die Tramps ruhig in ihrem Lager sitzen bleiben?"

„Schwerlich!"

„Ganz gewiss nicht! Sie müssen essen und werden deshalb jagen. Sie schwärmen im Wald herum. Der aber ist da, wo wir ihn betreten, nur eine Viertelstunde breit und es lässt sich vermuten, dass sich gerade dort Leute befinden, die uns kommen sehen würden. Wir müssen also hier warten, bis es dunkel geworden ist. Dann haben sich die Kerle alle nach dem Lager verzogen und wir können unbemerkt den Wald erreichen. Seht Ihr das ein?"

„*Well!*", nickte der Lord, während er sich nun auch niedersetzte. „Habe nicht geglaubt, dass ich noch so dumm bin." – „Ja, Ihr wäret diesen Leutchen gerade in die Hände geritten und der Uncle und ich hätten Euer Tagebuch nach Frisco tragen müssen, ohne einen einzigen Dollar zu bekommen." – „Nichts bekommen? Warum?" – „Weil wir unser Abenteuer noch nicht ganz erlebt haben." – „Haben es erlebt! Ist bereits vorüber und auch eingetragen. Begegnung mit dem Häuptling und Erschießen der fünf Tramps war ein vollständiges Abenteuer für fünfzig Dollar. Steht bereits im Buch. Befreiung der Osagen ist ein neues Abenteuer." – „Auch für fünfzig Dollar?" – „*No*, sogar für sechzig. Habe es doch bereits versprochen."

„Nun, dann notiert nur immer fort!", lachte Bill. „Wenn Ihr jedes Erlebnis in so und so viele Unterabenteuer zerlegt, werdet ihr uns in Frisco ein solches Geld zu zahlen haben, dass Ihr nicht wisst, woher es nehmen!"

Der Lord lächelte überlegen: „Wird schon ausreichen, kann Euch bezahlen, ohne Schloss Castlepool verkaufen zu müssen."

Die Sonne verschwand und die Schatten der Dämmerung huschten durch die Wellentäler, stiegen höher und höher, überfluteten auch die Hügel und hüllten endlich die ganze Landschaft ein. Auch der Himmel war dunkel und sternenleer.

Nun wurde aufgebrochen. Aber man ritt nicht bis ganz an den Wald heran. Die Vorsicht gebot, die Tiere im Freien zu lassen. Hölzerne Pflöcke, um die Pferde mittels der Zügel an den Boden zu fesseln, führt jeder Westmann mit sich. Auf diese Weise band man die Tiere an und wandte sich dann im Gänsemarsch dem Wald zu.

Der Rote schritt voran. Sein Fuß berührte den Boden so leise, dass das Ohr nichts davon zu vernehmen vermochte. Es war rundum nichts zu hören als der Wind, der die Wipfel der Bäume bewegte.

Jetzt ergriff der Osage die rechte Hand seines Hintermannes und flüsterte ihm zu: „Mein weißer Bruder gebe seine andre Hand weiter, damit die drei Bleichgesichter eine Kette bilden, die ich führen werde!"

Während er sich mit der ausgestreckten Hand vorwärts tastete, zog er mit der andern die Weißen hinter sich her. Endlich blieb der Häuptling stehen und warnte gedämpft: „Meine Brüder mögen lauschen! Gute Sonne hat die Stimmen der Tramps vernommen."

Sie horchten. Man hörte sprechen, wenn auch aus weiter Ferne, sodass die Worte nicht zu verstehen waren. Nach wenigen Schritten gewahrte man einen leisen Dämmerschein, der es dem Auge ermöglichte, die Baumstämme zu unterscheiden.

„Meine Brüder mögen hier warten, bis Menaka tanka zurückkehrt!", flüsterte der Osage. Dann huschte er auch schon fort und war im nächsten Augenblick verschwunden. Als er zurückkehrte, war wohl über eine halbe Stunde vergangen. Sie hatten sein Kommen weder gesehen noch gehört. Er tauchte plötzlich vor ihnen, wie aus der Erde, auf.

„Nun?", fragte Bill. „Was hast du uns zu melden?" – „Dass noch mehr Tramps gekommen sind, noch viel mehr." – „*Behold!* Ob diese Kerle vielleicht hier ein Meeting abzuhalten gedenken? Dann wehe den Farmern, die in der Gegend wohnen! Hast du gehört, was gesprochen wurde?" – „Es brannten mehrere Feuer und der ganze Platz war hell. Die Tramps hatten einen Kreis gebildet, worin ein Bleichgesicht mit roten Haaren stand und laut eine lange Rede hielt. Dem Häuptling fiel auf, dass dem weißen Mann die Ohrmuscheln fehlten. Im Übrigen war seine Aufmerksamkeit darauf gerichtet, seine roten Brüder zu entdecken, und so hat er nur wenig von der Ansprache behalten." – „Nun, und das wenige? Was war es?" – „Er sagte, Reichtum sei Raub an den Armen. Man müsse von den Reichen alles nehmen. Er behauptete, der Staat dürfe von dem Untertan keine Steuer erheben. Man müsse ihm also alles Geld, das er in den Kassen habe, wieder wegnehmen. Er sagte ferner, dass die Tramps alle Brüder seien und schnell sehr reich werden könnten, wenn sie seinen Vorschlägen folgen wollten." – „Weiter! Was noch?" – „Gute Sonne hat nicht weiter auf seine Worte geachtet. Er sprach noch von einer großen, vollen Eisenbahnkasse, die leer gemacht werden müsse. Dann aber hat Menaka tanka nichts mehr gehört, denn er entdeckte den Ort, wo sich seine roten Brüder befinden." – „Wo ist das?" – „In der Nähe eines kleinen Feuers, woran niemand saß. Dort standen sie, an Baumstämme gebunden, und bei jedem von ihnen saß ein Tramp, der ihn bewachte." – „So kann man sich nicht leicht anschleichen?" – „Man kann es. Menaka tanka hätte sie wohl losschneiden können, wollte aber erst seine weißen Brüder holen. Vorher jedoch ist er bis zu einem seiner Krieger gekrochen und hat ihm zugeflüstert, dass sie gerettet werden sollen." – „Diese Tramps sind keine Westmänner. Es ist eine ungeheure Dummheit, die Gefangenen nicht in die Mitte zu nehmen. Führe uns an den Ort!"

Der Häuptling voran, so huschten die vier von Baum zu Baum und gaben sich dabei Mühe, möglichst im Schatten der Stämme zu bleiben. Sie näherten sich schnell dem Lagerplatz, auf dem sie jetzt acht Feuer zählen konnten. Das kleinste brannte in dem innersten Winkel der Ecke, nahe bei den Bäumen, und dorthin waren die Schritte des Häuptlings gerichtet. Er blieb einmal für einige Augenblicke stehen und raunte den drei Weißen zu: „Jetzt sitzen mehrere

Bleichgesichter an diesem Feuer. Vorhin saß niemand dabei. Diese Leute scheinen die Anführer zu sein. Seht ihr wenige Schritte davon meine Krieger an den Bäumen?"

„Ja", flüsterte der Humply-Bill. „Die Rede des Rothaarigen ist zu Ende und nun sitzen die Anführer abgesondert von den Übrigen, jedenfalls um Rat zu halten. Es kann wichtig sein, zu erfahren, was sie vorhaben. So viele Tramps sind nicht wegen einer Kleinigkeit hier versammelt. Glücklicherweise stehen einige Büsche unter den Bäumen. Ich werde einmal hinkriechen, um zu hören, wovon gesprochen wird."

„Mein Bruder mag es lieber nicht tun!", warnte der Häuptling. – „Warum? Glaubst du, dass ich mich erwischen lasse?"

„Nein. Gute Sonne weiß, dass sein Bruder das Anschleichen versteht. Aber er könnte doch gesehen werden." – „Gesehen, doch nicht erwischt!" – „Ja, mein Bruder hat flinke Füße und würde schnell entkommen, nur wäre es uns dann unmöglich, die Osagen zu befreien." – „Nicht doch! Wir hätten in einigen Augenblicken ihre Wächter niedergemacht und ihre Bande zerschnitten. Dann schnell fort durch den Wald und zu den Pferden! Möchte den Tramp sehen, der das verhindern wollte! Also ich schleiche mich hin. Werde ich bemerkt, so springt ihr zu den Gefangenen. Geschehen kann uns nichts. Hier ist mein Gewehr, Uncle."

Bill gab seinem Gefährten die Büchse, legte sich auf die Erde nieder und kroch dem Feuer zu. Seine Aufgabe war viel leichter zu lösen, als er geglaubt hatte. Die Tramps sprachen so laut, dass er fast auf halbem Weg liegen bleiben und alles hören konnte.

Die vier Männer am Feuer waren in der Tat die Anführer der Tramps. Der eine von ihnen, der Rothaarige ohne Ohrmuscheln, war der Cornel Brinkley, der sich mit seinen wenigen den Rafters entkommenen Begleitern heute gegen Abend hier eingestellt hatte. Er war soeben im Sprechen und der Humply-Bill hörte ihn sagen: „Ich kann euch also einen großen Erfolg versprechen, denn dort ist die Hauptkasse. Ihr seid doch einverstanden?"

„Ja, ja, ja", stimmten die drei andern zu.

„Und wie ist's mit Butlers Farm? Wollt ihr sie auch mitnehmen? Oder soll ich das auf eigene Faust ausführen und ein Schock eurer Leute dazu werben?"

„Wir machen natürlich mit!", erklärte einer. „Sehe nicht ein, warum wir das Geld dir allein in die Tasche fallen lassen sollen! Es fragt sich nur, ob es schon da ist."

„Noch nicht. Die Rafters haben nicht sofort Pferde gehabt, während ich gleich am nächsten Morgen einen guten Klepper fand. Sie können also noch nicht auf der Farm sein. Aber Butler ist auch ohnedies reich genug. Wir überfallen die Farm, rauben sie aus und erwarten dann ruhig die Ankunft der Rafters und der Halunken, von denen sie befehligt werden." – „Weißt du denn genau, dass sie dorthin kommen werden?" – „Ganz genau. Dieser Old Firehand muss eines Ingenieurs wegen hin, der sich jedenfalls schon jetzt dort befindet." – „Welches Ingenieurs? Was ist mit ihm?" – „Nichts. Das ist eine Geschichte, die euch gleichgültig sein kann. Vielleicht erzähle ich sie euch ein andermal. Vielleicht werbe ich euch dann auch noch zu einem ganz andern Streich, wobei Geld in Masse zu verdienen ist." – „Du sprichst in Rätseln. Aufrichtig gestanden, möchte ich mit diesem Old Firehand lieber nichts zu tun haben." – „Unsinn! Was sollte er uns anhaben können? Bedenke doch, dass wir vierhundert Männer beisammen haben, die es mit dem Teufel aufnehmen würden!" – „Hm, das ist richtig. Und wann brechen wir auf?"

„Morgen Nachmittag, sodass wir die Farm am Abend erreichen. Sie ist groß und wird ein hübsches Feuer geben, woran wir uns manchen Braten bereiten können."

Der Humply-Bill hatte genug gehört. Er kroch zurück zu den Gefährten und forderte sie auf, sich nun an die Befreiung der Osagen zu machen. Nach seiner Meinung sollte sich jeder hinter einen der Gefangenen schleichen. Aber der Häuptling fiel ihm in die Rede: „Was jetzt geschehen muss, ist nicht Sache der weißen Männer. Menaka tanka geht allein und seine Brüder mögen ihm nur dann beispringen, wenn sein Tun bemerkt wird."

Der Osage schlich sich wie eine Schlange auf dem Boden fort.

„Was hat er vor?", fragte der Engländer leise.

„Ein Meisterstück", entgegnete Bill. „Schaut nur scharf dorthin, wo die Gefangenen stehen! Geht es verkehrt, so eilen wir hin und helfen. Wir brauchen ihnen nur die Riemen zu durchschneiden und dann zu unsern Pferden zu laufen."

Der Lord folgte der Aufforderung. Das Feuer, an dem die vier Anführer der Tramps saßen, war vielleicht zehn Schritt vom Waldrand entfernt. Dort standen die Bäume, woran die Gefangenen in aufrechter Stellung gebunden waren. Neben jedem Osagen saß oder lag ein bewaffneter Wächter. Der Engländer strengte seine Augen an, den Häuptling zu erspähen, doch vergebens. Er sah nur, dass einer der Wächter sich umlegte, und zwar mit einer so schnellen Bewegung, als sei er umgefallen. Auch die andern drei Wächter sanken einer nach dem andern um und sonderbarerweise so, dass ihre Köpfe in den Schatten der betreffenden Bäume zu liegen kamen. Dabei war nicht das leiseste Geräusch zu hören.

Es verging noch eine kleine Weile und dann gewahrte der Lord plötzlich den Häuptling wieder zwischen sich und Bill.

„Nun, fertig?", fragte der Bucklige.

„Ja", bestätigte der Rote.

„Aber deine Osagen sind ja noch gefesselt!", flüsterte der Lord ihm zu.

„Nein. Sie sind nur stehen geblieben, bis Menaka tanka mit euch gesprochen hat. Sein Messer traf die Wächter mitten ins Herz und dann hat er ihnen die Skalpe genommen. Jetzt pirscht sich der Häuptling wieder hin, um mit seinen roten Brüdern zu den Pferden der Tramps zu schleichen, bei denen sich auch die unsrigen noch befinden. Da alles so gut gegangen ist, werden wir uns nicht entfernen, ohne unsre Pferde zu holen."

„Warum euch noch in diese Gefahr begeben?", warnte Bill.

„Mein weißer Bruder irrt sich. Es ist jetzt keine Gefahr mehr vorhanden. Sobald ihr die Osagen von ihren Bäumen verschwinden seht, könnt ihr euch in Sicherheit bringen. Bald werdet ihr das Stampfen der Pferde hören und das Geschrei der Tramps, die dort wachen. Dann kommen wir zu der Stelle, wo wir vorhin abgestiegen sind. Howgh!"

Mit diesem Bekräftigungswort wollte der Osage andeuten, dass jeder Einwand nutzlos sei, und dann war er plötzlich nicht mehr zu sehen. Der Lord beobachtete die Gefangenen. Sie lehnten steif aufgerichtet an ihren Bäumen, dann waren sie in einem Nu fort, wie in die Erde hinein verschwunden.

„*Wonderful!*", flüsterte er dem Buckligen begeistert zu. „Ganz, wie man es in Romanen gelesen hat!"

„Hm!", meinte der Kleine. „Ihr werdet bei uns noch manchen Roman erleben. Das Lesen ist freilich leichter als das Erleben."

„Wollen wir fort?"

„Noch nicht. Ich möchte die Gesichter der Kerle sehen, wenn die Geschichte losgeht. Wartet noch einige Augenblicke!"

Es verging keine lange Zeit, da vernahm man von jenseits des Lagers einen lauten Schreckensruf; ein zweiter antwortete. Darauf folgten mehrere schrille Schreie, denen man es anhörte, dass sie aus Indianerkehlen kamen – und nun ein Schnauben und Stampfen, ein Wiehern und Dröhnen, dass die Erde zu zittern schien.

Die Tramps waren aufgesprungen. Jeder rief, schrie und fragte, was geschehen sei. Da ertönte die Stimme des roten Cornel: „Die Osagen sind fort! Alle Teufel, wer hat sie..."

Brinkley hielt mitten in der Rede inne. Er war, während er sprach, zu den Wächtern gesprungen und hatte den einen gepackt, um ihn emporzuzerren. Da sah er die verglasten Augen und den haarlosen, blutigen Schädel. Er riss den zweiten, dritten und vierten in den Schein des Feuers und schrie dann entsetzt: „Tot! Skalpiert, alle vier! Und die Roten sind fort!"

„Indianer, Indianer!", rief es in diesem Augenblick von der Seite her, wo die Pferde gestanden hatten.

„Zu den Waffen, zu den Pferden!", brüllte der rote Cornel. „Wir sind überfallen! Man will uns die Pferde stehlen!"

Es gab eine unbeschreibliche Verwirrung. Alles rannte durcheinander, aber es war kein Feind zu sehen und erst als man sich nach längerer Zeit einigermaßen beruhigt hatte, stellte es sich heraus, dass nur die erbeuteten Indianerpferde fehlten. Nun durchsuchte man die Umgebung des Lagers, doch ohne jeden Erfolg. Man kam zu der Meinung, dass noch andre Osagen im Wald gewesen seien und sich herbeigeschlichen hätten, um ihre Kameraden zu befreien. Sie hätten dabei vermutlich die Wächter von hinten erstochen und skalpiert und sich dann der Indianerpferde bemächtigt. Unbegreiflich war es den Tramps, dass die Ermordung der Wächter so völlig lautlos vor sich gegangen war. Wie hätten sie sich aber erst gewundert, wenn sie gewusst hätten, dass es nur ein Einziger gewesen war, der dieses indianische Meisterstück fertig gebracht hatte.

Als dann die Anführer wieder an ihrem Feuer beisammensaßen, sagte der Cornel: „Dieses Ereignis ist zwar kein großes Unglück für uns, aber es zwingt uns zur Änderung unsres Planes für morgen. Wir müssen schon frühzeitig von hier aufbrechen."

„Warum?", wurde er gefragt.

„Weil die Osagen alles gehört haben, was wir vereinbarten. Ein wahres Glück ist es, dass sie wenigstens von unsrer Absicht auf den Eagle Tail nichts wissen, denn davon sprachen wir nicht hier, sondern vorher drüben beim andern Feuer. Doch das, was wir mit Butlers Farm vorhaben, wissen sie." – „Und du meinst, dass sie es verraten?" – „Natürlich!" – „Sollten diese Osagen mit Butler befreundet sein?" – „Befreundet oder nicht! Sie werden es ihm melden, um sich an uns zu rächen und uns einen warmen Empfang zu bereiten." – „Das ist freilich leicht zu denken und da ist es allerdings geraten, uns so viel wie möglich zu sputen. Möchte nur wissen, wo die fünf Männer bleiben, die dem flüchtigen Häuptling nach sind!" – „Mir auch unbegreiflich. Hätte er seine Zuflucht im Walde gesucht, so wäre er schwer oder unmöglich zu finden gewesen. Seine Spur führte aber weit in die offene Prärie hinaus und er hatte kein Pferd. Da müssen sie ihn doch erwischt haben." – „Jedenfalls. Aber sie sind wohl auf dem Rückweg von der Nacht überrascht worden und haben sich verirrt. Oder sie haben sich gelagert, um sich nicht zu verirren, und stoßen morgen früh zu uns. Jedenfalls werden wir ihre Fährte treffen, denn sie nahmen genau die Richtung, die wir einhalten müssen."

Da allerdings befand sich der Sprecher in einem Irrtum. Der Himmel oder vielmehr die Wolken sorgten dafür, dass sämtliche Spuren vernichtet wurden, denn es stellte sich später ein mehrere Stunden anhaltender Regen ein, der alle Huf- und Fußeindrücke verwischte.

6. Ein Gewaltritt im Finstern

Bill, der Uncle und der Engländer waren, so schnell es die Finsternis gestattete, durch den Wald und zu ihren Pferden geeilt. Dass sie die Tiere nicht verfehlten, war dem Spürsinn der beiden Jäger zu verdanken. Der Lord hätte sich wohl kaum zurechtgefunden, da ein Wellenberg und Wellental bei Nacht noch viel mehr als am Tage dem andern glich. Sie machten die Pferde los, stiegen auf und nahmen die ledigen am Zügel fest.

Kaum war das geschehen, da hörten sie die fünf Indianer kommen. „Diese Tramps sind blind und taub", sagte die Gute Sonne. „Es werden ihrer viele in die ewigen Jagdgründe wandern, um die Geister der Osagen zu bedienen."

„Du willst dich rächen?", fragte Bill.

„Sind nicht heute acht Osagen gefallen, deren Tod gerächt werden muss? Sollten nicht wir Übrigen gemartert und ermordet werden? Wir werden in die Wigwams der Osagen reiten, um viele Krieger zu holen. Dann folgen wir der Fährte dieser Bleichgesichter, um ihrer so viele auszulöschen, wie Wakonda[1] in unsre Hände gibt." – „In welcher Richtung weiden jetzt die Herden der Osagen?" – „Gegen Westen." – „So müsst ihr an Butlers Farm vorüber?" – „Ja." – „Und wie lange reitest du von dort aus bis zu den Deinigen?" – „Die ersten Herden sind schon nach einem halben Tag zu treffen, wenn man ein gutes Pferd besitzt und sich beeilt." – „Das ist gut. Wir werden uns beeilen müssen, um Butlers Farm zu retten." – „Was sagt mein Bruder? Butler ist ein Freund der Osagen. Droht ihm ein Unglück?" – „Ja. Doch sprechen wir nicht hier davon. Wir müssen zunächst fort, um aus der Nähe der Tramps zu kommen. Sie wollen morgen die Farm überfallen und wir müssen hin, um den Besitzer zu warnen." – „Uff! Meine roten Brüder mögen die ledigen Pferde führen, damit die weißen Brüder mir leichter folgen können!"

[1] Wakonda = Ausdruck für Manitou

Seine Leute gehorchten, indem sie zu den ihrigen auch noch die erbeuteten ledigen Pferde nahmen. Dann ging es im Galopp zwischen die niedrigen Hügel hinein, und zwar in der Richtung, die der Häuptling und seine Verfolger heut am Nachmittag genommen hatten. Sie führte schnurgerade in die Gegend, wo Butlers Farm lag, die der Osage hatte aufsuchen wollen.

Im Galopp! Und in dieser Finsternis! Schon am Tage war es nur dem Kundigen möglich, sich in dieser Rolling Prairie zurechtzufinden. Sich hier aber bei Nacht nicht zu verirren, das konnte fast als ein Wunder gelten. Als der Engländer dem kleinen Bill, neben dem er ritt, eine diesbezügliche Bemerkung machte, meinte Bill: „Ja, Sir, Ihr werdet hier noch manches sehen, hören und auch selbst erleben, was Ihr vorher nicht für möglich hieltet."

„Dann würdet auch Ihr Euch hier nicht verirren?"

„Ich? Hm! Wenn ich aufrichtig sein will, so muss ich Euch sagen, dass es mir nicht einfallen würde, im Finstern so zwischen diese welligen Hügel hineinzustürmen. Ich würde hübsch langsam reiten und die Krümmungen jedes einzelnen Tales, dem ich folgen muss, genau prüfen. Dennoch aber wäre ich morgen früh wohl nicht an der Stelle, wohin ich will."

„So kann das dem Häuptling doch auch geschehen!"

„Nein. So ein Roter riecht die Richtung und den Weg förmlich. Der Himmel ist so schwarz wie ein Sack voll Ruß und von der Erde sehe ich nicht so viel, wie ich auf einen Fingernagel legen könnte. Dennoch galoppieren wir wie am hellen Tag und auf ebener Straße und ich wette, dass wir, ehe sechs Stunden vorüber sind, unsre Pferde gerade vor der Tür von Butlers Farm anhalten."

„Wie? Was?", rief der Engländer erfreut. „Ihr wollt wetten? Das ist ja herrlich! Also Ihr behauptet das? So behaupte ich das Gegenteil und setze fünf Dollar oder auch zehn dagegen. Oder wollt Ihr höher wetten?"

„Danke, Sir! Das von der Wette war nur eine Redensart.

Ich wiederhole, dass ich niemals wette. Behaltet Euer Geld! Ihr braucht es anderweit. Denkt, was Ihr mir und dem Uncle nun schon für heute zu bezahlen habt!" – „Hundertundzehn Dollar. Fünfzig für die fünf erschossenen Tramps und sechzig für die befreiten Osagen. Und der Überfall der Farm, den wir abschlagen werden, ist wieder ein Abenteuer, das fünfzig kostet." – „Dass uns das Abweisen des Überfalls glückt, ist wohl nicht so sicher, wie Ihr meint. Aber wie war es denn eigentlich mit Old Shatterhand, Winnetou und Old Firehand? Wie viel wolltet Ihr zahlen, falls Euch einer dieser drei Männer zu Gesicht kommt?" – „Hundert Dollar!" – „Es ist wahrscheinlich, dass wir morgen oder übermorgen Old Firehand begegnen. Er will nämlich auch nach Butlers Farm kommen."

Der voranreitende Häuptling hatte diese Worte gehört. Er drehte sich, ohne den Lauf seines Pferdes zu mäßigen, um und fragte: „Old Firehand, dieses berühmte Bleichgesicht, will kommen?"

„Ja. Der rote Cornel sagte es."

„Der rothaarige Mann, der die lange Rede hielt? Woher weiß er es? Hat er den großen Jäger gesehen oder gar gesprochen?"

Bill erzählte im Vorwärtsjagen, was er gehört hatte.

„Uff!", rief der Häuptling. „Dann ist die Farm gerettet, denn der Beistand dieses Bleichgesichts ist mehr wert als die Waffen von hundert Tramps. Wie freue ich mich, ihn zu treffen!"

„Kennst du ihn schon?"

„Menaka tanka hat mit ihm das Kalumet geraucht. – Doch sieh da! Fühlst du, dass es zu regnen beginnt? Das ist gut, denn der Regen gibt dem niedergetretenen Gras die Kraft, sich bald wieder aufzurichten! Die Tramps werden also morgen früh unsre Fährte nicht entdecken."

Der Weg an und für sich bot keine Schwierigkeiten. Kein Stein, kein Graben, kein ähnliches Hindernis hemmte den Schritt und die Wellentäler waren so breit, dass stets mehrere Pferde bequem nebeneinander laufen konnten. Der Boden bestand ausschließlich aus weichem Grasland. Nur die Dunkelheit war zu überwinden.

Zuweilen ließen die Reiter ihre Pferde im Schritt gehen, um sie nicht allzu sehr zu ermüden; meist aber wurde im Trab oder gar im Galopp geritten. Als einige Stunden vergangen waren, schien die Zuversicht Bills doch ein wenig nachzulassen, denn er fragte den Häuptling: „Ist mein Bruder überzeugt, dass wir uns noch in der beabsichtigten Richtung befinden?“

„Mein weißer Bruder sorge sich nicht“, beruhigte Menaka tanka. „Wir haben uns sehr beeilt und werden bald die Stelle erreichen, wo Gute Sonne dich und den Uncle heute getroffen hat.“

War es Übung oder angeborener Instinkt, dass dieser Indianer seine Behauptung so bestimmt auszusprechen vermochte? Bill wollte es gar nicht glauben, dass man schon eine so bedeutende Strecke zurückgelegt habe. Allerdings hatte sich mit dem Regen ein scharfer Luftzug erhoben, der die Reiter von hinten traf und den Pferden das Laufen erleichterte.

Kurze Zeit später fiel das Pferd des Häuptlings plötzlich aus dem Galopp in einen langsamen Schritt, blieb dann sogar, ohne vom Reiter angehalten zu sein, stehen und ließ ein leises Schnauben hören.

„Uff!“, meinte der Rote gedämpft. „Es müssen Menschen vor uns sein. Meine Brüder mögen lauschen und sich nicht bewegen!“

Der Trupp hielt an und man beobachtete den Häuptling.

„Ein Feuer!“, flüsterte er.

„Man merkt ja nichts davon!“, meinte Bill.

„Fällt dir nicht der leichte Schimmer vor uns auf? Der kommt bestimmt von einem abgeschirmten Feuer, das hinter dem nächsten Hügel glimmt. Mein Bruder mag absteigen und mit mir auf den Hügel gehen.“

Die beiden verließen ihre Pferde und huschten nebeneinander zu dem Wellenberg hin. Noch aber waren sie nicht zehn Schritte weit gekommen, da legten sich zwei Hände mit gewaltigem Druck um den Hals des Indianers, der zur Erde niedergedrückt wurde und mit Armen und Beinen um sich schlug, ohne dass es ihm möglich war, einen Laut von sich zu geben. Zu gleicher Zeit ergriffen zwei andre Hände den Buckligen bei der Kehle und zogen ihn ebenso zu Boden.

„Haben Sie ihn fest?", fragte derjenige, der den Indianer gepackt hielt, den andern flüsternd, und zwar in deutscher Sprache.

„Ja, ich habe ihn so fest ergriffen, dass er nich reden kann", lautete die ebenso leise Antwort.

„Dann schnell fort, hinter den Hügel! Wir müssen wissen, wen wir vor uns haben. Oder wird er Ihnen zu schwer?"

„Kann mir gar nich einfalle! Der Kerl is ja leichter wie ne Fliege, die drei Woche lang nischt gegesse und getrunke hat. Herrje, er scheint hinten en Buckel zu habe, was mer so e schiefes Rückgrat nennt! Es wird doch nich etwa...?"

„Was?"

„Nich etwa mein guter Freund Humply-Bill sein?"

„Das werden wir am Feuer erfahren. Für den Augenblick sind wir sicher, dass uns niemand folgt. Die Männer werden sich nicht von der Stelle bewegen, weil sie auf die Rückkehr dieser beiden Späher warten müssen."

Das war alles so blitzschnell und geräuschlos vor sich gegangen, dass die Begleiter der beiden Überrumpelten keine Ahnung davon hatten. Old Firehand – denn er war der eine der Angreifer – nahm seinen Gefangenen auf die Arme und Droll zog den seinigen auf dem Rasen hinter sich her. Jenseits des Hügels lagen müde Pferde. Ein kleines Feuer brannte da und bei seinem Schein konnte man über zwanzig Gestalten sehen, die mit angelegten Gewehren bereitstanden, einen Feind nötigenfalls mit ihren Kugeln zu begrüßen.

„*Zounds!*“, meinte Old Firehand, als er seinen Gefangenen in den Lichtkreis des Feuers getragen hatte. „Das ist ja Menaka tanka, der Häuptling der Osagen! Von dem haben wir nichts zu befürchten.“

„Sapperlot!“, stimmte Droll ein. „Es ist wirklich Bill, der Humply-Bill! Kerl, Freund, geliebtes Menschenkind, konntste mer denn das nich sage, als ich der an die Gurgel ging? Nu liegste da und kannst weder schnaufe noch rede! Steh off und fall mer in die Arme, Bruderherz! Ach so, der verschteht ja gar nich Deutsch. Er wird mer doch nich etwa sterbe! Spring doch endlich off, alter Junge! Ich hab dich wirklich nich erwürge wolle, wenn's halbwegs möglich is.“

Der Gewürgte lag mit geschlossenen Augen da und schnappte gierig nach Luft. Endlich öffnete er die Lider, warf einen langen, immer bewusster werdenden Blick auf den über ihn gebeugten Droll und fragte mit heiserer Stimme: „*Behold*, die Tante Droll?“

„Natürlich bin ich es“, lachte die Tante, nunmehr in englischer Sprache.

„Ich wurde so schnell gepackt, dass ich – Himmel, Old Firehand!“

Er sah den Jäger stehen und diese neue Überraschung gab ihm seine Bewegungsfähigkeit zurück. Der Druck von Firehands Fäusten war weit kräftiger gewesen als der von Tante Droll. Der Häuptling lag mit geschlossenen Augen und bewegungslos am Boden.

„Ist er tot?“, fragte Bill.

„Nein“, lachte der Riese, indem er dem Kleinen die Hand reichte. „Er ist nur besinnungslos und wird bald zu sich kommen. Willkommen, Bill! Wer ist bei Euch? Vermutlich Indianer vom Stamm des Häuptlings?“

„Ja, vier Mann.“

„Nur? So habt Ihr ledige Pferde bei Euch?“

„Allerdings. Außerdem befinden sich der Gunstick-Uncle und ein Lord bei uns.“

„Ein Lord? Hm. Vornehme Begegnung also! Holt die Leute herbei!“

Bill lief fort. Doch nicht weit. Dann rief er freudig: „Uncle, reitet getrost vorwärts! Wir sind bei Freunden. Old Firehand und Tante Droll sind da.“

Die Angerufenen gehorchten diesen Worten. Die Rafters erhoben sich aus dem Gras, um die Ankömmlinge zu bewillkommnen. Wie staunten die beiden samt ihren roten Begleitern, als sie den Häuptling bewusstlos sahen und erfuhren, was geschehen war! Die Osagen standen, als sie von ihren Pferden gestiegen waren, von fern und betrachteten stumm den berühmten Jäger. Der Lord machte große Augen und näherte sich ihm mit langsamen Schritten. Dabei machte er ein so dummes Gesicht, dass man darüber hätte lachen können. Old Firehand begrüßte ihn kurz und fragte: „Willkommen, Sir! Ihr seid in der Türkei, in Indien, vielleicht auch in Afrika gewesen?“

„Woher wisst Ihr das, Sir?“, staunte der Engländer.

„Ich vermute es, da Ihr noch jetzt den Rest des *Bouton d'Alep*[1] an Eurer Nase tragt. Wer solche Reisen gemacht hat, wird sich wohl auch hier zurechtfinden, obgleich...“

Old Firehand hielt inne und warf einen lächelnden Blick auf die Ausrüstung des Engländers, besonders auf das Kochgerät, das auf dem Tornister aufgeschnallt war. In diesem Augenblick kam der Häuptling zu sich. Die Augen öffnen, tief Atem holen, aufspringen und das Messer ziehen war bei ihm eins. Da aber fiel sein Blick auf den Jäger. Er senkte die Hand mit dem Dolch und rief: „Old Firehand! Warst du es, der Menaka tanka ergriff?“

„Ja. Es war so dunkel, dass ich meinen roten Bruder nicht erkennen konnte.“ – „So ist Gute Sonne froh. Von Old Firehand besiegt zu sein, ist keine Schande. Mein weißer Bruder will nach Butlers Farm?“ – „Ja. Woher weißt du es?“ – „Bleichgesichter sagten es.“ – „Zur Farm will ich

[1] Aleppobeule

später. Jetzt liegt mein Ziel am Osage Nook." – „Wen sucht mein berühmter Bruder dort?" – „Einen Weißen, der sich Cornel Brinkley nennt, und seine Genossen, lauter Tramps." – „So kann mein Bruder getrost mit uns zur Farm reiten, denn der Rothaarige kommt morgen hin, um sie zu überfallen." – „Woher weißt du das?" – „Er selbst hat es gesagt und Bill hörte es. Die Tramps haben heute den Häuptling und seine Krieger überfallen, acht von ihnen getötet und ihn selbst mit den Übrigen gefangen genommen. Gute Sonne entkam und traf Bill und den Uncle, die ihm mit diesem Engländer seine roten Brüder befreien halfen." – „Du wurdest von fünf Tramps bis hierher verfolgt?" – „Ja." – „Bill und der Uncle lagerten hier?" – „So ist es." – „Und der Engländer war kurz vorher auf diese beiden getroffen?" – „Du sagst es. Aber woher weißt du wieder das?" – „Wir sind am Schwarzen Bärenfluss aufwärts geritten und haben ihn heute früh verlassen, um an den Osage Nook zu kommen. Wir fanden hier die Leichen von fünf Tramps und..."

„Sir", unterbrach ihn der Humply-Bill, „wieso behauptet Ihr, dass diese Männer Tramps waren?"

„Dieses Stück Papier hat es mir verraten", erklärte Old Firehand. „Ihr habt die Kerle ausgesucht, das Papier aber in der Tasche des einen stecken lassen."

Der Jäger zog ein Stück Zeitung hervor, hielt es gegen das Feuer und las: „Ein Vergessen oder Versehen, das man nicht für möglich halten sollte, ist durch den Kommissar des Landbüros der Vereinigten Staaten an das Tageslicht gezogen worden. Dieser Beamte lenkte die Aufmerksamkeit der Regierung auf die erstaunliche Tatsache, dass es innerhalb der Vereinigten Staaten einen Landstrich gibt, größer als mancher Staat, der überhaupt nicht regiert und verwaltet wird. Dieses merkwürdige Stück Land bildet ein Viereck von vierzig Meilen Breite und hundertfünfzig Meilen Länge und enthält beinahe vier Millionen Acker Land. Es liegt zwischen dem Indianerterritorium und New

Mexiko, nördlich von Texas und südlich von Kansas und Colorado. Wie sich jetzt herausgestellt hat, wurde dieses Land bei der öffentlichen Vermessung übersehen und verdankt den erwähnten Vorzug einem Fehler in der Bestimmung der Grenzlinien der benachbarten Territorien. Es ist infolgedessen keinem Staat und keinem Territorium zugeteilt, ist ohne Regierung und somit auch keiner Gerichtsbarkeit unterworfen. Gesetz, Recht und Steuern sind dort unbekannte Dinge. In dem Bericht des Kommissars wird dieses Land als eine der schönsten und fruchtbarsten Gegenden des ganzen Westens bezeichnet, vortrefflich geeignet für Viehzucht und Ackerbau. Die wenigen Tausend ‚freien Amerikaner', die es bewohnen, sind aber nicht friedliche Ackerbauern oder Hirten, sondern sie bilden Banden von zusammengelaufenem Gesindel, Strolchen, Pferdedieben, Desperados und flüchtigen Verbrechern, die sich aus allen Himmelsgegenden dort zusammengefunden haben. Sie sind der Schrecken der benachbarten Territorien, in denen namentlich die Viehzüchter viel zu leiden haben. Diese geplagten Nachbarn verlangen dringend, dass dem freien Räuberstaat durch Einführung einer Regierungsoberhoheit ein Ende gemacht wird."

Die Roten, die diese Worte gehört hatten, blieben gleichgültig, die Weißen aber blickten einander erstaunt an.

„Ist das wahr? So etwas ist möglich?", wurde gefragt.

„Ich halte es für wahr", erklärte Old Firehand. „Ob dieser Bericht stimmt oder nicht, ist übrigens hier Nebensache. Hauptsache ist, dass nur ein Tramp so ein Blatt so lange und so weit mit sich herumschleppen kann. Dieses Papier ist der Grund, weshalb ich die fünf Männer für Tramps gehalten habe. Als wir hier ankamen und die Leichen sahen, wussten wir, dass ein Kampf stattgefunden hatte. Wir untersuchten die Leichen und alle vorhandenen Spuren und stellten uns als Ergebnis folgende Tatsachen zusammen: Zwei Weiße lagerten hier. Dann kam ein dritter Weißer, der sich ihnen zugesellte und den Rest ihres

Mahles verspeiste. Es wurde ein Probeschießen abgehalten, wobei man zwei Geier tötete. Der dritte Weiße wurde in die Gesellschaft der beiden andern aufgenommen. Dann näherte sich ihnen ein Indianer in eiligem Lauf. Er befand sich auf der Flucht, vermutlich vom Osage Nook her, und wurde von fünf Tramps verfolgt. Die Weißen standen ihm bei, erschossen die fünf Verfolger und stiegen mit dem Indianer zu Pferd, um sich auf einem Umweg zum Osage Nook zu schleichen, wahrscheinlich, um die Tramps zu überfallen. Ich beschloss, ihnen zu helfen. Da es aber mittlerweile Nacht geworden war, mussten wir bis zum Anbruch des Tages warten, weil wir des Nachts den Spuren nicht zu folgen vermochten."

„Warum überfiel uns mein weißer Bruder?", fragte der Häuptling.

„Weil ich euch für Tramps halten musste. Ich wusste, dass sich am Osage Nook viele Tramps versammeln. Fünf von ihnen waren fortgeritten, um einen Indianer zu verfolgen. Sie wurden hier erschossen, kehrten also nicht zurück. Das musste die Besorgnis der Übrigen erregen und es lag im Bereich der Möglichkeit, dass man nach ihnen suchen werde. Ich stellte daher Wachen aus, die mir vorhin meldeten, dass sich ein Trupp von Reitern nähere. Da der Wind vom Osage Nook her wehte, konnten wir euer Kommen früher bemerken. Ich ließ meine Leute zu den Waffen greifen und schlich euch mit Droll entgegen. Zwei von euch stiegen ab, um uns zu beschleichen. Das Übrige wisst ihr."

„Und was gedenkt mein Bruder jetzt zu tun? Sind die Tramps seine persönlichen Feinde?"

„Ja. Ich verfolge den Rothaarigen, um mich seiner zu bemächtigen. Doch was ich tun werde, kann ich erst dann wissen, wenn ich erfahren habe, wie es am Osage Nook steht und was dort geschehen ist. Wollt Ihr es mir erzählen, Bill?"

Der Humply-Bill erstattete ausführlichen Bericht und schloss mit den Worten: „Ihr seht also ein, Sir, dass wir schnell handeln müssen. Ihr werdet wohl sofort mit uns zur Farm reiten."

„Kann mir nicht einfallen. Ich bleibe hier, obgleich ich weiß, dass die Gefahr noch viel größer ist, als Ihr denkt. Ihr meint, dass die Tramps erst nachmittags aufbrechen?" – „Ja." – „Und ich sage Euch, dass sie den Ritt schon am frühen Morgen beginnen werden." – „Der Cornel hat es aber doch gesagt!" – „Er wird sich inzwischen anders besonnen haben, Bill. Wo waren die gefangenen Osagen angebunden?" – „In der Nähe des Feuers, an dem der Cornel saß." – „Haben sie gehört, dass Butlers Farm überfallen werden soll?" – „Ja." – „Nun, und jetzt sind sie entflohen. Muss da der Cornel nicht notwendigerweise auf den Gedanken kommen, dass sie zu Butler eilen werden, um ihn zu benachrichtigen?" – „Teufel, das ist richtig! Das muss er sich doch sagen!" – „Allerdings. Um den Schaden, den ihnen das machen kann, möglichst zu verringern, werden sie also zeitiger aufbrechen. Ich wette, dass sie schon jetzt entschlossen sind, mit Tagesgrauen zu Pferd zu steigen."

„Wetten?", rief der Lord. „*Well*, Ihr seid mein Mann, Sir! Ihr wettet, dass sie so früh aufbrechen? Gut, so behaupte ich, dass sie erst morgen Abend den Osage Nook verlassen. Ich setze zehn Dollar, auch zwanzig und dreißig. Oder sind Euch fünfzig lieber?"

Der Wettbegeisterte zog die eine Tasche nach vorn und öffnete sie, um Geld herauszunehmen. Ein leiser, von dem Engländer unbemerkter Wink des Humply-Bill genügte für Old Firehand, zu wissen, dass er einen *spleen-man* vor sich habe, und so antwortete er: „Macht Eure Tasche getrost wieder zu, Sir! Das Wort vom Wetten war nur eine Redensart."

„Aber ich wette nun einmal gern!", bat der Lord.

„Und ich nicht!"

„Das ist schade, jammerschade! Ich habe so viel Gutes und Schönes über Euch gehört. Ein wahrhaftiger Gentleman wie Ihr sollte unbedingt wetten!"

„Es steht das Eigentum und Leben vieler Menschen auf dem Spiel. Das ist kein Anlass zum Wetten, sondern zum Zugreifen."

„Ganz recht, Sir. Ich wette ja auch nur nebenbei", verteidigte sich der Engländer. „Wenn es zu Taten kommt, werdet Ihr mich auf meinem Platz finden, vielleicht ebenso fest und ruhig, wie Ihr auf dem Eurigen steht. Die körperliche Stärke tut es nicht allein."

Der Lord war in Zorn geraten und ließ einen beinahe beleidigenden Blick an der wetterfesten Gestalt des Jägers abgleiten. Old Firehand stutzte einen Augenblick lang. Sein Gesicht wollte sich verfinstern, hellte sich aber schnell wieder auf, während er entgegnete: „Nur gemach, Sir! Bevor wir uns nicht kennen gelernt haben, wollen wir uns keine Grobheiten sagen. Ihr seid noch neu hier zu Lande."

Mit dem Wort ‚neu' hatte der Jäger Öl ins Feuer gegossen, denn der Lord rief noch zorniger als vorher: „Wer sagt Euch das? Sehe ich etwa so neu aus? Ich bin wenigstens so ausgerüstet, wie die Prärie es erfordert. Ihr aber sitzt da, als kämt Ihr soeben aus einem Klub oder gar aus einer Ladysgesellschaft!"

Also das war es! Old Firehand trug nämlich noch den guten Reiseanzug vom Dampfer her. Er hatte ihn noch nicht ablegen können, da seine Jägerausrüstung auf Butlers Farm bereitlag. Der Anzug war zwar durch den Ritt zu den Rafters und dann hierher sehr mitgenommen worden, erschien aber im Licht des kleinen, vom Regen niedergedrückten Feuers noch wie neu. Der berühmte Mann wurde von dem Engländer nicht für voll angesehen. Er nickte lächelnd dazu und meinte: „Kann Euch nicht ganz Unrecht geben, Sir. Aber vielleicht richte ich mich hier im Westen noch ein. Auf alle Fälle wollen wir uns vertragen."

„Wenn das Euer Ernst ist, so schimpft nicht wieder über das Wetten, denn an dem Einsatz erkennt man den wahren Gentleman. Übrigens begreife ich nicht, warum Ihr hier bleiben und nicht sofort zur Farm reiten wollt. Das hat mich zuerst an Euch irregemacht."

„Habe meinen guten Grund dazu.“

„Will mir mein weißer Bruder diesen Grund nennen?“, fragte der Osage.

„Ja. Es genügt, wenn du nach der Farm reitest und Butler benachrichtigst. Er ist ganz der Mann, die richtigen Vorbereitungen zu treffen. Ich bleibe mit meinen Rafters hier und halte die Tramps so in Schach, dass sie nur langsam vorwärts kommen und gewiss nicht eher bei der Farm anlangen, als bis man dort zu ihrem Empfang bereit ist.“

„Mein Bruder hat den richtigen Gedanken. Aber Butler ist nicht in seinem Wigwam.“

„Nicht?“, fragte Old Firehand überrascht.

„Nein. Als Menaka tanka zum Osage Nook ritt, kam er an der Farm vorüber und kehrte dort ein. Er traf Butler nicht daheim an. Der Farmer hatte den Besuch seines Schwagers samt Tochter erhalten und war mit ihnen zum Fort Dodge geritten, um Kleider für die Tochter einzukaufen.“

„Also ist der Schwager schon angekommen! Weißt du, wie lange Butler in Fort Dodge bleiben will?“

„Noch einige Tage.“

„Und wann warst du auf der Farm?“

„Vorgestern des Morgens.“

„Dann muss ich allerdings hin“, rief Old Firehand aufspringend. „Wie lange währt es, bis du deine Osagen zur Hilfe herbeischaffen kannst?“

„Wenn der Osage sofort reitet, sind wir um die nächste Mitternacht an der Farm.“

„Das ist viel zu spät. Sind die Osagen jetzt mit den Cheyennes und Arapahoes befreundet?“

„Ja. Wir haben die Kriegsbeile in die Erde gegraben.“

„Diese beiden Stämme wohnen jenseits des Flusses und sind von hier aus in vier Stunden zu erreichen. Will ihnen mein Bruder eine Botschaft von mir überbringen?“

Der Häuptling sagte kein Wort. Er trat zu seinem Pferd und stieg in den Sattel.

„Reite hin", fuhr Old Firehand fort, „und sage den beiden Häuptlingen, dass ich sie bitte, so schnell wie möglich mit je hundert Mann nach Butlers Farm zu kommen!"

Der Osage schnalzte mit der Zunge, gab seinem Pferd die Fersen und war einen Augenblick später im Dunkel der Nacht verschwunden. Der Lord schaute verwundert drein. Gehorchte solch ein Krieger wirklich so unbedingt und fraglos dem Mann mit dem Salonrock? Doch auch der Jäger saß bereits im Sattel. „Mesch'schurs, wir dürfen keine Minute verlieren", sagte er. „Unsre Pferde sind zwar übermüdet, aber bis zur Farm müssen sie es noch aushalten. Vorwärts!"

Im Nu bildete sich der Zug. Das Feuer wurde verlöscht und die Reiter setzten sich in Bewegung.

Erst ritt man langsam, dann im Trab und als sich die Augen von dem Lagerfeuer weg an die Dunkelheit gewöhnt hatten, im Galopp. Der Engländer machte sich an Bill und fragte: „Wird sich Old Firehand nicht etwa verirren?" – „Ebenso wenig wie der Osagenhäuptling. Man behauptet, er könne des Nachts sehen wie eine Katze." – „Und hat einen Gesellschaftsanzug an! Sonderbarer Heiliger!" – „Wartet nur, bis Ihr ihn im ledernen Büffelrock seht! Da macht er eine ganz andere Figur." – „Nun, Figur hat er auch so schon genug. Aber wer ist denn eigentlich die Frau, die sich an Euch vergriffen hatte?" – „Frau? Diese Lady ist ein Mann." – „Sie wurde doch Tante genannt!" – „Nur zum Scherz, weil der Mann eine so hohe Fistelstimme hat und sich so eigenartig kleidet. Er heißt Droll und ist ein tüchtiger Jäger, genießt sogar einen außergewöhnlichen Ruf. Doch lassen wir das Reden! Wie wir jetzt reiten, muss man sein bisschen Verstand zusammennehmen."

Der Humply-Bill hatte Recht. Old Firehand ritt wie der Teufel voran und die andern hetzten wohl oder übel mit gleicher Schnelligkeit hinter ihm drein. Der Lord war ein leidenschaftlicher Rennreiter und hatte schon oft seinen Hals gewagt; ein Ritt aber wie der gegenwärtige war ihm noch nicht vorgekommen. Rings herrschte dichte Finsternis, wie in einem unerleuchteten Tunnel. Es war, als bewegten sich die Tiere in einem unendlichen, lichtlosen Schlund. Und doch gab es keinen Fehltritt und kein Straucheln! Ein Pferd folgte genau dem andern und alles kam nur auf Old Firehand an. Sein Tier war noch nie in dieser Gegend gewesen und war noch dazu ein ganz gewöhnlicher Klepper, den er hatte nehmen müssen, weil kein andres Pferd zu haben gewesen war. Castlepool bekam Achtung vor diesem Mann.

So ging es fort, ein halbe Stunde, eine ganze und noch eine, nur mit kurzen Unterbrechungen, in denen sich die Pferde verschnaufen durften. Der Regen fiel noch immer, doch so dünn und leicht, dass er diese abgehärteten Männer nicht behelligte. Dann hörte man Old Firehand rufen: „Aufgepasst, ihr Leute! Es geht abwärts und dann durch eine Furt. Doch reicht das Wasser den Pferden nur bis an den Leib."

Es wurde langsamer geritten. Man hörte das Rauschen eines Flusses und man sah trotz der Finsternis die phosphoreszierende Oberfläche des Wassers. Die Füße der Reiter badeten sich in der Flut. Dann erreichte man das jenseitige Ufer. Noch ein kurzer Ritt von einer Minute, es wurde angehalten und der Engländer vernahm das scharfe Läuten einer Glocke. Vor seinen Augen war es noch gerade so finster wie vorher.

„Was ist das? Wer läutet und wo sind wir?", fragte er den Humply-Bill.

„Am Tor von Butlers Farm", entgegnete Bill. „Reitet einige Schritte näher, so werdet Ihr die Mauer fühlen!"

Hunde bellten. Aus ihren tiefen, rauen Stimmen ließ sich auf ihre Größe schließen. Dann ertönte eine fragende Stimme: „Wer läutet?"

„Ist Mister Butler schon zurück?", fragte Old Firehand.

„Nein."

„So holt den Schlüssel von der Lady und sagt, dass Old Firehand hier ist!"

„Old Firehand? *Well*, Sir, soll schnell besorgt werden. Die Ma'am schläft nicht und auch jedes andre Auge ist offen. Der Osage war im Vorüberreiten hier und hat gemeldet, dass Ihr kommen werdet."

Was für Menschen sind das hier!, dachte der Lord. Der Häuptling ist also noch viel schneller geritten als wir!

Nach einiger Zeit hörte man Befehle, wodurch die Hunde zurückgescheucht wurden. Dann klirrte ein Schlüssel im Schloss, hölzerne Riegel schrien, Angeln kreischten und nun endlich sah der Lord mehrere Laternen, deren Licht aber die Finsternis eines grenzenlos scheinenden Hofes nur noch undurchdringlicher machte. Herbeieilende Knechte nahmen den Reitern die Pferde ab und die Gäste wurden in ein hohes, düster erscheinendes Haus geführt. Eine Magd bat Old Firehand, hinauf zu Ma'am zu kommen. Für die andern wurde im Erdgeschoss ein großes, rauchgeschwärztes Gemach geöffnet, von dessen Decke eine schwere Petroleumlampe herabhing. Da standen einige Tafeln und Tische mit Bänken und Stühlen, auf denen die Männer Platz nehmen konnten. Auf den Tischen gab es allerlei Esswaren, Flaschen und Gläser, eine Folge davon, dass der Trupp von dem Häuptling angemeldet worden war.

Die Rafters ließen sich mit den Osagen an zwei langen Tafeln nieder und griffen sofort wacker zu. Der Mann in Wildwest macht nicht gern unnötige Redensarten. Auch der Lord hatte sich gesetzt und den Humply-Bill und den Gunstick-Uncle neben sich gewinkt. Dann war Tante Droll mit Fred Engel zu ihnen gekommen und endlich auch Blenter, der alte Missourier. Nun ging es ans Essen und Trinken, dass es eine Art hatte.

Später kam Old Firehand mit der Frau des Hauses, die ihre Gäste freundlich willkommen hieß. Old Firehand erklärte, die Kameraden sollten sich heute Nacht ausruhen, um morgen frisch auf dem Platz sein zu können. Einstweilen seien Knechte und Hirten genug da, mit deren Hilfe er die nötigen Vorbereitungen treffen werde.

Erstaunt betrachtete der Engländer die äußere Erscheinung des berühmten Jägers, der inzwischen ein Jägergewand angelegt hatte. Er trug ausgefranste, nur bis unter die Knie reichende und an beiden Seiten reich gestickte Leggins, deren Säume in den weit heraufgezogenen Aufschlagstiefeln steckten, eine Weste von weichem, weißgegerbtem Rehleder, eine kurze hirschlederne Jagdjacke und darüber einen starken Rock von Büffelbauch. Um die kräftigen Hüften hatte er einen Ledergürtel geschnallt, worin die kurzen Waffen steckten, und auf dem Kopf saß ein Biberhut mit breiter Krempe und hinten herabhängendem Biberschwanz. Um seinen Hals war eine lange Kette geschlungen, die aus den Zähnen des grauen Bären bestand, und an ihr war die Friedenspfeife mit einem meisterhaft aus dem heiligen Ton geschnittenen Kopf befestigt. Die Nähte des Rockes waren mit Grizzlykrallen verbrämt und da ein Mann wie Old Firehand sicherlich nicht fremde Beute trug, so konnte man aus diesem Schmuck und der Pfeifenkette ersehen, wie viele dieser furchtbaren Tiere seiner sicheren Kugel und seinem Messer zum Opfer gefallen waren. Als er sich dann mit der Hausfrau entfernt hatte, meinte der Engländer zu den andern: „Nun glaube ich gern alles, was man von ihm erzählt. Dieser Mann ist ja wahrhaftig ein Riese!"

„*Pshaw!*", erwiderte Droll. „Nicht nach der Gestalt allein will ein Westmann beurteilt sein; der Geist hat weit höheren Wert. Es ist selten, dass solche Riesen auch entsprechenden Mut besitzen. Bei ihm ist freilich beides beisammen. Old Shatterhand ist nicht so lang und breit, und Winnetou, der Apatsche, ist noch weit schmächtiger; aber beide stehen ihm in jeder Beziehung gleich."

„Auch in Bezug auf Körperstärke?"

„Ja. Die Muskeln des Westmanns werden nach und nach wie Eisen und die Flechsen wie Stahl, auch wenn er nicht die Gestalt eines Riesen besitzt."

„So seid wohl auch Ihr von Stahl und Eisen, Mr. Droll?"

Es klang etwas wie Hohn im Ton dieser Frage, doch der Dicke lächelte freundlich: „Wollt Ihr das genau wissen, Sir?"
„*Yes*, gern."
„Es scheint, Ihr zweifelt daran?"
„Allerdings! Eine Tante und stählerne Muskeln und Flechsen! Wollen wir wetten?"
„Was und wie?"
„Wer stärker ist, Ihr oder ich."
„Warum nicht?"
Jetzt endlich hatte der spleenige Engländer einen gefunden, der ihn nicht zurückwies. Er sprang erfreut auf und rief: „Aber, Tante Droll, ich habe manchen geworfen, der sich bücken musste, um Euch nur ins Gesicht zu sehen! Wollt Ihr's wirklich wagen?"
„Versteht sich!"
„Um fünf Dollar?"
„*Well!*"
„Ich werde sie Euch borgen."
„Danke! Droll borgt nicht."
„So habt Ihr Geld?"
„Für das, was Ihr gewinnen könnt, reicht es aus, Sir."
„Auch zehn Dollar?"
„Auch das."
„Oder zwanzig?"
„Warum nicht?"
„Vielleicht sogar fünfzig?", rief der Lord begeistert.
„Einverstanden! Aber nicht mehr, denn ich will Euch nicht um Euer Geld bringen, Sir."
„Wie? Was? Lord Castlepool um sein Geld bringen? Seid Ihr toll, Tante? Heraus mit dem Geld! Hier sind fünfzig Dollar."
Der Engländer zog eine der an dem Hüftriemen hängenden Taschen nach vorn, entnahm ihr zehn Fünfdollarnoten und legte sie auf den Tisch. Droll fuhr mit der Hand in das herabhängende Ärmelende seines *sleeping-gown* und brachte einen Beutel zum Vorschein. Als er ihn geöffnet

hatte, zeigte es sich, dass er mit haselnussgroßen Nuggets gefüllt war. Er legte fünf davon auf den Tisch, steckte den Beutel wieder ein und sagte: „Ihr habt Papier, Sir? *Fie!* Die Tante Droll macht nur in echtem Gold. Diese Nuggets sind mehr als fünfzig Dollar wert. Und nun kann's losgehen! Fragt sich nur, wie."

„Macht mir's vor und ich mach's nach! Dann umgekehrt."

„Nein. Ich bin höflich. Ihr habt also den Vortritt."

„Gut! Steht also fest und wehrt Euch! Ich hebe Euch da auf den Tisch!"

„Versucht's einmal!"

Droll spreizte die Beine und der Lord packte ihn bei den Hüften, um ihn zu heben. Aber die Füße der Tante verließen den Boden um keinen Zentimeter. Es war, als sei Droll von Blei. Der Engländer mühte sich vergeblich ab und musste endlich eingestehen, dass er außerstande sei, sein Vorhaben auszuführen; doch tröstete er sich mit den Worten: „Brachte ich Euch nicht hinauf, dann bringt Ihr's mit mir erst recht nicht zu Wege."

„Wollen sehen", lachte Droll, indem er den Blick zur Decke hob, wo gerade über dem Tisch ein starker Eisenhaken zum Aufhängen einer zweiten Lampe angebracht war. Die andern, die diesen Blick sahen und die drollige Tante kannten, die wirklich eine ungewöhnliche Körperstärke besaß, stießen sich heimlich an.

„Nun, vorwärts!", drängte der Lord.

„Also bloß auf den Tisch?", frage Droll.

„Wollt Ihr mich vielleicht noch höher bringen?"

„So hoch, wie es hier möglich ist. Passt auf, Sir!"

Droll stand trotz der Unbeholfenheit seiner Kleidung mit einem einzigen Sprung auf dem Tisch und ergriff den Lord bei den Achseln. Der Engländer flog empor, hoch über den Tisch hinauf und hing einen Augenblick später mit dem bereits erwähnten Hüftriemen am Haken. Droll aber sprang herab und fragte lachend: „Nun, seid Ihr oben?"

Castlepool schlug mit Armen und Beinen um sich und

rief: „Himmel, wo bin ich? *Woe to me!* An der Decke! Nehmt mich herab! Wenn der Haken nachgibt, breche ich den Hals!“

„Sagt erst, wer gewonnen hat!“

„Ihr natürlich! Aber nehmt mich nur endlich wieder herab! Schnell, schnell!“

Droll stieg wieder auf den Tisch, ergriff den Engländer mit beiden Händen an den Huften, hob ihn empor, das der Riemen aus dem Haken kam, und schwenkte ihn erst neben sich auf den Tisch und dann hinab auf den Fußboden. Als er nachgesprungen war, legte er ihm die Hand auf die Schulter und fragte: „Nun, Sir, wie gefällt Euch die Tante?“

„Much, how much, too much – sehr, wie sehr, allzu sehr“, meinte der Engländer kleinlaut.

„Dann also in den Sack mit dem alten Papier!“ Droll steckte die Noten samt den Nuggets in den Beutel und fuhr dann schmunzelnd fort: „Und bitte, Sir, wenn Ihr wieder einmal wetten wollt, so wendet Euch getrost an mich! Ich mache immer mit.“

Der Lord setzte sich wieder, betastete seine Arme, Beine und Hüften, um zu sehen, ob da vielleicht eine Schraube locker geworden sei, und als er sich überzeugt hatte, dass alles in Ordnung war, gab er der Tante die Hand und sagte vergnügt: „Herrliche Wette! Nicht wahr? Sind doch prächtige Kerle, diese Westmänner! Man muss sie nur richtig behandeln!“

„Nun, ich denke, dass im Gegenteil ich es bin, der Euch behandelt hat, Sir!“

„Auch richtig! Ihr seid ein wackerer Mann, Tante. Gefallt mir. Hörte, Ihr seid ein Deutscher. Was war Euer Vater und warum seid Ihr in die Vereinigten Staaten gegangen?“

„Mein Vater war kein Lord, aber viel mehr.“

„Pshaw, ist nicht möglich!“

„Doch. Mein Vater war Hochzeits-, Kindstaufs- und Leichenbitter, Glöckner, Kirchner, Kellner und Totengräber, Sensenschleifer, Obsthüter und zugleich Bürgergardenfeldwebel. Und, was die Hauptsache ist, er war ein braver Mann."

„Hm! Er ist tot?"

„Schon längst. Ich besitze keine Verwandten mehr."

„Und da seid Ihr aus Gram über das große Wasser gegangen?"

„Nicht aus Gram. Die Reiselust, Sir, die Reiselust! Sehne mich aber oft nach dem alten, lieben Deutschland zurück."

Jetzt kam Old Firehand wieder, um darauf aufmerksam zu machen, dass es geraten sei, zur Ruhe zu gehen, da man sehr früh schon wieder wach sein müsse. Man gehorchte dieser Aufforderung mit löblicher Bereitwilligkeit und begab sich in einen Raum, wo auf Holzrahmen gespannte Häute hingen, die als Schlafstätten dienten. Für Bequemlichkeit war durch weiche Unterlagen und Decken gesorgt. In diesen echt westlichen Bettstellen schliefen die Männer prächtig.

7. Im Kampf um Butlers Farm

In früher Morgenstunde wurden die Verteidiger der Farm geweckt. Der Tag schien sonnig und heiß werden zu wollen und im freundlichen Morgenlicht nahm sich das gestern so düstere Gebäude ganz anders aus. Es war für viele Bewohner eingerichtet, aus Backsteinen gebaut, sehr lang und tief, und bestand aus dem Erdgeschoss und einem oberen Stockwerk mit plattem Dach. Die Fenster waren hoch, doch so schmal, dass ein Mensch nicht hindurchkriechen konnte. Diese Vorsichtsmaßnahme war in einer Gegend, die oft von räuberischem Volk durchstreift wird, geboten. Dort kam es oft vor, dass eine einsame Farm mehrere Tage lang verteidigt werden musste.

Ebenso vorsorglich gebaut war auch der große, weite Hofraum, der von einer hohen, mit Schießscharten versehenen Adobesmauer[1] umgeben war. Zwischen den Schießscharten waren breite Mauerbänke angebracht, auf die man steigen konnte, wenn über die Mauer hinweggeschossen werden sollte.

Unweit des Hauses rauschte der Fluss vorüber, durch dessen Furt man gestern gekommen war. Sie konnte von der Mauer aus bequem mit Büchsenkugeln bestrichen werden und war während der Nacht auf Befehl Old Firehands durch Verhaue ungangbar gemacht worden. Als zweite und sehr notwendige Vorsichtsmaßnahme hatte der Jäger auch schon während der Nacht die Herden Butlers auf die Weideplätze des nächsten Nachbarn treiben lassen. Und sodann war ein Bote in die Gegend von Fort Dodge gesandt worden, um Butler nebst Schwager und dessen Tochter vor den Tramps zu warnen, falls sie sich etwa bereits auf dem Heimweg befinden sollten.

Old Firehand führte die Gefährten auf das Dach des Hauses, von wo aus man eine weite Fernsicht hatte, gegen

[1] Adobes sind luftgetrocknete Ziegel (spanisch)

Osten und Norden auf die wellige Grasprärie, gegen Süden und Westen auf umfangreiche, wohlangebaute Felder.

„Wann werden die erwarteten Indianer kommen?", fragte Droll.

„Nach der Berechnung, die der Häuptling gestern machte, könnten sie nun bald eintreffen", überlegte Old Firehand.

„Darauf rechne ich nicht. Die Roten müssen vielleicht erst von weit her zusammengeholt werden und treten einen Kriegszug niemals an, bevor ihren alten Gebräuchen Genüge geschehen ist. Wir wollen froh sein, wenn sie zur Mittagszeit hier sind. Dann aber können sich die Tramps auch schon in der Nähe befinden. Ich traue diesen Cheyennes und Arapahoes nicht zu viel."

„Ich auch nicht", stimmte Bill bei. „Beide Stämme sind nur klein und haben seit langer Zeit kein Kriegsbeil in den Händen gehabt. Wir können uns nicht auf sie verlassen. Starke Nachbarn gibt es auch nicht und so können wir uns auf eine lange Belagerung gefasst machen."

„Die ist nicht zu fürchten, denn die Keller bergen große Vorräte", warf Old Firehand ein.

„Aber Wasser, was doch die Hauptsache ist!", meinte Droll. „Wenn die Tramps draußen stehen, können wir nicht zum Fluss, um zu schöpfen!" – „Ist auch nicht nötig. In einem der Keller ist ein Brunnenloch, das gutes Trinkwasser für die Menschen liefert, und für die Tiere ist durch den Kanal gesorgt." – „Gibt es denn einen Kanal?" – „Ja. Es ist hier eben alles für den Kriegsfall angelegt und eingerichtet. Hinter dem Haus könnt Ihr eine hölzerne Falltür bemerken. Öffnet man sie, so sieht man Treppenstufen, die zum überwölbten Kanal führen, der draußen mit dem Fluss in Verbindung steht." – „Ist er tief?" – „Das Wasser reicht einem fast bis an die Brust." – „Und die Mündung in den Fluss ist offen?" – „O nein! Der Feind darf sie nicht bemerken, weshalb die betreffende Stelle des Ufers dicht mit Büschen und Schlinggewächs bepflanzt wurde."

Es war eigentlich keine klar bewusste Absicht, die Droll veranlasste, sich nach dem Kanal zu erkundigen, doch sollte ihm diese Kenntnis später sehr zustatten kommen.

Die Tafeln, Tische, Stühle und Bänke, an denen man gestern Abend gegessen hatte, wurden in den Hof geschafft, damit das Frühstück im Freien eingenommen werden konnte. Dann wurden alle im Haus vorhandenen Waffen und Munitionsvorräte zusammengebracht.

Später saß Old Firehand mit Mrs. Butler auf der Plattform des Hauses und schaute nach Süden aus, woher die erwarteten Indianer kommen mussten. Endlich, fast schon gegen Mittag, näherte sich eine lange Reihe roter Gestalten im Gänsemarsch hintereinander. Es waren die Erwarteten und der Häuptling befand sich zu Pferd an ihrer Spitze.

Als sie durch das Tor einzogen, zählte Old Firehand über zweihundert Mann. Leider waren nur wenige gut bewaffnet. Die meisten besaßen nicht einmal Pferde. Infolgedessen hatten auch diejenigen, die sonst beritten waren, ihre Tiere daheim gelassen und sich ebenfalls zu Fuß dem Zug angeschlossen.

Old Firehand teilte diese einst so stolzen, jetzt aber ziemlich heruntergekommenen Roten in zwei Trupps. Der kleinere Teil sollte auf der Farm bleiben und die Übrigen sich unter Anführung des Osagenhäuptlings an der Grenze gegen den Nachbar aufstellen, auf dessen Weiden sich die fortgetriebenen Herden befanden. Diese Männer hatten die Aufgabe, einen etwaigen Versuch der Tramps, dort einzufallen, zurückzuweisen.

Innerhalb der Mauer der Farm befanden sich nun mehr als fünfzig Indianer, zwanzig Rafters und die vier Westmänner nebst Fred und dem Engländer. Der Schar der Tramps gegenüber war das gewiss nicht viel. Aber ein Jäger oder Rafter wog gewiss mehrere Tramps auf und der Schutz, den Mauer und Haus gewährten, war auch nicht gering anzuschlagen. Ein großes Glück war es, dass Mrs. Butler der Gefahr mit Ruhe entgegenblickte. Sie dachte nicht daran, ihre Leute durch Wehklagen zu verwirren. Vielmehr ließ sie die Knechte zu sich kommen und verhieß ihnen für ein treues und mutiges Verhalten eine entsprechende Belohnung. Das waren auch gegen zwanzig Männer, die ihre Waffen zu gebrauchen verstanden und auf die Old Firehand rechnen konnte.

Als alle Vorbereitungen getroffen waren, saß der Westmann mit der Hausfrau und dem Engländer wieder oben auf der Plattform. Er hatte das Riesenfernrohr des Lords in der Hand und suchte fleißig den Teil des Blickfeldes ab, wo die Tramps erscheinen mussten. Nach langer vergeblicher Aufmerksamkeit entdeckte er endlich drei Gestalten, die sich auf die Farm zu bewegten, nicht zu Pferd, sondern zu Fuß. „Vielleicht sind es Kundschafter, die man vorausschickt“, mutmaßte Old Firehand, „und die Einlass begehren sollen.“

„Das wäre eine Kühnheit, die ich diesen Menschen nicht zutraue“, bemerkte Castlepool.

„Warum nicht? Man schickt drei Kerle, die hier niemand kennt. Sie kommen unter irgendeinem Vorwand herein. Wer kann ihnen da etwas anhaben? Gehen wir hinab in den oberen Stock, damit sie uns nicht auf dem Dach sehen! Wir aber können sie vom Fenster aus durchs Fernrohr betrachten.“

Die mitgebrachten Pferde befanden sich hinter dem Haus, waren also für die Ankömmlinge unsichtbar. Auch sämtliche Verteidiger mussten sich verstecken. Die drei Tramps sollten, falls sie in den Hof kamen, der Ansicht werden, das Haus sei ohne hinreichende Bewachung.

Sie hatten die durch Verhaue zerstörte Furt mit Mühe und offenbarer Verwunderung durchquert und kamen langsam näher. Old Firehand bemerkte jetzt, dass einer den andern hob, damit jener durch eine Schießscharte in den Hof blicken könne. Der Jäger begab sich rasch hinab. Es wurde an der Glocke gezogen und er ging zum Tor und fragte nach dem Begehr.

„Ist der Farmer daheim?“, fragte eine Stimme. – „Nein, er ist verreist“, erwiderte der Jäger. – „Wir wollen um Arbeit anfragen. Wird kein Hirt oder Knecht gebraucht?“ – „Nein.“ – „Dann möchten wir wenigstens um einen Imbiss bitten. Wir kommen von weit her und haben Hunger. Bitte, lasst uns ein!“

Das wurde in einem sehr kläglichen Ton vorgebracht. Es gibt nun im ganzen Westen keinen Farmer, der einen Hungrigen von sich weist. Bei allen Naturvölkern und in allen Gegenden, wo es keine Gasthäuser gibt, herrscht die schöne Sitte der Gastfreundschaft. So auch im fernen Westen. Die Leute wurden also eingelassen und, nachdem das Tor wieder verriegelt worden war, zu den Sitzen gewiesen, die sich an der Seite des Hauses befanden. Das schien aber nicht nach ihrem Geschmack zu sein. Sie gaben sich zwar den Anschein der Unbefangenheit, doch konnte es nicht entgehen, dass sie das Haus und dessen Umgebung mit scharf forschenden Blicken betrachteten und sich dann gegenseitig bezeichnend anschauten. Der eine von ihnen sagte: „Wir sind arme, einfache Leute, die nicht lästig fallen wollen. Erlaubt, dass wir hier am Tor bleiben, wo wir überdies mehr Schatten haben als dort! Wir werden uns einen Tisch holen.“

Dieser Wunsch wurde ihnen erfüllt, obgleich er heimtückisch war, denn sie wollten am Tor bleiben, um es ihren Genossen zu öffnen. Sie trugen sich den Tisch und einige Sitze herbei und dann wurde ihnen von einer Magd ein reichlicher Imbiss vorgesetzt. Nun war auf dieser Seite des Hofes kein Mensch zu sehen, da alle, selbst die Magd, sich zurückgezogen hatten. Die angeblichen Arbeiter waren über diesen Umstand sehr befriedigt, wie Old Firehands scharfes Auge aus ihren Mienen und Gesten, mit denen sie ihr leises Gespräch begleiteten, erkannte. Nach einiger Zeit stand der eine von ihnen auf und ging scheinbar harmlos zu der nächsten Schießscharte, durch die er hinausblickte. Das wiederholte sich einige Mal und war ein sicheres Zeichen, dass die Strolche die Ankunft ihrer Gefährten bald erwarteten.

Old Firehand stand wieder oben am Fenster und beobachtete durch das Fernrohr die Gegend, aus der die Tramps kommen mussten. Und wirklich, da tauchte in der Ferne ein gewaltiger Trupp von Reitern auf, der sich im Galopp der Farm näherte. Man sah, dass sich unter ihnen Leute befanden, die die Örtlichkeiten kannten, denn sie nahmen ihre Richtung schnurgerade auf die Furt zu. Als sie diese erreichten und durch den Verhau versperrt fanden, hielten sie an, um die Stelle zu untersuchen. Jetzt war die Zeit zum Handeln für Old Firehand gekommen. Er ging hinab zum Tor. Soeben stand wieder der eine Tramp vor der Schießscharte und lugte hinaus nach seinen Kameraden. Er erschrak sichtlich, als er sich bemerkt sah, und trat rasch zurück.

„Was tust du hier? Was hast du an dem Ausguck zu schaffen?", fragte ihn Old Firehand barsch.

Der Tramp blickte verlegen an dem riesigen Mann hoch und stotterte: „Ich – ich wollte – ich wollte sehen, wo wir nun hingehen."

„Lüge nicht! Euren Weg kennt ihr bereits. Er führt hinaus an den Fluss zu den Menschen, die sich dort nähern."

„Welche Menschen meint Ihr, Sir?", erkundigte sich der Mann mit erheucheltem Erstaunen. „Ich habe niemand gesehen."

„Gib dir keine Mühe, dich zu verstellen! Es ist unnütz. Ihr gehört zu den Tramps vom Osage Nook, die uns überfallen wollen, und seid von ihnen abgeschickt, um euren Kumpanen das Tor von innen zu öffnen. Deshalb habt ihr euch so nahe an den Eingang gesetzt."

„Sir!", brauste der Mann auf, indem er in die Tasche griff. Aber Old Firehand hatte bereits seinen Revolver in der Hand und drohte: „Lasst eure Waffen stecken, sonst drücke ich los! Euer Kommen war ein Wagnis, denn ich könnte euch jetzt festnehmen. Aber ihr seid so wenig zu fürchten, dass ich euch laufen lasse. Geht hinaus und sagt dem Gesindel, dass wir jedem, der den Fluss überschreitet, eine Kugel geben werden! Jetzt sind wir fertig und nun packt euch!"

Er öffnete das Tor. Die Leute schwiegen angesichts des auf sie gerichteten Revolvers. Aber als sie draußen waren und der Riegel wieder vorgeschoben war, lachten sie höhnisch auf: „Dummkopf! Warum lässt du uns laufen, wenn wir Tramps sind? Zähle nur nach, wie viele wir sind! Wir werden mit deinen paar Leuten wenig Umstände machen. In einer Viertelstunde seid ihr alle aufgehängt."

Nunmehr gab Old Firehand das verabredete Zeichen, worauf die bisher unsichtbaren Verteidiger hinter dem Haus hervorkamen und sich an den Schießscharten aufstellten, um gleich ihm die Bewegung der Feinde zu beobachten.

Die abgewiesenen Kundschafter hatten das diesseitige Ufer des Flusses erreicht und riefen Worte hinüber, die man von der Mauer aus nicht verstehen konnte. Daraufhin ritten die Tramps ein kleines Stück am Wasser hin, um schwimmend herüberzugelangen. Sie trieben ihre Pferde in den Fluss. „Nehmt ihr sofort die Kundschafter auf euch, damit sie der Vergeltung nicht entgehen!", gebot Old Firehand dem Uncle, Blenter und dem Humply-Bill, die in seiner Nähe standen. „Ich ziele auf die beiden Ersten, die landen. Nach mir schießen Droll, der Lord und die andern der Reihe nach. Dadurch bekommt jeder seinen bestimmten Mann, es zielen nicht zwei von uns auf denselben Tramp und wir vermeiden alle Pulververschwendung."

„Gut so!", bestätigte der Humply-Bill. „Habe meinen Mann schon vor dem Lauf."

Und sein Freund, der Gunstick-Uncle, stimmte bei: „Sobald sie herüberkommen – werden sie aufs Korn genommen – nach der Reihe anvisiert – und zur Hölle expediert!"

Jetzt erreichte der erste Reiter das diesseitige Ufer; der zweite folgte ihm. An der Stelle, wo sie landeten, standen die drei Kundschafter. Old Firehand rief. Fünf Schüsse krachten fast zu gleicher Zeit, die beiden Reiter flogen von ihren Pferden und die Kundschafter lagen auf der Erde. Die Tramps erhoben ein wütendes Geheul und drängten vorwärts, um ans Ufer zu gelangen. Einer schob dabei den andern dem Verderben entgegen, denn sobald ein Pferd landete, wurde der Reiter von der Farm aus durch eine Kugel aus dem Sattel geholt. In der Zeit von kaum zwei Minuten gab es zwanzig bis dreißig ledige Pferde, die hüben führerlos herumsprangen.

Einen solch heißen Empfang hatten die Tramps nicht erwartet. Die Worte, die ihnen die Kundschafter über das Wasser zugerufen hatten, waren jedenfalls des Inhalts gewesen, die Farm sei arm an Verteidigern. Und nun fiel rasch Schuss auf Schuss von dort und keine von diesen Kugeln ging fehl. Das Wutgeheul wurde zum ängstlichen Schreien. Endlich ertönte eine befehlende Stimme, worauf alle im Wasser befindlichen Reiter ihre Pferde wendeten, um an das jenseitige Ufer zurückzukehren.

„Abgeschlagen!“, meinte der Missouri-Blenter. „Bin neugierig, was sie nun machen werden.“ – „Sie werden an einer Stelle, die außerhalb des Bereichs unsrer Kugeln liegt, herüberschwimmen“, erwiderte Old Firehand. – „Und dann?“ – „Dann? Das lässt sich noch nicht sagen. Wenn sie es klug anfangen, werden wir einen schweren Stand haben.“ – „Und was haltet Ihr für klug?“ – „Sie dürfen nicht in geschlossener Front angreifen. Lassen sie ihre Pferde zurück, um von allen vier Seiten zugleich nach der Mauer zu rennen und dahinter Deckung zu suchen, so sind wir zu schwach, sie zurückzuschlagen. Wir wären gezwungen, uns über vier Fronten zu verteilen. Ziehen die Tramps sich dann plötzlich auf einen Punkt zusammen, so ist es ihnen möglich, über die Mauer zu kommen.“ – „Das ist wahr, doch würden ihrer viele weggeputzt. Wir freilich ständen ihnen dann auch so ziemlich ohne Deckung gegenüber.“ – „So ist es. Wir müssen abwarten, was sie tun werden.“

Die Tramps schienen sich inzwischen beraten zu haben. Die Schar setzte sich flussaufwärts, also nach Norden zu, in Bewegung, bis sie sich außerhalb des Schussbereichs der Farm befand. Dort ging es ans andere Ufer, wo ein geschlossener Haufen gebildet wurde, mit dem Gesicht nach dem Tor der Mauer gerichtet. Bis jetzt hatten die Verteidiger die Ostseite innegehabt, nun aber rief Old Firehand mit lauter Stimme: „Schnell alle hinüber an die Nordseite! Sie wollen das Tor stürmen!“

„Die Tramps können es doch nicht einrennen!“, entgegnete Blenter im Laufen.

„Nein. Aber wenn sie es erreichen, können sie sich vom Sattel aus so schnell über Tor und Mauer schwingen, dass es ihnen möglich ist, uns hier im Hofe zu erdrücken. Schießt nicht eher, als bis ich es befehle, dann aber alle zu gleicher Zeit, mitten in den Haufen hinein!“

Die Nordseite wurde rasch besetzt. Teils standen die Verteidiger an den Schießscharten, teils geduckt auf den Erhöhungen dazwischen, um über die Mauer zu schießen.

Der Trupp der Feinde setzte sich in Bewegung, im Galopp gerade auf das Tor zu. Erst als er höchstens noch achtzig Schritt davon entfernt war, gab Old Firehand den Befehl zum Feuern. Die Schüsse krachten.

Es war, als seien die Tramps mitten im Jagen durch ein quer vorgespanntes Seil aufgehalten worden. Sie bildeten einen Knäuel, der sich nicht schnell genug zu lösen vermochte. Die Verteidiger der Farm bekamen Zeit zu laden und feuerten nun nicht salvenmäßig, aber unaufhörlich in den Wirrwarr hinein. Das vermochten die Tramps nicht auszuhalten. Sie stoben auseinander und ließen ihre Toten und Verwundeten liegen. Die ledigen Pferde rannten blindlings dem Farmhaus zu. Man öffnete das Tor, um sie hereinzuholen. Als später die Tramps den Versuch machten, sich ihrer Verwundeten anzunehmen, wurden sie dabei nicht gestört, da es einem Akt der Menschlichkeit galt. Man sah, dass sie die Verletzten unter eine ferne Baumgruppe schafften, um sie dort, so gut die Verhältnisse es erlaubten, zu verbinden.

Währenddessen war es Mittag geworden. Speise und Trank wurden unter die Verteidiger verteilt. Dann sah man, dass die Tramps sich entfernten, wobei sie die Beschädigten unter den Bäumen liegen ließen. Sie ritten nach Westen.

„Ob sie abziehen?", fragte Humply-Bill. „Sie haben eine tüchtige Lehre erhalten und es wäre nur klug von ihnen, wenn sie sich das zu Herzen nähmen."

„Das glaube ich nicht", entgegnete Tante Droll. „Gäben sie wirklich ihre Absicht auf, so würden sie ihre Verwundeten mitnehmen. Ich meine, dass sie jetzt an die Herden denken, die zur Farm gehören. Da schaut hinauf auf das Haus! Droben steht Old Firehand mit dem Fernrohr in der Hand. Er beobachtet die Kerle und ich vermute, dass wir bald Befehl erhalten werden, den Hirten und Indianern zu Hilfe zu kommen."

Die Vermutung der Tante erwies sich als richtig. Old Firehand rief plötzlich von oben herab: „Schnell die Pferde satteln! Die Tramps wenden sich südwärts und werden nun mit den Leuten der Guten Sonne zusammentreffen."

In wenigen Minuten standen die Pferde bereit und alle außer einigen Knechten, die im Hof zurückbleiben und nötigenfalls das Tor rasch öffnen sollten, stiegen auf. Old Firehand an ihrer Spitze ritten sie zum Tor hinaus und um die nächste Mauerecke, um sich dann südlich zu halten. Dort gab es zunächst einige Felder, hinter denen die Prärie begann, ein grünes Weideland, auf dem hier und da ein Buschwerk zu sehen war.

Auch jetzt waren die Tramps nicht mit dem bloßen Auge zu erkennen. Aber Old Firehand hatte das Fernrohr mit, durch das er sie beobachtete. Dadurch wurde es möglich, unbemerkt von den Feinden stets in gleicher Höhe mit ihnen zu bleiben. Nach einer Viertelstunde hielt Old Firehand an, denn die Tramps hatten es auch getan. Sie waren an der Grenze des Nachbars angekommen und erblickten nicht nur die dort weidenden Tiere, sondern auch die bewaffneten Beschützer der Herden.

Old Firehand musterte die Buschinseln des Graslandes und suchte sich diejenigen aus, die ihm Deckung gewähren konnten. Hinter ihnen verborgen, näherte er sich mit seinen Leuten der Gegend, wo der Zusammenstoß vermutlich stattfinden musste. Dann ließen sie die Pferde zurück und schlichen gebückt weiter, bis sie eine breite Strauchgruppe erreichten, zu der aller Voraussicht nach die Tramps während des Kampfes kommen mussten. Von dieser Stelle aus nun waren sowohl die Angreifer als auch die Hüter der Herden mit unbewaffnetem Auge zu erkennen.

Die Tramps schienen betroffen zu sein, eine solche Anzahl von Indianern zum Schutz der Tiere vorzufinden. Wie kam es, dass rote Männer dazu geworben worden waren und noch dazu so viele? Sie stutzten. Bald aber bemerkten sie, dass die Indianer nur mangelhaft, dass heißt nicht mit Gewehren bewaffnet waren, und das ermutigte sie. Die Anführer hielten eine kurze Beratung und dann folgte der Befehl zum Angriff. Es war sofort zu ersehen, dass man sich nicht mit einem langen Fernkampf aufhalten, sondern die Roten einfach niederreiten wollte. Die Reiter sprengten in geschlossenem Trupp und unter drohendem Geschrei gerade auf die Indianer zu.

Jetzt zeigte es sich, dass der Häuptling seiner Aufgabe gewachsen war. Der Häuptling gab einen lauten Befehl, worauf sich seine eng beisammenstehenden Leute zerstreuten, sodass von einem Niederreiten keine Rede sein konnte. Die Tramps sahen das ein. Sie machten eine Schwenkung, um in den rechten Flügel der Roten zu kommen und die Feindstellung aufzurollen. Der Osagenhäuptling durchschaute die Absicht. Wieder erscholl seine laute Stimme. Seine Leute schwirrten zusammen, bildeten für einen Augenblick einen scheinbar wirren Knäuel und flogen dann wieder auseinander. Sie hatten ihre Aufstellung verändert.

Ihre Front war vorher westöstlich gewesen, nun aber zu einer nordsüdlichen geworden. Der Osage hatte die Schwenkung befohlen, nicht weil er die Nähe seiner Verbündeten ahnte, sondern um, wie ein angegriffener Bison, dem Feind nicht die Flanke, sondern die Stirn zu bieten. War das schon an und für sich ein Meisterstück, so hatte es außerdem noch den ungeahnten Erfolg, dass sich die Tramps nun ganz plötzlich zwischen den Indianern und den hinter dem Buschwerk versteckten Weißen befanden. Sie sahen ihre Absicht vereitelt und hielten an, eine Unvorsichtigkeit, die sie augenblicklich büßen sollten. Sie schienen sich in der Tragweite der Indianerwaffen zu irren und sich vor ihnen sicher zu fühlen. Einer ihrer Anführer sprach auf sie ein, jedenfalls, um ihnen einen anderen Plan mitzuteilen. Diese Pause benutzte der Osage. Er stieß einen Ruf aus, worauf seine Leute schnell vorwärts sprangen, plötzlich stehen blieben, ihre Pfeile abschossen und sich dann ebenso rasch wieder zurückzogen. Die Geschosse erreichten ihr Ziel. Es gab Tote und noch mehr Verwundete, nicht nur unter den Reitern, sondern auch unter den Pferden. Die Tiere bäumten auf. Sie wollten durchgehen und waren kaum zu bändigen. Das gab eine Verwirrung, die Old Firehand benutzte.

„Jetzt los!“, gebot er. „Aber schießt nur auf die Männer, nicht auf die Pferde!“

Seine Leute befanden sich im Rücken der Feinde. Ihre Schüsse krachten und ihre Kugeln flogen in den Haufen der Tramps, die vor Schreck aufschrien. „Fort!“, brüllte unter ihnen eine Stimme. „Wir sind umzingelt. Brecht durch die Linie der Roten!“

Diesem Befehl wurde augenblicklich Folge geleistet. Die Tramps jagten, ihre Toten und schwer Verwundeten im Stich lassend, auf die Indianer ein, die ihnen gern den Ausweg öffneten und hinter ihnen triumphierendes Geheul erhoben.

„Da reißen sie aus!“, lachte der alte Blenter. „Die kommen nicht wieder. Wisst ihr, wer es war, der zur Flucht aufforderte?“

„Natürlich!“, entgegnete Bill. „Der rote Cornel war’s. Den scheint der Satan vor unsern Kugeln in Schutz zu nehmen. Wollen wir nicht den Halunken nach, Sir?“

Er hatte diese Frage an Old Firehand gerichtet. Doch der Jäger wehrte ab: „Nein. Wir sind zu schwach, um es im Handgemenge mit ihnen aufzunehmen. Übrigens erraten sie vielleicht, dass wir den Roten von der Farm her zu Hilfe gekommen sind. So ist es wahrscheinlich, dass sie dorthin reiten, um während unsrer Abwesenheit da einzudringen. Wir müssen also schleunigst zurück.“

„Und was geschieht mit den verwundeten Tramps und den ledig herumlaufenden Pferden?“

„Wir müssen sie den Indianern überlassen. Schnell jetzt zu den Pferden!“

Die Männer schwenkten ihre Hüte und riefen den Roten ein donnerndes Hurra zu, das durch ein schrilles Siegesgeschrei beantwortet wurde. Dann ging es zu den Pferden und nach der Farm zurück. Old Firehand begab sich sofort auf das platte Dach des Gebäudes, um mit dem Fernrohr Umschau zu halten.

Da oben saß Mrs. Butler, die in großer Besorgnis gewesen war und nun zu ihrer Freude vernahm, dass der Angriff glanzvoll abgewiesen sei. „So sind wir wohl gerettet?“, fragte sie tief aufatmend. „Da die Tramps so schwere Verluste erlitten haben, darf man doch annehmen, dass ihnen der Mut zur Fortsetzung der Feindseligkeiten vergangen ist.“

„Vielleicht“, meinte der Jäger nachdenklich.

„Nur vielleicht?“

„Leider! An die Herden werden sie sich zwar nicht wieder wagen, weil sie annehmen müssen, dass sie hinreichend bewacht werden. Anders aber steht es hier mit dem Haus. Die Kerle werden freilich eingesehen haben, dass am Tage nichts dagegen zu unternehmen ist; doch können sie das Eindringen im Dunkel der Nacht für möglich halten. Jedenfalls müssen wir auf einen nächtlichen Angriff vorbereitet sein. Es ist möglich, dass…“

Er hielt inne. Noch immer durch das Glas blickend, hatte er soeben die nördliche Richtung abgesucht.

„Was ist's?“, fragte die Hausfrau. „Warum sprecht Ihr nicht weiter, Sir? Warum macht ihr plötzlich ein so bedenkliches Gesicht?“

Old Firehand sah noch eine Weile durch das Rohr, setzte es dann ab und antwortete unbefangen: „Es ist nichts, was uns Sorge machen braucht, Mylady. Ihr könnt ruhig hinabgehen, um den Leuten einen Trunk verabreichen zu lassen.“

Sie folgte dieser Aufforderung, doch als sie verschwunden war, sagte der Jäger zu dem Engländer, der gerade mit seinem Riesenfernrohr auf der Plattform erschien:

„Ich hatte einen guten Grund, die Frau jetzt fortzuschicken. Nehmt Euer Rohr zur Hand, Sir, und schaut einmal gerade westlich! Wer ist da zu sehen?“

Castlepool folgte dieser Aufforderung und erwiderte dann: „Die Tramps. Ich sehe sie deutlich. Sie kommen.“

„Kommen sie wirklich?“

„Natürlich! Was sollen sie sonst tun?“

„So scheint mein Glas besser zu sein als das Eurige, obgleich es viel kleiner ist. Sind die Tramps denn in Bewegung?“

„Nein, sie halten.“

„Mit den Gesichtern wohin gewendet?“

„Nach Norden.“

„So folgt einmal mit dem Rohr dieser Richtung! Vielleicht erkennt Ihr dann, weshalb die Kerle angehalten haben.“

„*Well*, Sir, ich werde schauen. – Dort kommen drei Reiter, ohne die Tramps zu bemerken.“

„Drei Reiter?“

„*Yes!* Doch nein, es scheint eine Lady dabei zu sein. Richtig, es ist eine Dame. Ich sehe das lange Reitkleid und den wehenden Schleier.“

„Und wisst Ihr, wer diese drei sind?"

„Nein. Wie könnte ich wissen – *heigh-ho*, es werden doch nicht etwa…?"

„Allerdings", nickte Old Firehand ernst. „Sie sind es, der Farmer und sein Schwager nebst dessen Tochter. Der Bote, den wir ihnen entgegenschickten, um sie zu warnen, hat sie nicht getroffen."

Der Lord schob sein Rohr zusammen und rief: „So müssen wir schnell hinausreiten, sonst fallen sie den Tramps in die Hände!"

Er wollte fort. Der Jäger hielt ihn beim Arm fest und sagte: „Bleibt, Sir, und macht keinen Lärm! Die Lady braucht jetzt nichts zu erfahren. Wir können weder warnen noch helfen, denn es ist bereits zu spät. Seht da!"

Der Lord setzte sein Rohr wieder an und erkannte, dass sich die Tramps in Bewegung setzten und den dreien im Galopp entgegenritten.

„*The devil!*", rief er aus. „Sie werden sie umbringen!"

„Das werden sie nicht tun. Die Kerle kennen ihren Vorteil und werden ihn auszunutzen suchen. Welchen Gewinn könnten sie vom Tod dieser drei Personen haben? Gar keinen. Lassen sie die drei aber leben, um sie als Geiseln zu benutzen, so können sie uns Zugeständnisse erpressen. Passt auf! Jetzt ist's geschehen. Die drei sind umringt. Wir konnten das nicht ändern."

„*Well*, ist richtig, Sir", meinte der Engländer. „Aber wollen wir uns wirklich irgendwelche Zugeständnisse erpressen lassen?"

Old Firehand zuckte auf eigentümliche Weise die Schultern und ein Lächeln spielte um seine Lippen, als er entgegnete: „Lasst mich nur machen, Sir! Wenn ich Euch sage, dass die drei, die jetzt da draußen gefangen wurden, in keinerlei Gefahr schweben, so könnt Ihr meinen Worten glauben. Dennoch ersuche ich Euch, die Frau des Hauses nicht wissen zu lassen, was geschehen ist!"

„Soll es auch sonst niemand wissen?"

„Denen, die uns näher stehen, müssen wir es mitteilen. Wollt Ihr das übernehmen, so geht jetzt hinab zu den Gefährten! Doch sie sollen nicht plaudern! Ich werde hier die Tramps weiter beobachten und dann nach ihrem Verhalten meine Maßnahmen treffen."

Der Lord begab sich in den Hof hinab. Old Firehand richtete seine Aufmerksamkeit wieder auf die Tramps, die ihre drei Gefangenen in die Mitte genommen hatten und nach der mehrfach erwähnten Baumgruppe ritten, um dort anzuhalten. Sie stiegen da von den Pferden und lagerten sich. Der Jäger sah, dass es eine bewegte Unterhaltung oder Beratung zwischen ihnen gab. Er glaubte zu wissen, welches Ergebnis das haben werde. In seinem Sinnen wurde er durch Droll gestört, der hastig heraufkam und in deutscher Sprache fragte: „Ist es wirklich wahr, was der Lord uns sagen soll? Butler und sein Schwager sind gefange genomme worde und das Fräulein noch derzu?"

„Allerdings", nickte Old Firehand. – „Sollte mersch denke, dass so was möglich is! Nu werde die Tramps glaube, dass se off'n große Pferd sitze. Se werde komme und Forderunge mache. Und wir? Was werde mer droff antworte?" – „Nun, was raten Sie?", fragte Old Firehand, indem er einen lustig forschenden Blick auf den Dicken warf. – „Das könne Se noch frage? Nischt, gar nischt wird zugestande. Oder wolle Se etwa gar en Lösegeld gebe?" – „Sind wir nicht dazu gezwungen?" – „Nee und abermals nee! Diese Halunke könne gar nischt mache. Was wolle se tun? Etwa die Gefangene erschlage? Das wird ihne nich einfalle, denn dann hätte se unsre Rache zu fürchte. Zwar werde se uns dermit drohe, wir aber gloobe es nich und lache se eenfach aus." – „Aber wir müssen, selbst wenn Ihre Vermutung richtig ist, Rücksicht auf die Gefangenen nehmen, deren Lage jedenfalls höchst unangenehm ist. Wenn man sie auch an Leib und Leben schont, so wird man ihnen doch sonst alles Mögliche antun und ihnen mit Drohungen zusetzen." – „Das kann ihne gar nischt schade. Das müsse se sich gefalle lasse. Warum sind se so unvorsichtig in den Gänsestall gekroche! Es wird ihne in Zukunft zur Warnung diene und übrigens wird das Elend gar nich lange dauern. Mer sind ja da und es müsste mit dem Kuckuck zugehe, wenn mer nich Mittel und Wege fände, sie aus der Patsche herauszuhole." – „Wie wollen wir das anfangen? Haben Sie einen Plan?" – „Nee, noch nich. Is ooch nich nötig. Zunächst müsse mer abwarte, was weiter geschieht. Dann erscht könne mer handle. Es is mer ganz und garn nich angst, denn ich kenne mich. Is der richtige Ogenblick da, dann wird mer sicher ooch der richtige Verstand komme. Sie und ich habe schon ganz andre Dinge unternomme. Mer sind alle beede nich off'n Kopp gefalle. Ich denke, dass – halt!", unterbrach er sich. „Passe Se off! Jetzt komme se. Zwee Kerle, grad offs Haus zu. Se schwenke de Tücher in de Finger, damit mer sehe solle, dass se als Parlamentäre respektiert werde wolle. Werde Se mit ihne rede?"

„Gewiss. Um der Gefangenen willen muss ich wissen, was man von dort fordert. Kommen Sie!"

Die beiden begaben sich in den Hof, wo die Besatzung an den Schießscharten stand, um die zwei Unterhändler zu beobachten. Diese blieben außer Schussweite stehen und winkten mit den Tüchern. Old Firehand öffnete das Tor, trat hinaus und gab ihnen ein Zeichen, herbeizukommen. Sie gehorchten, grüßten höflich und gaben sich Mühe, möglichst zuversichtliche Gesichter zu zeigen.

„Wir kommen als Abgesandte", sagte der eine, „um unsere Forderungen zu stellen."

„So!", meinte der Jäger spöttisch. „Seit wann wagen es die Präriehasen, zum Grizzlybären zu gehen, um ihm Befehle zu erteilen?"

Der Vergleich war gar nicht übel. Er stand vor ihnen so hoch, so breit und mächtig und aus seinen Augen schoss ein so drohender Blitz auf sie, dass sie unwillkürlich einen Schritt zurückwichen.

„Wir sind keine Hasen, Sir!", erklärte der Sprecher unsicher.

„Nicht? Nun, dann wohl feige Präriewölfe, die sich mit Aas begnügen? Ihr gebt euch für Abgesandte aus. Räuber seid ihr, Diebe und Mörder, die sich außerhalb des Gesetzes gestellt haben und auf die jeder ehrliche Mann nach Belieben schießen kann!"

„Sir", fuhr der Tramp auf, „ich muss mir solche Beleidigungen..."

„Schweig, Halunke!", donnerte Old Firehand ihn an. „Ich habe euch die Annäherung nur gestattet, um einmal zu sehen, wie weit solches Gelichter die Frechheit zu treiben wagt. Sagt noch ein einziges Wort, das mir nicht gefällt, und ich schlage euch sofort zu Boden. Wisst ihr, wer ich bin? Man nennt mich Old Firehand. Erzählt das denen, die euch gesandt haben! Sie werden vielleicht wissen, dass ich nicht der Mann bin, mit dem sich Narretei treiben lässt. Sie haben es ja heute schon fühlen und erfahren müssen. Und nun kurz, welchen Auftrag habt ihr?"

„Wir wollen melden, dass der Farmer mit seinem Schwager und seiner Nichte in unsre Hände gefallen ist."

„Weiß es schon!"

„Diese drei Personen müssen sterben..."

„Pshaw!", unterbrach ihn der Jäger.

„...falls Ihr nicht auf unsre Bedingungen eingeht", fuhr der Tramp fort, „und uns die Farm übergebt. Wenn Ihr mich nicht anhört, werden die Gefangenen vor Euren Augen dort an den Bäumen aufgeknüpft!"

„Tut das immerhin! Es gibt hier auf der Farm auch für euch Stricke genug."

Das hatte der Tramp nicht erwartet. Er wusste wohl, dass er nur drohen konnte. Nun blickte er verlegen vor sich nieder und meinte dann: „Bedenkt, drei Menschenleben!"

„Das bedenke ich gar wohl. Und nun fort mit euch, sonst ist meine Geduld zu Ende!"

Der Jäger zog den Revolver. Die beiden entfernten sich schnell, doch wagte es der eine, in gewisser Entfernung für einen Augenblick stehen zu bleiben und zu fragen: „Dürfen wir wiederkommen, wenn wir einen anderen Auftrag erhalten?“

„Nein. Nur für den roten Cornel werde ich zu sprechen sein, aber auch nur einen Augenblick.“

„Gewährt Ihr ihm freie Rückkehr zu uns?“

„Ja, falls er sich anständig aufführt.“

„Wir werden es ihm sagen.“

Sie rannten so schnell fort, dass man sah, wie froh sie waren, aus der Nähe des gefürchteten Jägers fortzukommen. Old Firehand aber trat nicht wieder in den Hof zurück, sondern schritt in der Richtung der Tramps vom Tor fort, bis er die Hälfte der Strecke zurückgelegt hatte. Dort setzte er sich auf einen Stein, um den roten Cornel zu erwarten; denn er nahm als sicher an, dass jener kommen werde.

Bald zeigte es sich, dass er sich in seiner Vermutung nicht geirrt hatte. Der Kreis der Tramps öffnete sich und der Cornel kam langsam auf ihn zugeschritten. Er machte eine trotz aller Geziertheit recht eckig ausfallende Verbeugung und sagte: *„Good day*, Sir! Ihr habt mit mir zu sprechen verlangt?“

„Davon weiß ich nichts“, entgegnete der Westmann. „Ich habe nur gesagt, dass ich außer Euch mit keinem anderen reden würde. Am liebsten wäre es mir freilich, auch Ihr hättet mich unbehelligt gelassen.“

„Sir, Ihr bedient Euch eines sehr stolzen Tones!“

„Habe auch Ursache dazu. Euch aber wollte ich nicht raten, denselben Ton anzuschlagen.“

Es bohrte sich Auge in Auge. Der Cornel senkte den Blick zuerst und antwortete in mühsam unterdrücktem Zorn: „Wir stehen wohl gleichberechtigt voreinander!“

„Der Tramp vor dem ehrlichen Westmann? Der Besiegte vor dem Sieger? Nennt Ihr das gleichberechtigt?“

„Noch bin ich nicht besiegt. Es liegt ja nur in unsrer Hand, den Spieß umzukehren.“

„Versucht es doch“, lachte Old Firehand verächtlich.

Das ärgerte Brinkley und er fuhr auf: „Wir brauchten ja nur Eure Unvorsichtigkeit zu benutzen!“

„Ah! Wieso? Welche Unvorsichtigkeit habe ich begangen?“

„Dass Ihr Euch bis hierher von der Farm entfernt habt. Wenn wir wollten, wäret Ihr in unseren Händen. Der Unbesiegliche, für den man Euch hält, seid Ihr denn doch nicht. Ihr befindet Euch gerade in der Mitte zwischen uns und der Farm. Es brauchten nur einige von uns zu Pferd zu steigen, um Euch den Rückweg abzuschneiden, so wäret Ihr unser Gefangener.“

„Meint Ihr?“

„Ja. Und wenn Ihr der beste Läufer wärt, ein Pferd ist doch noch schneller. Das gebt Ihr wohl zu. Also wäret Ihr umzingelt, bevor Ihr das Haus erreichtet.“

„Eure Berechnung stimmt bis auf einen Punkt. Ihr habt außer Acht gelassen, dass diejenigen, die mich fangen wollten, in den Kugelbereich meiner Leute kommen müssten. Sie würden einfach weggeputzt. Doch nicht das ist es, wovon wir zu sprechen haben.“

„Nein, das ist es nicht, Sir. Ich bin gekommen, um Euch Gelegenheit zu geben, das Leben unsrer drei Gefangenen zu retten.“

„Dann habt Ihr Euch unnütz bemüht, denn das Leben dieser Leute ist nicht in Gefahr.“

„Nicht?“, meinte der Cornel mit einem schadenfrohen Grinsen. „Da irrt Ihr Euch gewaltig, Sir. Wenn Ihr nicht auf unsre Forderungen eingeht, werden sie aufgeknüpft.“

„Ich habe Euch schon sagen lassen, dass ihr alle dann auch aufgehängt würdet.“

„Lächerlich! Habt Ihr gezählt, wie viele Köpfe wir sind?“

„Gewiss. Aber wisst auch Ihr, welche Anzahl ich euch entgegenstellen kann?“

„Sehr genau.“

„*Pshaw!* Ihr habt uns nicht zählen können.“

„Das ist nicht nötig. Wir wissen, wie viele Knechte auf

Butlers Farm gewöhnlich vorhanden sind. Mehr werden es auch jetzt nicht sein. Dazu kommen höchstens noch die Rafters, die Ihr vom Schwarzen Bärenfluss mitgebracht habt."

Brinkley blickte den Jäger erwartungsvoll von der Seite an, denn er befand sich wirklich im Unklaren über die Zahl der Leute, die auf der Gegenseite zur Verfügung standen. Old Firehand machte eine wegwerfende Handbewegung: „Zählt eure Toten und Verwundeten und sagt mir dann, ob die wenigen Rafters das fertig gebracht hätten! Überdies habt Ihr meine Indianer gesehen und auch die anderen Weißen, die euch im Rücken nahmen."

„Die andern Weißen?", lachte der Tramp. „Es waren keine andern als eben nur die Rafters. Ich gebe allerdings zu, dass ihr uns da überlistet habt. Ihr seid den Indianern aus der Farm zu Hilfe gekommen. Das habe ich mir leider zu spät überlegt. Wir hätten sofort nach der Farm reiten sollen; dann wäre sie in unsre Hände gefallen. Nein, Sir, mit eurer Anzahl könnt ihr uns nicht schrecken. Wenn wir die Gefangenen töten, ist es euch ganz unmöglich, sie zu rächen."

Wieder war es ein versteckt lauernder Blick, den der Cornel auf Old Firehand warf. Der Jäger zuckte geringschätzig die Schulter und meinte: „Streiten wir uns nicht! Selbst wenn wir so wenige Köpfe zählten, wie Ihr irrigerweise anzunehmen scheint, wären wir euch weit überlegen. Tramps! Was für Leute sind das? Faulenzer, Vagabunden, Landstreicher! Da drinnen aber, hinter der Mauer, stehen namhafte Jäger und Scouts. Ein Einziger von ihnen nimmt mindestens zehn Tramps auf sich. Wären wir auch nur zwanzig Westmänner beisammen und ihr wagtet es, die Gefangenen zu töten, so würden wir wochen- und monatelang auf eurer Fährte bleiben, um euch bis auf den letzten Mann auszurotten. Das wisst ihr genau und darum werdet ihr euch hüten, diesen drei Personen auch nur ein Haar zu krümmen."

Old Firehand hatte diese Worte drohend und so zuversichtlich gesprochen, dass der Cornel den Blick unwillkürlich zu Boden senkte. Brinkley wusste, dass der Jäger ganz der Mann war, seine Worte zur Tat zu machen. Es war schon oft da gewesen, dass ein einziger Mann eine ganze Bande verfolgt hatte, um sich zu rächen, und dass nach und nach alle seiner sicheren Büchse erlegen waren. Und wenn irgendeinem Menschen, so war es gerade diesem Old Firehand zuzutrauen, dieses Heldenstück nachzumachen. Doch hütete sich der Tramp gar wohl, dies zuzugeben. Er hob den Blick, bohrte ihn höhnisch in das Auge des Jägers und sagte: „Warten wir es ab! Wäret Ihr Eurer Sache so sicher, so ständet Ihr nicht hier. Nur die Besorgnis kann Euch zu mir herausgetrieben haben."

„Schwatzt nicht solches Zeug! Ich habe mich bereit finden lassen, mit Euch, gerade nur mit Euch zu sprechen, aber nicht aus Angst, sondern um mir Euer Gesicht und Eure Stimme noch einmal genau einzuprägen. Das ist der Grund. Jetzt seid Ihr meinem Gedächtnis so sicher einverleibt, dass wir uns trennen können. Wir sind fertig miteinander."

„Noch nicht, Sir! Ich habe Euch einen neuen Vorschlag zu machen. Wir wollen nämlich von der Besetzung der Farm absehen."

„Ach, sehr gnädig! Und was weiter?"

„Ihr gebt uns unsre Pferde, die ihr eingefangen habt, zurück, dann liefert ihr uns die nötigen Rinder aus, damit wir uns Fleischvorrat machen können, und endlich zahlt ihr zwanzigtausend Dollar. So viel wird auf der Farm vorhanden sein."

„Nur das? Weiter nichts? Sehr schön! Und was bietet Ihr dafür?"

„Wir liefern Euch die Gefangenen aus und ziehen ab, nachdem Ihr uns Euer Ehrenwort gegeben habt, dass Ihr Euch fortan gegen jeden von uns aller Feindseligkeit enthalten werdet. Jetzt wisst Ihr, was ich will, und ich bitte mir Eure Entscheidung aus. Wir haben bereits zu lange unnütz geschwatzt."

Brinkley sagte das in einem Ton, als hätte er das größte sittliche Recht zu seiner Forderung. Old Firehand zog seinen Revolver und erwiderte mit einem unbeschreiblich verächtlichen Lächeln: „Ja, geschwatzt habt Ihr genug und deshalb trollt Euch augenblicklich, sonst erhaltet Ihr eine Kugel in den Kopf!"

„Wie? Ist das..."

„Fort! Augenblicklich!", unterbrach ihn der Jäger mit erhobener Stimme, während er den Lauf der Waffe auf ihn richtete. „Eins – zwei..."

Der Tramp zog es vor, die ‚drei' nicht abzuwarten. Er stieß einen drohenden Fluch aus und schritt schnell davon. Der Jäger blickte ihm nach, bis er sicher war, nicht etwa hinterrücks von ihm beschossen zu werden. Dann kehrte er in die Farm zurück, von wo aus man die Zusammenkunft aufmerksam beobachtet hatte. Dort erstattete er einen kurzen Bericht über die seltsame Unterredung.

„Ihr habt sehr richtig gehandelt, Sir", erklärte der Engländer. „Solchen Schurken darf man keinesfalls auch nur das geringste Zugeständnis machen. Sie haben Angst und werden es unterlassen, sich an den Gefangenen zu vergreifen. Was, denkt Ihr, werden sie nun beginnen?"

„Hm!", überlegte der Hüne. „Die Sonne ist im Untergehen. Ich vermute, sie warten, bis es finster geworden ist, um dann doch noch den Versuch zu machen, über die Mauer zu kommen. Gelingt ihnen das nicht, nun, so bleiben ihnen immer noch die Gefangenen für einen weiteren Erpressungsversuch."

„Sollten sie wirklich noch einen Angriff wagen?"

„Wahrscheinlich. Sie wissen, dass sie uns an Zahl noch immer vielfach überlegen sind. Wir müssen uns zur Abwehr vorbereiten. Die Vorsicht gebietet uns, die Tramps genau zu beobachten. Sobald es dunkel ist, müssen einige von uns hinaus, um sich an sie anzuschleichen und mich von jeder ihrer Bewegungen zu benachrichtigen."

Die Sonne hatte jetzt den Himmelsrand erreicht und ihre wie flüssiges Gold über die Ebene flutenden Strahlen fielen so auf die Gruppe der Tramps, dass man von der Farm aus jeden Einzelnen deutlich zu erkennen vermochte. Sie trafen keinerlei Vorbereitungen, weder zum Aufbruch noch zum Nachtlager. Daraus war zu schließen, dass sie die Gegend nicht zu verlassen gedachten, aber auch nicht dableiben wollten, wo sie sich jetzt befanden.

Old Firehand ließ Holz an die vier Ecken des Hofes schaffen, auch Kohlen, die in Kansas massenhaft gefunden werden und infolgedessen sehr billig sind, dazu einige Fässer mit Petroleum. Als es völlig dunkel geworden war, wurden die Tante Droll, der Humply-Bill und der Gunstick-Uncle als Kundschafter hinausgeschickt. Damit sie im Fall einer schleunigen Rückkehr nicht auf das Öffnen des Tores zu warten brauchten, wobei sie von den Feinden gefasst werden konnten, wurden an einigen Stellen der Mauer Lassos befestigt und draußen herabgelassen, an denen sie sich schnell empor- und in den Hof schwingen konnten. Dann tauchte man Holzscheite in Petroleum, brannte sie an und warf sie durch die Schießscharten hinaus. Nachdem noch mehr Holz und Kohlen darauf geschichtet waren, loderten an den Außenecken vier Feuer, wodurch die Mauerseiten und das vor ihnen liegende Gelände so hell erleuchtet wurden, dass man die Annäherung jedes einzelnen Tramps leicht bemerken konnte. Die Flammen wurden durch die Schießscharten nach Bedarf laufend gespeist, wobei man sich nicht den Kugeln der Feinde auszusetzen brauchte.

Nun verging weit über eine Stunde und nichts schien sich draußen zu regen. Da kam der Gunstick-Uncle über die Mauer geturnt. Er suchte Old Firehand auf und meldete in seiner seltsamen Weise: „Die Tramps sind von den Bäumen fort – nach einem völlig andern Ort."

„Dachte es mir. Und wohin?", fragte der Jäger, über den Reim lächelnd.

Der Uncle deutete nach der Ecke, rechts vom Tor, und

erwiderte in unerschütterlichem Ernst: „Da draußen im Gesträuch am Fluss – man sie von jetzt an suchen muss."

„So nahe haben sie sich herangewagt! Aber da hätte man doch ihre Pferde hören müssen?"

„Die trieb man weislich unterdessen – auf die Prärie, um Gras zu fressen. – Doch kenne ich die Stelle nicht – es fehlte mir das Lampenlicht."

„Und wo sind Bill und Droll?"

„Die wollten hinterher sich machen – um die Halunken zu bewachen."

„Schön! Ich muss die Stelle genau wissen, wo die Tramps liegen. Seid also so gut, Euch wieder zu den beiden zu gesellen! Sobald sich die Kerle fest gelagert haben, soll man es mir melden. Sie glauben wahrscheinlich, klug zu handeln, sind aber in eine Falle gegangen, die wir nur zu schließen brauchen."

Der Uncle entfernte sich. Castlepool, der die Unterredung mit angehört hatte, fragte, welche Falle Old Firehand meinte, und der Jäger entgegnete: „Der Feind befindet sich dort am Fluss. Er hat hinter sich das Wasser und vor sich die Mauer. Wenn wir die beiden andern Seiten abriegeln, haben wir sie fest."

„Richtig! Aber wie wollt Ihr diese Abriegelung vornehmen?"

„Indem ich die Indianer holen lasse. Sie müssen sich vom Süden heranschleichen, wir aber greifen im Norden an."

„So wollt Ihr die Mauer ohne Bemannung lassen?"

„Nein, die Knechte bleiben hier; sie werden genügen. Wir wären allerdings schlimm daran, wenn die Tramps dann auf den klugen Gedanken kämen, sich auf die Mauer zu werfen. Aber ich traue ihnen die Schlauheit nicht zu, anzunehmen, wir könnten so verwegen sein, gerade diesen Hauptverteidigungspunkt preiszugeben. Auch werde ich erkunden lassen, wo ihre Pferde stecken. Erfahren wir das, so sind die wenigen Wächter jedenfalls nicht schwer zu überwältigen. Befinden wir uns im Besitz der Pferde, dann sind die Kerle verloren, denn wir können diejenigen, die uns heute Abend noch entkommen, am Tag verfolgen, einholen und aufreiben."

Jetzt musste der Lord mit dem alten Blenter hinaus, um nach den Pferden zu suchen. Darauf wurden zwei Knechte, die die Gegend genau kannten, zu dem Osagenhäuptling geschickt, um ihm eine ausführliche Weisung zu überbringen. Vor der Wiederkehr dieser Leute konnte nichts unternommen werden.

Es verging lange Zeit, bis sich einer von ihnen wieder sehen ließ. Endlich kamen die Knechte zurück. Sie hatten die Indianer gefunden und herbeigeführt. Die Roten lagen nur einige hundert Schritt von den Tramps entfernt am Fluss und waren bereit, beim ersten Schuss loszustürmen. Und nun kehrte auch Droll mit Bill und dem Uncle zurück.

„Alle drei?", fragte Old Firehand missbilligend. „Es hätte wenigstens einer noch draußen bleiben sollen."

„Ich wüsste nicht, weshalb, wenn's nötig ist", entgegnete Droll, wieder einmal in seine altgewohnte Redensart verfallend.

„Um die Tramps weiter zu beobachten, natürlich!"

„Ist überflüssig! Ich weiß, woran ich bin. Habe mich so nahe an sie herangeschlichen, dass ich genug hören konnte. Sie ärgern sich riesig über unsre Feuer, die einen Überfall unmöglich machen, und wollen abwarten, wie lange Holz und Kohlen bei uns reichen. Sie hegen die Ansicht, nach einigen Stunden müsse der Vorrat zu Ende sein. Dann wollen sie losbrechen."

„Das ist ja vorteilhaft für uns, denn so bekommen wir Zeit, die Falle zuzuklappen."

„Welche Falle?"

Old Firehand erkärte ihm, was er vorhatte. – „Das ist herrlich, hihihihi!", kicherte Droll halblaut vor sich hin, wie er zu tun pflegte, wenn irgendetwas ihm gute Laune machte. „Das wird und muss gelingen. Die Kerle meinen nämlich, wir suchen sie noch immer draußen unter den Bäumen. Aber, Sir, es gibt dabei etwas zu bedenken, was von großer Bedeutung ist."

„Was?"

„Die Lage der Gefangenen. Ich befürchte, dass man sie töten wird, sobald wir die Feindseligkeiten beginnen."

„Meint Ihr, dass ich mir das nicht auch schon überlegt habe? Wir werden uns anschleichen und drei von uns müssen, wenn wir losbrechen, sofort ihre Hände über die beiden Männer und das Mädchen halten. Sind sie gefesselt?"

„Ja, aber nicht schwer."

„Nun, so müssen sie schnell von ihren Banden befreit werden und dann..."

„...und dann ins Wasser mit ihnen", fiel Droll ein.

„Ins Wasser?", fragte Old Firehand erstaunt.

„Ja, ins Wasser mit ihnen! Das ist der schönste Streich, den es geben kann. Was werden die Tramps für Gesichter machen! Und wie werden sie sich die Köpfe zerbrechen! Wir werden ihnen übrigens die Gefangenen noch vor dem Überfall entführen."

„Haltet Ihr das für möglich?"

„Nicht nur für möglich, sondern vor allem für notwendig. Während des Kampfes ist es schwer, für die Sicherheit der Gefangenen zu sorgen. Wir müssen sie also schon vorher der Gefahr entziehen. Und das ist gar nicht schwer."

„Nicht? Nun, wie denkt Ihr Euch das? Ich weiß, Ihr seid ein schlauer Fuchs."

„Gehört gar keine große Schlauheit dazu. Denkt doch einmal an den Kanal, der vom Hof aus, da hinter dem Haus, bis zum Fluss geht! Er verläuft unterirdisch und die Tramps haben keine Ahnung von seinem Vorhandensein. Ich habe mich an ihnen vorüber bis an den Fluss geschlichen und erkannte trotz der Dunkelheit den Ort, wo der Kanal mündet, an den großen Steinen, die man dort ins Wasser geworfen hat, um einen kleinen Damm zu bilden, wodurch die Strömung in den Kanal geleitet wird. Und, denkt euch,

Mesch'schurs, gerade bei dieser Mündung lagern die Tramps. Sie haben am Ufer einen Halbkreis gebildet, in dessen Innern sich die Gefangenen befinden. Sie glauben, die drei dadurch ganz sicher zu haben, und doch ist es gerade dieser Umstand, der es uns möglich macht, sie ihnen zu entführen."

„Ah, ich beginne zu verstehen!", meinte Old Firehand. „Ihr wollt im Hof in den Kanal hinab und ihm bis zum Fluss folgen?"

„Ja. Ich freilich nicht allein. Es müssen noch zwei mit, damit auf jeden Gefangenen ein Retter kommt."

„Hm! Dieser Gedanke ist vortrefflich. Wir wollen uns mal erkundigen, ob der Kanal wirklich gangbar ist."

Old Firehand befragte einige Knechte und erfuhr zu seiner Freude, dass der Kanal frei von Schlamm sei und keine schlechte Luft enthalte. Man könne ihn gut beschreiten und – was ein besonders glücklicher Umstand war – es sei an der Mündung ein kleines Boot verborgen, das drei Mann fasse. Dieses Boot sei dort stets versteckt, damit es nicht von Indianern oder sonstigen Fremden gestohlen werde.

Der Plan der listigen Tante wurde nun eingehend besprochen und man kam darin überein, dass er von Droll, dem Humply-Bill und dem Gunstick-Uncle ausgeführt werden solle.

Als man so weit war, kehrten Blenter und Castlepool zurück. Sie hatten einen beträchtlichen Umkreis abgesucht, leider aber die Pferde nicht gefunden. Die Tramps waren so klug gewesen, die Tiere möglichst weit von der Farm zu entfernen.

Droll, Bill und der Uncle stiegen in den Kanal hinab, wobei ihnen eine Laterne mitgegeben wurde. Es zeigte sich, dass das Wasser den Männern nur bis an die Brust reichte. Sie nahmen die Gewehre auf die Schulter und befestigten sich die Messer, Revolver und Munitionsbeutel am Hals. Der lange Gunstick-Uncle ging mit der Laterne voran. Als sie im Kanal verschwunden waren, brach Old Firehand mit seinen Leuten auf.

Er ließ das Tor leise öffnen und dann nur wieder anlehnen, damit er es nötigenfalls gleich offen fand. Doch blieb ein Knecht zurück, um zu wachen und es sofort zu schließen, falls die Tramps sich nähern sollten. Die andern Knechte und auch die Mägde standen an der Mauer, die die Farm nach dem Fluss hin abschirmte, bereit, einen Angriff gegebenenfalls nach Kräften abzuwehren.

Die Rafters schlugen unter Old Firehands Führung zunächst einen Bogen nach Norden, um vom Schein des Feuers nicht getroffen zu werden. Dann, als sie den Fluss erreichten, kehrten sie am Ufer kriechend nach Süden zurück, bis sie annehmen konnten, dass sie die Tramps ziemlich erreicht hatten. Old Firehand kroch allein noch weiter, bis sein scharfes Auge trotz der Dunkelheit den Halbkreis der lagernden Strolche bemerkte. Nun wusste er, wohin der Angriff zu richten sei, und suchte wieder seine Leute auf, um auf das Zeichen zu warten, das mit den drei Befreiern der Gefangenen verabredet worden war.

Die drei hatten inzwischen den Kanal durchschritten, dessen Wasser glücklicherweise nicht sonderlich kalt war. Unweit der Mündung, noch im Innern des Kanals, entdeckte man das kleine Boot, das an einem Eisenhaken befestigt war. Zwei Ruder lagen darin. Der Uncle löschte die Laterne aus und hängte sie an den Haken. Dann gebot Droll den beiden andern, hier zu warten. Er wollte zunächst Umschau halten. Es dauerte über eine Viertelstunde, bis er zurückkehrte.

„Nun?“, fragte der Humply-Bill gespannt. – „Es war keine leichte Aufgabe“, erklärte die Tante. „Das Wasser ist uns nicht hinderlich, da es draußen auch nicht tiefer ist als hier. Aber die Finsternis, die zwischen den Büschen und Bäumen herrscht, machte mir zu schaffen. Es war gar nichts zu sehen und ich musste mich geradezu mit den Händen fortgreifen.“ – „Man muss doch, wenn man gegen unsre Feuer blickt, ziemlich deutlich sehen können!“ – „Nicht vom Wasser, sondern vom Ufer aus, da das Wasser tiefer liegt.

Also die Tramps lagern in einem Halbkreis, dessen Sehne der Fluss bildet, und innerhalb dieses Halbkreises, gar nicht weit vom Wasser, befinden sich die Gefangenen. Als Wächter hockt einer der Tramps bei ihnen, der sie scharf beobachtet. Der muss ausgelöscht werden. Wird nicht schade sein um den Kerl." – „So habt Ihr einen Plan?" – „Ja, die Gefangenen brauchen nicht ins Wasser zu gehen. Wir schaffen das Boot zur Stelle." – „Das wird man sehen, da sich seine Umrisse von den schimmernden Wellen abheben." – „Hat sich ein Schimmern! Von dem gestrigen Regen ist das Wasser so getrübt, dass es, besonders unter den Bäumen am Ufer, gar nicht vom festen Erdboden zu unterscheiden ist. Also wir schaffen das Boot hin und binden es an. Ihr bleibt bei ihm im Wasser stehen und ich gehe allein ans Land, um dem Wächter das Messer zu geben und den Gefangenen die Bande zu lösen. Ich bringe sie euch, sie rudern in den Kanal, wo sie sicher sind, und wir setzen uns dann ganz gemütlich an die Stelle, wo die Gefangenen gesessen haben. Geben wir dann das Zeichen, den Geierschrei, so wird der Tanz sofort beginnen. Einverstanden?" – „*Well*, es kann nicht besser gemacht werden." – „Und Ihr, Uncle?" – „Genauso, wie Ihr's ausgedacht – wird das famose Werk vollbracht", erwiderte der Lange in seiner poetischen Weise. – „Schön, also vorwärts!"

Sie banden das Boot los und schoben es aus dem Kanal in den Fluss. Droll machte den Führer. Sich immer hart am Ufer haltend, bewegten sie sich langsam und vorsichtig weiter, bis er anhielt. Die beiden andern bemerkten, dass er das Fahrzeug anband. „Wir sind an Ort und Stelle", raunte er ihnen zu. „Jetzt warten, bis ich wiederkomme!"

Das Ufer war hier nicht hoch. Er kroch leise hinauf. Jenseits der Büsche brannten an den beiden Mauerecken die Feuer, gegen die sich alle Gegenstände zwischen den Büschen und Flammen in leidlich erkennbaren Umrissen abhoben. Höchstens zehn Schritt vom Ufer entfernt saßen vier Personen, die Gefangenen mit ihrem Wächter. Weiter zurück sah der Dicke die Tramps in allen möglichen Stellungen ruhen. Er kroch, ohne das Gewehr wegzulegen, weiter, bis er sich hinter dem Wächter befand. Nun erst legte er die Büchse weg und griff zum Messer. Der Tramp musste sterben, ohne einen Laut ausstoßen zu können. Droll zog die Knie unter dem Leib heran, schnellte sich rasch auf, ergriff den Mann mit der Linken von hinten fest bei der Kehle und stieß ihm mit der Rechten die Klinge kunstgerecht in den Rücken, dass sie das Herz durchschnitt. Rasch wieder niedersinkend zog er den Tramp neben sich auf den Boden. Das war so blitzschnell vor sich gegangen, dass es die Gefangenen gar nicht bemerkt hatten. Erst nach einiger Zeit sagte das Mädchen: „Pa, unser Wächter ist ja fort!"

„So? Ah, ja! Das wundert mich. Aber bleib still sitzen. Jedenfalls will er uns auf die Probe stellen."

„Leise, leise!", flüsterte Droll ihnen zu. „Niemand darf einen Laut hören. Der Wächter liegt erstochen hier im Gras. Ich bin gekommen, euch zu retten."

„Retten? *Heavens!* Unmöglich! Ihr seid der Wächter selbst!"

„Nein, Sir, ich bin Euer Freund. Ihr kennt mich vom Arkansas her: Droll, den sie die Tante nennen."

„Mein Gott! Die Tante?"

„Leiser, leiser, Sir! Old Firehand ist auch da und noch viele andre. Die Tramps wollten die Farm plündern; wir aber haben sie zurückgeschlagen. Wir sahen, dass sie euch ergriffen, und ich habe mich mit zwei tüchtigen Boys hergeschlichen, um euch zunächst herauszuholen. Und wenn ihr mir noch nicht traut, da ihr mein Gesicht nicht sehen könnt, so will ich euch die Wahrheit meiner Worte beweisen, indem ich euch losbinde. Gebt eure Fesseln her!"

Einige Schnitte mit dem Messer und die drei befanden sich wieder im freien Gebrauch der Glieder. „Jetzt leise hinunter in den Kahn!", flüsterte Droll. „Wir sind durch den Kanal gekommen und haben das Boot mitgebracht. Ihr steigt mit der Miss hinein und flüchtet in den Kanal, den ihr ja kennt, Mr. Butler, um zu warten, bis der Tanz vorüber ist." – „Der Tanz? Welcher Tanz?" – „Der Überfall, der sogleich beginnen soll. Hier auf dieser Seite haben die Tramps den Fluss und gegenüber die Mauer, zwei Hindernisse, die sie am Ausreißen hindern. Rechts von uns hält Old Firehand mit einigen Rafters und Jägern und links wartet der Osagenhäuptling Gute Sonne mit einer Schar Roter auf mein Zeichen zum Angriff." – „Ah! So ist das? Und da sollen wir uns im Boot in Sicherheit bringen? Glaubt ihr den wirklich, dass mein Schwager und ich solche Memmen sind, die Hände in den Schoss zu legen, während ihr andern für uns euer Leben wagt? Nein, Sir, da irrt Ihr Euch!" – „Hm, schön! Ist mir lieb zu hören. Das gibt zwei Männer mehr für uns. Aber die kleine Miss darf nicht da bleiben, wo die Kugeln fliegen." – „Allerdings. Habt die Güte, sie im Boot in den Kanal zu bringen! Wie aber steht es mit den Waffen? Könnt Ihr uns nicht wenigstens einen Revolver, ein Messer ablassen?" – „Was wir haben, brauchen wir selber, Sir. Aber hier liegt der Wächter, dessen Bewaffnung für einen von euch hinreicht. Für den andern werde ich dadurch sorgen, dass ich mich gleich an einen Tramp schleiche, um ihm – pst, still, da kommt gerade einer! Jedenfalls einer der Anführer, der sich überzeugen will, ob ihr gut bewacht werdet. Lasst mich nur machen!"

Gegen das Feuer blickend, sah man einen Mann, der die Stellung der Tramps abschritt, um nachzusehen, ob alles in Ordnung sei. Er kam langsam herbei, blieb vor den Gefangenen stehen und fragte: „Nun, Collins, ist etwas vorgekommen?"

„Nein", antwortete Droll, der die Rolle des Wächters spielte.

„*Well!* Halte die Augen offen! Es gilt deinen Kopf, wenn du nicht aufpasst. Verstanden?"

„*Yes.* Mein Kopf sitzt jedenfalls fester als der deinige. Nimm dich in Acht!"

Droll bediente sich absichtlich dieser drohenden Worte und sprach sie ebenso absichtlich mit unverstellter Stimme aus, denn der Mann sollte sich zu ihm niederbücken. Sein Zweck wurde erreicht. Der Tramp trat einen Schritt näher, beugte tief den Oberkörper und fragte: „Was fällt dir ein! Wie meinst du das? Wessen Stimme ist das? Bist du denn nicht Collins, den ich…“

Der Tramp konnte nicht weitersprechen, den Droll legte ihm beide Hände wie Eisenklammern um den Hals, riss ihn vollends zu sich nieder und presste ihm die Kehle zusammen. Man hörte ein kurzes Strampeln der Beine; dann wurde es still, bis Droll flüsterte: „So, der hat auch seine Waffen gebracht. War sehr gefällig von ihm.“

„Habt Ihr ihn den fest?“, fragte der Farmer.

„Wie könnt Ihr nur fragen! Er ist ausgelöscht. Nehmt sein Gewehr und alles, was er bei sich hat! Ich werde indessen die kleine Miss zum Boot bringen.“

Droll richtete sich halb auf, nahm Ellen Patterson bei der Hand und geleitete sie unter beruhigendem Zureden ans Wasser, wo er seine wartenden Gefährten von dem Stand der Dinge unterrichtete. Bill und der Uncle brachten das Mädchen in den Kanal, wo sie das Boot festbanden, und wateten dann zurück, um sich zu Droll, Butler und Patterson zu gesellen. Die beiden Befreiten hatten sich inzwischen mit den Waffen der zwei Tramps bewehrt und so meinte Droll: „Jetzt kann’s losgehen. Die Kerle werden natürlich sofort hierher kommen, um sich der Gefangenen zu versichern, und das könnte für uns gefährlich werden. Kriechen wir also zunächst eine Strecke fort, nach rechts hinauf!“

Die fünf bewegten sich vorsichtig am Ufer hin, bis sie einen geeigneten Platz fanden. Dort stellte sich jeder hinter einen Baum, der ihm Deckung gewährte. Sie befanden sich selbst im Dunkeln, hatten aber die Tramps deutlich genug vor sich, um genau zielen zu können. Da legte Droll die Hand an den Mund und ließ ein kurzes, müdes Krächzen hören, wie von einem Raubvogel, der für einen Augenblick aus dem Schlaf erwacht. Dieser in der Prärie häufige Ton konnte den Tramps nicht auffallen. Sie beachteten ihn gar nicht, selbst als er noch einmal wiederholt wurde. Für wenige Augenblicke herrschte tiefe Stille. Dann hörte man plötzlich Old Firehands weithin schallenden Befehl: „Los! Feuer!"

Von rechts her krachten die Büchsen der Rafters, die sich so nahe herangeschlichen hatten, dass jeder seinen Mann aufs Korn nehmen konnte. Darauf ertönte von links das markzerschneidende, schrille Kriegsgeheul der Indianer, die erst einen Pfeilregen auf die Tramps sandten und dann mit den Tomahawks auf sie eindrangen.

„Jetzt auch wir!", gebot Droll. „Erst die Kugeln und dann mit den Kolben drauf!"

Es war eine echte Wildwestszene, die sich nun entwickelte. Die Tramps hatten sich so sicher gefühlt, dass sie der plötzliche Angriff in tiefsten Schreck versetzte. Wie Hasen, über denen die Fänge des Adlers sind, duckten sie sich zunächst entsetzt und widerstandslos zusammen. Dann, als sich die Angreifenden mitten unter ihnen befanden und mit Kolben, Tomahawks, Revolvern und Bowiemessern arbeiteten, wich die augenblickliche Erstarrung von ihnen und sie begannen sich zu wehren. Sie waren nicht im Stande, die Gegner zu zählen. Deren Schar erschien ihnen, von den Feuern nur notdürftig erhellt, im nächtlichen Dunkel doppelt und dreifach größer, als sie wirklich war. Das vermehrte ihre Angst und die Flucht schien der einzige Rettungsweg für sie.

„Fort, fort, zu den Pferden!", hörte man eine Stimme brüllen.

„Das ist der Cornel!", schrie Droll. „Werft euch auf ihn! Lasst ihn nicht entkommen!"

Er eilte auf die Gegend zu, woher der Ruf erklungen war, und andre folgten ihm, doch vergeblich. Der rote Cornel war so schlau gewesen, sich sofort im Gebüsch zu verstecken. Er schlich wie eine Schlange von Strauch zu Strauch und hielt sich dabei immer im tiefen Dunkel, sodass er nicht gesehen werden konnte. Und er war nicht der Einzige, der entwischte.

Die Sieger gaben sich alle Mühe, möglichst wenige entkommen zu lassen, aber die Zahl der Tramps war so gross, dass ihnen, zumal sie sich endlich klugerweise beisammen hielten, der Durchbruch doch gelingen musste. Sie rannten nach Norden davon.

„Immer hinter ihnen drein!“, gebot Old Firehand. „Lasst sie nicht zu Atem kommen!“

Er wollte mit den Tramps zugleich zu ihren Pferden gelangen, aber das erwies sich bald als unmöglich. Je weiter man sich von der Farm entfernte, desto geringer wurde der Schein der brennenden Feuer und man war schließlich von einer solchen Finsternis umgeben, dass man Freund und Feind nicht mehr unterscheiden konnte. Es kam vor, dass zwei der Nachdrängenden aneinander gerieten und das hielt die Verfolgung auf. Old Firehand sah sich gezwungen, zum Sammeln zu rufen. Es dauerte Minuten, bis er seine Leute vereinigen konnte und das gab den Flüchtlingen einen Vorsprung, der unmöglich auszugleichen war. Zwar drangen die Verfolger in der bisherigen Richtung weiter, aber bald hörten sie ein höhnisches Geheul der Tramps und der Hufschlag vieler davonjagender Pferde belehrte sie, dass alle weitere Mühe vergeblich sei.

„Umkehren!“, befahl Old Firehand. „Wollen wenigstens verhindern, dass die Verwundeten sich verstecken, um dann zu entkommen.“

Die Sorge war jedoch überflüssig. Die Indianer hatten sich nicht an der Verfolgung beteiligt. Nach den Skalps der Weißen lüstern, waren sie zurückgeblieben und hatten den Kampfplatz und das anstoßende Gebüsch bis an den Fluss sorgfältig abgesucht, um jeden noch lebenden Tramp zu töten und zu skalpieren.

Als dann beim Schein von Holzbränden die Leichen gezählt wurden, stellte es sich heraus, dass, die schon am Tag Gefallenen mitgerechnet, auf jeden Sieger zwei Besiegte kamen. Trotzdem war die Zahl der Entkommenen noch so bedeutend, dass man sich zu ihrer Flucht beglückwünschen konnte.

Ellen Patterson war selbstverständlich sofort aus ihrem Versteck geholt worden. Das junge Mädchen hatte sich nicht gefürchtet und sich überhaupt vom Augenblick der Gefangennahme an erstaunlich ruhig und besonnen gezeigt. Als Old Firehand dies erfuhr, erklärte er dem Vater: „Ich habe es bisher für sehr gewagt gehalten, Ellen zum Silbersee mitzunehmen. Nun aber habe ich nichts mehr dagegen, denn ich bin überzeugt, dass sie uns keine besondere Sorge machen wird."

Da an eine Rückkehr der Tramps nicht zu denken war, konnte man, wenigstens was die Indianer betraf, den Rest der Nacht der Siegesfreude widmen. Sie erhielten einige Rinder, die sogleich geschlachtet wurden, und bald ging von den Feuern der kräftige Duft des Bratens aus. Später wurde die Beute verteilt. Die Waffen der Gefallenen und auch sonst alles, was sie noch bei sich gehabt hatten, waren den Roten überlassen worden, ein Umstand, der sie mit Freude erfüllte. Lange Reden wurden gehalten, Sieges- und andre Tänze aufgeführt. Erst als der Tag anbrach, nahm der Lärm ein Ende. Der Jubel verstummte und die Roten hüllten sich in ihre Decken, um endlich einzuschlafen.

Anders die Rafters. Glücklicherweise war keiner von ihnen gefallen, doch hatten einige Verwundungen davongetragen. Old Firehand beabsichtigte, mit ihnen bei Tagesanbruch der Spur der Tramps zu folgen, um zu erfahren, wohin sich die Strolche gewendet hatten. Deshalb hatten sich die Rafters schlafen gelegt, um zur rechten Zeit gekräftigt und munter zu sein. Sie fanden dann, dass die Fährte wieder zum Osage Nook führte, und folgten ihr bis dorthin. Aber als sie dort ankamen, war der Platz leer. Old Firehand untersuchte ihn gründlich. Es waren inzwischen neue Scharen von Tramps angekommen. Die Flüchtlinge hatten sich mit ihnen vereinigt und waren dann ohne Verweilen in nördlicher Richtung davongeritten. Sie ahnten nicht, dass Old Firehand ihre weiteren Pläne kannte.

8. Ein Drama auf der Prärie

Über die Prärie schritt langsam und müde ein Fußgänger, eine seltene Erscheinung dort, wo selbst der ärmste Teufel ein Pferd besitzt. Welchem Stand dieser Mann angehörte, das war schwer zu erraten. Sein Anzug war städtisch, aber sehr abgetragen und gab ihm das Aussehen eines friedlichen Menschen, wozu aber die alte, lange Flinte, die er geschultert trug, nicht recht passen wollte. Das Gesicht war bleich und eingefallen, wohl infolge der Entbehrungen, die eine lange Fußwanderung mit sich bringt.

Zuweilen blieb er stehen, wie um auszuruhen, aber die Hoffnung, Menschen zu treffen, trieb ihn immer schnell wieder zu neuer Anstrengung seiner müden Füße. Er musterte wieder und immer wieder vergeblich den Himmelsrand, bis endlich sein Auge froh aufleuchtete – er hatte weit draußen einen Mann erspäht, auch einen Fußgänger, der von rechts her kam, sodass beider Richtungen zusammenstoßen mussten. Das gab seinen Gliedern neue Spannkraft. Er schritt schnell und weit aus und sah bald, dass er von dem andern bemerkt wurde, denn jener blieb stehen, um ihn herankommen zu lassen.

Dieser andre war eigentümlich gekleidet. Er trug einen blauen Frack mit rotem Stehkragen und gelben Knöpfen, rotsamtene Kniehosen und hohe Stiefel mit gelbledernen Stulpen. Um seinen Hals war ein blauseidenes Tuch geschlungen und vorn eine große, breite Doppelschleife geknüpft, die die ganze Brust bedeckte. Den Kopf beschattete ein breitkrempiger Strohhut. An einem um den Nacken gehenden Riemen hing vorn ein Kasten aus poliertem Holz. Der Mann war lang und dürr, das glatt rasierte Gesicht scharf geschnitten und hager. Wer in diese Züge und in die kleinen, listigen Augen blickte, der wusste sofort, dass er einen echten Yankee vor sich hatte, einen von der Sorte, deren Durchtriebenheit sprichwörtlich ist.

Als sich die beiden bis auf Hörweite genähert hatten, lüpfte der Kastenträger leicht seinen Hut und grüßte den andern:

„*Good day*, Kamerad! Woher des Wegs?“ – „Von Kinsley da unten“, gab der Gefragte Bescheid, während er mit der Hand rückwärts deutete. „Und Ihr?“ – „Von überall her. Zuletzt von der Farm, die da hinter mir liegt.“ – „Und wohin wollt Ihr?“ – „Überallhin. Zunächst zu der Farm da vor uns.“ – „Gibt es da eine?“ – „Ja. Wir werden kaum länger als eine halbe Stunde zu gehen brauchen.“ – „Gott sei Dank! Ich hätte es auch nicht länger aushalten können.“

Der Erschöpfte sagte das mit einem tiefen Seufzer. Er war herangekommen und stehen geblieben, wobei man seinen Körper wanken sah.

„Nicht aushalten? Warum?“

„Vor Hunger.“

„Vor Hunger? O weh! Na, wartet, da kann ich helfen. Setzt Euch nieder, hierher auf meinen Kasten! Ihr sollt gleich etwas zwischen die Zähne bekommen.“

Der mit dem blauen Frack stellte den Kasten ab, drückte den Fremden darauf nieder, zog dann aus der Brusttasche seines Fracks zwei riesige Butterbrote hervor, brachte aus der einen Schoßtasche ein großes Stück Schinken zum Vorschein, reichte beides dem Hungrigen und fuhr fort: „Da esst, Kamerad! Es sind nicht eben Leckerbissen, aber für den Hunger wird es ausreichen.“

Der andre griff schnell zu. Er wollte das Brot sofort zum Mund führen; doch besann er sich, hielt in dieser Bewegung inne und meinte: „Ihr seid sehr gütig, Sir, aber diese Sachen sind für Euch bestimmt. Wenn ich sie esse, werdet Ihr selbst hungern müssen.“

„O nein! Ich sage Euch, dass ich auf der nächsten Farm so viel zu essen bekomme, wie mir beliebt.“

„Dann seid Ihr dort bekannt?“

„Nein. Ich war noch nie in dieser Gegend. Aber sprecht jetzt nicht, sondern esst.“

Der Hungrige folgte dieser Aufforderung und der Yankee setzte sich zu ihm ins Gras, sah ihm zu und freute sich darüber, dass die riesigen Bissen so schnell hinter den gesunden Zähnen verschwanden. Als sowohl Brot wie auch Schinken alle waren, fragte er: „Satt seid ihr noch nicht, aber wohl einstweilen befriedigt?" – „Ich bin wie neu geboren, Sir. Glaubt mir, ich bin seit drei Tagen unterwegs, ohne einen Bissen zu essen." – „Ist das denkbar! Von Kinsley bis hierher habt Ihr nichts gegessen? Warum? Konntet Ihr Euch denn nicht Mundvorrat mitnehmen?" – „Nein. Meine Abreise ging zu plötzlich vor sich." – „Ah so! Aber Ihr habt ein Gewehr bei Euch. Da konntet Ihr Euch doch Wild schießen!" – „Oh, Sir, ich bin kein Schütze. Ich treffe eher den Mond als einen Hund, der gerade vor mir sitzt." – „Wozu dann das Gewehr?" – „Um etwaige rote oder weiße Strolche abzuschrecken."

Der Yankee sah ihn forschend an und meinte dann: „Hört, Sir, bei Euch ist irgendetwas nicht in Ordnung. Ihr scheint Euch auf der Flucht zu befinden und doch ein recht ungefährliches Menschenkind zu sein. Wo wollt Ihr denn eigentlich hin?"

„Nach Sheridan an die Eisenbahn."

„So weit noch und ohne Lebensmittel? Ich bin Euch unbekannt, aber wenn man in Not ist, soll man Vertrauen fassen. Sagt mir also, wo Euch der Schuh drückt!"

„Das ist bald gesagt. Ich heiße Keller. Meine Eltern waren Deutsche. Sie kamen aus dem alten Lande herüber, um es hier zu etwas zu bringen, hatten jedoch keinen Erfolg. Auch mir haben keine Rosen geblüht. Ich habe mancherlei gemacht und gearbeitet, bis ich vor zwei Jahren Bahnschreiber wurde. Zuletzt war ich in Kinsley angestellt. Sir, ich bin ein Kerl, der keinen Wurm zertreten kann, aber wenn man allzu sehr beleidigt wird, läuft endlich doch die Galle über. Ich bekam dort mit dem Herausgeber einer Zeitung einen Streit, worauf ein Zweikampf folgte. Denkt Euch, ein Zweikampf mit Gewehren! Und ich habe niemals im Leben so ein Mordwerkzeug in den Händen gehabt! Ein Zweikampf mit Gewehren auf fünfzig Schritt Abstand! Es wurde mir gelb und blau vor den Augen, als ich es nur hörte. Ich will es kurz machen: Die Stunde kam und wir stellten uns auf. Sir, denkt von mir, was Ihr wollt, aber ich bin ein friedfertiger Mann. Schon bei dem Gedanken, dass ich den Gegner töten könnte, überlief mich eine Gänsehaut, so scharf wie ein Reibeisen. Deshalb zielte ich absichtlich mehrere Yards weit daneben. Ich drückte ab, er auch. Die Schüsse gingen los, ich war nicht getroffen, aber meine Kugel war dem Gegner gerade durch das Herz gegangen. Das Gewehr, das gar nicht mir gehörte, festhaltend, rannte ich entsetzt fort. Ich behaupte, dass der Lauf krumm ist. Die Kugel geht volle zwei Yards[1] zu weit nach links. Was aber das Schlimmste war, der Zeitungsmann hatte einen großen und einflussreichen Anhang und das hat hier im Westen gar viel zu bedeuten. Ich musste fliehen und nahm mir nur Zeit, mich kurz von meinem Vorgesetzten zu verabschieden. Er gab mir den Rat, nach Sheridan zu gehen, und händigte mir einen offenen Empfehlungsbrief an den leitenden Ingenieur dieses Ortes ein. Ihr könnt ihn lesen, um Euch zu überzeugen, dass ich die Wahrheit sage.

Dabei zog er ein Schreiben aus der Tasche, öffnete es und gab es dem Yankee. Der las:

‚Liebster Charoy!

Hier sende ich dir Mr. Joseph Keller, meinen bisherigen Schreiber. Er ist von deutscher Abstammung, ein ehrlicher, treuer und fleißiger Kerl, hat aber das Unglück gehabt, im Zweikampf um die Ecke zu schießen und gerade darum seinen Gegner in den Sand zu legen. Er muss deshalb für einige Zeit von hier fort und du tust mir einen Gefallen, wenn du ihn in deinem Geschäftszimmer so lange beschäftigst, bis hier Gras über die Angelegenheit gewachsen ist.

dein

Bent Norton‘

[1] Yard = 91,4 cm

Der Yankee faltete den Brief wieder zusammen, gab ihn dem Eigentümer zurück und meinte, während ein halb spöttisches, halb mitleidiges Lächeln um seine Lippen spielte: „Ich glaube Euren Worten, Mr. Keller, auch ohne dass Ihr mir diesen Brief zu zeigen brauchtet. Wer Euch sieht und sprechen hört, der weiß, dass er einen grundehrlichen Menschen vor sich hat, der gewiss mit Willen kein Wässerlein trübt. Mir geht es geradeso wie Euch. Auch ich bin kein großer Jäger und Schütze vor dem Herrn. Aber so sehr ängstlich wie Ihr wäre ich an Eurer Stelle denn doch nicht gewesen. Ich glaube, Ihr habt Euch ein wenig ins Bockshorn jagen lassen." – „O nein, die Sache war wirklich gefährlich!" – „So seid Ihr überzeugt, dass man Euch verfolgt hat?" – „Gewiss! Deshalb habe ich bisher alle Farmen vermieden, damit man nicht erfahren soll, wohin ich mich gewendet habe." – „Und Ihr seid gewiss, dass Ihr in Sheridan gut aufgenommen werdet und eine Stelle erhaltet?" – „Ja, denn Mr. Norton und Mr. Charoy, der Ingenieur in Sheridan, sind gut befreundet." – „Nun, welches Gehalt gedenkt Ihr dort zu beziehen?"

„Ich hatte jetzt wöchentlich acht Dollar und meine, dass man mich dort ebenso bezahlen wird." – „So! Ich weiß eine Anstellung mit noch einmal so viel, also sechzehn Dollar, und freier Station für Euch." – „Was? Mit sechzehn Dollar und freier Station?", rief der Schreiber erfreut, indem er aufsprang. „Sechzehn Dollar? Das ist ja geradezu zum Reichwerden! Wo ist diese Stelle zu haben?" – „Bei mir." – „Bei – Euch?", klang es enttäuscht zurück. – „Allerdings. Wahrscheinlich traut Ihr mir das nicht zu?" – „Hm! Ich kenne Euch nicht." – „Dem kann gleich abgeholfen werden. Ich bin Magister Doktor Jefferson Hartley, Physician und Farrier meines Berufs." – „Also Menschen- und Rossarzt?" – „Arzt für Menschen und Tiere", nickte der Yankee. „Habt Ihr Lust, so sollt Ihr mein Famulus sein und ich zahle Euch das erwähnte Gehalt." – „Aber ich verstehe doch nichts von der Sache", erklärte Keller bescheiden. – „Ich auch nicht“, gestand der Magister. – „Nicht?“, fragte der andre erstaunt. „Ihr müsst doch Medizin studiert haben?“ – „Fällt mir nicht ein!“ – „Aber, wenn Ihr Magister und auch Doktor seid…!“ – „Das bin ich allerdings! Diese Titel und Würden besitze ich. Das weiß ich am besten, denn ich selbst habe sie verliehen.“ – „Ihr – Ihr selbst?“ – „Freilich! Ich bin offen gegen Euch, weil ich denke, dass Ihr meinen Antrag annehmen werdet. Eigentlich bin ich Schneider; dann wurde ich Friseur, nachher Tanzlehrer. Später gründete ich ein Erziehungsheim für junge Ladys. Als das aufhörte, griff ich zur Ziehharmonika und wurde wandernder Musikant. Seitdem habe ich mich noch in zehn bis zwanzig andren Berufen rühmlichst hervorgetan. Ich habe das Leben und die Menschen kennen gelernt und diese Kenntnis gipfelt in der Erfahrung, dass ein gescheiter Kerl kein Dummkopf sein darf. Die Menschen wollen betrogen sein. Ja, man tut ihnen damit den größten Gefallen und sie sind außerordentlich erkenntlich, wenn man ihnen ein X für ein U vormacht. Besonders muss man ihren Fehlern schmeicheln, ihren geistigen und leiblichen Fehlern und Gebrechen, und deshalb bin ich Arzt geworden. Hier seht Euch einmal meine Apotheke an!“

Der Yankee schloss den Kasten auf und schlug den Deckel zurück. Das Innere bestand aus fünfzig Fächern, die mit rotem Samt ausgeschlagen und mit goldenen Schmucklinien verziert waren. Jedes Fach enthielt ein Fläschchen, das mit einer schön gefärbten Flüssigkeit gefüllt war. Es gab da Flüssigkeiten in allen möglichen Farbtönen.

„Das also ist Eure Apotheke!“, meinte Keller. „Woher bezieht ihr die Heilmittel?“

„Die mache ich mir selbst.“

„Ich denke, Ihr versteht nichts davon!“

„Oh, das verstehe ich schon! Es ist ja kinderleicht. Was Ihr da seht, ist alles weiter nichts als ein klein wenig Farbe und ein bisschen viel Wasser, Aqua genannt. In diesem Wort besteht mein ganzes Latein. Dazu habe ich mir die übrigen

Ausdrücke selbst erdacht. Sie müssen möglichst schön klingen. Und so findet Ihr hier Aufschriften wie: *Aqua salamandra*, *Aqua peloponnesia*, *Aqua chimborassolaria*, *Aqua invocabulataria* und andre. Ihr glaubt gar nicht, welche Kuren ich mit diesen Wassern schon gemacht habe, und ich nehme Euch das gar nicht übel, denn ich glaube es ja selber nicht. Die Hauptsache ist, dass man die Wirkung nicht abwartet, sondern das Geld einstreicht und sich aus dem Staube macht. Die Vereinigten Staaten sind groß. Ehe ich da herumkomme, können viele Jahre vergehen und ich bin inzwischen ein reicher Mann geworden. Das Leben kostet mich nichts, denn überall, wohin ich komme, setzt man mir mehr vor, als ich essen kann, und steckt mir, wenn ich gehe, auch noch die Taschen voll. Vor den Indianern brauche ich mich nicht zu fürchten, weil ich als Medizinmann bei ihnen für unantastbar gelte. Schlagt ein! Wollt Ihr mein Famulus sein?"

„Hm", brummte Keller, während er sich hinter dem Ohr kratzte. „Die Sache kommt mir bedenklich vor. Es ist keine Ehrlichkeit dabei."

„Macht Euch nicht lächerlich! Der Glaube tut alles. Meine Kunden glauben an die Wirkung meiner Heilmittel und werden gesund davon. Ist das Betrug? Versucht es wenigstens einmal! Ihr habt Euch jetzt gestärkt und da die Farm, nach der ich will, an Eurem Wege liegt, so habt Ihr keinen Schaden davon."

„Nun, versuchen will ich es, schon aus Dankbarkeit. Aber ich habe kein Geschick, den Leuten etwas weiszumachen."

„Ist auch nicht nötig. Das besorge ich selbst. Ihr habt nur ehrfurchtsvoll zu schweigen und Eure ganze Arbeit besteht darin, diejenige Flasche aus dem Kasten zu langen, die ich Euch bezeichne. Freilich müsst Ihr es Euch gefallen lassen, dass ich Euch dabei als meinen Diener behandle. Also vorwärts! Brechen wir auf!"

Er hängte sich den Kasten wieder um und dann schritten sie miteinander weiter. Nach einer halben Stunde etwa sahen sie eine Farm von weitem liegen. Sie schien nicht groß zu sein. Nun musste Keller den Kasten tragen, da sich das für den Doktor und Magister nicht schickte.

Das Hauptgebäude der Farm war aus Holz gebaut. Daneben und dahinter lag ein wohlgepflegter Obst- und Gemüsegarten. Die Wirtschaftsgebäude standen in einiger Entfernung vom Wohnhaus. Dort waren drei Pferde angebunden, ein sicheres Zeichen, dass Fremde hier weilten. Sie saßen in der Wohnstube, tranken Hausbier, das der Farmer selbst gebraut hatte, und sahen den Quacksalber mit seinem Famulus kommen.

„*By Jove!*", rief der eine von ihnen. „Sehe ich recht? Den muss ich kennen! Wenn mich nicht alles trügt, so ist das Hartley, der Musikant mit der Harmonika!"

„Ein Bekannter von dir?", fragte der zweite. „Hast du etwas mit ihm gehabt?"

„Freilich. Der Kerl hatte gute Geschäfte gemacht und die Taschen voller Dollar. Also machte ich ebenso gute Geschäfte, indem ich sie ihm des Nachts leerte."

„Weiß er, dass du es warst?"

„Hm, wahrscheinlich. Wie gut, dass ich meine roten Haare gestern wieder geschwärzt habe! Auch das Fehlen der Ohrmuscheln – hm, verdammte Rothäute! – wird mich unkenntlich machen. Nennt mich aber ja nicht Brinkley und auch nicht Cornel! Der Kerl könnte trotz allem unser Geschäft stören!"

Die beiden Ankömmlinge hatten jetzt das Haus erreicht. Die Farmersfrau kam aus dem Stall, begrüßte sie freundlich und fragte nach ihrem Begehr. Als sie hörte, dass sie einen Arzt und dessen Famulus vor sich habe, zeigte sie sich erfreut und ersuchte sie, in die Stube zu treten.

„Mesch'schurs", rief sie hinein, „da kommt ein hochgelehrter Arzt mit seinem Gehilfen. Ich denke, dass euch die Gesellschaft dieser Herren nicht unangenehm sein wird."

„Hochgelehrter Arzt?", brummte der Cornel vor sich hin. „Unverschämter Kerl! Möchte ihm zeigen, was ich von ihm denke!"

Die Eintretenden grüßten und nahmen ohne Umstände an dem Tisch Platz. Der Cornel bemerkte zu seiner Genugtuung, dass er von Hartley nicht erkannt wurde. Er gab sich für einen Fallensteller aus und sagte, er wolle mit seinen beiden Gefährten hinauf in die Berge. Dann entspann sich ein Gespräch, währenddessen die Wirtin am Herdfeuer beschäftigt war. Als das Mittagessen fertig war, trat sie vor das Haus und stieß nach der Sitte jener Gegend in ein Horn, um die Ihrigen herbeizurufen. Daraufhin kamen von den nahe liegenden Feldern der Farmer, ein Sohn, eine Tochter und ein Knecht herbei. Sie reichten den Gästen, besonders dem Arzt, mit aufrichtiger Freundlichkeit die Hand und setzten sich dann zu ihnen, um das Mahl einzunehmen. Es waren einfache, unbefangene Leute, die gegen die *smartness* eines richtigen Yankee nicht aufzukommen vermochten.

Während des Essens verhielt sich der Farmer einsilbig. Dann jedoch brannte er sich eine Pfeife an, legte die Ellbogen auf den Tisch und sagte erwartungsvoll zu Hartley: „Nachher, Doktor, müssen wir wieder aufs Feld. Jetzt aber haben wir ein wenig Zeit, mit Euch zu reden. Vielleicht kann ich Eure Kunst in Anspruch nehmen. In welchen Krankheiten seid Ihr bewandert?“

„Welche Frage!“, erwiderte der Kurpfuscher. „Ich bin Physician und Farrier und heile die Krankheiten aller Menschen und Tiere.“

„*Well*, so seid Ihr der Mann, den ich brauche. Hoffentlich gehört Ihr nicht zu jenen Schwindlern, die als Ärzte umherziehen und alles gewesen sind und alles versprechen, aber nicht studiert haben?“

„Sehe ich etwa aus wie so ein Halunke?“, warf sich Hartley in die Brust. „Hätte ich mein Doktor- und Magisterexamen bestanden, wenn ich nicht ein studierter Mann wäre? Hier sitzt mein Famulus. Fragt Ihn und er wird Euch sagen, dass Tausende und aber Tausende von Menschen, die Tiere gar nicht mitgerechnet, mir Gesundheit und Leben verdanken!“

„Ich glaube es, Sir. Ihr kommt gerade zur richtigen Zeit. Ich habe eine Kuh im Stall stehen. Was das heißt, werdet Ihr wissen. Hier zu Lande kommt eine Kuh nur dann in den Stall, wenn sie schwer krank ist. Sie hat zwei Tage nichts gefressen und hängt den Kopf bis zur Erde herab. Ich gebe sie verloren."

„*Pshaw!* Ich gebe einen Kranken erst dann verloren, wenn er gestorben ist. Der Knecht mag sie mir mal zeigen. Dann sage ich Euch Bescheid."

Hartley ließ sich in den Stall führen, um die Kuh zu untersuchen. Als er zurückkam, zeigte er eine ernste Miene und erklärte: „Es war die höchste Zeit, denn die Kuh wäre bis heute Abend gefallen. Sie hat Bilsenkraut gefressen. Glücklicherweise habe ich ein untrügliches Gegenmittel. Morgen früh wird sie so gesund sein wie zuvor. Bringt mir einen Eimer Wasser und du, Famulus, gib mir einmal das *Aqua sylvestropolia* heraus!"

Keller suchte, nachdem er den Kasten geöffnet hatte, das verlangte Fläschchen, woraus Hartley einige Tropfen in das Wasser goss. Davon sollte der Kuh dreistündlich je eine halbe Gallone gegeben werden. Dann kamen die menschlichen Patienten dran. Die Frau hatte einen beginnenden Kropf und erhielt *Aqua sumatralia*. Der Farmer litt an Rheumatismus und bekam *Aqua sensationia*. Die Tochter war kerngesund, doch wurde sie leicht veranlasst, gegen einige Sommersprossen *Aqua furonia* zu nehmen. Der Knecht hinkte ein wenig, schon seit seinen Knabenjahren, ergriff aber die Gelegenheit, diesen Umstand durch *Aqua ministerialia* zu beseitigen. Zuletzt fragte Hartley auch die drei Fremden, ob er ihnen dienen könne. Der Cornel schüttelte den Kopf. „Danke, Sir! Wir sind gesund. Und fühle ich mich ja einmal unwohl, so helfe ich mir auf schwedische Weise."

„Wieso?"

„Durch Heilgymnastik. Ich lasse mir auf der Ziehharmonika einen flotten Reel vorspielen und tanze so lange danach, bis ich in Schweiß komme. Dieses Mittel ist erprobt. Verstanden?"

Er nickte Hartley dabei bedeutungsvoll zu. Der Heilkünstler schwieg betroffen und wandte sich ab, um den Wirt nach den nächstliegenden Farmen zu fragen. Die nächste lag acht Meilen[1] weit gegen Westen, eine andere fünfzehn Meilen nach Norden. Als der angebliche Magister erklärte, dass er unverzüglich nach der westlichen aufbrechen werde, fragte ihn der Farmer nach den Gebühren. Hartley verlangte fünf Dollar und bekam sie auch gern ausbezahlt. Dann verabschiedete er sich mit seinem Famulus, der sich wieder den Kasten auflud. Als sie sich so weit entfernt hatten, dass sie von der Farm aus nicht mehr gesehen werden konnten, sagte er: „Wir sind westlich gegangen, biegen aber nun nach Norden ein, denn ich denke nicht daran, zur nächstgelegenen Farm zu gehen. Wir suchen die nördliche auf. Die Kuh war so hinfällig, dass sie wohl schon in einer Stunde stirbt. Wenn es dann dem Farmer einfällt, mir nachzureiten, kann es mir schlecht ergehen. Aber ein Mittagessen und fünf Dollar für zehn Tropfen Anilinwasser, ist das nicht einladend? Ich hoffe, Ihr erkennt Euern Vorteil und tretet in meinen Dienst!"

„Die Hoffnung trügt Euch, Sir", widersprach Keller. „Was Ihr mir bietet, ist viel Geld. Dafür aber müsste ich noch viel mehr Lügen machen. Nehmt es mir nicht übel! Ich bin ein ehrlicher Mann und will es auch bleiben. Mein Gewissen verbietet mir, auf Euern Vorschlag einzugehen."

Er sagte das so ernst und fest, dass der Schwindler einsah, alles fernere Zureden sei unnütz. Darum schüttelte er bedauernd den Kopf. „Ich habe es gut mit Euch gemeint. Schade, dass Euer Gewissen so zart ist!"

„Ich danke Gott, dass er mir kein anderes gegeben hat. Hier habt Ihr Euern Kasten zurück. Ich möchte Euch gern erkenntlich sein für das, was Ihr an mir getan habt, aber ich kann nicht."

[1] englische Meile = 1,609 km

„*Well!* Des Menschen Wille ist sein Himmelreich. Deshalb will ich nicht weiter in Euch dringen. Aber wir brauchen uns trotzdem nicht sogleich zu trennen. Bis zur nächsten Farm können wir wenigstens beisammenbleiben."

Der Yankee nahm seinen Kasten wieder an sich und so wanderten sie nebeneinander schweigend weiter und richteten ihr Augenmerk nur nach vorn, bis sie hinter sich Pferdegetrappel vernahmen. Sich umdrehend, erblickten sie die drei Männer, mit denen sie auf der Farm zusammengetroffen waren.

„*Woe to me!*", entfuhr es Hartley. „Das dürfte wohl mir gelten. Diese Kerle wollten doch in die Berge! Warum reiten sie da nicht westlich? Ich traue ihnen nicht. Sie scheinen Strolche zu sein."

Er sollte zu seinem Leidwesen bald erfahren, dass er mit dieser Vermutung das Richtige getroffen hatte. Die Reiter hielten bei den beiden an und der Cornel wendete sich höhnisch an den Quacksalber: „Sir, warum habt Ihr Eure Richtung geändert? Nun wird Euch der Farmer nicht finden."

„Mich finden?", fragte der Yankee harmlos.

„Ja. Als Ihr fort wart, sagte ich ihm offen, was für eine Bewandtnis es mit Euern schönen Titeln hat, und er brach schleunigst auf, um Euch zu folgen und sich sein Geld wiederzuholen. Er reitet zu der Farm, die Ihr angeblich mit Eurer Gegenwart beglücken wolltet. Wir aber waren klüger als er. Wir verstehen es, Fährten zu lesen, und sind der Eurigen gefolgt, um Euch einen Vorschlag zu machen."

„Wüsste nicht, wozu das führen sollte. Ich kenne Euch nicht und habe nichts mit Euch zu schaffen."

„Desto mehr aber wir mit Euch. Ich kenne Euch, den fahrenden Musikanten von einst. Indem wir duldeten, dass Ihr die ehrlichen Farmersleute betrügt, sind wir Eure Mitschuldigen geworden und es ist nur recht und billig, wenn Ihr uns dafür einen Teil des Lohnes auszahlt. Ihr seid zwei und wir sind drei Personen. Also müssen wir drei Fünftel des Betrages fordern. Ihr seht, dass wir gerecht handeln. Solltet Ihr nicht einverstanden sein, so – nun, seht Euch meine Kameraden an!“

Brinkley deutete auf die beiden andern, die jetzt ihre Gewehre auf Hartley richteten. Der sah, dass alle Einwände vergeblich waren. Er freute sich innerlich, so billig davonzukommen. Deshalb zog er drei Dollar aus der Tasche, hielt sie dem Cornel hin und sagte: „Ihr irrt Euch in meiner Person, scheint Euch aber in Verhältnissen zu befinden, die diesen Teil meines wohlverdienten Geldes für Euch nötig machen. Ich will Eure Forderung als Scherz gelten lassen und darauf eingehen. Hier sind die drei Dollar, die nach Eurer eigenen Rechnung auf Euch entfallen.“

„Drei Dollar? Seid Ihr des Teufels?“, lachte der Cornel. „Meint Ihr, dass wir Euch einer solchen Lumperei wegen nachreiten? Nein, nein! Es war nicht nur das heutige Geld gemeint. Wir verlangen unsern Anteil von dem, was ihr bisher überhaupt verdient habt. Ich nehme an, dass Ihr ein erkleckliches Sümmchen bei Euch tragt.“

„Sir, das ist keineswegs der Fall!“, rief Hartley erschrocken.

„Werden sehen! Da Ihr leugnet, muss ich Euch untersuchen. Ich denke, dass Ihr Euch das ruhig gefallen lassen werdet, denn meine Kameraden spaßen mit ihren Büchsen nicht. Das Leben eines armseligen Harmonikaspielers ist für uns keinen Pfifferling wert.“

Der Tramp stieg vom Pferd und trat zu dem Yankee. Der erging sich in allen möglichen Vorstellungen, um das drohende Unheil abzuwenden, doch vergebens. Die Gewehrmündungen starrten ihm so feindselig entgegen, dass er sich in sein Schicksal ergab. Dabei hoffte er im Stillen, dass der Cornel nichts finden werde, da er seine Barschaft gut versteckt glaubte.

Der jetzt schwarz gefärbte Rothaarige untersuchte alle Taschen Hartleys, fand aber nur wenige Dollar. Dann betastete er sorgfältig dessen Anzug, um zu fühlen, ob vielleicht etwas eingenäht sei. Das war ohne Erfolg. Nun glaubte Hartley der Gefahr entgangen zu sein, doch der Cornel war schlau. Er ließ den Kasten öffnen und betrachtete ihn genau.

„Hm!“, meinte er. „Diese samtene Apotheke ist so tief, dass die Fächer nicht bis auf den Boden reichen. Wollen doch mal versuchen, ob sie sich nicht herausnehmen lassen.“

Hartley erbleichte, denn der Gauner befand sich auf der richtigen Spur. Der Cornel fasste mit beiden Händen die Zwischenwände der Fächer und zog. Richtig, die Apotheke ließ sich aus dem Kasten heben und darunter lagen mehrere Papierumschläge. Als er sie öffnete, sah er sie mit Banknoten verschiedenen Wertes gefüllt. „Ah, hier ist der verborgene Schatz!“, lachte er vergnügt. „Habe es mir gedacht. Ein Physician und Farrier verdient ein Heidengeld. Es musste also welches vorhanden sein.“

Er griff zu, um die Scheine einzustecken. Das versetzte den Yankee in Wut. Er warf sich auf ihn, um ihm das Geld zu entreißen. Da krachte ein Schuss. Die Kugel hätte ihn gewiss durchbohrt, wenn er nicht gerade eine schnelle Bewegung gemacht hätte. So traf sie nur den Oberarm, dessen Knochen sie zerschmetterte. Einen Schrei ausstoßend, sank der Verwundete ins Gras.

„Recht so, Halunke!“, rief der Cornel. „Steh wieder auf, oder sag nur ein falsches Wort, so trifft dich die zweite Kugel besser als die erste! Nun wollen wir auch den Master Famulus untersuchen.“

Er schob die Umschläge in die Tasche und trat zu Keller.

„Ich bin nicht sein Famulus. Ich habe ihn erst kurz vor der Farm getroffen“, erklärte Keller ängstlich.

„So? Wer oder was seid Ihr denn?“

Keller beantwortete die Frage der Wahrheit gemäß. Er ließ den Cornel sogar den Empfehlungsbrief lesen, um die Wahrheit seiner Aussage zu beweisen. Brinkley gab ihm das Schreiben zurück und meinte verächtlich: „Ich glaube

Euch. Man sieht es Euch auf den ersten Blick an, dass Ihr ein ehrlicher Kerl seid, aber das Pulver nicht erfunden habt. Lauft immerhin nach Sheridan! Ich mag nichts mit Euch zu tun haben.“ Und sich wieder an den Yankee wendend fuhr er fort: „Ich sprach nur von unserm Anteil. Da du uns aber belogen hast, kannst du dich nicht darüber beklagen, dass wir dir das Ganze abnehmen.“

Hartley gab gute Worte, um wenigstens einen Teil seines Geldes zurückzuerhalten, wurde jedoch nur ausgelacht. Der Cornel stieg wieder zu Pferd und ritt mit seinen Gefährten und dem Raub davon, und zwar nach Norden, wodurch er bewies, dass es gar nicht in seiner Absicht gelegen hatte, sich westwärts in die Berge zu wenden.

Unterwegs besprachen und belachten die Strolche das Abenteuer und kamen überein, das Geld zu teilen, ohne ihren Genossen davon zu erzählen. Als sie nach längerer Zeit einen passenden Ort fanden, von wo aus die Gegend zu übersehen war, wo sie also weder gehört noch beobachtet werden konten, stiegen sie ab, um den Raub zu zählen. Als dann jeder seinen Anteil zu sich gesteckt hatte, meinte einer der beiden Tramps zum Cornel: „Du hättest den andern auch durchsuchen sollen. Es fragt sich, ob er die Wahrheit gesagt hat und wirklich ein Schreiber war. Was stand in dem Brief, den er dir zeigte?“

„Es war ein Empfehlungsschreiben an den Ingenieur Charoy in Sheridan.“

„Was?“, fuhr der Mann auf. „Und das hast du ihm wiedergegeben?“

„Ja. Was hätte dieser Wisch uns nützen können?“

„Das fragst du noch? Sehr viel sogar! Es liegt doch klar auf der Hand, dass dieser Brief der Ausführung unsres Planes ungeheuer förderlich gewesen wäre. Wir haben unsre Leute zurückgelassen, um uns zunächst die Gelegenheit heimlich zu betrachten. Wir müssen die Örtlichkeit kennen lernen und auch die Kassenverhältnisse. Das ist umso schwieriger, als wir uns dabei nicht sehen lassen wollen.

Hätten wir aber diesem Mann den Brief abgenommen; so konnte einer von uns nach Sheridan gehen und sich für diesen Schreiber ausgeben. Er wäre gewiss im Geschäftszimmer beschäftigt worden, hätte Einblick in die Bücher erhalten und wäre wohl schon am ersten oder zweiten Tag im Stande gewesen, uns jede notwendige Auskunft zu erteilen."

„Donnerwetter!", rief der Cornel. „Das ist wahr. Wie ist's nur möglich, dass ich nicht auf diesen Gedanken gekommen bin? Gerade du bist mit der Feder bewandert und hättest die Rolle übernehmen können."

„Und ich hätte sie wohl auch richtig durchgeführt. Damit wären alle Schwierigkeiten beseitigt gewesen. Sollte es nicht noch Zeit sein, das Versäumnis nachzuholen?"

„Gewiss. Natürlich ist's noch Zeit. Wir wissen ja, wohin die beiden wollen. Der Weg ist ihnen von dem Farmer angedeutet worden und führt hier vorüber. Wir brauchen also nur zu warten, bis sie kommen."

„Richtig. Tun wir das! Aber es genügt nicht, dem Schreiber den Brief abzunehmen. Er würde dann immer noch nach Sheridan gehen und uns alles verderben. Wir müssen ihn und den Quacksalber daran hindern."

„Stimmt. Wir schießen jedem eine Kugel in den Kopf und scharren sie ein. Du verfügst dich dann mit dem Brief nach Sheridan, suchst alles Nötige zu erfahren und gibst uns Nachricht davon."

„Aber wo und wie?"

„Wir zwei reiten zurück und holen die andern. Du wirst uns später in der Gegend finden, wo die Bahn über den Eagle Tail geht. Genau können wir die Stelle vorher nicht bestimmen. Ich werde Vorposten in der Richtung nach Sheridan aufstellen, auf die du unbedingt treffen musst."

„Schön! Aber wenn nun mein Weggehen auffällt und Verdacht erweckt?"

„Hm, darauf müssen wir uns freilich gefasst machen. Oder nein, wir können es vermeiden, indem du Dugby mitnimmst. Du gibst an, ihn unterwegs getroffen zu haben, und er sagt, er suche am Bahnbau Beschäftigung."

„Vortrefflich!", stimmte der zweite Tramp bei. „Arbeit werde ich bekommen und wenn nicht, so ist es mir umso lieber, weil ich dann Zeit habe, die Botschaft zum Eagle Tail zu bringen."

Der Plan wurde noch weiter besprochen und die Ausführung beschlossen. Dann warteten die drei auf die Annäherung des Quacksalbers und seines Gefährten. Aber es vergingen Stunden, ohne dass die zwei sich blicken ließen. Es war anzunehmen, dass sie ihre ursprüngliche Richtung geändert hatten, um nicht etwa abermals mit den drei Tramps zusammenzutreffen. Die Wegelagerer fassten daher den Entschluss, zurückzureiten und der neuen Spur zu folgen.

Was nun die beiden Männer betrifft, die von dieser neuen Gefahr bedroht wurden, so hatte sich der Yankee zunächst von dem Schreiber notdürftig verbinden lassen. Der Oberarm war schwer verletzt und es stellte sich für den Verwundeten die Notwendigkeit heraus, einen Ort aufzusuchen, wo er wenigstens für die ersten Tage Pflege finden konnte. Das war die Farm, der sie sich ursprünglich zuwenden wollten. Da aber die Tramps diese Richtung eingeschlagen hatten, meinte der Yankee: „Wollen wir ihnen nochmals in die Hände laufen? Wir müssen gewärtig sein, dass sie bedauern, uns nicht unschädlich gemacht zu haben, und das Versäumte nachholen. Mein Geld haben sie, aber mein Leben möchte ich ihnen nicht auch noch hinterdrein tragen. Suchen wir uns also eine andre Farm!"

„Wer weiß, wann wir eine finden", sagte Keller. „Werdet Ihr eine lange Wanderung aushalten?"

„Ich denke schon. Bin ein kräftiger Kerl, sodass wir wohl an Ort und Stelle sein werden, bevor das Wundfieber eintritt. Auf alle Fälle hoffe ich, dass Ihr mich nicht vorher verlasst."

„Gewiss nicht. Solltet Ihr unterwegs liegen bleiben, so

hole ich Hilfe. Nun wollen wir aber keine Zeit verlieren. Wohin wenden wir uns?"

„Nach Norden, wie vorher, nur etwas weiter rechts. Der Himmelsrand ist dort dunkel: Es scheint da also Wald oder Busch zu geben und wo Bäume sind, da ist auch Wasser, das ich zur Kühlung meiner Wunde nötig brauche."

Keller nahm den Kasten auf und die beiden verließen die Unglücksstelle. Die Vermutung des Yankee bewahrheitete sich. Sie gelangten nach einiger Zeit in eine Gegend, wo es zwischen grünem Buschwerk ein Wasser gab, an dem der erste Verband erneuert wurde. Hartley schüttete alle seine gefärbten Tropfen weg und füllte die kleinen Flaschen mit reinem Wasser, um unterwegs den Verband nach Bedarf befeuchten zu können. Dann brachen sie wieder auf.

Sie kamen über eine Prärie von so kurzem Gras, dass die Fußspuren kaum zu erkennen waren. Es gehörte das Auge eines erfahrenen Westmannes dazu, um zu bestimmen, ob die Fährte von einem oder zwei Menschen verursacht worden sei. Nach längerer Zeit sahen sie den Rand des Blickfeldes wieder dunkel vor sich liegen, ein Zeichen, dass sie sich abermals einer waldigen Stelle näherten. Als sich der Yankee jetzt einmal umdrehte, erblickte er hinter sich mehrere Punkte, die sich bewegten. Es waren ihrer drei und so kam ihm sofort die Überzeugung, dass die Räuber umgekehrt seien. Es galt also das Leben. Ein anderer hätte den Schreiber auf die Verfolger aufmerksam gemacht; Hartley aber tat das nicht. Er setzte den Marsch mit verdoppelter Schnelligkeit fort und als Keller sich über die plötzliche Eile wunderte, schützte er Wundschmerzen vor.

Reiter kann man natürlich auf weitere Entfernung sehen als Fußgänger. Die Entfernung der Reiter war so groß, dass Hartley annehmen konnte, er und sein Begleiter seien von den Tramps noch nicht bemerkt worden. Hierauf gründete er den Plan zu seiner Rettung. Es sagte sich, dass Widerstand vergeblich sein werde. Wurden sie ereilt, so waren sie beide verloren. Höchstens war für einen von ihnen die

Möglichkeit vorhanden, sich zu retten. Dann aber musste der andre geopfert werden und dieser andre sollte natürlich der Schreiber sein. Er durfte deshalb nicht erfahren, welche Gefahr ihm drohte, und so schwieg der schlaue Yankee.

Wortlos marschierten sie weiter, bis sie das Gehölz erreichten, das aus dichtem Buschwerk bestand, worüber sich die Wipfel von einzelnen Hickorys, Eichen, Walnussbäumen und Wasserulmen erhoben. Das Wäldchen war nicht tief, zog sich aber weit nach rechts hinüber. Als sie es durchschritten hatten und den jenseitigen Rand erreichten, blieb der Yankee stehen und sagte: „Mr. Keller, ich habe es mir überlegt, wie beschwerlich ich Euch falle. Ihr wollt nach Sheridan und seid meinetwegen vom geraden Weg abgewichen. Wer weiß, ob und wann wir in der jetzigen Richtung eine Farm finden. Da könnt Ihr Euch tagelang mit mir herumquälen, während es doch ein einfaches Mittel gibt, diese Aufopferung unnötig zu machen.“ – „So, welches denn?“, fragte Keller ahnungslos. – „Ihr geht in Gottes Namen weiter und ich kehre zu der Farm zurück, von der ich kam, ehe ich Euch heute traf.“ – „Das kann ich nicht zugeben. Es ist zu weit.“ – „Ganz und gar nicht. Ich bin erst westlich gegangen und dann mit Euch gerade nördlich, also im rechten Winkel. Wenn ich ihn nun abschneide, habe ich von hier aus nicht ganz drei Stunden zu laufen und so lange halte ich es aus.“ – „Meint Ihr? Nun gut! Aber ich gehe mit. Ich habe versprochen, Euch nicht zu verlassen.“ – „Und ich muss Euch dieses Versprechens entbinden, da ich Euch nicht in Gefahr bringen darf. Die Pflanzersfrau ist nämlich, wie sie mir erzählte, die Schwester des Sheriffs von Kinsley. Werdet Ihr von dort aus verfolgt, so ist hundert gegen eins zu wetten, dass der Sheriff auf dieser Farm vorspricht. Ihr würdet ihm also gerade in die Hände laufen.“ – „Das werde ich freilich bleiben lassen“, meinte Keller erschrocken. „Wollt Ihr denn wirklich hin?“ – „Ja, es ist das Beste für mich und auch für Euch.“

Der Yankee stellte Keller die Vorteile dieses Entschlusses so eindringlich vor, dass der Schreiber endlich in die Trennung willigte. Hartley nahm ihm den Kasten ab. Sie schüttelten sich die Hände, sprachen einander gegenseitig die besten Wünsche aus und trennten sich dann. Keller ging weiter, auf die offene Prärie hinaus. Hartley sah ihm nach und beeilte sich dann, sich ein geeignetes Versteck zu suchen.

Er war kein Jäger oder Fallensteller. Dennoch wusste er, dass er keine Fährte zurücklassen durfte, und er hatte auch zuweilen gehört, wie man es machen müsse, um eine Spur zu verwischen. Während er in die Büsche eindrang, suchte er sich solche Stellen aus, die keine Fußeindrücke aufnahmen. Wo das unmöglich war, glich er die Spur hinter sich mit der Hand wieder aus. Dabei waren ihm freilich seine Verwundung und auch der Kasten hinderlich. Er kam also nur langsam weiter, traf aber zu seinem Glück bald einen Platz, wo die Büsche so dicht standen, dass sie für das Auge undurchdringlich waren. Er arbeitete sich hinein, legte den Kasten ab und setzte sich darauf. Kaum war das geschehen, hörte er die Stimmen der drei Reiter und den Huftritt ihrer Pferde. Sie ritten in einiger Entfernung draußen vor den Büschen vorüber, ohne zu merken, dass die Spur, der sie jetzt folgten, nur noch einfach war.

Der Yankee schob die Zweige in jener Richtung auseinander und konnte nun auf die Prärie hinausblicken. Da draußen ging Keller. Die Tramps sahen ihn und ließen ihre Pferde in Galopp fallen. Jetzt hörte er sie, drehte sich um und blieb erschrocken stehen. Bald hatten sie ihn erreicht. Sie sprachen mit ihm, er deutete südostwärts. Jedenfalls sagte er ihnen, der Yankee sei in dieser Richtung nach der Farm zurückgekehrt. Dann krachte ein Pistolenschuss und Keller stürzte nieder.

„Es ist geschehen“, murmelte Hartley. „Wartet nur, ihr Halunken! Begegne ich euch noch einmal, dann sollt ihr diesen Schuss bezahlen.“

Hartley sah, dass die Mörder abstiegen und sich mit dem Erschossenen beschäftigten. Dann standen sie beratend beieinander, bis sie wieder zu Pferd stiegen, wobei der Cornel den Ermordeten zu sich quer über den Sattel nahm. Zum Erstaunen des Yankee kehrte der Cornel um, während seine beiden Gefährten weiterritten. Als der Cornel das Buschwerk erreichte, drängte er sein Pferd ein Stück hinein und ließ dann die Leiche herabfallen. Sie lag nun so, dass man sie außerhalb des Gebüsches nicht bemerken konnte, gar nicht weit von Hartley entfernt. Hierauf zog der Reiter sein Pferd zurück und ritt fort; wohin, das konnte Hartley nicht sehen. Er hörte den Hufschlag noch kurze Zeit. Dann wurde es still.

Den Yankee überkam das Grauen. Fast bereute er jetzt, den Schreiber nicht gewarnt zu haben. Er war Zeuge der entsetzlichen Tat gewesen. Nun lag die Leiche in seiner Nähe. Er hätte sich gern davongemacht, wagte es aber nicht, da er annehmen musste, der Cornel werde nach ihm suchen. Es verging eine Viertelstunde und noch eine. Endlich beschloss der Yankee, die grausige Stelle zu verlassen. Vorher sah er noch einmal hinaus auf die Prärie. Da erblickte er etwas, was ihn veranlasste, noch in seinem Versteck zu bleiben.

Ein Reiter, der ein lediges Pferd nebenher führte, kam von rechts über die Prärie geritten. Er stieß auf die Spur der beiden Tramps, hielt an und stieg ab. Nachdem er sich sorgfältig nach allen Richtungen umgeschaut hatte, bückte er sich, um die Spur zu untersuchen. Dann schritt er, während die Pferde ihm freiwillig folgten, auf der Fährte zurück bis dorthin, wo der Mord geschehen war. Hier blieb er wieder halten, um die Stelle zu betrachten. Erst nach längerer Zeit richtete er sich auf und kam näher. Die Augen auf den Boden geheftet, folgte er der Spur des Cornel. Etwa fünfzig Schritt vom Gebüsch entfernt stockte sein Fuß. Der Mann stieß einen eigentümlichen Kehllaut aus und deutete mit dem Arm auf das Gesträuch. Das schien dem Pferd zu gelten, denn es entfernte sich von ihm, schlug einen kurzen Bogen nach den Büschen und trabte dann am Rand des Wäldchens her, die Luft in die weit geöffneten Nüstern ziehend. Da es kein Zeichen von Unruhe gab, kam der Reiter nun gleichfalls herbei.

Jetzt sah der Yankee, dass er einen Indianer vor sich hatte. Der Rote trug ausgefranste Leggins und ein an den Nähten mit Fransen und Stickerein verziertes Jagdhemd. Die kleinen Füße steckten in Mokassins. Sein langes schwarzes Haar war in einem helmartigen Schopf geordnet, aber mit keiner Adlerfeder geschmückt. Um den Hals hingen eine dreifache Kette von Bärenkrallen, die Friedenspfeife und der Medizinbeutel. In der Hand hielt er ein Doppelgewehr, dessen Holzteile mit vielen silbernen Nägeln beschlagen waren. Sein Gesicht, matt hellbraun, mit einem leisen Bronzehauch, hatte fast römischen Schnitt und die Backenknochen standen nur wenig hervor.

Eigentlich war die Nähe eines Roten ganz geeignet, den Yankee, der überhaupt nicht zum Helden geboren war, mit Angst zu erfüllen. Aber je länger er in das Gesicht des Indianers blickte, umso mehr kam es ihm vor, als brauche er sich vor ihm nicht zu fürchten. Der Rote hatte sich auf etwa zwanzig Schritt genähert. Das eine Pferd war noch weiter herbeigekommen, während sich das andere hinter dem Reiter hielt. Jetzt – es hob schon den kleinen Vorderhuf, um weiterzuschreiten – stieg es vorn hoch und warf sich mit einem lauten, auffälligen Schnauben zurück. Er hatte einen von dem Yankee oder von dem Toten kommenden Luftzug gespürt. Der Indianer tat im Nu einen wahren Panthersatz zur Seite und verschwand, mit ihm auch das zweite Pferd.

Hartley verhielt sich lange Zeit still und bewegungslos, bis ein halb unterdrückter Laut an sein Ohr drang. „Uff!“ Diese Silbe hatte er gehört und als er das Gesicht nach der betreffenden Seite wendete, sah er den Indianer über der Leiche des Schreibers knien und sie mit Augen und Händen untersuchen. Dann kroch der Rote zurück und war wohl eine Viertelstunde lang nicht zu erblicken, bis der Yankee erschrocken zusammenfuhr, denn hart neben ihm erklangen die Worte: „Warum sitzt das Bleichgesicht hier versteckt? Warum tritt es nicht hervor, um sich dem Blick des roten Kriegers zu zeigen? Will es etwa nicht sagen, wohin die drei Mörder des anderen Bleichgesichts entwichen sind?“

Als Hartley mit dem Kopf herumfuhr, sah er den Indianer, das blanke Bowiemesser in der Hand, neben sich knien. Seine Worte bewiesen, dass er die Fährte richtig gelesen und scharfsinnig beurteilt hatte. Er hielt nicht den Yankee für den Mörder. Das beruhigte Hartley und er antwortete: „Ich versteckte mich vor ihnen. Zwei sind fort, in die Prärie hinaus. Der dritte warf die Leiche hier ab und ich blieb stecken, weil ich nicht weiß, ob er fort ist oder nicht.“

„Er ist fort. Seine Spur führt durch den Busch und dann nach Südosten.“

„So ist er zur Farm, um mich zu verfolgen. Aber ist er auch wirklich nicht mehr da?“

„Nein, der weiße Mann und ich sind hier die einzigen lebenden Menschen. Er mag mit ins Freie kommen und mir erzählen, was geschehen ist.“

Der Indianer sprach sehr gut Englisch. Was er sagte und die Art, wie er es sagte, flößte dem Yankee Vertrauen ein. Er kroch aus dem Dickicht hervor und sah, als er das Gebüsch hinter sich hatte, dass die beiden Pferde eine Strecke abwärts angepflockt waren. Der Rote betrachtete den Weißen mit einem Blick, der alles zu durchdringen schien, und begann dann: „Von Süden her sind zwei Männer auf ihren Füßen gekommen. Der eine versteckte sich hier und der bist du. Der andere ging weiter in die Prärie hinaus. Da kamen drei Reiter, die ihm folgten. Sie schossen ihm eine Pistolenkugel in den Kopf. Zwei ritten fort. Der dritte nahm die Leiche auf das Pferd, ritt in das Gebüsch, warf sie hinein und jagte dann südostwärts im Galopp davon. Ist es so?“

„Ja, genau so", nickte Hartley.

„So magst du mir sagen, warum man deinen weißen Bruder erschossen hat. Wer bist du und warum befindest du dich in dieser Gegend? Waren es auch die drei Männer, die deinen Arm verwundet haben?"

Der freundliche Ton, in dem diese Fragen ausgesprochen wurden, bewies dem Yankee, dass der Rote ihm wohlgesinnt sei und keinerlei Verdacht gegen ihn hege. Er beantwortete die Fragen. Der Indianer sah ihn dabei nicht an. Dann aber fragte er plötzlich mit einem durchbohrenden Blick: „So hat dein Gefährte dein Leben mit dem seinigen bezahlen müssen?"

Der Yankee schlug die Augen nieder und erwiderte beinahe stockend: „Nein. Ich bat ihn, sich mit mir zu verstecken. Aber er wollte nicht."

„Du hast ihm gezeigt, dass die Mörder hinter euch herkamen?"

„Ja."

„Und ihm auch gesagt, dass du dich hier verbergen wolltest?"

„Ja."

„Warum hat er dann den Mörder, als dieser nach dir fragte, südostwärts zur Farm gewiesen?"

„Um ihn zu täuschen."

„So wollte er dich retten und war ein wackerer Kamerad. Warst du seiner wert? Nur der große Manitou weiß alles. Mein Auge kann nicht in dein Inneres dringen. Könnte es das, so würdest du dich vielleicht vor mir schämen müssen. Ich will schweigen. Dein Gott mag dein Richter sein. Kennst du mich?"

„Nein", entgegnete Hartley kleinlaut.

„Ich bin Winnetou, der Häuptling der Apatschen. Meine Hand richtet sich gegen die bösen Menschen und mein Arm schützt jeden, der ein gutes Gewissen hat. Ich werde nach deiner Wunde sehen. Zuerst aber sage mir, warum die Mörder umgekehrt sind, um euch zu folgen. Weißt du das?"

Hartley hatte schon oft von Winnetou gehört. Er antwortete deshalb doppelt höflich: „Ich habe es dir bereits gesagt. Sie wollten uns beiseite schaffen, damit wir nicht verraten könnten, dass sie mich beraubt haben.“

„Nein! Wäre es nur das, so hätten sie euch sofort getötet. Es muss etwas andres sein, was ihnen erst später eingefallen ist. Hatten sie dich genau durchsucht?“

„Ja.“

„Und dir alles abgenommen?“

„Ja.“

„Auch deinem Gefährten?“

„Nein. Er sagte ihnen, dass er ein armer Flüchtling sei und bewies es ihnen, indem er ihnen den Brief zeigte.“

„Einen Brief? Haben sie ihn behalten?“

„Nein. Er bekam ihn zurück.“

„Wo steckte er ihn hin?“

„In die Brusttasche seines Rockes.“

„Da befindet er sich nicht mehr. Winnetou hat in alle Taschen des Toten gegriffen und keinen Brief gefunden. Also ist es dieses Schreiben, das sie bewogen hat, umzukehren und euch einzuholen.“

„Schwerlich!“, meinte Hartley kopfschüttelnd.

Der Indianer erwiderte nichts. Er holte die Leiche aus dem Gebüsch und untersuchte die Taschen noch einmal. Der Tote bot einen grässlichen Anblick, nicht etwa infolge der Kugelwunde, sondern weil man sein Gesicht mit Messern kreuz und quer zerschnitten hatte, sodass es unkenntlich geworden war. Die Taschen waren leer. Natürlich hatte man auch sein Gewehr mitgenommen.

Winnetou blickte sinnend ins Weite, dann sagte er aus seinen Überlegungen heraus: „Dein Kamerad wollte nach Sheridan. Zwei von den Mördern sind nordwärts geritten, in der Richtung dieses Ortes. Sie wollen auch dorthin. Warum haben sie ihm den Brief abgenommen? Weil sie ihn brauchen, sich seiner bedienen wollen. Warum haben sie das Gesicht des Toten entstellt? Damit man ihn nicht erkennen soll. Man soll nicht wissen, dass Keller tot ist. Er darf nicht gestorben sein, weil einer der Mörder sich für Keller ausgeben will."

„Aber zu welchem Zweck?"

„Das weiß Winnetou nicht, wird es aber erfahren."

„So willst du ihnen nach?"

„Ja. Der Apatsche wollte zum Smoky Hill-Fluss und Sheridan liegt in dessen Nähe. Wenn er nach diesem Ort reitet, wird sein Weg dadurch nicht viel länger. Diese Bleichgesichter haben sicherlich etwas Schlimmes vor. Vielleicht ist es Winnetou möglich, es zu verhüten. Geht der weiße Mann mit?"

„Ich wollte eine nahe Farm aufsuchen, um meinen Arm zu pflegen. Freilich möchte ich noch lieber nach Sheridan. Vielleicht erhalte ich dort das geraubte Geld zurück."

„So wirst du mit mir reiten."

„Aber meine Verwundung?"

„Winnetou wird sie untersuchen. Auf der Farm hast du zwar Pflege, aber keinen Arzt. Winnetou versteht sich auf Behandlung der Wunden. Er kann zersplitterte Knochen wieder festmachen und besitzt ein ausgezeichnetes Mittel gegen das Wundfieber. Zeige mir deinen Arm!"

Schon Keller hatte dem Yankee den Frackärmel aufgetrennt. Es fiel Hartley also nicht schwer, seinen Arm zu entblößen. Winnetou untersuchte ihn und erklärte, die Wunde sei nicht so schlimm, wie es den Anschein habe. Die Kugel hatte, da der Schuss aus großer Nähe abgegeben worden war, den Knochen glatt durchschlagen. Der Apatsche holte eine getrocknete Pflanze aus seiner Satteltasche, befeuchtete sie und legte sie auf die Wunde. Dann schnitt er zwei Holzschienen zurecht und verband damit den Arm so kunstgerecht, wie es ein Wundarzt mit den gegebenen Mitteln auch nicht besser fertig gebracht hätte. Endlich erklärte er: „Der weiße Mann kann getrost mit mir reiten. Das Fieber wird gar nicht kommen oder doch erst dann, wenn er sich längst in Sheridan befindet."

„Aber wollen wir nicht erst zu erfahren trachten, was der dritte Mörder tut?“, fragte Hartley.

„Nein. Er sucht nach dir, wird aber deine Spur nicht finden und den beiden andern folgen. Vielleicht hat er noch andere Verbündete, die er vorher aufsucht, um mit ihnen nach Sheridan zu reiten. Der Apatsche kommt aus bewohnten Gegenden und hat erfahren, dass sich in Kansas viele von den Bleichgesichtern, die Tramps genannt werden, zusammenziehen. Es ist möglich, dass die Mörder zu diesen Leuten gehören. Dann ließe sich vermuten, dass die Tramps einen Streich gegen Sheridan beabsichtigen. Wir dürfen keine Zeit verlieren, sondern müssen schnell hin, um die Weißen dort zu warnen. Winnetou kennt das Ziel der Mörder, braucht also ihre Fährte nicht. Wir nehmen einen andern Weg.“

„Und wann werden wir in Sheridan sein?“

„Winnetou weiß nicht, wie der weiße Mann reitet.“

„Nun, ein Kunstreiter bin ich freilich nicht. Ich habe noch wenig im Sattel gesessen. Doch abwerfen lasse ich mich nicht.“

„So dürfen wir nicht stürmen, werden das aber durch Stetigkeit ausgleichen. Wir reiten die ganze Nacht hindurch und werden am Morgen am Ziel sein. Diejenigen, denen wir folgen, werden des Nachts Lager machen, also später ankommen als wir.“

„Und was geschieht hier mit der Leiche des armen Keller?“

„Wir werden sie begraben.“

Die Erde war locker und so wurde, obgleich nur die Messer gebraucht werden konnten, recht bald eine leidlich tiefe Grube fertig, worin der Tote bestattet wurde. Hierauf nahm der Yankee den Hut ab und faltete die Hände. Ob er dabei wirklich betete, war zu bezweifeln. Der Apatsche blickte ernst in die untergehende Sonne. Es war, als suche sein Auge jenseits des Westens die ewigen Jagdgründe. Er war ein Heide, aber er betete auf seine Art gewiss. Dann schritten sie zu den Pferden.

„Der weiße Mann mag meinen Iltschi[1] nehmen", sagte der Apatsche. „Er hat einen sanften Gang, gleichmäßig und eben wie ein Kanu im Wasser. Winnetou nimmt das ledige."

Sie stiegen auf und ritten fort, erst eine Strecke westlich, um dann nach Norden einzubiegen. Die Pferde hatten gewiss schon einen weiten Weg gemacht, schritten aber so munter aus, als seien sie soeben erst von der Weide gekommen. Die Sonne sank tief und tiefer; endlich verschwand sie hinter dem Himmelsrand. Die kurze Dämmerung ging schnell vorüber und dann wurde es finstere Nacht. Das machte den Yankee Bange.

„Wirst du dich bei dieser Finsternis auch nicht verirren?"

„Winnetou verirrt sich nie, weder bei Tag noch bei Nacht. Er ist wie der Stern, der sich stets an der richtigen Stelle befindet, und kennt alle Gegenden des Landes so genau, wie das Bleichgesicht die Räume seines Hauses kennt."

„Aber es gibt so viele Hindernisse, die man im Dunkeln nicht erkennen kann!"

„Winnetous Augen sehen auch des Nachts. Und alles, was er nicht bemerken kann, wird seinem Pferd sicher nicht entgehen. Der weiße Mann reite nicht neben, sondern hinter mir, so wird sein Tier keinen falschen Tritt tun."

Es war wirklich fast wunderbar, mit welcher Sicherheit Pferd und Reiter sich bewegten. Bald im Schritt, bald im Trab wurde Stunde um Stunde zurückgelegt und jedes Hindernis umgangen. Es waren sumpfige Stellen zu vermeiden und Bäche zu durchwaten. Man kam an Farmen vorüber. Stets wusste Winnetou, wo er sich befand, und nicht einen einzigen Augenblick lang schien er im Zweifel über die Örtlichkeit. Das beruhigte den Yankee. Er war besonders auch seines Armes wegen besorgt gewesen, aber das Wundkraut war von erstaunlicher Wirkung. Er fühlte oft gar keinen Schmerz und hatte sich höchstens über die Unbequemlichkeit des ungewohnten Rittes zu beklagen.

[1] Iltschi = Wind; Bruder von Old Shatterhands Rappen Hatatitla

Einige Mal wurde angehalten, um die Pferde saufen zu lassen und den Verband mit kühlendem Wasser zu benetzen. Nach Mitternacht zog Winnetou ein Stück Fleisch hervor, das Hartley essen musste. Sonst gab es keine Unterbrechung und als die zunehmende Kühle den Morgen verkündete, sagte sich der Yankee, dass er recht gut im Stande sei, noch länger im Sattel zu sitzen.

Nun graute der Osten, doch waren die Umrisse der Landschaft nicht zu erkennen, da ein dicker Nebel auf der Erde lag.

„Das sind die Nebel des Smoky Hill-Flusses“, erklärte der Häuptling. „Wir werden ihn bald erreichen.“

Es war ihm anzuhören, dass er hatte weitersprechen wollen, aber er hielt sein Pferd an und lauschte nach links hinüber, von wo taktmäßiger Hufschlag sich näherte. Das musste ein galoppierender Reiter sein. Richtig, da kam er heran und flog vorüber, blitzschnell wie ein Spuk. Die beiden hatten weder ihn noch sein Pferd gesehen. Nur sein dunkler, breitkrempiger Hut, der über die dichten, am Boden hinkriechenden Nebelschwaden hervorragte, war für einen Augenblick sichtbar gewesen. Einige Sekunden später war der Hufschlag schon nicht mehr zu hören.

„Uff!“, rief Winnetou überrascht. „Ein Bleichgesicht! So, wie dieser Mann ritt, können nur wenige Weiße reiten. Und so reiten Old Shatterhand und Old Firehand. Old Shatterhand befindet sich nicht hier, da ich oben am Silbersee mit ihm zusammentreffen will. Aber Old Firehand soll sich jetzt in Kansas aufhalten. Sollte er es gewesen sein?“

„Old Firehand?“, meinte der Yankee. „Das ist doch ein berühmter Westmann.“

„Er und Old Shatterhand sind die besten, tapfersten und erfahrensten Bleichgesichter, die Winnetou kennt. Er ist ihr Freund.“

„Der Mann schien es eilig zu haben. Wohin mag er wollen?“

„Nach Sheridan, denn seine Richtung ist die unsrige. Links liegt der Eagle Tail und vor uns befindet sich die

Furt, die über den Fluss führt. Wir werden sie gleich erreichen. Und in Sheridan werden wir erfahren, wer dieser Reiter war."

Die Nebel begannen sich zu zerteilen. Sie wurden vom Morgenwind auseinander getrieben und bald sahen die beiden den Smoky Hill-Fluss vor sich. Auch hier bewährte sich die Ortskenntnis des Apatschen. Er erreichte das Ufer genau an der Stelle, wo sich die Furt befand. Das Wasser reichte den Pferden hier kaum bis an den Leib, sodass der Übergang leicht und ungefährlich war.

Jenseits mussten die Reiter ein Gebüsch durchqueren, das sich am Ufer hinzog. Dann ritten sie wieder durch offenes Grasland, bis sich Sheridan, ihr Ziel, ihren Blicken zeigte.

9. List und Gegenlist

Sheridan war in der Zeit, in der unsere Erzählung spielt, nichts als eine flüchtige Niederlassung der Bahnarbeiter. Es gab da eine Anzahl Stein-, Erd- und Blockhütten, notdürftige Bauwerke nur, über deren Türen aber zuweilen die stolzesten Inschriften prangten. Man sah ‚Hotels' und ‚Saloons', in denen sich in Deutschland nicht der geringste Tagelöhner hätte aufhalten mögen. Daneben standen auch einige allerliebste Holzhäuser, die so gebaut waren, dass sie zu jeder Zeit abgebrochen und an einem andern Ort wieder zusammengesetzt werden konnten. Das größte dieser Gebäude befand sich auf einer Anhöhe und trug die weithin sichtbare Anschrift: „Charles Charoy, Ingenieur." Dorthin ritten Winnetou und Hartley. Sie stiegen an der Tür ab, neben der ein indianisch gesatteltes und aufgezäumtes Pferd angebunden war.

„Uff!", meinte Winnetou, das Tier mit leuchtendem Blick betrachtend. „Dieses Ross ist wert, einen guten Reiter zu tragen. Es gehört gewiss dem Bleichgesicht, das an uns vorüberkam."

Sie banden ihre Pferde ebenfalls an. Es war kein Mensch in der Nähe und als sie die Niederlassung überblickten, sahen sie der frühen Stunde wegen niemand. Aber die Tür stand offen und sie traten ein. Ein Neger kam ihnen entgegen und fragte nach ihrem Begehr. Noch ehe sie zu antworten vermochten, wurde zur Seite eine Tür geöffnet und unter ihr erschien ein junger Weißer, der den Apatschen mit freundlich erstaunten Augen betrachtete. Es war der Ingenieur. Sein Name, seine bräunliche Hautfarbe und das dunkellockige Haar ließen vermuten, dass er der Abkömmling einer südstaatlichen, ursprünglich französischen Familie sei.

„Wen sucht ihr hier so früh, Mesch'schurs?", fragte er höflich.

„Wir suchen den Ingenieur Mr. Charoy", entgegnete

Winnetou in geläufigem Englisch, wobei er sogar den französischen Namen ganz richtig aussprach.

„*Well*, der bin ich. Tretet ein!"

Charoy zog sich ins Zimmer zurück, sodass die beiden ihm folgen konnten. Der Raum war klein und einfach ausgestattet. Die auf den Möbeln liegenden Schreibgeräte ließen vermuten, dass hier das Arbeitszimmer des Ingenieurs sei. Er schob den Ankömmlingen zwei Stühle hin und wartete dann mit sichtlicher Spannung auf das, was sie zu ihm geführt hatte. Der Yankee setzte sich sofort. Der Indianer blieb noch höflich stehen, neigte grüßend den schönen Kopf und begann: „Ich bin Winnetou, der Häuptling der Apatschen..."

„Weiß es schon!", fiel der Ingenieur schnell ein.

„Du weißt es schon?", fragte der Rote. „So hast du mich bereits gesehen?"

„Nein. Aber es ist einer da, der dich kennt und euch durch das Fenster kommen sah. Ich bin ehrlich erfreut, den berühmten Häuptling der Apatschen kennen zu lernen. Setz dich und sage, was dich zu mir führt! Dann werde ich dich bitten, mein Gast zu sein."

Winnetou ließ sich auf dem Stuhl nieder und begann:

„Kennst du ein Bleichgesicht, das unten in Kinsley wohnt und Bent Norton heißt?"

„Ja, sehr gut. Dieser Mann ist einer meiner besten Freunde", erwiderte Charoy.

„Und kennst du auch das Bleichgesicht Keller, seinen Schreiber?"

„Nein. Seit mein Freund in Kinsley wohnt, habe ich ihn noch nicht besucht."

„Dieser Schreiber wird heute mit noch einem Weißen zu dir kommen, um dir ein Empfehlungsschreiben von Norton zu übergeben. Du sollst vermutlich den einen in deiner Schreibstube anstellen und wohl auch dem andern Arbeit geben. Die beiden Bleichgesichter sind – Mörder! Wenn du ein kluger Mann bist, werden wir, sobald sie mit dir gesprochen haben, erraten, welche Absichten sie verfolgen."

„Etwa mich morden?“, lächelte Charoy ungläubig.

„Vielleicht!“, nickte Winnetou ernst. „Und nicht nur dich, sondern auch noch andre. Ich halte sie für Tramps.“

„Tramps?“, wiederholte der Ingenieur schnell. „Ah, das ist etwas andres! Ich habe soeben erfahren, dass eine Horde von Tramps zum Eagle Tail und nach Sheridan will, um uns zu berauben. Diese Kerle haben es auf unsre Kasse abgesehen.“

„Von wem hast du das erfahren?“

„Von – nun, es ist wohl am besten, dass ich den Mann nicht nenne, sondern ihn dir gleich zeige.“

Charoys Gesicht glänzte vor Vergnügen, dem Roten eine freudige Überraschung bereiten zu können. Er öffnete die Tür zum Nebenzimmer, aus dem Old Firehand trat. Wenn der Ingenieur geglaubt hatte, der Apatsche werde in Worte des Entzückens ausbrechen, so war er mit der Gewohnheit der Indianer nicht vertraut. Kein roter Krieger wird seiner Freude oder seinem Schmerz in Gegenwart andrer einen auffälligen Ausdruck verleihen. Zwar glänzten die Augen des Apatschen, sonst aber blieb er ruhig. Er trat auf den Jäger zu und streckte ihm die Hand entgegen. Old Firehand zog ihn an seine breite Brust und sagte in freudiger Rührung: „Mein Freund, mein lieber Bruder! Wie überrascht und entzückt war ich, als ich dich kommen und vom Pferd steigen sah! Wie lange haben wir uns nicht gesehen!“

„Winnetou sah dich heut beim Tagesgrauen“, entgegnete der Indianer, „als du im Nebelmeer jenseits des Flusses an uns vorüberjagtest.“

„Und du hast mich nicht angerufen?“

„Der Nebel umhüllte dich, sodass dich der Apatsche nicht genau erkennen konnte, und wie der Sturm der Ebene warst du vorüber.“

„Ich musste schnell reiten, um eher hier anzukommen als die Tramps. Auch musste ich diesen Ritt selbst unternehmen, weil die Sache so wichtig ist, dass ich sie keinem andern anvertrauen mochte. Es sind zweihundert Tramps im Anzug.“

„Dann hat sich Winnetou nicht getäuscht. Die Mörder sind die Kundschafter, die ihnen vorangehen."

„Darf ich erfahren, welche Bewandtnis es mit diesen Leuten hat?"

„Der Häuptling der Apatschen ist nicht der Mann vieler Worte, sondern der Tat. Hier aber steht ein Bleichgesicht, das alles erzählen wird."

Dabei deutete Winnetou auf Hartley, der sich beim Eintritt Old Firehands vom Stuhl erhoben hatte und den gewaltigen Mann noch jetzt mit Staunen betrachtete. Ja, das waren Recken, dieser Old Firehand und dieser Winnetou! Der Yankee kam sich neben ihnen fast klein und armselig vor und den Ingenieur mochte ein ähnliches Gefühl beschleichen. Wenigstens ließen sein Gesicht und seine achtungsvolle Haltung dies vermuten.

Hartley erzählte, als alle sich wieder gesetzt hatten, seine gestrigen Erlebnisse. Darauf berichtete Old Firehand möglichst kurz sein Zusammentreffen mit dem roten Cornel auf dem Steamboat, bei den Rafters und zuletzt auf Butlers Farm. Nun ließ er sich den Anführer der drei beschreiben, den Mann, der den Schreiber niedergeschossen und sich dann von den beiden anderen getrennt hatte. Als der Yankee dabei das Fehlen der Ohrmuscheln erwähnte, sagte der Jäger: „Es war der Cornel. Hoffentlich läuft er mir endlich in die Hände!"

„Dann sollen ihm die Streiche wohl vergehen!", drohte der Ingenieur. „Über zweihundert Tramps! Welch ein Morden, Sengen und Brennen wäre das geworden! Mesch'-schurs, ihr seid unsre Retter und ich weiß nicht, wie ich euch danken soll! Dieser Brinkley muss auf irgendeine Weise erfahren haben, dass ich die Gelder für eine lange Strecke beziehe und zur Auszahlung verteilen soll. Nun, da ich gewarnt bin, mag er mit seinen Tramps kommen. Wir werden gerüstet sein." – „Dünkt Euch nicht allzu sicher!", warnte Old Firehand. „Zweihundert verzweifelte Burschen haben etwas zu bedeuten!" – „Mag sein. Aber ich kann in einigen

Stunden tausend Bahnarbeiter beisammenhaben." – „Die gut bewaffnet sind?" – „Jeder hat irgendeine Waffe. Schließlich tun es die Messer, die Spaten und die Schaufeln auch." – „Spaten und Schaufeln gegen zweihundert Büchsen? Das würde ein Blutvergießen geben, das ich nicht verantworten möchte." – „Nun, so bekomme ich vom Fort Wallace recht gern bis an die hundert Soldaten geschickt." – „Euer Mut ist lobenswert, Sir, aber List ist oft besser als Gewalt. Wenn ich den Feind durch List unschädlich machen kann, warum soll ich da so viele Menschenleben opfern?" – „Welche List meint Ihr, Sir? Ich will ja gern tun, was Ihr mir ratet. Ihr seid ein erfahrener Westmann und wenn Ihr es zufrieden seid, so bin ich sofort bereit, Euch den Befehl über diesen Platz und meine Leute abzutreten." – „Nicht so schnell, Sir! Wir müssen überlegen. Zunächst dürfen die Tramps nicht wissen, dass wir hier sind. Auch unsre Pferde dürfen sie nicht sehen. Gibt es ein gutes Versteck für die Tiere?" – „Die kann ich gleich verschwinden lassen. Glücklicherweise seid Ihr so zeitig am Tag gekommen, dass Ihr von den Arbeitern nicht erblickt wurdet. Von ihnen könnten es sonst die Kundschafter erfahren. Mein Neger, der treu und verschwiegen ist, wird die Pferde verstecken und versorgen." – „Gut, erteilt ihm den Befehl dazu! Und Ihr selbst müsst Euch dieses Mr. Hartley annehmen. Gebt ihm ein Bett, dass er sich niederlegen kann. Aber kein Mensch darf von seiner Anwesenheit etwas wissen, kein Mensch außer Euch, dem Neger und dem Arzt; denn ein Doktor ist doch wohl vorhanden?" – „Jawohl. Ich werde ihn sofort kommen lassen."

Der Ingenieur entfernte sich mit dem Yankee, der ihm recht gern folgte, da er nun doch sehr erschöpft war. Als der Ingenieur nach einiger Zeit zurückkehrte, um zu melden, dass sowohl der Verwundete als auch die Pferde gut versorgt seien, meinte Old Firehand: „Ich wollte eine Beratung in Gegenwart dieses Arzneischwindlers vermeiden, denn ich traue ihm nicht. Es gibt in seiner Erzählung einen dunklen Punkt. Ich bin überzeugt, dass er den armen Schreiber mit Absicht in den Tod geschickt hat, um sich selbst zu retten. Mit solchen Menschen mag ich nichts zu tun haben."

„So wollt Ihr uns wohl einen Plan mitteilen?", fragte der Ingenieur wissbegierig.

„Nein. Einen Plan können wir erst dann entwerfen, wenn wir die Absichten der Tramps kennen, und das wird nicht eher der Fall sein, als bis die Kundschafter hier eingetroffen sind und mit Euch gesprochen haben."

„Das ist richtig. Wir müssen uns also einstweilen in Geduld fassen."

Da hob Winnetou die Hand zum Zeichen, dass er anderer Ansicht sei, und sagte: „Jeder Krieger kann auf zweierlei Weise kämpfen: Er kann angreifen oder sich verteidigen. Wenn Winnetou nicht weiß, wie und ob er sich verteidigen kann, so greift er lieber an. Das ist schneller, sicherer und auch tapferer."

„So will mein roter Bruder vom Plan der Tramps gar nichts wissen?", fragte Old Firehand.

„Er wird ihn jedenfalls erfahren. Aber warum soll der Häuptling der Apatschen sich zwingen lassen, nach dem Plan der Gegner zu handeln, wenn es ihm leicht ist, sie zu zwingen, sich nach dem seinigen zu richten?"

„Ah, du hast also bereits einen Plan?"

„Ja. Diese Tramps sind keine Krieger, mit denen man ehrenvoll kämpfen kann, sondern räudige Hunde, die man mit Stöcken erschlagen muss. Warum soll Winnetou warten, bis so ein Hund ihn beißt, wenn er ihn vorher mit einem Hieb töten oder in einer Falle erwürgen kann!"

„Kennst du eine solche Falle für die Tramps?"

„Winnetou kennt eine und wir werden sie bauen. Diese Kojoten kommen, um die Kasse zu berauben. Ist die Kasse hier, so kommen sie hierher. Ist sie anderswo, so gehen sie dorthin. Und befindet sie sich im Feuerwagen, so werden sie ihn besteigen und ins Verderben fahren, ohne den Leuten, die hier wohnen, das Geringste getan zu haben."

„Ah, ich begreife!“, rief Old Firehand. „Welch ein Plan! Du meinst, dass wir die Kerle in den Zug locken sollen?“

„Ja. Winnetou versteht nichts von dem Feuerross und weiß nicht, wie es gelenkt wird. Er hat die Anregung gegeben und seine weißen Brüder mögen darüber nachdenken.“

„In einen Bahnzug locken?“, fragte der Ingenieur. „Aber wozu denn? Wir können sie doch hier erwarten und durch einen Hinterhalt vernichten.“

„Wobei aber viele von uns sterben müssten!“, entgegnete Old Firehand. „Besteigen die Tramps jedoch den Zug, so können wir sie an einen Ort bringen, wo sie sich ergeben müssen, ohne uns schaden zu können.“

„Es wird ihnen nicht einfallen, einzusteigen!“

„Sie steigen ein, wenn wir sie durch die Kasse hineinlocken.“

„Soll ich die Kasse in den Zug tun?“

Das war eine Frage, die man dem Ingenieur nicht zugetraut hätte. Winnetou machte eine geringschätzige Handbewegung. Old Firehand aber erklärte: „Wer mutet Euch das zu? Die Tramps müssen nur überzeugt sein, dass sich Geld in dem Zug befindet. Ihr stellt den Kundschafter als Schreiber an und tut so, als ob Ihr ihm Vertrauen schenktet. Ihr teilt ihm mit, dass hier ein Zug hält, der eine große Menge Geld mit sich führt. Da kommen die Tramps sicher und alle drängen sich in die Wagen. Sind sie drin, dann geht es fort mit ihnen. Steht Euch nicht ein Zug zu diesem Zweck zur Verfügung?“

„O doch, so viele Wagen, wie Ihr wollt! Und die Verantwortung wollte ich auch gern übernehmen, wenn ich nur so leidlich an das Gelingen glauben könnte. Aber es gibt da noch allerlei Fragen. Wer soll den Zug leiten? Es ist gewiss, dass der Maschinist und der Feuermann von den Tramps erschossen werden.“

„*Pshaw!* Ein Maschinist wird sich wohl finden und den Feuermann mache ich. Wir werden das Nähere noch besprechen. Ich vermute, dass die Tramps heute am Eagle Tail ankommen, denn dorthin wollen sie zunächst. Also können wir den Streich auf morgen Nacht festlegen. Sodann ist es nötig, einen Ort zu bestimmen, wohin wir die Kerle fahren. Den werden wir uns noch während des Vormittags suchen, weil wohl schon nachmittags die Kundschafter erscheinen. Habt Ihr eine Bahndraisine, Sir?"

„Gewiss."

„Nun, so fahren wir beide miteinander. Winnetou darf nicht mit. Er muss versteckt bleiben, weil seine Anwesenheit unsre Absicht verraten könnte. Auch mich darf man nicht erkennen. Das habe ich vorbedacht und mir darum einen alten Leinenanzug mitgebracht."

Der Ingenieur machte ein immer verlegeneres Gesicht und meinte: „Sir, Ihr sprecht von dieser Sache wie der Fisch vom Schwimmen. Mir aber kommt sie gar nicht so leicht vor. Wie geben wir den Tramps Nachricht? Wie bringen wir sie dazu, sich rechtzeitig einzustellen?"

„Welche Fragen! Der neue Schreiber horcht Euch aus und was Ihr ihm weismacht, das teilt er ihnen heimlich als volle Wahrheit mit."

„Nun gut! Aber wenn sie trotzdem auf den Gedanken kommen, nicht in den Zug zu steigen. Wenn sie es nun vorziehen, die Schienen an irgendeiner Stelle zu zerstören und ihn zum Entgleisen zu bringen?"

„Das könnt Ihr leicht verhüten, indem Ihr dem Schreiber sagt, dass jedem solchen Geldzug wegen seiner Wichtigkeit eine Sicherungslokomotive voranfährt. Dann werden sie die Zerstörung des Gleises bleiben lassen. Wenn Ihr klug seid, wird alles glatt ablaufen. Den Schreiber müsst Ihr so beschäftigen und so durch Freundlichkeit festzuhalten suchen, dass er bis zum Schlafengehen das Haus nicht verlässt und mit keinem Menschen sprechen kann. Dann gebt Ihr ihm eine Stube im Obergeschoss, die nur ein Fenster hat. Das platte Dach liegt nur wenig höher. Ich steige hinauf und werde mühelos hören, was gesprochen wird."

„Ihr seid der Ansicht, dass er zum Fenster hinaus sprechen wird?"

„Allerdings. Dieser so genannte Keller soll Euch auskundschaften und der andere, der mit ihm kommt, soll den Zwischenträger machen. Es ist gar nicht anders möglich. Ihr werdet das bald einsehen. Dieser andre wird auch Arbeit verlangen, um hier bleiben zu dürfen, sie aber aus irgendeinem Grund nicht antreten, um den Ort beliebig verlassen zu können. Er wird versuchen, mit dem Schreiber zu sprechen, um Neuigkeiten zu erfahren, kann aber, wenn Ihr nach meinen Weisungen handelt, nicht vor der Schlafenszeit an ihn kommen. Dann wird er das Haus umschleichen. Der Schreiber wird das Fenster öffnen und ich liege auf dem Dach, um zu lauschen. Jetzt freilich kommt Euch das alles noch schwierig und recht abenteuerlich vor, weil Ihr kein Westmann seid. Habt Ihr die Sache aber erst einmal beim Schopf gepackt, so werdet Ihr erfahren, dass alles ganz selbstverständlich ist."

„Howgh!", stimmte Winnetou bei. „Meine weißen Brüder mögen jetzt einen Ort suchen, wo die Falle geschlossen werden kann. Wenn sie zurückgekehrt sind, wird sich der Apatsche davonschleichen, um nicht untätig hier warten zu müssen."

„Wohin will mein Bruder einstweilen gehen?"

„Winnetou ist überall daheim, im Wald und auf der Prärie."

„Der Häuptling der Apatschen kann Gesellschaft haben, wenn er will. Ich habe meine Rafters und die Jäger an eine Stelle beordert, die einen Stundenritt unterhalb des Eagle Tail liegt. Sie sollen dort die Tramps beobachten. Die Tante Droll ist bei ihnen."

„Uff!", rief der Apatsche, indem sein ernstes Gesicht einen belustigten Ausdruck annahm. „Die Tante ist ein braves, tapferes und kluges Bleichgesicht. Winnetou wird zu ihr gehen."

„Schön! Mein roter Bruder wird dort noch andre tüchtige Männer finden, wie den Humply-Bill und den Gunstick-Uncle, deren Namen er wohl wenigstens gehört hat. Einstweilen aber mag er mir in meine Stube folgen und da warten, bis wir zurückkehren."

Old Firehand hatte noch vor der Ankunft des Apatschen von dem Ingenieur ein Stübchen angewiesen bekommen. Dorthin begab er sich jetzt mit Winnetou, um den auffälligen Jagdanzug mit dem andern zu vertauschen, worin er von den Bahnarbeitern für einen neu angeworbenen Kameraden gehalten werden konnte. Bald stand die Draisine bereit. Old Firehand bestieg mit dem Ingenieur den Vordersitz und zwei Arbeiter standen über den Laufrädern, um die Handstangen in Bewegung zu setzen. Das Fahrzeug rollte durch den Ort, wo nunmehr überall fleißige Hände beschäftigt waren, und dann hinaus auf die freie Bahnstrecke, die schon bis Kit Carson mit Schienen belegt war.

Der Apatsche machte es sich indessen bequem und benutzte die Gelegenheit, eine kurze Zeit zu schlafen. Als Old Firehand und Charoy zurückkehrten, wurde er geweckt. Er erfuhr, dass Old Firehand einen geeigneten Ort gefunden hatte, und nickte befriedigt: „Es ist gut! Die Tramps werden zittern vor Angst und heulen vor Schreck. Winnetou reitet jetzt zu Tante Droll, um ihr und den Rafters zu sagen, dass sie sich bereithalten mögen." Er schlich sich vom Haus fort und zum Versteck, wo sich seine Pferde befanden.

Kaum war die Mittagspause der Arbeiter vorüber, so sah man zwei Reiter langsam vom Fluss her geritten kommen. Nach der Beschreibung, die der Yankee geliefert hatte, waren es die Erwarteten. Hartley wurde geweckt und erkannte sie mit Bestimmtheit wieder. Nun ging Old Firehand in die neben dem Amtsraum liegende Stube, um durch die angelehnte Tür Zeuge der Unterredung zu sein.

Der Ingenieur befand sich in seinem Zimmer, als die beiden Männer eintraten. Sie grüßten höflich und dann überreichte der eine, ohne zunächst über den Zweck seiner Anwesenheit etwas zu äußern, den Empfehlungsbrief. Der Ingenieur las ihn und sagte freundlich: „Ihr wart bei meinem Freund Norton angestellt? Wie geht es ihm?"

Es folgten nun die unter solchen Umständen üblichen Fragen und Antworten und dann erkundigte sich der Ingenieur nach dem Grund, der den Schreiber aus Kinsley fortgetrieben habe. Der Gefragte erzählte eine wehmütige Geschichte, die zwar zu dem Inhalt des Briefes passte, die er sich aber selbst ausgesonnen hatte. Der Beamte hörte ihm aufmerksam zu und meinte schließlich: „Euer Schicksal tut mir Leid, zumal ich aus diesen Zeilen ersehe, dass Ihr das Wohlwollen und Vertrauen Nortons besessen habt. Darum soll seine Bitte um eine Anstellung für Euch nicht vergeblich sein. Ich habe zwar bereits einen Schreiber, bedarf aber schon seit langem eines Mannes, dem ich auch vertrauliche und wichtige Sachen in die Feder geben darf. Meint Ihr, dass ich es da mit Euch versuchen soll?"

„Sir", antwortete der angebliche Keller erfreut, „versucht es mit mir. Ich bin überzeugt, Ihr werdet zufrieden sein."

„*Well*, versuchen wir es! Über das Gehalt wollen wir jetzt noch nicht sprechen. Ich muss Euch erst kennen lernen und das wird in einigen Tagen geschehen sein. Je anstelliger Ihr seid, desto besser werdet Ihr bezahlt. Jetzt bin ich sehr beschäftigt. Seht Euch einstweilen im Ort um und kommt um fünf Uhr wieder! Bis dahin werde ich einige Arbeiten ausgesucht haben. Ihr wohnt hier bei mir im Haus, esst an meinem Tisch und müsst Euch nach der Hausordnung richten. Punkt zehn Uhr wird die Tür verschlossen."

„Das ist mir recht, Sir, denn gerade so habe ich es bisher stets gehalten", versicherte der Mann, der eine große Genugtuung darüber empfand, dass er überhaupt angestellt wurde. Dann fügte er hinzu: „Und nun noch eine Bitte, die hier meinen Reisegefährten betrifft. Hättet Ihr vielleicht auch für ihn Arbeit?"

„Was für Arbeit?"

„Irgendwelche", meinte der andere bescheiden. „Ich bin froh, wenn ich überhaupt Beschäftigung erhalte."

„Wie heißt Ihr?"

„Dugby. Ich habe Mr. Keller unterwegs getroffen und

mich ihm angeschlossen, als ich hörte, dass hier an der Bahn gearbeitet wird."

„Und was wart Ihr bisher, Mr. Dugby?"

„Ich war längere Zeit Cowboy auf einer Ranch drüben bei Las Animas. Das war ein wüstes Leben, das ich nicht länger mitmachen mochte. Ich ging also fort. Überdies kam ich noch am letzten Tag mit einem andern Boy, einem rüden Burschen, in Streit, wobei mir sein Messer durch die Hand fuhr. Die Wunde ist noch nicht ganz heil. Ich hoffe aber, dass ich sie in zwei oder drei Tagen zur Arbeit, wenn Ihr mir welche geben wollt, gebrauchen kann."

„Nun, Arbeit könnt Ihr zu jeder Zeit haben. Bleibt also immerhin da, pflegt die Hand und wenn sie heil ist, so meldet Euch! Jetzt könnt ihr gehen."

Die beiden Kundschafter verließen das Zimmer. Der Ingenieur trat zu Old Firehand herein und sagte: „Ihr hattet Recht, Sir. Dieser Dugby hat dafür gesorgt, dass er nicht gleich zu arbeiten braucht, sondern Zeit gewinnt, zum Eagle Tail zu gehen. Er trug die Hand verbunden." – „Jedenfalls ist sie ganz gesund. Warum habt Ihr den Schreiber erst auf fünf Uhr bestellt?" – „Weil ich ihn dann bis zum Schlafengehen beschäftigen muss. Und was soll ich die ganze Zeit über mit ihm anfangen?" – „Richtig. Es sind immerhin fünf volle Stunden bis zehn Uhr."

So war nun der erste Teil der Planung ausgeführt. Zum zweiten Teil konnte man erst dann übergehen, wenn man das Gespräch der beiden Kundschafter belauscht hatte. Bis dahin war noch eine lange Zeit, die Old Firehand zum Schlafen verwendete. Als er erwachte, war es fast dunkel geworden und der Neger brachte ihm das Abendbrot. Gegen zehn Uhr kam dann der Ingenieur und meldete, der Schreiber habe schon längst gegessen und werde sich nun auf sein Zimmer begeben.

Old Firehand stieg also in das Stockwerk hinauf, von wo aus eine viereckige Klappe auf das Dach führte. Dort legte er sich nieder und kroch leise an die Stelle der Dachkante, unter der, wie er sich erkundigt hatte, das betreffende Fenster lag.

Als er einige Zeit ruhig wartend gelauscht hatte, hörte er unter sich eine Tür gehen. Schritte näherten sich dem Fenster und der Schein eines Lichtes fiel hinaus ins Freie. Das Dach bestand aus einer dünnen Bretterlage und darauf genageltem Zinkblech. So wie Old Firehand die Schritte unter sich hörte, konnte auch er selbst von dem Schreiber gehört werden. Es war also Vorsicht nötig.

Nun strengte der Jäger seine Augen an, um das nächtliche Dunkel zu durchdringen. In der Nähe des aus dem Fenster fallenden Lichtscheins stand eine Gestalt. Dann vernahm man das Öffnen des Fensters.

„Esel!“, raunte eine halblaute zornige Stimme. „Tu doch die Lampe weg! Das Licht trifft mich ja.“

„Selber Esel“, entgegnete der Schreiber. „Was kommst du schon jetzt? Man ist im Haus noch wach. Komm in einer Stunde wieder!“

„Gut! Aber sag wenigstens, ob du eine Nachricht hast!“

„Und was für eine!“

„Gut?“

„Herrlich! Viel prächtiger, als wir hätten ahnen können. Aber geh jetzt! Man könnte dich sehen.“

Das Fenster wurde geschlossen und die Gestalt verschwand. Nun war Old Firehand gezwungen, eine Stunde und noch länger zu warten, ohne sich regen zu dürfen. Die Zeit verging langsam. Unten in den Häusern und Hütten brannte noch Licht. Hier oben aber bei der Wohnung des Ingenieurs war alles in tiefes Dunkel gehüllt. Endlich hörte Old Firehand, dass das Fenster wieder geöffnet wurde. Die Lampe war verlöscht worden. Der Schreiber erwartete seinen Gefährten. Nicht lange, so hörte man ein leises Knirschen von Tritten im Sand.

„Dugby!“, flüsterte der Schreiber am Fenster.

„Ja“, erwiderte sein Kumpan.

„Wo stehst du? Ich sehe dich nicht.“

„Ganz nahe an der Wand, gerade unter deinem Fenster."
„Ist alles dunkel im Haus?"
„Alles. Ich habe mich zweimal um das Gebäude geschlichen. Es ist kein Mensch mehr wach. Was hast du mir zu sagen?"
„Dass es nichts ist mit der hiesigen Kasse. Es gibt hier vierzehntägige Löhnung und gestern war Zahltag. Wir müssten also volle zwei Wochen warten, bis wieder Geld kommt, und das ist unmöglich. Es sind nicht ganz dreihundert Dollar in der Kasse. Das ist nicht der Mühe wert."
„Und das nanntest du vorhin eine herrliche, prächtige Nachricht? Dummkopf!"
„Schweig! Mit der hiesigen Kasse ist es freilich nichts. Aber morgen, des Nachts, kommt ein Zug mit über vierhunderttausend Dollar hier durch."
„Unsinn!"
„Es ist wahr. Ich habe mich mit meinen eigenen Augen überzeugt. Der Zug kommt von Hays City und geht nach Eureka, wo das Geld für die neue Strecke verwendet werden soll. Ich habe den Brief und auch die Depesche gelesen. Dieser Ingenieur hat ein blödes Vertrauen zu mir."
„Was nützt uns das? Der Zug geht ja hier nur durch."
„Nein. Er hält volle fünf Minuten hier."
„Schon besser!"
„Und ich und du werden auf der Lokomotive stehen."
„Wir zwei? Du träumst."
„Durchaus nicht. Der Zug muss in Chalk Bluffs von einem Sonderbeamten übernommen werden. Dieser Mann bleibt dann auf der Lokomotive und fährt bis Wallace mit, um die Fracht dort zu übergeben."
„Und dieser Sonderbeamte sollst gerade du sein?"
„Ja. Und du sollst mit, oder vielmehr du darfst mit. Der Ingenieur hat mir erlaubt, mir einen Begleiter auszusuchen. Da ist es doch klar, dass ich dich wähle."
„Du, ist ein so schnelles und großes Vertrauen nicht auffällig?"

„Eigentlich ja. Aber es mag wohl so sein, dass der Ingenieur schon lange einen Vertrauten braucht und nie einen gehabt hat. Der Empfehlungsbrief hat da viel geholfen. Und außerdem kann mich dieses rasche Vertrauen nicht bedenklich machen, weil ein Aber dabei ist. Der Auftrag ist nicht ganz ungefährlich."

„Ah! Das beruhigt mich allerdings. Ist etwa die Strecke leichtsinnig gebaut?"

„Nein, obgleich sie nicht voll betriebsfertig ist, wie ich aus den Büchern und Plänen ersehen habe. Aber du kannst dir denken, dass bei einer so großen, neuen Bahn nicht genug geprüfte Beamte vorhanden sind. Es gibt Maschinisten und Heizer, die man noch nicht kennt. Denke dir nun einen Zug, der fast eine halbe Million Dollar befördert, von so einem Maschinisten und Heizer geleitet. Wenn sich die zwei einig sind, können sie ihn leicht irgendwo auf der Strecke stehen lassen und sich mit dem Geld davonmachen. Darum muss ein Beamter bei ihnen sein und da sie zwei Personen sind, soll der Beamte noch einen Gehilfen mitnehmen. Verstanden, es ist eine Art Polizeiposten! Wir werden jeder, du und ich, einen geladenen Revolver in der Tasche haben, um jeden, der eine verbrecherische Absicht verrät, sofort niederzuschießen."

„Du, das ist spaßhaft. Wir und das Geld bewachen! Wir werden die Kerle auf der Lokomotive unterwegs zwingen, anzuhalten, und uns dann die Dollars nehmen."

„Das geht nicht; denn außer dem Maschinisten und dem Heizer ist noch der Zugführer vorhanden und auch ein Kassenbeamter aus Kansas City, der das Geld in einem Koffer mit sich führt. Beide sind gut bewaffnet. Diese zwei würden, wenn wir auch die ersten beiden zwingen könnten, den Zug halten zu lassen, sofort Verdacht schöpfen und ihre Wagen verteidigen. Nein, unser Streich muss auf ganz andre Weise abrollen. Man muss mit Übermacht angreifen, und zwar an einem Ort, wo so etwas nicht zu vermuten ist, also hier."

„Und du denkst, dass es gelingt?“

„Gewiss. Es ist nicht das geringste Bedenken dabei und keinem von uns wird ein Haar gekrümmt werden. Ich bin des Erfolgs so sicher, dass ich dich jetzt fortschicke, um den Cornel zu unterrichten.“

„Der Ritt ist bei der Finsternis unmöglich, denn ich kenne die Gegend nicht.“

„So magst du bis gegen Morgen warten. Aber das ist die allerspäteste Zeit, denn ich muss bis Mittag Nachricht haben. Sporne dein Pferd tüchtig an und wenn du es totreiten solltest!“

„Und was soll ich sagen?“

„Was du jetzt von mir gehört hast. Der Zug trifft Punkt drei Uhr nachts hier ein. Wir stehen beide auf der Lokomotive und werden, sobald er hält, den Maschinisten und den Heizer auf uns nehmen. Nötigenfalls schießen wir sie nieder. Der Cornel muss sich mit den Unsrigen heimlich an der Bahn aufgestellt haben und augenblicklich die Wagen besteigen. Bei einer solchen Übermacht werden die etwa wachen Bewohner von Sheridan und die drei oder vier Beamten, mit denen wir es zu tun haben, so verblüfft sein, dass sie gar keine Zeit zur Gegenwehr finden.“

„Hm, der Plan ist nicht übel. Eine stattliche Summe! Wenn jeder von uns gleich viel bekommt, entfallen auf den Mann zweitausend Dollar. Hoffentlich geht der Cornel auf deinen Vorschlag ein. Wie soll ich dir seine Antwort übermitteln?“

„Das ist eine heikle Frage. Wir müssen vermeiden, uns persönlich zu treffen. Auch weiß ich nicht, ob wir Zeit und die passende, unauffällige Gelegenheit dazu finden würden. Du musst mich brieflich benachrichtigen.“

„Ist nicht gerade das am auffälligsten? Wenn ich dir einen Boten sende…“

„Einen Boten? Unsinn!“, unterbrach ihn der Schreiber. „Das wäre die größte Dummheit, die wir begehen könnten. Ich kann noch nicht sagen, ob ich dazu kommen werde, das Haus einmal zu verlassen. Also musst du mir alles aufschreiben und den Zettel in der Nähe verstecken."

„Und wo?"

„Hm! Es muss ein Ort sein, wohin ich rasch gelangen kann. Ich werde am Vormittag tüchtig arbeiten müssen. Es sind lange Lohnlisten auszufüllen, wie mir der Ingenieur sagte. Aber an die Haustür kann ich schon einmal treten. Hart daneben steht ein Regenfass, hinter dem du den Zettel verstecken kannst. Wenn du ihn mit einem Stein beschwerst, wird ihn kein Unberufener entdecken."

„Wie aber erfährst du, dass der Zettel hinter dem Fass liegt? Du kannst doch nicht öfters umsonst vor die Tür treten."

„Auch das lässt sich machen. Ich muss dir doch sagen, dass du mit mir den Geldzug besteigen sollst. Also lasse ich dich bald nach Mittag suchen. Du kommst dann, um zu fragen, weshalb ich nach dir verlangt habe. Dabei verbirgst du den Zettel und ich weiß, dass er an seinem Platz liegt. Bist du einverstanden?"

„Ja."

„Und spute dich unterwegs! Nun gute Nacht!"

Der andre erwiderte den Gruß und huschte fort. Das Fenster wurde leise zugemacht. Old Firehand blieb noch eine Weile liegen und schob sich dann vorsichtig zur Klappe, um zurückzusteigen. Er schlich die Treppe hinab und in die Stube des Ingenieurs, der wach geblieben war. Der Trapper erzählte alles, was er gehört hatte, und sprach die Überzeugung aus, dass die Angelegenheit den beabsichtigten Gang gehen werde. Dann trennten sie sich, um sich zur Ruhe zu legen.

Am anderen Morgen erwachte Old Firehand zeitig. Ihm, der an Tätigkeit und Bewegung gewöhnt war, fiel es nicht leicht, zunächst ruhig und versteckt in seiner Stube auszuhalten; doch musste er sich darein ergeben. Es mochte gegen elf Uhr sein, als der Ingenieur zu ihm kam. Charoy sagte ihm, dass der Schreiber fest bei der Arbeit sei und sich die größte Mühe gebe, für einen tüchtigen Mann zu gelten. In diesem Augenblick sah Old Firehand einen kleinen buckligen Kerl die Anhöhe heraufsteigen, der ein ledernes Jagdgewand trug und ein langes Gewehr überhängen hatte.

„Der Humply-Bill!", sagte er betroffen. Und erklärend fügte er hinzu: „Dieser Mann gehört zu meinen Leuten. Es muss etwas Unerwartetes geschehen sein, sonst würde er sich nicht hier blicken lassen. Hoffentlich ist es nichts allzu Schlimmes. Er weiß, dass ich hier unerkannt sein will, und wird deshalb nur Euch nach mir fragen. Wollt Ihr ihn hereinbringen, Sir?"

Der Ingenieur ging hinaus und Bill trat im selben Augenblick ins Haus.

„Sir", sagte er, „ich lese an dem Schild, dass hier der Ingenieur wohnt. Kann ich mit ihm sprechen?"

„Ich selbst bin es. Kommt herein!" Charoy geleitete Bill in die Stube Old Firehands, der den Kleinen mit der Frage empfing, was ihn veranlasst habe, so gegen alle Verabredung hierher zu kommen.

„Keine Sorge, Sir! Es ist nichts Schlimmes", beschwichtigte Bill. „Vielleicht ist's sogar etwas Gutes, auf alle Fälle aber etwas, was Ihr erfahren musstet. Aus diesem Grund wurde ich ausgewählt, Euch die Nachricht zu bringen. Ich bin scharf geritten und habe mich stets an der Eisenbahnstrecke gehalten, wo die Tramps sich jedenfalls nicht sehen lassen werden. Ich bin also nicht von ihnen bemerkt worden. Das Pferd habe ich draußen im Wald versteckt und habe mich so vorsichtig hergemacht, dass ich den hiesigen Leuten wohl gar nicht aufgefallen bin."

„Gut", nickte Old Firehand. „Also was ist geschehen?"

„Gestern gegen Abend kam, wie Ihr wissen werdet, Winnetou zu uns. Er richtete bei der Tante ungeheure Freude an und auch die anderen waren stolz darauf, diesen Mann bei sich zu sehen. Wir hatten zum Lager einen Ort gewählt, den wohl keiner der Tramps zu entdecken vermag. Nun hatte Winnetou vorher auch den Lagerplatz der Tramps ausgekundschaftet und nachdem es dunkel geworden war, begab er sich dorthin, um sie zu beobachten und vielleicht etwas zu erlauschen. Als er bis zum Tagesanbruch und auch einige Stunden in den Morgen hinein noch nicht wiedergekommen war, wollte es uns angst um ihn werden. Aber das war überflüssig. Es war ihm nichts geschehen. Vielmehr hatte er sich am hellen Morgen so weit an die Tramps geschlichen, dass er ihr Gespräch verstehen konnte. Dieses Gespräch war übrigens weniger ein Reden als vielmehr ein Schreien gewesen. Es war ein Bote von hier angekommen und hatte die ganze Gesellschaft mit einer Nachricht außer Rand und Band gebracht."

„Aha, Dugby!"

„Ja, Dugby, so hat der Kerl geheißen. Er erzählte von einer halben Million Dollar, die aus dem Bahnzug geholt werden soll."

„Das ist richtig."

„So! Der Apatsche sprach auch davon. Also ist das die Falle, in die Ihr die Kerle locken wollt. Dugby hat den Tramps nur das erzählt, was Ihr ihm weisgemacht habt. Und jedenfalls wisst Ihr, dass er sich aufgemacht hat, es ihnen zu berichten."

„Ja, dass er es ihnen sagen soll, gehört mit zu unserem Plan."

„Aber Ihr müsst auch erfahren, was darauf beschlossen wurde."

„Natürlich! Wir haben Vorsorge getroffen, dass es uns kurz nach Dugbys Rückkehr verraten wird."

„Nun, den Kerl braucht Ihr dazu gar nicht, denn Winnetou hat alles erlauscht. Die Halunken haben vor Seligkeit so laut geschrien, dass es meilenweit zu hören war. Dugby hat ein schlechtes Pferd; er wird erst nach Mittag ankommen können. Deshalb war es wohl umsichtig von Winnetou, dass er mich zu Euch schickte. Die Tramps sind nämlich auf die Vorschläge des Schreibers sofort eingegangen und es soll nur ein Punkt geändert werden."

„Welcher?“

„Der Ort, wo der Überfall geschehen soll. Da hier in Sheridan viele Arbeiter wohnen und ein solcher Sonderzug jedenfalls Aufmerksamkeit erregt, meinen die Tramps, dass wohl viele Arbeiter das Lager verlassen werden, um sich den Train anzusehen. Das könnte unerwarteten Widerstand ergeben. Die Kerle wünschen zwar das Geld, wollen aber nicht ihr Blut dafür hergeben. Deshalb soll der Schreiber den Zug ruhig aus Sheridan abfahren lassen und kurz nachher den Maschinisten und Heizer zwingen, auf offener Strecke zu halten.“

„Wurde ein Ort bestimmt?“

„Nein. Die Tramps wollen am Gleis ein Feuer anbrennen, neben dem die Lokomotive halten soll. Gehorchen der Maschinist und der Heizer nicht, so sollen sie erschossen werden. Vielleicht ist Euch diese Veränderung unlieb, Sir?“

„Nein, gar nicht, denn wir entgehen dadurch der immerhin in Berechnung zu ziehenden Gefahr, dass es zwischen unseren Arbeitern und den Tramps zum Kampf kommt. Ferner brauchen wir nicht erst mit den beiden Kundschaftern nach Carlyle zu fahren. Wir haben nun überhaupt nicht nötig, sie noch länger zu täuschen. Hat Winnetou euch gesagt, wo ihr euch aufstellen sollt?“

„Ja, vor dem Tunnel, der sich jenseits der Brücke öffnet.“

„Richtig! Aber ihr müsst euch verborgen halten, bis der Zug in den Tunnel eingefahren ist. Das Übrige ergibt sich von selbst.“

Jetzt wusste man, woran man war, und konnte mit den Vorbereitungen beginnen. Der Telegraf spielte nach Chalk Bluffs, um den Zug zusammenstellen zu lassen, und zum Fort Wallace, um Soldaten zu erbitten. Inzwischen erhielt Humply-Bill Speise und Trank und entfernte sich dann ebenso unauffällig, wie er gekommen war.

Um Mittag trafen von den beiden genannten Stationen

die Nachrichten ein, dass man den Anordnungen Folge leisten werde. Ungefähr zwei Stunden später sah man Dugby kommen, den der angebliche Keller durch einen Boten zu sich bestellt hatte. Old Firehand saß mit dem Ingenieur in seiner Stube. Beide beobachteten unbemerkt den Tramp, der sich für einen kurzen Augenblick an dem Regenfass zu schaffen machte.

„Empfangt ihn in Euerm Dienstzimmer", riet Old Firehand, „und sprecht dort so lange mit ihm, bis ich nachkomme! Ich werde inzwischen den Zettel lesen."

Der Ingenieur begab sich in seinen Arbeitsraum und sobald Dugby dort eingelassen worden war, ging Old Firehand hinaus an die Haustür. Als der Jäger einen Blick hinter das Fass warf, sah er dort einen Stein liegen. Er hob ihn auf und fand das erwartete Papier. Er faltete es auseinander und las die von dem Cornel geschriebenen Zeilen. Der Inhalt stimmte genau mit dem Bericht des Humply-Bill überein. Er legte das Papier wieder unter den Stein und trat dann ins Amtszimmer, wo Dugby in ehrerbietiger Haltung vor dem Ingenieur stand. Der Tramp erkannte den Jäger, der den Leinenanzug trug, nicht und erschrak darum nicht wenig, als ihm Old Firehand die Hand auf die Schulter legte und ihn drohend fragte: „Wisst Ihr, wer ich bin, Mr. Dugby?"

„Nein", lautete die bestürzte Antwort.

„So habt Ihr bei Butlers Farm die Augen nicht offen gehabt. Ich bin Old Firehand!"

Er zog dem Tramp das Messer aus dem Gürtel und einen Revolver aus der Hosentasche, ohne dass der entsetzte Mann eine Bewegung machte, dies zu verhindern. Dann sagte der Jäger zu dem Ingenieur: „Bitte, Sir, geht hinauf zu dem Schreiber und meldet ihm, dass Dugby hier gewesen ist, aber weiter nichts! Dann kehrt Ihr hierher zurück."

Charoy entfernte sich. Old Firehand drückte den Tramp auf einen Stuhl nieder und band ihn mit einer starken Schnur an der Stuhllehne fest.

„Sir", meinte der Mann, der sich allmählich von seinem

Schreck erholte, „warum diese Behandlung? Weshalb bindet Ihr mich? Ich kenne Euch nicht!“

„Schweige jetzt!“, gebot der Jäger, den Revolver ergreifend. „Wenn du einen Laut hören lässt, bevor ich es dir erlaube, jage ich dir eine Kugel in den Kopf!“

Der Bedrohte wurde blass und verstummte. Jetzt trat der Ingenieur wieder ein. Old Firehand winkte ihm, an der Tür stehen zu bleiben. Er selbst stellte sich ans Fenster, doch so, dass er von draußen nicht gesehen werden konnte. Er war überzeugt, dass die Neugier dem Schreiber nicht lange Ruhe lassen werde. Es währte auch kaum zwei Minuten, da sah er einen Vorderarm erscheinen, der hinter das Fass langte. Der Besitzer dieses Armes war nicht zu sehen, da er dicht am Türpfosten stand. Old Firehand nickte dem Ingenieur zu und Charoy öffnete schnell die Tür, gerade als der Schreiber daran vorbeihuschen wollte.

„Mr. Keller, wollt Ihr nicht einmal hereinkommen?“, fragte er.

Der Angeredete hielt das Papier noch in der Hand. Er steckte es flink ein und folgte der Aufforderung mit sichtlicher Verlegenheit. Was aber machte er erst für ein Gesicht, als er seinen Genossen an den Stuhl gebunden sah! Doch nahm er sich schnell zusammen und es gelang ihm wirklich, eine ziemlich unbefangene Miene zu zeigen.

„Was für ein Papier habt Ihr da soeben eingesteckt?“, fragte ihn Old Firehand.

„Eine alte Tüte“, log der Tramp.

„So? Zeigt sie doch einmal her!“

Der Schreiber tat erstaunt und fragte: „Wie kommt Ihr zu einem solchen Ansinnen? Wer seid Ihr denn? Ich kenne Euch nicht.“

„Ihr kennt Ihn!“, fiel der Ingenieur ein. „Es ist Old Firehand.“

„Old Fi…?“, stotterte der Tramp. Die zwei letzten Silben ließ der Schreck nicht aus seinem Mund. Seine Augen waren weit und starr auf den Trapper gerichtet.

„Ja, ich bin es", bestätigte der Jäger. „Hier habt Ihr mich wohl nicht vermutet? Und was den Inhalt Eurer Taschen betrifft, so habe ich ein gutes Recht darauf. Zeigt einmal her!"

Old Firehand nahm dem Tramp, der nicht zu widerstreben wagte, zuerst das Messer ab, dann holte er auch ihm einen geladenen Revolver aus der Tasche und nun zog er auch den Zettel daraus hervor.

„Sir", fragte der Schreiber verbissen, „mit welchem Recht tut Ihr das?"

„Zunächst mit dem Recht des Stärkeren und Ehrlichen und sodann hat Mr. Charoy, der die Polizeigewalt dieses Ortes ausübt, mir den Auftrag erteilt, in dieser Angelegenheit seine Stelle zu vertreten."

„In welcher Angelegenheit? Was ich bei mir trage, ist mein Eigentum. Ich habe nichts Ungesetzliches getan und will wissen, aus welchem Grund Ihr mich wie einen Dieb behandelt!"

„Dieb? *Pshaw!* Wohl Euch, wenn es nur das wäre! Es handelt sich aber nicht nur um einen Diebstahl, sondern erstens um einen Mord und zweitens um einen Überfall auf einen Eisenbahnzug, wobei voraussichtlich nicht nur ein einzelner Mensch sein Leben verlieren würde. Ihr gehört zu den Tramps, die am Osage Nook die Osagen überfielen, dann Butlers Farm angegriffen haben und nun hier eine halbe Million Dollar aus dem Bahnzug holen wollen."

Man sah es den beiden Männern an, wie furchtbar sie erschraken, doch nahm sich der vermeintliche Keller zusammen und erwiderte mit der Miene eines völlig Unschuldigen: „Davon weiß ich kein Wort!"

„Und doch seid Ihr nur zu dem Zweck hierher gekommen, um die Gelegenheit auszuspähen und Eure Verbündeten zu benachrichtigen."

„Ich? Ich bin ja gar nicht aus diesem Haus gekommen!"

„Ganz recht. Aber Euer Kamerad hier hat den Boten gemacht. Was habt ihr den gestern Abend durch das geöffnete Fenster miteinander gesprochen? Ich habe über Euch auf dem Dach gelegen und jedes Wort gehört. Auf diesem Zettel steht die Antwort, die Euch der rote Cornel sendet. Die Tramps lagern drüben beim Eagle Tail. Sie wollen in der nächsten Nacht herüberkommen und sich außerhalb Sheridan an der Bahn lagern und ein Feuer anbrennen. Dieses Feuer wird euch beiden den Ort andeuten, wo ihr den Maschinisten zwingen sollt, mit dem Zug zu halten. Hierauf wollen sich Eure Spießgesellen dann das Geld aus den Wagen holen."

„Sir", stieß der Schreiber hervor, der jetzt seine Angst nicht mehr verbergen konnte, „wenn es wirklich Leute gibt, die das unternehmen wollen, so ist es nur eine rätselhafte Folge von Umständen, die mich mit diesen Verbrechen in Verbindung zu bringen scheint. Ich bin ein ehrlicher Mann und..."

„Schweigt!", gebot Old Firehand. „Ein ehrlicher Mann mordet nicht."

„Wollt Ihr etwa behaupten, dass ich gemordet habe?"

„Allerdings! Ihr beide seid Mörder. Wo ist der Wunderdoktor und wo ist sein Gehilfe, die ihr mit dem roten Cornel verfolgt habt? Ist der Gehilfe nicht erschossen worden, weil ihr seinen Brief brauchtet, um Euch hier statt seiner als den Schreiber Keller vorzustellen und Euch auf diese Weise das Handwerk des Spions zu erleichtern? Habt ihr etwa dem Quacksalber nicht sein ganzes Geld abgenommen?"

„Sir, ich weiß – kein – kein Wort von alledem!", stotterte der Tramp.

„Nicht? So werde ich Euch sofort überführen. Damit Ihr aber nicht auf den Gedanken kommt, auszureißen, werden wir uns Eurer Person versichern. Mr. Charoy, habt doch die Güte, diesem Kerl die Hände auf den Rücken zu binden! Ich werde ihn halten."

Als der Tramp diese Worte hörte, wendete er sich rasch zur Tür, um zu fliehen. Noch schneller aber war Old Firehand. Er ergriff ihn, riss ihn zurück und hielt ihn trotz seines kräftigen Sträubens so fest, dass der Ingenieur ihn ohne Mühe fesseln konnte. Dann wurde Dugby vom Stuhl losgebunden und mit dem Schreiber in das Zimmer geführt, wo der verwundete Hartley lag. Als der Yankee sie erblickte, erhob er sich in sitzende Stellung und rief: „Holla, das sind ja die Kerle, die mich beraubt und den armen Keller ermordet haben! Wo ist denn der Dritte?"

„Der fehlt uns noch, wird uns aber auch noch in die Hände laufen", versicherte Old Firehand. „Sie leugnen die Tat."

„Leugnen? Ich erkenne sie wieder und will tausend Eide darauf schwören, dass sie die Mörder sind!"

„Es bedarf Eurer Versicherung nicht, Mr. Hartley. Wir haben Beweise in den Händen und wissen, woran wir mit ihnen sind."

„Schön! Wie aber steht es mit meinem Geld?"

„Das wird sich noch finden. Zuerst habe ich ihnen nur die Waffen abgenommen und diesen Zettel, der sie entlarvt."

Die Tramps sagten kein Wort mehr. Sie erkannten, dass ferneres Leugnen lächerlich sei. Nun wurden ihre Taschen vollends geleert. Es fanden sich die Banknoten, die auf ihren Anteil entfallen waren, und man gab sie Hartley zurück. Die Überrumpelten gestanden, dass der rote Cornel den Rest besitze. Dann wurden sie auch an den Füßen gefesselt und auf die Diele gelegt. Es gab im Haus keinen Keller oder sonst einen festen Raum, wohin man sie hätte stecken können. Hartley war so ergrimmt gegen sie, dass es keinen besseren Wächter für sie gab als ihn. Er bekam einen geladenen Revolver und dazu die Weisung, sie sofort zu erschießen, falls sie den Versuch machen sollten, sich ihrer Bande zu entledigen.

Alsdann konnten die weiteren Abwehrmaßnahmen getroffen werden. Es war nun nicht mehr nötig, die beiden Tramps auf die Lokomotive zu stellen und deshalb vorher mit ihnen auf der Draisine nach Chalk Bluffs zu fahren. Vielmehr wurde dorthin die Weisung telegrafiert, der Zug solle zur bestimmten Zeit dort abgehen und eine Strecke vor Sheridan an einer bestimmten Stelle halten, um von Old Firehand übernommen zu werden.

Im ferneren Lauf des Nachmittags traf vom Fort Wallace die Drahtmeldung ein, dass mit Einbruch der Dunkelheit ein Trupp Soldaten abgehe und schon um Mitternacht am vereinbarten Ort eintreffen werde.

10. Am Eagle Tail

Die Arbeiter in Sheridan waren meist Deutsche und Iren. Sie hatten von all den eben erzählten Vorgängen noch keine Ahnung, da man es für möglich hielt, dass der Cornel Kundschafter aussandte, um sie zu beobachten, und dass diese dann durch das Gebaren der Leute gewarnt werden könnten. Am Feierabend aber teilte der Ingenieur seinem Schichtmeister das Nötige mit und gab ihm den Auftrag, die Arbeiter unauffällig von den Geschehnissen zu unterrichten.

Der Schichtmeister war ein *New Hampshire-Man* und hatte ein bewegtes Leben hinter sich. Ursprünglich für das Baufach bestimmt und auch eine Reihe von Jahren darin tätig, hatte er es nicht zur Selbständigkeit gebracht und deshalb zu anderem gegriffen, was ihm lohnend schien. Das Glück war ihm aber auch da nicht hold gewesen und so hatte er dem Osten Lebewohl gesagt und war über den Mississippi gegangen, um dort sein Heil zu versuchen, leider aber mit dem gleichen Misserfolg. Nun endlich hatte er hier in Sheridan eine Stellung, wo er die früher erworbenen Kenntnisse verwerten konnte, fühlte sich jedoch keineswegs befriedigt. Er war ein Abenteurer geworden, der sich nicht mehr recht in geordnete Verhältnisse finden konnte.

Dieser Mann, der Watson hieß, war hocherfreut, als er hörte, was geschehen sollte. „Gott sei Dank, endlich einmal eine Unterbrechung dieses alltäglichen Einerleis!", sagte er. „Meine alte Rifle hat lange im Winkel gelegen und sich danach gesehnt, wieder ein vernünftiges Wort sprechen zu können. Ich schätze, dass sie heute die Gelegenheit dazu finden wird. Aber, wie ist mir denn? Der Name, den Ihr da genannt habt, kommt mir nicht unbekannt vor, Sir. Der rote Cornel? Und Brinkley soll er heißen?"

„Ja, er hat rot gefärbtes Haar, sein natürlicher Skalp ist von dunkler Farbe."

„Dann kann es derselbe Kerl sein, dem ich schon einmal begegnet bin. Ich habe dieses Zusammentreffen beinahe mit dem Leben bezahlt."

„Wo und wann ist das gewesen?", fragte Old Firehand.

„Vor zwei Jahren, und zwar droben am Grand River. Ich war mit einem Mate, einem Deutschen namens Erik Engel in Utha am Silbersee gewesen. Wir wollten nach Pueblo und dann auf den Cherokee Trail nach dem Osten, um uns dort die Werkzeuge zu einem Unternehmen zu verschaffen, das uns zu Millionären gemacht hätte."

Old Firehand horchte auf. „Engel hieß der Mann?", fragte er. „Ein Unternehmen, das euch Millionen einbringen sollte? Darf man vielleicht etwas Näheres darüber erfahren?"

„Warum nicht! Wir beide hatten uns zwar das tiefste Schweigen gelobt, aber die Millionen sind zu nichts zerronnen, weil der Plan nicht zur Ausführung kam, und so schätze ich, dass ich nicht mehr an das Gelübde der Verschwiegenheit gebunden bin. Es handelt sich nämlich um die Hebung eines ungeheuren Schatzes, der im Silbersee versenkt worden ist."

Der Ingenieur ließ ein kurzes, ungläubiges Lachen hören, weshalb der Schichtmeister fortfuhr: „Das mag abenteuerlich klingen, Sir, aber es ist trotzdem wahr. Ihr, Mr. Firehand, seid einer der berühmtesten Westmänner und werdet manches erlebt und erfahren haben, was Euch, falls Ihr es erzählen wolltet, kaum geglaubt würde. Vielleicht lacht wenigstens Ihr nicht über meine Worte."

„Fällt mir nicht ein", entgegnete der Jäger ernst. „Ich bin gern bereit, Euch allen Glauben zu schenken, und habe meine guten Gründe dazu. Auch ich habe als gewiss erfahren, dass ein Schatz in der Tiefe des Silbersees liegen soll."

„So? Nun, ich glaube, es mit gutem Gewissen beschwören zu können, dass es mit diesem Schatz seine Richtigkeit hat. Der Mann, der uns davon erzählte, hat uns bestimmt nicht belogen."

„Wer war das?"

„Ein alter Indianer. Ich habe noch nie einen so uralten Menschen gesehen. Er war geradezu zum Gerippe abgezehrt und sagte uns selbst, dass er weit mehr als hundert Sommer erlebt habe. Er nannte sich Hauey-kolakäkho, teilte uns aber einst vertraulich mit, dass er eigentlich Ikhatschi-tatli heiße. Was diese indianischen Namen bedeuten sollen, weiß ich nicht."

„Aber ich weiß es", fiel Old Firehand ein. „Der erste gehört der Tonkawa-, der zweite der aztekischen Sprache an, und beide haben dieselbe Bedeutung, nämlich ‚Großer Vater'. Sprecht weiter, Mr. Watson! Ich bin neugierig, zu erfahren, auf welche Weise Ihr diesen Indianer kennen gelernt habt."

„Nun, es ist eigentlich gar nichts Besonderes oder gar Abenteuerliches dabei. Ich hatte mich in der Zeit verrechnet und war zu lange in den Bergen geblieben, sodass ich vom ersten Schnee überrascht wurde. Musste also oben bleiben und mich nach einem Ort umsehen, wo ich überwintern konnte, ohne verhungern zu müssen. Glücklicherweise kam ich noch bis an den Silbersee und erblickte eine Steinhütte, aus der Rauch aufstieg. Ich war gerettet. Der Besitzer der Hütte war eben jener alte Indianer. Er hatte einen Enkel und einen Urenkel namens der Große und der Kleine Bär, die..."

„Ah! Nintropan-hauey und Nintropan-homosch?", fiel Old Firehand ein.

„Ja, so waren die indianischen Worte. Kennt Ihr vielleicht die beiden, Sir?"

„Ja. Doch weiter, weiter!"

„Die beiden ‚Bären' waren nach den Wasatch-Bergen hinüber, wo sie bis zum Frühjahr bleiben mussten. Der Winter kam allzu früh und es war eine Unmöglichkeit, durch den Massenschnee von dort herüber zum Silbersee zu gelangen. So traf ich den Alten allein an, fand aber auch schon einen anderen in seiner Hütte, eben den vorhin erwähnten Deutschen namens Erik Engel, der sich gerade so wie ich vor dem ersten Schneesturm hierher gerettet hatte. Ich schätze, dass es geraten ist, mich kurz zu fassen, und will nur sagen, dass wir drei den ganzen Winter miteinander verlebten. Zu hungern brauchten wir nicht; es gab Wild genug. Aber die Kälte hatte den Alten arg angegriffen und als die ersten lauen Lüfte wehten, mussten wir ihn begraben. Er hatte uns lieb gewonnen, weil wir ihm manchen kleinen Dienst erwiesen. Um sich dankbar zu zeigen, teilte er uns das Geheimnis vom Schatz im Silbersee mit. Er besaß ein uraltes Lederstück, auf dem sich eine Zeichnung der betreffenden Örtlichkeiten befand, und erlaubte uns, eine Kopie davon zu machen. Glücklicherweise hatte Engel Papier und Bleistift bei sich, sodass wir die Zeichnung anfertigen konnten. Das Leder selbst wollte uns der Alte nicht geben, sondern wollte es für die beiden ‚Bären' aufbewahren. Er hat es am Tag vor seinem Tode vergraben, doch wo, das erfuhren wir nicht, da wir seinen Willen achteten und nicht nachforschten. Als er dann unter seinem Hügel lag, brachen wir auf. Engel hatte die Zeichnung in seinen Jagdrock eingenäht."

„Ihr habt nicht auf die Rückkehr der beiden ‚Bären' gewartet?", fragte Old Firehand.

„Nein."

„Das hättet ihr tun sollen. Die Zeichnung wird nicht für jeden lesbar gewesen sein und außerdem war euer Recht auf den Schatz anfechtbar. Die ‚Bären' hatten immer noch den ersten Anspruch darauf."

„Mag sein. Aber wir waren monatelang eingeschneit gewesen und sehnten uns nach Menschen. In der Tat kamen wir auch bald unter Leute, aber unter was für welche! Wir wurden von einer Schar Utah-Indianer überfallen und völlig ausgeraubt. Sie hätten uns sicher getötet; doch sie kannten den alten Indianer, der bei ihnen in großen Ehren gestanden hatte und als sie erfuhren, dass wir uns seiner angenommen und ihn dann nach seinem Tod begraben hatten, schenkten sie uns das Leben, gaben uns wenigstens die

Kleider zurück und ließen uns laufen. Unsere Waffen aber behielten sie, sodass wir beinahe hilflos waren. Glücklicherweise oder vielmehr unglücklicherweise trafen wir am dritten Tag auf einen Jäger, von dem wir Fleisch erhielten. Als er hörte, dass wir nach Pueblo wollten, gab er vor, dasselbe Ziel zu haben, und erlaubte uns, uns ihm anzuschließen."

„Das war der rote Brinkley?"

„Ja. Er nannte sich zwar anders, aber ich habe später erfahren, dass er so hieß. Er fragte uns aus und wir sagten ihm alles. Nur das von dem Schatz und der Zeichnung, die Engel bei sich trug, verschwiegen wir ihm, denn er hatte kein Vertrauen erweckendes Aussehen. Freilich hat uns unsere Schweigsamkeit nichts genützt. Da nur er Waffen hatte, ging er oft fort, um zu jagen, und dann saßen wir beide beisammen und sprachen fast nur von dem Schatz. Da ist er dann einmal heimlich zurückgekehrt, hat sich hinter uns geschlichen und unser Gespräch belauscht. Als er darauf wieder auf die Jagd ging, forderte er mich auf, mitzukommen, da vier Augen mehr sähen als zwei. Nach einer Stunde, als wir uns weit genug von Engel entfernt hatten, sagte er mir, dass er alles gehört habe und uns zur Strafe für unser Misstrauen die Zeichnung abnehmen werde. Zugleich zog er sein Messer und fiel über mich her. Ich wehrte mich aus Leibeskräften, doch vergeblich. Er stieß mir das Messer in die Brust. Zu meinem Glück hatte er nicht ins Herz getroffen und nahm irrigerweise an, ich sei tot. Als ich erwachte, sah ich mich unter einer Schar von Einwanderern, die mich aufgefunden und verbunden hatten. Ich erzählte ihnen, was geschehen war. Doch das führte zu nichts. Die Einwanderer hatten weder Zeit noch Lust, die Spur des Mordbuben zu verfolgen. Und ich selbst brauchte lange Zeit, bis ich so weit genas, dass ich mich von meinen Rettern trennen konnte. Da ich weder das Grab noch die Leiche Engels aufzuspüren vermochte, durfte ich vermuten, dass er dem Mörder entkommen sei.

„Ja, er ist entkommen", nickte Old Firehand.

„Wie?“, fragte der Schichtmeister. „Ihr wisst das, Sir?“

„Ja. Doch davon später. Erzählt jetzt weiter!“

„Ich wandte mich zur nächsten Ansiedlung, wo ich gute Aufnahme und Unterstützung fand. Dort habe ich ein halbes Jahr lang alle möglichen Arbeiten verrichtet, um mir so viel zu verdienen, dass ich nach dem Osten gehen konnte.“

„Wohin wolltet Ihr?“

„Zu Engel. Ich wusste, dass er in Russelville, Kentucky, einen Bruder namens Max hatte, und wir hatten beschlossen, diesen Bruder aufzusuchen, um von dort aus die Vorbereitungen zu unserem Zug zum Silbersee zu treffen. Als ich dort ankam, hörte ich, dass Max an den Arkansas gezogen sei. Wohin, das konnte mir niemand sagen. Er hatte bei seinem Nachbarn einen Brief für Erik zurückgelassen, falls dieser nach ihm fragen sollte. Erik war auch wirklich eingetroffen und hatte den Brief erhalten, worin jedenfalls der neue Wohnort angegeben war. Dann war er wieder fort und der Nachbar war inzwischen verstorben. In Russelville aber hatte Erik das Abenteuer erzählt und meinen „Mörder“ Brinkley genannt. Wie und auf welche Weise er diesen Namen erfahren hatte, das ist mir unbekannt. So, Mesch'schurs, das ist's, was ich euch erzählen wollte. Wenn es mit dem Namen Brinkley seine Richtigkeit hat, so freue ich mich darauf, mit diesem Halunken zusammenzutreffen. Schätze, dass ich mit ihm Abrechnung halte.“

„Es gibt noch andre, welche die gleiche Absicht haben“, bemerkte Old Firehand. „Im Übrigen ist mir eines noch unklar. Ihr sagtet vorhin, dass Brinkleys rotes Haar gefärbt sei. Wie könnt Ihr das wissen?“

„Sehr einfach. Als er mit uns zusammenlebte, scheint ihm der Farbstoff knapp geworden zu sein und da begann die dunkle Farbe seines Haupthaares durchzuschimmern.“

„*Well!* So ist kein Zweifel darüber möglich, dass Ihr es mit dem roten Cornel zu tun gehabt habt. Das ganze Leben dieses Menschen scheint aus Verbrechen zusammengesetzt zu sein. Hoffentlich gelingt es uns heute, dem ein Ende zu machen."

„Auch ich wünsche das von Herzen. Aber Ihr habt mir noch nicht gesagt, wie wir uns des zu erwartenden Angriffs erwehren sollen."

„Das braucht Ihr jetzt auch noch nicht zu wissen. Ihr werdet es im geeigneten Augenblick erfahren. Zunächst müssen sich die Arbeiter ruhig verhalten. Sie mögen sich darauf einrichten, dass es keinen Schlaf für sie geben wird. Auch sollen sie ihre Waffen in Ordnung bringen. Noch vor Mitternacht werden sie einen Bahnzug besteigen, der sie an die betreffende Stelle bringt."

„*Well*, so muss ich mich mit diesem Bescheid begnügen. Euern Anordnungen wird Folge geleistet werden."

Als sich Watson entfernt hatte, erkundigte sich Old Firehand bei dem Ingenieur, ob er vielleicht zwei Arbeiter habe, die den beiden gefangenen Tramps in Bezug auf Gestalt und Gesichtszüge einigermaßen ähnlich seien. Auch sollten sie Mut genug besitzen, auf der Lokomotive die Stelle der Gefangenen zu vertreten. Charoy dachte nach und schickte dann seinen Neger fort, um die Männer, die er für geeignet hielt, herbeizuholen. Als sie kamen, sah Old Firehand, dass die Wahl gar nicht übel war: Die Gestalten waren fast die gleichen und die Gesichtszüge waren im Dunkel der Nacht ohnehin nicht genau zu unterscheiden. Es galt nur noch dafür zu sorgen, dass die Stimmen nicht allzu anders klangen. Darum nahm Old Firehand die beiden Arbeiter mit in das Zimmer Hartleys und stellte zum Schein noch ein kurzes Verhör mit den Tramps an. Die Arbeiter hörten die Stimmen der Tramps und waren nun im Stande, sie später notdürftig nachzuahmen.

Als dies alles besorgt war, verließ der Jäger das Haus, um nach Westmannsart die Umgebung nochmals abzusuchen.

Wenn Späher gekommen waren, so befanden sie sich jedenfalls an einer Stelle, von wo aus die Arbeiterniederlassung bei Nacht möglichst ungefährlich und zugleich hinreichend zu beobachten war. Und eine solche Stelle gab es unweit vom Haus des Ingenieurs. Man hatte beim Bahnbau in das Gelände schneiden müssen und so stieg hart am Gleis eine Böschung auf, deren Höhe einige Bäume trug. Von dort oben gab es den besten Überblick und die Bäume gewährten die nötige Deckung. Wenn irgendwo, so waren die Spione dort zu suchen.

Old Firehand trachtete, unbemerkt von der andern Seite, an den Fuß der kleinen Höhe zu kommen, und kroch dann leise hinauf. Oben sah er, dass seine Berechnung richtig war. Unter den Bäumen saßen zwei Gestalten, die leise miteinander sprachen. Der Jäger näherte sich ihnen so weit, dass er mit dem Kopf den Stamm des Baumes berührte, neben dem sie saßen. Er hätte beide mit der Hand greifen können. Er konnte sich so nahe an sie wagen, weil sein grauer Anzug nicht vom Boden zu unterscheiden war. Leider war im Gespräch gerade eine Pause eingetreten und es verging eine geraume Zeit, bevor der eine sagte: „Hast du denn erfahren, was später, wenn wir hier fertig sind, geschehen soll?"

„Nichts Gewisses", antwortete der andre.

„Man munkelt allerlei, aber genau wissen es wohl nur wenige."

„Ja. Der Cornel ist verschwiegen und hat nur wenige Vertraute. Seinen eigentlichen Plan kennen wohl nur die, die vor uns bei ihm waren."

„Meinst du Woodward, der mit ihm den Rafters entkommen ist? Nun, der scheint ja gerade gegen dich sehr mitteilsam zu sein. Hat er dir nichts gesagt?"

„Andeutungen, weiter nichts. Ich schließe aus seinen Worten, dass der Cornel nicht die Absicht hat, unsre ganze Schar beisammen zu behalten. Eine so große Zahl ist ihm für seine weiteren Pläne hinderlich. Und ich gebe ihm da Recht. Je mehr Menschen wir sind, desto kleiner ist der Gewinn, der auf den Einzelnen fällt. Ich denke, dass er sich die Besten auswählt und mit ihnen plötzlich verschwinden wird."

„Hol ihn der Teufel! Sollen die andern dann etwa betrogen werden?“

„Wieso betrogen?“

„Was dann, wenn der Cornel nun morgen mit denen, die er bei sich behalten will, verschwindet?“

„Das könnte gar nichts schaden. Ich würde mich nur darüber freuen. Es ist doch klar, dass wir beide nicht bei denen sein würden, die das Nachschen haben.“

„Kannst du mir das beweisen? Wenn nicht, halte ich die Augen offen und schlage Lärm.“

„Der Beweis ist nicht schwer zu führen. Hat er dich nicht mit mir hierher geschickt?“

„Nun?“

„Nur brauchbare und zuverlässige Leute erhalten so einen Auftrag. Indem er uns mit der Beaufsichtigung dieses Ortes betraut, hat er uns das allerbeste Vertrauenszeugnis erteilt. Was folgt daraus? Wenn er wirklich die Absicht hat, einen Haufen der Unsrigen von sich abzuschütteln, so werden wir nicht zu diesen gehören, sondern auf alle Fälle zu denen, die er mit sich nimmt.“

„Hm! Das lässt sich hören. Das beruhigt mich. Aber wenn du meinst, dass ich mit unter den Auserwählten sein soll, warum hältst du da hinter dem Berge und sagst mir nicht, was dir Woodward über seine Pläne mitgeteilt hat?“

„Weil ich selbst noch nicht im Klaren bin. Aber ich will dir sagen, was ich weiß. Es handelt sich um einen Zug hinauf in die Berge. Da oben hat vor grauen Zeiten ein Volk gewohnt, dessen Name mir entfallen ist. Dieses Volk ist entweder nach Süden gezogen oder ausgerottet worden und hat vorher ungeheure Schätze im See versenkt.“

„Unsinn! Wer Schätze besitzt, der nimmt sie mit, wenn er fortzieht!“

„Ich sage dir ja, dass jenes Volk möglicherweise auch ausgerottet wurde!“

„Worin sollten diese Schätze bestanden haben? In Geld?“

„Das weiß ich nicht. Ich bin kein Gelehrter und kann

nicht sagen, ob diese alten Völker schon Münzen geprägt haben. Woodward meinte, das Volk habe Tempel besessen mit goldenen und silbernen Götzenbildern und unzähligen Gefäßen aus Edelmetall. Diese Reichtümer liegen im Silbersee, der davon seinen Namen hat. Der Cornel soll eine Zeichnung besitzen, mit deren Hilfe man die entsprechende Stelle genau ermitteln und den Schatz ohne Gefahr heben kann."

„So! Und wo liegt dieser Silbersee?"

„Das weiß ich nicht. Jedenfalls wird der Cornel erst dann davon reden, wenn er bestimmt hat, wen er mitnehmen will. Klar, dass er sein Geheimnis und seine Absichten nicht vorher ausplaudert."

„Gewiss! Aber gefährlich ist die Sache auf alle Fälle."

„Warum?"

„Der Indianer wegen."

„*Pshaw!* Es wohnen dort nur zwei Rote, der Enkel und der Urenkel des Indianers, von dem die Zeichnung stammt. Und die sind doch mit zwei Schüssen weggeputzt."

„Wenn's so ist, will ich's loben. Ich war noch nie droben in den Mountains und muss mich deshalb auf die verlassen, die etwas von der Sache verstehen. Zunächst meine ich, dass wir unser ganzes Augenmerk auf unser heutiges Unternehmen richten müssen. Glaubst du, dass es gelingen wird?"

„Jedenfalls. Schau nur, wie ruhig alles im Ort ist! Kein Mensch dort unten hat eine Ahnung von unsrer Anwesenheit und unserm Vorhaben. Und zwei unsrer besten und listigsten Leute sind schon hier, um uns vorzuarbeiten. Wer könnte da an ein Misslingen denken! Der Zug kommt hier an, hält fünf Minuten und fährt dann weiter. Eine Wegstunde von hier brennt unser Feuer. Dort halten unsre zwei Genossen, die auf der Lokomotive stehen, dem Maschinisten die Revolver vor und zwingen ihn, den Zug zu stoppen. Wir umringen ihn, der Cornel steigt auf und nimmt..."

„Oho!", unterbrach ihn der andre. „Wer steigt auf? Etwa

der Cornel allein? Oder nur mit wenigen, mit denen er dann gemütlich davondampft? Später lässt er halten, steigt aus, nimmt die halbe Million und verschwindet. Und die andern sitzen hier und haben das Nachsehen. Nein, so wird nicht gewettet!"

„Was du denkst!", erklang es ärgerlich. „Ich habe dir ja gesagt: Falls der Cornel wirklich eine solche Absicht hegte, so befänden wir beide uns unter denen, die den Zug besteigen dürfen. Wenn uns übrigens der Silbersee so ungeheure Schätze bietet, haben wir es gar nicht nötig, gegen unsre hiesigen Genossen unehrlich zu sein. Wir teilen. Jeder erhält sein Geld und dann mag sich der Cornel die aussuchen, die er ins Gebirge mitnehmen will. Basta! Sprechen wir nicht weiter davon! Jetzt möchte ich nur wissen, was die Lokomotive soll, die da unten steht. Das Feuer brennt unter dem Kessel, also steht sie zur Fahrt bereit. Wohin?"

„Vielleicht ist es die Sicherungsmaschine, die dem Geldzug voranfahren soll?"

„Nein. Da wartete sie nicht schon jetzt. Der Zug kommt ja erst drei Uhr nachts. Diese Maschine kommt mir nicht geheuer vor und ich bin begierig, zu erfahren, welche Absicht man mit ihr verfolgt."

Der Mann sprach einen Verdacht aus, der zu berücksichtigen war. Old Firehand sah ein, dass die Maschine nicht stehen bleiben durfte. Es war eine gewöhnliche kleine Bauzuglokomotive, an die offene Güterwagen zum Fortschaffen von Erdmassen angehängt waren. In diesen Wagen sollten die Arbeiter befördert werden. Damit durfte man nicht bis gegen Mitternacht warten, sondern es musste gleich geschehen, um den Verdacht des Kundschafters zu zerstreuen. Old Firehand kroch also zurück und schlich sich zum Haus des Ingenieurs, dem er sagte, was er gehört hatte.

„*Well*", meinte Charoy. „So müssen wir die Leute gleich fortbringen. Aber die Späher werden sie einsteigen sehen!"

„Nein. Wir geben den Arbeitern die Weisung, sich ungesehen fortzuschleichen. Sie mögen ungefähr eine Viertelstunde weit gehen und dann an der Strecke warten, bis der leere Zug kommt. Dort wird er sie aufnehmen und da der Schall nicht so weit trägt und die Bahn eine Krümmung macht, werden die Spione weder sehen noch hören, dass der Zug da hält."

„Und wie viele Leute behalte ich hier zurück?"

„Zwanzig genügen zum Schutz Eures Hauses und zur Sicherung der beiden Gefangenen. Eure Maßnahmen können binnen einer halben Stunde getroffen sein. Dann geht der Bauzug ab. Ich schleiche mich wieder zu den Spähern, um zu hören, was sie weiterhin sagen."

Bald lag Old Firehand wieder hinter den beiden Männern, die sich jetzt schweigend verhielten. Er konnte ebenso gut wie sie das vor ihm liegende Gelände überblicken und gab sich Mühe, eine Bewegung im Baulager zu bemerken – vergeblich. Die Arbeiter entfernten sich so heimlich und vorsichtig, dass die Spione gar keine Ahnung davon bekamen. Übrigens erleuchteten auch die Lichter, die in den Gebäuden und Hütten brannten, den Ort so schwach, dass man menschliche Gestalten nur undeutlich unterscheiden konnte.

Da sah man eine helle Laterne vom Haus des Ingenieurs her sich dem Gleis nähern. Der Träger der Laterne rief so laut, dass es weithin zu hören war: „Den leeren Bauzug nach Wallace ab! Die Wagen werden dort gebraucht." Es war der Ingenieur, der diese Worte rief. Er hatte sich mit dem Maschinisten verabredet und so antwortete jener ebenso laut: *„Well,* Sir! Ist mir lieb, dass ich endlich fortkomme und meine Kohlen nicht umsonst zu verfeuern brauche. Habt Ihr in Wallace etwas auszurichten?" – „Nichts als eine ‚Gute Nacht' an den Ingenieur, der wohl bei den Karten sitzen wird, wenn Ihr dort angedampft kommt. *Good road!"* – *„Good night, Sir!"*

Einige schrille Pfiffe und der Zug setzte sich in Bewegung. Als das Rollen der Räder verklang, meinte der eine der Späher: „Weisst du nun, woran du mit dieser Lokomotive bist?" – „Ja, ich bin beruhigt. Sie bringt leere Wagen nach Wallace, die dort gebraucht werden. Mein Verdacht war unbegründet." – „Verdacht ist hier überhaupt Unsinn. Der Plan ist so gut angelegt, dass er unbedingt gelingen muss. Wir könnten eigentlich schon jetzt aufbrechen." – „Nein. Der Cornel hat uns befohlen, bis Mitternacht zu warten, und wir müssen gehorchen." – „Meinetwegen! Aber wenn ich schon bis dahin hier aushalten muss, sehe ich doch nicht ein, wozu ich meine Augen unnütz anstrengen soll. Ich werde mich niederlegen und schlafen." – „Ich auch. Das ist das Gescheiteste. Später wird es keine Zeit zur Ruhe geben."

Old Firehand huschte schnell fort, denn die beiden bewegten sich von ihren Plätzen, um es sich möglichst bequem zu machen. Er kehrte zum Ingenieur zurück und begab sich mit ihm ins Innere des Hauses, wo sie bei Wein und Zigarren der Stunde des Aufbruchs harrten. Es gab nur noch zwanzig Arbeiter im Ort und das genügte vollkommen. Die übrigen Leute hatten sich befehlsgemäß fortgeschlichen. Außer Sichtweite warteten sie aufeinander und folgten dann der Strecke, bis sie die gebotene Entfernung zurückgelegt hatten. Dort blieben sie halten, bis der Zug kam und sie aufnahm. Er brachte sie bis an den Eagle Tail, wo er anhielt. Dass die Tramps nun das Folgende beobachten würden, war gar nicht möglich, da sie jedenfalls schon aufgebrochen waren.

Old Firehand hatte eine gut geeignete Gegend ausgewählt. Die Bahn musste den Fluss, der hier von hohen Ufern eingeengt wurde, überschreiten. Sie tat dies damals mit Hilfe einer Notbrücke, über die das Gleis führte, das dann drüben unmittelbar in einen Tunnel trat. Wenige Schritte vor dieser Brücke hielt der Zug, der übrigens nicht, wie die beiden Späher gemeint hatten, aus lauter leeren Wagen bestand. Die zwei letzten waren vielmehr mit dürrem Holz und Kohlen beladen. Kaum war der Zug zum Stehen gebracht, da tauchte aus dem ringsum herrschenden Dunkel der Nacht ein kleiner, dicker Kerl auf, der wie ein Frauenzimmer aussah, und fragte den Lokomotivführer mit hoher Fistelstimme: „Was wollt Ihr denn jetzt schon hier? Bringt Ihr etwa die Arbeiter?“

„Wer seid Ihr denn?“, lautete die Gegenfrage des Mannes auf der Maschine, der die sonderbare Gestalt, die im Lichtschein der Feuerung stand, erstaunt betrachtete.

„Ich?“, lachte der Dicke. „Ich bin die Tante Droll. Na, erschreckt nur nicht! Es könnte Euren Nerven schaden. Tante bin ich nur so nebenbei; man wird Euch das später erklären. Also warum kommt Ihr?“

„Es geschieht auf Befehl Old Firehands, der zwei Spione der Tramps belauscht hat. Die zwei hätten Verdacht geschöpft, wenn wir später aufgebrochen wären. Finden wir hier die Leute dieses berühmten Westmannes?“

„Ja. Aber reißt nicht etwa aus vor Angst! Es sind Onkels und ich bin die einzige Tante dabei.“

„Habe keinen Grund, mich vor Euch zu fürchten, Miss oder Mistress. Wo sind denn die Tramps?“

„Fort, schon vor drei Viertelstunden aufgebrochen.“

„Also können wir die Kohlen und das Holz abladen?“

„Ja. Nehmt Eure Leute wieder auf und ich werde zu Euch steigen, um Euch die nötigen Winke zu geben.“

„Ihr? Winke geben? Man hat Euch doch nicht etwa zum General dieses Armeekorps gemacht?“

„O doch, mit Eurer gütigen Erlaubnis! So, da bin ich. Und nun lasst Euer Pferd hübsch langsam über die Brücke laufen und dann gerade so halten, dass die Kohlenwagen an den Eingang des Tunnels zu stehen kommen.“

Droll war auf die Lokomotive gestiegen. Die Arbeiter hatten beim Halten des Zuges die Wagen verlassen und mussten nun wieder aufsteigen. Der Schichtmeister betrachtete den Dicken noch einmal mit einem Blick, aus dem zu ersehen war, dass es ihm nicht leicht wurde, den Anordnungen dieser rätselhaften Tante Gehorsam zu leisten.

„Na, wie wird's?", fragte Droll.

„Seid Ihr denn wirklich der Mann, auf den ich hören muss?"

„Jawohl. Und wenn Ihr das nicht augenblicklich tut, so helfe ich hier nach. Ich habe keine Lust, bis zum Jüngsten Tag an dieser Brücke kleben zu bleiben."

Droll zog sein Bowiemesser und richtete die Spitze gegen Watsons Magengegend.

„Alle Wetter, seid Ihr eine spitzige und scharfe Tante!", rief der Schichtmeister aus. „Aber gerade, da Ihr mir das Messer zeigt, muss ich Euch für einen Tramp halten. Könnt Ihr Euch ausweisen?"

„Macht keinen Unsinn weiter", entgegnete der Dicke jetzt ernst gestimmt, indem er sein Messer wieder in den Gürtel schob. „Wir halten drüben hinter dem Tunnel. Dadurch, dass ich Euch über die Brücke entgegenging, habe ich Euch doch bewiesen, dass mir Euer Kommen bekannt ist, dass ich also nicht zu den Tramps gehören kann."

„Na, fahren wir meinetwegen hinüber."

Der Zug überquerte den Fluss und fuhr dann so weit in den Tunnel ein, dass die zwei hinteren Wagen draußen stehen blieben. Jetzt sprangen einige Arbeiter wieder ab und schütteten den Inhalt des einen Sturzwagens aus. Dann rollte der Zug weiter und hielt jenseits des Tunnels im Freien so, dass der noch volle Wagen, der nun auch umgestürzt werden konnte, an den Ausgang zu stehen kam. Die Arbeiter machten sich dann daran, vor und hinter dem Tunnel die Kohlen und das Holz zu leicht brennenden Haufen aufzuschichten. Der Maschinist dampfte darauf noch eine Strecke weiter, stoppte die Maschine und kam schließlich wieder zurück.

Sein Misstrauen, geweckt durch Drolls Erscheinen, war verschwunden. Was er sah, musste ihn belehren, dass er sich unter den richtigen Leuten befand. Der Tunnel war durch einen hohen Felsen gebrochen, hinter dem ein Feuer brannte, das unten im Flusstal, wo sich die Tramps aufhielten, nicht zu sehen war. Um dieses Feuer lagerten die Rafters und alle andern, die mit Old Firehand zum Eagle Tail gekommen waren. Rechts und links neben der Flamme waren zwei Äste eingerammt, die oben in Gabeln ausliefen. In ihnen wurde eine Stange gedreht, die durch große Stücke Büffelfleisch gesteckt worden war.

Die Arbeiter wurden eingeladen, ‚Büffelkuh *à la prairie*‘ mitzuessen, und in kurzem saß man beim Mahl. Freilich war an dem Feuer nur für die wenigsten Platz. Es hatten sich verschiedene Gruppen gebildet, die von den Rafters bedient wurden. Außer der Büffelkuh war noch kleineres Wild vorhanden, sodass es trotz der großen Zahl der Bahnarbeiter genug zu essen gab. Droll hatte sich ein mächtiges Stück Büffellende hergenommen, schnitt riesige Bissen davon ab, steckte sie gemächlich in den Mund und kaute gedankenverloren und mit Eifer und Andacht. Da wendete sich der Schichtmeister an ihn: „Hört mal, Sir, Old Firehand hat mich an Euch verwiesen. Er meinte, ich könnte von Euch erfahren, was aus Eurem Landsmann Engel geworden ist.“

„Engel? Aus welchem Engel?“

„Aus dem Jäger und Fallensteller Erik Engel, der droben am Silbersee war.“

„Den meint Ihr?“, fuhr Droll auf. „Wo habt Ihr ihn kennen gelernt?“

„Eben droben am Silbersee. Wir mussten einen ganzen Winter dort verbringen, weil wir eingeschneit...“

„So heißt Ihr Watson?“, unterbrach ihn Droll.

„Ja, so ist mein Name.“

„Watson. *Heavens!* Sir, ich kenne Euch wie meine Tasche und habe Euch doch noch nie gesehen.“

„So hat man Euch von mir erzählt? Wer war das?“

„Der Bruder Eures Kameraden Erik Engel. Schaut her! Dieser Knabe heißt Fred Engel. Er ist der Neffe Eures Gefährten vom Silbersee und ist mit mir ausgezogen, um den Mörder seines Vaters Max Engel zu suchen.“

„Ist sein Vater ermordet worden?“, fragte Watson, indem er dem Knaben die Hand bot.
„Ja, und zwar einer Zeichnung wegen, die...“
„Wieder die Zeichnung!“, fiel der Schichtmeister ein. „Kennt Ihr den Mörder? Jedenfalls ist’s der rote Cornel!“
„Ja, er ist’s. Aber – er soll ja auch Euch ermordet haben!“
„Gott sei Dank nur verwundet, Sir. Der Stich traf glücklicherweise nicht ins Herz. Und Ihr, Mr. Droll, könnt Ihr mir also sagen, was aus meinem Kameraden Erik Engel geworden ist?“
„Ja, das kann ich“, entgegnete der Dicke. „Ein toter Mann ist aus ihm geworden. Der Cornel hat ihn verwundet, geradeso wie Euch, und daran ist der arme Teufel gestorben.“
„Erzählt, Sir!“
„Das ist schnell berichtet. Als der Cornel Euch vom Lagerplatz fortgelockt hatte, begann Engel misstrauisch zu werden. Warum hatte der Mann Euch, den Waffenlosen, mitgenommen? Er musste dabei eine besondere Absicht verfolgen, die mit der Jagd gar nichts zu tun hatte. Ihr beide hattet dem Cornel nicht getraut und nun wurde es Engel angst um Euch. Diese Angst ließ ihm keine Ruhe und so machte er sich auf, Euern Spuren zu folgen. Die Sorge verdoppelte seine Eile und nach Verlauf von vielleicht einer Stunde hatte er Euch so weit eingeholt, dass er Euch sehen konnte. Er trat eben um die Ecke eines Gebüsches, als er Euch erblickte. Aber was er sah, riss ihn wieder zurück. Vor Entsetzen fast starr, lugte er durch die Zweige. Der Cornel stach Euch nieder und kniete dann über Euch, um sich zu überzeugen, ob die Wunde tödlich sei. Dann stand er wieder auf und blieb, wie sich besinnend, eine Weile stehen. Was sollte Engel nun tun? Den wohlbewaffneten Mörder angreifen, um Euch zu rächen, er, der keine Waffe besaß? Das wäre Wahnsinn gewesen. Engel wendete sich also zur Flucht, erst auf der bisherigen Spur zurück und dann, als die Gegend günstig war, ostwärts

abbiegend. Aber nur zu bald sollte er merken, dass ihm der Mörder auf den Fersen war. Engel hatte eine Höhe erstiegen und sah, als er zurückblickte, den Mörder hinter sich herkommen, zwar noch im Tal unten, aber doch in einer Entfernung von höchstens zehn Minuten. Jenseits der Höhe gab es eine ebene Prärie. Engel rannte hinab und dann weiter, immer geradeaus, so schnell er konnte. Die Hetze ging wohl eine Stunde lang fort, bis Engel Büsche vor sich sah. Er glaubte sich gerettet. Aber die Büsche standen weit auseinander und dazwischen stand üppiges Gras, das die Spuren der Füße deutlich aufnahm. Die Entbehrungen des harten Winters hatten den Flüchtling entkräftet. Der Verfolger kam ihm immer näher. Als sich Engel wieder umblickte, erspähte er den andern in einer Entfernung von höchstens hundert Schritten. Das spornte seine Kräfte zur letzten Anstrengung an. Er sah Wasser vor sich. Es war der North Fork des Gunnison River. Engel rannte darauf zu, hatte den Fluss aber noch nicht erreicht, als ein Schuss fiel. Er fühlte einen Stoß wie von einer kräftigen Faust an der rechten Körperseite und sprang weiter, in das Wasser hinein, um an das gegenüberliegende Ufer zu schwimmen. Da sah er von links her einen Bach in den Fluss münden. Er wendete sich der Mündung zu und watete im Bach eine kleine Strecke aufwärts, bis er Gestrüpp erblickte, das seine dichten Zweige, die durch hängen gebliebenes Spülgras für das Auge noch undurchdringlicher geworden waren, vom Ufer bis ins Wasser hängen ließ. Er schlüpfte darunter und blieb dort stehen, zitternd vor Aufregung, Anstrengung und Angst. Seine Füße standen noch im Wasser. Der rote Cornel hatte nun auch das Ufer erreicht. Da er Engel nicht erblickte und der Fluss schmal war, glaubte er, jener sei hinübergeschwommen, und ging auch ins Wasser. Aber das konnte nur mit großer Vorsicht geschehen, weil Brinkley seine Schießwaffen und die Munition nicht nass machen durfte. Es dauerte also lange, bis er, auf dem Rücken schwimmend und die Gegenstände über

Wasser haltend, drüben ankam und im Gesträuch verschwand."

„Er ist gewiss wieder umgekehrt", meinte der Humply-Bill. „Da er drüben keine Fährte fand, musste er annehmen, der Flüchtling sei noch diesseits des Flusses."

„Allerdings", nickte Droll. „Er suchte erst drüben eine Strecke des Ufers ab und kehrte dann zurück, um auch hüben zu forschen. Aber da gab es auch keine Fährte und das machte ihn irre. Zweimal ging er an dem Versteck vorüber, doch bemerkte er den Verborgenen nicht. Engel lauschte noch lange Zeit, ohne den Mörder wieder zu sehen oder zu hören. Dennoch blieb er im Wasser stehen, bis es dunkel geworden war. Dann schwamm er hinüber und lief die ganze Nacht hindurch gerade nach Westen, um möglichst weit fortzukommen."

„War er nicht bereits verwundet?"

„Doch, ein Streifschuss am Oberkörper unter dem Arm. In der Aufregung und bei der Kälte des Wassers hatte er das gar nicht so bemerkt oder doch nicht beachtet. Aber während des Marsches begann die Wunde zu brennen. Er verband sie, so gut es ging, bis er am Morgen kühlende Blätter fand, die er auflegte und von Zeit zu Zeit erneuerte. Er war zu Tode matt und fühlte einen wütenden Hunger, den er mit Wurzeln zu stillen suchte. So schleppte er sich weiter, bis er gegen Abend ein einsames Camp erreichte, dessen Bewohner ihn gastlich aufnahmen. Er war so schwach, dass er ihnen nicht erzählen konnte, was er erlebt hatte; er brach bewusstlos zusammen. Als er erwachte, lag er in einem alten Bett und wusste nicht, wie er hineingekommen war. Dann erfuhr er, dass er fast zwei Wochen lang im Fieber gelegen und nur von Mord, Blut, Flucht und Wasser fantasiert hatte. Nun erst erzählte er sein Abenteuer und erfuhr, dass sein Gastgeber einen rothaarigen Mann getroffen habe, der sich erkundigt hatte, ob vielleicht ein Fremder in dem Camp eingekehrt sei. Der Gefragte hatte diesen Mann einmal in Colorado City gesehen und wusste, dass er Brinkley hieß. Er hielt ihn nicht für vertrauenswürdig und verneinte die Frage. So erfuhr Erik Engel den Namen des Mörders. Möchte allerdings nicht darauf wetten, dass der Kerl wirklich so heißt. Die Wunde kam ins Heilen und dann wurde Engel bei passender Gelegenheit mit nach Las Animas genommen."

„Also nicht nach Pueblo", meinte der Schichtmeister. „Sonst hätte ich, als ich später dorthin kam, seine Spur vielleicht gefunden. Was tat er dann?"

„Er schloss sich als Fuhrmann einem Handelszug an, der nach alter Weise auf dem Santa Fe-Trail nach Kansas City ging. Als er dort seinen Lohn empfing, hatte er die Mittel, seinen Bruder Max aufzusuchen. In Russelville hörte er, dieser sei fortgezogen. Doch erhielt er von dem Nachbarn einen für ihn zurückgelassenen Brief, worin stand, dass er den Bruder in Benton, Arkansas, finden werde."

„Ah, dort! Und gerade Benton ist einer der wenigen Orte, wohin ich nicht gekommen bin!", meinte Watson. „Wie aber stand es mit der Zeichnung, die Erik bei sich trug?"

„Die hatte im Wasser des North Folk gelitten und Engel musste sie erneuern. Natürlich erzählte er seinem Bruder alles und Max war gern bereit, den Ritt mit Engel zu unternehmen. Leider aber stellte es sich bald heraus, dass die Anstrengungen der Flucht nicht ohne Folgen geblieben waren. Erik begann zu husten und zehrte rasch ab. Der Arzt erklärte, dass er an der galoppierenden Schwindsucht leide, und acht Wochen nach seinem Eintreffen beim Bruder war Erik eine Leiche. Das lange Stehen im kalten Frühjahrswasser hatte ihn zu einem Kind des Todes gemacht."

„Also hat dieser Cornel doch Engels Leben auf dem Gewissen!"

„Wenn er weiter nichts zu tragen hätte! Hier unter uns gibt es mehrere, die mit diesem vielfachen Mörder abzurechnen haben. Aber hört, was weiter geschehen ist! Max Engel war ein wohlhabender Mann, der sein Feld bebaute und nebenbei einen einträglichen Handel trieb. Er hatte zwei Kinder, einen Knaben und ein Mädchen. Die Familie bestand aus den Eltern, den beiden Kindern und einem Burschen für alles, der, wenn es Not tat, auch die Arbeit einer Magd verrichtete. Eines Tages nun kam ein Fremder zu Engel und machte ihm einen so vorteilhaften Handelsantrag, dass Engel ganz entzückt war. Der Fremde gab sich für einen Flussbootunternehmer aus und sagte, er habe als Goldsucher sein Glück gemacht. Bei dieser Gelegenheit kam zur Sprache, dass er damals einen Jäger kennen gelernt habe namens Engel, der auch ein Deutscher gewesen sei. Damit war natürlich der Bruder Erik gemeint und es gab so viel zu erzählen, dass der Nachmittag und der Abend vergingen, ohne dass der Fremde an den Aufbruch dachte. So wurde er gebeten, über Nacht zu bleiben, was er nach einigem Zureden auch annahm. Max Engel hat schließlich den Tod seines Bruders Erik und dessen Ursache erzählt und die Zeichnung aus dem kleinen Wandschränkchen geholt. Später ging man zur Ruhe. Die Familie schlief im Obergeschoss in einer nach hinten gelegenen Stube und der Bursche ebenda, aber auf der andern Seite, in einer kleinen Kammer. Dem Gast hatte man ein Zimmer angewiesen, das nach vorn lag. Unten war alles verschlossen worden und Engel hatte, wie üblich, die Schlüssel mit hinaufgenommen. Nun war kurz vorher der Geburtstag des Knaben Fred gewesen, an dem Fred ein zweijähriges Fohlen als Geschenk erhalten hatte. Es fiel ihm ein, dass er heute Abend infolge der vielen packenden Abenteuer, die erzählt wurden, vergessen hatte, das Pferd zu füttern. Der Knabe stand also wieder auf und verließ leise, um niemand zu stören, das Schlafzimmer. Unten schob er den Riegel von der Hintertür und ging über den Hof in den Stall. Licht mitzunehmen, hatte er nicht für nötig gehalten. Auch war die Küche, wo sich die Laterne befand, verschlossen. Fred musste also im Finstern füttern, weshalb er länger als gewöhnlich damit zubrachte. Noch war er nicht fertig, als er glaubte, einen lauten Ruf gehört zu haben. Er trat aus dem Stall in den Hof und sah Licht in der Schlafstube. Das Licht verschwand und erschien gleich darauf in der Kammer des Knechts. Dort erhob sich ein großer Lärm. Der Knecht schrie, die Möbel krachten. Mit Schaudern erkannte der Knabe, dass ein verzweifeltes Ringen dort oben stattfand. Zwei Schüsse fielen. Fred schrie auf vor Schreck. Im gleichen Augenblick erschien der Fremde am Fenster. Er warf die noch rauchende Pistole weg und sprang hinab, um sich auf den Knaben zu werfen und ihn mit Füßen zu treten. Dabei entfiel ihm das Messer, das er bereits zum Stoß zückte. In der äußersten Not gelang es Fred, die Waffe zu erhaschen, und mit der Kraft der Verzweiflung stieß er sie dem Gegner in die Wade. Der brüllte vor Wut und Schmerz und prallte zurück. Wie der Blitz schnellte sich Fred auf und floh. Die Verletzung hinderte den Mörder an der Verfolgung. In Todesangst eilte der Knabe zur Wohnung des nächsten Nachbarn. Sie lag, ebenso wie Engels Haus, eine Strecke vom Ort entfernt. Die Leute hörten Freds Hilferufe, waren rasch munter und kamen aus dem Haus. Als sie erfuhren, was geschehen war, bewaffneten sie sich und folgten dem Knaben. Noch hatten sie das Haus der Familie Engel nicht erreicht, da sahen sie, dass es im oberen Stockwerk brannte. Der Fremde hatte Feuer angelegt und war dann entwichen. Die Flammen hatten so rasch um sich gegriffen, dass man schon nicht mehr ins Obergeschoss konnte. Was in den unteren Räumen stand und lag, wurde zum größten Teil geborgen. Das Wandschränkchen stand offen und war leer. Die Leichen, zu denen man unmöglich gelangen konnte, mussten verbrennen."

„Grässlich – schrecklich!", rief es rundum, als der Erzähler jetzt eine Pause machte. Fred Engel saß am Feuer und verbarg das Gesicht in den Händen.

„Ja, grässlich!", nickte Droll. „Der Fall erregte Aufsehen. Es wurde nach allen Richtungen geforscht, doch vergeblich. Die beiden Brüder Engel hatten in St. Louis eine

Schwester, die Frau eines reichen Flussreeders. Sie bot zehntausend Dollar Belohnung auf die Festnahme des Raub- und Brandmörders. Auch das fruchtete nichts. Da kam sie auf den Gedanken, sich an das Privatdetektivbüro von Harris and Brother zu wenden, und das hat Erfolg gehabt."

„Erfolg?", fragte Watson. „Der Mörder ist ja noch frei. Ich nehme natürlich an, dass es wirklich der Cornel war."

„Ja, er ist noch frei", erwiderte Droll, „aber schon so gut wie abgetan. Ich begab mich nach Benton, um dort die Augen einmal besser aufzumachen, als andre es getan hatten, und..."

„Ihr? Warum Ihr?"

„Um mir die Fünftausend zu verdienen."

„Es waren doch Zehntausend."

„Die Belohnung wird geteilt", bemerkte Droll. „Die eine Hälfte bekommt Harris and Brother, die andre der Detektiv."

„Ja, seid denn Ihr, Sir, ein Geheimpolizist?"

„Hm! Ich denke, dass ich es hier mit lauter ehrlichen Leuten zu tun habe, unter denen keiner ist, dem man auch einmal auf die Fersen gesetzt wird, und so will ich sagen, was ich bisher verschwiegen habe: Ich bin Privatpolizist, und zwar für gewisse Bezirke des fernen Westens. Habe schon manchen Mann, der sich ganz sicher fühlte, an Master Hanf geliefert und denke, dies auch weiter fortzuführen. So, nun wisst Ihr es und nun kennt Ihr auch den Grund, warum ich nicht gern von mir spreche. Ich erwarte allerdings von euch allen, dass ihr mein Geheimnis wahrt und nicht etwa Dritten gegenüber davon schwatzt. Der alte Droll, über den schon viele gelacht haben, ist, wenn man ihn kennt, kein so lächerlicher Kerl. Doch das nur nebenbei. Ich will von dem Mord reden."

Man sah Droll jetzt mit ganz anderen Augen an. Sein Geständnis, dass er Detektiv sei, ließ seine Person und alle seine Eigenheiten in einem andern Licht erscheinen. Er versteckte sich hinter sein drolliges Wesen, um seine Hände desto sicherer nach dem, den er fassen wollte, ausstrecken zu können.

„Also“, fuhr er fort, „ich machte mich vor allen Dingen an Fred und fragte ihn aus. So erfuhr ich, was damals erzählt und gesprochen worden war. Das Wandschränkchen war von dem Mörder geöffnet worden. Er hatte es nicht aufbrechen dürfen, weil durch ein Geräusch die Bewohner des Hauses aufgeweckt worden wären. So hatte er sie ermordet, um zu der Zeichnung zu kommen. Folglich hegte er die Absicht, den Silbersee aufzusuchen. Ich musste ihm nach und nahm Fred mit, der ihn gesehen hatte. Schon auf dem Steamboat hatte ich den rothaarigen Kerl in Verdacht. Bei den Rafters wurde er von Fred erkannt und heute fällt er mir hoffentlich in die Hand.“

„Euch?“, fragte der alte Blenter. „Oho! Was wollt Ihr mit ihm tun?“

„Wird sich finden. Es ist gar nicht nötig, dass ich ihn nach Benton schleppe. Bringe ich den Nachweis, dass er tot ist und dass ich dazu beigetragen habe, so ist mir die Belohnung so sicher wie mein *sleeping-gown*. Und nun habe ich einstweilen genug gesprochen und werde ein wenig schlafen. Weckt mich, wenn die Zeit gekommen ist.“

Droll stand auf, um sich ein abgelegenes, dunkles Plätzchen zu suchen. Die andern aber dachten nicht an Schlaf. Das Gehörte beschäftigte sie noch lange Zeit und dann gab der zu erwartende Zusammenstoß mit den Tramps einen Gesprächsstoff, der gar nicht ausführlich genug erörtert werden konnte.

Winnetou nahm nicht teil an dieser Unterhaltung. Er hatte sich an den Felsen gelehnt und schloss die Augen. Aber er schlief keineswegs, denn zuweilen hoben sich die Lider und dann schoss ein scharfer, forschender Blick wie ein Blitz unter ihnen hervor. –

Gegen Mitternacht suchte Old Firehand den Ingenieur auf und sagte ihm, dass er nun aufbrechen werde, um dem Zug entgegenzugehen. Er rief die zwei Arbeiter herbei, die sich an Stelle der beiden Tramps auf die Lokomotive stellen sollten, und begab sich mit ihnen unauffällig auf die Strecke, ohne dass es etwaige Späher bemerken konnten.

Es war völlig dunkel. Sie erreichten unbemerkt den Ort, der telegrafisch vereinbart worden war, und setzten sich im Gras nieder, um die Ankunft des Zuges zu erwarten. Es war noch nicht ganz drei Uhr, als er kam und bei ihnen hielt. Er bestand aus der Maschine und sechs Personenwagen. Old Firehand stieg ein und durchwanderte die Wagen. Sie waren leer. In dem Vordersten lag ein mit Steinen gefüllter, verschlossener Koffer. Der Jäger verließ nun den Wagen und kletterte mit den beiden Arbeitern auf die Maschine. Dort stand der Maschinist, der sich erboten hatte, den Zug zu fahren, während der Feuermann in Sheridan absteigen sollte, da Old Firehand selbst die Stelle des Heizers vertreten wollte. Der Riese schwärzte sich das Gesicht mit Ruß und sah nun in seinem Leinenanzug ganz wie ein Feuermann aus. Der Zug setzte sich in Bewegung.

Die Wagen waren erleuchtet. Die Lokomotive war eine so genannte Tendermaschine, mit hohen, festen Schutz- und Wetterwänden aus starkem Eisenblech umgeben. Das war ein glücklicher Umstand, denn diese Wände verdeckten die auf der Maschine Stehenden fast ganz und besaßen genug Festigkeit, eine Pistolen- oder Gewehrkugel abzuhalten.

Der Zug erreichte nach kurzer Zeit Sheridan, wo der Heizer absprang. Es war nur der Ingenieur am Platz. Er wechselte mit dem Maschinisten die herkömmlichen Redensarten und ließ dann den Zug weiterfahren.

Indessen waren die beiden Späher, die Old Firehand auf der Böschung belauscht hatte, an der Stelle angelangt, wo sich der Cornel mit den Tramps gelagert hatte. Sie berichteten ihm, dass in Sheridan niemand eine Ahnung des Bevorstehenden habe, und richteten damit große Freude an. Dann aber nahmen sie den Cornel beiseite und teilten ihm die Befürchtungen mit, die sie gegeneinander ausgesprochen hatten. Er hörte sie ruhig an und sagte dann: „Es fällt mir wirklich nicht ein, alle diese Kerle, von denen die meisten unnütze Halunken sind, bei mir zu behalten, und ebenso wenig kann es mir beikommen, denen, die ich nicht brauche, einen einzigen Dollar von der halben Million zu geben. Sie bekommen nichts." – „So werden sie es sich nehmen." – „Wartet es ab! Ich habe meinen Plan." – „Aber sie werden den Zug besteigen!" – „Immerhin! Ich weiß, dass sie alle hineindrängen werden. Ich aber bleibe draußen und warte, bis die Kasse herausgebracht wird. Ist dann der Zug fort, so wird sich finden, was geschieht." – „Wie steht es denn mit uns beiden?" – „Ihr bleibt bei mir. Dadurch, dass ich euch nach Sheridan schickte, habe ich bewiesen, dass ich euch Vertrauen schenkte. Jetzt geht zu Woodward! Er kennt meinen Plan und wird euch die Namen derer nennen, die ich bei mir behalte."

Sie gehorchten und lagerten sich bei Woodward, der ungefähr den Rang eines Leutnants unter dem Cornel bekleidete. Jetzt lag noch alles in Dunkelheit. Später wurde neben der Strecke ein Feuer angebrannt.

Es war ein Viertel nach drei, als die Wartenden das ferne Rollen des Zuges hörten und kurz darauf das scharfe Licht der Maschine erblickten. Old Firehand hielt das Feuerloch geschlossen, damit er und die andern drei Personen nicht deutlich zu erkennen seien. Kaum hundert Schritt von dem Feuer entfernt, gab der Maschinist so, als gehorchte er einem plötzlichen Zwang, Gegendampf. Die Pfeife ertönte, die Räder kreischten und stöhnten, der Zug kam zum Stehen. Die Tramps jauchzten vor Freude und drängten in die Wagen. Jeder wollte der Erste sein, der einstieg. Der Cornel aber wusste wohl, was am nötigsten war. Er trat an die Lokomotive, warf um die Kante der einen Schutzwand einen Blick hinauf und fragte: „Alles in Ordnung, Boys?"

„Well!", antwortete der eine Arbeiter, der dem Maschinisten den Revolver auf die Brust hielt. „Sie haben kuschen müssen. Schaut her, Cornel! Bei der geringsten Bewegung drücken wir los."

Old Firehand stand wie furchtsam an den Wasserbehälter gedrückt und vor ihm der andere Arbeiter mit seinem Revolver. Der Cornel wurde getäuscht. Er nickte: „Schön, habt eure Sache gut gemacht und werdet dafür ein Sondergeld erhalten. Bleibt noch oben, bis wir fertig sind, und dann, wenn ich das Zeichen gebe, steigt ab, damit diese guten Leute nicht vor Angst sterben, sondern weiterfahren können!"

Brinkley trat von der Maschine ins Dunkel zurück. Als er fort war, beugte sich Old Firehand vor, um einen Blick über den Platz zu werfen. Er sah draußen niemand mehr stehen, aber in den Wagen wimmelte es von Menschen. Man hörte, dass sie sich um den Koffer stritten.

„Fort, fort!", gebot der Jäger dem Maschinisten. „Rasch anfahren! Der Cornel scheint nun auch eingestiegen zu sein. Wir dürfen nicht länger säumen."

Der Zug setzte sich fast lautlos wieder in Bewegung.

„Halt, halt!", schrie eine Stimme. „Schießt die Hunde nieder! Schießt, schießt!"

Die Tramps im Innern der Wagen erschraken, als der Zug weiterzurollen begann. Sie wollten aussteigen, abspringen, aber das war bei der Schnelligkeit, die der Maschinist der Fahrt gab, unmöglich.

Der Lokomotivführer hielt das Auge scharf auf die Strecke gerichtet. Eine Viertelstunde verging und im Osten wurde es hell. Da ließ er die Pfeife ertönen, nicht in kurzen Stößen, sondern in einem langen, endlos scheinenden Brüllen. Er näherte sich der Brücke und wollte die dort wartenden Männer vom Kommen des Zuges unterrichten.

Diese Männer standen längst auf ihrem Posten. Kurz vor Mitternacht waren die Kavalleristen aus Fort Wallace angekommen. Sie hatten sich jetzt auf beiden Seiten des Flusses unter der Brücke aufgestellt, um jeden Tramp, der etwa von oben zu entkommen versuchte, unten festzunehmen. Da, wo die Brücke begann, hielt Winnetou mit den Rafters und Jägern und am jenseitigen Ausgang des Tunnels warteten die bewaffneten Arbeiter. Bei ihnen befand sich der Schichtmeister, der die nicht ungefährliche Aufgabe übernommen hatte, im Innern des Tunnels die Lokomotive vom Zug zu lösen. Als er das Pfeifen hörte, gebot er seinen Leuten: „Das Feuer anbrennen!“ Man steckte unverzüglich den vor dem Tunnelmund liegenden Holz- und Kohlenstoß in Brand, während Watson selbst in den Tunnel trat, um, an die Wand gepresst, den Zug zu erwarten.

Der fuhr mit unverminderter Schnelligkeit über die Brücke und näherte sich dem Tunnel. Old Firehand sah die dort aufgestellten Leute und rief ihnen zu: „Hinter uns anbrennen!“

Einige Augenblicke später hielt der Zug im Tunnel. Die Lokomotive stand gerade da, wo der Schichtmeister sie erwartete. Rasch kroch er zwischen die Maschine und den ersten Wagen, löste die Verbindung und rannte zum Tunnel hinaus. Die Lokomotive folgte augenblicklich. Die Wagen blieben zurück und die vorn und hinten brennenden Feuer wurden von den Arbeitern, nachdem man die Gleise schnell durch daraufgelegte Steine geschützt hatte, in die Mitte der Strecke geschoben.

Das alles war viel rascher geschehen, als es erzählt werden kann, viel zu rasch auch, als dass es den Tramps möglich gewesen wäre, ihre Lage zu erkennen. Es war ihnen schon während der unfreiwilligen Fahrt nicht wohl gewesen. Nun stand der Zug. Darauf hatten sie gewartet. Aber als sie aus den Seitenfenstern blickten, starrte ihnen eine tiefe Dunkelheit entgegen. Denjenigen, die sich zu den Türen drängten, um auszusteigen, war es, als blickten sie durch eine enge, finstere Röhre in ein mächtiges, qualmendes Feuer. Und die von ihnen, die im vordersten Wagen standen, sahen, dass die Lokomotive verschwunden und an deren Stelle ein brennender Kohlenhaufen getreten war. Da kam einem von ihnen der richtige Gedanke. „Ein Tunnel! Wir müssen hinaus!“

Man schob und stieß, sodass die an den Türen förmlich

hinausgeworfen wurden. Es gab ein heilloses Gewirr von Körpern, Armen und Beinen, von Schreien, Verwünschungen und Flüchen, und das ging nicht ohne Verletzungen ab. Einige griffen sogar zu den Waffen, um sich derer zu erwehren, die an ihnen hingen oder auf ihnen lagen.

Und zu der Finsternis, die von den vorn und hinten am Tunnel brennenden Feuern und den Wagenlampen nicht einmal notdürftig aufgehellt wurde, gesellte sich jetzt der dicke, schwere Kohlenqualm, der vom Morgenwind in den Tunnel getrieben wurde.

„Verdammt! Man will uns ersticken!", rief eine kreischende Stimme. „Hinaus, hinaus!"

Zehn, zwanzig, fünfzig, hundert schrien es nach und in wahrer Todesangst drängte, trieb, schob und stieß alles den beiden Ausgängen zu. Aber dort prasselten die Feuer, deren breit und hoch lodernde Flammen keinen Durchlass boten. Wer da hinaus wollte, musste durch das Feuer springen und dabei an den Kleidern in Brand geraten. Das erkannten die vorderen. Sie machten kehrt und schoben zurück. Die hinteren aber drängten nach und wollten nicht weichen und infolgedessen entspann sich in der Nähe der beiden Feuer ein schauerlicher Doppelkampf zwischen Leuten, die kurz vorher noch Freunde und in allem Bösen gleich gesinnt waren. Der Tunnel warf das Brüllen und Toben vielfältig zurück, sodass es draußen klang, als sei alles wilde Getier der Erde drinnen losgelassen.

Old Firehand hatte den Felsen umgangen, um an das vordere Feuer zu kommen.

„Wir brauchen nichts zu tun", rief ihm dort ein Rafter entgegen. „Die Bestien reiben sich gegenseitig auf. Hört nur, Sir!"

„Ja, sie sind hart aneinander geraten", nickte der Westmann. „Macht mir den Eingang frei!"

„Wollt Ihr etwa hinein?"

„Ja."

„Um Gottes willen nicht! Sie würden über Euch herfallen."

„Sie werden froh sein, wenn ich ihnen einen Ausweg zeige." Er half selbst mit, das Feuer beiseite zu schieben, und wenige Augenblicke später befand sich der kühne Jäger im Tunnel, er allein den wütenden Menschen gegenüber. Wohl nie im Leben hatte sich seine Verwegenheit so deutlich gezeigt wie jetzt. Aber auch nie wohl war sein Selbstvertrauen so groß gewesen. Er hatte oft erfahren, wie zwingend, wie lähmend der Mut eines ganzen Mannes auf die Masse zu wirken vermag.

„Halloo, shut up!", erschallte seine mächtige Stimme. Sie übertönte das Geschrei aus hundert Kehlen und es wurde still. „Hört, was ich euch sage!"

„Old Firehand!", erklang es voll Staunen über seine Furchtlosigkeit.

„Ja, der bin ich", entgegnete er. „Und ihr habt es erfahren: Wo ich bin, da gibt es keinen Widerstand. Wollt ihr nicht ersticken, so lasst eure Waffen hier und kommt hinaus, aber einzeln! Ich werde draußen am Feuer stehen und jedem das Zeichen geben. Wer hinausspringt, ohne meinen Zuruf abzuwarten, der wird augenblicklich erschossen. Und wer irgendeine Waffe bei sich behält, bekommt ebenso die Kugel. Wir sind unser viele, Arbeiter, Jäger, Rafters und Soldaten, genug, um meine Drohung wahr zu machen. Überlegt es euch! Werft uns eine Mütze oder einen Hut hinaus! Das soll das Zeichen sein, dass ihr euch fügen wollt. Tut ihr das nicht, so richten sich hundert Büchsen auf die Feuer, um niemand durchzulassen."

Er hatte des Qualms wegen die letzten Worte nur mit Anstrengung sprechen können und sprang, um nicht das Ziel für eine Kugel abzugeben, schnell wieder hinaus. Diese Vorsicht war geraten, aber doch überflüssig. Der Eindruck, den sein Erscheinen auf die Tramps hervorgebracht hatte, war so stark, dass es keiner von ihnen gewagt hätte, das Gewehr gegen ihn zu erheben.

Es war zu hören, dass sie sich berieten. Viele laute Stimmen sprachen durcheinander. Die Umstände erlaubten ihnen nicht, viel Zeit auf diese Beratung zu verwenden, denn der Qualm, der den Tunnel füllte, wurde immer dichter und erschwerte das Atmen mehr und mehr. Einem Mann wie Old Firehand gegenüber hatten sie den Mut verloren. Sie wussten, dass er seine Drohung wahr machen werde und sahen keinen andern Weg der Rettung, als sich zu ergeben. Es kam ein Hut an dem Feuer vorüber aus dem Tunnel geflogen und gleich darauf wurden die Tramps durch einen Zuruf Old Firehands belehrt, dass der erste von ihnen erscheinen dürfe. Er kam herausgesprungen und musste ohne Aufenthalt über die Brücke hinüber, wo er von den Rafters und Jägern in Empfang genommen wurde. Man hatte sich mit Stricken, Schnüren und Riemen versehen und der Mann wurde drüben sofort gebunden. Ebenso erging es allen seinen Genossen nach ihm. Sie wurden in Zwischenräumen aus dem Tunnel entlassen, sodass man Zeit hatte, jeden Einzelnen zu fesseln, bevor der Nächste kam. Dennoch ging das so schnell, dass sich nach kurzer Zeit alle Tramps in der Gefangenschaft befanden. Aber nun stellte es sich zum großen Verdruss und Ärger der Sieger heraus, dass der rote Cornel fehlte. Die Gefangenen, die man befragte, sagten aus, dass er mit etwa zwanzig anderen den Zug gar nicht bestiegen habe. Es wurde im Tunnel und in den Wagen sorgfältig nachgesucht. Man fand ihn nicht und musste also annehmen, dass die Leute die Wahrheit gesagt hatten.

Sollte gerade dieser Mensch, auf den es am meisten abgesehen war, entkommen? Nein! Die Gefangenen wurden den Soldaten und Arbeitern anvertraut und dann ritten Old Firehand und Winnetou mit den Jägern und Rafters zurück, um die Spur der Vermissten an der Stelle, wo der Zug gehalten hatte, aufzunehmen. Old Firehand schickte vier Rafters weiter nach Sheridan, um sein Pferd, seinen Jagdanzug und die beiden noch dort befindlichen Tramps an den Tunnel schaffen zu lassen. Er wollte nicht wieder nach Sheridan zurückkehren, sondern mit seinen Gefährten gleich zum Fort Wallace aufbrechen, wo man die Tramps abliefern wollte, weil sie dort unter militärischer Bewachung besser aufgehoben waren als anderswo.

Man fand den Platz, wo die Tramps gelagert hatten, um den Zug zu erwarten. Nach längerem Suchen und sorgfältiger Beurteilung der vielen Fuß- und Hufeindrücke ergab es sich, dass allerdings ungefähr zwanzig Mann entkommen seien. Sie hatten ebenso viele Pferde mitgenommen, sicher die besten Tiere. Die anderen hatte man in alle Richtungen davongejagt.

„Der Cornel hat sehr pfiffig gehandelt", meinte Old Firehand. „Hätte er alle Pferde mitgenommen, so wäre das eine große Last für seinen kleinen Trupp gewesen und die Spur wäre so deutlich geworden, dass ein Kind ihr folgen könnte. Dadurch, dass er die überzähligen Tiere auseinander jagte, hat er uns das Nachforschen erschwert und viel Zeit gewonnen."

„Mein weißer Bruder irrt vielleicht", meinte Winnetou. „Dieses Bleichgesicht hat die Gegend gewiss nicht verlassen, ohne nachzuforschen, was mit seinen Leuten geschehen ist. Wenn wir jetzt seiner Fährte folgen, wird sie gewiss zum Eagle Tail führen." – „Ich bin überzeugt, dass mein roter Bruder richtig vermutet. Der Cornel ist von hier fortgeritten, um uns zu belauschen. Er wird nun wissen, woran er ist, und schleunigst die Flucht ergriffen haben." – „Wenn wir schnell umkehren, wird er vielleicht noch einzuholen sein!" – „Nein. Mein Bruder muss bedenken, dass wir ihm nicht augenblicklich folgen können. Wir müssen mit nach Fort Wallace, um dort unsre Aussagen zu machen. Das wird den ganzen heutigen Tag in Anspruch nehmen, sodass wir den zwanzig Tramps erst morgen folgen können." – „So werden sie uns einen ganzen Tag voraus sein." – „Ja. Aber wir wissen, wohin sie wollen, und brauchen keine Zeit mit langem Suchen nach ihrer Fährte zu versäumen. Wir gehen geradewegs zum Silbersee." – „Meint mein Bruder, dass sie nun noch dahin wollen?"

„Jedenfalls. Sie wollten Geld haben, um damit irgendwo gewisse Einkäufe zu machen. Diese Einkäufe sind aber nicht unbedingt nötig. Leben können sie von dem Wild, das sie schießen. Waffen haben sie und Munition wohl auch. Und sollte es ihnen doch an Schießbedarf fehlen, so bekommen sie unterwegs Gelegenheit, sich ihn auf ehrliche oder auch unehrliche Weise zu beschaffen. Ich bin überzeugt, dass sie zum Silbersee gehen." – „So wollen wir jetzt ihrer Spur folgen, um wenigstens zu erfahren, wohin sie von hier aus geritten sind."

Wirklich hatte man bald die Spur der Flüchtigen gefunden. Sie führte zum Fluss und dann an seinem Ufer aufwärts.

Am Eagle Tail, unweit der Brücke, waren die Tramps halten geblieben. Einer von ihnen, wohl der Cornel, war dann unter dem Schutz einiger Bäume und Sträucher hinauf an das Gleis geschlichen, wo er jedenfalls Zeuge der Gefangennahme der ganzen Bande gewesen war. Nach seiner Rückkehr hatten sie sich aus dem Staube gemacht und ihren Weg nach Westen genommen, ein fast sicheres Zeichen, dass sie die Absicht hegten, sich nach Colorado City und von dort aus jedenfalls zum Silbersee zu wenden.

Indessen waren die vier Rafters aus Sheridan zurückgekehrt. Sie hatten auch Hartley und den Ingenieur Charoy mitgebracht, die mit nach Fort Wallace wollten, wo ihre Aussage von Wichtigkeit war. Die Arbeiter begaben sich zu Fuß nach Sheridan. Sie nahmen als Belohnung die Waffen mit, die den Tramps abgenommen worden waren. Zum Fortschaffen der Gefangenen waren mehr als genug Wagen vorhanden, denn der Bauzug und der ‚Geldzug' standen zur Verfügung. Nachdem die Gefangenen aufgeladen waren, stiegen die andern ein und die beiden Züge setzten sich in Bewegung. Die Kavalleristen aber kehrten zu Pferd nach Fort Wallace zurück.

Dort hatte sich das Ereignis indessen herumgesprochen und als die Züge ankamen, drängte sich alles herbei. Die

Tramps wurden auf eine Weise empfangen, die ihnen einen Vorgeschmack dessen gab, was sie hier später, nach ihrer Verurteilung, zu erwarten hatten.

Sie hatten übrigens große Verluste erlitten. Noch lange erzählte man sich in jener Gegend von der berühmten Ausräucherung der Tramps im Tunnel des Eagle Tail, jenem großartigen Streich, den Winnetou ersann und Old Firehand ausführte.

11. In der Klemme

Im Westen des Staates Colorado, da, wo sich nördlich des Gunnison River die Mountains erheben, ritten vier Männer über eine Hochebene, die mit kurzem Gras bewachsen war und, so weit das Auge reichte, weder Sträucher noch Bäume trug. Obgleich man im fernen Westen nicht verwundert ist, außergewöhnlichen Gestalten zu begegnen, mussten diese vier Reiter auch hier einem jeden auffallen.

Der eine von ihnen ritt einen prachtvollen Rapphengst von der Art, die man bei gewissen Apatschenstämmen züchtet.

Seine Gestalt war nicht sonderlich hoch und breit und dennoch machte sie den Eindruck großer Kraft und zäher Ausdauer. Sein sonnverbranntes Gesicht wurde von einem dunkelblonden Vollbart umrahmt. Er trug lederne Leggins, ein Jagdhemd nebst Rock aus dem gleichen Stoff und lange Stiefel, die er bis über die Knie heraufgezogen hatte. Auf seinem Kopf saß ein breitkrempiger Filzhut, in dessen Schnur rundum die Ohrenspitzen des Grizzlybären steckten. Der breite, aus einzelnen Lederriemen geflochtene Gürtel schien mit Patronen gefüllt zu sein und gab außerdem zwei Revolvern und einem Bowiemesser Halt. Von der linken Schulter zur rechten Hüfte lief ein zusammengeschlungener Lasso und um den Hals die feste Seidenschnur einer mit Kolibribälgen verzierten Friedenspfeife. In der Rechten hielt er ein kurzläufiges Gewehr, dessen Schloss von eigenartiger Bauart zu sein schien, und auf dem Rücken trug er an einem breiten Riemen ein starkes und schweres Doppelgewehr von der jetzt äußerst seltenen Art der Bärentöter. Dieser Mann war Old Shatterhand, der berühmte Jäger, der diesen Beinamen dem Umstand verdankte, dass er einen Feind mit einem bloßen Hieb seiner Faust niederzustrecken vermochte. Sein prachtvoller Rapphengst Hatatitla war das Geschenk des Apatschenhäuptlings Winnetou[1].

[1] Vgl. Karl May's Gesammelte Werke Bd. 7, „Winnetou I", Kapitel 18

Neben ihm ritt ein kleines, schmächtiges und bartloses Kerlchen in einem blauen, langschößigen Frack mit gelben, blank geputzten Knöpfen. Auf seinem Kopf saß ein großer Damenhut, ein so genannter Amazonenhut, auf dem sich eine riesige Feder bewegte. Die Hosen waren ihm zu kurz und die nackten Füße steckten in alten derben Lederschuhen, an denen große, mexikanische Sporen befestigt waren. Der Reiter hatte eine ganze Sammlung von allerlei Waffen an und um sich hängen, wozu allerdings sein gutmütiges Gesichtchen nicht recht passen wollte. Dieses Männchen war Herr Heliogabalus Morpheus Edeward Franke, von seinen Gefährten der Hobble-Frank genannt, weil er infolge einer früheren Verwundung auf dem einen Bein hinkte.

Hinter diesen beiden ritt zunächst eine fast zwei Meter lange, auch sehr hagere Gestalt auf einem alten, niedrigen Maultier, das kaum die Kraft zu haben schien, den Reiter zu tragen. Der Mann hatte eine Lederhose an, die jedenfalls für eine weit kürzere und dafür stärkere Gestalt zugeschnitten war. Auch bei ihm steckten die nackten Füße in Lederschuhen, die so oft besetzt und geflickt waren, dass sie nun aus lauter Flecken und zusammengesetzten Stücken bestanden. Der Leib dieses Mannes war in ein Büffellederhemd gehüllt, das die Brust unbedeckt ließ, weil es weder Knöpfe noch Heftel und Schlingen hatte. Die Ärmel reichten kaum über die Ellbogen. Um den langen Hals war ein Baumwolltuch geschlungen, dessen ursprüngliche Farbe nicht mehr zu erkennen war. Auf dem spitzen Kopf saß ein Hut, der vor langen Jahren einmal ein grauer Zylinder gewesen war. Vielleicht hatte er da den Kopf eines Millionärs gekrönt, dann aber war er schließlich in die Prärie und in die Hände seines gegenwärtigen Besitzers geraten. Dieser hatte die Krempe für überflüssig gehalten, sie abgerissen und nur ein kleines Stückchen daran gelassen, um es als Handhabe beim Abnehmen der unbeschreiblich verbogenen und zerknüllten Kopfbedeckung zu benutzen. In einem dicken Strick, der ihm als Gürtel diente, steckten zwei Revolver und ein Skalpmesser und außerdem gewahrte man mehrere Beutel, die alle jene Kleinigkeiten enthielten, die ein Westmann nicht gut entbehren kann. Von seinen Schultern hing ein Gummimantel, aber was für einer! Dieses Prachtstück war gleich vom ersten Regen so eingegangen und zusammengeschrumpft, dass es seine ursprüngliche Bestimmung nie wieder erfüllen konnte und fernerhin wie eine Husarenjacke getragen werden musste. Quer über seine unendlich langen Beine hatte dieser Mann eine jener Rifles liegen, mit denen der geübte Jäger niemals sein Ziel verfehlt. Wie alt der Mann war, konnte man schwerlich erraten und ebenso wenig war das Alter seines Maultiers zu bestimmen. Höchstens war zu vermuten, dass die beiden sich genau kannten und schon manches Abenteuer miteinander erlebt hatten.

Der vierte Reiter saß auf einem hohen und starken Klepper. Er war sehr beleibt und so klein, dass seine kurzen Beine die Flanken des Pferdes nur halb zu fassen vermochten. Obgleich die Sonne fast heiß herniederschien, trug er einen Pelz, der allerdings an hochgradiger Haarlosigkeit litt. Hätte man dessen Haare sammeln wollen, so hätte man wohl kaum genug erhalten, um das Fell einer Maus damit auszustatten. Auf dem Kopf saß ein viel zu großer Panamahut und unter dem Pelz blickten zwei riesige Aufschlagstiefel hervor. Die Ärmel des Pelzes waren viel zu lang und man konnte von dem ganzen Mann eigentlich nur das fette, rote und gutherzig listige Gesicht sehen. Es war mit einer langen Rifle versehen. Was für Waffen er außerdem besaß, war jetzt nicht zu erkennen, da der Pelz alles verdeckte.

Diese beiden Männer waren David Kroners und Jakob Pfefferkorn, allüberall nur als der Lange Davy und der Dicke Jemmy bekannt. Sie waren unzertrennlich und niemand hatte den einen von ihnen gesehen, ohne dass der andere dabei oder wenigstens in der Nähe gewesen wäre. Jemmy war ein Deutscher und Davy ein Yankee, doch hatte Davy während der vielen Jahre, die beide beisammen waren, von Jemmy so viel Deutsch gelernt, dass er sich auch in dieser Sprache genügend auszudrücken verstand. Ebenso unzertrennlich wie die beiden Reiter waren auch ihre Tiere. Sie standen stets nebeneinander, sie grasten zusammen und wenn sie an irgendeinem Lagerplatz gezwungen waren, die Gesellschaft anderer Reittiere zu dulden, so rückten sie wenigstens ein Stückchen von ihnen ab und drängten sich desto enger Seite an Seite, um sich mit Schnauben, Schnüffeln und Lecken zu liebkosen.

Die vier Reiter mussten, obgleich es noch nicht weit über Mittag war, heute doch schon eine bedeutende Strecke zurückgelegt haben und nicht nur über weiches Grasland gekommen sein, denn sie und ihre Pferde waren tüchtig mit Staub bedeckt. Dennoch sah man weder ihnen noch den Tieren eine Ermüdung an. Fühlten sie sich doch abgespannt, so hätte man dies nur aus dem Schweigen, das sie beobachteten, zu schließen vermocht. Dieses Schweigen wurde zuerst von dem neben Old Shatterhand reitenden Hobble-Frank unterbrochen, der seinen Nachbarn in heimischer Mundart fragte: „Also am Elk Creek soll heute übernachtet werden? Wie weit is es denn eegentlich noch bis dorthin?“

„Wir werden dieses Wasser gegen Abend erreichen“, erwiderte der Trapper.

„Gegen Abend erscht? O weh! Wer soll das aushalten! Wir sitzen nun schon seit früh im Sattel. Eenmal müssen wir doch anhalten, um wenigstens die Pferde verschnaufen zu lassen. Meenen Sie nich ooch?“

„Allerdings. Warten wir, bis wir diese Prärie hinter uns haben! Dann gibt es eine Strecke Wald, wo auch ein Wasser fließt.“

„Schön! Da bekommen die Pferde zu saufen und Gras finden sie ooch derzu. Was aber finden wir? Gestern gab's das letzte Büffelfleisch und heute früh die Knochen. Seitdem is uns keen Sperling und keen sonstiges Wild vor die Flinte gekommen. Ich habe Hunger und muss bald was zu knuspern haben, sonst gehe ich zu Grunde."

„Haben Sie keine Sorge! Ich werde schon einen Braten beschaffen."

„Ja, aber was für eenen! Diese alte Wiese hier is so einsam. Ich gloobe, es läuft keen Käfer droff herum. Wo soll denn da e anständig hungriger Westmann den Braten herbekommen!"

„Ich sehe ihn schon. Nehmen Sie mal mein Pferd am Zügel und reiten Sie mit den andern langsam weiter!"

„Was?", fragte Frank, indem er kopfschüttelnd rundum blickte. „Sie sehen den Braten schon? Ich verspüre aber gar nischt Derartiges."

Er nahm den Zügel von Old Shatterhands Pferd und ritt mit Davy und Jemmy weiter. Old Shatterhand aber bog seitwärts ab, wo es eine Anzahl Hügel im Grase gab. Dort lebte eine Kolonie von Präriehunden, wie die amerikanischen Murmeltiere wegen ihrer kläffenden Stimme genannt werden. Sie sind harmlose, unschädliche und sehr neugierige Geschöpfe und wohnen sonderbarerweise gern mit Klapperschlangen und Eulen beisammen. Wenn sich ihnen jemand naht, so richten sie sich auf, um ihn anzuäugen. Dabei gibt es drollige Stellungen und Bewegungen. Schöpfen sie Verdacht, so tauchen sie blitzschnell in ihre Röhren nieder und sind nicht mehr zu sehen. Der Jäger verschmäht das Fleisch dieser Tiere, wenn er etwas anderes bekommen kann, doch nicht etwa, weil es ungenießbar ist, sondern weil er ein Vorurteil dagegen hat. Will er trotzdem einen Präriehund erlegen, so darf er nicht versuchen, sich heimlich anzuschleichen, denn diese Geschöpfe sind viel zu schlau. Er muss ihre Neugierde wecken und so lange zu fesseln suchen, bis er in Schussweite gekommen ist. Das kann er aber nur dadurch erreichen, dass er selbst auch die lächerlichsten Stellungen einnimmt und die drolligsten Bewegungen macht. Der Präriehund weiß dann nicht, woran er ist und was er von dem Nahenden halten soll. Old Shatterhand machte also, sobald er von den Tieren bemerkt worden war, allerlei Kreuz- und Quersprünge, duckte sich, fuhr wieder hoch, drehte sich um sich selbst, bewegte die Arme wie Windmühlenflügel und hatte dabei nur den Zweck im Auge, immer näher zu kommen.

Hobble-Frank, der jetzt neben Jemmy und Davy ritt, sah dieses Gebaren und meinte besorgt: „Herrjemersch nee, was fällt ihm denn ein! Is er etwa nich bei Troste? Er tut ja ganz so, als ob er Belladonna getrunken hätte! – Horcht! Er schießt."

Old Shatterhand hatte jetzt zwei Schüsse so schnell hintereinander abgefeuert, dass sie fast wie einer klangen. Man sah ihn eine Strecke aufwärts rennen und sich zweimal bücken, um etwas aufzuheben. Dann kam er zu den Gefährten zurück. Er hatte zwei Präriehunde erlegt, steckte sie in die Satteltasche und stieg dann wieder auf. Hobble-Frank machte ein recht zweifelhaftes Gesicht und fragte im Weiterreiten: „Soll das etwa der Braten sein? Da danke ich ganz ergebenst. Solch Zeug verzehre ich nich!" – „Haben Sie es denn schon einmal gekostet?" – „Nee. Is mir nich im Troome eingefallen." – „So haben Sie auch kein Urteil darüber, ob ein Präriehund genießbar ist oder nicht. Haben Sie vielleicht einmal junge Ziege gegessen?" – „Zickel?", fragte Frank, indem er mit der Zunge schnalzte. „Natürlich habe ich das gegessen. Hören Sie, das is was ganz Feines!" – „So?", lächelte Old Shatterhand. „Und Tausende lachen darüber!" – „Ja. Aber diese Tausende sind dumm. Ich sage Ihnen, wir Sachsen sind helle und verstehen uns off Genüsse wie keene andre europäische Nation. E Zickel in die Pfanne, 'ne kleene Zehe Knoblauch und e paar Stängel Majoran hinein und das recht braun und knusprig gebraten, das is e wahres Götteressen für die Herren und Damen des Olymps. Ich kenne das, denn so um Ostern 'rum, wenn's junge Ziegen gibt, da isst man bei uns in Moritzburg sonn- und feiertags nur Zickelbraten." –

„Sehr wohl. Aber sagen Sie mir, ob Sie auch schon einmal Lapin gegessen haben!“ – „Lapäng? Was is denn das?“ – „Zahmer Hase, Kuhhase oder Karnickel, wie man in Sachsen sagt. Eigentlich heißt es Kaninchen.“ – „Karnickel? *A la bonheur!* Das is ooch was Großartiges. In Moritzburg und Umgebung gab's zu meiner Zeit zur Kirchweih stets Karnickel. Das Fleesch is zart wie Butter und zerläuft einem geradezu off der Zunge.“ – „Es gibt aber viele, die Sie auslachen würden, wenn Sie ihnen das sagten.“

„Dann sind sie nich recht gescheit im Koppe. So e Karnickel, das nur die besten und feinsten Kräuterspitzen frisst, muss ja e herrliches Fleesch haben; das is doch klar! Oder glooben ooch Sie es nich?“ – „Ich glaube es. Aber dafür verlange ich, dass Sie mir nun auch meinen Präriehund nicht schmähen. Sie werden sehen, dass er wie junge Ziege und fast wie Kaninchen schmeckt. Ich sage Ihnen, dass... Halt, sind das nicht Reiter?“

Old Shatterhand deutete nach Südwest, wo sich einige Gestalten bewegten. Sie waren noch so entfernt, dass man nicht zu unterscheiden vermochte, ob es Tiere, vielleicht Büffel, oder Reiter seien. Die vier Jäger ritten langsam weiter und hielten die Augen auf diese Gruppe gerichtet. Nach einiger Zeit erkannte man, dass es Reiter waren, und bald darauf zeigte es sich, dass sie Uniformen trugen. Es waren Soldaten.

Die Soldaten hatten eigentlich eine nordöstliche Richtung eingehalten. Nun aber bemerkten sie die vier und änderten ihren Kurs, um im Galopp heranzukommen. Es waren ihrer zwölf, geführt von einem Leutnant. Sie näherten sich bis auf vielleicht dreißig Schritt und blieben dann halten. Der Offizier musterte die vier Reiter anfänglich finster forschend. Da fiel sein Blick auf die beiden Gewehre Old Shatterhands. Sein Auge leuchtete auf und er fragte, indem er auf das kurzläufige Gewehr mit dem eigenartigen, kugelförmigen Schloss zeigte: „*Behold!* Ist das nicht ein Henrystutzen, Sir?“

„Allerdings“, nickte der Westmann. „Kennt Ihr diese Art von Gewehren?“

„Gesehen habe ich noch keins, aber eine genaue Beschreibung hat man mir gegeben. Der Erfinder soll ein sonderbarer Kauz gewesen sein und nur einige angefertigt haben, weil er befürchtete, die Indianer und Büffel würden bald ausgerottet sein, falls dieser vielschüssige Stutzen allgemeine Verbreitung fände. Die wenigen Stücke sind verloren gegangen und nur Old Shatterhand soll noch eins, das Allerletzte, besitzen.“

„Ist richtig, Sir. Von den zehn oder zwölf Henrystutzen, die es überhaupt gegeben hat, ist nur der meine noch vorhanden. Die andern sind im Wilden Westen mit ihren Besitzern verschwunden.“

„Demnach seid Ihr also dieser Old Shatterhand? Welch eine Freude! Wollt Ihr uns nicht begleiten? Meine Kameraden würden sich freuen, wenn es Euch gefiele, unser Gast zu sein.“

„Begleiten? Wohin?“

„Nach Fort Mormon.“

„Dieser Einladung kann ich leider nicht Folge leisten, denn wir müssen weiter nördlich, um zu einer bestimmten Stunde mit Freunden zusammenzutreffen.“

„Darf ich fragen, wohin Ihr wollt, Sir?“

„Zunächst in die Elk Mountains. Von da wollen wir dann zu den Book Mountains hinüber.“

„So muss ich Euch vor den Utahs[1] warnen, die seit kurzem die Kriegsbeile ausgegraben haben. Wir müssen infolgedessen von Fort Gunnison aus beständig Streife reiten. Es ist nämlich eine Gesellschaft von weißen Goldsuchern in ein Utahlager gebrochen, um Pferde zu rauben. Es war des Nachts, aber die Utahs sind erwacht und haben sich zur Wehr gesetzt, wobei ihrer viele von den weit besser bewaffneten Weißen getötet wurden. Die Weißen sind mit

[1] Sprich: Jutehs

den Pferden und auch noch mit andrer Beute entkommen und dann haben sich die Roten am Morgen aufgemacht, sie zu verfolgen. Die Räuber wurden ereilt und es entspann sich ein Kampf, der abermals viele Menschenleben kostete. Es sollen dabei gegen sechzig Indianer erschossen worden, aber auch nur sechs Weiße entkommen sein. Nun schweifen die Utahs umher, um diese sechs zu finden, und zugleich haben sie Abgesandte nach Fort Union geschickt, die Schadenersatz verlangen sollten, für jedes Pferd ein anderes, für die verlorenen Gegenstände insgesamt tausend Dollar und für jeden getöteten Indianer zwei Pferde und ein Gewehr."

„Das finde ich nicht unbillig. Ist man auf diese Forderungen eingegangen?"

„Nein. Es fällt den Weißen nicht ein, den Roten die Berechtigung zu irgendeiner Forderung zuzusprechen. Die Abgesandten sind unverrichteter Sache heimgekehrt und infolgedessen sind die Tomahawks ausgegraben worden. Die Utahs stehen in Massen auf und da wir hier im Territorium leider nicht genug Militär besitzen, um sie mit einem Schlag niederwerfen zu können, hat man sich nach Verbündeten umgesehen. Es sind einige Offiziere zu den Navajos hinab, um sie gegen die Utahs zu gewinnen, und das ist auch gelungen."

„Und was wurde den Navajos für ihren Beistand geboten?"

„Die ganze Beute, die sie machen."

Das Gesicht Old Shatterhands verfinsterte sich. Er sagte kopfschüttelnd: „Also erst wurden die Utahs überfallen, beraubt und ihrer viele getötet. Als sie die Bestrafung der Übeltäter und Schadenersatz verlangten, wies man sie ab. Und nun, da sie die Angelegenheit in die eigenen Hände nehmen, hetzt man die Navajos gegen sie und bezahlt die Helfer mit der Beute, die den Beleidigten abgenommen wird. Ist es da ein Wunder, wenn man die Utahs zum Äußersten treibt? Ihre Erbitterung muss groß sein, und wehe nun allerdings dem Weißen, der in ihre Hände fällt!"

„Ich habe nur zu gehorchen und besitze kein Recht, irgendein Urteil zu fällen", meinte der Offizier achselzuckend. „Ich habe Euch diese Mitteilung gemacht, um Euch zu warnen, Sir. Meine Ansichten dürfen nicht die Eurigen sein."

„Das begreife ich. Nehmt meinen Dank für die Warnung und wenn Ihr im Fort von der Begegnung mit uns erzählt, so sagt dabei, dass Old Shatterhand kein Feind der Roten ist und es bedauert, dass eine reichbegabte Rasse zu Grunde gehen muss, weil man ihr keine Zeit lässt, sich natürlich zu entwickeln. *Good bye, Sir!*"

Er wendete sein Pferd und ritt, gefolgt von den drei Gefährten, davon, ohne noch einen Blick auf die Soldaten zu werfen, die ihm betroffen nachschauten und dann ihren Ritt fortsetzten. Der Zorn hatte ihn zu seiner heftigen und, wie er wohl wusste, zwecklosen Rede verleitet. Desto schweigsamer verhielt er sich jetzt, als er wortlos dem Gedanken nachhing, dass es leider umsonst ist, den Yankee darüber zu belehren, dass er keine größere Daseinsberechtigung besitzt als der Indianer, der von Ort zu Ort getrieben wird, bis er sein zu Tode gehetztes Dasein unbemitleidet endet! –

Es verging eine halbe Stunde, da erwachte Old Shatterhand aus seinem Grübeln, um seine Aufmerksamkeit dem Rande des Blickfeldes zu widmen, der jetzt die Form einer dunklen, immer breiter werdenden Linie angenommen hatte. Die Hand danach ausstreckend, meinte er: „Da liegt der Wald, von dem ich gesprochen habe. Gebt euren Pferden die Sporen, dann werden wir in fünf Minuten dort sein!"

Jetzt wurden die Pferde in Galopp gesetzt und bald erreichten die vier Reiter einen hohen, dichten Fichtenwald, dessen Rand so fest geschlossen zu sein schien, dass zu Pferd an kein Durchkommen zu denken war. Aber Old Shatterhand wusste Bescheid. Er ritt gerade auf eine Stelle zu, trieb sein Pferd durch das schmale Unterholz und befand sich nun auf einem so genannten Indianerpfad, einer von den zuweilen hier verkehrenden Roten ausgetretenen Bahn von kaum einem Meter Breite. Er stieg zunächst ab, um die Stelle nach neuen Spuren zu durchsuchen. Als er keine fand, saß er wieder auf und forderte seine Begleiter auf, ihm zu folgen.

Hier im dichten Urwald wehte nicht das leiseste Lüftchen und außer den Tritten der Pferde war kein Geräusch zu vernehmen. Old Shatterhand hielt den Stutzen schussbereit in der rechten Hand und den Blick scharf vorwärts gerichtet, um bei einer feindlichen Begegnung der Erste zu sein, der die Waffe auf den Gegner richtete. Aber er war überzeugt, dass es jetzt keine solche Gefahr gebe. Wenn die Roten die Gegend zu Pferd durchstreiften, waren ihrer so viele beisammen, dass sie gewiss keinen solchen Pfad aufsuchten, wo nichts zu entdecken war und wegen der Dichtheit des Waldes die Bewegung erschwert wurde. Es gab auf diesem Pfad nur wenige Stellen, an denen es einem Reiter möglich gewesen wäre, umzukehren.

Nach längerer Zeit öffnete sich der Pfad auf eine Blöße, in deren Mitte mehrere große Felsblöcke hoch aufeinander getürmt lagen. Sie waren mit Flechten überzogen und in den Ritzen hatten Sträucher die nötige Nahrung für ihre Wurzeln gefunden. Eine kleine Quelle floss unter den Steinen hervor, schlängelte sich über die Lichtung hin und verlor sich dann im Wald. Hier hielt Old Shatterhand an, während er sagte: „Das ist der Ort, wo wir den Pferden etwas Ruhe gönnen und indessen unsre Präriehunde braten können.“ Die Reiter stiegen ab, gaben ihren Pferden die Mäuler zum Grasen frei und suchten dann nach dürrem Holz, um ein Feuer anzubrennen. Jemmy übernahm es, die Präriehunde abzuhäuten und auszunehmen, und Old Shatterhand entfernte sich, um nachzusehen, ob der Ort sicher sei. Der Wald war nämlich nur drei Viertelstunden breit und wurde von dem Indianerpfad quer durchschnitten. Die Blöße lag ungefähr in der Mitte.

Nicht lange, so briet das Fleisch über dem Feuer und ein gar nicht übler Duft zog durch die Lichtung. Da kehrte Old Shatterhand zurück. Er war schnellen Schrittes bis an den jenseitigen Waldrand gegangen, von wo aus man weit über eine offene Prärie sehen konnte. Sein Auge hatte nichts Verdächtiges gewahren können und so brachte er den dreien die Nachricht, dass keine Überraschung zu befürchten sei.

Nach einer Stunde war der Braten fertig. „Hm!", brummte der Hobble-Frank. „Hundebraten essen! Wenn es früher jemand eingefallen wäre, mir zu prophezeien, dass ich den besten Freund des Menschen verspeisen würde, dann hätte ich 'ne Antwort gegeben, dass ihm die Haare zu Berge gestanden hätten. Aber ich habe eben Hunger und muss es also versuchen."

„Es ist ja kein Hund", erinnerte Jemmy. „Du hast doch gehört, dass dieses Tier nur seiner Stimme wegen fälschlicherweise den Namen Präriehund erhalten hat."

„Das bessert an der Sache nischt. Aber wir wollen mal sehen."

Er nahm sich ein Stück Brust und kostete es verzagt. Dann aber klärte sich sein Gesicht auf. Er schob ein größeres Stück in den Mund und gestand kauend: „Wirklich gar nicht übel, off Ehre! Es schmeckt wirklich beinahe wie Karnickel, wenn ooch nich ganz so fein wie Zickelbraten. Kinder, ich denke, von diesen beeden Hunden wird nich viel übrig bleiben."

„Wir müssen für den Abend aufheben", warf Davy ein. „Wir wissen nicht, ob wir heute noch etwas schießen."

„Ich sorge nich für später. Wenn ich müde bin und mich in Orpheusens Arme werfen kann, bin ich vorderhand vollständig zufrieden gestellt."

„Morpheus heißt es", verbesserte Jemmy.

„Schweigste gleich stille! Du wirscht mir doch nich etwa e M vor meinen Orpheus machen wollen. Den kenn' ich ganz genau. In dem Dorf Klotzsche bei Moritzburg gab es eenen Gesangverein, der ‚Orpheus in der Oberwelt' hieß. Die

Mitglieder dieses Vereins sangen so lieblich, dass die Zuhörer stets in den angenehmsten Schlummer sanken. Von dort her, also von Klotzsche, stammt das Sprichwort von dem Orpheus in die Arme sinken. Streite dich also nich mit mir, sondern verzehre deinen Präriehund mit schweigsamer Bedächtigkeit! Dann wird er dir besser bekomme, als wenn du dich mit eenem Manne von meinen Erfahrungen herumstreitest!" –

Wenn die vier Männer sich hier ganz sicher wähnten, so befanden sie sich in einem großen Irrtum. Es näherte sich ihnen bereits die Gefahr in Gestalt von zwei Reitertrupps, die ihre Richtung auf den Wald genommen hatten.

Der eine Trupp war klein. Er bestand nur aus zwei Reitern, die von Norden her kamen und auf die Fährte Old Shatterhands und seiner Genossen stießen. Sie hielten an und sprangen von den Pferden, um die Spuren zu untersuchen. Die Art, wie das geschah, ließ vermuten, dass sie keine unerfahrenen Westmänner seien. Sie waren gut bewaffnet, aber ihre Kleidung hatte gelitten. Gewisse Anzeichen machten es wahrscheinlich, dass sie in letzter Zeit keine guten Tage gehabt hatten. Was ihre Pferde betraf, so waren sie wohlgenährt und munter, doch ohne Sattel, auch ungezäumt und nur mit einem Riemenhalfter versehen. In dieser Weise pflegen die Pferde der Indianer in der Nähe der Lager zu weiden.

„Was meinst du zu dieser Fährte, Knox?", fragte der eine. „Sollten wir vielleicht Rote vor uns haben?" – „Nein", entgegnete der Gefragte bestimmt. „Die Pferde waren beschlagen und die Männer ritten neben-, nicht hintereinander, wie die Roten es tun." – „Und wie viele sind es?" – „Nur vier. Wir haben also nichts zu fürchten, Hilton." – „Außer wenn es Soldaten sind!" – *„Pshaw!* Auch dann nicht. Auf einem Fort dürften wir uns freilich nicht sehen lassen. Da gibt es so viele Augen und Fragen, dass wir uns sicher verraten würden. Aber vier Kavalleristen, die würden nichts aus uns herausbringen. Aus welchen Gründen sollten sie wohl auch die Vermutung ziehen, dass wir zu den Weißen gehören, von denen die Utahs überfallen wurden!" – „Das denke ich freilich auch. Aber oft hat der Teufel seine Hand im Spiel. Wir befinden uns in einer scheußlichen Lage. Von den Roten gehetzt und von den Soldaten gesucht, irren wir im Gebiet der Utahs hin und her. Es war eine Dummheit, uns von diesem roten Cornel und seinen Kerlen goldene Berge vormalen zulassen." – „Eine Dummheit? Gewiss nicht. Schnell reich werden, das ist eine schöne Sache und ich verzweifle noch lange nicht. In kurzer Zeit wird der Cornel mit dem andern Trupp nachkommen und dann brauchen wir uns nicht mehr zu sorgen. Wir müssen versuchen, uns bis dahin durchzuschlagen. Denke ich darüber nach, so finde ich nur einen Weg dazu und der öffnet sich uns eben jetzt." – „Welcher Weg wäre das?" – „Wir müssen Weiße finden, denen wir uns anschließen. In ihrer Gesellschaft werden wir für Jäger gehalten und niemand wird in uns die Diebe der Utah-Pferde suchen." – „Und du meinst, dass wir solche Männer vor uns haben?" – „Ich denke es. Sie sind in den Wald geritten. Wollen wir ihnen folgen!"

Der rote Cornel hatte seinen Trupp, der bekanntlich aus den zwanzig am Eagle Tail entkommenen Tramps bestand, wieder zu vermehren getrachtet. Er rechnete damit, dass seine Schar droben in den Bergen voraussichtlich von den Indianern derb gelichtet werden würde, dass zwanzig also zu wenig seien. Darum hatte er während des Rittes durch Colorado einen jeden, der Lust dazu zeigte, an sich gezogen. Das waren natürlich lauter fragwürdige Menschen, deren Gesinnung gar nicht untersucht zu werden brauchte. Unter ihnen befanden sich auch Knox und Hilton, die beiden, die jetzt dem Wald zuritten. Die neue Schar des Cornel war bald so groß geworden, dass sie Aufsehen erregen musste und ihre Verpflegung von Tag zu Tag schwieriger wurde. Deshalb hatte der Cornel den Entschluss gefasst, sie zu teilen. Mit der einen Hälfte wollte er in der Gegend von La Veta über die Berge gehen und die andere sollte sich nach Morrison und Georgetown wenden, um das Gebirge dort zu übersteigen. Da Knox und Hilton erfahrene Leute waren, mussten sie die zweite Abteilung leiten. Sie waren auch glücklich über die Berge gekommen und hatten in der Gegend von Breckenridge Halt gemacht. Dort war ihnen das Unglück zugestoßen, dass die ausgebrochene Pferdeherde eines Haziendero bei ihnen vorübergaloppiert war. Dabei hatten sich ihre eigenen Pferde losgerissen und waren mit den andern entflohen. Um sich in den Besitz neuer Tiere zu setzen, hatten sie später ein Utahlager überfallen und waren von den Indianern verfolgt und geschlagen worden. Nur sechs waren entkommen. Aber die Roten hefteten sich auch diesen sechs an die Fersen. Vier davon waren gestern noch gefallen und die beiden Anführer, Knox und Hilton, hatten allein das Glück gehabt, den Indianern zu entgehen.

Davon sprachen sie, als sie sich dem Wald näherten. Dort fanden sie den Indianerpfad und folgten ihm. Sie erreichten die Blöße gerade in dem Augenblick, als das kleine Wortgefecht zwischen Jemmy und dem Hobble-Frank zu Ende war.

„Also wir sind Jäger, verstanden?“, flüsterte Knox seinem Genossen Hilton zu. „Und lass nur mich reden!“

Jetzt erblickte Old Shatterhand die beiden. Er nahm den Stutzen in die Hand und sah ihnen, als sie sich näherten, erwartungsvoll entgegen.

„Good day, Mesch'schurs“, grüßte Knox. „Ist es vielleicht erlaubt, sich bei euch ein wenig auszuruhen?“ – „Uns ist jeder ehrliche Mann willkommen“, entgegnete Old Shatterhand, während er erst die Reiter und dann die Pferde prüfend betrachtete. – „Hoffentlich haltet Ihr uns nicht für das Gegenteil?“, meinte Hilton, indem er den durchdringenden Blick des Jägers scheinbar ruhig aushielt. – „Ich urteile über einen Menschen erst dann, wenn ich ihn kennen gelernt habe.“ – „Nun, so gestattet, dass wir Euch die Gelegenheit dazu geben!“

Die beiden waren abgestiegen und setzten sich mit ans Feuer. Sie hatten jedenfalls Hunger, denn sie warfen sehnsüchtige Blicke auf den Braten. Der gutmütige Jemmy schob ihnen einige Stücke davon zu und forderte sie auf, zu essen, was sie sich nicht zweimal sagen ließen. Jetzt verbot es die Höflichkeit, Fragen an sie zu richten. Darum wurde die Zeit, bis sie gesättigt waren, in Schweigen verbracht. –

Der andere der erwähnten Trupps, der sich dem Wald von der entgegengesetzten Seite näherte, bestand aus einer Schar von etwa zweihundert Indianern. Old Shatterhand war zwar auch auf dieser Seite gewesen, um zu spähen, aber er hatte, als er die Prärie überblickte, die heranreitenden Roten nicht sehen können, da sie zu dieser Zeit noch hinter einer vorspringenden Waldecke gewesen waren. Auch sie mussten die Gegend genau kennen, denn sie hielten gerade auf den Ausgang des schmalen Waldpfades zu, der auf die Blöße führte.

Die Roten befanden sich auf dem Kriegspfad, wie die grellen Farben bezeugten, mit denen sie ihre Gesichter bemalt hatten. Die meisten waren mit Gewehren und nur wenige mit Bogen und Pfeilen bewaffnet. An ihrer Spitze ritt ein riesenhafter Häuptling, eine Adlerfeder im Schopf. Sein Alter war nicht zu erkennen, da auch sein Gesicht ganz mit schwarzen, gelben und roten Linien bedeckt war. Am Pfad angekommen, stieg er ab, um ihn zu untersuchen. Die vordersten Krieger des Zuges, die hinter ihm hielten, sahen seinem Beginnen mit Spannung zu. Ein Pferd schnaubte. Er hob warnend die Hand und der betreffende Reiter hielt dem Tier die Nüstern zu. Da der Häuptling damit zur größten Stille aufforderte, musste er etwas Verdächtiges bemerkt haben. Er ging langsam, Schritt für Schritt den Oberkörper tief zu Boden gesenkt, eine kurze Strecke auf dem Pfad weiter in den Wald hinein. Als er dann zurückkehrte, sagte er leise in der Sprache der Utahs, die ein Glied der schoschonischen Abteilung der Utoaztekischen Sprachfamilie ist: „Ein Bleichgesicht war hier vor der Zeit, welche die Sonne braucht, um eine Spanne weit zu laufen. Die Krieger der Utahs mögen sich mit ihren Pferden unter den Bäumen verbergen. Ovuts-avaht wird gehen, um das Bleichgesicht zu suchen."

Der Häuptling, der fast noch länger und breiter als Old Firehand war, hieß also Ovuts-avaht, zu Deutsch der Große Wolf. Er schlich in den Wald zurück. Als er nach vielleicht einer halben Stunde zurückkehrte, war keiner seiner Leute zu sehen. Der Häuptling ließ einen leisen Pfiff hören und sofort kamen die Roten unter den Bäumen hervor, indem sie die Pferde dort zurückließen. Er gab einen Wink, auf den die Unterführer, fünf oder sechs an der Zahl, zu ihm traten.

„Sechs Bleichgesichter lagern bei den Felsen", berichtete er, „sie essen Fleisch und ihre Pferde weiden bei ihnen. Meine Brüder mögen mir folgen, bis der Pfad zu Ende geht! Dann teilen sie sich. Die Hälfte schleicht nach rechts, die andern nach links, bis die Lichtung umstellt ist. Dann werde ich das Zeichen geben und die roten Krieger brechen hervor. Die weißen Hunde werden so erschrocken sein, dass sie sich gar nicht wehren. Wir werden sie mit den Händen greifen und in unser Dorf schaffen, um sie dort an den Pfahl zu binden. Fünf Leute bleiben hier, um die Pferde zu bewachen. Howgh!"

Dieses letzte Wort ist eine Bekräftigungsformel und hat ungefähr die Bedeutung unseres „Basta", „Abgemacht". Wenn ein Indianer das sagt, hält er den Gegenstand für erschöpfend besprochen und erledigt.

Ihr Häuptling voran, drangen die Roten auf dem Pfad lautlos in den Wald ein. Als sie die Stelle erreichten, wo der Weg auf die Blöße mündete, gingen sie nach beiden Seiten auseinander, um den Platz zu umstellen. Ein Reiter hätte nicht in den Wald eindringen können, zu Fuß aber war es den gewandten Indianern möglich.

Die Weißen hatten soeben ihr Mahl verzehrt. Hobble-Frank schob sein Bowiemesser in den Gürtel und sagte, diesmal in englischer Sprache, um von den beiden Neuangekommenen verstanden zu werden: „Jetzt haben wir gegessen und die Pferde sind ausgeruht. Nun können wir wieder aufbrechen, um noch vor Nacht an unser heutiges Ziel zu gelangen."

„Ja", stimmte Jemmy bei. „Aber vorher ist es notwendig, dass wir uns kennen lernen und erfahren, wohin wir beiderseits gehen."

„Das ist richtig", nickte Knox. „Darf ich also fragen, welches Ziel ihr heute noch erreichen wollt?"

„Wir reiten nach den Elkbergen."

„Wir auch. Das trifft sich ausgezeichnet. Da können wir ja gemeinsam reiten."

Old Shatterhand sagte kein Wort. Er gab Jemmy einen verstohlenen Wink, das Verhör fortzusetzen, denn er wollte erst dann sprechen, wenn er seine Zeit gekommen sah.

„Mir soll es recht sein", erwiderte der Dicke. „Aber wo wollt ihr dann weiter hin?"

„Das ist noch unbestimmt. Vielleicht zum Greenriver hinüber, um nach Bibern zu suchen."

„Da werdet ihr wohl nicht viele finden. Wer Dickschwänze[1] fangen will, muss weiter nördlich gehen. Ihr seid also Trapper, Biberjäger?"

„Ja. Ich heiße Knox und mein Gefährte Hilton."

„Aber wo habt Ihr denn Eure Biberfallen, Mr. Knox, ohne die Ihr keinen Fang machen könnt?"

„Die sind uns unten am San-Juan-Fluss von Dieben, vielleicht von Indianern, gestohlen worden. Hoffentlich treffen wir bald ein Camp, wo es welche zu kaufen gibt. Ihr meint also, dass wir uns euch zunächst bis zu den Elkbergen anschließen dürfen?"

„Habe nichts dagegen und meine Gefährten auch nicht."

„Schön, Sir! So dürfen wir nun wohl auch eure Namen erfahren?"

[1] Biber

„Warum nicht! Mich nennt man den Dicken Jemmy, mein Nachbar rechts ist der…“

„…der Lange Davy wohl?“, fiel Knox schnell ein.

„Ja. Ihr erratet es?“

„Gewiss! Ihr seid ja weit und breit bekannt und wo der Dicke Jemmy ist, da braucht man nicht lange nach seinem Davy zu suchen. Und der Kleine hier an Eurer linken Seite?“

„Den nennen wir Hobble-Frank, ein famoses Kerlchen, das Ihr schon noch kennen lernen werdet.“

Frank warf einen warmen, dankbaren Blick auf den Sprecher und Jemmy fuhr fort: „Und der letzte Name, den ich Euch nennen will, ist Euch jedenfalls noch besser bekannt als der meinige. Ich denke doch, dass Ihr von Old Shatterhand gehört habt.“

„Old Shatterhand?“, rief Knox freudig überrascht. „Ist's wahr, Sir, dass Ihr Old Shatterhand seid? Dann erlaubt mir, Euch zu sagen, dass ich mich sehr freue, Euch kennen zu lernen!“

Knox streckte dem Jäger die Hand entgegen und warf dabei Hilton einen Blick zu, der sagen sollte: „Du, freue dich, denn nun sind wir geborgen!“ Old Shatterhand aber tat, als bemerke er die ihm dargebotene Hand gar nicht, und entgegnete kalt: „Freut Ihr Euch wirklich? Dann ist es schade, dass ich Eure Freude nicht zu teilen vermag.“

„Warum nicht, Sir?“

„Weil ihr Leute seid, über die man sich überhaupt nicht freuen kann.“

„Wie meint Ihr das?“, fragte Knox, betroffen über diese Offenheit. „Ich nehme an, dass Ihr scherzt, Sir?“

„Ich spreche im Ernst. Ihr seid zwei Schwindler und vielleicht gar noch Schlimmeres.“

„Oho! Meint Ihr, dass wir eine solche Beleidigung auf uns sitzen lassen?“

„Jawohl, das meine ich. Was könnt ihr anderes tun?“

„Sir, Ihr werdet immer rücksichtsloser. Beweist mir doch, dass wir Schwindler sind!“

„Warum nicht!“, erwiderte Old Shatterhand gleichmütig. „Also unten am San Juan habt ihr eure Fallen ausgelegt gehabt? Wann denn?“

„Vor vier Tagen.“

„Und ihr kommt unmittelbar von dort herauf?“

„Ja.“

„Also von Süden her? Das ist eine Lüge. Ihr seid ganz kurz nach uns gekommen und wir müssten euch draußen auf der offenen Prärie gesehen haben. Nach Norden aber tritt der Wald weiter vor und hinter dieser Waldzunge habt ihr euch befunden, als ich zum letzten Mal, bevor wir in den Pfad einlenkten, Umschau hielt. Ihr seid von Norden gekommen.“

„Aber Sir, ich habe die Wahrheit gesagt. Ihr habt uns nicht gesehen.“

„Ich? Euch nicht gesehen? Wenn ich so schlechte Augen hätte, wäre ich schon tausendmal verloren gewesen. Nein, ihr macht mir nichts weis. Und nun weiter: Wo habt ihr Sättel und Zaumzeug?“

„Sind uns gestohlen worden!“

„Mann, haltet mich nicht für einen dummen Jungen!“, lachte Old Shatterhand verächtlich. „Ihr habt wohl Sattel und Zaum mit den Biberfallen ins Wasser gesteckt, dass alles zusammen gestohlen werden konnte? Welcher Jäger nimmt dem Pferd den Zaum ab? Und woher habt ihr nun die indianischen Halfter?“

„Die haben wir von einem Roten erhandelt.“

„Und wohl auch die Pferde?“

„Nein“, erwiderte Knox, der einsah, dass er unmöglich auch noch diese dreiste Lüge sagen dürfe.

„Also die Utahs handeln mit Halftern! Das habe ich noch nicht gewusst. Woher habt ihr denn eure Pferde?“

„Die haben wir in Fort Dodge gekauft.“

„So weit von hier? Und ich möchte wetten, dass diese Tiere letzthin noch wochenlang auf der Weide waren. Ein Pferd, das den Reiter von Fort Dodge bis hierher getragen hat, sieht anders aus. Und wie kommt es denn, dass die Gäule nicht beschlagen sind?“

„Das müsst ihr den Händler fragen, von dem wir sie haben.“

„Unsinn! Händler! Diese Tiere sind gestohlen.“

„Sir!“, rief Knox, indem er nach seinem Messer griff. Auch Hilton fuhr mit der Hand zum Gürtel.

„Lasst die Messer stecken, sonst schlage ich euch nieder!“, drohte Old Shatterhand. „Meint ihr denn, ich sehe nicht, dass die Pferde indianische Dressur haben?“

„Wie könnt Ihr das wissen? Ihr habt uns doch nicht reiten sehen! Nur die kurze Strecke vom Pfad bis hierher zu diesen Steinen habt Ihr uns im Sattel beobachtet.“

„Aber ich bemerkte, dass eure Tiere die unsrigen meiden, dass sie für sich bleiben. So verhalten sich Indianergäule. Es ist also schon so: Diese Pferde sind den Utahs gestohlen worden und ihr gehört zu den Leuten, die über diese Roten hergefallen sind.“

Knox wusste nicht mehr, was er sagen sollte. Dem Scharfsinn dieses Mannes war er nicht gewachsen. Und so, wie es solche Leute in ähnlichen Fällen zu machen pflegen, nahm er seine letzte Zuflucht zur Grobheit.

„Sir, ich habe viel von Euch gehört und Euch für einen ganz andern Menschen gehalten“, sagte er. „Ihr redet wie im Traum. Wer Behauptungen aufstellt wie die Eurigen, der muss geradezu verrückt sein. Unsre Pferde indianische Dressur! Es wäre zum Lachen, wenn man sich nicht darüber ärgern müsste. Ich sehe ein, dass wir nicht zusammenpassen, und werde aufbrechen, um nicht gezwungen zu sein, Eure Fantasien weiterhin anhören zu müssen. – Alle Teufel, was ist das?“

Er hatte, indem er von den Pferden sprach, das Auge auf die Tiere gerichtet und dabei etwas bemerkt, was seine ganze Aufmerksamkeit auf sich zog. Sie hielten nämlich die Nüstern hoch, drehten sich nach allen Richtungen, sogen die Luft ein und rannten dann freudig wiehernd dem Rand der Lichtung zu.

„Ja, was ist das?", rief auch Jemmy. „Es sind Rote in der Nähe!"

Old Shatterhand erfasste mit einem einzigen scharfen Blick die Gefahr. „Wir sind umzingelt", warnte er, „jedenfalls von den Utahs, deren Nähe durch die Pferde verraten worden ist, die sich nun also gezwungen sehen werden, loszubrechen."

„Was tun wir da?", fragte Davy. „Wehren wir uns?"

„Zunächst wollen wir ihnen zeigen, dass wir mit diesem Gesindel nichts zu tun haben. Das ist die Hauptsache. Also nieder mit ihnen!" Er schlug Knox die geballte Faust gegen die Schläfe, dass der Getroffene wie ein Holzblock niederstürzte, und dann erhielt Hilton, bevor er zur Gegenwehr kam, den gleichen Hieb. „Nun schnell hinauf auf den Felsen!", gebot Old Shatterhand. „Dort haben wir Deckung. Dann müssen wir das Weitere abwarten." Die Steinblöcke waren nicht leicht zu ersteigen. Aber in derartigen Lagen verdoppeln sich die Fähigkeiten des Menschen: In drei, vier, fünf Sekunden waren die vier Jäger hinauf und hinter den Ecken, Kanten und Sträuchern, wo sie sich niederduckten, verschwunden. Seit dem Wiehern der beiden Indianerpferde war bis jetzt kaum eine Minute vergangen. Der Häuptling hatte sofort das Zeichen zum Angriff geben wollen, hatte dies aber unterlassen, als er sah, dass das eine Bleichgesicht zwei andere niederschlug. Er konnte sich das nicht erklären und zögerte. Dadurch hatten die vier Zeit gewonnen, sich auf die Felsen zu flüchten. Nun steckten sie oben und konnten von den Kugeln und Pfeilen nicht erreicht werden. Wohl aber waren sie im Stande, vom Felsen aus den ganzen freien Raum zu beherrschen und ihre Kugeln nach allen Richtungen zu senden.

Was tun? Das war die Frage, die sich der Große Wolf jetzt stellte. Der Rote ist, wenn es sein muss, tapfer, kühn, ja verwegen. Aber wenn er sein Ziel durch List und ohne Gefahr zu erreichen vermag, so fällt es ihm nicht ein, sein Leben aufs Spiel zu setzen. Der Häuptling rief also durch einen Pfiff seine Unteranführer zu sich, um sich mit ihnen zu beraten.

Das Ergebnis dieser Beratung war bald zu hören. Vom Rand der Lichtung her ertönte eine laute Stimme. Da der freie Platz höchstens fünfzig Schritt breit war und die Entfernung zwischen dem Felsen und der Stelle, wo diese Stimme erscholl, nur die Hälfte, also fünfundzwanzig Schritt betrug, konnte man jedes Wort deutlich vernehmen. Es war der Häuptling selbst, der, an einem Baum stehend, herüberrief: „Die Bleichgesichter sind von vielen roten Kriegern umringt, sie mögen herunterkommen!"

Das war so lächerlich, dass er gar keine Antwort erhielt. Der Rote wiederholte die Aufforderung noch zweimal und fügte, als er auch da keine Erwiderung fand, hinzu: „Wenn die weißen Männer nicht gehorchen, werden wir sie töten."

Darauf antwortete Old Shatterhand: „Was haben wir den roten Kriegern getan, dass sie uns umringt haben und überfallen wollen?"

„Ihr gehört zu den Hunden, die unsre Männer getötet und unsre Pferde geraubt haben."

„Du irrst. Nur zwei dieser Räuber sind hier. Sie kamen kurz vorher zu uns und als ich ahnte, dass sie die Feinde der Utahs sind, habe ich sie niedergeschlagen. Sie sind nicht tot; sie werden bald wieder erwachen. Wenn ihr sie haben wollt, so holt sie euch!"

„Du willst uns hinüberlocken, um uns zu töten!"

„Nein. – Wer bist du überhaupt? Wie ist dein Name?"

„Hier steht Ovuts-avaht, der Häuptling der Utahs."

„Ich kenne dich. Der Große Wolf ist stark an Körper und Geist. Er ist der Kriegsherr der Yampa-Utahs, die tapfer und gerecht sind und den Unschuldigen nicht die Taten der Schuldigen entgelten lassen werden."

„Du redest wie ein Weib. Du jammerst um dein Leben. Du nennst dich unschuldig, aus Angst vor dem Tod. Ovuts-avaht verachtet dich. Wie lautet dein Name? Es wird der Name eines alten, blinden Hundes sein."

„Ist der Große Wolf nicht selber blind? Er scheint unsre Pferde nicht zu sehen. Haben diese Tiere etwa den Utahs gehört? Es ist ein Maultier dabei. Ist es ihnen gestohlen worden? Wie kann der Große Wolf uns für Pferdediebe halten? Er sehe doch meinen Rappenhengst an! Haben die Utahs jemals ein solches Tier besessen? Es ist von dem Blut, das nur für Winnetou, den großen Apatschenhäuptling, und seine Freunde gezüchtet wird. Die Krieger der Utahs mögen hören, ob mein Name der eines Hundes ist! Die Bleichgesichter heißen mich Old Shatterhand, in der Sprache der Utahs aber werde ich Pokai-mu, die Tötende Hand, genannt."

Der Häuptling antwortete nicht gleich wieder und die jetzt eingetretene Stille währte einige Minuten. Das war ein sicheres Zeichen, dass der Name des Jägers Eindruck gemacht hatte. Erst nach einiger Zeit war die Stimme des Großen Wolfes wieder zu vernehmen: „Das Bleichgesicht gibt sich für Old Shatterhand aus, wir aber glauben ihm nicht. Old Shatterhand kennt keine Furcht. Dir aber hat die Angst den Mut genommen, dich uns zu zeigen."

„Wäre es wahr, so besäßen die Krieger der Utahs noch mehr Angst als ich; denn sie verstecken sich, und du mit ihnen, vor nur vier Männern. Ich will dir beweisen, dass ich keine Bangigkeit kenne. Ihr sollt mich sehen." Old Shatterhand trat aus seinem Versteck hervor, stieg auf den höchsten Punkt des Felsens, blickte langsam rundum und stand so frei und unbesorgt da oben, als gäbe es nicht ein einziges Gewehr, dessen Kugel ihn zu treffen vermöge.

„Ing Pokai-mu, ing Pokai-mu, howgh!", erklangen mehrere laute Stimmen: „Er ist die Tötende Hand, er ist die Tötende Hand, gewiss!"

Furchtlos blieb der Westmann stehen und rief dem Häuptling zu: „Hast du das Zeugnis deiner Krieger vernommen? Glaubst du nun, dass ich wirklich Old Shatterhand bin?"

„Ovuts-avaht glaubt es. Dein Mut ist groß. Unsre Kugeln treffen viel weiter als bis zu dir. Wie leicht kann eins unsrer Gewehre losgehen!“

„Das wird nicht geschehen, denn die Krieger der Utahs sind keine Mörder. Und wenn ihr mich tötet, so würde mein Tod schwer an euch gerächt werden.“

„Wir fürchten keine Rache!“

„Sie würde euch ereilen und auffressen, ohne zu fragen, ob ihr euch vor ihr fürchtet. Ich habe den Wunsch des Großen Wolfes erfüllt und mich ihm gezeigt. Warum bleibt er noch im Verborgenen? Hat er noch Angst, oder hält er mich für einen Meuchelmörder, der ihn töten will?“

„Der Häuptling der Utahs hat keine Angst. Er weiß, dass Old Shatterhand nur dann zur Waffe greift, wenn er angegriffen wird, und wird sich ihm zeigen.“

Er trat hinter dem Baum hervor, sodass seine große Gestalt voll zu sehen war.

„Ist Old Shatterhand nun zufrieden?“, fragte er.

„Nein. Ich möchte Auge in Auge mit dir sprechen, um eure Wünsche bequemer zu erfahren. Komm also näher herbei, bis zur Hälfte der jetzigen Entfernung! Ich werde vom Felsen steigen und dir entgegengehen. Dann setzen wir uns, wie es Häuptlingen geziemt, nieder, um zu beraten.“

„Willst du nicht lieber zu uns kommen?“

„Nein. Der eine soll den andern dadurch ehren, dass sie einander gleich weit entgegenkommen.“

„Dann würde Ovuts-avaht mit dir auf der freien Lichtung sitzen und den Schüssen deiner Leute ausgesetzt sein.“

„Ich gebe dir mein Wort, dass dir nichts geschehen soll. Sie werden nur dann schießen, wenn deine Krieger mir eine Kugel senden. Dann wärest du freilich verloren.“

„Wenn Old Shatterhand sein Wort gibt, so darf man vertrauen; es ist ihm ebenso heilig wie ein Schwur. Der Häuptling der Utahs wird also kommen. Wie wird der weiße Jäger bewaffnet sein?“

„Ich werde alle meine Waffen ablegen und hier zurücklassen. Dir aber steht es frei, zu tun, was dir beliebt.“

„Der Große Wolf wird sich nicht dadurch schänden, dass er weniger Mut und Vertrauen zeigt. Komm also herab!“

Der Häuptling legte seine Waffen da, wo er stand, ins Gras und wartete dann auf Old Shatterhand.

„Sie wagen zu viel“, wurde der Jäger von Jemmy gewarnt. „Sind Sie wirklich der Überzeugung, dass Sie es tun dürfen?“

„Ja. Wenn der Häuptling vorher zurückgetreten wäre, um sich mit seinen Leuten zu beraten oder ihnen einen Befehl, einen Wink zu geben, so würde ich Verdacht schöpfen. Da er das aber nicht getan hat, darf ich ihm Vertrauen schenken.“

„Und was sollen wir inzwischen tun?“

„Nichts. Ihr legt, doch ohne dass man es unten bemerkt, die Gewehre auf den Utah an und schießt ihn sofort nieder, falls ich angegriffen werden sollte.“ Old Shatterhand stieg hinab und dann schritten die beiden langsam aufeinander zu. Als sie zusammentrafen, hob Old Shatterhand die Hand zum Gruß und sagte: „Ich habe den Großen Wolf noch nie gesehen, aber oft gehört, dass er in der Beratung der Weiseste und im Kampf der Tapferste ist. Ich freue mich, sein Gesicht zu sehen und ihn als Freund begrüßen zu können.“

Der Indianer missachtete den Gruß des Weißen, musterte mit scharfem Blick dessen Gestalt und Gesicht und entgegnete, indem er zur Erde deutete: „Setzen wir uns! Die Krieger der Utahs haben ihre Kriegsbeile gegen die Bleichgesichter ausgraben müssen. Es gibt also keinen Weißen, den der Häuptling als Freund begrüßen kann.“

Der Große Wolf ließ sich nieder und Old Shatterhand setzte sich ihm gegenüber. Das Feuer war erloschen. Neben der Asche lagen noch Knox und Hilton, die schwer betäubt sein mussten, da sie sich noch immer nicht bewegten. Old Shatterhands Rappe Hatatitla hatte ebenso wie die beiden gestohlenen Utahpferde die Indianer gerochen, noch ehe die Stimme des Häuptlings erschollen war, und sich schnaubend in die Nähe des Felsens gedrängt. Davys altes Maultier besaß eine ebenso feine Nase und war diesem Beispiel gefolgt. Die Pferde Franks und Jemmys hatten sich das zur Lehre dienen lassen und so standen die vier Tiere jetzt hart am Felsen und ihr Benehmen zeigte, dass sie sich der Gefahr, in der sie sich mit ihren Herren befanden, bewusst waren.

Keiner der beiden einander Gegenübersitzenden schien beginnen zu wollen. Old Shatterhand blickte wartend und so gleichgültig, als könne ihm nicht das Mindeste geschehen, vor sich nieder. Der Rote aber konnte seinen prüfenden Blick nicht von dem Weißen lassen. Die dick aufgetragene Farbe ließ den Ausdruck seines Gefühls nicht erkennen, aber die breit und etwas aufwärts gezogenen Mundwinkel deuteten an, dass er sich von dem berühmten Jäger eine Vorstellung gemacht hatte, die durch dessen äußere Gestalt jetzt nicht bestätigt wurde. Das zeigte sich, als er jetzt endlich die etwas spöttische Bemerkung machte: „Der Ruf Old Shatterhands ist groß, aber seine Gestalt ist nicht mit ihm fortgewachsen."

Old Shatterhand ragte über die gewöhnliche Größe hinaus, war aber keineswegs ein Riese. Er hatte in der Vorstellung des Roten jedenfalls als ein wahrer Goliath gelebt. Der Jäger erwiderte lächelnd: „Was hat die Gestalt mit dem Ruf zu tun? Soll ich dem Häuptling der Utahs etwa antworten: Die Gestalt des Großen Wolfes ist groß, aber sein Ruf, seine Tapferkeit sind nicht in gleichem Maß mit ihr gewachsen?"

„Das wäre eine Beleidigung", erklärte der Rote mit blitzenden Augen, „auf die dich Ovuts-avaht sofort verlassen würde, um den Befehl zum Beginn des Kampfes zu erteilen!"

„Warum erlaubst du dir dann eine solche Bemerkung über meine Gestalt? Zwar können deine Worte Old Shatterhand nicht beleidigen, aber sie enthalten eine Missachtung, die ich nicht dulden darf. Ich bin ebenso ein Häuptling wie du. Ich werde höflich mit dir sprechen und verlange von dir die gleiche Höflichkeit. Das muss ich dir sagen, bevor wir unsre Unterredung beginnen, denn sonst würde sie zu keinem guten Ziel führen."

Old Shatterhand war es sich und seinen drei Begleitern schuldig, dem Roten diesen Verweis zu geben. Je kräftiger er auftrat, desto mehr Achtung verschaffte er sich, und von dem Eindruck, den er jetzt hervorbrachte, hing die Gestaltung seiner Lage ab.

„Es gibt da nur ein einziges Ziel: euren Tod!", erklärte der Große Wolf.

„Das wäre Mord, denn wir haben euch nichts getan."

„Du befindest dich in der Gesellschaft der Mörder, die wir verfolgen. Du bist mit ihnen geritten."

„Nein, das ist nicht wahr. Sende einen deiner Leute auf unsrer Spur zurück! Er wird bald sehen, dass diese beiden Männer erst nach uns kamen und auf unsre Fährte gestoßen sind."

„Das ändert nichts. Die Bleichgesichter haben uns im tiefsten Frieden überfallen, unsre Pferde geraubt und viele von unsern Kriegern getötet. Unser Grimm war groß, doch unsre Bedachtsamkeit nicht kleiner. Wir schickten weise Männer ab, um Bestrafung der Schuldigen und Ersatz für unsre Verluste zu erlangen. Man hat sie ausgelacht und abgewiesen. Darum haben wir die Tomahawks ausgegraben und geschworen, dass jeder Weiße, der in unsre Hände fällt, getötet werden soll. Diesen Schwur müssen wir halten und du bist ein Weißer."

„Ich beklage, was geschehen ist. Der Große Wolf wird wissen, dass ich ein Freund der roten Männer bin."

„Ovuts-avaht weiß es, aber du musst dennoch sterben. Wenn die ungerechten Bleichgesichter, die unsre Klagen nicht berücksichtigen, erfahren, dass sie durch ihr Verhalten den Tod vieler Gerechter, sogar Old Shatterhands, verschuldet haben, werden sie sich das zur Lehre dienen lassen und in Zukunft klüger und einsichtsvoller handeln."

Das klang gefährlich. Der Indianer sprach im vollsten Ernst und die Folgerung, die er zog, war nicht unlogisch. Dennoch antwortete Old Shatterhand: „Der Große Wolf denkt nur an seinen Schwur, aber nicht an die Folgen. Wenn ihr uns tötet, wird ein Schrei der Entrüstung über die Berge und Prärien erschallen und Tausende von Bleichgesichtern werden sich gegen euch aufmachen, um unsern Tod zu rächen. Diese Rache wird umso strenger sein, als wir stets Freunde der roten Männer waren."

„Ihr? Nicht du allein? Du sprichst auch von deinen Gefährten? Wer sind sie denn?"

„Der eine heißt Hobble-Frank und du wirst ihn vielleicht nicht kennen. Aber die Namen der beiden andern hast du sicher schon oft gehört; sie sind der Dicke Jemmy und der Lange Davy."

„Der Häuptling der Utahs kennt sie. Man hat nie den einen ohne den andern gesehen und wir haben niemals erfahren, dass sie Feinde der Indianer sind. Aber gerade deshalb wird ihr Tod die ungerechten Häuptlinge der Weißen belehren, wie unklug es von ihnen war, unsre Abgesandten fortzuweisen. Euer Schicksal ist entschieden. Doch es wird ehrenvoll sein. Ihr seid tapfere und berühmte Männer und sollt den qualvollsten Tod erleiden, den wir euch bieten können. Ihr werdet ihn erdulden, ohne mit der Wimper zu zucken, und die Kunde davon wird durch alle Lande erklingen. Dadurch wird euer Ruhm noch glänzender und ihr werdet in den ewigen Jagdgründen zu großem Ansehen gelangen. Der Häuptling hofft, dass du erkennst, welche Rücksicht das von uns ist, und uns dafür dankbar bist."

Old Shatterhand war keineswegs entzückt über diese Aussichten. Er ließ das aber nicht merken und entgegnete: „Deine Absicht ist gut und ich lobe dich dafür. Aber die Masse derer, die uns rächen, wird anders denken."

„Der Häuptling lacht über sie. Sie mögen kommen! Ovuts-avaht hat nicht die Gewohnheit, seine Feinde zu zählen. Und weißt du nicht, wie zahlreich wir dann sein werden? Es werden sich versammeln die Krieger der Yampa, der Uinta, Sampitsches, Pah-vants, Wiminutsches, Elks, Capotes, Weavers, Païs, Tasches, Muatsches und Tabequatsches. Diese Stämme alle gehören zum Volk der Utahs. Sie werden die weißen Krieger zermalmen."

„So gehe nach dem Osten und zähle die Weißen! Und welche Anführer werden sie haben! Es werden uns Rächer erstehen, von denen ein Einziger viele Utahs aufwiegt."

„Wer wären diese Männer?"

„Ich will dir nur einen nennen: Old Firehand!"

„Er ist ein Held und ist unter den Bleichgesichtern das, was der Grizzly unter Präriehunden ist", gab der Häuptling zu. „Aber er wäre auch der Einzige. Einen zweiten Rächer kannst du nicht aufweisen."

„Oh, noch viele könnte ich anführen. Aber ich will nur noch einen erwähnen: Winnetou!"

„Schweig von ihm! Er ist der Häuptling der Apatschen. Die Weißen fühlen sich zu schwach gegen uns; sie haben zu den Navajos gesandt und sie gegen uns aufgehetzt."

„Das weißt du schon?"

„Die Augen des Großen Wolfes sind scharf und seinen Ohren kann nichts entgehen. Gehören die Navajos nicht zum Volk der Apatschen? Müssen wir Winnetou nicht ohnehin als unsern Feind betrachten? Wehe ihm, wenn er in unsre Hände fällt!"

„Und wehe dann auch euch! Ich warne dich. Ihr hättet nicht nur die Krieger der Weißen gegen euch, sondern auch viele Tausend Streiter der Mescaleros, der Llaneros, der Jicarillas, Taracones, Navajos, Tschiriguaïs, Pinalenjos, Lipans, Coppers, Gilas und Mimbrenjos, die alle zum Volk der Apatschen gehören. Sie würden gegen euch ziehen und die Weißen brauchten nur ruhig zuzusehen, wie sich die Utahs und Apatschen gegenseitig aufreiben."

Der Häuptling sah vor sich nieder und meinte nach einer Weile: „Du hast die Wahrheit gesagt. Aber die Bleichgesichter drängen von allen Seiten auf uns ein. Sie überschwemmen uns und der rote Mann ist verurteilt, eines langsamen und qualvollen Erstickungstodes zu sterben. Ist es da nicht besser für ihn, den Kampf so zu führen, dass er rascher stirbt und rascher vernichtet wird? Der Blick, den du mir in die Zukunft öffnest, kann mich nur darin bestärken, das Kriegsbeil ohne Gnade und Rücksicht zu gebrauchen. Gib dir also keine Mühe! Es bleibt bei dem, was ich gesagt habe. Oder glaubst du, uns zu entkommen?"

„Allerdings."

„Das ist unmöglich. Weißt du, wie viele Krieger der Häuptling der Utahs bei sich hat? Es sind ihrer zweihundert!"

„Nur? Vielleicht hast du dir erzählen lassen, dass sich schon größere Kriegerscharen vergeblich die Mühe genommen haben, mich zu fangen oder festzuhalten. Hast du noch nicht erfahren, was für Waffen ich besitze?"

„Du sollst ein Gewehr haben, aus dem man immerfort schießen kann, ohne laden zu müssen. Aber das ist eine Unmöglichkeit. Der Große Wolf glaubt es nicht."

„Soll ich es dir zeigen?"

„Ja, zeige es!", rief der Häuptling, begeistert von dem Gedanken, dieses geheimnisvolle Gewehr, woran sich so viele Sagen knüpften, sehen zu können.

„So werde ich es dir bringen." Old Shatterhand stand auf und schritt zum Felsen, um den Stutzen zu holen. Wie die Verhältnisse lagen, musste er vor allen Dingen danach trachten, die Indianer trotz ihrer Überzahl einzuschüchtern und bestürzt zu machen, und dazu war dieses Gewehr am besten geeignet. Er wusste, wie viele Gerüchte unter den Roten darüber verbreitet waren. Sie hielten es für ein Zaubergewehr, das der große Manitou dem Jäger gegeben habe, um ihn unüberwindlich zu machen. Jemmy langte ihm den Stutzen vom Felsen herab. Old Shatterhand kehrte zu dem Häuptling zurück, hielt ihm die Büchse hin und sagte: „Hier ist das Gewehr. Nimm es, und sieh es dir an!"

Schon streckte der Rote die Hand aus. Aber er zog sie wieder zurück und fragte: „Darf denn auch ein anderer als du es angreifen? Wenn es wirklich das Zaubergewehr ist, so muss es jedem Unbefugten Gefahr bringen, sobald er es anrührt.“

„Ich darf seine Geheimnisse nicht verraten. Nimm und versuche es selbst!“ Der Jäger hatte den Stutzen in der rechten Hand und legte den Daumen an die Patronenkugel, um sie durch eine kleine, fast unbemerkbare Bewegung so vorzudrehen, dass der Schuss bei der geringsten Berührung des Gewehrschlosses losgehen musste. Sein scharfes Auge erspähte eine Gruppe von mehreren Roten, die aus Neugier ihre geschützten Stellungen verlassen hatten und nun nahe dem Rand der Lichtung beieinander standen. Diese Gruppe bildete ein so gutes Ziel, dass jede auf sie gerichtete Kugel einen von ihnen treffen musste.

Jetzt kam es darauf an, ob der Häuptling das Gewehr ergriff oder nicht. Er war wohl weniger abergläubisch als die Roten schlechthin, aber er traute der Sache doch nicht ganz. „Soll ich, oder soll ich nicht?“ Diese Frage war in seinen Augen zu lesen. Old Shatterhand nahm das Gewehr jetzt in beide Hände, und zwar so, dass der Lauf genau auf die erwähnte Indianergruppe zeigte. Die Neugier des Häuptlings war doch größer als seine Besorgnis; er griff zu. Old Shatterhand spielte ihm das Gewehr so in die Hand, dass diese das Schloss berührte. Sofort krachte der Schuss – drüben, wo die Indianer standen, ertönte ein Schrei und der Große Wolf ließ den Stutzen erschrocken fallen. Einer der Roten rief herüber, dass er verwundet worden sei.

„Bin ich's gewesen, der ihn verwundet hat?“, fragte der Häuptling betroffen.

„Wer sonst?“, fragte Old Shatterhand zurück. „Das ist zur Warnung geschehen. Bei der nächsten Berührung dieses Gewehrs wird es Ernst werden. Ich erlaube dir, es wieder anzufassen, aber ich warne dich. Die Kugel würde nun...“

„Nein, nein!“, rief der Rote, indem er mit beiden Händen abwehrte. „Es ist wirklich ein Zaubergewehr und nur für dich bestimmt.“

„Das ist sehr klug von dir“, meinte Old Shatterhand ernst. „Du hast jetzt eine kleine Lehre erhalten; das nächste Mal würde es anders kommen. Schau zu dem Ahornbäumchen dort am Bach! Es ist nur zwei Finger stark und soll zehn Löcher erhalten, die genau um die Breite deines Daumens voneinander entfernt sind.“

Der Jäger hob den Stutzen auf, legte an, zielte auf den Ahorn und drückte ein- – drei- – sieben- – zehnmal ab. Dann sagte er: „Geh hin und sieh! So schießt das Zaubergewehr.“

Der Häuptling ging zum Bäumchen. Old Shatterhand sah, dass er die Entfernung der Löcher mit dem Daumen maß. Mehrere Rote kamen, von Wissbegierde getrieben, aus ihren Verstecken hervor und zu ihm hin. Das benutzte der Jäger, um schnell neue Patronen in die sich exzentrisch bewegende Kugel zu schieben.

„Uff, uff, uff!“, hörte er rufen. War es für die Indianer schon ein wirkliches Wunder, dass er so viele Schüsse abgegeben hatte, ohne zu laden, so waren sie jetzt doppelt erstaunt, zu sehen, dass nicht nur keine Kugel danebengegangen war, sondern dass jede das dünne Stämmchen genau einen Daumen breit über der vorherigen durchschlagen hatte. Der Häuptling kehrte zurück, setzte sich wieder und forderte den Jäger durch eine Handbewegung auf, seinem Beispiel zu folgen. Er sah eine Weile schweigend vor sich nieder und sagte dann: „Ovuts-avaht sieht, dass du ein Liebling des Großen Geistes bist. Er hat von diesem Gewehr gehört, wollte es aber nicht glauben. Nun weiß er, dass man die Wahrheit gesagt hat.“

„So sei also vorsichtig und überlege wohl, was du tust! Du willst uns ergreifen und töten. Versuche es! Ich habe nichts dagegen. Wenn ihr dann die Krieger zählt, die von meinen Kugeln getroffen wurden, wird sich in euerm Dorf das Klagegeschrei der Frauen und Kinder der Gefallenen erheben. Mir aber darfst du dann die Schuld nicht geben."

„Meinst du denn, dass wir uns treffen lassen werden? Ihr müsst euch ergeben, ohne dass ein Schuss zu fallen braucht. Ihr seid umringt und habt nichts zu essen. Wir belagern euch so lange, bis der Hunger euch zwingt, die Waffen zu strecken."

„Da kannst du lange warten. Wir haben Wasser zum Trinken und Fleisch genug zum Essen. Dort stehen unsre vier Tiere, von denen wir viele Wochen lang leben könnten. Aber dazu wird es gar nicht kommen, denn wir werden uns durchschlagen. Ich gehe voran mit meinem Zaubergewehr in der Hand, schicke euch Kugel auf Kugel zu und wie gut ich zu treffen weiß, hast du ja gesehen.

„Wir werden hinter den Bäumen stehen!"

„Meinst du, dass euch das vor meinem Zaubergewehr schützt? Nimm dich in Acht! Du würdest der Erste sein, auf den ich es richte. Ich bin ein Freund der roten Männer und so würde es mir Leid tun, so viele von euch töten zu müssen. Ihr habt schon jetzt schwere Verluste zu beklagen und es werden, wenn der Kampf mit den weißen Soldaten und den Navajos beginnt, noch viele eurer Männer fallen. Aus diesem Grund solltet ihr nicht auch noch uns zwingen, den Tod in eure Reihen zu senden."

Diese ernsten Worte verfehlten ihre Wirkung nicht. Der Häuptling starrte lange vor sich hin, unbeweglich wie eine Bildsäule. Dann stieß er beinahe bedauernd hervor: „Wenn wir nicht geschworen hätten, alle Bleichgesichter zu töten, so würden wir euch vielleicht ziehen lassen. Aber ein Schwur muss gehalten werden."

„Nein. Man kann einen Schwur zurücknehmen."

„Aber nur, wenn die große Beratung es erlaubt. Ovutsavaht ist der einzige Häuptling hier. Mit wem soll er sich beraten?"

Jetzt hatte Old Shatterhand den Häuptling da, wohin er ihn hatte haben wollen. Wenn der Indianer von Beratungen sprach, so war die größte Gefahr bereits vorüber. Der Jäger kannte die Eigenart der Roten. Deshalb schwieg er und wartete, was der Große Wolf nun weiter sagen werde.

Der Utah ließ seine Augen prüfend über die Lichtung schweifen. Er dachte jedenfalls darüber nach, ob es nicht vielleicht doch möglich sei, sich der vier Weißen trotz des gefährlichen Zaubergewehrs zu bemächtigen. Endlich sagte er schweren Herzens in der Erkenntnis darüber, dass er gezwungen war, mit zweihundert Kriegern nur vier Männern gegenüber Nachgiebigkeit zu zeigen: „Ovuts-avaht selbst kann seinen Schwur nicht zurücknehmen; er muss ihn sich von der Versammlung der Alten zurückgeben lassen. Ihr werdet als unsere Gefangenen mit uns ziehen, um zu erfahren, was die Beratung über euch beschließt."

„Gefangen kann nur der sein, der besiegt wurde. Wir werden mit euch reiten, aber nicht als Gefangene, sondern freiwillig als eure Begleiter."

„Dann wollt ihr wohl auch eure Waffen nicht ausliefern und euch nicht binden lassen?"

„Nein, auf keinen Fall!"

„Uff! So will dir der Häuptling einen letzten Vorschlag machen. Gehst du nicht darauf ein, so belagern wir euch trotz deines Zaubergewehres. Ihr brecht jetzt mit uns zu unserm Dorf auf. Ihr behaltet eure Waffen, eure Pferde und werdet auch nicht gefesselt. Wir werden ganz so tun, als lebten wir im Frieden mit euch. Dafür schwört ihr uns, dass ihr euch ohne Gegenwehr dem Beschluss der Beratung fügen wollt. Ich habe gesprochen. Howgh!"

Dieses letzte Wort war der Beweis, dass der Utah nun auf keinen Fall weiter nachgeben werde. Aber Old Shatterhand war mit dem Ergebnis der Unterredung durchaus zufrieden. Wenn die Roten jetzt Ernst mit dem Angriff machten, so war es unmöglich, ihnen mit heiler Haut zu entgehen. Darum erklärte er: „Der Große Wolf soll erkennen, dass ich sein Freund bin. Wir werden uns ohne Gegenwehr in den Beschluss fügen."

„So nimm dein Kalumet und beschwöre es!“

Old Shatterhand löste seine Friedenspfeife von der Schnur, tat ein wenig Tabak in den Kopf und steckte ihn mittels des Punks[1] in Brand. Dann blies er den Rauch gegen den Himmel, gegen die Erde, in die vier Himmelsrichtungen und sagte: „Ich verspreche, dass wir an keine Gegenwehr denken werden.“

„Howgh!“, nickte der Häuptling. „Jetzt ist es gut.“

„Nein, denn auch du musst dein Versprechen besiegeln“, erklärte Old Shatterhand und hielt dem Roten die Pfeife hin.

Der Große Wolf hatte vielleicht im Stillen darauf gerechnet, dass ihm das erlassen werde. In diesem Fall hätte er sich nicht an sein Versprechen gebunden gefühlt und, sobald nur die Weißen erst vom Felsen herunter waren, nach seinem Gutdünken gehandelt. Doch fügte er sich ohne Widerrede, indem er die Pfeife nahm, den Rauch in der gleichen Weise von sich blies und dann erklärte: „Den vier Weißen wird von uns nichts Böses geschehen, bis die Beratung der Alten über ihr Schicksal beschlossen hat. Howgh!“

Nun gab er Old Shatterhand das Kalumet zurück und ging zu Knox und Hilton, die noch genauso dalagen, wie sie niedergeschlagen worden waren. „Auf diese erstreckt sich mein Versprechen nicht“, stellte er fest. „Sie gehören zu den Mördern, denn wir haben ihre Pferde als die unsrigen erkannt. Wohl ihnen, wenn deine Hand ihre Seelen von ihnen genommen hätte! Sind sie tot?“ – „Nein“, erwiderte Old Shatterhand, dessen scharfem Auge es nicht entgangen war, dass die beiden während der Unterredung einmal leise die Köpfe erhoben hatten, um sich umzusehen. „Sie sind nicht tot. Sie sind sogar nicht mehr ohnmächtig; sie stellen sich nur tot, weil sie glauben, wir werden die vermeintlichen Leichen hier liegen lassen.“

„So mögen die Hunde sich erheben, sonst zermalmt sie der Große Wolf mit dem Fuß!“, rief der Häuptling, indem

[1] Präriefeuerzeug

er jedem der beiden einen so heftigen Tritt versetzte, dass sie es aufgaben, Bewusstlosigkeit zu heucheln. Sie standen auf.

„Ihr seid meinen Kriegern heute früh entkommen“, sagte der Häuptling grimmig. „Nun hat euch der große Manitou in meine Hand gegeben und ihr sollt für die Mordtaten, die ihr begangen habt, am Marterpfahl heulen, dass alle Bewohner des Gebirges es hören.“

Die beiden verstanden jedes Wort des Roten, der ein ziemlich gutes Englisch sprach.

„Mordtaten?“, fragte Knox. „Davon wissen wir nichts. Wen sollen wir ermordet haben?“

„Schweig, Hund! Wir kennen euch, und auch diese Bleichgesichter hier, die euretwegen in unsre Hände gefallen sind, wissen, was ihr getan habt!“

Knox war ein listiger Bursche. Er sah Old Shatterhand unverletzt neben dem Roten stehen. Die Indianer hatten es nicht gewagt, sich an dem berühmten Mann zu vergreifen. Wer im Schutz des Jägers stand, war gewiss ebenso sicher vor ihnen wie er selbst. Deshalb kam dem Tramp ein Gedanke, den er für den einzig rettenden hielt. Old Shatterhand war ein Weißer. Er musste sich also der Weißen gegen die Roten annehmen. So wenigstens dachte Knox und antwortete infolgedessen: „Natürlich müssen sie wissen, was wir getan haben, denn wir sind ja mit ihnen geritten und seit Wochen mit ihnen beisammen gewesen. Frage Old Shatterhand! Er wird dir erklären und beweisen, dass wir gar nicht diejenigen sein können, für die wir von euch gehalten werden.“

„Irrt euch nicht!“, erklärte Old Shatterhand! „Ich lüge nicht, um euch der verdienten Strafe zu entziehen. Ihr wisst, was ich von euch denke. Ich habe es euch gesagt und meine Ansicht über euch auch nicht geändert.“ Er wendete sich von ihnen ab.

„*Hang it all!* Kommt Ihr uns so? Dann weiß ich auch, was ich zu tun habe. Rettet Ihr uns nicht, nun, so sollt Ihr mit uns zu Grunde gehen!" Und sich an den Häuptling wendend, fuhr Knox fort: „Warum ergreifst du nicht auch diese vier? Sie haben sich ja ebenfalls an dem Pferderaub beteiligt und auch mit auf die Utahs geschossen. Gerade durch ihre Kugeln sind die meisten eurer Leute gefallen!"

Das war eine Frechheit sondergleichen. Aber sofort folgte die Strafe, und was für eine Strafe! Die Augen des Häuptlings leuchteten auf. Sie sprühten förmlich Blitze, als er Knox andonnerte: „Feigling! Du hast nicht den Mut, die Schuld allein zu tragen, und wirfst sie auf andre, gegen die du eine stinkende Kröte bist. Dafür soll die Strafe für dich nicht erst am Marterpfahl, sondern gleich jetzt beginnen. Ich werde mir deinen Skalp nehmen und du sollst leben und ihn an meinem Gürtel hängen sehen. Nani witsch, nani witsch!"

Diese beiden Utahworte bedeuten: ‚Mein Messer, mein Messer!' Er rief sie den am Rand der Blöße stehenden Indianern zu.

„Um Gottes willen!", schrie der Bedrohte auf. „Bei lebendigem Leib skalpieren? Nein, nein!"

Er tat einen Sprung, um zu fliehen. Aber der Häuptling war ebenso schnell wie er, schoss ihm nach und ergriff ihn beim Hals. Ein Druck seiner starken Hand und Knox hing daran, schlapp wie ein Lappen. Ein Indianer kam gerannt, um dem Häuptling das Messer zu bringen. Der Große Wolf nahm es, warf den halb Erstickten auf den Boden, kniete auf ihn – drei schnelle Schnitte, ein Ruck am Haar, ein entsetzlicher Schrei des unter ihm Liegenden und der Rote erhob sich, den blutigen Skalp in der linken Hand. Knox bewegte sich nicht. Er war wieder ohnmächtig geworden. Sein Schädel bot einen entsetzlichen Anblick.

„So muss es einem Hund ergehen, der die roten Männer bestiehlt und tötet und dann Unschuldige dafür büßen lassen will!", rief der Große Wolf, während er den Skalp in den Gürtel steckte.

Hilton hatte mit Grauen gesehen, was seinem Gefährten geschehen war. Der Schreck machte ihn stumm. Er sank langsam neben dem Skalpierten nieder und blieb dort sitzen, ohne ein Wort zu sagen. Der Häuptling gab ein Zeichen, worauf die Roten herbeikamen. Bald wimmelte die Lichtung von ihnen. Hilton und Knox wurden mit Riemen gefesselt.

Old Shatterhand war, sobald der Große Wolf vom Skalpieren gesprochen hatte, auf den Felsen gestiegen, um nicht Zeuge des grausigen Vorgangs sein zu müssen. Er teilte seinen Gefährten das Ergebnis der Unterredung mit.

„Das ist schlimm", meinte Jemmy. „Konnten Sie uns denn nicht ganz frei bringen? Oder vielleicht wäre es besser gewesen, wenn Sie es hätten zum Kampf kommen lassen!"

„Ganz gewiss nicht. Es hätte uns jedenfalls das Leben gekostet."

„Oho! Wir hätten uns gewehrt. Und bei der Angst der Indsmen vor dem Stutzen hätten wir wohl auch gesiegt. Sie hätten es sicher nicht gewagt, uns nahe zu kommen."

„Das ist wahrscheinlich. Aber sie hätten uns ausgehungert. Ich habe zwar davon gesprochen, dass wir unsre Pferde verzehren würden, doch ich wäre lieber hungers gestorben, als dass ich meinen Hatatitla geschlachtet hätte."

„Die Roten stehen sicherlich nicht dicht bei- oder gar hintereinander. Wir hätten uns, sobald es dunkel wurde, von den Felsen fortgeschlichen, alle vier gerade auf einen Punkt: Zwei Schüsse oder zwei Stiche und wir wären durchgebrochen."

„Und was dann? Die Utahs hätten rundum Feuer angebrannt und unsre Absicht zu entfliehen sofort bemerkt. Und selbst wenn es uns gelungen wäre, ihre Reihen zu durchbrechen, so hätten wir nicht weit kommen können, ohne sie auf unsrer Spur zu haben. Wir hätten einige von ihnen töten müssen und dann nicht die mindeste Aussicht auf Schonung gehabt."

„Das ist sehr richtig", stimmte der Hobble-Frank bei.

„Ich weeß gar nich, wie es so einem dicken Jemmy Pfefferkorn nur beikommen kann, gescheiter als unser Old Shatterhand sein zu wollen. Du bist immer und stets das Gänseei, das klüger als die Henne sein will. Old Shatterhand hat sein Möglichstes getan und ich gebe ihm dafür die Zensur Eens mit 'nem Sternchen hintendran und ich gloobe bestimmt, dass Davy derselben Ansicht is."

„Versteht sich", nickte Davy. „Der Kampf hätte zu unserm sicheren Untergang geführt."

„Wozu aber führt es, dass wir mit den Rothäuten ziehen?", fragte Jemmy. „Es ist doch anzunehmen, dass die Versammlung der Alten uns auch als Feinde behandelt."

„Das wollte ich ihnen nich geraten haben!", drohte Frank. „Bei der Geschichte habe ich ooch noch e Wörtchen mitzusprechen. Mich bringt keener so leicht an 'nen Marterpfahl. Ich wehre mich mit Haut und Haar dagegen."

„Das darfst du ja nicht. Es ist beschworen worden. Wir müssen alles ruhig über uns ergehen lassen."

„Wer hat denn das gesagt? Siehste denn wirklich nich ein, du trauriger Seefensieder, dass dieser Schwur seine Mucken und Parabeln hat? Da hat sich unser Old Shatterhand 'ne ganz allerliebste Hinterportiere offen gelassen. Davon, dass wir alles über uns ergehen lassen, schreibt der Chronist nischt. Es heeßt, wie du gehört hast, dass wir an keene Gegenwehr denken werden. Gut, das halten wir. Mögen sie beschließen, was sie wollen, wir werden nich mit tausendzentrigen, eisernen Dampfkränen dreinschlagen. Aber List, List, das is der wahre Jakob und das is keene Gegenwehr. Wenn uns der Sufflör zum Tode verurteilt, so verschwinden wir durch irgendeene Versenkung und tauchen jenseits des Hoftheaters mit Grandifloria wieder off."

„Grandezza, meinst du wohl", verbesserte Jemmy.

„Wenn du nur nich reden wolltst! Ich werde schon wissen, wie ich mich im Konversationslexikon zu benehmen habe. Grandezza! Gran is e Apothekergewicht von zwölf Pfund und dezza, das is gar nischt, verstanden? Aber Grand heeßt groß und Floria bedeutet, sich in Flor, im Glück befinden. Wenn wir also in Grandifloria offtauchen, so wird jeder genügend komfortable Mensch wissen, was ich damit gemeent und angedeutet habe. Mit dir aber darf man gar nich durch die Blume sprechen. Schöne Redewendungen verstehste nich und alles Höhere is dir wurscht und schnuppe. Bessere dich, Jemmy, bessere dich, solange du dich noch bessern kannst! Du verbitterst mir das Leben. Wenn ich dann später mal die Oogen geschlossen habe, aus dem edleren Dasein geschwunden und um das bessere Leben gebracht bin durch deine mangelnde Ehrerbietung, so wirst du dir die Finger wund ringen aus Gram und Herzeleid darüber, dass du mir hier unten im irdischen Daseinsformat sooft und chronologisch widersprochen hast."

Jemmy wollte dem kleinen, eigentümlichen Menschen eine spöttische Antwort geben, aber Old Shatterhand winkte ab und meinte: „Frank hat mich verstanden. Ich habe auf Gegenwehr verzichtet, aber nicht auf List. Freilich sollte es mir lieb sein, wenn ich nicht zu einer so spitzfindigen Auslegung meines Versprechens gezwungen wäre. Ich hoffe, dass uns noch andre Hilfsmittel zu Gebote stehen. Jetzt haben wir es zunächst mit der Gegenwart zu tun."

„Und da fragt es sich vor allen Dingen", fiel Davy ein, „ob wir den Roten trauen dürfen. Wird der Große Wolf Wort halten?"

„Hoffentlich. Nur selten hat ein Häuptling den Schwur gebrochen, bei dem er das Kalumet rauchte. Bis zur Beratung können wir uns den Utahs getrost anvertrauen. Lasst uns hinabsteigen und aufsitzen! Die Roten rüsten zum Aufbruch."

Knox und Hilton waren von den Indianern auf ihre Pferde gebunden worden. Der Skalpierte, den noch tiefe Ohnmacht umfangen hielt, lag lang auf dem Pferd, um dessen Hals man seine Arme gezogen hatte. Die Utahs verschwanden einer hinter dem andern in der Enge des Pfades. Der Häuptling war der Letzte; er wartete auf die Weißen, um sich ihnen anzuschließen. Das war ein gutes Zeichen. Die Jäger hatten geglaubt, dass man sie in die Mitte nehmen und streng bewachen werde.

Als er mit ihnen den engen Indianerpfad hinter sich gebracht hatte und am Rand des Waldes angekommen war, hatten die Roten ihre Pferde schon unter den Bäumen hervorgeholt und stiegen auf. Der Zug setzte sich in Bewegung. Die vier Weißen blieben mit dem Häuptling am Ende, während die Spitze von einigen Indianern gebildet wurde, die Knox und Hilton zwischen sich genommen hatten. Das war Old Shatterhand lieb, denn die Roten ritten im Gänsemarsch, wodurch der Zug so lang wurde, dass an seinem Ende das Jammern des nun wieder ins Bewusstsein zurückgekehrten Skalpierten nicht zu hören war.

Jetzt, da sich die Prärie wieder öffnete, gab es eine weite Fernsicht bis zu den Elk Mountains hin, bis zu deren Fuß sich die Ebene erstreckte. Old Shatterhand fragte den Häuptling nicht, aber er sagte sich selbst, dass zwischen diesen Bergen das Ziel des heutigen Rittes liegen müsse. Es wurde überhaupt nicht viel gesprochen. Auch die Weißen untereinander beobachteten ein tiefes Schweigen, denn alles Reden wäre unnütz gewesen. Man musste warten, bis man am Lagerplatz der Utahs angekommen war. Dann erst konnte ein Entschluss gefasst, ein Rettungsplan erdacht werden.

12. Auf Tod und Leben

Die Utahs schienen es recht eilig zu haben. Sie ritten meist im Trab und nahmen nicht die mindeste Rücksicht auf die beiden gefesselten Gefangenen, deren einer doch lebensgefährlich verwundet war. Das Abziehen der Kopfhaut ist eine schlimme Verletzung. Man trifft zwar hie und da einen Weißen, der skalpiert wurde und mit dem Leben davonkam. Aber das sind seltene Ausnahmen, denn es gehört, abgesehen von allem anderen, eine äußerst widerstandsfähige Körperbeschaffenheit dazu, eine solche Verwundung zu überstehen.

Die Berge rückten immer näher und gegen Abend erreichte man ihre ersten Ausläufer. Die Roten lenkten in ein langes, schmales Quertal ein, dessen Seiten mit Wald bestanden waren. Dann ging es durch mehrere Seitentäler, immer bergan, und die Indianer fanden trotz der Dunkelheit ihren Weg so leicht wie am hellen Tag. Später ging der Mond auf und beleuchtete die dicht mit Bäumen bewachsenen Felshänge, zwischen denen die Reiter sich still und stetig fortbewegten. Erst gegen Mitternacht schien man sich in der Nähe des Ziels zu befinden, denn der Häuptling gab einigen seiner Leute den Befehl, vorauszureiten, um die Ankunft der Krieger zu melden. Schweigend ritten die Boten davon.

Dann kam man an einen ziemlich breiten Wasserlauf, dessen hohe Ufer bald immer weiter auseinander traten, bis man die Talhänge trotz des hellen Mondscheins kaum noch zu erkennen vermochte. Der Wald, der erst zu beiden Seiten fast bis an das Wasser reichte, wich ebenfalls zurück und machte einer grasigen Savanne Platz, auf der man in der Ferne Feuer brennen sah. „Uff!“, ließ der Häuptling jetzt zum ersten Mal während des Rittes seine Stimme hören. „Dort liegen die Zelte meines Stammes und da wird euer Schicksal entschieden werden!“

„Noch heute?“, erkundigte sich Old Shatterhand.

„Nein. Meine Krieger bedürfen der Ruhe und euer Todeskampf wird länger währen und uns größere Freude machen, wenn ihr euch vorher durch Schlaf gekräftigt habt."

„Nicht übel!", meinte der dicke Jemmy in deutscher Sprache, um von den Roten nicht verstanden zu werden. „Unser Todeskampf! Er tut so, als ob wir dem Marterpfahl überhaupt nicht entgehen könnten. Was sagst du dazu, alter Frank?"

„Zunächst noch keen Wort", erwiderte gelassen der kleine Sachse. „Reden werde ich erst später, wenn die Zeit dazu gekommen is. Nur das will ich bemerken, dass es mir noch gar nich wie sterben zu Mute is. Warten wir also die Sache ab! Aber wenn ich etwa mit brutaler Gewalt vorzeitig zu meinen Großvätern versammelt werden soll, wehre ich mich meiner Haut und ich weeß genau, dass an meinem späteren Leichenstein viele Witwen und Waisen derer klagen werden, die ich vorher ins Jenseits befördere."

Der Augenblick des Empfanges war gekommen. Die Bewohner des Dorfes hatten sich aufgemacht, die zurückkehrenden Krieger zu begrüßen. Sie kamen ihnen in hellen Haufen entgegen, voran die Männer und Knaben, hinter ihnen die Frauen und Mädchen.

Old Shatterhand hatte erwartet, ein gewöhnliches Zeltdorf zu finden, musste aber zu seiner Enttäuschung erkennen, dass er in einem Irrtum befangen gewesen war. Die große Anzahl der Feuer bewies, dass viel mehr Krieger hier vorhanden waren, als die Zelte zu fassen vermochten. Es hatten sich die Bewohner vieler anderer Utahdörfer hier versammelt, um den Rachezug gegen die Weißen zu beraten. Die vorausgesandten Boten hatten erzählt, dass der Häuptling sechs Bleichgesichter mitbringe, und die Roten gaben jetzt ihrem Entzücken darüber Ausdruck. Sie schwangen ihre Waffen und schrien aus Leibeskräften, wobei sie die entsetzlichsten Drohungen ausstießen.

Als das Lager erreicht war, sah Old Shatterhand, dass es aus Büffelhautzelten und aus Hütten bestand, die aus Zweigen rasch errichtet waren. Sie bildeten einen weiten Kreis, in dessen Innerem der Zug hielt. Hier wurden die beiden Gefesselten von den Pferden gebunden und auf die Erde geworfen. Das grässliche Stöhnen des verwundeten Knox wurde vom Geheul der Roten verschlungen. Dann führte man die andern vier zu den beiden. Die Krieger bildeten einen weiten Ring um sie und die Frauen und Mädchen traten vor, um die Weißen kreischend zu umtanzen.

Das war eine grobe Beleidigung. Es ist ja nicht nur nach indianischen Begriffen eine Ehrlosigkeitserklärung Gefangener, wenn man sie von den Weibern umtanzen lässt. Wer sich das widerstandslos gefallen lässt, wird verachtet. Old Shatterhand rief deshalb seinen Gefährten einige Worte zu, worauf sie niederknieten und ihre Gewehre anlegten. Er selbst schoss den Bärentöter ab, dessen Knall das Geheul übertönte, und legte dann den Stutzen an. Sofort trat tiefes Schweigen ein.

„Was ist das?", rief er so laut, dass alle es hörten. „Ich habe mit dem Großen Wolf die Pfeife der Beratung geraucht und bin einverstanden gewesen, dass sich die Krieger der Utahs miteinander besprechen, ob wir als Feinde oder als Freunde behandelt werden sollen. Aber selbst wenn wir gefangen wären, würden wir nicht dulden, dass man die Frauen und Mädchen um uns wie um feige Kojoten tanzen lässt. Wir sind nur vier Krieger und die Männer der Utahs zählen nach Hunderten. Dennoch frage ich, wer von euch es wagen will, Old Shatterhand zu beleidigen. Er mag vortreten und mit mir kämpfen! Nehmt euch in Acht! Ihr habt mein Gewehr gesehen und wisst, wie es schießt. Sobald es den Frauen einfällt, den Tanz wieder zu beginnen, werden wir unsre Gewehre sprechen lassen und dieser Platz wird vom Blut derer gerötet werden, die so treulos sind, die Pfeife der Beratung nicht zu achten."

Diese Worte machten einen starken Eindruck. Dass der berühmte Jäger es wagte, einer solchen Übermacht gegenüber Drohungen auszusprechen, gefiel den Roten. Die

Frauen und Mädchen zogen sich, ohne einen Befehl dazu erhalten zu haben, zurück. Die Männer flüsterten einander halblaute Bemerkungen zu, wobei am deutlichsten die Worte ‚Old Shatterhand' und ‚Zaubergewehr' oder ‚das Gewehr des Todes' zu hören waren. Einige mit Federn geschmückte Krieger traten zum Großen Wolf und sprachen mit ihm. Dann näherte sich der Häuptling den vier Jägern und sagte in der Sprache der Utahs, deren sich auch Old Shatterhand bedient hatte: „Der Häuptling der Yampa-Utahs achtet das Kalumet der Beratung und weiß, was er versprochen hat. Morgen, wenn es Tag geworden ist, wird über das Schicksal der vier Bleichgesichter entschieden werden. Bis dahin sollen sie in dem Zelt bleiben, das man ihnen jetzt anweisen wird. Die beiden andern aber sind Mörder und haben mit meinem Versprechen nichts zu tun. Sie werden sterben, wie sie gelebt haben – triefend von Blut. Howgh! Ist Old Shatterhand mit meinen Worten einverstanden?"

„Ja", bestätigte der Jäger. „Doch verlange ich, dass unsre Pferde in der Nähe unseres Zeltes bleiben."

„Auch das will der Häuptling erlauben, obgleich er nicht einsieht, aus welchem Grund Old Shatterhand diesen Wunsch ausspricht. Denkt er etwa, entfliehen zu können? Ovuts-avaht sagt ihm, dass ein vielfacher Ring von Kriegern euer Zelt umgeben wird, sodass ihr unmöglich entkommen könnt."

„Ich habe versprochen, das Ergebnis eurer Beratung abzuwarten. Du brauchst uns also keine Wächter zu stellen. Wenn du es dennoch tun willst, habe ich nichts dagegen."

„So kommt!"

Als die vier Westmänner dem Häuptling nun folgten, bildeten die Indianer schweigend eine Gasse. Das Zelt, das den Weißen angewiesen wurde, war eines der größten. Mehrere Lanzen steckten zu beiden Seiten des Einganges in der Erde und die drei Adlerfedern, welche die Spitzen schmückten, ließen vermuten, dass es eigentlich die Wohnung des Großen Wolfes sei.

Die Tür wurde durch eine Matte gebildet, die jetzt zurückgeschlagen war. Kaum fünf Schritt von ihr entfernt brannte ein Feuer, wodurch das Innere erleuchtet wurde. Die Jäger traten ein, legten ihre Gewehre ab und setzten sich. Der Häuptling entfernte sich. Doch schon nach kurzer Zeit kamen mehrere Rote, die sich in angemessener Entfernung so um das Zelt lagerten, dass keine Seite ohne scharfe Beobachtung blieb.

Nach wenigen Minuten erschien eine junge Frau, die zwei Gefäße vor den Weißen niedersetzte und sich dann wortlos entfernte. Das Gefäß war ein alter Topf mit Wasser und das andere eine große, eiserne Pfanne, worin mehrere rote Fleischstücke lagen.

„Oho!", schmunzelte der Hobble-Frank. „Das soll wohl unser Suppeh werden? E Wassertopp, das is nobel! Die Kerle schneiden off. Wir sollen vor Erstaunen über ihre Küchengerätschaften die Hände über dem Kopp zusammenschlagen. Und Büffelfleesch, wenigstens acht Pfund! Sie werden's doch nich etwa gar mit Rattengift eingerieben haben?"

„Rattengift?", lachte der Dicke. „Woher sollten die Utahs Rattengift bekommen? Übrigens ist das Fleisch von einem Elk und nicht von einem Büffel."

„Weeßt du's schon wieder besser als ich? Ich kann doch machen und sagen, was ich will, so kommst du mir derquere. Ich will mich aber heute nich mir dir streiten, sondern dir hiermit nur einen vernichtenden Blick zuwerfen, woraus du ersehen kannst, wie unendlich sich meine Persönlichkeit über deine Pigmentgestalt erhaben fühlt."

„Pygmäengestalt", verbesserte Jemmy.

„Wirst du wohl gleich zwölf Sechsachteltakte schweigen!", gebot der Kleine. „Bring meine Galle nich in Anschwellung, sondern widme mir die Hochachtung, die ich infolge meines außerordentlichen Lebenslaufes zu beanspruchen habe! Denn nur unter dieser Bedingung kann ich mich so populär machen, diesem Braten den Segen meiner unleugbaren Kochkunstfertigkeet angedeihen zu lassen."

„Ja, bratet nur!“, nickte Old Shatterhand, um den Ärger des Kleinen abzulenken.

„Das is freilich leicht gesagt. Woher aber nehme ich die Zwiebeln und die Lorbeerblätter? Übrigens weeß ich noch nich, ob ich mit der Pfanne ans Feuer darf.“

„Versucht es!“

„Ja, versuchen! Wenn die Kerle es nicht leiden wollen und mir 'ne Kugel in die Magengegend schicken, so is es für mich ganz egal, ob das Fleesch unter der Haut eines Elks oder Büffels gewachsen is. – Na, hoppla, ich gehe naus!“

Frank trug die Pfanne mit dem Fleisch an das Feuer und machte sich daran als Koch zu schaffen, ohne von den Wächtern gestört zu werden. Die andern blieben im Zelt sitzen und beobachteten durch die offene Tür das Treiben der Indianer.

Der Mond verbreitete jetzt fast Tageshelle. Sein Licht fiel auf einen nahen, dunkel bewaldeten Bergstock, von dem sich ein breites, glitzerndes Silberband herniederschlängelte, ein Flüsschen oder starker Bach, der sich unten in ein ziemlich großes, fast seeartiges Wasserbecken ergoss. Der Abfluss dieses Beckens bildete dann den Wasserlauf, an dessen Ufer man in das Lager gekommen war. Büsche oder Bäume schien es in der Nähe nicht zu geben. Die Umgebung des Sees war flach und offen.

An jedem Feuer saßen Indianer und die zuletzt Angekommenen schauten ihren Frauen beim Braten des Fleisches zu. Zuweilen erhob sich der eine oder der andre, um, langsam an dem Zelt vorübergehend, einen Blick auf die Weißen zu werfen. Von Knox und Hilton war nichts zu sehen und zu hören. Jedenfalls war ihre Lage keineswegs rosig.

Nach Verlauf einer Stunde kam Hobble-Frank mit der dampfenden Pfanne in das Zelt zurück. Er setzte sie den Gefährten hin und meinte dabei selbstbewusst: „Hier habt ihr eure Herrlichkeet. Ich bin neugierig, was für Oogen ihr machen werdet. Zwar fehlt das Gewürz, aber meine angeborene Talenthaftigkeet hat leicht darüber hinwegzukommen gewusst."

„Auf welche Weise denn?", fragte Jemmy, indem er sein kleines Näschen über die Pfanne hielt. Das Fleisch brodelte nicht nur, sondern es rauchte, und zwar nicht wenig. Das Zelt war in einigen Augenblicken von einem scharfen, brenzligen Geruch erfüllt.

„Off 'ne so eenfache Weise, dass der Erfolg ein wahres Wunder is", erwiderte der Kleine. „Ich habe mal gelesen, dass Holzkohle nich nur das Salz ersetzt, das uns hier fehlt, sondern sogar noch solchem Fleesch, das eene ziemliche Anrüchigkeit besitzt, den Hohguhgeruch nimmt. Unser Braten war mit eener gewissen Müffigkeet begabt und so habe ich denn zu dem erwähnten Mittel gegriffen und ihn in hölzerner Asche geschmort. Das Feuer is mir zwar dabei e bissel in die Pfanne geraten, aber gerade das wird, wie mir mein genialer Küchenverstand mitteilt, von einer knusperigen Wirkung sein."

„O weh! Elkbraten in Holzasche! Bist du denn gescheit?"

„Rede doch keenen Äppelsalat! Ich bin stets gescheit. Das musst du doch nu endlich wissen. Die Asche ist e chemischer Gegner aller alchimistischen Unreenlichkeet. Genieße also diesen Elk mit dem dazu gehörigen Menschenverstand, so wird er dir gut bekommen und deinem Dickkopp die nötigen körperlichen und geistigen Kräfte verleihen!"

„Aber", meinte Jemmy kopfschüttelnd, „du sagt ja selbst, dass dir das Feuer in die Pfanne geraten ist. Das Fleisch hat gebrannt; es ist verdorben."

„Rede nich, sondern kaue!", fuhr Frank auf. „Es is höchst ungesund, beim Essen zu singen oder zu sprechen, weil dabei die unrechte Kehle offgeklappt wird und die Speise in die Milz anstatt in den Magen kommt."

„Ja, kauen! Wer soll das Zeug kauen! Da, schau her! Ist das noch Fleisch?"

Jemmy spießte mit dem Messer ein Stück an und hielt es

dem Kleinen unter die Nase. Das Fleisch war schwarz gebrannt und von einer dunklen, fettigen Ascheschicht umgeben.

„Natürlich is es Fleesch. Was soll es denn sonst sein?“, entgegnete Frank.

„Aber schwarz wie chinesische Tusche!“

„So beiß doch nur zu! Da wirst du sofort dein Wunder schmecken!“

„Das glaube ich gern. Und diese Asche!“

„Die wird abgeputzt und abgewischt.“

„Das mache mir erst mal vor!“

„Mit königlicher Leichtigkeet!“ Frank langte sich ein Stück heraus und rieb es so lange an der ledernen Zeltwand hin und her, bis die Asche daran kleben geblieben war.

„So muss mersch machen“, fuhr er dann fort. „Dir aber fehlt's an der nötigen Fingerfertigkeet und Geistesgegenwart. Und nun sollst du sehen, wie delikat das schmeckt, wenn ich jetzt so e Endchen abbeiße und zwischen der Zunge zerdrücke. Da...“

Er hielt plötzlich inne, denn er hatte in das Fleisch gebissen, nahm die Zähne auseinander, behielt den Mund offen und sah seine drei Gefährten einen nach dem andern betroffen an.

„Nun?“, erinnerte Jemmy. „So beiß doch!“

„Beißen – wie? Weeß der Kuckuck, das schnorpst und prasselt gerade wie – wie, na wie gebratene Scheuerbürschte. Sollte man das für menschenmöglich halten?“

„Das war vorauszusehen. Ich glaube, die alte Pfanne ist weicher als das Fleisch. Jetzt kannst du die Schöpfung deines Geistes selbst verzehren!“

„Na, vielleicht is een Stück da, das noch nich ganz zu so großer Charakterfestigkeit gediehen is. Will mal suchen.“

Es gab glücklicherweise einige Stücke, die noch leidlich genießbar waren und für die vier Personen ausreichten. Aber Frank war sehr kleinlaut geworden.

Am andern Tag sollten Knox und Hilton am Marterpfahl sterben und die vier Westleute vielleicht ein gleiches Schicksal erfahren. Das gab für die Roten ein großes Fest, wozu sie gerüstet sein mussten. Darum legten sie sich zur Ruhe. Die Feuer erloschen bis auf zwei, nämlich das an dem Zelt Old Shatterhands und seiner Gefährten und das, an dem Knox und Hilton mit ihren Wächtern lagen. Um das erste hatte sich ein dreifacher Kreis von Roten gelagert und draußen vor dem Dorf standen zahlreiche Posten. Ein Entkommen wäre, wenn nicht unmöglich, so doch schwer und gefährlich gewesen.

Old Shatterhand hatte, um nicht während der ganzen Nacht die Augen der Roten auf sich gerichtet zu haben, die Matte am Eingang herabgelassen. Nun lagen die Weißen im Dunkeln und gaben sich vergeblich Mühe, einzuschlafen.

„Wie wird es morgen um diese Zeit mit uns stehen?“, meinte Davy. „Vielleicht haben uns da die Roten in die ewigen Jagdgründe befördert.“

„Wenigstens einen oder zwei oder drei von uns“, erwiderte Jemmy. „Was meint Ihr, Mr. Shatterhand?“

„Ich glaube zwar nicht, dass sie uns ohne weiteres Leben und Freiheit schenken, wohl aber, dass sie uns darum kämpfen lassen.“

„Hm! Das wäre ja genauso, als ob sie uns einfach ermordeten, denn sie würden die Bedingungen so stellen, dass wir unterliegen müssten.“

„Allerdings. Aber wir brauchen den Mut dennoch nicht zu verlieren. Der Weiße besitzt ebenso viel List und Gewandtheit wie der Rote und in Bezug auf die Ausdauer ist er ihm überlegen. Der kriegerische Stolz der Roten aber wird sie hindern, uns eine zu große Überzahl gegenüberzustellen. Täten sie es dennoch, so würden wir sie durch Spott veranlassen, das zurückzunehmen.“

„Aber“, meinte Hobble-Frank, der bisher geschwiegen hatte, „die Aussicht, die Sie uns da zeigen, is off keenen

Fall beglückend. Die Utahs werden uns die Geschichte so sauer wie möglich machen. Ja, Sie mit ihrer Körperkraft und Elefantenstärke haben gut lachen. Sie hauen, schlagen und stoßen sich durch. Aber wir andern drei unglücklichen Schwammerlinge, wir werden heute vielleicht die letzten Freuden des Daseins genossen haben."

„Wohl in Gestalt deines Elkbratens?", fragte Jemmy.

„Fängste schon wieder an, deinen besten Freund und Kampfgenossen noch so kurz vor seiner letzten Himmelfahrt zu ärgern? Zersplittere mir mein Denkvermögen nicht! Ich muss alle meine Gedanken scharf off unsre Rettung richten."

Frank legte sich nieder und schloss die Augen. Auf der andern Seite ließ sich etwas hören, was wie ein leises, unterdrücktes Lachen klang. Er beachtete es nicht. Die andern setzten das Gespräch nicht fort. Es trat tiefe Stille ein, die nur zuweilen vom Knistern des Feuers unterbrochen wurde. Der Schlaf senkte sich nach und nach doch auf die müden Augen, die sich dann wieder öffneten, als draußen laute Rufe erschollen und die Türmatte geöffnet wurde. Ein Roter blickte herein und sagte: „Die Bleichgesichter mögen aufstehen und mit mir kommen."

Old Shatterhand und seine Gefährten standen auf, nahmen ihre Waffen und folgten dem Boten. Das Feuer war erloschen und die Sonne erhob sich über dem östlichen Himmelsrand. Sie warf ihre Strahlen auf den erwähnten Bergstock, dass das von ihm niederfließende Wasser wie flüssiges Gold funkelte und die Oberfläche des Sees wie eine polierte Metallscheibe glänzte. Jetzt reichte der Blick weiter als in der mondhellen Nacht. Die Ebene, in deren westlichem Teil der See lag, war ungefähr zwei englische Meilen lang und halb so breit und wurde ringsum von Wald begrenzt. Im südlichen Teil befand sich das Lager, das aus einigen Hundert Zelten und Hütten bestand. Am Ufer des Sees weideten die Pferde. Die Tiere der vier Jäger befanden sich in der Nähe ihres Zeltes.

Vor und zwischen den Hütten und Zelten standen oder bewegten sich rote Gestalten, die alle zur Feier des Todes der beiden gefangenen Mörder ihren kriegerischen Schmuck angelegt hatten. Sie traten, als die vier Weißen vorübergeführt wurden, zurück und hefteten ihre Blicke auf deren Gestalten mit einem Ausdruck, der mehr prüfend und forschend als feindselig war.

„Was haben diese Kerle?", fragte Frank. „Sie gucken uns an, wie man e Pferd betrachtet, das man koofen will."

„Sie prüfen unsern Körperbau", erklärte Old Shatterhand. „Das ist ein Zeichen, dass ich richtig vermutet habe. Unser Schicksal ist ihnen wahrscheinlich bereits bekannt. Wir werden um unser Leben kämpfen müssen."

„Schön! Das meinige soll sie nich billig zu stehen kommen. Jemmy, hast du Angst?" Sein Zorn gegen den Dicken war verflogen. Man hörte es seiner Frage an, dass er mehr an den Freund als an sich selbst dachte.

„Angst habe ich nicht, aber besorgt bin ich. Furcht würde uns nur schaden und es gilt jetzt, so gefasst und ruhig wie möglich zu sein."

Außerhalb des Lagers waren zwei Pfähle in die Erde getrieben. In der Nähe standen fünf mit Federn geschmückte Krieger, der Große Wolf unter ihnen. Er trat den Weißen einige Schritte entgegen und erklärte:

„Ovuts-avaht hat die Bleichgesichter holen lassen, damit sie sehen, wie die roten Männer ihre Feinde bestrafen. Man wird sogleich die Mörder bringen, um sie am Pfahl sterben zu lassen."

„Wir begehren nicht, das zu sehen", wehrte Old Shatterhand ab.

„Seid ihr Feiglinge, dass ihr euch vor dem fließenden Blut entsetzt? Dann müssen wir euch als solche behandeln und brauchen auch mein Versprechen nicht zu halten."

„Wir sind keine Indianer. Es ist in unsern Augen keine Heldentat, wehrlose Gegner abzuschlachten oder gar einen Halbtoten vollends zu Ende zu quälen. Wir töten unsre

Feinde, wenn wir dazu gezwungen sind, schnell, aber wir martern sie nicht."

„Jetzt seid ihr bei uns und müsst euch unsern Gebräuchen fügen. Wollt ihr das nicht, so beleidigt ihr uns."

Old Shatterhand wusste, dass der Häuptling im Ernst sprach und dass er sich mit seinen Gefährten in die größte Gefahr begab, wenn er sich weigerte, der Hinrichtung beizuwohnen. Infolgedessen erklärte er: „Wir werden bleiben."

„So lasst euch bei uns nieder! Wenn ihr euch wie Krieger benehmt, wird man euch auch als Krieger behandeln." Ovuts-avaht setzte sich ins Gras, das Gesicht den Pfählen zugewendet. Die andern Häuptlinge taten desgleichen und die Weißen mussten sich fügen. Dann ließ der Große Wolf einen weithin schallenden Ruf hören, der mit einem allgemeinen Freudengeheul beantwortet wurde. Es war das Zeichen, dass das grässliche Schauspiel beginnen solle.

Die Krieger kamen herbei und bildeten um die Pfähle einen Halbkreis, in dessen Innerem die Häuptlinge mit den Weißen saßen. Dann näherten sich die Weiber und Kinder, die sich den Männern gegenüber in einem Bogen aufstellten, sodass der Kreis geschlossen wurde.

Nun brachte man Knox und Hilton, die so scharf gefesselt waren, dass sie nicht gehen konnten, sondern mehr getragen werden mussten. Die Riemen schnitten ihnen so tief ins Fleisch, dass Hilton stöhnte. Knox war still. Er lag im Wundfieber und hatte soeben aufgehört irrezureden. Sein Anblick war schrecklich. Beide wurden in aufrechter Stellung an die Pfähle gebunden, und zwar mit nassen Riemen, die sich beim Trocknen so zusammenziehen mussten, dass sie den Opfern einer grausamen Gerechtigkeit die ärgsten Schmerzen bereiteten.

Knox' Augen waren geschlossen und sein Kopf hing schwer auf die Brust herab. Er war ohne Bewusstsein und merkte nicht, was mit ihm vorging. Hilton ließ seine angsterfüllten Blicke umherschweifen. Als er die vier Jäger sah, rief er ihnen zu: „Rettet mich, rettet mich, Mesch'schurs!

Ihr seid doch keine Heiden! Seid ihr denn gekommen, um uns eines so entsetzlichen Todes sterben zu sehen und euch an unsern Qualen zu weiden?" – „Nein", antwortete Old Shatterhand. „Wir sind gezwungen, hier zu sitzen und können nichts für euch tun." – „Ihr könnt, wenn ihr nur wollt. Die Roten werden auf euch hören." – „Nein. Ihr seid allein schuld an eurem Schicksal. Wer den Mut hat, Unrecht zu tun, der muss auch den Mut haben, die Strafe auf sich zu nehmen." – „Ich bin unschuldig. Ich habe keine Indianer erschossen. Knox hat es getan." – „Lügt nicht! Es ist eine freche Feigheit, die Schuld auf ihn allein zu wälzen. Bemüht Euch lieber, anständig zu sterben, um das Ansehen der weißen Rasse vor diesen Roten wenigstens in einem Punkt zu retten!" – „Ich will aber nicht sterben, ich mag nicht sterben. Hilfe, Hilfe!"

Hilton brüllte so laut, dass es über die weite Ebene schallte, und zerrte dabei so an seinen Fesseln, dass ihm das Blut aus dem Fleisch spritzte. Da stand der Große Wolf auf und gab mit der Hand das Zeichen, dass er sprechen wolle. Aller Augen richteten sich auf ihn. Er erzählte in der kräftigen und schwunghaften Art eines indianischen Redekünstlers, was geschehen war. Er schilderte das verräterische Gebaren der Bleichgesichter, mit denen man im Frieden gelebt hatte, mit Worten, die einen so tiefen Eindruck auf die Roten machten, dass sie Beifall riefen. Dann erklärte er, dass die beiden Mörder zum Tod am Marterpfahl verurteilt seien und die Hinrichtung nun beginnen werde. Als er geendet und sich niedergesetzt hatte, erhob Hilton nochmals seine Stimme, um Old Shatterhand zur Fürbitte zu zwingen.

„Nun gut, ich will es versuchen", erwiderte der Jäger. „Kann ich den Tod nicht abwenden, so erreiche ich vielleicht doch, dass er nicht so qualvoll wird." Er wendete sich an die Häuptlinge, hatte aber noch nicht den Mund zum Sprechen geöffnet, als ihn der Große Wolf zornig anfuhr: „Du weißt, dass Ovuts-avaht die Sprache der Bleichgesichter spricht und verstanden hat, was du diesem Hund dort zugesagt hast. Hat der Häuptling der Utahs nicht genug getan, indem er dir so günstige Bedingungen stellte? Willst du gegen unser Urteil reden und unsere Krieger dadurch erzürnen, dass der Große Wolf dich nicht gegen sie zu schützen vermag? Schweig also und sage kein Wort!“

Damit wendete er sich ab und gab mit der Hand ein Zeichen, worauf wohl ein Dutzend Krieger hervortrat. Dann kehrte er sich wieder Old Shatterhand zu und erklärte: „Hier stehen die Angehörigen derer, die ermordet wurden. Sie haben das Recht, die Strafe zu beginnen. Zuerst wird man mit Messern nach den Missetätern werfen.“

Wenn bei den Roten ein Feind am Marterpfahl sterben soll, so suchen sie die Qualen möglichst zu verlängern. Die Wunden, die man ihnen beibringt, sind erst nur leicht und werden nach und nach schwerer. Gewöhnlich beginnt man mit dem Messerwerfen, wobei jeweils die Glieder und Körperstellen angegeben werden, die von den Messern getroffen werden sollen. Man wählt die Ziele so aus, dass nicht viel Blut vergossen wird, damit der Gemarterte nicht vorzeitig an Blutverlust stirbt.

„Den rechten Daumen!“, gebot der Große Wolf.

Die Arme der Gefangenen waren so gebunden, dass die Hände frei hingen. Die ausgewählten Roten sonderten sich in zwei Abteilungen, die eine für Hilton und die andre für Knox. Sie nahmen einen Abstand von zwölf Schritt und standen hintereinander. Der Vorderste nahm sein Messer in die erhobene Rechte, zwischen die ersten drei Finger, zielte, warf und traf den Daumen. Hilton stieß einen Schmerzensschrei aus. Knox wurde gleichfalls getroffen, doch war seine Ohnmacht so tief, dass er nicht erwachte.

„Den Zeigefinger!“, befahl der Häuptling.

In dieser Weise gab er der Reihe nach die Finger an, die getroffen werden sollten und auch wirklich mit erstaunlicher Genauigkeit getroffen wurden. Hatte Hilton erst einen einzelnen Schrei ausgestoßen, so brüllte er jetzt unausgesetzt. Knox erwachte erst, als seine linke Hand zum Ziel genommen wurde. Er stierte wie abwesend um sich, schloss dann die blutunterlaufenen Augen wieder und ließ ein ganz unmenschliches Geheul hören. Er hatte gesehen, was man mit ihm begann, das Fieber ergriff ihn wieder und beides, Delirium und Todesangst, entrissen ihm Laute, deren man eine menschliche Stimme gar nicht für fähig halten sollte.

Unter dem unausgesetzen Gebrüll beider wurde die Marter fortgesetzt. Die Messer trafen die Handrücken, Handgelenke, die Muskeln des Unter- und des Oberarmes und die gleiche Reihenfolge wurde auch bei den Beinen eingehalten. Das währte ungefähr eine Viertelstunde und war der leichte Beginn einer Qual, die stundenlang dauern sollte. Old Shatterhand und seine drei Gefährten hatten sich abgewendet. Es war ihnen unmöglich, das Schauspiel mit den Augen zu verfolgen. Das Schreien mussten sie über sich ergehen lassen.

Ein Indianer wird von frühester Kindheit an im Ertragen körperlicher Schmerzen geübt. Er gelangt dadurch so weit, dass er die größten Qualen aushalten kann, ohne mit der Wimper zu zucken. Vielleicht sind die Nerven des Roten auch weniger empfindlich als die des Weißen. Wenn der Indianer gefangen wird und am Marterpfahl stirbt, so erträgt er alle Schmerzen mit lächelndem Mund, singt mit lauter Stimme sein Todeslied und unterbricht es nur hier und da, um seine Peiniger zu schmähen und zu verlachen. Ein jammernder Mann am Marterpfahl ist bei den Roten undenkbar. Wer über Schmerzen klagt, wird verachtet und je lauter die Klagen werden, desto größer wird die Verachtung. Es ist vorgekommen, dass gemarterte Weiße ihre Freiheit erhielten, weil sie durch unmännliches Klagen zeigten, dass sie Memmen seien, die man nicht zu fürchten braucht und deren Marterung für einen Krieger eine Schande ist.

Man kann sich denken, welchen Eindruck das Gejammer von Knox und Hilton machte. Die Utahs wendeten sich ab und ließen Rufe der Entrüstung und Verachtung hören. Als den Verwandten der Ermordeten Genüge geschehen war und nun andre aufgefordert wurden, vorzutreten und die Peinigung fortzusetzen, fand sich kein einziger roter Krieger bereit dazu. Solche Hunde, Kojoten und Kröten wollte niemand berühren. Da erhob sich einer der Häuptlinge und sagte: „Diese Menschen sind nicht wert, dass ein tapferer Krieger Hand an sie legt. Wir wollen sie den Weibern überlassen. Wer von der Hand eines Weibes stirbt, dessen Seele nimmt in den ewigen Jagdgründen die Gestalt einer Frau an, verliert alle Würde und Rechte der kriegerischen Männer und muss arbeiten in alle Ewigkeit. Ich habe gesprochen."

Der Vorschlag wurde nach kurzer Beratung angenommen. Die Frauen und Mütter der Ermordeten wurden aufgerufen. Sie bekamen Messer, um den beiden dem Tod Geweihten leichte Schnitte zu versetzen, ebenfalls in der Reihenfolge, die der Große Wolf angab.

Einem Europäer wird es schwer, zu glauben, dass sich ein Weib zu solchen Grausamkeiten herbeilässt. Aber die Roten sind eben anders und empfinden anders und hier bannte die Rache für den vielfachen Mord vollends jede milde Regung. Auch die in den Worten des Unteranführers gespiegelte Einstellung zur Arbeit ist bezeichnend für den nicht sesshaften Prärieindianer. Er sieht darin eine Betätigung, die eines Kriegers unwürdig ist.

Die Frauen, meist alte Weiber, begannen ihr Werk und das Heulen und Jammern der beiden Weißen erhob sich von neuem, und zwar derart, dass es selbst den Ohren der Roten unerträglich wurde. Der Große Wolf gebot Einhalt und sagte: „Diese Memmen sind auch nicht wert, nach dem Tode Frauen zu sein. Sie müssen sterben, aber sie sollen die ewigen Jagdgründe als Kojoten betreten, die ohne Aufhören gehetzt und verfolgt werden. Man übergebe sie den Hunden! Ich habe gesprochen."

Es begann eine Beratung, deren Ergebnis Old Shatterhand voraussah und mit Grauen erwartete. Einige Rote entfernten sich, um die Hunde zu holen. Der Häuptling wendete sich zu den vier Weißen: „Die Hunde der Utahs sind auf Bleichgesichter abgerichtet. Sie werfen sich erst dann auf sie, wenn sie gehetzt werden. Dann aber zerreißen sie jeden Weißen, der sich in der Nähe befindet. Wir werden euch also fortbringen und in einem Zelt bewachen, bis die Tiere wieder angebunden sind."

Das geschah. Draußen herrschte wohl zehn Minuten lang Stille, die nur zuweilen vom Jammern Hiltons unterbrochen wurde. Dann hörte man lautes, hastiges Bellen, das in ein blutdürstiges Geheul überging. Zwei menschliche Stimmen kreischten in fürchterlicher Todesangst auf. Hierauf wurde es wieder still.

„Horcht!", sagte Jemmy. „Ich höre Knochen krachen. Ich glaube gar, man lässt die beiden von den Hunden zerreißen."

„Möglich!", meinte Old Shatterhand. „Aber das Krachen lebt nur in Eurer Einbildung. Auch die meinige ist ungewöhnlich aufgeregt. Gut, dass wir nicht gezwungen waren, das Ende mit anzusehen!"

Jetzt wurden die vier wieder aus dem Zelte gelassen und zum Richtplatz zurückgeführt. Weiter im Innern des Lagers sah man vier oder fünf Rote gehen, um die Hunde an starken Riemen zurückzubringen. Ob die Tiere nun die Spuren der Weißen gewittert hatten – einer der Hunde war kaum fortzuzerren. Er sah sich um und erblickte die vier Jäger. Mit einem gewaltigen Ruck riss er sich los und kam herbeigestürzt. Ein allgemeiner Schreckensschrei erscholl. Der Hund war so groß und stark, dass es für einen Menschen ganz unmöglich schien, es mit ihm aufzunehmen. Und doch wollte keiner der Indianer auf das wertvolle Tier schießen. Davy legte sein Gewehr an und zielte.

„Halt, nicht schießen!", gebot Old Shatterhand. „Die Roten könnten uns den Tod dieses prächtigen Hundes übel nehmen und ich will ihnen zugleich zeigen, was die Faust eines weißen Jägers vermag." Diese Worte waren hastig hervorgestoßen. Es geschah überhaupt alles weit schneller, als es erzählt oder beschrieben werden kann, denn der Hund hatte die ganze Strecke in wahrhaft pantherähnlichen Sprüngen zurückgelegt. Old Shatterhand trat ihm mit einer schnellen Bewegung entgegen, die Hände niederhaltend.

„Du bist verloren!", schrie ihm der Große Wolf zu.

„Warte es ab!", erwiderte der Jäger.

Jetzt war der Hund da. Er hatte den Rachen weit geöffnet und warf sich mit raubtierartigem Schnaufen auf den Gegner. Der Jäger hielt die Augen fest auf die des Tieres gerichtet. Als es zum Sprung ansetzte und sich bereits in der Luft befand, warf er sich ihm mit ausgespreizten Armen entgegen – ein gewaltiger Zusammenprall von Hund und Mensch – Old Shatterhand schlug die Arme über dem Nacken des Tieres, das nach seiner Kehle gezielt hatte, zusammen und drückte den Kopf des Hundes so fest gegen sich, dass das Tier nicht zu beißen vermochte. Ein noch festerer Druck und dem Hund ging der Atem aus. Seine kratzenden Beine fielen schlaff nach unten. Mit einer schnellen Bewegung riss der Jäger den Kopf der Bestie mit der linken Hand von sich ab – ein Schlag mit der rechten Faust auf die Schnauze, dann schleuderte er den Hund von sich.

„Da liegt er!", rief er, sich umdrehend, dem Häuptling zu. „Lasst ihn anbinden, damit er, wenn er erwacht, nicht Unheil anrichtet!"

„Uff, uff!", staunten die Utahs. Das hätte keiner von ihnen gewagt. Der Große Wolf gab den Befehl, das Tier fortzuschaffen, trat zu Old Shatterhand und sagte in aufrichtiger Bewunderung: „Der weiße Jäger ist ein Held. Die Füße keines roten Mannes hätten so fest gestanden und die Brust keines andern Menschen hätte diesen Zusammenprall ausgehalten. Warum ließ Old Shatterhand nicht schießen?"

„Weil ich euch nicht um das prächtige Tier bringen wollte." Der Häuptling führte ihn mit einem Blick, worin Staunen und Bewunderung lagen, zur Seite, wo sich die vier Weißen außerhalb des Kreises der Roten niedersetzen sollten, um die Beratung nicht mit anhören zu können. Dann schritt er zu dem Platz, den er schon vorher innegehabt hatte.

Die Augen der Jäger richteten sich jetzt auf die beiden Pfähle. Dort hingen die zerfleischten Körper der Mörder an den von den Hunden vielfach zerrissenen Riemen, ein wirklich grauenhafter Anblick.

Nun begann in indianischer Weise die entscheidende Sitzung. Erst sprach der Große Wolf eine lange Zeit, dann folgten die Häuptlinge, einer nach dem andern. Der Große Wolf begann wieder, die andern auch. Einfache Krieger durften nicht sprechen. Sie standen ehrfurchtsvoll lauschend im Kreis. Der Indianer ist wortkarg, aber bei Beratungen redet er gern und viel. Es gibt Rote, die als Redner sogar Berühmtheit erlangt haben.

Die Beratung nahm wohl zwei Stunden in Anspruch, eine lange Zeit für die, deren Schicksal davon abhing. Dann verkündete ein allgemein und laut gerufenes „Howgh!", den Schluss der Sitzung. Die Weißen wurden geholt. Sie mussten in das Innere des Kreises treten, um dort ihr Schicksal zu vernehmen. Der Große Wolf erhob sich würdevoll und begann: „Die vier Bleichgesichter wissen, weshalb wir die Kriegsbeile ausgegraben haben. Wir haben geschworen, alle Weißen, die in unsere Hände geraten, zu töten. Ihr seid Weiße, aber doch auch Freunde der roten Männer und darum sollt ihr nicht das Schicksal der andern Bleichgesichter, die wir fangen werden, teilen. Sie kommen sofort an den Marterpfahl, ihr aber sollt um euer Leben kämpfen dürfen."

Er machte eine Pause, die Old Shatterhand zu der Frage benutzte: „Mit wem? Wir vier Personen gegen euch alle? Gut, ich bin einverstanden. Mein Zaubergewehr wird viele von euch in die ewigen Jagdgründe senden!"

Old Shatterhand hob den Stutzen. Der Häuptling vermochte nicht ganz seinen Schreck zu verbergen. Er machte eine schnelle, abwehrende Bewegung und erwiderte: „Old Shatterhand irrt. Jeder von euch soll einen Gegner haben, mit dem er kämpft, und der Sieger hat das Recht, den Besiegten zu töten, und erhält dessen Eigentum."

„Auch damit bin ich einverstanden. Wer aber hat das Recht, unsre Gegner zu wählen, wir oder ihr?"

„Wir. Ovuts-avaht wird eine Aufforderung ergehen lassen, dass sich Freiwillige melden."

„Und wie oder mit welchen Waffen soll gekämpft werden?"

„So, wie der Krieger von uns, der sich meldet, bestimmt."

„Das ist ungerecht."

„Nein, das ist gerecht. Wir haben euch schon so viel Nachsicht erwiesen, dass ihr weiter keine verlangen dürft."

„Gut. Aber ich fordere ehrliche Bedingungen. Du sagst, der Sieger habe das Recht, den Besiegten zu töten. Wie nun, wenn ich einen deiner Krieger besiege und töte? Kann ich dann frei und sicher diesen Ort verlassen?"

„Ja. Aber du wirst nicht siegen. Es wird keiner von euch siegen."

„Ich verstehe dich. Ihr werdet eure Auswahl unter den Kriegern so treffen und die Art des Kampfes so bestimmen, dass wir im Nachteil sind. So wollt ihr uns unterkriegen. Irre dich nicht! Es kann leicht anders kommen, als du denkst. Ich verlange euer Wort, dass der von uns, der aus dem Kampf als Sieger hervorgeht, von euch als Freund betrachtet wird."

„Wir versprechen es dir."

„Wohlan! Frage deine Krieger, wer sich melden will!"

Jetzt gab es eine große Bewegung unter den Indianern, ein Fragen und Besprechen. Old Shatterhand sagte zu seinen Gefährten: „Leider durfte ich den Bogen nicht allzu straff spannen, sonst wäre er zerbrochen. Ich bin mit den Kampfbedingungen keineswegs zufrieden."

„Wir müssen eben zufrieden sein, da wir keine besseren bekommen können“, meinte der Lange Davy.

„Es ist mir euretwegen bange. Was mich betrifft, so habe ich keine Sorge. Bin neugierig, ob sich ein Gegner für mich findet.“

„Gewiss. Der Große Wolf selbst! Da kein andrer sich melden wird, muss er die Ehre seines Stammes retten. Er ist ein stämmiger Kerl, ein wahrer Elefant.“

„Pah! Ich fürchte ihn nicht. Aber ihr! Man wird euch die gefährlichsten Gegner wählen und für jeden von uns eine Kampfart bestimmen, in der er vermutlich nicht bewandert ist. Zum Beispiel wird sich mein Gegner mit mir nicht in einen Faustkampf einlassen. Aber vorerst ist alle Sorge und Angst vergeblich. Halten wir die Muskeln straff und die Augen offen!“

„Und den Verstand helle und klar“, fügte der Hobble-Frank hinzu. „Was mich betrifft, so bin ich so ruhig wie ein Meilensteen am Straßenrand. Die Utahs sollen heut eenen sächsischen Moritzburger kennen lernen. Ich werde kämpfen, dass die Funken bis nach Grönland fliegen.“

Jetzt stellte sich die Ordnung unter den Roten wieder her. Der Kreis wurde abermals gebildet und der Große Wolf brachte drei Krieger herbei, die sich freiwillig gemeldet hatten.

„So bezeichne jetzt die Paare!“, bat Old Shatterhand.

Der Häuptling schob den ersten seiner Freiwilligen zum Langen Davy hin und erklärte: „Hier steht Paguangare[1], der mit diesem Bleichgesicht ums Leben schwimmen will.“

Die Wahl war für die Utahs gut getroffen. Dem langen, klapperdürren Davy war es anzusehen, dass er vom Wasser nicht leicht getragen wurde. Der Rote hingegen war ein Mann mit runden Hüften, breiter fleischiger Brust und starken Arm- und Beinmuskeln. Jedenfalls war er der beste Schwimmer des Stammes. Hätte sein Name dies nicht

[1] Roter Fisch

erraten lassen, so wäre es aus dem verächtlichen Blick, den er auf Davy warf, zu ersehen gewesen.

Dann stellte der Häuptling einen hohen, breitschultrigen Menschen, dessen Muskeln wie Wülste hervortraten, dem kleinen Dicken Jemmy gegenüber und sagte: „Dieser hier ist Nambovh-avaht[1], der mit dem dicken Bleichgesicht ringen wird. Sie werden, mit dem Rücken gegeneinander, zusammengebunden. Jeder erhält ein Messer in die rechte Hand und wer den andern zuerst unter sich bringt, darf ihn erstechen."

Der Große Fuß trug seinen Namen mit vollem Recht. Er hatte ungeheure Füße, auf denen er wohl so fest stand, dass der kleine Dicke Jemmy verloren schien.

Nun war noch der Dritte übrig, ein knochiger Kerl, lang und schmal, aber mit hochgewölbter Brust und ewig langen Armen und Beinen. Der Häuptling führte ihn vor den Hobble Frank hin und meinte dabei: „Und hier steht Took-tey[2], der bereit ist, mit diesem Bleichgesicht um das Leben zu laufen."

Armer Hobble-Frank! Während dieser Springende Hirsch mit seinen Siebenmeilenbeinen zwei Schritte machte, musste der Kleine, der ja bekanntlich auf dem einen Bein lahmte, zehn machen! Ja, die Utahs waren gut auf ihren Vorteil bedacht gewesen.

„Und wer kämpft mir mir?", fragte Old Shatterhand.

„Ovuts-avaht", erwiderte der Große Wolf stolz, indem er seine Hünengestalt hoch aufrichtete. „Du glaubtest, wir fürchten uns. Der Häuptling will dir zeigen, dass du dich irrtest."

„Das ist mir lieb", entgegnete der Weiße freundlich. „Ich habe meine Gegner bisher stets unter den Häuptlingen gesucht."

„Du wirst unterliegen! Wer könnte erzählen, dass er Ovuts-avaht besiegt habe?"

[1] Großer Fuß [2] Springender Hirsch

„Kämpfen wir nicht mit Redensarten, sondern mit den Gewehren.“ Old Shatterhand sagte das leicht spöttisch. Er wusste, dass der Häuptling nicht darauf eingehen werde. Und wirklich antwortete der Rote schnell:

„Ovuts-avaht hat nichts mit deinem Zaubergewehr zu schaffen. Zwischen uns sollen Messer und Tomahawk entscheiden.“

„Auch hiermit bin ich zufrieden.“

„So wirst du in kurzem eine Leiche und der Häuptling wird im Besitz all deines Eigentums, auch des Pferdes, sein!“

„Ich glaube, dass mein Hatatitla deine Wünsche erregt. Aber das Zaubergewehr ist noch wertvoller. Was wirst du mit ihm beginnen?“

„Der Große Wolf mag es nicht und auch kein andrer trägt Verlangen nach ihm. Es ist zu gefährlich. Wir werden es vergraben, dass es für immer unschädlich wird.“

„So mag derjenige, der es dabei berührt, sehr vorsichtig sein, sonst wird er Unheil über den Stamm der Yampa-Utahs bringen. Und nun sag, wann und in welcher Reihenfolge die Einzelkämpfe vor sich gehen sollen!“

„Erst soll geschwommen werden. Aber wir wissen, dass die Weißen vor ihrem Tod geheimnisvolle Gebräuche befolgen. Ihr sollt dazu die Zeit haben, die ihr Bleichgesichter eine Stunde nennt.“

Die Roten hatten den Kreis um die Weißen wohl nur deshalb wieder geschlossen, weil sie alle deutlich sehen wollten, wie erschrocken die Bleichgesichter über die ihnen zugeteilten Gegner sein würden. Doch es gab nichts Derartiges zu sehen und nun gingen sie wieder auseinander. Man schien sich jetzt gar nicht um die Jäger zu kümmern. Diese aber wussten gar wohl, dass sie trotzdem scharf beobachtet wurden. Sie saßen beieinander und sprachen über die Möglichkeiten ihrer Rettung. Dem Langen Davy war die Gefahr am nächsten, da er der Erste war, der kämpfen sollte. Er machte ein ernstes Gesicht.

„Der Rote Fisch!“, brummte er. „Natürlich hat dieser

Halunke seinen Namen nur deshalb erhalten, weil er ein vorzüglicher Schwimmer ist."

„Und ihr?", fragte Old Shatterhand. „Ich habe Euch zwar schwimmen sehen, aber nur beim Baden und bei Flussübergängen. Wie steht es mit Eurer Fertigkeit?"

„Nicht allzu gut."

„O weh!"

„Ja, o weh! Ich kann nicht dafür, dass mein Korpus nur aus Knochen besteht. Und ich glaube, meine Knochen haben ein noch viel größeres Gewicht als die eines andern Menschenkindes."

„Also mit der Schnelligkeit ist's nichts. Haltet Ihr denn wenigstens aus?"

„Aushalten? *Pshaw!* So lange, wie Ihr wollt. Kräfte habe ich genug. Aber mit dem Vorwärtskommen hapert es. Ich werde meinen Skalp wohl hergeben müssen."

„Das ist noch nicht so gewiss. Noch verliere ich nicht die Hoffnung. Könnt Ihr auch auf dem Rücken schwimmen?"

„Ja, und da scheint es leichter zu gehen."

„Allerdings macht man die Erfahrung, dass hagere und ungeübte Leute in dieser Lage besser schwimmen. Legt Euch also auf den Rücken, nehmt den Kopf recht tief und die Beine hoch, stoßt recht regelmäßig und ausgiebig mit den Füßen aus und holt stets nur dann Atem, wenn Ihr die Hände unter den Rücken schlagt!"

„*Well!* Aber das wird nicht viel nützen. Dieser Rote Fisch wird mich trotzdem ausstechen."

„Vielleicht doch nicht, wenn mir meine List gelingt. Ihr müsst mit der Strömung schwimmen und er dagegen."

„Ach, wäre das zu machen? Ist denn eine Strömung vorhanden?"

„Ich vermute es."

„Wir wissen ja noch nicht, wo geschwommen werden soll."

„Natürlich drüben im See, der eigentlich nur ein Teich

ist. Er ist länglich rund, fünfhundert Schritt lang und dreihundert breit, ungefähr, wie man von hier aus zu schätzen vermag. Das Bergwasser stürzt sich mit großem Gefälle hinein, und zwar, wie es scheint, nach dem linken Ufer hin. Das ergibt also eine Strömung, die an diesem Ufer hingeht, drei viertel um den See bis an den Ausfluss. Lasst mich nur machen! Wenn es menschenmöglich ist, werde ich es dahin bringen, dass Ihr mit dieser Strömung den Gegner schlagt."

„Das sollte ein Gaudium sein, Sir! Und ich setze den Fall, es gelänge mir, soll ich da den Kerl erstechen?"

„Habt Ihr Lust dazu?"

„Er würde jedenfalls keine Rücksicht auf mich nehmen, schon um meines bisschen Hab und Gut willen."

„Das ist richtig. Doch es liegt in unserm Vorteil, Milde walten zu lassen."

„Gut. Aber was werdet Ihr tun, wenn er mich besiegt und mit dem Messer auf mich loskommt? Ich darf mich doch nicht wehren!"

„In diesem Falle werde ich es zu erzwingen wissen, dass mit dem Töten so lange gewartet wird, bis alle Einzelkämpfe zu Ende geführt sind."

„*Well!* Das ist ein Trost selbst für den schlimmsten Fall und ich bin nun beruhigt. Aber, Jemmy, wie steht es mit dir?"

„Nicht besser als mit dir", meinte der Dicke. „Mein Gegner heißt Großer Fuß. Weißt du, was das bedeutet? Er steht so fest auf den Füßen, dass niemand ihn niederbringt, ich, der ich um zwei Köpfe kleiner bin als er, gleich gar nicht. Und Muskeln hat dieser Mensch wie ein Nilpferd. Was ist mein Fett dagegen!"

„Nicht Bange machen lassen, lieber Jemmy!", tröstete Old Shatterhand. „Ich bin in der gleichen Lage. Der Häuptling ist bedeutend größer und breiter als ich, aber an Gewandtheit wird es ihm wohl mangeln und ich möchte behaupten, dass ich auch mehr Muskelkraft besitze als er."

„Ja, Eure Muskelkraft ist eine Ausnahme. Aber ich gegen diesen Großfuß! Ich werde mich wehren, solange ich es vermag, aber unterliegen werde ich dennoch. Ja, wenn es hier auch so eine Strömung, so eine List gäbe!"

„Die is ja da!", fiel der Hobble-Frank in seiner heimatlichen Mundart ein. „Wenn ich's mit diesem Florian zu tun hätte, wär' mir's gar nich angst."

„Du? Du bist ja noch schwächer als ich!"

„Am Leibe ja, aber nich am Geiste. Und mit dem Geist muss man siegen. Verstehste mich?"

„Was tu ich mit dem Geist gegen einen solchen Muskelmenschen?"

„Siehste, so biste! Alles weeßte besser als ich, aber wenn sich's ums Leben und Skalpieren handelt, sitzt du da wie die Fliege in der Buttermilch. Du zappelst mit Händen und Füßen und kommst doch nich raus."

„So schieß los, wenn du einen guten Einfall hast!"

„Einfall! Was das nu schon wieder für ne Rede is! Ich brauche keenen Einfall, ich bin ooch ohne Einfälle stets geistreich. Denke dich nur mal richtig in deine Lage hinein! Ihr zwee beede stellt euch mit dem Rücken gegeneinander, so wie das schöne Sternbild der siamesischen Zwillinge in der Milchstraße. Jeder kriegt e Messer in die Hand und dann geht das Reitergefecht los. Wer den andern unter sich bringt, is Sieger. Wie aber kann man in eener solchen Stellung den Gegner unter sich bringen? Doch nur dadurch, dass man ihm den Halt unter den Füßen nimmt, was am besten dadurch geschieht, dass man ihn von hinten mächtig an die Waden tritt oder den Fuß um den seinen schlingt und das Been wegzureißen versucht. Habe ich Recht oder nicht?"

„Ja. Nur weiter!"

„Nur sachte! Das muss alles mit Bedacht geschehen und hat keene Eile. Gelingt das Experiment, so purzelt der Gegner off die Nase und man kommt off ihn zu liegen, allerdings leider mit dem Rücken off seinen Rücken, wodurch man das europäische Gleichgewicht sehr leicht selber verlieren kann. Eigentlich müsstet ihr so zusammengebunden werden, dass ihr mit den Gesichtern gegeneinander steht. Ob die Utahs mit dem umgekehrten Staatsverhältnis irgendeene List verbinden, das kann ich jetzt noch nich durchschauen. Aber so viel weeß ich genau, dass ihre Hinterlist dir nur Nutzen bringen wird."

„Wieso denn? Da rede doch nur endlich!", drängte Jemmy.

„Mein Gott, ich rede doch schon eene ganze Viertelstunde lang! Höre nur zu! Der Rote wird dich von hinten mit den Füßen treten, um dir das Been auszuheben und dich aus dem Gleichgewicht zu bringen. Das schadet dir aber nischt, denn bei der unverschämten Stärke deiner Waden fühlst du seine Tritte erscht vierzehn Tage hinterher. Jetzt wartest du eenen Oogenblick ab, in dem er wieder stößt und deshalb nur off eenem Been steht. Da beugst du dich mit aller Gewalt nach vorne nieder, hebst ihn off deinen Rücken, schneidest rasch den Strick oder Riemen entzwee, mit dem ihr zusammengebunden seid, und wippst ihn mit eenem schnellen Schwipps über deinen Kopp weg off die Erde runter. Dann aber oogenblicklich droff, den Kerl bei der Gurgel gepackt und ihm das Messer off die Brust gesetzt! Haste mich begriffen, alter Schneesieber?"

Old Shatterhand hielt dem Kleinen die Hand hin und sagte: „Frank, Sie sind ein ganzer Mann. Diese Anweisung ist ausgezeichnet und muss zum Ziel führen."

Franks gutmütiges Gesicht glänzte vor Entzücken, als er die dargebotene Hand schüttelte: „Schon gut, schon gut, lieber Obermeester! Off so was ganz und gar Selbstverständliches kann ich mir nich viel einbilden. Aber es is eben wieder mal e Beweis dafür, dass der Diamant von unvernünftigen Menschen oft für eenen Ziegelsteen gehalten wird. Darum denke..."

„Kieselstein, nicht Ziegelstein!", unterbrach ihn Jemmy. „Himmel, wäre das ein Diamant, der die Größe eines Ziegelsteins hätte!"

„Schweigste wohl gleich stille, du alter, unverbesserlicher Krakeeler! Ich rette dir mit meiner Geistesüberlegenheet das Leben und du wirfst mir als Dank dafür eenen ungeschliffenen Ziegelsteen an den Kopp! Wenn du nich endlich mal offhörst, dich so an mir zu reiben, kann es leicht so weit kommen, dass ich dir meine Freundschaft kündige, und dann wirste ja sehen, ob du ohne mich durch die Welt kommst. Ich dächte, es wäre nu endlich Zeit, Verstand anzunehmen."

„Du hast Recht", sagte Jemmy versöhnlich. „Was aber wirst du anfangen, lieber Frank?"

„Lieber Frank!", wiederholte der Kleine. „Wie schön akustisch das klingt! Was ich anfangen werde? Nu, loofen werde ich, was denn sonst?"

„Das weiß ich wohl, aber du wirst zurückbleiben. Du brauchst drei Schritte, wenn dein Gegner einen macht!"

„Leider Gottes!"

„Es fragt sich ferner, welche Strecke ihr durchlaufen sollt und ob du aushältst. Wie steht es mit dem Atmen?"

„Ganz vorzüglich. Ich habe eene Lunge wie 'ne Hummel. Ich summe und brumme den ganzen Tag, ohne dass mir die Luft ausgeht. Loofen kann ich, habe ich als königlich sächsischer Forschtgehilfe lernen müssen."

„Aber mit so einem langbeinigen Indianer kannst du es nicht aufnehmen!"

„Hm! Das fragt sich noch."

„Er heißt der Springende Hirsch! Also ist Schnelligkeit seine Haupteigenschaft."

„Wie er heeßt, das is mir Wurscht, wenn ich nur eher ans Ziel gelange als er."

„Das wirst du eben nicht. Vergleiche deine Beine mit den seinigen!"

„Ach so, die Beene! Du denkst also, es kommt off die Beene an?"

„Natürlich! Auf was soll es denn bei einem Wettlauf um Tod und Leben sonst ankommen?"

„Off die Beene, ja, ooch mit, aber die sind noch lange nich die Hauptsache. Merschtenteels hat der Kopp zu entscheiden."

„Der läuft doch nicht mit!"

„Freilich läuft er mit. Oder soll ich etwa meine Beene alleene fortspringen lassen und mit dem übrigen Korpus warten, bis sie wiederkommen? Das wäre eine gefährliche Geschichte. Wenn sie mich nich wieder fänden, könnte ich warten, bis mir neue gewachsen wären und das soll nur bei den Fröschen geschehen. Nee, der Kopp muss mit, denn der hat die Hauptarbeit."

„Ich begreife Sie nicht!", warf Old Shatterhand ein, erstaunt über die Ruhe des Kleinen.

„Ich ooch nich, wenigstens jetzt noch nich. In diesem Momang weeß ich nur, dass e eenziger guter Gedanke besser is als e ganzes Hundert Schritte oder Sprünge, die am Ziel vorüberführen."

„So haben Sie einen Gedanken?"

„Noch nich ganz. Aber ich denke, wenn ich dem Jemmy eenen guten Rat geben konnte, werde ich mich doch nich selber im Stich lassen. Jetzt weeß ich doch noch gar nich, wo geloofen werden soll. Wenn das entschieden is, dann werde ich wohl sehen, wo und wie das Häkchen anzunageln is. Lassen Sie sich's nur um mich nich bange werden! Mir sagt eene innere Tenorstimme, dass ich der Welt hier noch nich den Rücken kehre. Ich bin noch zu Großem geboren und weltgeschichtliche Persönlichkeiten sterben niemals vor der Erfüllung ihrer Offgabe und so abseits von den sanften Genüssen der Zivilisation."

Jetzt kam der Große Wolf mit den andern Häuptlingen wieder herbei, um die Weißen aufzufordern, sich mit an den See zu begeben. Dort wimmelte es bereits von Menschen jeden Alters und Geschlechts, denn hier sollte der Schwimmkampf entschieden werden.

Als sie am Ufer anlangten, sah Old Shatterhand, dass er recht vermutet hatte. Es gab da eine bedeutende Strömung.

Der See hatte beinahe die Gestalt einer Ellipse. Oben, an der einen Schmalseite, trat das Bergwasser ein und strömte erst der linken Langseite, dann der unteren Schmalseite entlang dem Ausfluss zu, der sich auf der rechten Langseite und gar nicht weit von dem Einfluss befand. Diese Strömung folgte also fast zu drei Vierteln der Uferstrecke. Wenn Davy sie benutzen konnte, war er vielleicht gerettet.

Die Frauen, Mädchen und Knaben verbreiteten sich weit am Ufer hin. Die Krieger ließen sich an der unteren Schmalseite nieder, denn dort sollte der Kampf beginnen. Aller Augen waren auf die beiden Beteiligten gerichtet. Der Rote Fisch blickte stolz und selbstbewusst über das Wasser hin wie einer, der seiner Sache sicher ist. Auch Davy schien ruhig zu sein, aber er schluckte oft; sein Kehlkopf war in steter Bewegung. Wer ihn kannte, dem war das ein Zeichen innerer Erregung.

Der Große Wolf wendete sich an Old Shatterhand: „Denkst du, dass wir beginnen sollen?"

„Ja, aber wir kennen die näheren Bedingungen noch nicht", entgegnete der Jäger.

„Die sollt ihr hören. Gerade hier vor mir steigen beide ins Wasser. Wenn ich mit einem Händeklatschen das Zeichen gebe, stoßen sie ab. Es wird einmal um den ganzen See geschwommen und die Schwimmer müssen sich stets eine Manneslänge vom Ufer halten. Wer einbiegt, um den Weg zu kürzen, ist besiegt. Wer zuerst hier ankommt, stößt den andern mit dem Messer nieder."

„Gut! Und nach welcher Seite schwimmen sie ab? Nach rechts oder links?"

„Nach links. Sie kehren dann von rechts her zurück."

„Sollen sie nebeneinander schwimmen?"

„Ja!"

„Also mein Gefährte zur rechten und der Rote Fisch zur linken Hand?"

„Nein, umgekehrt."

„Warum?"

„Weil derjenige, der links schwimmt, dem Ufer näher ist und den weitesten Weg zurückzulegen hat.“

„So ist es falsch und ungerecht, sie beide in der gleichen Richtung schwimmen zu lassen. Du wirst zugeben, dass es gerechter ist, wenn sie nach verschiedenen Seiten abgehen. Der eine schwimmt von hier aus am rechten, der andere am linken Ufer hin. Oben begegnen sie sich und dann kehrt jeder am gegenseitigen Ufer zurück.“

„Meinetwegen“, gestand der Häuptling zu. „Aber welcher schwimmt nach rechts und welcher nach links?“

„Um auch hier gerecht zu sein, mag das Los entscheiden. Sieh, ich nehme zwei Grashalme auf und die beiden Schwimmer wählen. Wer den längeren Halm erhält, schwimmt nach links, der andere nach rechts.“

„Gut, so soll es sein! Howgh.“

Dieses letzte Wort wurde zu Davys Glück gesprochen, denn es zeigte an, dass an diesem Beschluss nichts zu ändern sei. Old Shatterhand hatte zwei Halme gepflückt, und zwar so, dass sie von gleicher Länge waren. Er trat zuerst zu dem Roten Fisch und ließ ihn wählen. Dann gab er Davy seinen Halm, kniff aber dabei ein kleines Stück davon ab. Die Halme wurden verglichen. Davy hatte den kürzeren und musste also nach rechts. Sein Gegner nahm das gleichmütig hin. Er schien jetzt noch gar keine Ahnung von dem Nachteil zu haben, in dem er sich befand. Desto heller aber war Davys Gesicht geworden. Er musterte die Wasserfläche und raunte Old Shatterhand zu:

„Ich weiß nicht, wie ich zu dem kleinen Halm gekommen bin. Er rettet mich, denn ich hoffe, dass ich so eher am Ziel bin. Die Strömung ist stark und wird dem Utah zu schaffen machen.“

Er warf seine Kleider ab und stellte sich in das hier seichte Wasser. Der Rote Fisch tat ebenso. Jetzt klatschte der Häuptling in die Hände – ein Sprung, beide ruderten auseinander, der Rote nach links und der Weiße längs des Ufers hin nach rechts.

„Davy, halte dich stramm!“, rief der Hobble-Frank dem Freunde nach.

Zunächst war kein großer Unterschied zwischen beiden zu bemerken. Der Indianer strich langsam, aber weit und kraftvoll aus wie einer, der im Wasser zu Haus ist. Er blickte nur vor sich hin und hütete sich, sich nach dem Weißen umzusehen, weil er damit Zeit verloren hätte. Davy schwamm unruhiger, unregelmäßiger. Er war kein geübter Schwimmer und musste erst in den richtigen, taktmäßigen Ausstrich kommen. Als sich der nicht einstellen wollte, legte er sich auf den Rücken und nun ging es besser. Die Strömung war hier nicht mehr bedeutend, aber sie half ihm doch so vorwärts, dass er gegen den Roten nicht zurückblieb. Sie befanden sich jetzt beide auf den Langseiten des Sees.

Nun aber begann der Indianer zu merken, dass der schwierigere Teil ihm zugefallen war. Er musste die ganze Seite des Sees bis hinauf an die Mündung des Bergbaches durchschwimmen und bei jedem Strich vorwärts wurde die Strömung stärker. Noch nahm er seine Kräfte zu Rate, bald aber sah man, dass er sich anstrengen musste. Er stieß so kräftig aus, dass er bei jedem Stoß bis zur halben Brust aus dem Wasser kam.

Drüben bei Davy wurde die Strömung immer schwächer und sie hatte eine ihm günstige Richtung. Dazu kam, dass er sich mehr und mehr in die notwendigen Bewegungen fand. Er arbeitete regelmäßiger und bedächtiger. Er beobachtete den Erfolg jeden Stoßes und lernte schnell die falschen Bewegungen kennen. Dadurch verdoppelte sich seine Schnelligkeit und bald war er dem Roten voraus, was diesen veranlasste, seine Kräfte noch mehr anzustrengen, anstatt sie für die Überwindung der späteren, größeren Schwierigkeiten aufzusparen.

Jetzt näherte sich Davy dem Ausfluss. Die Strömung wurde stärker, sie wollte ihn ergreifen und mit sich fort aus der Bahn, aus dem See reißen. Er kämpfte hart und fiel gegen den Roten wieder zurück. Das war der Augenblick, auf den alles ankam.

Seine Gefährten standen am Ufer und sahen ihm in größter Spannung zu.

„Der Rote holt ihn wieder ein", sagte Jemmy ängstlich. „Mein Davy wird verlieren."

„Wenn er sich nur noch drei Meter weiterarbeitet", meinte Old Shatterhand, „hat er den Antrieb überwunden und ist gerettet."

„Ja, ja", stimmte Frank bei. „Er scheint das einzusehen. Wie er stößt und stampft! Da, recht so, er kommt vorwärts, er ist drüber weg. Hurra, vivat hoch!"

Es war dem Langen geglückt, den Widerstand zu besiegen, und er kam nun in ruhiges Wasser. Bald hatte er die rechte Langseite hinter sich, während der Utah seine linke noch nicht zurückgelegt hatte, und bog nun auf der Schmalseite zum Bacheinfluss ein.

Der Rote sah das und arbeitete wie wahnsinnig, um sein Leben zu retten. Aber jeder, auch der kräftigste Stoß, brachte ihn kaum einen halben Meter vorwärts, während Davy das doppelte Ergebnis erzielte. Jetzt erreichte der Weiße die Einflussstelle. Die Wasser des Baches fassten ihn und rissen ihn mit sich fort. Er hatte nur noch das letzte Drittel seines Weges zurückzulegen, während der Indianer kaum sein erstes überwunden hatte. Beide schossen aneinander vorüber.

„Hurra!", konnte Davy sich nicht enthalten zu schreien. Der Utah antwortete durch ein weithin hörbares wütendes Gebrüll.

Jetzt war es für Davy keine Anstrengung mehr, sondern eine Lust zu schwimmen. Er brauchte nur leise zu rudern, um sich in der vorgeschriebenen Richtung zu halten. Nach und nach, je schwächer die Strömung wurde, musste er wieder mehr Kraft anwenden, doch es ging so leicht und es war ihm, als habe er all sein Leben lang nur immer geschwommen. Er erreichte die bestimmte Stelle des Ufers und stieg an Land. Als er sich umdrehte, sah er, dass der Rote soeben den Ausfluss erreicht hatte und dort abermals mit der Strömung rang.

Ein kurzes, markerschütterndes Geheul der Roten erscholl. Sie sagten damit, dass der Rote Fisch verloren habe und dem Tod geweiht sei. Davy aber fuhr zunächst eiligst in seine Kleider und dann auf seine Gefährten los, um sie, wie zu einem zurückgeschenkten Leben erwacht, zu begrüßen.

„Wer hätte das gedacht!“, sagte er, indem er Old Shatterhand die Hände schüttelte. „Ich habe den besten Schwimmer der Utahs besiegt!“

„Durch einen Grashalm!“, lächelte der Jäger.

„Wie haben Sie das nur angefangen?“

„Später davon. Es war eine kleine Künstelei, die aber kein Betrug war, da es die Rettung Ihres Lebens galt, ohne dass die Roten einen Schaden davon haben.“

„So ist es!“, stimmte Frank bei, der unendlich glücklich über den Sieg seines Freundes war. „Dein Leben hat nich mal an eenem Stroh-, sondern gar nur an eenem Grashalm gehangen. So ist es ooch beim Wettloofen. Die Beene alleene tun es noch lange nich. Wer weeß, welcher Halm mir meine Rettung bringt. Ja, in den Beenen muss man’s ooch e bisschen haben, aber im Koppe noch viel mehr. Da schaut, hier kommt der Unglücksfisch!“

Der Indianer kam jetzt von rechts herbei, mehr als fünf Minuten nach dem Weißen. Er stieg an Land und setzte sich dort nieder, das Gesicht dem Wasser zugewendet. Keiner der Roten blickte zu ihm hin, keiner bewegte sich. Sie warteten darauf, dass Davy dem Besiegten den Todesstoß gebe.

Der suchte jetzt mit den Augen nach Davy und rief ihm zu: „Nani witsch, nine pokai – dein Messer, töte mich!“

Der Lange aber wehrte ab und sagte halb auf Englisch, halb im Utah, das er nicht beherrschte: „No witsch – Not pokai!“

Dann wendete er sich ab und trat zu den Gefährten zurück. Die Utahs hatten das gesehen und gehört. Der Häuptling fragte: „Warum tötest du ihn nicht?"

„Weil ich kein Unmensch bin. Ich schenke ihm das Leben."

„Aber wenn er gesiegt hätte, wärest du von ihm erstochen worden!"

„Der Rote Fisch hat nicht gesiegt und konnte es also nicht tun. Er mag leben."

„Aber sein Eigentum nimmst du? Seine Waffen, sein Pferd, seine Squaw und seine Kinder?"

„Denke nicht daran. Er mag behalten, was er hat."

„Uff, der Große Wolf begreift dich nicht. Der Rote Fisch hätte klüger gehandelt."

Auch die anderen Roten schienen Davy nicht zu verstehen. Die Blicke, die sie auf ihn richteten, sagten deutlich, wie erstaunt sie über sein Verhalten waren. Keiner von ihnen hätte auf sein Recht verzichtet. Der Rote Fisch schlich davon. Auch er konnte nicht begreifen, warum ihn der Weiße nicht erstach und skalpierte. Er schämte sich, besiegt zu sein, und hielt es für das Beste, sich unsichtbar zu machen.

Jetzt näherte sich Nambovh-avaht, der Große Fuß, dem Häuptling und fragte, ob er nun mit dem zweiten Bleichgesicht beginnen könne. Der Große Wolf nickte und befahl, zu der dafür bestimmten Stelle aufzubrechen. Sie lag in der Nähe der beiden Marterpfähle. Dort wurde, wie gewöhnlich, ein weiter Kreis gebildet, in dessen Mitte der Häuptling den Großen Fuß führte. Old Shatterhand begleitete den Dicken Jemmy hin. Er tat es, um darüber zu wachen, dass keine Hinterlist gegen den Dicken gebraucht wurde.

Die beiden Kämpfer entblößten den Oberleib und stellten sich dann mit den Rücken gegeneinander. Jemmys Kopf reichte nicht ganz bis an des Roten Schulter. Der Häuptling hatte einen Lasso in der Hand, mit dem er die beiden zusammenband. Der Riemen ging dem Roten über die Hüfte, dem Weißen aber über die Brust. Glücklicherweise und zum Vorteil des Trappers reichten die Enden des Lassos gerade so weit, dass der Häuptling die Schleife auf der Brust des Dicken machen musste.

„Nun brauchen Sie den Riemen nicht zu zerschneiden, sondern nur die Schleife aufzuziehen“, sagte Old Shatterhand in deutscher Sprache.

Hierauf bekam jeder sein Messer in die rechte Hand und der Kampf konnte beginnen. Der Häuptling trat zurück, Old Shatterhand folgte seinem Beispiel.

„Steh feste, Jemmy, und lass dich ja nich werfen!“, rief der Hobble-Frank. „Du weeßt, wenn er dich ersticht, bin ich für immer verwaist, und das wirst du mir doch nich antun wollen. Lass dich nur stoßen und schwipp ihn nachher tüchtig über!“

Auch der Rote bekam von verschiedenen Seiten aufmunternde Zurufe zu hören. Er antwortete: „Nambovh-avaht ist nicht der Rote Fisch, der sich besiegen lässt. Er wird diese kleine, dicke Kröte, die ihm am Rücken hängt, in wenigen Augenblicken erdrücken und zermalmen.“

Jemmy sagte gar nichts. Er schaute still und ernsthaft drein, bildete aber eigentlich hinter der Gestalt des Roten eine drollige Figur. Vorsichtigerweise hielt er das Gesicht seitwärts zurückgewendet, um die Fußbewegungen des Utah beobachten zu können. Es lag nicht in seiner Absicht und auch nicht in seinem Vorteil, den Kampf zu beginnen. Das wollte er vielmehr dem Indianer überlassen.

Der Große Fuß stand lange Zeit still und unbeweglich. Er wollte seinen Gegner mit einem plötzlichen Angriff überrumpeln, aber das gelang ihm nicht. Als er vermeintlich ganz unvorhergesehen seinen Fuß nach hinten schob, um Jemmy ein Bein zu stellen, versetzte ihm der Weiße einen solchen Tritt gegen das andere, feststehende Bein, dass der Getroffene beinahe zu Fall gekommen wäre.

Nun aber folgte Angriff auf Angriff. Der Rote war stärker, der Weiße vorsichtiger und bedachtsamer. Der Indianer geriet nach und nach in Wut über die Erfolglosigkeit seiner Bemühungen. Aber je mehr er tobte und mit den Füßen nach hinten stieß, desto ruhiger wurde der Weiße. Der Kampf schien sich in die Länge zu ziehen. Nicht der kleinste Vorteil des einen oder des andern war zu bemerken. Aber desto schneller sollte das Ende kommen, nämlich durch eine Hinterlist des Indianers.

Nambovh-avaht hatte durch sein bisheriges Verhalten nur bezweckt, seinen Gegner sicher zu machen. Der Weiße sollte denken, dass gar keine andre Art des Angriffs erfolgen könne. Jetzt aber griff der Indianer in den Lasso, zog ihn scharf an, sodass er vorn Raum zu einer Wendung bekam, und drehte sich um – doch nicht ganz.

Wäre ihm seine Absicht gelungen, so hätte er dem Weißen dann seine Vorderseite zugekehrt und ihn einfach niederpressen können. Doch Jemmy war ein schlauer Fuchs und sehr auf seiner Hut. Auch der Hobble-Frank hatte die heimtückische Absicht des Roten sofort erkannt und rief dem Dicken schnell zu: „Wirf ihn ab! Er dreht sich um!"

„Weiß schon!", erwiderte Jemmy.

Im selben Augenblick, da er diese Worte sprach und der Rote seine Umdrehung erst halb bewerkstelligt und somit keinen festen Halt hatte, bückte sich Jemmy schnell, riss dadurch den Gegner empor und zog die Schleife auf. Der Lasso löste sich. Der Rote griff mit den Händen in die Luft und machte über Jemmys Kopf hinweg einen regelrechten Purzelbaum, wobei ihm sein Messer entfiel. Wie der Blitz kniete der Dicke auf ihm, fasste ihn mit der Linken bei der Kehle und setzte ihm mit der Rechten das Messer auf die Herzgegend.

Vielleicht hatte der Große Fuß die Absicht gehabt, sich um keinen Preis zu ergeben, sondern sich in jedem Fall zu wehren, aber der Purzelbaum hatte ihn so verblüfft und die Augen des Dicken funkelten so nahe und so drohend vor seinem Gesicht, dass er es für das Beste hielt, bewegungslos liegen zu bleiben. Da richtete Jemmy seinen Blick auf den Häuptling und fragte: „Gibst du zu, dass er verloren ist?"

„Nein", entgegnete der Große Wolf, indem er herbeitrat.

„Warum nicht?", mischte sich sofort Old Shatterhand ein, der ebenfalls herbeikam.

„Nambovh-avaht ist nicht besiegt."

„Ich behaupte das Gegenteil: Er ist besiegt."

„Das ist nicht wahr, denn der Lasso ist geöffnet."

„Daran ist der Große Fuß selbst schuld, denn er hat sich umgedreht und dabei den Riemen aufgesprengt."

„Das hat niemand gesehen. Lass ihn los! Er ist unbesiegt und der Kampf muss von neuem beginnen."

„Nein, Jemmy, lasst ihn nicht los!", gebot der Jäger. „Sobald er es wagt, sich zu bewegen, ersticht Ihr ihn!"

Da richtete sich der Häuptling stolz auf und fragte: „Wer hat hier zu entscheiden, du oder Ovuts-avaht?"

„Du und ich, wir beide. Du bist der Häuptling der Deinen und ich bin der Anführer der Meinen. Wir beide sind einen Vertrag über die Bedingungen des Kampfes eingegangen. Wer diese Bedingungen nicht achtet, der hat den Vertrag gebrochen und ist ein Lügner und Betrüger."

„Du wagst vor meinen Kriegern so zu mir zu sprechen?"

„Das ist kein Wagnis. Ich sage die Wahrheit und verlange Treue und Ehrlichkeit. Wenn ich nicht mehr sprechen darf, nun wohl, so wird das Zaubergewehr reden." Old Shatterhand hatte den Kolben seines Stutzens an der Erde gehabt. Jetzt nahm er ihn drohend auf.

„So sag, was du willst!", meinte der Häuptling kleinlaut.

„Du gibst zu, dass diese beiden kämpfen sollten, mit dem Rücken gegeneinander stehend?"

„Ja."

„Der Große Fuß aber hat den Lasso gelüftet und sich umgedreht. Ist das richtig? Du musst es gesehen haben!"

„Ja", gestand der Häuptling zögernd.

„Ferner sollte derjenige sterben, den der andre unter sich bringen würde. Erinnerst du dich der Bedingung?"

„Der Große Wolf kennt sie."
„Nun, wer liegt unten?"
„Der Große Fuß."
„Wer ist also der Besiegte?"
„Er", gab der Häuptling gezwungenermaßen zu, da Old Shatterhand den Stutzen so hielt, dass die Mündung des Laufes fast die Brust des Roten berührte.
„Hast du etwas dagegen zu bemerken?"
Bei diesen Worten traf den Häuptling aus dem Auge des Jägers ein so überwältigender Blick, dass er sich trotz seiner Riesengestalt klein fühlte und die erwartete Antwort gab: „Nein. Der Besiegte gehört dem Sieger. Sage deinem Gefährten, dass er den Großen Fuß erstechen kann!"
„Das brauche ich ihm nicht erst zu sagen, denn er weiß es schon. Aber er wird es nicht tun."
„Will er ihm etwa auch das Leben schenken?"
„Darüber werden wir später entscheiden. Bis dahin mag der Große Fuß mit dem gleichen Lasso gebunden werden, von dem er sich losmachen wollte."
„Warum ihn binden? Er wird euch nicht entfliehen."
„Haftest du mir dafür?"
„Ja."
„Das genügt. Er mag gehen, wohin er will, soll aber am Schluss der noch bevorstehenden zwei Einzelkämpfe zu seinem Sieger zurückkehren."
Jetzt stand Jemmy auf und legte seine Kleider wieder an. Auch der Große Fuß sprang auf und machte sich durch den Kreis der Roten Bahn, die nicht wussten, ob sie ihm Verachtung zeigen sollten oder nicht.
Diese Utahs hatten wohl überhaupt noch nie erlebt, dass ein Weißer in der Art Old Shatterhands mit ihnen und ihrem Häuptling umgesprungen war, und doch getrauten sie sich nicht, ihm die Erfüllung dessen, was er begehrte, zu versagen. Das war die Macht seiner Persönlichkeit und die Wirkung des schon fast sagenhaften Ruhmes, der ihn umgab.

Der Häuptling war jedenfalls ergrimmt darüber, dass bereits zwei seiner besten Krieger besiegt waren, und zwar von Gegnern, denen sie weit überlegen geschienen hatten. Jetzt fiel sein Blick auf den Hobble-Frank und seine Stimmung wurde sofort wieder besser. Dieser kleine Kerl war ganz unmöglich im Stande, den Springenden Hirsch einzuholen. Hier wenigstens war den Utahs der Sieg gewiss.

Er winkte den Springenden Hirsch herbei, führte ihn zu Old Shatterhand und sagte: „Dieser Krieger besitzt die Schnelligkeit des Windes und ist noch von keinem andern Läufer übertroffen worden. Willst du deinem Gefährten nicht raten, sich lieber ohne Kampf zu ergeben?“

„Nein.“

„Er würde schnell sterben, ohne Schande auf sich zu laden.“

„Ist es nicht die allergrößte Schande, sich ohne Kampf zu ergeben? Hast du den Roten Fisch nicht auch für unüberwindlich gehalten und sagte der Große Fuß nicht, dass er seinen Gegner, die Kröte, in wenigen Minuten erdrücken und zermalmen werde? Meinst du, der Springende Hirsch werde glücklicher sein als sie, die so stolz begannen und so still und bescheiden endeten und davonschlichen?“

„Uff!“, rief der Springende Hirsch. „To-ok-tey läuft mit dem Reh um die Wette!“

Old Shatterhand betrachtete ihn jetzt genauer. Ja, er hatte den Bau eines guten Läufers und seine Beine waren gewiss geeignet, große Strecken zurückzulegen, ohne zu ermüden. Aber die Menge seines Gehirns schien nicht mit der Länge der Beine im Einklang zu stehen. Er hatte ein wahres Affengesicht, ohne dass jedoch von der Klugheit dieser Tiere ein Zeichen darin zu entdecken gewesen wäre.

Der Hobble-Frank hatte sich auch genähert und den Hirsch betrachtet.

„Was halten Sie von ihm?“, fragte Old Shatterhand.

„Das ist der leibhaftige dumme Junge von Meißen, wie er vor den Fettoogen steht und die Brühe nich finden kann", erklärte der Kleine. „Was seine Beene betrifft, so is er mir dreimal über. Aber was den Kopp betrifft, so hoffe ich, ihm wenigstens nich unter zu sein. Wollen erst zu erfahren suchen, off welcher Strecke wir loofen sollen. Vielleicht loofe ich mit dem Kopp besser und schneller als er mit den Beenen."

Old Shatterhand wendete sich also wieder an den Häuptling: „Ist es schon beschlossen, wo der Lauf um das Leben stattfindet?"

„Ja. Komm, Ovuts-avaht wird es dir zeigen!"

Old Shatterhand und der Hobble-Frank folgten ihm aus dem Kreis der Indianer hinaus. Der Springende Hirsch blieb zurück. Ihm war das Ziel bereits genannt worden. Der Häuptling zeigte nach Süden und sagte: „Siehst du den Baum, der auf halbem Wege von hier zu dem Wald steht?"

„Ja."

„Bis zu ihm soll gelaufen werden. Wer dreimal um ihn herumgeht und dann zuerst zurückkehrt, ist Sieger."

Der Hobble-Frank maß die Entfernung mit den Augen und auch die ganze fernere südwärts gelegene Gegend und meinte dann in englischer Sprache, die er begreiflicherweise ohne mundartliche Färbung sprach: „Aber ich hoffe, dass Ehrlichkeit zwischen beiden Teilen gilt!"

„Willst du damit sagen, dass du uns Unehrlichkeit zutraust?", fragte der Häuptling scharf.

„Ja."

„Soll dich der Große Wolf niederschlagen?"

„Versuche es! Die Kugel meines Revolvers würde schneller sein als deine Hand. Hat sich nicht vorhin der Große Fuß umgedreht, obgleich es verboten war? War das ehrlich gehandelt?"

„Es war nicht unehrlich, sondern listig."

„Ah! Und solche Listen sollen erlaubt sein?"

Der Häuptling besann sich. Sagte er ja, so war damit das Verhalten des Großen Fußes verteidigt und vielleicht gab es jetzt für den Springenden Hirsch auch eine Veranlassung, zur List zu greifen. Diese Weißen leisteten weit mehr, als man ihnen zugetraut hatte. Vielleicht war der kleine Kerl hier auch ein guter Läufer. Da erschien es wohl geraten, dem Roten einen Ausweg offen zu halten. Deshalb erwiderte er: „List ist kein Betrug. Warum soll sie verboten sein?“

„Ich erkläre mich einverstanden und bin bereit, den Lauf zu beginnen. Von welchem Punkt aus?“

„Wir werden eine Lanze in die Erde stoßen. Da soll der Anfangs- und auch der Endpunkt des Laufes sein.“

Der Große Wolf entfernte sich für kurze Zeit, sodass die Weißen allein standen.

„Ihnen ist wohl ein Gedanke gekommen?“, fragte Old Shatterhand.

„Ja. Sehen Sie mir das an?“

„Allerdings, denn Sie lachen so stillvergnügt vor sich hin.“

„Es ist ooch zum Lachen. Der Häuptling wollte mir mit seiner List schaden und hat mir ganz im Gegenteel den größten Dienst erwiesen.“

„Wieso?“

„Das sollen Sie gleich hören. Was für e Boom is das wohl, um den wir dreimal herumtanzen sollen?“

„Es scheint eine Buche zu sein.“

„Und sehen Sie mal weiter nach links! Da steht ooch e Boom, aber fast zweimal so weit. Was für eener is das?“

„Eine Fichte.“

„Schön. Wohin sollen wir loofen?“

„Zur Buche.“

„Ich werde aber gerade nach der Fichte rennen.“

„Sind Sie toll?“

„Nee. Ich loofe eben mit dem Kopp nach der Buche, mit den Füßen aber nach der Fichte, obgleich es dorthin fast doppelt so weit is.“

„Aber zu welchem Zweck denn?“

„Das werden Sie später sehen und sich darüber freuen. Ich gloobe, dass ich mich in meinen Erwartungen nich täusche. Wenn ich diesem Springenden Hirsch in die vordere Garnitur schaue, so scheint mir ein Irrtum gar nich möglich."

„Seien Sie vorsichtig, Frank! Es handelt sich um das Leben."

„Na, wenn sich's bloß ums Leben handelte, brauchte ich mich gar nicht anzustrengen. Wenn ich besiegt würde, bliebe ich dennoch leben. Der Große Fuß und der Rote Fisch müssen eegentlich sterben und den Häuptling werden sie ooch zu Boden bringen. Gegen diese drei könnte ich ja ausgelöst werden. Also um mein Leben is es mir gar nicht bange. Aber es handelt sich um die Ehre. Soll denn später in der Geschichte der zweiten Hälfte des neunzehnten Jahrhunderts zu lesen sein, dass ich, der Hobble-Frank aus Moritzburg, von so eenem indianischen Merinogesicht übersprungen wurde? Das lasse ich mir nich nachsagen."

„Aber so erklären Sie mir wenigstens Ihre Absicht! Vielleicht kann ich Ihnen einen guten Rat erteilen!"

„Danke ergebenst! Den Rat habe ich mir schon selbst gegeben und will meine Erfindung ooch selber ausbeuten. Nur eens sagen Sie mir: Wie heeßt Fichte in der Utahsprache?"

„Ovomb."

„Ovomb? Sonderbarer Name! Und wie würde der kurze Satz heißen: Nach jener Fichte?"

„Intsch Ovomb."

„Das ist noch kürzer, zwei Worte bloß. Die werde ich nich vergessen."

„Was hat denn dieses ‚Intsch ovomb' mit ihrem Plan zu tun?"

„Es is der Leuchtstern für meinen Dauerloof. Aber stille jetzt! Der Häuptling kommt!"

Der Große Wolf kam wieder. Er steckte eine Lanze in den weichen Grasboden und erklärte, dass der Wettlauf jetzt beginnen werde. Frank entledigte sich aller Kleidungsstücke bis auf die Hosen. Der Springende Hirsch trug jetzt nur einen Lendenschurz. Er blickte auf seinen Gegner mit einem Gesicht, das Verachtung ausdrücken sollte, aber das Ebenbild der Albernheit war.

„Frank, gib dir Mühe!“, mahnte Jemmy. „Denke daran, dass Davy und ich gesiegt haben!“

„Weine nur nicht!“, tröstete der Kleine. „Falls du noch nich wissen solltest, ob ich Beene habe oder nich, so wirst du sie jetzt flattern sehen.“

Da klatschte der Häuptling in die Hände. Einen schrillen Schrei ausstoßend, flog der Springende Hirsch davon, der kleine Frank mit hinkenden Sätzen hinter ihm her. Die Bewohner des ganzen Lagers waren wieder versammelt, um dem Wettlauf zuzusehen. Ihrer Ansicht nach war es schon jetzt, nach drei, vier Sekunden, gewiss, wer Sieger sein werde. Der Hirsch war seinem Gegner schon weit voraus und gewann mit jedem weiteren Schritt größeren Vorsprung. Die Roten jubelten. Es wäre Torheit gewesen, zu behaupten, dass der Weiße den Roten noch ein- oder gar überholen könne.

Geradezu wunderbar war's, wie der Kleine trotz der Körperbehinderung seine Beinchen warf. Man sah sie fast nicht, so schnell bewegten sie sich und doch blieb er mehr und mehr zurück.

Da wurden die Indianer unruhig. Sie ließen einzelne Ausrufe des Hohnes, der Schadenfreude hören. Sie lachten und glaubten wirklich, alle Veranlassung dazu zu haben. Der Grund war folgender: Die Buche stand in schnurgerader Richtung vom Lager aus mitten in der Prärie, wohl nicht ganz tausend Meter entfernt. Links von ihr, wenigstens sechshundert Meter weiter, stand die erwähnte Fichte und jetzt, da sich die beiden Läufer in genügender Entfernung befanden, sah man deutlich, dass der Kleine sich nicht die Buche, sondern die Fichte zum Ziel genommen hatte. Er rannte, was die Beinchen nur hergeben wollten, auf sie zu. Das war freilich so lächerlich, dass die Heiterkeit der Indianer begreiflich war.

„Dein Gefährte hat mich falsch verstanden“, rief der Häuptling Old Shatterhand zu.

„Nein.“

„Aber er rennt ja nach der Fichte!“

„Allerdings.“

„So wird der Springende Hirsch doppelt schnell siegen!“

„Nein.“

„Nein?“, fragte der Große Wolf erstaunt.

„Es ist eine List und du selbst hast sie erlaubt.“

„Uff, uff! Jawohl!“, und „Uff, uff!“, riefen auch die anderen Roten, als der Häuptling ihnen die Worte Old Shatterhands erklärte. Ihr Gelächter verstummte und ihre Spannung verdoppelte, nein verzehnfachte sich.

In kurzer Zeit hatte der Hirsch die Buche erreicht. Er musste sie dreimal umkreisen. Schon beim ersten Mal sah er, zurückblickend, seinen Gegner in ganz andrer Richtung, wenn auch nur dreihundert Schritte entfernt. Er blieb betroffen stehen und starrte den Moritzburger erstaunt an.

Da bemerkte man vom Lager aus, dass der Kleine den Arm nach der fernen Fichte ausstreckte. Aber man konnte nicht hören, was er dabei sagte: „Intsch ovomb, intsch ovomb – nach jener Fichte, nach jener Fichte!“, rief er nämlich dem Roten zu.

Der Springende Hirsch besann sich, ob er richtig gehört habe. Seine Gedanken reichten nicht weiter als bis zu der Erklärung, dass er den Häuptling falsch verstanden habe und dass nicht die Buche, sondern die Fichte das Halbziel des Wettlaufes sei. Schon war der Kleine weiter, viel weiter fort. Da galt kein Bedenken und kein Zögern. Es ging ja ums Leben! Der Rote verließ die Buche und eilte auf die Fichte zu. In wenigen Augenblicken schoss er von weitem an dem Gegner vorüber und flog, ohne sich einmal umzusehen, dem neuen Ziel entgegen.

Das verursachte eine gewaltige Aufregung unter den Roten. Sie heulten und lärmten, als stände das Leben aller auf dem Spiel. Desto größer war die Freude der Bleichgesichter, namentlich des Dicken Jemmy, der den klugen Streich seines Kameraden so vortrefflich glücken sah.

Frank machte, sobald der Springende Hirsch an ihm vorüber war, kehrt und rannte auf die Buche zu. Dort lief er drei-, vier-, fünfmal um den Stamm herum und trat dann in Eile den Rückweg an. Vier Fünftel legte er in scharfem Trab zurück, dann blieb er stehen, um sich nach der Fichte umzublicken. Dort stand der Springende Hirsch unbeweglich. Natürlich konnte man weder die Hände und Arme oder gar das Gesicht des Roten erkennen, aber es war deutlich zu sehen, dass er starr wie eine Bildsäule dastand. Er wusste nicht, woran er war, und sein Geist war nicht scharf genug, zu erraten, wie glänzend er genasführt worden war.

Der Hobble-Frank fühlte sich äußerst befriedigt und legte die übrige Strecke seines Weges in gemütlichem Gang zurück. Die Indianer empfingen ihn mit finsteren Blicken. Er aber machte sich nichts daraus, trat zum Häuptling und fragte: „Nun, *old pal*[1], wer hat gesiegt?"

„Wer die Bedingungen erfüllt hat", erwiderte der Große Wolf grimmig.

„Das bin ich!"

„Du?"

„Ja, bin ich nicht an der Buche gewesen?"

„Ovuts-avaht sah es."

„Und zuerst wieder hier?"

„Ja."

„Bin ich nicht fünfmal anstatt nur dreimal um den Baum gegangen?"

„Warum zweimal mehr?"

„Aus reiner Liebe zum Springenden Hirsch. Als er einmal herum war, rannte er fort und ich habe für ihn das Fehlende nachgeholt, damit die Buche sich nicht über ihn beklagen kann."

„Warum verließ er sie, um zur Fichte zu laufen?"

[1] Kamerad, Genosse

„Ich wollte ihn danach fragen. Aber er rannte so schnell an mir vorüber, dass ich keine Zeit dazu fand. Wenn er kommt, wird er es dir vielleicht sagen."

„Warum ranntest auch du erst zur Fichte?"

„Weil ich glaubte, es sei eine Tanne. Old Shatterhand hatte den Baum eine Fichte genannt und so wollte ich wissen, wer Recht hatte."

„Warum bist du dann umgekehrt und nicht vollends hingegangen?"

„Weil der Springende Hirsch hinging. Von ihm kann ich es hinterher ebenso gut erfahren, wer sich geirrt hat, ob ich oder Old Shatterhand."

Frank sagte das alles ruhig und unbefangen. Im Innern des Häuptlings kochte es. Seine Worte kamen fast zischend über die Lippen, als er fragte: „Hast du etwa den Springenden Hirsch betrogen?"

„Betrogen? Soll ich dich niederschlagen?", fuhr der Kleine scheinbar zornig auf, indem er sich der früheren Worte des Häuptlings bediente.

„Oder hast du eine List angewandt?"

„List? Wozu hätte die dienen sollen?"

„Den Hirsch zur Fichte zu senden."

„Das wäre wohl ein törichtes Beginnen gewesen. Ein Mensch, der um sein Leben läuft, lässt sich nicht vom Ziel aus noch so viel weiter schicken. Wenn er das täte, hätte er kein Gehirn, und die, zu denen er gehört, müssten sich schämen, ihn nicht besser geübt und erzogen zu haben. Nur ein Tor würde einen solchen Menschen mit einem Weißen um das Leben kämpfen lassen. Ich kann dich und deine Vermutungen nicht begreifen, weil du dadurch deine eigene Ehre beleidigst."

Die Hand des Häuptlings fuhr in den Gürtel und krampfte sich um den Messergriff. Am liebsten hätte er den ebenso mutigen wie listigen Kleinen erstochen. Aber er musste seinen Grimm hinunterschlucken.

Der Hobble-Frank trat zu seinen Gefährten, von denen

er mit stiller aber herzlicher Freude beglückwünscht wurde. „Bist du mit mir zufrieden?", fragte er Jemmy.

„Natürlich! Das hast du wirklich schlau angefangen. Es ist geradezu ein Meisterstück."

„Wirklich? So nimm's treulich in dein Gedächtnis off, Pagina hundertsechsunddreißig, und schlag dieses Blatt immer dann off, wenn dich die Lust anwandelt, an meiner Überlegenheet zu zweifeln! Da kommt der Springende Hirsch, aber nicht gesprungen, sondern geschlichen. Er scheint ein böses Gewissen zu haben und drückt sich off die Seite, als sollte er Prügel bekommen. Seht nur sein Gesicht! Und mit diesem Confusius habe ich mich messen sollen! Ja, ja, die Beene tun's nich, selbst beim Wettloofen nich, sondern merschtenteels der Kopp!"

Der Hirsch schien einfach verschwinden zu wollen, aber der Häuptling rief ihn zu sich und fuhr ihn an: „Wer hat gesiegt?"

„Das Bleichgesicht", kam es betreten zurück.

„Warum bist du zur Fichte gelaufen?"

„Das Bleichgesicht log mich an. Er sagte, bei der Fichte sei das Ziel."

„Und du glaubtest es? Ovuts-avaht hatte dir das Ziel genannt!"

Old Shatterhand übersetzte dem Hobble-Frank, dass er ein Lügner genannt worden sei. Der verschmitzte Kleine wendete sich an den Häuptling: „Ich soll gelogen haben? Ich soll dem Hirsch gesagt haben, die Fichte sei das Ziel? Das ist nicht wahr. Ich sah ihn an der Buche stehen. Er betrachtete mich erstaunt und schien vor Angst und Sorge, was ich im Schilde führe, vergehen zu wollen. Da fühlte ich Mitleid mit dem Armen und rief ihm zu ‚Intsch ovomb!' Ich sagte ihm also, dass ich nach der Fichte wolle. Warum er dann an meiner Stelle hingelaufen ist, das vermag ich nicht zu enträtseln. Vielleicht weiß er es selber nicht. Ich habe gesprochen. Howgh!"

Old Shatterhand musste innerlich lachen, dass der kleine Tausendsasa sich auch der indianischen Ausdrucksweise bediente. Den Häuptling aber brachte das in noch größeren Zorn. Er rief: „Ja, du hast gesprochen und bist fertig. Aber Ovuts-avaht ist noch nicht fertig und wird mit dir sprechen, wenn nachher die Zeit gekommen ist. Wort halten aber muss der Häuptling. Das Leben, der Skalp und das Eigentum des Springenden Hirsches gehören dir."

„Nein, nein!", wehrte der Kleine ab. „Ich mag nichts davon haben. Behaltet ihn hier bei euch! Ihr könnt ihn gut gebrauchen, besonders wenn es einen Wettlauf um das Leben gilt."

Unter den Roten ging ein leises, zorniges Murmeln um und der Häuptling knirschte den Spötter an: „Jetzt magst du noch giftige Reden speien. Später wirst du um Gnade wimmern, dass es bis zum Himmel schallt. Jedes einzelne Glied deines Körpers soll besonders sterben und deine Seele soll stückweise aus dir fahren, dass dein Sterben viele Monde währt."

„Was könnt ihr mir tun? Ich habe gesiegt und bin frei."

„Einer ist da, der noch nicht gesiegt hat: Old Shatterhand. Warte einige Augenblicke, so wird er vor uns im Staub liegen und um sein Leben flehen. Ovuts-avaht wird es ihm gegen das deinige schenken und dann bist du mein Eigentum. Kommt alle mit mir! Es geht zum letzten, größten und entscheidenden Kampf!"

Die Utahs folgten dem Häuptling in wirren Haufen. Die Weißen schritten langsam hinterdrein.

„Habe ich etwa zu viel gesagt?", fragte der Hobble-Frank besorgt.

„Nein", erwiderte Old Shatterhand. „Es ist ganz gut, dass ihr Kriegerstolz sich einmal beugen muss. Aber man sieht, es ist diesen Roten nicht zu trauen. Ich bin der Überzeugung, dass sie uns auf keinen Fall friedlich ziehen lassen werden. Sie entschlossen sich für den Einzelkampf, weil sie fest glaubten, dass wir alle fallen würden. Nun, da das vergeblich war, werden sie auf anderes sinnen. Es heißt vorsichtig sein."

Sie waren an den Kreis gelangt, der von den Zelten und Hütten gebildet wurde. In dessen Mittelpunkt wurden die Vorbereitungen zu dem bevorstehenden aufregenden Zweikampf getroffen. Dort ragte aus einem Haufen zentnerschwerer Steine ein starker Pfahl empor, woran zwei Lassos befestigt wurden. Um diesen Platz standen alle männlichen und weiblichen Bewohner des Lagers, um Zeuge des Schauspiels zu sein. Old Shatterhand trat in die Mitte des Kreises, wo der Häuptling sich bereits befand. Der Große Wolf zeigte eine siegesgewisse Haltung. Er deutete auf die beiden Lassos und erklärte:

„Du siehst diese Riemen. Das eine Ende des Lassos hängt an dem Pfahl, das andere bekommen wir um den Leib gebunden."

„Warum?"

„Damit wir uns nur in diesem engen Kreis bewegen und einander nicht entfliehen können."

„Ich errate den eigentlichen Grund. Du traust mir mehr Schnelligkeit und Gewandtheit als Stärke zu und willst mich durch diese Fessel hindern, meine Überlegenheit in Anwendung zu bringen. Sei es! Es ist mir gleichgültig. Mit welchen Waffen kämpfen wir?"

„Jeder bekommt ein Messer in die linke und einen Tomahawk in die rechte Hand. Damit wird gekämpft, bis einer von uns beiden tot ist."

Es war klar, dass der Häuptling diese Kampfesweise gewählt hatte, weil er glaubte, dem Weißen darin überlegen zu sein. Doch der Jäger erklärte ruhig: „Ich bin einverstanden."

„Sieh erst einmal meine Kraft!" Der Häuptling trat zu einem der schweren Steine, hob ihn hoch und ließ ihn wieder fallen. Er besaß ungeheure Körperstärke und glaubte sicher, der Weiße könne ihm das nicht nachmachen. Ein befriedigtes „Uff!" erklang bei den Indianern.

„Du bist ein starker Mann", sagte Old Shatterhand, „und ich hoffe, dass du dich im Kampf auf dich allein verlässt!"

„Das wird der Große Wolf tun. Wer sollte ihm helfen?"

„Deine Krieger. Wie es scheint, halten sie es doch für möglich, dass du von mir besiegt wirst. Warum haben sie sich bewaffnet, als sollte es in den Streit gehen?"

„Sind deine Gefährten unbewaffnet?"

„Nein. Aber wir werden alle unsere Waffen in unser Zelt schaffen. Soll ich glauben, dass auch du ein Tapferer bist?"

„Willst du Ovuts-avaht beleidigen?", rief der Rote zornig. „Er braucht keinen Beistand eines anderen. Seine Krieger sollen alle ihre Waffen in die Zelte tragen, wenn die deinigen das ebenso tun."

„Gut! Wir werden es tun. Ich werde nur mein Messer behalten." Old Shatterhand übergab seine Gewehre dem Hobble-Frank und Jemmy und Davy taten desgleichen. Dabei sagte er dem Kleinen in deutscher Sprache: „Sie tragen das alles scheinbar ins Zelt, schieben es aber, wenn niemand Sie beobachtet, unter der hinteren Seite wieder ins Freie hinaus. Sie kehren nicht zurück. Man wird nur auf den Kampf und nicht auf Sie achten. Dann kriechen Sie hinten aus dem Zelt und machen unsre Tiere, die dort grasen, reisefertig."

Der Hobble-Frank entfernte sich. Auf das Geheiß des Häuptlings legten auch alle Indianer ihre Waffen ab und übergaben sie den Frauen, die sie in die Zelte bringen sollten. Der Häuptling warf seine Oberkleider ab, um nicht durch sie behindert zu sein. Old Shatterhand folgte diesem Beispiel nicht. Das Wiederankleiden hätte später eine Zeitversäumnis zur Folge gehabt, die leicht verhängnisvoll werden konnte. Die Frauen kehrten eilig zurück, um sich ja nichts entgehen zu lassen. Aller Augen waren auf das Innere des Kreises gerichtet und niemand dachte an den kleinen Sachsen.

„Jetzt hast du deinen Willen", sagte der Große Wolf. „Soll es beginnen?"

„Vorher noch eine Frage. Was wird mit meinen Gefährten, wenn du mich tötest?"

„Sie werden unsre Gefangenen sein."
„Aber sie haben sich doch freigekämpft und können folglich gehen, wohin es ihnen beliebt."
„Das werden sie. Vorher jedoch sollen sie als Geiseln bei uns bleiben."
„Das ist gegen die Verabredung. Aber ich halte es für unnötig, ein Wort darüber zu verlieren. Und was geschieht in dem Fall, dass ich dich töte?"
„Dieser Fall tritt nicht ein!", wehrte der Rote stolz ab.
„Wir müssen ihn aber doch als eine Möglichkeit setzen."
„Nun gut! Besiegst du mich, so seid ihr frei."
„Und niemand wird uns zurückhalten?"
„Kein Mensch!"
„So bin ich befriedigt und wir können anfangen."
„Ja, beginnen wir! Lassen wir uns anbinden! Hier hast du einen Tomahawk."
Es waren zwei Kriegsbeile zurückbehalten worden. Der Häuptling, der natürlich auch mit seinem Messer versehen war, nahm eines dieser Beile und überreichte es Old Shatterhand. Der Weiße betrachtete es und schleuderte es dann in einem hohen, weiten Bogen über den Kreis hinaus.
„Was tust du?", fragte der Große Wolf erstaunt.
„Ich werfe den Tomahawk weg, weil er nichts taugt. Der deinige ist, wie ich sehe, von vorzüglicher Arbeit. Der andre aber wäre mir gleich beim ersten Hieb in der Hand zersprungen."
Man sah trotz der dicken Farbe, die das Gesicht des Häuptlings bedeckte, dass er es in höhnische Falten zog, als er nun bemerkte: „Es war dir erlaubt, das Beil wegzuwerfen. Aber du wirst kein andres dafür erhalten."
„Ist auch nicht nötig. Ich werde nur mit meinem Messer kämpfen, auf das ich mich verlassen kann."
„Uff! Bist du von Sinnen? Der erste Hieb meines Tomahawks wird dich töten. Ovuts-avaht hat ihn und das Messer und du bist nicht so stark wie er."
Da bückte sich Old Shatterhand zu dem Stein nieder,

den vorhin der Große Wolf gehoben hatte, zog ihn erst bis zur Höhe des Gürtels auf, schwang ihn dann über den Kopf empor, hielt ihn dort eine Weile still und schleuderte ihn nachher von sich, sodass er in einer Entfernung von neun oder zehn Schritten liegen blieb. „Mach es nach!“, rief er dem Roten zu.

„Uff, uff, uff!“, ertönte es im Kreis. Der Häuptling antwortete nicht sogleich. Er blickte von dem Jäger auf den Stein und von da wieder zu dem Weißen zurück. Er war überrascht und ließ erst nach einer Weile seine Stimme hören: „Meinst du, dass du den Häuptling zum Fürchten bringst? Denke das ja nicht! Er wird dich töten und dir den Skalp nehmen und wenn der Kampf bis zum heutigen Abend währen sollte. Bindet uns an!“

Dieser Befehl war an zwei bereit stehende Rote gerichtet, die dem Häuptling und Old Shatterhand die Lassos um die Hüften banden und dann zurücktraten. So konnten sich die beiden nur innerhalb eines Kreises bewegen, dessen Halbmesser die Länge des noch freien Lassoteiles betrug. Sie standen so, dass die beiden Lassos eine gerade Linie, also den Durchmesser bildeten, der eine mit dem Gesicht dem Rücken des andern zugekehrt. Der Rote hatte den Tomahawk in der rechten und das Messer in der linken, Old Shatterhand nur das Messer in der rechten Faust.

Der Große Wolf hatte sich den Kampf wohl so gedacht, dass einer den andern im Kreise herumtreiben und versuchen werde, so nahe an den Gegner zu kommen, dass die Möglichkeit eines sicheren Hiebes oder Stiches gegeben sei. Er hatte zwar einsehen müssen, dass er seinem Gegner an Stärke nicht überlegen sei, aber die Waffen waren ungleich und er hegte die Überzeugung, dass er siegen werde, zumal nach seiner Ansicht der Weiße das Messer ganz falsch gefasst hielt. Old Shatterhand hatte das Messer nämlich so in der Hand, dass die Klinge nicht abwärts, sondern aufwärts gerichtet war. Es war ihm also nicht möglich, einen

Stich von oben herab zu führen. Der Rote lachte im Stillen darüber und fasste seinen Gegner scharf ins Auge, damit ihm keine seiner Bewegungen entgehen könne.

Auch der Weiße hielt den Blick fest auf den andern gerichtet. Er wollte nicht angreifen, sondern den Angriff erwarten und dieser Zusammenstoß sollte sofort entscheiden. Es kam nur darauf an, in welcher Weise sich der Große Wolf seines Tomahawks bediente. Gebrauchte er ihn zum Hieb, so war nichts zu befürchten. Wendete er ihn aber im Wurf an, so galt es, die größte Vorsicht zu üben. Die beiden standen so nahe beieinander, dass es nicht leicht war, einem solchen Wurf auszuweichen.

So verharrten die Gegner fünf Minuten, zehn Minuten und keiner bewegte sich. Schon ließen die roten Zuschauer Ausrufe der Anfeuerung oder gar der Missbilligung hören. Der Große Wolf forderte seinen Gegner höhnisch auf, zu beginnen. Er rief ihm Beleidigungen zu. Old Shatterhand sagte nichts. Seine Antwort bestand darin, dass er sich niedersetzte und eine so ruhige und unbefangene Haltung annahm, als befinde er sich in der friedlichsten Gesellschaft. Aber seine Muskeln und Sehnen waren bereit, sofort in Tätigkeit zu treten.

Der Häuptling nahm dieses Verhalten als einen Ausdruck der Geringschätzung auf, während es doch nichts als eine Kriegslist war, die ihn zur Unvorsichtigkeit reizen sollte. Sie erreichte diesen Zweck auch völlig. Der Rote glaubte, mit seinem sitzenden Feind leichter fertig werden zu können und diesen Umstand schnell benutzen zu müssen. Einen lauten Kriegsruf ausstoßend, sprang er auf Old Shatterhand ein, den Tomahawk zum tödlichen Hieb erhoben. Schon wähnten die Roten, diesen Hieb sitzen zu sehen. Schon öffneten sich viele Lippen zum Jubelschrei, da schnellte der Weiße seitlich hoch. Das aufwärts gehaltene Messer tat seine Schuldigkeit. Der Hieb ging fehl. Die niedersausende Faust fuhr in die blitzschnell emporgehaltene Klinge, sodass die Hand das Kriegsbeil fallen ließ. Ein rascher Hieb Old Shatterhands gegen den linken Arm des Roten und diesem flog auch das Messer aus der Hand. Hierauf schlug der Weiße seinem Gegner mit einem fast unsichtbar raschen Hieb den harten Griff des Bowiemessers mit solcher Kraft auf die Herzgrube, dass der Rote wie ein Sack zur Erde flog und dort liegen blieb. Old Shatterhand hob das Messer und rief: „Wer ist Sieger?"

Keine Stimme antwortete. Selbst diejenigen, die es für möglich gehalten hatten, dass ihr Häuptling unterliegen könne, hatten nicht geglaubt, dass es so schnell und auf diese Art geschehen könne. Die Utahs standen wie erstarrt.

„Er selbst hat gesagt, dass der Skalp des Besiegten dem Sieger gehört", fuhr Old Shatterhand fort. „Sein Schopf ist also mein Eigentum. Aber ich will ihn nicht haben. Ich bin ein Freund der roten Männer und schenke ihm das Leben. Vielleicht habe ich ihm eine Rippe eingeschlagen. Tot ist er jedenfalls nicht. Meine roten Brüder mögen ihn untersuchen, ich aber gehe in mein Zelt."

Er band sich los und ging. Niemand hinderte ihn daran und niemand hinderte auch Davy und Jemmy, ihm zu folgen. Jeder wollte sich zunächst überzeugen, wie es mit dem Großen Wolf stehe, und alle drängten zu ihm hin. Infolgedessen erreichten die Jäger unbeachtet ihr Zelt. Dahinter lagen richtig ihre Waffen und da stand auch der Hobble-Frank mit den Pferden. Rasch schwangen sie sich auf und ritten davon, erst langsam und hinter den Zelten und Hütten Deckung suchend. Dann aber wurden sie von den Wachen bemerkt, die außerhalb des Lagers aufgestellt waren. Die Roten stießen das Kriegsgeheul aus und schossen. Darum gaben die Weißen ihren Pferden die Sporen, um sie in Galopp zu setzen. Sich umschauend, sahen sie, dass das Rufen und Schießen der Wächter die anderen aufmerksam gemacht hatte. Die Roten quollen förmlich zwischen den Zelten hervor und sandten den Entkommenen ein wütendes Geheul nach, das von den Bergen als vielfaches Echo zurückgeworfen wurde.

Die Jäger galoppierten in gerader Richtung über die Ebene auf die Stelle zu, wo sich das Bergwasser in den See stürzte. Old Shatterhand kannte die Gegend gut genug, um zu wissen, dass das Tal dieses Baches das schnellste Entkommen bot. Er war überzeugt, dass die Utahs sofort zur Verfolgung aufbrechen würden, und musste sich deshalb einer Gegend zuwenden, wo es den Roten möglichst schwer wurde, sich auf der Fährte zu halten.

13. Hobble-Frank und Tante Droll

Es war an dem gleichen Morgen, als an dem Bach, dem gestern Abend die Utahs mit ihren Gefangenen gefolgt waren, ein Reitertrupp aufwärts ritt. An dessen Spitze befand sich Old Firehand mit der Tante Droll. Hinter ihnen ritten der Humply-Bill und der Gunstick-Uncle mit dem Engländer. Kurz, es waren die Weißen alle, die das Abenteuer am Eagle Tail erlebt hatten und dann nach den Bergen aufgebrochen waren, um zum Silbersee zu gelangen. In Denver war Patterson, der Ingenieur, mit seiner Tochter Ellen zu ihnen gestoßen. Er hatte sich von der Farm seines Schwagers Butler dorthin begeben. Das Mädchen, das sich auf keinen Fall von dem Vater trennen mochte und ihm zuliebe mit in die Wildnis ging, saß in einer Art Sänfte, die von zwei kleinen, aber ausdauernden indianischen Ponys getragen wurde.

Winnetou war jetzt nicht zu sehen, da er als Kundschafter voranritt. Old Firehand hatte den Weg gerade durch den Wald und über die Blöße genommen, wo Old Shatterhand und seine Begleiter mit den Utahs zusammengetroffen waren. Die Jäger hatten aus den Spuren erkannt, dass hier Weiße von Indianern gefangen worden seien, und waren sofort bereit gewesen, der Fährte zu folgen, um vielleicht Hilfe zu bringen.

Sie ahnten nicht, dass die in dieser Gegend streifenden Utahs das Kriegsbeil ausgegraben hatten. Sowohl Winnetou als auch Old Firehand wussten sich mit diesem Stamm in Frieden und beide waren überzeugt, dort eine freundliche Aufnahme zu finden und ein gutes Wort für die gefangenen Weißen einlegen zu können.

Wo die Roten ihr Lager aufgeschlagen hatten, wussten sie nicht genau. Aber sie kannten den See und da sich seine Umgebung prächtig zum Lagern eignete, glaubten sie, die Utahs dort zu finden. Trotz der Voraussetzung freundlicher Gesinnung wäre es jedoch ganz und gar gegen den

Gebrauch des Westens gewesen, sich den Roten zu zeigen, ohne sie vorher beobachtet zu haben. Darum war Winnetou vorausgeritten, um zu spähen. Eben als der Trupp die Stelle erreichte, wo die Ufer des Baches auseinander traten, kehrte der Apatsche zurück. Er kam im Galopp geritten und winkte schon von weitem, dass man anhalten solle.

Das war kein gutes Zeichen und so rief ihm Old Firehand entgegen: „Mein Bruder will uns warnen. Hat er die Utahs gesehen?" – „Winnetou sah sie und ihr Lager." – „Und der Apatsche durfte sich ihnen nicht zeigen?" – „Nein, denn sie haben das Kriegsbeil ausgegraben. Winnetou sah es an den Farben, mit denen sie sich bemalt hatten, und auch daran, dass ihrer so viele beisammen sind. Da wir uns nicht in der Jahreszeit der Büffelzüge und der großen Jagden befinden, kann es nur das Schlachtbeil sein, um das sich so viele geschart haben." – „Wie groß ist ihre Zahl?" – „Winnetou konnte das nicht genau sehen. Es standen wohl dreihundert am See und in den Zelten werden sich wohl auch welche befunden haben." – „Am See? So viele? Was hat es da gegeben? Vielleicht ein Fischtreiben?" – „Nein. Beim Treiben der Fische bewegen sich die Menschen vorwärts. Die Utahs aber standen still und blickten ruhig ins Wasser. Winnetou meint, es galt ein Schwimmen um das Leben." – „Hast du Grund, das zu vermuten?" – „Ja. Die Utahs tragen die Kriegsfarben, betrachten also die bei ihnen befindlichen Weißen als Feinde. Die Gefangenen sollen getötet werden. Aber der rote Mann lässt seinen Feind nicht schnell sterben, sondern er martert ihn langsam zu Tode. Oft lässt er ihn auch mit einem überlegenen Gegner um das Leben kämpfen. Man wird einen der Gefangenen schwimmen lassen, um sein Sterben, seine Todesangst zu verlängern." – „Ich bin ganz deiner Ansicht. Wir haben die Spuren von erst vier und dann zwei Weißen gezählt. Das sind sechs. Man wird sie nicht alle schwimmen lassen, sondern jeden auf eine andre Art um sein Leben kämpfen lassen. Wir müssen uns beeilen, sie zu retten, sonst sind sie verloren."

Der Apatsche antwortete mit einem leisen Lächeln: „Es befindet sich bei den Bleichgesichtern ein Mann, der sich und die Seinen nicht so leicht töten lässt.“ – „Wer?“ – „Old Shatterhand.“ – „Was?“, fuhr der Jäger auf. „Old Shatterhand, mit dem du droben am Silbersee zusammentreffen willst? Sollte er doch schon hier sein?“ – „Old Shatterhand ist pünktlich wie die Sonne am Himmel.“ – „Hast du ihn gesehen?“ – „Nein.“ – „Wie willst du dann behaupten, dass er hier ist?“ – „Winnetou weiß es bereits seit gestern.“ „Ohne es mir zu sagen?“ – „Schweigen ist oft besser als reden. Hätte der Apatsche gestern gesagt, wessen Gewehr auf der Blöße gesprochen hat, so wäret ihr nicht ruhig geblieben, sondern hättet schneller vorwärts gedrängt.“ – „Sein Gewehr hat gesprochen? Woher weißt du das?“ – „Als wir den Waldsaum und das Gras der Lichtung absuchten, fand Winnetou ein Bäumchen mit Kugellöchern. Die Kugeln stammen aus Old Shatterhands Henrystutzen. Der Apatsche weiß es genau. Mein Freund hat die roten Männer schrecken wollen und sie fürchten sich nun vor seinem Gewehr.“ – „Hättest du mir das Bäumchen gezeigt! Hm! Wenn sich Old Shatterhand bei diesen Weißen befindet, so braucht uns allerdings nicht allzu bange zu sein. Was sollen wir tun?“ – „Meine Freunde werden Winnetou jetzt folgen und dabei einzeln hintereinander reiten, damit die Utahs, wenn sie ja auf unsre Fährte treffen sollten, nicht zählen können, wie viel Personen wir sind. Howgh!“ – Der Apatsche wendete sein Pferd nach rechts und ritt weiter, ohne sich umzuschauen, ob man ihm folgte.

Die Ufer des Baches waren, wie schon gesagt, auseinander getreten, um als niedriger und dann immer mehr ansteigender Höhenzug die Ebene des Sees einzusäumen. Die Ebene war baumlos, aber die Höhen standen voller Wald, der bis zum Talgrund herniederstieg und dann einen leichten Saum von Büschen bildete. Hinter diesen Büschen und unter den Bäumen Schutz und Deckung suchend, folgte Winnetou der Höhe rechts, die die nördliche Seite der

Ebene begrenzte und dann im Westen an jenen Bergstock stieß, dessen Wasser den See speiste.

Auf diese Weise umritten die Weißen die Ebene von Osten nach Westen, bis sie an den Bach gelangten und sich, einige Hundert Schritt vom See entfernt, unter Bäumen befanden, zwischen denen hindurch sie das Lager sehen konnten. Dort stiegen sie ab, banden die Pferde an und lagerten sich im weichen Moos. Der Platz war wie dazu gemacht, das feindliche Lager heimlich zu beobachten.

Man sah die Utahs südlich vom Lager stehen. Dann erblickte man zwei Männer, die sich von dem Haufen trennten und aus Leibeskräften südwärts rannten. Old Firehand nahm sein Fernrohr, schaute hindurch und rief: „Ein Wettlauf zwischen einem Roten und einem Weißen! Der Rote ist schon weit voran und wird siegen. Der Weiße ist ein kleiner Kerl." – Er gab dem Apatschen das Rohr. Kaum hatte Winnetou den kleinen Weißen vor das Rohr bekommen, so fuhr er auf: „Uff! Das ist der Hobble-Frank! Dieser kleine Held muss um sein Leben laufen und kann den Roten unmöglich überholen." – „Der Hobble-Frank?", fragte Old Firehand. „Wir dürfen die Hände nicht in den Schoß legen, sondern müssen einen Entschluss fassen!" – „Jetzt noch nicht", meinte der Apatsche. „Noch hat es keine Gefahr. Old Shatterhand ist ja bei ihm."

Die Bäume standen so, dass man nicht die ganze Strecke des Wettlaufs zu überblicken vermochte. Die beiden Läufer waren rechts verschwunden. Man erwartete ihre Rückkehr und war natürlich überzeugt, dass der Rote zuerst erscheinen werde. Wie staunte man daher, als an dessen Stelle der Kleine erschien, ganz gemächlich, als handle es sich um einen Spaziergang.

„Der Hobble-Frank zuerst!", rief Old Firehand. „Wie ist das möglich?"

„Durch eine List vermutlich", entgegnete Winnetou. „Er hat gesiegt und wir werden erfahren, wie er das angefangen hat. Hört ihr, wie zornig die Utahs schreien? Sie entfernen sich und kehren ins Lager zurück. Und seht, dort stehen vier Bleichgesichter! Winnetou kennt sie."

„Gewiss", meinte der Jäger. „Es sind Old Shatterhand, der Lange Davy, der Dicke Jemmy und der kleine Hobble-Frank."

Diese Namen erregten allgemeines Aufsehen. Einige kannten einen oder mehrere der Genannten persönlich; die andern hatten genug von ihnen gehört, um ihnen die größte Teilnahme zu widmen. Die Bemerkungen flogen hin und her, bis Winnetou zu Old Firehand sagte: „Unsre Freunde haben ihre Waffen noch. Es kann also nicht schlimm um sie stehen. Bleibt hier! Der Apatsche wird zu erfahren suchen, was weiter geschieht."

Er behielt das Fernrohr in der Hand und verschwand zwischen den Bäumen. Es verging eine lange halbe Stunde, dann kehrte er zurück und meldete: „Es gibt mitten im Lager einen Zweikampf. Die Utahs stehen so eng beisammen, dass Winnetou die Kämpfenden nicht sehen konnte. Aber den Hobble-Frank sah er. Der Kleine zog die Pferde heimlich und vorsichtig hinter das Zelt und gab ihnen die Sättel. Die Weißen wollen fort." – „Und heimlich? Also fliehen?", fragte Old Firehand. „So stellen wir uns hier an den Weg und nehmen sie auf oder gehen ihnen gar entgegen." – „Keines von beiden", entgegnete der Apatsche kopfschüttelnd. „Old Firehand mag nachdenken: Was werden die Roten tun, wenn die Weißen fliehen?" – „Sie verfolgen." – „Wenn man aber vier oder sechs Männer verfolgt, wie viele Krieger braucht man dazu?" – „Nun, zwanzig bis dreißig." – „Gut! Diese Schar werden wir leicht besiegen. Wenn wir uns aber den Utahs zeigen, wird der ganze Stamm hinter uns her sein und dann muss viel Blut fließen." – „Winnetou hat Recht. Doch die Roten werden unsre Zahl aus der Fährte erkennen." – „Sie werden die Fährte betrachten, die vor ihnen ist, aber nicht eine, die hinter ihnen liegt." – „Ah, du meinst, dass wir ihnen folgen? – Horch! Was ist das?"

Vom Lager her erscholl ein fürchterliches Geheul und gleich darauf sah man vier Reiter im Galopp aus den Zeltreihen kommen. Es waren die Weißen. Sie schlugen die Richtung nach dem oberen Ende des Sees ein, hatten also die Absicht, den Bach zu erreichen und an ihm aufwärts zu reiten.

„Old Firehand mag mir folgen!", entschied Winnetou. „Meine andern weißen Brüder aber müssen mit den Pferden schnell tiefer in den Wald hinein und dort warten, bis wir zurückkehren. Sie mögen unsre Tiere mitnehmen." – Die beiden aber schritten immer am hohen Ufer des Baches entlang, unter den Bäumen hin, bis an eine Stelle, von wo aus man das Lager überblicken konnte, ohne von dort bemerkt zu werden. Da blieben sie stehen.

Old Shatterhand kam schnell näher. Er hielt sich mit seinen Begleitern nahe am Wasser, ritt also unten, während der Apatsche und Old Firehand oben standen. Plötzlich klang es von oben herab: „Uff! Meine weißen Brüder mögen anhalten!"

Die vier zügelten ihre Pferde und blickten hinauf. „Winnetou, Winnetou!", riefen sie zugleich.

„Ja, hier ist Winnetou", entgegnete der Apatsche. „Und hier steht noch ein Freund meiner weißen Brüder." Er ließ den gewaltigen Jäger nach vorn treten.

„Old Firehand!", staunte Old Shatterhand. „Ihr hier? Welch eine Freude! Seid ihr beide allein?"

„Nein. Wir sind wohl vierzig Jäger und Rafters. Ihr werdet gute Bekannte bei uns finden. Doch jetzt ist es nicht Zeit zum Erzählen. Ihr wollt zum Silbersee?"

„Ja. So war es mit Winnetou vereinbart."

„Recht so. Reitet jetzt weiter. Sobald eure Verfolger vorüber sind, kommen wir nach und nehmen sie in die Mitte."

„Glänzend!", rief Old Shatterhand. „Welch ein Glück, euch hier zu treffen! Könnt ihr von da oben aus das Lager sehen?"

„Ja."

„So passt auf, damit wir nicht überrumpelt werden. Ich will euch das Nötigste berichten."

Er fasste sich so kurz wie möglich, worauf Winnetou das Wort ergriff: „Mein Bruder Scharlih kennt die tiefe Schlucht, die von den Bleichgesichtern Night Cañon genannt wird. Sie ist von hier aus in fünf Stunden zu erreichen und erweitert sich in der Mitte zu einem runden Platz, dessen Wände bis zum Himmel zu reichen scheinen. Erinnert sich Old Shatterhand dieser Stelle?"

„Gewiss."

„Bis dorthin mag mein Bruder reiten. Ist er über den Platz hinweg, mag er sich jenseits davon festsetzen. Die Schlucht ist da so schmal, dass kaum zwei Reiter einander ausweichen können. Er allein kann mit seinem Henrystutzen mehrere Hundert Utahs aufhalten. Wenn sie dort angekommen sind, können sie weder vorwärts noch rückwärts, denn wir werden dicht hinter ihnen sein."

„Gut, wir werden diesem Rat folgen. Aber sagt mir nur vor allen Dingen noch das eine: Warum reitet ihr zu so vielen hinauf zum Silbersee?"

„Das will ich Euch erklären", erwiderte Old Firehand. „Es gibt da oben eine reiche Silbermine, aber in wasserloser Gegend, sodass die Ausbeutung eine Unmöglichkeit ist, falls es uns nicht gelingt, Wasser zu schaffen. Da ist mir der Gedanke gekommen, das Wasser des Silbersees hinzuleiten. Glückt uns das, so nehmen wir Millionen aus der Mine. Ich habe einen Ingenieur mit, der die technischen Punkte erst begutachten und im bejahenden Fall ausführen soll."

Über Old Shatterhands Gesicht flog ein leises Lächeln, als er bemerkte: „Eine Mine? Wer hat sie entdeckt?"

„Ich selbst war mit dabei."

„Hm! Leitet den See nach dieser Mine, so macht ihr ein doppeltes Geschäft! Auf seinem Grunde liegen Reichtümer, gegen die Eure Silbermine wohl die reinste Armut ist."

„Ah! Meint ihr den Schatz im Silbersee? Was wisst ihr davon?"

„Mehr als Ihr denkt. Ihr werdet es später hören. Aber auch Ihr selbst sprecht von diesem Schatz. Von wem habt Ihr darüber erfahren?“

„Von – na, auch davon später! Macht euch fort! Ich sehe fünf berittene Indianer aus dem Lager kommen.“

„*Pshaw!* Die sind nicht zu fürchten. Es ist wohl nur der Vortrab, der uns nicht aus den Augen lassen soll. Die Hauptschar wird bald folgen. Also vorwärts! Auf Wiedersehen im Night Cañon!“

Old Shatterhand gab seinem Hatatitla die Fersen und eilte mit den drei Begleitern davon. Old Firehand und Winnetou duckten sich nieder, um die fünf Utahs zu beobachten. Sie kamen heran und ritten vorüber, die Blicke aufmerksam nach vorn und zu Boden gerichtet.

Nun kehrten die beiden zu ihren Gefährten zurück. Diese hatten sich in den Wald zurückgezogen und befanden sich nahe der Einmündung des Baches in den See. Old Firehand wollte ihnen mitteilen, was er mit Old Shatterhand besprochen hatte. Da fiel sein Auge auf mehrere Utahfrauen, die sich dem Ufer des Sees näherten. Sie trugen Angelgeräte in den Händen. Er machte Winnetou durch eine bezeichnende Geste auf sie aufmerksam.

Die Frauen kamen näher. Offenbar wollten sie nicht im See, sondern in der Mündung des Baches fischen. Dort setzten sie sich unter Büschen nebeneinander ans Ufer, warfen die Angeln aus und sprachen miteinander. Sie schienen nicht daran zu denken, dass der Angler nicht sprechen darf. Winnetou kroch lautlos zu ihnen hin und legte sich hinter die Büsche, an denen sie saßen. So lag er wohl eine Viertelstunde und kehrte dann zurück, um zu melden: „Wenn diese Squaws nicht besser schweigen lernen, werden sie niemals eine Forelle fangen. Sie haben alles gesagt, was Winnetou wissen wollte. Die fünf Krieger, die an uns vorüberritten, sollen die Fährte Old Shatterhands deutlicher machen und in kurzer Zeit werden fünfzig andre folgen, angeführt vom Großen Wolf.“

„So ist er unverletzt?“, fragte Old Firehand.

„Der Hieb Old Shatterhands hat ihm die rechte Hand gelähmt und seinen Atem ins Stocken gebracht. Doch der ist ihm zurückgekehrt und die Lähmung der Hand hindert ihn nicht, die Verfolgung selbst zu leiten. Die Utahs zerstreuen sich heut über die ganze Gegend, um zu jagen und Fleisch zu machen, denn morgen soll das Lager abgebrochen werden.“

„Wohin wird es verlegt?“

„Die Frauen und Kinder ziehen zu den Alten in die Berge, wo sie sicher sind. Die Krieger aber folgen dem Großen Wolf, um den Versammlungsplatz aller Utahstämme aufzusuchen.“

„Wo ist dieser Ort?“

„Das schienen die Squaws nicht zu wissen. Mehr konnte Winnetou nicht erfahren. Es ist aber für unsre Zwecke genug.“

„So können wir nichts tun, als zu warten, bis der Große Wolf mit seinem Trupp vorüber ist.“

Nun wartete man, bis nach einer Stunde der Große Wolf mit seinen Leuten kam. Sie ritten vorüber, ohne einen Blick unter die Bäume zu werfen. Ihr Aussehen war äußerst kriegerisch. Sie waren ohne Ausnahme mit Gewehren bewaffnet. Der Häuptling hatte die rechte Hand in einer Binde. Sein Gesicht war noch dicker bemalt als am Morgen. Von seinen Schultern hing der mit Federn geschmückte Kriegsmantel auf den Rücken des Pferdes nieder. Aber auf dem Kopf fehlte der Schmuck der Adlerschwingen. Der Große Wolf war besiegt worden und wollte diese Auszeichnung erst wieder anlegen, wenn er die Scharte ausgewetzt hatte.

Zehn Minuten später folgte Winnetou den Utahs allein und nach abermals zehn Minuten brachen die andern auf.

Von einem wirklichen Weg war natürlich keine Rede. Man ritt immer am Wasser aufwärts. Die Strömung hatte im Frühjahr während des Hochwassers an den Ufern gefressen. Losgerissene Steine und Stämme lagen überall und man kam infolgedessen nur langsam vorwärts, besonders, da die Sänfte der jungen Ellen Patterson nur schwer über solche Hindernisse zu bringen war. Als man dann die Berglehne hinter sich hatte, wurde es besser. Die größte Steigung war überwunden und je weniger Fall das Wasser hatte, desto weniger zerwühlt war die Umgebung des Baches.

Die Richtung zum Night Cañon führte an der schmalsten Stelle der Elk Mountains quer über das Gebirge. Oben ging es mitten durch Urwald, der kein Unterholz hatte. Die weit auseinander stehenden Stämme vereinigten ihre Kronen zu einer so dichten Laubdecke, dass nur an einzelnen Stellen ein Sonnenstrahl durchzudringen vermochte. Der Boden war modrig und weich und zeigte die Fährte tief eingeschnitten.

Einige Male näherte man sich dem Apatschen so, dass man ihn zu sehen bekam. Seine Haltung war merklich unbesorgt. Er wusste, dass die Utahs ihre Aufmerksamkeit wohl schwerlich hinter sich richteten.

Zehn Uhr war es gewesen, als Old Firehand mit seinen Leuten vom See aufgebrochen war. Bis ein Uhr ging es fast nur durch Wald und dann über eine Buschprärie, was den Weißen nur lieb sein konnte. Wäre die Prärie offen gewesen, so hätte man viel größere Abstände nehmen müssen. Das grasige Land senkte sich oft zu Tal, um drüben wieder aufzusteigen. Dann kam wieder Wald, aber nicht für lange Zeit, denn schon nach wenigen Minuten erreichte man den jenseitigen Saum. Dort hielt der Apatsche, um seine Gefährten zu erwarten.

Ein einzigartiger Blick bot sich hier den Weißen. Man hatte das Gebiet des Elkgebirges hinter sich und das des Grand River mit seinem Cañon vor sich. Von rechts, von links und von da, wo die Reiter hielten, senkten sich drei schwarze, schiefe Felsebenen wie riesige, unten zusammenstoßende Schiefertafeln gegeneinander. Ihre Neigung war so stark und ihre Fläche so glatt, dass man unmöglich im Sattel bleiben konnte. Es war fast schaurig, bis auf den tiefen Grund zu blicken. Von zwei Seiten floss ein Wasser in den Grund hinab, aber ohne einen Baum, einen Busch oder auch nur einen Halm zu nähren. Unten vereinigten sich die beiden Wasser und verschwanden in einem Felsspalt.

„Das ist der Night Cañon“, erklärte Old Firehand, während er auf diesen Spalt deutete. „Er trägt diesen Namen, weil er so tief und schmal ist, dass das Licht der Sonne nicht hinabzudringen vermag. In seiner Tiefe ist es selbst am hellen Tag fast Nacht. Und seht, da unten!“

Er zeigte abwärts, dahin, wo sich das Wasser im Spalt verlor. Dort bewegten sich kleine Gestalten. Reiter waren es, so klein, dass sie dem Beobachter kaum bis an die Knie zu reichen schienen. Das waren die Utahs, die soeben im Felsspalt verschwanden.

Dieser Spalt war fast senkrecht in eine riesige Steinmauer gerissen, über der eine weite Ebene lag, die von nebelfernen Bergriesen, dem Book-Gebirge, abgeschlossen wurde. Tante Droll blickte in die Tiefe und meinte: „Da hinunter sollen wir? Das kann doch nur ein Schieferdecker fertig bringen. Das ist ja lebensgefährlich. Wenn du dich hersetzt, Droll, und es gibt dir jemand einen Schupps, kannst du bis hinunter Schlitten fahren.“

„Und doch müssen wir hinab“, meinte Old Firehand. „Steigt ab und nehmt eure Pferde bei den Zügeln, aber kurz! Müssen es wie beim Schlittenfahren machen. Wenn man da kein Schleifzeug und keinen Hemmschuh hat, kann man nur dadurch bremsen, dass man im Zickzack abwärts fährt. So auch wir jetzt: Immer herüber und hinüber!“

Dieser Rat wurde befolgt. In gerader Richtung wäre man schwerlich ohne verschiedene Schiffbrüche hinabgekommen. Im Zickzack ging es leidlich. Doch der Abstieg nahm weit über eine halbe Stunde in Anspruch. Endlich war man unten und ordnete sich zum Eindringen in den Cañon, der hier so schmal war, dass neben dem Wasser nur zwei Reiter Platz fanden. Voran war wieder Winnetou. Ihm folgte Old Firehand, neben dem jetzt Castlepool ritt. Dann kamen die Jäger und nachher die Rafters, die den Ingenieur und seine Tochter zwischen sich nahmen. Der Trupp war seit dem Eagle Tail dadurch größer geworden, dass sich Watson, der Schichtmeister, mit noch mehreren Arbeitern angeschlossen hatte.

Gesprochen durfte nicht werden, da jeder Laut in diesem Spalt viel weiter schallte als im Freien. Schon der Hufschlag der Pferde konnte zum Verräter werden. Aus diesem Grund war Winnetou abgestiegen und, während sein Pferd von einem Rafter geführt wurde, auf seinen weichen Mokassins den Gefährten vorangegangen.

Es war wie ein Ritt durch die Unterwelt. Vor und hinter sich den engen Spalt, unter sich den starren, steinbesäten Felsen und das dunkle, unheimliche Wasser und rechts und links die gerade aufstrebenden Felswände, die so hoch waren, dass sie den Himmel nicht sehen ließen und oben zusammenzustoßen schienen. Die Luft wurde, je weiter man eindrang, desto kälter und schwerer und das Tageslicht verwandelte sich in Dämmerung.

Und lang war der Cañon, ewig lang! Zuweilen wurde er ein wenig breiter, sodass er Raum für fünf oder sechs Reiter bot. Dann traten die Wände wieder so eng zusammen, dass man das Gefühl hatte, erdrückt zu werden. Sogar den Pferden war es nicht geheuer. Sie schnaubten ängstlich und strebten hastig vorwärts, um aus dieser Enge erlöst zu werden.

Eine Viertelstunde verging und noch eine. Da – unwillkürlich blieben alle halten – gab es einen Krach, als seien zehn Kanonen zugleich abgeschossen worden.

„Um Gottes willen, was war das?", fragte Patterson, der Ingenieur. „Stürzen die Felsen ein?"

„Ein Gewehrschuss", erklärte Old Firehand. „Der Augenblick ist da. Je ein Mann für drei Pferde bleibt zurück! Die andern vor! Absteigen!"

Im Nu waren über dreißig Mann, jeder die Büchse in der Hand, auf den Füßen, um ihm zu folgen. Schon nach wenigen Schritten sahen sie Winnetou stehen, den Rücken ihnen zugekehrt und die Silberbüchse zum Schuss angelegt.

„Die Waffen nieder, sonst spricht mein Zaubergewehr!", ertönte eine gewaltige Stimme. Man wusste nicht, woher, ob von oben herab oder aus dem Erdboden heraus.

„Nieder die Waffen!", donnerte es nochmals in der Sprache der Utahs, sodass in dem engen Spalt aus den wenigen Silben ein ganzes Gewittergrollen wurde.

Dann fielen schnell aufeinander drei Schüsse. Man hörte, dass sie aus einem und demselben Lauf kamen. Das musste der Henrystutzen Old Shatterhands sein, dessen Knall hier allerdings die Stärke eines Kanonenschusses hatte. Gleich darauf blitzte auch die Silberbüchse Winnetous auf. Die Getroffenen schrien und dann folgte ein Geheul, als seien alle Scharen der Hölle losgelassen.

Old Firehand hatte den Apatschen erreicht und konnte nun sehen, was und wen er vor sich hatte. Der Spalt erweiterte sich auf eine kurze Strecke und bildete einen runden Raum, so groß, dass vielleicht hundert Reiter darin Platz finden konnten. Das Wasser lief am linken Rande hin. Auch hier herrschte Dämmerung, doch konnte man die Schar der Utahs sehen.

Die fünf vorausgesandten Krieger hatten unüberlegt gehandelt. Sie hatten hier Halt gemacht, um die Ihrigen zu erwarten. Hätten sie das nicht getan, so wären die jenseits stehenden vier Weißen gezwungen gewesen, sie anzureden, und jene fünf hätten wohl rückwärts fliehen können, um die Ihrigen zu warnen. Da sie aber so lange gewartet hatten, bis die Übrigen nachkamen, waren sie nun alle eingeschlossen. Drüben stand Old Shatterhand mit dem erhobenen Henrystutzen und neben ihm kniete der Hobble-Frank, damit Davy und Jemmy über ihn hinwegschießen könnten. Die Roten hatten ihre Waffen auf die Aufforderung des Jägers nicht sofort gesenkt und darum waren die Schüsse gefallen. Fünf Utahs lagen am Boden. Die andern konnten kaum an Gegenwehr denken. Sie hatten genug zu tun, ihre Pferde zu bändigen, die durch den dröhnenden Widerhall der Schüsse scheu geworden waren.

„Werft die Waffen weg, sonst schieße ich wieder!“, ertönte Old Shatterhands Stimme abermals.

Und von der andern Seite her schallte es: „Hier stehen Old Firehand und Winnetou, der Häuptling der Apatschen. Ergebt euch, wenn ihr euer Leben retten wollt!“

Kein Einziger der Utahs wagte es, zum Gewehr zu greifen. Sie starrten nach vorn und nach hinten und wussten nicht, was sie tun sollten. Da glitt Droll an Winnetou und Firehand vorüber, huschte bis zum Häuptling vor, hielt ihm den Lauf seiner Büchse an die Brust und rief ihm zu: „Wirf das Gewehr weg, sonst drücke ich los!“

Der Große Wolf starrte auf die dicke, fremdartige Gestalt, als sähe er ein Gespenst vor sich. Die Finger seiner Linken öffneten sich und ließen das Gewehr fallen.

„Den Tomahawk auch und das Messer!“

Auch diesem Befehl gehorchte der Große Wolf. Da schwang sich Droll hinter dem Großen Wolf auf das Pferd des Utah, band dem Überrumpelten die Arme hinten zusammen und sprang wieder ab. Es war, als wüsste der Häuptling gar nicht, was mit ihm vorging. Er befand sich wie im Traum. Sein Beispiel wirkte. Die Seinen ergaben sich in ihr Schicksal. Sie wurden ebenso entwaffnet und gebunden wie er und das ging außerordentlich schnell. Nun galt es vor allen Dingen, aus dem Cañon zu kommen. Sobald man also den letzten Roten gefesselt und die erbeuteten Waffen aufgelesen hatte, wurde der Weiterritt angetreten. Voran ritten die Jäger, dann kamen die Roten und den Schluss bildeten die Rafters.

Winnetou und Old Firehand hielten sich mit Old Shatterhand an der Spitze der Schar. Sie hatten ihm still die Hand gegeben, die einzige Begrüßung, die einstweilen möglich war. Gerade vor den Gefangenen ritten zwei, die sich viel näher standen, als sie dachten, nämlich Tante Droll und Hobble-Frank. Keiner sagte ein Wort zum andern. Nach einiger Zeit nahm Droll die Füße aus den Steigbügeln stieg im Reiten auf den Rücken des Pferdes und setzte sich verkehrt in den Sattel.

„Heavens! Was soll das heißen?“, fragte Frank. „Wollt Ihr Komödie spielen, Sir? Seid Ihr vielleicht früher in einem Zirkus als Clown angestellt gewesen?“ – „Nein, Sir“, entgegnete Droll. „Ich setze mich verkehrt, weil es sonst mit uns verkehrt gehen kann. Denkt doch daran, dass hinter uns fünfzig Rote reiten! Da kann leicht etwas geschehen, woran man nicht denkt. Ich behalte sie in dieser Stellung im Auge und habe den Revolver in der Hand, um ihnen, wenn's nötig ist, eine Pille zu geben.“ – „Hm! Was Ihr sagt, ist richtig. Mein Pferd wird es nicht übel nehmen, wenn ich mich auch umdrehe.“

Eine Minute später saß auch er verkehrt im Sattel, um die Roten beaufsichtigen zu können. Es ging nun gar nicht anders, als dass diese beiden drolligen Reiter einander oft ansehen mussten. Dabei wurden ihre Blicke immer freundlicher. Sie gefielen einander offenbar. Das ging so eine Weile, ohne dass dabei ein Wort fiel, bis endlich Hobble-Frank nicht länger zu schweigen vermochte. Er begann: „Nehmt mir's nicht übel, wenn ich Euch nach Euerm Namen frage. So, wie Ihr da neben mir sitzt, habe ich Euch schon gesehen.“

„Wo denn?“

„In meiner Einbildung.“

„Heigh-day! Wer hätte geahnt, dass ich in Eurer Einbildung lebe! Wie viel Mietzins habe ich da zu bezahlen und wie steht es mit der Kündigung?“

„Ganz nach Belieben. Aber heute ist es mit der Einbildung aus, da ich Euch nun in Person sehe. Wenn Ihr der seid, für den ich Euch halte, so habe ich viel Spaßhaftes von Euch gehört.“

„Nun, für wen haltet Ihr mich denn?“

„Für die Tante Droll.“

„Und wo habt Ihr von dieser Tante gehört?“

„An verschiedenen Orten, an denen ich mit Old Shatterhand und Winnetou war: oben im Yellowstonegebiet und dann auch im Llano Estacado.“

„So, hm! Und ich habe auch bereits von Euch gehört, Mr. Hobble-Frank. Der Apatsche hat von Euch gesprochen und Euch noch heute, als wir vor dem Lager der Utahs lagen, einen kleinen Helden genannt.“

„Einen – kleinen – Helden!“, wiederholte Frank, indem ein seliges Lächeln über sein Gesicht ging. „Einen – kleinen – Helden! Das muss ich mir aufschreiben! Ihr habt richtig geraten, wer ich bin. Aber ob auch ich richtig geraten habe?“

„Gewiss. Doch wie seid Ihr denn auf die Vermutung gekommen, dass ich Tante Droll bin?“

„Eure Kleidung sagte es mir und ebenso Euer Verhalten. Ich hörte oft erzählen, dass Tante Droll in Wahrheit ein verwegener Westläufer sei, und als ich Euch vorhin so mit dem Häuptling der Utahs umspringen sah, dachte ich mir gleich: Das ist er!“

„Sehr ehrenvoll für mich. Ich hörte, Ihr seid ein Deutscher?“

„Ja. Gerade aus der Mitte heraus. Ein Sachse!“

„Behold. Was für einer? Königreich? Altenburg? Coburg-Gotha? Meiningen-Hildburghausen?“

„Königreich, Königreich! Aber Ihr kennt diese Namen so genau. Seid Ihr etwa auch ein Deutscher?“

„Freilich! Und zwar auch aus Sachsen, nämlich Sachsen-Altenburg.“

„Dunnerwetter!“, fiel der Kleine in seiner heimischen Mundart ein. „Ooch Sachse, und zwar e Altenburger? Is es denn die Möglichkeet? Aus der Stadt Altenburg oder vom Lande?“

„Aus der Langenleube“, entgegnete Droll, nun auch in seine altenburgische Sprechweise verfallend.

„Langen – leube?“, fragte Frank, indem ihm der Mund offen stehen blieb. „Langenleube-Niederhain?“

„Jawohl. Kennen Sie es?“

„Warum sollte ich nich? Ich habe ja Verwandte dort, bei denen ich als Junge zweimal off der Kirmse[1] gewesen bin. Hören Sie, dort gibt's aber Kirmsen, im Altenburgischen! Da wird gleich vierzehn Tage lang Kuchen gebacken. Und wenn eene alle is, geht sie off dem nächsten Dorf wieder an. Darum spricht man dort ganz allgemein vom Altenburger Landessen.“

„Das is richtig!“, nickte Droll. „Mache könne mersch, denn habe tun mersch. Aber Se habe Verwandte bei uns? Wie heiße denn die Leute und wo stamme se her?“

„Droll heißen se, genau wie Sie! Und es is ganz nahe Verwandtschaft. Das is nämlich so! Mein Vater hat eenen Paten gehabt, dessen selige Schwiegertochter sich in der Langenleube wieder verheiratet hat. Später starb sie, aber ihr Stiefsohn hat eenen Schwager und der is es, den ich meene. Er war ein ganzer Kerl, der alles fertig brachte. Bald war er dies, bald das, immer aber hat er sich und die Seinen ehrlich durchgebracht und...“

„Halt!“, unterbrach ihn Droll, indem er herüberlangte und Franks Arm ergriff. „Hatte er Kinder?“

„Die schwere Menge!“

„Wisse Se, wie se geheeße habe?“

„Nee, nich mehr. Aber off den Größten kann ich mich noch besinnen, denn ich war dem Kerl gut. Er hieß Bastel, denn Sebastian wird off altenburgisch Bastel ausgesprochen. Ich gloobe, er hieß ooch noch Melchior dazu, e Name, der in Altenburg gang und gäbe is.“

„Richtig, sehr richtig! Es tut stimme, es tut sehr genau stimme! Sebastian Melchior Droll! Wisse Se, was aus ihm geworde is?“

„Nee, leider nich.“

„So sehe Se mal mich an, schaue Se mal her zu mir! Ich bin es, der draus geworde is.“

[1] Kirchweih

„Sie?“, fragte der Kleine.

„Ja, ich! Ich war der Bastel und ich weeß noch ganz genau, wer bei uns off der Kirmse gewese is. Das war der Vetter Frank aus Moritzburg, der nachher Forstgehilfe geworde is.“

„Der bin ich, ich in eigener Person! Vetter, also hier, hier mitten in der Wildnis finden wir uns als stammverwandte Menschen! Komm her, Bruderherz, ich muss dich an meinen Busen drücken!“

„Ja, ich dich ooch. Hier haste mich!“ Der eine langte herüber und der andre langte hinüber. Die Umarmung war, da beide verkehrt auf ihren Pferden saßen, mit einigen Schwierigkeiten verbunden, die aber zur Not überwunden wurden. Sie kehrten sich nicht an die bemalten Gesichter der finster blickenden Gefangenen, sondern ritten beglückt nebeneinander, mit dem Rücken nach vorn, und sprachen von der seligen Jugendzeit. Und sie hätten wohl noch lange kein Ende gefunden, wenn nicht im Zuge eine Stockung eingetreten wäre. Man hatte nämlich das Ende der Spalte erreicht, die hier auf einen größeren und viel breiteren Cañon mündete.

Zwar war die Sonne schon tief gesunken, sodass ihre Strahlen den Boden der Schlucht nicht mehr erreichten, aber es gab da doch wenigstens Licht und eine reine, bewegte Luft. Die Reiter atmeten erleichtert auf. Dieser Cañon war vielleicht zweihundert Schritt breit und hatte auf seinem Grund ein kleines, schmales Flüsschen, das man leicht durchwaten konnte. Am Wasser wuchsen Gras und Buschwerk und auch einige Bäume standen da.

Die Roten wurden von den Pferden genommen und dann mit wieder gefesselten Füßen auf die Erde gesetzt. Nun erst war der Augenblick zur ausgiebigen Begrüßung da und er wurde gehörig ausgenutzt.

Der Trupp Old Firehands hatte Mundvorrat bei sich und es wurde zunächst gegessen. Dann sollte das Schicksal der Roten entschieden werden. Winnetou, Old Firehand und

Old Shatterhand waren bereit, sie freizugeben, die andern aber verlangten ein strenge Bestrafung. Der Engländer meinte: „Bis dahin, wo die Zweikämpfe vorüber waren, halte ich die Utahs nicht für strafbar. Dann aber mussten sie euch die Freiheit geben. Statt das zu tun, haben sie euch verfolgt, um euch zu ermorden. Und die Absicht ist strafbar." – „Wie wollt Ihr diese Absicht bestrafen?", fragte Old Shatterhand. „Mit dem Tode doch nicht!" – „Nein." – „Mit Haft, Gefängnis, Zuchthaus?" – „*Pshaw!* Prügelt sie tüchtig durch!" – „Das wäre das Schlimmste, was wir tun könnten, denn es gibt für den Indianer keine größere Beleidigung als Schläge. Sie würden uns über den ganzen Kontinent verfolgen, um sich dafür zu rächen." – „So legt ihnen eine Buße auf! Nehmt ihnen Pferde und Waffen!" – „Das wäre grausam. Ohne Pferde und Waffen müssten sie verhungern oder in die Hände ihrer Feinde fallen." – „Ich begreife Euch nicht, Sir! Gerade Ihr solltet nicht so milde denken, da eben Ihr es seid, an dem sie sich vergangen haben." – „Und gerade weil sie sich an mir, Frank, Davy und Jemmy vergangen haben, sollten wir vier es sein, die über ihr Schicksal zu bestimmen haben." – „Macht, was Ihr wollt!", meinte der Lord, indem er sich unwillig abwandte. Gleich aber drehte er sich dem Jäger wieder zu und fragte: „Wollen wir wetten?" – „Worüber?" – „Darüber, dass diese Kerle es Euch übel vergelten, wenn Ihr sie mit Nachsicht behandelt?" – „Ich wette nicht."

Mehr und mehr neigte sich aller Ansicht dem Vorschlag Old Shatterhands zu, der ein festes Abkommen mit den Roten befürwortete. Dazu genügte es nicht, dass mit dem Häuptling allein verhandelt wurde. Seine Krieger mussten auch hören, was er sagte und versprach. Vielleicht blieb er dann aus Rücksicht auf seinen Ruf seinen Versprechungen treu.

Es wurde also ein weiter Kreis gebildet, der aus allen Weißen und Roten bestand. Zwei Rafters mussten aufwärts und abwärts im Cañon Wache halten, um die Annäherung eines Feindes sofort zu melden. Der Häuptling saß vor

Winnetou und Old Shatterhand. Er sah sie nicht an, vielleicht aus Scham, vielleicht aus Verstocktheit.

„Wie denkt sich der Große Wolf sein Schicksal?", fragte Old Shatterhand in der Utahsprache.

Der Rote schwieg.

„Der Häuptling der Utahs hat Angst. Darum antwortet er nicht."

Da hob er den Blick, bohrte ihn mit grimmigem Ausdruck in das Gesicht des Jägers und sagte: „Das Bleichgesicht ist ein Lügner, wenn es behauptet, dass Ovuts-avaht sich fürchtet."

„So antworte! Überhaupt darfst du nicht von Lügen sprechen, denn du selbst hast gelogen."

„Das ist nicht wahr."

„Es ist wahr. Als wir uns noch in euerm Lager befanden, fragte ich dich, ob wir frei sein würden, wenn ich den Sieg errungen hätte. Was antwortetest du?"

„Dass ihr gehen könntet."

„War das etwa keine Lüge?"

„Nein, denn ihr seid gegangen."

„Aber ihr habt uns verfolgt! Willst du es leugnen?"

„Der Große Wolf bestreitet es. Wir wollten zum Versammlungsort der Utahs reiten, nicht euch verfolgen."

„Warum hast du dann fünf deiner Krieger auf unsre Fährte gesetzt?"

„Das hat Ovuts-avaht nicht getan. Wir haben das Kriegsbeil ausgegraben und wenn das geschehen ist, muss man vorsichtig sein. Wir wollten euch ziehen lassen und haben Wort gehalten. Ihr aber habt uns überfallen, uns alles abgenommen und fünf unsrer Krieger getötet."

„Warum schossen deine Wächter auf uns, als wir fortritten?"

„Sie wussten nicht, was euch der Häuptling versprochen hatte."

„Warum stießen alle deine Leute das Kriegsgeschrei aus? Sie kannten dein Versprechen."

„Dieses Geschrei galt nicht euch, sondern den Wächtern, dass sie nicht mehr schießen sollten. Gerade das, was wir gut gemeint haben, legst du uns schlimm aus."

„Du verstehst es, dich scharfsinnig zu verteidigen. Aber ich habe einen unumstößlichen Beweis deiner Schuld. Wir haben dein Lager umschlichen und deine Leute belauscht. Wir wissen, dass ihr uns töten wolltet. Welche Strafe werdet ihr wohl dafür erhalten?"

Der Rote antwortete nicht.

„Wir hatten euch nichts getan und ihr wolltet uns das Leben nehmen. Ihr hättet den Tod verdient. Aber wir sind keine Mörder. Ihr sollt sogar eure Freiheit und eure Waffen zurückerhalten, doch dafür müsst ihr uns versprechen, dass keinem von uns, die wir hier sitzen, jemals von euch ein Haar gekrümmt wird."

„Spricht das deine Zunge oder dein Herz", fragte der Häuptling, während er einen ungläubig forschenden, stechenden Blick auf Old Shatterhand warf.

„Meine Zunge hat niemals andre Worte als mein Herz gesprochen. Bist du bereit, mir das Versprechen zu geben?"

„Ja."

„Und du bist auch bereit, es mit der Pfeife des Friedens zu beschwören?"

„Ovuts-avaht ist bereit." Der Große Wolf antwortete schnell und ohne Besinnen. Das ließ darauf schließen, dass es mit seinem Versprechen ernst war. Der Ausdruck seines Gesichts ließ sich infolge der dick aufgetragenen Farbe nicht bestimmen.

„So mag die Pfeife reihum gehen", fuhr Old Shatterhand fort. „Ich werde dir die Worte vorsagen, die du nachsprechen musst."

„Sage sie und der Häuptling der Utahs wird sie wiederholen!"

Diese Bereitwilligkeit schien ein gutes Zeichen zu sein und der Jäger freute sich von Herzen darüber, konnte aber nicht umhin, noch eine Warnung hinzuzufügen: „Ich hoffe, dass du es diesmal ehrlich meinst. Ich bin stets ein Freund der roten Männer gewesen. Dabei berücksichtige ich, dass die Utahs angegriffen wurden. Sonst würdet ihr nicht so wohlfeil davonkommen."

Der Häuptling sah vor sich nieder, ohne den Blick zu dem Sprechenden zu erheben. Old Shatterhand nahm sein Kalumet vom Hals und stopfte es. Nachdem er es in Brand gesteckt hatte, löste er die Fesseln des Häuptlings. Der Utah musste sich erheben, den Rauch nach den bekannten sechs Richtungen blasen und dabei sprechen: „Der Große Wolf, der Häuptling der Yampa-Utahs, spricht für sich und seine Krieger. Er redet zu den Bleichgesichtern, die er sieht, zu Old Firehand, Old Shatterhand und allen andern, auch zu Winnetou, dem Häuptling der Apatschen. Alle diese Krieger und weißen Männer sind unsre Freunde und Brüder. Es soll ihnen von uns niemals ein Leid geschehen und wir werden lieber sterben als zugeben, dass sie uns für ihre Feinde halten. Das ist mein Schwur. Ich habe gesprochen. Howgh!"

Er setzte sich wieder. Nun wurden auch die andern von ihren Fesseln befreit und die Pfeife ging von Mund zu Mund, bis alle geraucht hatten. Selbst die kleine Ellen Patterson musste mittun. Darauf erhielten die Roten auch ihre Waffen wieder. Das war kein Wagnis, wenn man ihrem Schwur trauen konnte. Dennoch verhielten sich die Weißen so vorsichtig wie möglich und jeder von ihnen hatte die Hand in der Nähe seines Revolvers. Der Häuptling holte sein Pferd herbei und sagte zu Old Shatterhand: „Wir werden in unser Lager zurückkehren."

„Ach! Ihr wolltet ja zum Versammlungsort der Utahs! Jetzt gibst du zu, dass euer Ritt nur uns gegolten hat."

„Nein. Ihr habt uns aufgehalten, sodass wir nun zu spät kommen würden. Wir kehren um."

„Durch den Night Cañon?"

„Ja. Lebe wohl!"

Der Häuptling stieg auf. Dann ritt er in den Spalt hinein,

ohne sich noch einmal umzublicken. Seine Leute folgten ihm schweigend.

„Und der Kerl ist doch ein Schuft!“, meinte der alte Blenter. „Hätte er die Farbe nicht so fingerdick auf dem Gesicht, so könnte man ihm die Falschheit davon ablesen. Eine Kugel vor den Kopf wäre das Beste gewesen.“

Winnetou hörte diese Worte und entgegnete: „Mein Bruder kann Recht haben, aber es ist besser, Gutes zu tun anstatt Böses. Wir bleiben während der Nacht hier und Winnetou wird jetzt den Utahs folgen, um sie zu belauschen.“ Er verschwand im Felsspalt.

Eigentlich war allen jetzt viel wohler und freier zu Mute als vorher. Was hätte man mit den Utahs machen sollen? Sie alle töten? Unmöglich! Sie als Gefangene mit sich herumschleppen? Ebenso unmöglich! Jetzt hatte man sie verpflichtet, Frieden und Freundschaft zu halten, und war sie los. Das war besser als alles andere.

Der Tag neigte sich zur Rüste, zumal es hier im Cañon zeitig dunkel wurde. Einige der Männer gingen, Holz zum Lagerfeuer zu suchen. Old Firehand ritt südwärts im Cañon hinab und Old Shatterhand nordwärts hinauf, um auszuspähen. Man musste vorsichtig sein. Beide legten eine bedeutende Strecke hinter sich und kehrten, als sie nichts Verdacht Erregendes bemerkten, wieder zurück, um mit den Übrigen das heute etwas kärgliche Nachtmahl einzunehmen.

Später stellte sich Winnetou wieder ein. Er hatte sich trotz der im Night Cañon herrschenden Stockdunkelheit zurechtgefunden. Er erzählte, dass die Utahs die noch im Cañon liegenden Leichen der Ihrigen mitgenommen und ihren Weg wirklich fortgesetzt hatten. Er war ihnen bis jenseits des Spaltes gefolgt und hatte noch deutlich gesehen, dass sie die steile Felssenkung emporgeritten und dann oben im Wald verschwunden waren.

Dennoch wurde eine Wache im Night Cañon aufgestellt, um von da aus jeden Überfall unmöglich zu machen. Zwei andre Wächter standen je hundert Schritte ober- und unterhalb des Lagerplatzes im Hauptcañon. Auf diese Weise war für Sicherheit hinreichend gesorgt.

Natürlich gab es viel zu erzählen und Mitternacht war bereits vorüber, als man sich zur Ruhe legte. Old Firehand besuchte vorher die Posten, um sich zu überzeugen, dass sie wachsam seien, und bestimmte die Reihenfolge, in der die Ablösung stattfinden sollte. Dann löschte man das Feuer und es wurde still und dunkel im Cañon.

Winnetou hatte richtig gesehen: Die Utahs waren oben im Wald verschwunden. Aber sie hatten ihn nicht durchritten, sondern waren halten geblieben. Der Häuptling ließ die Toten von den Pferden nehmen, auf die man sie gebunden hatte. Er trat vor an den Waldrand, blickte hinab zum Felsspalt und sagte: „Man wird uns beobachtet haben. Da unten steht gewiss so ein weißer Hund, der sehen will, ob wir auch wirklich in unser Lager zurückkehren."

„Tun wir das denn nicht?", fragte ein Unterhäuptling.

„Hast du so wenig Hirn wie der Schakal der Prärie?", fuhr der Große Wolf ihn an. „Es gilt, Rache an diesen Kröten zu nehmen."

„Aber sie sind nun unsre Freunde und Brüder. Wir haben die Pfeife des Friedens mit ihnen geraucht."

„Wem gehörte die Pfeife?"

„Old Shatterhand."

„Nun, so gilt der Schwur für ihn, aber nicht für uns. Warum war er so dumm, sich nicht meiner Pfeife zu bedienen! Siehst du das ein?"

„Der Große Wolf hat stets Recht", erwiderte der Mann, der mit der Spitzfindigkeit seines Häuptlings völlig einverstanden war.

„Morgen früh werden die Seelen der Bleichgesichter in den ewigen Jagdgründen sein, um uns später dort zu bedienen", fuhr der Häuptling fort.

„Du willst sie überfallen? Dazu ist unsre Zahl zu klein und wir können auch nicht durch den Cañon zurück, weil man ihn scharf bewachen wird."

„So nehmen wir einen anderen Weg und holen uns so viele Krieger, wie wir brauchen. Liegen nicht genug rote Männer drüben im P'a-maf [1]? Und führt nicht weiter oben ein Weg quer durch den Cañon, den die Bleichgesichter nicht zu kennen scheinen? Die Toten und ihre Pferde bleiben hier und zwei von euch als Wächter dabei. Wir andern reiten nordwärts."

Dieser Entschluss wurde ausgeführt. Der Wald war zwar nur schmal, bildete aber einen stundenlangen Streifen, woran die Utahs im Galopp hinritten, bis die Höhe sich allmählich zu einer Querschlucht niedersenkte. Durch diese Schlucht gelangte der Große Wolf in den Hauptcañon, worin sich die Weißen befanden. Freilich mündete die Schlucht wenigstens drei englische Meilen oberhalb der Lagerstelle Old Shatterhands und der Seinen. Gegenüber schnitt ein enger Seitencañon in den Hauptcañon ein, doch war der nicht ganz so schmal wie der Night Cañon, in dem heute das Zusammentreffen der Weißen mit den Roten stattgefunden hatte. Dorthin wandte sich der Große Wolf mit seinen Leuten. Er schien den Weg genau zu kennen, denn er irrte trotz der Dunkelheit nicht ein einziges Mal.

Der erwähnte Seitencañon hatte kein Wasser und stieg bergan. Bald erreichten die Roten die Höhe der weiten Felsenebene, in die das vielverzweigte Netz der Cañons tief eingeschnitten war. Da war es hell. Der Mond stand leuchtend am Himmel. Im Galopp ging es über die Ebene und nach einer halben Stunde fiel die Gegend in Gestalt eines breiten Einschnitts sanft ab. Rechts und links blieben die Felsen als schützende Wände stehen, immer höher werdend, je tiefer der Boden sich senkte, und dann tauchten vorn buschige Wipfel auf, unter denen viele Feuer brannten. Es war ein Wald, ein wirklicher Wald, mitten auf oder in der von Stürmen glattgefegten und von der Sonne ausgetrockneten und zu Stein gedorrten Ebene. Dieser Wald verdankte

[1] Wald des Wassers

sein Dasein einzig der Einsenkung des Bodens. Die Stürme heulten darüber hin, ohne ihn zu treffen, und die Niederschläge konnten sich hier sammeln und bildeten eine Art See, dessen Wasser das Erdreich durchdrang und für die Wurzeln fruchtbar machte. Das war der P'a-maf, der Wald des Wassers, wohin der Große Wolf wollte.

Es hätte des Mondlichtes gar nicht bedurft, um sich zurechtzufinden, so zahlreich waren die Feuer, die hier brannten. Ein reges Lagerleben herrschte da, und zwar das Leben eines Kriegslagers. Man sah kein Zelt, keine Hütte; die vielen roten Krieger, die man erblickte, lagen an den Feuern entweder auf ihren Decken oder auf der bloßen Erde. Dazwischen weideten die Pferde. Das war der Ort, wo sich die Scharen der Utahs aller Stämme zum Kriegszug versammeln sollten.

Als der Große Wolf beim ersten Feuer ankam, hielt er an, stieg ab, winkte seinen Leuten, hier zu warten, und rief einem der am Feuer Sitzenden den Namen Nanap neav zu. Diese beiden Worte bedeuten Alter Häuptling. Es war also jedenfalls der Oberanführer sämtlicher Utahstämme gemeint. Der Angeredete erhob sich und führte den Großen Wolf zum See, wo ein großes, von den Übrigen abgesondertes Feuer brannte. Dort saßen vier Indianer, alle mit den Federn des Adlers geschmückt. Einer davon musste das Auge ganz besonders auf sich ziehen. Er hatte sein Gesicht nicht bemalt. Es war von unzähligen tiefen Falten durchzogen. Sein Haar hing schlohweiß und lang auf den Rücken herab. Dieser Mann war gewiss wenigstens achtzig Jahre alt und doch saß er so aufrecht, stolz und kräftig da, als wären es dreißig weniger. Er richtete das Auge scharf auf den Ankommenden, ohne aber ein Wort, einen Gruß zu sagen. Auch die andern schwiegen. Der Große Wolf setzte sich stumm nieder und blickte vor sich hin. So verging eine ganze Weile. Endlich klang es aus dem Munde des Alten: „Der Baum wirft im Herbst die Blätter ab. Wenn er sie aber schon vorher verliert, so taugt er nichts und ist unnütz geworden. Vor drei Tagen trug er sie noch. Wo sind sie heute?"

Diese Frage bezog sich auf die Adlerfedern, die der Große Wolf nicht mehr trug. Sie enthielt einen versteckten Vorwurf.

„Morgen wird der Schmuck wieder prangen und am Gürtel die Skalpe von zehn und zwanzig Bleichgesichtern!", erwiderte der Große Wolf.

„Ist der Große Wolf von Bleichgesichtern besiegt worden, dass er die Zeichen seiner Würde nicht mehr trägt?"

„Von einem Bleichgesicht nur, aber von dem, dessen Faust schwerer ist als die Hände aller anderen."

„Das könnte nur Old Shatterhand sein."

„Er ist es. Er weilt in der Nähe. Und bei ihm sind noch viele andre, Old Firehand, Winnetou, der lange und der dicke Jäger, ein Trupp, wohl fünfmal zehn Köpfe stark. Ovuts-avaht ist gekommen, euch ihre Skalpe zu bringen."

„Uff!", entfuhr es dem Alten und „Uff!", stimmten die andern ein. Das greise Antlitz Nanap neavs nahm einen solchen Ausdruck der Spannung an, dass fast keine Falte mehr zu bemerken war. „Der Große Wolf mag erzählen!", forderte er den Zurückgekehrten auf.

Dieser kam der Aufforderung nach, wobei er sich bemühte, sich und sein Tun in ein gutes Licht zu stellen. Die andern saßen regungslos und hörten dem Erzähler aufmerksam zu. Er schloss seinen Bericht mit den Worten: „Nanap neav wird Ovuts-avaht noch fünfzig Krieger geben, mit denen er diese Hunde überfällt. Ihre Skalpe müssen noch vor der Morgenröte an unsern Gürteln hängen."

Die Falten des Alten kamen wieder zum Vorschein, seine Brauen zogen sich zusammen und seine Adlernase schien doppelt so dünn und scharf zu werden. „Noch vor der Morgenröte?", fragte er. „Sind das Worte eines roten Kriegers? Die Bleichgesichter haben es auf unsern Untergang abgesehen und nun, da der Große Geist die Berühmtesten und Vornehmsten von ihnen in unsre Hände gegeben hat, sollen sie schnell und schmerzlos sterben wie ein Kind im Arm der Mutter? Was sagen meine Brüder zu diesen Worten des Großen Wolfes?"

„Die Weißen müssen an den Marterpfahl", forderte der eine Häuptling.

„Wir müssen sie lebendig fangen", meinte der zweite.

„Je berühmter sie sind, desto größer sollen ihre Qualen sein", fügte der dritte hinzu.

„Meine Brüder haben gut gesprochen", lobte der Alte. „Wir werden die Hunde lebendig ergreifen."

„Der alte Häuptling mag bedenken, welche Männer unter ihnen sind!", warnte der Große Wolf. „In ihren Waffen stecken alle bösen Geister..."

„Genug!", fiel der Alte zornig ein. „Nanap neav weiß, welche Kräfte und Geschicklichkeiten diesen Leuten gegeben sind, aber wir haben Krieger genug, sie zu erdrücken. Wir geben dir dreihundert Männer mit und du wirst uns die Bleichgesichter lebendig bringen. Du hast bereits fünfzig Krieger bei dir. So kommen auf jeden Weißen sieben Gegner. Es muss euch gelingen, sie zu überrumpeln und zu binden, bevor sie recht erwachen. Nehmt genug Riemen mit! Und jetzt komm! Nanap neav wird wählen, wer dich begleiten soll."

Sie standen auf und machten einen Rundgang von Feuer zu Feuer. Bald waren dreihundert Mann beisammen und außerdem fünfzig zur Bewachung der Pferde, die ja nicht ganz bis zu den Weißen mitgenommen werden konnten. Der Große Wolf erklärte den Kriegern, worum es sich handelte, beschrieb ihnen die Lage und setzte ihnen seinen Angriffsplan auseinander. Dann stiegen die Roten zu Pferde.

Es ging denselben Weg zurück, den der Große Wolf gekommen war, doch nur bis in den Hauptcañon. Dort saß man ab, um die Pferde unter dem Schutz der fünfzig zurückzulassen. Bei der gegebenen Übermacht schien das Unternehmen fast völlig gefahrlos. Höchstens konnten die Pferde der Weißen die anschleichenden Roten mit der

Witterung wahrnehmen und durch Unruhe und lautes Schnauben verraten. Was war dagegen zu tun? Der Häuptling äußerte diese Frage nicht leise für sich, sondern laut, sodass es die Umstehenden hörten. Da bückte sich einer der Krieger, riss eine Pflanze aus, hielt sie ihm hin und sagte: „Hier ist ein sicheres Mittel, den Geruch irrezuführen."

Die Häuptling erkannte die Pflanze an ihrem Duft. Es war Salbei. Es gibt im fernen Westen weite Strecken, oft viele Quadratmeilen groß, die ganz mit Salbei bedeckt sind. Auch in diesem Cañon, dessen Grund die Sonne erreichen konnte, stand die Pflanze in Massen. Der Rat war gut und wurde sofort befolgt. Die Roten rieben ihre Hände und Kleider mit Salbei ein. Das gab einen so starken Duft, dass alle Hoffnung vorhanden war, den Geruchssinn der Pferde zu täuschen. Außerdem bemerkte der Große Wolf, dass der geringe Luftzug, der hier herrschte, vom Talgrund heraufzog, also den Utahs günstig war.

Nun wurde der Weitermarsch zu Fuß angetreten, ein Weg von drei englischen Meilen. Zunächst konnte man rüstig vorwärtsschreiten. Aber als etwa die Hälfte des Weges zurückgelegt war, galt es, vorsichtiger zu sein. Weiter ging es und weiter, leise und schlangengleich: Sechshundert Füße, und doch war nicht das mindeste Geräusch zu vernehmen. Kein Steinchen wurde bewegt, kein Zweig geknickt. Da blieb der voranschreitende Häuptling stehen. Er sah das Wachtfeuer brennen. Es war gerade die Zeit, in der Old Firehand die Posten besuchte. Der Häuptling hatte am Tag bemerkt, dass ein solcher Posten ober- und ein andrer unterhalb aufgestellt worden war. Diese Wächter waren es, die zuerst unschädlich gemacht werden mussten.

Leise gebot er Halt und bedeutete nur zweien, ihm zu folgen. Sich auf die Erde legend, krochen sie weiter. Bald kamen sie zu dem oberen Posten. Der Mann sah Old Firehand nach, der ihn soeben verlassen hatte, und kehrte den Roten den Rücken. Plötzlich legten sich zwei Hände um seinen Hals und vier andre ergriffen ihn an den Armen und Beinen. Er konnte nicht atmen, die Besinnung schwand ihm und als er wieder zu sich kam, war er gefesselt und im Mund steckte ihm ein Knebel. Neben ihm saß ein Indianer, der ihm die Spitze seines Messers auf die Brust setzte.

Inzwischen war das Feuer erloschen und der Häuptling hatte abermals zwei Krieger zu sich beordert. Es galt dem unteren Posten. Man musste also am Lager vorüber. Die drei wateten deshalb durch den Bach und krochen drüben, wo sich keine Weißen befanden, weiter. Es war anzunehmen, dass beide Posten etwa in gleicher Entfernung vom Lager aufgestellt seien, und so konnte man leicht berechnen, welche Strecke zurückgelegt werden musste. Das Wasser schimmerte silbern und das Plätschern der Watenden konnte zum Verräter werden. Darum krochen die Roten noch eine Strecke jenseits weiter, gingen dann wieder durchs Wasser herüber und schoben sich auf Händen und Füßen vorwärts. Nicht lange, so sahen sie den zweiten Posten. Er stand sechs Schritt vor ihnen, das Gesicht zur Seite gekehrt. Noch eine kurze Minute, ein Sprung, ein leises, kurzes Stampfen und auch er war überwältigt. Die zwei Roten blieben bei ihm und der Große Wolf kehrte allein über das Wasser zurück, um nun den Hauptschlag zu führen.

Die Pferde standen in zwei Gruppen zwischen dem Lager und den beiden Posten. Sie hatten sich bis jetzt ruhig verhalten. Aber sie mussten, falls die Indianer nahe an ihnen vorüberkamen, trotz des Salbeigeruches Verdacht schöpfen. Deshalb hielt es der Große Wolf für geraten, seine Leute ebenfalls über das Wasser gehen zu lassen. Das geschah mit meisterhafter Geräuschlosigkeit. Drüben legten sich alle nieder, um die Strecke von hundert Schritt kriechend zurückzulegen, bis sie sich dem Lager gegenüber befanden. Die größte Schwierigkeit dabei bestand darin, dass sich so viele Menschen auf engem Raum bewegen mussten, und zwar völlig unhörbar. Als sie nun nebeneinander lagen, den Menschen und Pferden gegenüber, begannen die Tiere unruhig zu werden. Es galt, schnell zu handeln. „Vorwärts!“, erklang halblaut der Befehl des Großen Wolfs.

Das Flüsschen wurde rasch übersprungen. Keiner der Weißen war noch wach. Sie lagen alle im ersten Schlaf, und zwar so nahe beieinander, dass die dreihundert Indianer kaum Raum für ihre Bewegungen hatten. Ihrer fünf und sechs und noch mehr warfen sich auf einen Weißen, rissen ihn hoch und schleuderten den Schlaftrunkenen den hinter ihnen Stehenden zu, um augenblicklich einen zweiten, einen dritten und vierten zu fassen. Das kam über die Schlafenden, so schnell, dass sie sich in der Gewalt der Indianer befanden, ehe sie nur recht wach waren. Und ganz entgegen dem Brauch der Indianer, jeden Angriff mit einem Kriegsgeheul zu begleiten, arbeiteten die Utahs stumm und erst dann, als die Weißen laut wurden, erhoben auch sie ihr gellendes Geschrei, das weithin durch die Nacht klang und von den Wänden des Cañons vervielfältigt zurückgeworfen wurde.

Dabei gab es ein Gewühl von Körpern, Armen und Beinen, die in der Finsternis nicht voneinander zu unterscheiden waren. Nur Old Firehand, Old Shatterhand, Winnetou und einige wenige andere hatten noch rechtzeitig aufspringen können, um mit dem Rücken gegen die Felswand Deckung zu gewinnen. Nun verteidigten sie sich mit den Messern und Revolvern gegen die übermächtigen Feinde, die sich ihrer Klingen nicht bedienen durften, weil die Weißen lebendig gefangen werden sollten. Allein auch sie wurden von den Roten so eng umdrängt, dass es ihnen schließlich unmöglich wurde, die Arme zur Abwehr zu bewegen. Sie wurden niedergewürgt und wie ihre Gefährten gebunden. Ein jubelndes Geheul der Roten verkündete, dass der Überfall gelungen sei.

Nun gebot der Große Wolf, ein Feuer anzuzünden. Als die Flamme den Kampfplatz beleuchtete, ergab es sich, dass über zwanzig Rote verwundet oder gar getötet waren. „Dafür sollen diese Hunde zehnfache Qualen erdulden!", drohte der Häuptling. „Wir schneiden ihnen das Fell in Streifen vom Leibe. Sie alle sollen eines schauderhaften Todes sterben. Nehmt die Toten, die Pferde und die Waffen der Bleichgesichter! Wir müssen umkehren."

„Wer soll das Zaubergewehr Old Shatterhands mitnehmen?", fragte einer. „Es ist gefährlich für den, der es berührt."

„Wir lassen es liegen und errichten über ihm einen Steinhaufen, damit kein roter Mann die Hand daran legt. Wo ist die Waffe?"

Man suchte mit Feuerbränden, ohne den Stutzen zu finden. Er war verschwunden. So wandte man sich an Old Shatterhand. Als er vorhin im Kampfgewühl erwacht und aufgesprungen war, hatte man ihm den Stutzen aus der Hand gerissen und fortgeschleudert. Doch er verweigerte dem Häuptling die Auskunft. Die Yampa-Utahs hatten das Gewehr am Tage in seinen Händen gesehen und konnten das Verschwinden nicht begreifen. Hastig gebot der Große Wolf, dem es unheimlich wurde: „Bindet die Gefangenen an die Pferde und dann fort von hier! Ein böser Geist hat das Zaubergewehr verschleppt. Wir dürfen nicht hier bleiben, bis es uns seine Kugeln sendet."

Diesem Befehl wurde augenblicklich Folge geleistet und als die abergläubischen Roten aufbrachen, war seit dem Beginn des Kampfes nicht viel über eine Stunde vergangen.

Der Große Wolf konnte nicht wissen, dass Old Firehand noch einen dritten Wachtposten aufgestellt hatte, und zwar im Night Cañon. Es war – Droll, der erst nach zwei Stunden abgelöst werden sollte. Der Hobble-Frank hatte sich ihm freiwillig angeschlossen, um mit ihm von der Heimat zu plaudern. Sie saßen in tiefer Finsternis, unterhielten sich flüsternd und lauschten zuweilen aus dem Spalt hinaus.

Da plötzlich hörten sie am Ausgang des Cañon ein verdächtiges Geräusch. „Horch!", flüsterte Frank dem Vetter zu: „Hast du was gehört?"

„Ja, ich hab's gehört", bestätigte Droll ebenso leise. „Was war das?"

„Es müssen mehrere von unsern Leuten offgestanden sein."

„Nee, das is es nich. Das müssen viele Menschen sein. Das is Getrampel von wenigstens zweihundert..."

Droll hielt erschrocken inne, denn jetzt waren die Überfallenen erwacht und erhoben ihre Stimmen.

„Dunnerwetter, das is Kampf!", fuhr der Hobble-Frank auf. „Ich gloobe, wir sind überfallen worden!"

„Ja, überfalle sin mer worde!", stimmte Droll bei. „Das müsse rote Halunke sein, wenn's nötig is!"

Und da erscholl auch schon das gellende Kampfgeheul der Indianer.

„Gott steh uns bei! Sie sind's wirklich!", rief Frank. „Droff off sie! Komm rasch mit 'naus!"

Er ergriff den Arm Drolls, um ihn mit sich fortzuziehen. Aber der wegen seiner Pfiffigkeit bekannte Jäger hielt ihn zurück: „Bleib da! Nicht so schnell! Wenn die Indianer itz bei Nacht 'nen Überfall unternehme, sind ihrer so viele beisamme, dass mer so vorsichtig wie möglich sein muss. Wolle erscht sehe, wie de Sache steht. Nachher wisse mer, was mer zu mache habe. Mer müsse uns niederlege und vorwärtskrieche."

Sie schoben sich auf Händen und Füßen bis zum Ausgang hin. Da erkannten sie trotz der Dunkelheit, dass ihre Gefährten verloren waren. Die Übermacht der Roten war zu groß.

Links von ihnen war der Kampf entbrannt. Die Schüsse Firehands, Shatterhands und Winnetous knallten, aber nicht lange Zeit, dann ertönte vielhundertstimmiger Siegesruf der Utahs. Gerade vor dem Ausgang der Spalte war freie Bahn. „Rasch hinter mir her und übers Wasser 'nüber!", raunte Droll dem Vetter zu. Er kroch so schnell und vorsichtig wie möglich auf der Erde hin, Frank folgte. Dabei berührte seine Hand einen harten, langen Gegenstand: ein Gewehr mit Kugelschloss. Old Shatterhands Henrystutzen!, durchzuckte es ihn. Er nahm das Gewehr mit.

Die beiden kamen glücklich ans Wasser und dann an das andere Ufer. Dort ergriff Droll den Hobble-Frank bei der Hand und zog ihn fort, abwärts, in südlicher Richtung. Die Flucht gelang ihnen, weil es so finster war und weil ihre Schritte bei dem Geschrei der Indianer nicht zu hören waren. Bald aber wurde der Raum zwischen Wasser und Felsen so eng, dass Droll riet: „Mer müsse wieder 'nüber ans andre Ufer. Da wird die Bahn wohl breiter sein."

Sie wateten hinüber. Zu ihrem Glück befanden sie sich schon weit unterhalb der Stelle, wo der Posten gestanden hatte. Sie rannten weiter, bald an die Felswand, bald an herumliegende Steine stoßend, bis sie die Stimmen der Indianer nicht mehr hörten. Da fasste der Hobble-Frank seinen Gefährten am Arm und sagte vorwurfsvoll: „Nun halte endlich mal stille, du Tausendsapperlot! Warum biste denn eegentlich fortgerannt und hast mich schmählich verführt, mitzuloofen? Haste denn gar keen Ehrgefühl im Leib?"

„Ehrgefühl?", fragte Droll, vom Laufen beinahe atemlos. „Das habe mer wohl im Leib, aber wer das Ehrgefühl behalte will, der muss vor alle Dinge den Leib ze rette suche. Drum bin ich fortgerannt."

„Aber das war doch eegentlich gar nich erlaubt!"

„So? Warum soll das nich erlaubt sein?"

„Weil es unsre Pflicht war, unsre Freunde zu retten."

„So! Und off welche Weise hättest se denn rette wolle?"

„Wir hätten uns off die Roten werfen müsse, um sie zusammenzuhaue und niederzusteche."

„Zusammenhaue und niedersteche!", lachte Droll. „Da hätte mer weiter nischt erreicht, als dass mer ooch mit gefange worde wäre."

„Gefangen? Meenste etwa, dass unsre Gefährten nur gefangen sind, nich erschossen, erstochen und erschlagen?"

„Nee, umgebracht hat mer se nich. Das steht fest. Haste die Schüsse gehört?"

„Ja."

„Und wer war es, der geschosse hat? Etwa de Indianer?"

„Nee. Was ich hörte, das waren Revolverschüsse.“

„Also! De Indianer haben ihre Gewehre gar nich gebraucht. Es is ihre Absicht gewesen, de Bleichgesichter bei lebendigem Leib gefange ze nehme, um se später desto mehr martern ze könne. Drum bin ich fort. Jetzt sind wir zwee beede gerettet und könne für unsre Leute mehr tun, als wenn mer mit gefange worde wäre.“

„Da haste Recht, Vetter. Es fällt mir e gewaltiger Steen vom Herzen. Du verstehst mich. Soll es etwa vom Hobble-Frank heeßen, dass er, während sich seine Kameraden in Lebensgefahr befanden, das Hasenpanier ergriffen habe? Nee! Lieber stürze ich mich ins dickste Kampfgewühl. Ich bin noch ganz offgeregt.“

„Ooch ich bin erschrocke. Aber verblüffe lass ich mich dennoch nicht. Warte mersch ruhig ab!“

„Das is leicht gesagt. Was für Indianer mögen es nur gewesen sein?“

„Utahs natürlich. Der Große Wolf is nich in sein Lager zurückgekehrt, sondern er hat gewusst, dass noch andre Utahs in der Nähe waren, und hat se off anderm Wege herbeigeschafft. Da mer nich wisse, nach welcher Richtung er sich jetzt wende wird, dürfe mer hier nich stehe bleibe. Mer müsse weiter fort, bis mer en Ort finde, wo mer uns verstecke könne.“

„Und dann?“

„Dann? Nu, mer werde warte, bis es Tag geworde is. Dann untersuche mer de Spur und loofe so lange hinter de Indianer her, bis mer wisse, was mer für unsre Freunde tun könne. Komm!“

Droll nahm Frank am Arm und berührte dabei den Stutzen. „Was?“, fragte er. „Zwee Gewehre haste?“

„Ja. Ich fand, als wir nach dem Wasser krochen, Old Shatterhands Henrystutzen.“

„Das is gut, das is ausgezeichnet! Der kann uns viel Nutze bringe. Aber verstehste denn ooch, damit zu schieße?“

„Ei gewiss! Ich bin so bekannt mit Old Shatterhand, dass

ich sein Gewehr genau kenne. Wehe den Indianern und wehe dem ganzen Wilden Westen, wenn eenem von unsern Freunden ein falsches Haar gekrümmt wird! Ich bin ein guter Mensch, ich bin sozusagen zwee Seelen und ein Gedanke, aber wenn ich rabiat werde, dann haue ich die ganze Weltgeschichte in die Pfanne." Er ballte die Faust und schüttelte sie drohend nach rückwärts.

Das Wasser rechts und die Felswand zur linken Hand, eilten sie immer südwärts, bis nach ungefähr einer Stunde der Cañon eine Wendung nach Westen machte. Über dem so gebildeten Winkel erschien zu ihrer Rechten der Mond am Himmel, der dadurch sichtbar wurde, dass von dieser Seite ein Nebental in den Hauptcañon mündete. Droll blieb stehen und sagte: „Halt! Hier müsse mer überlege, wohin mer uns wende wolle, nach rechts oder nach links." – „Darüber kann's gar keenen Zweifel geben", meinte Frank. „Wir müssen in das Nebental, weil anzunehmen is, dass die Roten im Hauptcañon bleiben. Verstecken wir uns in den Nebencañon, so ziehen sie an uns vorüber und wir können uns dann früh an ihre Fersen heften. Meenste nich?" – „Hm, der Gedanke is nich übel, zumal der Mond grad über dem Seitental steht und uns den Weg beleuchtet." – „Ja, Luna strahlt mir Trost ins Herz. Folgen wir ihrem süßen Licht! Vielleicht führt uns der traute Schein an eenen Ort, wo wir uns gut verstecken können, was jetzt die Hauptsache is."

Sie sprangen über das Wasser und drangen in den Seitencañon ein, worin zurzeit kein Wasser floss, doch gab es Anzeichen, dass zu einer anderen Jahreszeit die ganze Sohle des schmalen Tales ein Wasserbett bildete. Ihre Richtung war jetzt genau westlich. Wohl eine halbe Stunde lang waren sie ihr gefolgt, als sie plötzlich stehen blieben. Die Felswand zu ihrer Rechten hörte nämlich unversehens auf, um mit einer von Norden kommenden Wand eine scharfe Ecke zu bilden. Da lag nun vor ihnen nicht etwa eine freie Ebene, sondern Wald, ein wirklicher Wald, wie kein Fremder ihn hier hätte ahnen können. Über dürftigem Unterholz wölbten sich die Wipfel so dicht, dass das Licht des Mondes nur an einzelnen Stellen durchzudringen vermochte. Es war der ‚Wald des Wassers', wo die Utahs ihr Kriegslager aufgeschlagen hatten.

Die Senkung, die er füllte, zog sich genau von Norden nach Süden, gleichlaufend mit dem nicht viel über eine halbe Stunde entfernten Hauptcañon. Zwischen diesem Hauptcañon und dem Wald gab es zwei Verbindungswege, zwei Seitentäler, ein nördliches, das der Große Wolf benutzt hatte, und ein südliches, durch das Droll und Frank jetzt gekommen waren. Diese beiden von Osten nach Westen gehenden Nebentäler bildeten mit dem Hauptcañon und dem Wald ein Rechteck, dessen innere Fläche aus dem hohen, stundenlangen Felsblock bestand, in den die Gewässer sich ihre senkrechten, tiefen Wege eingefressen hatten.

„Ein Wald! Ein Wald mit richtigen Büschen und Bäumen!", staunte Frank. „Besser konnten wir's gar nich treffen, denn das gibt ein Versteck, wie's im Hauptbuche steht. Meenste nich?" – „Nee", entgegnete Tante Droll. „Dieser Wald kommt mer verdächtig oder gar beinahe unheimlich vor. Ich trau' mich nich. Wer wird wohl besser wisse, dass hier e Wald is, wir oder die roten Kerle?" – „Die Indianer." – „Ja. Und sie werden ebenso gut wisse wie wir, dass mer sich im Wald am besten verstecke kann. Habe ich dir aber nich schon erklärt, dass Indianer in der Nähe sein müsse?" – „Ja, denn bei ihnen hat sich der Große Wolf Hilfe geholt." – „Wo werde nun diese Leute stecke? Im öden, nackten Cañon oder im bequemen Wald? Ich bin überzeugt, dass mer Grund habe, sehr vorsichtig zu sein. Rasch 'nüber und dann unter de Sträucher niedergeduckt und gehorcht, ob sich was regt. Vorwärts!"

Sie sprangen über die lichte, vom Mond beschienene Stelle hinüber. Bei den Bäumen kauerten sie sich nieder, um zu lauschen. Sie hörten nichts, kein Blättchen regte sich. Aber Droll sog die Luft ein und sagte leise: „Frank, schnuppere mal! Es riecht nach Rooch. Denkste nich?" – „Ja", bestätigte der Kleine. „Aber der Geruch is kaum zu bemerken. Es is nur eine halbe Ahnung von eener Viertelsspur von Rooch." – „Weil's weit herkommt. Mer müsse die Sache untersuche und uns näher schleiche."

Die Vettern nahmen sich bei den Händen und schritten langsam und leise vorwärts. Es war dunkel unter dem Kronendach und sie mussten sich deshalb mehr auf ihren Tastsinn verlassen. Je weiter sie kamen, desto stärker wurde der Rauchgeruch. Sie schlichen voran, bis der Schein des Feuers zu sehen war. Jetzt waren auch unbestimmte Töne, wie ferne Menschenstimmen, zu vernehmen. Der Wald schien sich nun mehr nach rechts auszubreiten. Sie folgten dieser Richtung und erblickten bald noch mehrere Feuer.

„Ein großes Lager!", flüsterte Droll. „Das werde de Utahkrieger sei, die sich zum Zug gegen die Navajos versammle. Da sind jedenfalls viele Hundert beisamme."

„Schadet nischt. Wir müssen näher. Ich will wissen, was mit Old Shatterhand und den andern wird. Ich muss..."

Der Hobble-Frank wurde unterbrochen, denn vor ihnen ertönte jetzt plötzlich ein vielstimmiges Jubelgeheul. „Jetzt bringe se de Gefangene", meinte Droll. „Der Große Wolf kommt von Norden und wir komme von Süden. Nu müsse mer unbedingt erfahre, was mer mit ihne anfange will."

Bis jetzt waren sie in aufrechter Stellung vorwärts geschritten. Nun mussten sie sich anschleichen. Sie legten sich also auf den Boden nieder und krochen weiter. Nach kurzer Zeit erreichten sie die himmelhoch scheinende Felswand, die die östliche Grenze des Waldes bildete. Ihr entlang schlichen sie nebeneinander weiter. Sie hatten jetzt die zahlreichen Feuer zur Linken und erblickten bald das Südende des kleinen Sees, an dessen westlichem Ufer das Feuer der Häuptlinge brannte. Sie krochen in dieser Richtung weiter, bis sie einen hohen Baum erreichten, dessen untere Äste man leicht mit den Händen erlangen konnte.

Da wurde neue Nahrung in das erwähnte Feuer geworfen. Die Flamme loderte hoch auf und beleuchtete die gefangenen Bleichgesichter, die soeben gebracht wurden.

„Jetzt müsse mer genau offpasse", sagte Droll. „Kannste klettern, Vetter?" – „Wie ein Eichhörnchen!" – „Dann roff off den Boom! Von da oben aus habe mer ne viel freiere und schönere Aussicht als hier unten." Sie schwangen sich hinauf und saßen bald wohl versteckt oben im Laub.

Die Gefangenen hatten laufen müssen, waren also an den Füßen nicht gefesselt. Sie wurden an das Feuer geführt, wo sich die Häuptlinge, darunter der Große Wolf, wieder niedergelassen hatten. Dieser Indianer hatte die bisher verborgenen Adlerfedern hervorgeholt und wieder in den Schopf gesteckt. Er war Sieger und durfte sein Abzeichen wieder tragen. Sein Auge ruhte mit dem Ausdruck eines hungrigen Panthers auf den Weißen, doch sagte er jetzt noch nichts, da der älteste Häuptling das Recht besaß, zuerst das Wort zu ergreifen.

Der Blick Nanap neavs, des Alten, flog von einem Gefangenen zum andern, bis er zuletzt an Winnetou haften blieb. „Wer bist du?", fragte er ihn. „Hast du einen Namen und wie heißt der räudige Hund, den du deinen Vater nennst?"

Jedenfalls hatte er erwartet, dass der stolze Apatsche ihm gar nicht antworten werde. Aber der Apatsche sagte ruhig: „Wer Winnetou nicht kennt, ist ein blinder Wurm, der vom Schmutz lebt. Vor dir steht der Häuptling der Apatschen."

„Winnetou ist kein Häuptling, kein Krieger, sondern das Aas einer toten Ratte!", verhöhnte ihn der Alte. „Diese Bleichgesichter alle sollen den Tod der Ehre am Marterpfahl sterben. Winnetou aber werden wir hier ins Wasser werfen, damit ihn die Frösche und Krebse verzehren."

„Nanap neav ist ein alter Mann. Er hat viele Sommer und Winter gesehen und viele Erfahrungen gesammelt. Dennoch scheint er noch nicht gehört zu haben, dass sich Winnetou nicht ungerächt verhöhnen lässt. Der Häuptling der Apatschen ist bereit, alle Qualen zu leiden, aber beleidigen lässt er sich von einem Utah nicht."

„Was will mir der Apatsche tun?", lachte der Alte auf. „Seine Glieder sind gebunden."

„Nanap neav mag bedenken, dass es für einen freien, bewaffneten Mann leicht ist, grob gegen einen gefesselten Gefangenen zu sein! Aber würdig ist es nicht. Ein stolzer Krieger verschmäht es und wenn Nanap neav das nicht beherzigen will, so mag er die Folgen tragen."

„Welche Folgen? Hat Winnetou einmal den stinkigen Schakal gerochen, von dem selbst der Aasgeier nichts wissen will? So ein Schakal ist er. Der Gestank, den er..."

Der alte Häuptling kam nicht weiter. Ein Schrei des Schreckens ertönte aus den Kehlen aller Utahs, die in der Nähe standen. Winnetou war dem Alten mit einem gewaltigen Satz gegen den Leib gesprungen und hatte ihn dadurch hintenüber geworfen. Dann kehrte er ruhig wieder auf seinen Platz zurück. Sein Gegner aber lag starr und regungslos.

Nach dem allgemeinen Schrei trat für einen Augenblick tiefe Stille ein, sodass man die laute Stimme des Apatschen hörte: „Winnetou hat ihn gewarnt. Nanap neav hörte nicht und wird nun nie wieder einen Apatschen beleidigen."

Die andern Häuptlinge waren aufgesprungen, um den Alten zu untersuchen. Nanap neav war mit dem Hinterkopf so derb gegen einen Stein geschlagen, dass ihm die Hirnschale zertrümmert wurde. Er war tot. Die roten Krieger drängten heran, die Hände an den Messern, blutgierige Blicke auf Winnetou werfend. Man sollte meinen, die Tat des Apatschen habe die Utahs zur heulenden Wut aufgestachelt. Dem war aber nicht so. Ihr Grimm blieb stumm, zumal der Große Wolf die Hand hob und gebot: „Zurück! Der Apatsche hat den alten Häuptling umgebracht, um schnell und ohne Qual zu sterben. Er dachte, ihr würdet nun über ihn herfallen und ihn rasch töten. Aber er hat sich verrechnet. Er soll eines Todes sterben, den noch kein

Mensch erlitten hat. Wir werden darüber beraten. Schafft den alten Häuptling in seiner Decke fort, damit sich die Augen dieser weißen Hunde nicht an seiner Leiche weiden! Sie sollen alle an seinem Grab geopfert werden. Howgh!"

Die Gefangenen wurden an eine kleine offene Stelle des Waldes gebracht, wo ein Feuer brannte. Man band ihnen nun auch die Füße zusammen und legte sie nieder. Sechs bewaffnete Krieger standen rundum unter den Bäumen, um den Ort zu bewachen. Eine Flucht schien unmöglich.

Droll und Frank hatten von ihrem hohen Sitz aus alles deutlich gesehen. Der Baum, auf dem sie saßen, stand vielleicht hundert Schritte weit von dem Feuer der Häuptlinge entfernt, sodass sie auch den größten Teil der Worte, die gesprochen worden waren, hatten verstehen können. Jetzt galt es, die Stelle, wohin die Gefangenen geschafft wurden, ausfindig zu machen.

Eben, als sie vom Baum stiegen, wurden die erbeuteten Waffen und andern Gegenstände zu den Häuptlingen gebracht und bei ihnen niedergelegt. Am Feuer des Ufers sah man nun nur noch die Anführer. Es musste irgendeinen Grund geben, der die übrigen Krieger an eine andere Stelle zog. Es ließen sich eigentümliche, klagende Töne hören. Man vernahm eine Zeit lang eine Einzelstimme, der dann ein Chor folgte. Das ging ohne Unterbrechung, bald schwächer und bald lauter fort.

„Weeßte, was das is?", fragte Droll seinen Moritzburger Vetter. – „Das soll wohl die tote Leichenarie für den alten Häuptling sein?" – „Ja." – „Das is uns von Wichtigkeet, denn bei diesem Jammern wird es den Kerlen schwer sein, uns zu hören. Wir müsse die Unsrigen unbedingt offsuchen. Die Hauptsache is, dass wir sie losbinden oder ihre Riemen durchschneiden. Is der Platz, wo sie sich befinden, nich allzu weit vom Feuer der Häuptlinge entfernt, wo die Waffen liegen, so haben wir gewonnenes Spiel. Een wahres Glück is es, dass es hier unter den Beemen so dunkel is. Die Feuer sind uns nur nützlich, weil wir dadurch die Gestalten der Roten leicht erkennen und ihnen aus dem Wege gehen können." – „Das hat seine Richtigkeet. Also jetzt wieder nieder off de Erde und dann weiter fort! Ich krieche voran." – „Warum denn du?" – „Weil ich länger im Westen gewesen bin und mich offs Anschleichen besser verstehe als du." – „Ach, rede nich! Bilde dir nur nich solch große Rosinen ein! Aber weil du mein geliebter Vetter bist, will ich dir den Vortritt lassen. Will dich vorn eener totstechen, so sag nur eenen Mucks, damit ich dir von hinten beistehen kann."

Sie glitten in einer Entfernung von etwa fünfzig Schritt an den Häuptlingen vorüber und kamen unbemerkt an das nächste Feuer, wo die Gefangenen lagen. Es kam einige Male vor, dass ein Roter ganz nahe an ihnen vorüberhuschte. Einmal musste sich Frank blitzschnell zur Seite werfen, um nicht von dem Fuß eines vorbeieilenden Indianers berührt zu werden. Später aber hörte dies Hinundherlaufen auf. Diejenigen, die den Totengesang übernommen hatten, hockten um die Leiche und die andern hatten sich ausgestreckt, um zu schlafen.

So gelangten die beiden bis hinter die Wachen, die den Platz der Gefangenen umstanden. Droll lag hinter einem Baum und Frank hinter dem nächsten. Die Flamme war zusammengesunken und gab ein ungenügendes Licht. Die Gestalten der Gefangenen waren kaum zu erkennen. Droll kroch einige Schritte nach rechts, dann eine kleine Strecke weit nach links, ohne einen Wächter zu erblicken. Als er dann zu Frank zurückkam, flüsterte er ihm zu: „Der Oogenblick scheint mer günstig zu sein. Siehste Old Shatterhand?" – „Ja. Er is ja hier gleich der Erschte." – „Kriech zu ihm hin und bleib so steif bei ihm liege, als ob du ooch gefesselt wärst!" – „Und du?" – „Ich mach mich zu Old Firehand und Winnetou, die da drüben liegen." – „Das is gefährlich!" – „Ooch nich mehr als hier. Was wird Old Shatterhand für Freude habe, wenn er seinen Stutzen wieder hat! Mach schnell!"

Eben fiel die Flamme so weit nieder, dass es schien, als wollte das Feuer vollständig verlöschen. Es wurde so dunkel, dass man die Gestalten der Gefangenen nicht mehr zu unterscheiden vermochte. Einer der Wächter ging hin, um neues Holz aufzulegen. Ehe es jedoch vom Feuer ergriffen wurde, hatten Droll und Frank die Dunkelheit benutzt. Beide befanden sich an Ort und Stelle.

Frank hatte sich neben Old Shatterhand gelegt. Er streckte die Beine aus, als sei er gefesselt, schob seinem Nachbarn den Henrystutzen hin und zog dann die Arme an, damit die Wächter denken sollten, sie seien ihm an den Leib gebunden.

„Frank, Sie?“, fragte Old Shatterhand leise. „Wo ist Droll?“ – „Drüben liegt er, bei Firehand und Winnetou.“ – „Gott sei Dank, dass ihr die Fährte gefunden habt und noch vor Tage kommen konntet!“ – „Wussten Sie denn, dass wir kommen würden?“ – „Ich hoffte es. Als die Kerle das Feuer anbrannten, sah ich, dass ihr nicht unter den Gefangenen wart. Die Roten suchten nach meinem Gewehr. Ich hatte Angst, ob sie euch finden würden. Aber sie kamen ohne euch zurück und mein Stutzen war verschwunden. Das sagte mir alles.“ – „Ja, ohne uns wären sie futsch gewesen!“ – „Das nun gerade nicht. Schauen Sie her!“

Frank blickte genauer hin und sah, dass der Jäger ihm die freie Rechte zeigte.

„Diese Hand habe ich schon losgemacht“, fuhr Old Shatterhand fort, „und die andre wäre in einer Viertelstunde auch frei gewesen. Ich habe in einer kleinen, verborgenen Tasche ein Federmesser, das von Mann zu Mann gegangen wäre, sodass wir alle in kurzer Zeit unsre Riemen zerschnitten hätten. Dann schnell aufgesprungen und zu den Waffen gerannt, die drüben bei den Häuptlingen liegen! Aber besser ist's doch, dass ihr uns gefunden habt. Ihr seid den Roten gefolgt?“ – „Nee, das nich. Wir sind ausgerissen, immer den Cañon hinab, bis wir in ein Seitental kamen, in das wir uns drücken konnten. Wir hatten die Absicht, dann später bei hellem Tageslicht die Fährte der Roten offzusuchen, um zu sehen, was wir für Sie tun könnten." – „Also ist es eigentlich nicht euer Verdienst, dass ihr diesen Wald gefunden habt?" – „Nee, den Wald haben wir eegentlich nich verdient. Aber da ihn uns ein gütiges Geschick eenmal entgegengeworfen hat, werden Sie es uns wohl nich übel nehmen, dass wir nachher so frei waren, Ihnen die schuldige Neujahrsvisite abzustatten." – „Das weiß ich wohl zu würdigen, alter Frank. Aber ziehen Sie Ihr Gewehr an sich! Es kann sonst leicht gesehen werden. Und geben Sie Ihr Messer her, damit ich meinen Nachbarn freimache! Der wird es weiterreichen." – „Und dann, wenn die Fesseln fort sind, erscht zu den Waffen, nachher zu den Pferden rennen und fort!" – „Nein, wir bleiben. Zu den Waffen und dann zu den Pferden laufen, das müsste so schnell geschehen, dass ein heilloses Wirrwarr entstehen würde. Keiner fände in dieser kurzen Zeit sein Gewehr, sein Messer, sein übriges Eigentum heraus. Die Roten wären über uns, ehe wir an die Pferde kommen könnten. Und wer weiß, ob die Tiere noch gesattelt sind. Nein, wir müssen uns sofort hinter Schilde verstecken, nämlich hinter die Häuptlinge." – „Das is freilich een großartiger Gedanke!" – „Wir setzen uns in den Besitz der Häuptlinge und sind dann sicher, dass uns nichts geschehen wird. Jetzt aber still! Das Feuer brennt wieder niedrig, und so werden es die Wächter wohl nicht sehen, wenn wir die Arme bewegen."

Old Shatterhand durchschnitt seine Fesseln und tat dasselbe bei seinem Nachbarn. Der gab das Messer weiter. Dasjenige Drolls lief bereits um. Dann ging Old Shatterhands Weisung leise von Mund zu Mund, dass alle zu den Häuptlingen eilen sollten, sobald er das Feuer ausgelöscht habe.

„Das Feuer ausgelöscht?", brummte Frank. „Wie wollen Sie das fertig bringen?" – „Sie werden es sehen! Ausgelöscht muss es werden, sonst treffen uns die Kugeln der Wächter."

Jetzt lagen alle bereit. Old Shatterhand wartete, bis der Utah am Feuer im Begriff stand, wieder Holz aufzulegen, wodurch die Flamme für kurze Zeit gedämpft wurde. Da sprang der Jäger auf, schnellte sich zu dem Wächter hin, schlug ihm die Faust an die Schläfe, warf ihn in das Feuer, wälzte ihn mehrmals hin und her und löschte so die Flamme aus. Das geschah so schnell, dass es finster war, bevor die andern Wächter den Vorgang recht begriffen. Sie stießen ihre Warnungsrufe zu spät aus, denn schon drangen die Befreiten durch den Wald dem See entgegen.

Der Große Wolf hatte sich soeben zu seinen Kriegern begeben. Allein die drei übrigen Häuptlinge saßen noch immer beratend an ihrem Feuer. Da hörten sie den Ruf der Wächter und zugleich sahen sie die Befreiten auf sich zukommen. Einige Sekunden später waren sie entwaffnet und gebunden. Die Weißen griffen nach ihren in der Nähe liegenden Gewehren. Als die Wächter nun unter den letzten Bäumen erschienen, sahen sie ihre Anführer am Boden liegen und auf ihnen knieten einige Weiße mit gezückten Messern. Hinter dieser Gruppe standen die andern mit angelegten Gewehren. Die Roten fuhren erschrocken zurück und stießen ein Wutgeheul aus, das die Übrigen schnell herbeirief. Sie standen unter dem Schutz der Bäume. Die Weißen waren vom Feuer hell beschienen. Aber es war nicht zu bezweifeln, dass sich beim ersten Schuss die drohenden Messer in die Herzen der Häuptlinge senken würden.

Old Shatterhand, der den ältesten Häuptling ergriffen hatte, fragte ihn gebieterisch, wie er heiße. Er antwortete: „Gebt ihr Kunpui[1] frei, so wird er mit euch sprechen!"

„Frei wirst du sein, aber nur dann, wenn ihr auf unsre Forderungen eingeht."

„Was fordert ihr? Die Freiheit?"

„Nein, denn die haben wir bereits. Wir verlangen..." Er wurde unterbrochen. Als die Häuptlinge gebunden wurden, hatte er seinen Stutzen einstweilen weggelegt. Soeben hob er ihn wieder auf. Drüben bei den Feinden stand –

[1] Feuerherz

wohlweislich hinter einem Baum verborgen – der Große Wolf. Sein Blick fiel auf das Gewehr und voller Entsetzen schrie er: „Das Zaubergewehr! Es ist wieder da! Die Geister haben es ihm durch die Luft gebracht!"

„Das Zaubergewehr!", hörte man die Stimmen der erschrockenen Yampa-Utahs drüben unter den Bäumen.

Old Shatterhand wandte sich wieder an Feuerherz: „Wir fordern, dass man uns unbehelligt ziehen lässt. Bei Tagesanbruch reiten wir fort und nehmen euch als Geiseln mit. Sobald wir dann überzeugt sein können, dass uns von euch keine Gefahr mehr droht, geben wir euch frei."

„Es ist eine große Schande für uns!", stöhnte Feuerherz. „Ihr befandet euch in unsern Händen, die Marterpfähle sollten mit Tagesanbruch errichtet werden und nun sind wir die Gefangenen und ihr schreibt uns Bedingungen vor!"

„Wird das besser dadurch, dass ihr euch weigert, auf mein Verlangen einzugehen? Denkt an mein Zaubergewehr!"

Diese Mahnung schien ganz besonders zu wirken, denn Feuerherz fragte: „Wohin nehmt ihr uns mit? In welche Gegend werdet ihr reiten?"

„Ich könnte dir aus Vorsicht falsche Angaben machen", entgegnete Old Shatterhand, „aber ich verschmähe das. Wir gehen in die Book Mountains, hinauf zum Silbersee. Wenn wir sehen, dass ihr ehrlich seid, werden wir euch nur einen Tag bei uns behalten. Ich gebe euch jetzt eine Viertelstunde Zeit zum Überlegen. Weigert ihr euch, so werden unsre Gewehre zu reden beginnen, sobald die Frist verstrichen ist. Ich habe gesprochen!"

Feuerherz senkte den Kopf. Da wurde seine Aufmerksamkeit auf die Bäume gelenkt, wo sich eine halblaute Stimme hören ließ: „Mai ive!"

Diese beiden Worte bedeuten „Schau hierher!" Sie waren ziemlich leise gesprochen worden und konnten jedem andern als dem Häuptling gelten und für die Weißen ohne Bedeutung sein. Dennoch blickten auch Old Shatterhand, Old Firehand und Winnetou unauffällig in die betreffende

Richtung. Was sie da sahen, war seltsam. Dort standen zwei Rote, die eine Decke an den oberen zwei Zipfeln wie einen Vorhang zwischen sich hielten. Diesen Vorhang bewegten sie in gewissen Zwischenräumen auf und nieder. Hinter ihnen sah man den Schein eines der Feuer leuchten. Diese beiden Utahs sprachen mit Feuerherz.

Die Indianer haben bekanntlich eine Zeichensprache, die bei den einzelnen Stämmen allerdings verschieden ist. Des Nachts bedienen sie sich dazu ihrer Pfeile, an die sie trockene Grasbüschel binden. Das Gras wird angezündet und so wird Pfeil um Pfeil abgeschossen. Am Tag brennen sie ein Feuer an und halten, um den Rauch zu sammeln, Felle oder Decken darüber. Sooft die Felle und Decken weggenommen oder gelüpft werden, steigt eine Rauchwolke empor, die das Zeichen bildet. Es ist das eine Art Telegrafie, ähnlich der unsern, denn die Pausen zwischen den einzelnen Rauchwolken haben ebenso eine bestimmte Bedeutung wie unsere Striche und Punkte. Man darf aber nicht denken, dass ein Stamm stets bei den gleichen Zeichen bleibt. Sie werden vielmehr zuweilen verändert, um den Feinden die Entzifferung der Zeichensprache so sehr wie möglich zu erschweren.

Sobald die beiden Roten die Decke zu bewegen begannen, trat Winnetou einige Schritte zur Seite, sodass er genau hinter Feuerherz zu stehen kam, für den die Zeichen bestimmt waren. Das Telegrafieren währte wohl fünf Minuten lang. Feuerherz verwandte während dieser Zeit kein Auge von der Stelle, wo die beiden standen. Dann traten sie auseinander. Sie waren mit ihrer Mitteilung fertig und dachten wohl nicht, dass sie von ihren Gegnern beobachtet worden seien. Feuerherz bemerkte erst jetzt, dass Winnetou hinter ihm stand. Das fiel ihm auf und er drehte sich besorgt um. Winnetou aber tat, als nähme die im Mondschein schillernde Fläche des Sees seine ganze Aufmerksamkeit in Anspruch. Feuerherz fühlte sich beruhigt. Winnetou aber trat langsam zu Old Shatterhand und Old Firehand. Beide entfernten sich mit ihm noch einige Schritte weiter und dann fragte Old Firehand leise: „Die Roten haben zu dem Häuptling gesprochen. Hat mein roter Bruder ihre Worte gesehen und verstanden?"

„Gesehen wohl, aber nicht jedes Einzelne verstanden", erwiderte Winnetou. „Dennoch ist der Sinn mir klar. Die beiden Roten sind zwei junge Häuptlinge der Sampitsche-Utahs, deren Krieger sich auch mit hier befinden. Sie forderten Feuerherz auf, getrost mit uns zu reiten. Wenn wir zum Silbersee wollen, geht unser Weg von hier aus zunächst über den Grand River und in das Tey-yuaf[1], hinein. Dort lagern viele Krieger der Tasche-, Capote- und Wiminutsche-Utahs, um sich zum Zug gegen die Navajos zu versammeln und die hier befindlichen Utahs zu erwarten. Auf diese Krieger müssen wir stoßen und sie werden, wie man meint, die Geiseln befreien. Es sollen gleich jetzt einige Boten an sie gesandt werden, sie zu benachrichtigen. Und damit wir auf keinen Fall entkommen können, werden die hiesigen Utahs, sobald wir aufgebrochen sind, dieses Waldlager verlassen und uns folgen, sodass wir zwischen die beiden Utahgruppen geraten."

„Behold! Dieser Plan ist nicht übel. Was sagt mein roter Bruder dazu?"

„Winnetou gibt zu, dass er gut ausgedacht ist, aber wir kennen ihn ja nun und wissen, was wir zu tun haben."

„Aber in das Hirschtal müssen wir, wenn wir nicht einen Umweg von wenigstens vier Tagen machen wollen."

„Wir werden keinen Umweg machen und trotzdem den Utahs nicht in die Hände fallen. Frage meinen Bruder Scharlih! Winnetou ist mit ihm im Tal der Hirsche gewesen. Dort wurden wir von einem großen Haufen wandernder Elk-Utahs gejagt. Wir sind ihnen entkommen, weil wir einen Felspfad fanden, den vor uns vielleicht kein Mensch betreten hat."

[1] Hirschtal

„Gut, reiten wir diesen Weg! Und die Geiseln geben wir nicht eher frei, als bis wir das gefährliche Tal der Hirsche hinter uns haben."

Nun war die Viertelstunde vergangen und Old Shatterhand fragte Feuerherz: „Die Zeit ist um. Was hat der Häuptling der Utahs beschlossen?"

„Bevor er das sagen kann", begann Kunpui, „muss er erst wissen, wie weit ihr uns als Geiseln mitschleppen wollt."

„Ihr sollt uns bis ins Tal der Hirsche begleiten. Ist uns bis dorthin nichts geschehen, so nehmen wir an, dass ihr euer Wort gehalten habt, und lassen euch frei."

„Werdet ihr uns das durch die Pfeife des Friedens beschwören?"

„Nur dir allein. Das genügt, denn du redest und rauchst im Namen der andern."

„So nimm dein Kalumet und brenne es an!"

„Nimm lieber das deinige!"

„Warum? Ist nicht deine Pfeife ebenso wie die Kunpuis? Oder bringt die deinige nur Wolken der Unwahrheit zu Stande?"

„Mein Kalumet spricht stets die Wahrheit. Der Große Wolf nur wollte es unehrlich machen und du hast die gleiche Schuld auf dich geladen, indem du ihm Krieger gabst, uns zu ergreifen. Nein, es wird nur aus deinem Kalumet geraucht. Willst du das nicht, so nehmen wir an, dass du es nicht ehrlich meinst. Entscheide schnell!"

„So binde Kunpui los, damit er die Pfeife bedienen kann!"

„Das ist nicht nötig. Du bist Geisel und musst gefesselt bleiben, bis wir dich im Tal der Hirsche freigeben. Ich selbst werde dein Kalumet bedienen und dir an die Lippen halten."

Feuerherz zog es vor, nicht mehr zu antworten. Old Shatterhand nahm ihm die Pfeife vom Hals, stopfte sie und steckte sie in Brand. Dann stieß er den Rauch nach oben, nach unten und in die vier Himmelsrichtungen und erklärte hierauf in kurzen Worten, dass er das gegebene Versprechen halten werde, wenn die Utahs auf alle Feindseligkeiten verzichteten. Feuerherz wurde auf die Füße gestellt und in die vier Windrichtungen gedreht. Dabei musste er dieselben sechs Züge aus der Pfeife tun und für sich und die Seinen das Gegenversprechen leisten.

Nun wurden die Pferde der Weißen und der Geiseln gebracht. Das war, als gerade der Tag zu grauen begann. Die Weißen hielten es für geraten, ihren Abzug möglichst zu beschleunigen. Die Häuptlinge wurden auf ihre Pferde gebunden. Dann nahmen je zwei Weiße einen von ihnen in die Mitte. Der Zug setzte sich in Bewegung nach dem Seitencañon, aus dem sich der Hobble-Frank und die Tante Droll ins Lager geschlichen hatten. Die Roten verhielten sich ruhig. Nur die finsteren Blicke, mit denen sie den Bleichgesichtern folgten, bewiesen, von welchen Gefühlen sie beherrscht waren.

14. Eine Indianerschlacht

Auf den glücklichen Ausgang dieses Abenteuers war niemand stolzer als Droll und der Hobble-Frank. Als sie das Lager verlassen hatten, sagte Droll: „Is das ne Freude für meine alte Seele! Na, werde sich de Indianer ärgere, dass se uns so fortreise lasse müsse! Meenste nich, Vetter?“

„Freilich!“, nickte Frank. „Und das is unser Werk, denn ohne uns lägen die andern noch in Ketten und Banden, gerade wie Prometheus, der jahraus, jahrein nur Adlerleber essen darf.“

„Na, weeßte, Frank, ich denke, dass die sich ooch noch herausgefunde hätte.“

„Das gloobe ich zwar ooch, aber schwer geworden wäre es ihnen doch. Ich bin zwar nicht stolz, aber es is immerhin eine erhebende Gefühlsempfindung. Wenn ich mich später zur Ruhe gesetzt habe und mal bei guter Tinte bin, werde ich meine Memoranden schreiben, wie es alle berühmten Männer tun.“

Jetzt war der Zug im Nebencañon angekommen. Er bog nicht links in den Hauptcañon ein, sondern wendete sich nach rechts, um der Seitenschlucht zu folgen. Winnetou, der den Weg am genauesten kannte, ritt wie gewöhnlich an der Spitze. Hinter ihm kamen die Jäger, dann die Rafters, die Gefangenen in der Mitte. Ihnen folgte die Sänfte, worin sich Ellen Patterson befand. Ihr Vater ritt nebenher und den Schluss bildeten wieder einige Rafters.

Ellen hatte sich seit gestern überaus brav gehalten. Sie war glücklicherweise von den Roten nicht so streng behandelt worden wie die männlichen Gefangenen. Als sich dann die Männer von ihren Banden befreit hatten und zu den Häuptlingen gesprungen waren, war das kleine Ding, geführt von seinem Vater und dem alten Blenter, mutig mitgerannt.

Der schmale Cañon stieg ziemlich steil an und mündete nach einer Stunde auf die offene Felsebene, die von den dunklen Massen der Rocky Mountains begrenzt zu werden schien. Hier gab man den Pferden die Sporen und trieb sie so sehr an, wie es die Rücksicht auf die Sänfte erlaubte. Später erlitt diese Schnelligkeit eine Unterbrechung durch einen für die Reiter erfreulichen Umstand. Man erblickte nämlich ein Rudel Gabelantilopen und es gelang, vier davon zu erlegen. Das gab hinreichend Fleischvorrat für den heutigen Tag.

Die Berge traten immer näher. Die Hochebene schien an ihren Fuß zu stoßen. Das war aber keineswegs der Fall, da das Tal des Grand River dazwischenlag. Gegen Mittag, als die Strahlen der Sonne so heiß herniederbrannten, dass sie Mensch und Tier belästigten, gelangte man an eine schmale Stelle der felsigen Ebene, die sich abwärts senkte.

„Das ist der Anfang eines Cañons, der uns zum Fluss führen wird“, erklärte Winnetou, während er dieser Senkung folgte. Es war, als hätte ein Riese hier den Hobel angesetzt, um eine immer tiefer gehende Bahn in den harten Stein zu schneiden. Die Wände rechts und links, erst kaum bemerkbar, dann mannshoch, nachher haushoch, stiegen immer mächtiger an, bis sie oben scheinbar zusammenstießen. Hier in der Tiefe wurde es dunkel und kühl. Von den Wänden sickerte Wasser herab, das sich auf der Sohle sammelte, sodass die durstigen Pferde saufen konnten. Und eigentümlich, dieser Cañon wies nicht die leiseste Windung auf. Er war schnurgerade in den Felsen eingefressen, sodass, lange bevor man sein Ende erreichte, vorn ein heller Strich zu sehen war, der ständig breiter wurde. Das war der Ausgang des tiefen Einschnitts.

Als die Reiter dort anlangten, bot sich ihnen ein überwältigender Anblick. Sie befanden sich im Tal des Grand River. Dieses Tal war vielleicht eine halbe englische Meile breit, der Fluss strömte in der Mitte hin und ließ zu beiden Seiten einen Grasstreifen frei, der von der senkrecht ansteigenden Cañonwand begrenzt wurde. Das Tal lief von Norden nach Süden, gerade wie mit dem Lineal gezogen, und die beiden Felswände zeigten zunächst weder einen Riss noch einen Vorsprung.

Keinen einzigen Riss? Und doch! Genau den Reitern gegenüber befand sich am rechten Ufer des Flusses ein ziemlich schmaler Einschnitt, aus dem ein ansehnlicher Bach geflossen kam. Dorthin deutete Winnetou, während er sagte: „Diesem Bach müssen wir folgen. Er führt zum Tal der Hirsche."

„Aber wie kommen wir hinüber?", fragte Patterson, dem es um seine Tochter zu tun war. „Der Fluss ist zwar nicht reißend, scheint jedoch tief zu sein."

„Oberhalb des Bacheinflusses gibt es eine Furt, die so seicht ist, dass das Wasser in dieser Jahreszeit die Sänfte nicht berühren wird. Meine Brüder mögen mir folgen!"

Man ritt quer über das Gras bis an die Furt. Sie lag so, dass man am jenseitigen Ufer auch noch den Bach überschreiten musste, um an dessen rechtes Ufer zu gelangen, das breiter, also bequemer zu begehen war als das linke. Winnetou lenkte sein Pferd ins Wasser und die andern folgten ihm. In der Nähe des andern Ufers hielt er plötzlich an und stieß einen halblauten Ruf aus: „Uff! Da drüben sind Männer geritten."

Er deutete das Ufer entlang. Old Firehand und Old Shatterhand trieben ihre Pferde mehrere Schritte weiter und sahen nun auch die Fährte. Sie war breit wie von vielen Reitern. Das Gras hatte sich noch nicht ganz wieder aufgerichtet. Die drei ritten vollends ans Ufer, stiegen dort ab und musterten die Eindrücke.

„Das waren Bleichgesichter", stellte Winnetou fest.

„Ja", stimmte Old Shatterhand bei. „Indianer wären hintereinander geritten und hätten keine so breite, augenfällige Spur verursacht. Ich schätze den Trupp auf etwa zwanzig Personen."

„Hm!", brummte Old Firehand. „Ich glaube, zu erraten, wen wir da vor uns haben: den roten Cornel mit seiner Schar."

„Hm!“, machte auch Old Shatterhand. „Möglich ist’s. Meiner Berechnung nach können die Kerle hier sein. Und das stimmt auch zu dem, was ich von Knox und Hilton erfahren habe. Aber wo sind sie hin? Da drüben rechts abgebogen, also nicht weiter den Grand River hinab, sondern am Bach aufwärts zum Tal der Hirsche. Sie reiten den Utahs gerade in die Arme. Das ist ihr Schicksal, das sie sich selbst bereitet haben. Wir können es nicht ändern.“

„Oho!“, rief Old Firehand. „Dann geht uns der Plan, die Zeichnung verloren, die der Cornel gestohlen hat. Wenn wir diese Zeichnung nicht bekommen, erfahren wir vielleicht nie, wo die Schätze des Silbersees liegen.“

„Bedenkt, welchen Vorsprung die Tramps haben! Im Übrigen vergesst nicht, dass ich um den Schatz weiß!“

Old Firehand bückte sich, um das Gras nochmals zu untersuchen, und erklärte dann enttäuscht: „Sie sind vor fünf Stunden hier gewesen. Sie befinden sich in der Gewalt der Roten, noch ehe wir die Hälfte des Weges zurückgelegt haben. Wie aber steht es mit den Boten, die von den Yampa-Utahs in dieses Tal geschickt werden sollten? Sie sind jedenfalls noch vor uns aufgebrochen und wir haben noch keine Fährte von ihnen gesehen.“

„Diese Männer sind wohl nicht geritten, sondern gelaufen“, erklärte Winnetou. „Zu Fuß ist der Weg viel kürzer, da ein Mokassin über Stellen gelangen kann, an denen Pferd und Reiter die Hälse brechen würden. Meine Brüder mögen nicht weiter an den Cornel denken, sondern daran, dass wir diese Spuren verwischen müssen.“

„Warum verwischen?“

„Wir wissen, dass die Yampa-Utahs uns folgen. Sie müssen die Fährte des Cornels, die unmittelbar zum Hirschtal geht, für die unsrige halten. Dann werden sie ihr folgen und nicht vermuten, dass wir ihnen seitlich entwichen sind. Deshalb dürfen sie nicht sehen, dass bereits vor uns Reiter das Flusstal entlangkamen. Meine weißen Brüder mögen die Fährte auslöschen, und zwar so weit, wie von hier das

Auge reicht. Wenn dann die Yampa-Utahs kommen, steht das Gras hoch und nur da, wo wir geritten sind, ist es niedergetreten."

Dieser Plan war ausgezeichnet. Die Jäger gingen auf der Fährte des Cornels wohl gegen hundert Schritt zurück, besprengten das Gras mit Wasser und richteten es auf, indem sie, langsam rückwärts schreitend, ihre Decken auf dem Boden hinter sich herzogen. Das Übrige musste die Sonne tun. Wer später kam, musste annehmen, nur die in das Bachbett einbiegende Fährte Old Firehands und seiner Begleiter vor sich zu haben.

Die gefangenen Roten hatten schweigend zugeschaut. Seit dem Aufbruch hatte überhaupt keiner von ihnen ein Wort gesprochen. Was sie jetzt erblickten, kam ihnen verdächtig vor. Sie begannen ihre Heimtücke entlarvt zu sehen und senkten die Köpfe.

Nun folgte man der breiten Fährte des Cornel und seiner Leute. Das Bachbett wand sich in vielen Krümmungen allmählich aufwärts. Das Tal wurde breiter und war weiter oben mit Büschen und Bäumen bestanden. Es verzweigte sich endlich in mehrere Nebentäler, aus denen kleine Wasser kamen, um den Bach zu speisen, der hier seinen Ursprung nahm. Winnetou folgte der stärksten dieser Quellen, deren Tal wohl eine Viertelstunde ziemlich breit war und dann plötzlich eine Felsenenge bildete, hinter der es wieder in eine grüne Matte auslief. Als die Enge durchritten war, hielt er an und sagte: „Das ist ein vortrefflicher Lagerplatz. Unsre Pferde sind müde und hungrig und auch wir brauchen eine kurze Erholung. Meine Brüder mögen absteigen und die Antilopen braten!"

„Dann holen uns aber die Utahs ein!", bemerkte Old Firehand.

„Solange es Tag ist, werden sie sich nicht nähern. Auch können sie uns nichts tun, denn wenn wir nur einen Mann an die Enge der Felsen stellen, wird er sie schon von weitem kommen sehen und uns warnen."

Der Apatsche behielt Recht. Es wurden Wächter ausgestellt. Die Gefangenen band man an Bäume, die Pferde ließ man grasen und bald brannten vier Feuer, über denen das Wild briet. In kurzem konnte man es genießen. Auch die Indianer bekamen ihren Teil und durften dazu Wasser trinken.

Castlepool war bei ausgezeichneter Laune. Er hatte sein Buch hervorgezogen, um die Beträge zu errechnen, die er Bill und dem Uncle für die einzelnen Abenteuer schuldete. „Wollen wir wetten?", fragte er den Humply-Bill. – „Worüber?" – „Dass ich euch schon mehr als tausend Dollar schulde". – „Ich wette nicht." – „Jammerschade! Diese Wette hätte ich gewonnen." – „Ist mir lieb. Übrigens werdet Ihr heute wohl noch mehr eintragen müssen, Sir, denn es wird bald wieder losgehen."

Hierauf rüstete man abermals zum Aufbruch. Es ging die Matte hinauf, über die Lehne des Berges hinüber und dann erreichte man ein Labyrinth von Schluchten und Tälern, die, aus verschiedenen Richtungen kommend, alle nach einem Punkt zu streben schienen. Dieser Punkt war der Eingang einer breiten, öden, stundenlangen Felsenkluft, worin nicht ein einziger Grashalm Nahrung zu finden schien. Felsstücke von jeder Form und Größe lagen da hoch aufgetürmt übereinander oder zerstreut umher. Es war, als sei hier in der Urzeit ein riesiger Naturtunnel eingestürzt.

In diesem Steinschutt war es schwer, eine zusammenhängende Spur ausfindig zu machen. Nur hie und da zeigte ein aus seiner Lage gestoßener oder von einem Pferdehuf geritzter Stein, dass die Tramps hier geritten waren. Winnetou deutete mit der Hand vorwärts und sagte: „In zwei Stunden senkt sich dieses Steingewirr in das große, grüne Tal der Hirsche nieder. Wir aber werden hier links abbiegen. Old Shatterhand und Old Firehand mögen absteigen, ihre Pferde führen lassen und hinterhergehen, um etwaige Spuren sofort zu tilgen, damit die Yampa-Utahs nicht bemerken, dass wir zur Seite gewichen sind!"

Winnetou wendete sich nach links in die Trümmer hinein. Die beiden Jäger folgten seiner Anweisung und stiegen erst dann, als man weit genug vom Wege entfernt war, wieder auf ihre Pferde. Der Apatsche bewies, dass er ein ganz unvergleichliches Ortsgedächtnis besaß. Er schien in diesem Wirrsal, das er vor Jahren einmal betreten hatte, jeden Stein, jeden Fels, jede Steigung und Biegung zu kennen.

Es ging steil bergan, bis auf eine weite, öde Hochfläche, über die man im Galopp dahinflog. Schon war die Sonne hinter den Bergen verschwunden, als man das Ende dieser Hochebene erreichte. Der Apatsche hielt an, deutete nach vorn und erklärte: „Fünfhundert Schritt weiter fällt der Stein so gerade wie ein Wassertropfen zur Tiefe; jenseits ebenso. Dazwischen aber liegt unten das Tal der Hirsche mit gutem Wasser und viel Wald. Es hat nur einen bekannten Eingang, nämlich den, wovon wir abgewichen sind, und auch nur einen Ausgang, der hinauf zum Silbersee führt. Old Shatterhand und Winnetou aber haben einen weiteren Zugang entdeckt. Der Apatsche wird ihn euch zeigen."

Winnetou näherte sich dem Rand des Abgrundes. Dort lagen Felstrümmer, wie eine Schutzmauer nebeneinander geschichtet. Er verschwand zwischen zwei solchen Trümmerstücken und die andern folgten ihm einzeln.

Sonderbar, es gab da einen Weg. Rechts gähnte die Tiefe, in die man hinab wollte. Der Weg aber führte links in den Felsblock hinein, und zwar so steil abwärts, dass man es vorzog, abzusteigen und die Pferde zu führen. Der ungeheure, meilenlange und breite Felskoloss hatte einen Riss bekommen, der in verschiedenen Krümmungen von oben nach unten ging. Nachrollendes Steinwerk hatte dann diesen Riss ausgefüllt, sodass ein fester Boden gebildet worden war, dem man sich getrost anvertrauen konnte.

Die Pferde konnten trotz der Steilheit dieses Weges nicht stürzen, da er nicht aus glattem Gestein, sondern aus Geröll bestand. Je tiefer man kam, desto finsterer wurde es.

Old Firehand hatte Ellen Patterson auf sein Pferd gesetzt und ging, sie stützend und haltend, nebenher. Es war, als stiege man stundenlang zur Tiefe, bis plötzlich die Senkung aufhörte, der Boden sich ebnete und der Felsenriss so breit wurde, dass er einen großen Saal ohne Decke bildete. Hier hielt Winnetou an und erklärte: „Wir sind beinahe im Tal. Hier werden wir bleiben, bis die Dunkelheit es uns gestattet, an den Utahs vorüberzukommen. Schafft die Pferde nach hinten, wo sie saufen können, und gebt den Gefangenen Knebel, damit sie nicht laut werden!"

Der Apatsche nahm einige Jäger mit sich und zeigte ihnen die Örtlichkeit. Vorn, wo sich das Tal wieder verengte, befand sich ein Ausgang, so schmal, dass kaum zwei Mann nebeneinander gehen konnten. Dieser Gang führte abermals abwärts, aber nicht sehr weit. Nach einigen Krümmungen standen die Männer vor einem dichten, natürlichen Vorhang von Schlingpflanzen. Winnetou schob diese Gardine ein wenig zur Seite und da sahen sie vor sich Wald, Baum an Baum, hoch und kräftig gewachsen und so dicht belaubt, dass das letzte Licht des Tages nicht durch die Wipfel zu dringen vermochte.

Winnetou trat hinaus, um auszuspähen. Als er wieder zurückkam, meldete er: „Rechts von uns, im Norden, brennen viele Feuer unter den Bäumen. Dort lagern also die Utahs. Talabwärts ist es finster. Dorthinab müssen wir. Vielleicht stehen keine Roten dort. Höchstens hat man zwei oder drei Mann an den Eingang des Hirschtales gestellt. Diese Wächter sind leicht unschädlich zu machen und wir könnten so das Tal ohne Gefahr verlassen, wenn sich nicht der rote Cornel darin befände. Wir müssen unbedingt erfahren, wie es um ihn steht. Deshalb wird sich Winnetou, sobald es noch dunkler geworden ist, mit Old Firehand und Old Shatterhand zu den Feuern schleichen, um zu lauschen."

Nach zwei Stunden brachen die drei auf. Vorsichtig schritten sie hinaus in den Wald. Es war nichts zu sehen und zu hören. Die Feuer brannten in beträchtlicher Ferne. Es waren ihrer sehr viele. Daraus ließ sich schließen, dass eine große Anzahl Utahs hier lagerte.

Die drei schlichen von Baum zu Baum, Winnetou voran. Je mehr sie sich den Feuern näherten, desto leichter wurde ihnen die Lösung ihrer Aufgabe. Gegen die Flammen blickend, konnten sie jeden Gegenstand sehen, der vor ihnen stand oder lag. Sie bewegten sich am rechten Rand des Tales. Die Feuer lagen mehr in der Mitte. Vielleicht hatten die Roten der Felswand nicht getraut. Dass sich leicht ein Stück lösen konnte, bewiesen die Trümmer, die, Bäume zerschmetternd, herabgestürzt waren und sich tief in die Erde eingewühlt hatten. Die drei Männer kamen rasch vorwärts. Schon waren sie in gleicher Höhe mit den vordersten Feuern. Links von ihnen brannte eine helle, hohe Flamme, abgesondert von den anderen. An ihr saßen fünf Häuptlinge, wie an den Adlerfedern, die ihre Schöpfe schmückten, zu erkennen war.

Soeben erhob sich einer von ihnen. Er hatte den Kriegsmantel abgeworfen. Sein nackter Oberleib war, ebenso wie Gesicht und Arme, mit dicker, grellgelber Farbe bestrichen.

„T'ab-wahgare[1]!", flüsterte Winnetou. „Er ist der Häuptling der Capote-Utahs und besitzt die Stärke eines Bären. Seht seinen Leib! Welch dicke, starke Muskeln und welch eine breite Brust!"

Der Utah winkte einem zweiten Häuptling, der auch aufstand. Dieser Rote war länger als der vorige und wohl nicht weniger stark. „Das ist Tsu-in-kuts[2]", erklärte Old Shatterhand. „Er trägt diesen Namen, weil er einst vier Büffelstiere mit vier Pfeilschüssen getötet hat."

Die beiden Häuptlinge wechselten einige Worte miteinander und entfernten sich dann vom Feuer. Vielleicht wollten sie die Wachen aufsuchen. Sie vermieden die andern Feuer und näherten sich infolgedessen mehr der Felswand.

[1] Gelbe Sonne [2] Vier Büffel

„Ah!“, meinte Old Firehand. „Sie kommen nahe hier vorüber. Was meint Ihr, Mr. Shatterhand? Wollen wir sie nehmen?“ – „Lebendig fangen?“ – „Natürlich!“ – „Das wäre ein Streich! Schnell nieder auf die Erde! Ihr den Ersten und ich den Zweiten!“

Die beiden Utahs kamen näher. Der eine ging hinter dem andern. Da tauchten plötzlich zwei Gestalten hinter ihnen auf – zwei gewaltige Fausthiebe und die Getroffenen stürzten zu Boden. „Gut so!“, flüsterte Old Firehand. „Die haben wir. Nun rasch in unser Versteck mit ihnen!“

Jeder lud sich einen der Überrumpelten auf. Winnetou übernahm die Aufgabe, hier zu warten, und dann eilten die beiden dem verborgenen Felsental zu. Dort lieferten sie die neuen Gefangenen ab, ließen sie binden und knebeln und kehrten dann zu Winnetou zurück. Der Apatsche stand noch an der gleichen Stelle. Es war jetzt weniger nötig, die übrigen drei Häuptlinge zu belauschen, als vielmehr den Ort ausfindig zu machen, wo sich der rote Cornel mit seiner Schar befand. Deshalb musste das ganze Tal durchschlichen werden. Die drei kühnen Männer schritten also immer weiter an der Felswand hin, die Feuer zu ihrer Linken lassend.

Nach dieser Seite hin konnten sie gut sehen. Nach vorn war es dunkel. Da galt es, vorsichtig zu sein. Wo das Auge nicht ausreichte, musste die tastende Hand gebraucht werden. Winnetou huschte, wie gewöhnlich, voran. Plötzlich blieb er stehen und ließ ein fast zu lautes, hastiges „Uff!“, hören. Die andern beiden verhielten gleichfalls ihre Schritte und lauschten gespannt. Als alles ruhig blieb, fragte Old Firehand leise: „Was gibt es?“

„Ein Mensch“, erwiderte der Apatsche.

„Wo?“

„Hier vor mir, in meiner Hand.“

„Halte ihn fest! Lass ihn nicht schreien!“

„Er kann nicht schreien; er ist tot und hängt am Pfahl.“

„Herrgott! Am Marterpfahl?“

„Ja. Sein Skalp fehlt. Sein Leib ist voll Wunden. Er ist kalt und meine Hände sind nass vom Blut."

„So sind die Weißen schon tot und hier ist der Marterplatz. Suchen wir einmal!"

Sie tasteten umher und fanden binnen zehn Minuten gegen zwanzig Leichen, die an Pfähle und Bäume gebunden waren.

„Zu spät!", sagte Old Shatterhand leise. „Gewöhnlich warten die Roten doch mit der Marter ihrer Gefangenen wenigstens bis zum nächsten Tag. Hier aber haben sie sich keine Zeit gelassen."

„Und der Plan, die Zeichnung!", meinte Old Firehand. „Die ist nun verloren."

„Noch nicht. Wir haben die gefangenen Häuptlinge. Vielleicht können wir sie gegen die Zeichnung austauschen."

„Wenn sie noch da ist und nicht etwa vernichtet wurde."

„Vernichtet? Schwerlich! Die Roten haben gelernt, die Wichtigkeit solcher Papiere einzusehen. Übrigens leuchtet mir ein, aus welchem Grund man diese Tramps so schnell umgebracht hat."

„Nun, warum?"

„Um Platz für uns zu bekommen. Unsre Ankunft ist gemeldet worden. Folglich erwartet man uns für morgen früh und kommen wir da noch nicht, so sendet man Späher nach uns aus."

„Die Boten, die abgeschickt wurden, um unsre Ankunft zu melden, werden da sein, die Yampa-Utahs aber noch nicht", meinte Winnetou.

„Nein, die sind noch nicht da. Es hat wohl Stunden gedauert, ehe sie es wagten, unsern Rastort zu betreten und in die Felsenge einzudringen. Vielleicht kommen sie erst morgen früh, da der letzte Teil des Weges so schlecht ist, dass er des Nachts nicht – horch! Wahrhaftig, sie kommen, sie sind da!"

Oberhalb der Stelle, wo die drei standen, ließ sich plötzlich ein lautes, fröhliches Geschrei hören, das von unten her sofort beantwortet wurde. Die Yampa-Utahs kamen trotz der Finsternis und trotz des schlechten Weges. Es wurden Brände aus den Feuern gerissen, mit denen die bereits hier Lagernden den Ankömmlingen entgegenliefen. Der Wald wurde hell und lebendig, sodass die drei in die größte Gefahr gerieten, bemerkt zu werden.

„Wir müssen fort", flüsterte Old Firehand. „Aber wohin? Vor und hinter uns ist alles voll Menschen."

„Auf die Bäume", rief Old Shatterhand. „In dem dichten Gezweig können wir warten, bis die Aufregung sich gelegt hat."

„Gut, also hinauf! Ah, Winnetou ist schon oben!"

Ja, der Apatsche hatte gar nicht erst lange gefragt. Er schwang sich hinauf und versteckte sich im Blätterdach. Die beiden andern folgten seinem Beispiel, indem sie die nächsten Bäume erstiegen.

Jetzt sah man beim Schein der Feuer und der Fackeln die Yampas kommen. Als sie erfuhren, dass hier über zwanzig Weiße zu Tode gemartert worden seien, glaubten sie, es seien die von ihnen Gesuchten, und verlangten, sie zu sehen. Man kam mit Fackeln herbei, um sie ihnen zu zeigen, und nun bot sich den drei im Laub Versteckten ein Anblick, der bei der ungewissen, flackernden Beleuchtung doppelt schaurig war.

Die Yampas erkannten, dass diese Leichen nicht die richtigen seien. Alles sprach durcheinander. Da ertönte vom untern Ende des Tales ein lang gezogener Schrei, ein Schrei, den niemand, der ihn einmal gehört hat, wieder zu vergessen vermag: der Todesschrei eines Menschen.

„Uff!", rief einer der unter den Bäumen stehenden Häuptlinge erschrocken. „Was war das? Gelbe Sonne und Vier Büffel sind dort unten!"

Ein weiterer, ähnlicher Schrei erscholl und dann krachten mehrere Schüsse.

„Die Navajos, die Navajos!“, rief einer der Häuptlinge. „Winnetou, Old Shatterhand und Old Firehand haben sie herbeigelockt, um sich zu rächen. Auf, ihr Krieger, werft euch auf die Hunde! Vernichtet sie! Lasst die Pferde zurück und kämpft zu Fuß unter den Bäumen!“

Einige Augenblicke lang rannte alles durcheinander. Man holte die Waffen. Man warf Holz in das Feuer, um das nötige Licht zum Kampf zu bekommen. Man rief und brüllte. Der Wald hallte wider vom Kriegsgeheul. Schüsse krachten, näher und immer näher. Dunkle Gestalten huschten von Baum zu Baum und ließen ihre Gewehre blitzen.

Die Utahs antworteten, erst einzeln, hier und da, dann zu widerstandsfähigen Gruppen vereinigt. Es gab keinen allgemeinen Kampfplatz, sondern um jedes Feuer entspann sich ein Ringen im Besonderen.

Ja, es waren die Navajos. Sie hatten die Utahs überrumpeln wollen, hatten es aber nicht verstanden, die am Ausgang des Tales stehenden Wachen lautlos zu überwältigen. Deren Todesschreie hatten den Feind gewarnt und nun galt es, Mann gegen Mann zu kämpfen und der Tapferkeit und der Überzahl die Entscheidung zu überlassen.

Es stellte sich heraus, dass die Utahs in der Überzahl waren. Überdies kannten sie die Gegend besser als die Feinde und so wurden die Navajos, obgleich sie sich überaus wacker hielten, nach und nach zurückgedrängt. Man kämpfte mit der Schusswaffe, mit Messer oder Tomahawk. Es war für die drei verborgenen Zuschauer ein aufregendes Bild, Indianer gegen Indianer im Kampf auf Leben und Tod. Hier kämpften zwei unter schrecklichem Geheul; dort schlachteten sich einige in teuflischer Lautlosigkeit ab. Wo einer fiel, war sofort der Sieger über ihm, um ihm den Skalp zu nehmen und vielleicht im nächsten Augenblick schon seinen eigenen zu verlieren.

Von den drei Häuptlingen, die noch am Feuer gesessen hatten, kämpften zwei wütend mit, um die Ihrigen durch ihr Beispiel anzufeuern. Der dritte lehnte in der Nähe des

Feuers an einem Baum, verfolgte den Verlauf des Kampfes mit scharfem Blick und erteilte nach rechts und links seine laut gebrüllten Befehle. Er war der Feldherr, bei dem sich die Fäden der Verteidigung vereinten. Selbst als die Navajos immer weiter zurückgedrängt wurden, blieb er an seinem Platz.

Der Kampf entfernte sich mehr und mehr. Jetzt war es für die drei unfreiwilligen Zeugen Zeit, sich in Sicherheit zu bringen. Der Weg zu ihrem Versteck war frei. Sie stiegen von den Bäumen. Noch immer stand der Utah-Häuptling an derselben Stelle. Das Kampfgetöse erscholl aus weiter Ferne.

„Jetzt zurück!", rief Winnetou. „Später werden Freudenfeuer angebrannt und dann ist's zu spät für uns."

„Nehmen wir diesen Häuptling mit?", fragte Old Shatterhand.

„Ja", flüsterte Old Firehand. „Ich will..."

Er hielt erstaunt inne. Es kam nämlich aus dem Dunkel, schnell wie der Blitz, ein kleines, schmächtiges, hinkendes Kerlchen gesprungen, schwang die Büchse und schlug den Häuptling mit einem wohlgezielten Kolbenhieb zu Boden. Dann ergriff er den Roten beim Genick und zerrte ihn rasch fort, in das Dunkel hinein. Dabei hörte man die nicht sehr lauten, aber dennoch verständlichen Worte aus seinem Mund: „Was Old Shatterhand und Old Firehand können, das können und verstehen wir Sachsen merschtenteels ooch!"

„Der Hobble-Frank!", staunte Old Firehand. „Das Kerlchen ist toll. Wir müssen ihm schleunigst nach, damit er keine Dummheiten macht."

„Toll? Gewiss nicht!", erwiderte Old Shatterhand. „Ein drolliger Knirps ist er; das ist wahr. Aber das Herz hat er auf dem rechten Fleck und leichtsinnig ist er gar nicht. Ich habe ihn in die Schule genommen und kann sagen, dass ich meine Freude an ihm habe."

Sie eilten fort, hinter dem Kleinen her, in das Dunkel hinein. Schon hatten sie den Eingang zum Versteck fast erreicht, da fiel gerade vor ihnen ein Schuss. Gleich darauf ertönte die lachende Stimme des Kleinen auf Englisch: „Dummkopf, so pass doch auf, wo du hinzielst! Wenn du mich treffen willst, darfst du doch nicht in den Mond schießen! Da hast du dein Teil und nun gute Nacht!“

Ein Krach wie von einem schweren Hieb, dann war es still. Die drei drangen weiter vor und stießen auf Frank. „Zurück!“, gebot er. „Hier wird geschossen und gestochen!“

„Halt, schieß nicht!“, warnte Old Shatterhand.

„Ah, Old Shatterhand!“, fiel der Kleine wieder in seine heimatliche Sprechweise. „Danken Sie Gott, dass Sie den Mund geöffnet haben! Hätte ich Sie nich an Ihrer Stimme erkannt, meiner Treu, ich hätte Sie kurz und kleen geschossen.“

„Weshalb haben Sie das Versteck verlassen?“, fragte Old Shatterhand.

„Nur die Sorge um Sie hat mir den Kürass umgeschnallt. Kaum waren sie fort, ging ein Geschrei los, als ob die Cimbern mitten in die Teutonen eingebrochen wären. Und nachher ging das Geschieße an und es wurde mir um Sie angst und bange. Darum nahm ich das Gewehr und huschte fort, ohne dass die andern es in der ägyptischen Verfinsterung bemerkten. Links wurde geschossen. Nach rechts hatten Sie gewollt. Ich ging also nach rechts. Da stand der Häuptling am Boom wie ein marinierter Ölgötze. Das ärgerte mich und so versetzte ich ihm einen vertikalen Klaps, dass er horizontal zu Boden kam. Dann wollte ich ihn schnell in Sicherheit bringen und zerrte ihn fort. Aber er war mir doch zu schwer und ich setzte mich ein Weilchen auf sein Corpus juris, um een bisschen auszuruhen. Da kam so een roter Franktireur geschlichen und legte das Gewehr off mich an. Ich schlug es zur Seite und seine Kugel flog in die Milchstraße. Ich aber legte ihn mit Hilfe meines Kolbens neben dem Häuptling nieder. Was soll nun mit den Kerlen geschehen? Ich alleene kann sie nich bewältigen.“

„Wir werden Ihnen helfen. Jetzt rasch fort! Da unten hat das Schießen aufgehört und es steht zu erwarten, dass die Utahs nun zurückkehren.“ Die beiden besinnungslosen Indianer wurden in das Versteck gebracht und ebenso gebunden und geknebelt wie die andern.

Ja, die Utahs kehrten zurück, und zwar als Sieger. Es wurden viele Feuer angebrannt und mit Bränden durchsuchte man den Wald nach den Toten und Verwundeten. Die Navajos hatten die ihrigen mitgenommen, wie es bei den Indianern Sitte ist. Bei jedem Toten, den man fand, erhob sich ein Klage- und Wutgeheul. Die Leichen wurden zusammengetragen, um ehrenvoll bestattet zu werden. Man vermisste die drei Häuptlinge, die anscheinend von den Navajos gefangen worden waren. Bei dieser Entdeckung hallte der Wald wider vom Gebrüll der ergrimmten Krieger. Die zwei noch übrigen Anführer riefen die hervorragenden Krieger zu einer Beratung, bei der laute, zornige Reden gehalten wurden.

Das brachte Winnetou auf den Gedanken, sich nochmals hinauszuschleichen, um vielleicht zu erfahren, was die Utahs beschließen würden. Das wurde ihm auch gar nicht schwer. Die Roten waren überzeugt, hier ganz allein zu sein, und hielten deshalb jede Vorsicht für überflüssig. Die zurückgeschlagenen Navajos kamen gewiss nicht wieder und wenn es doch geschah, so waren unten am Ausgang des Tales Wachen ausgestellt. Dass sich mitten im Tal noch viel gefährlichere Feinde als die Navajos befanden, davon hatte man ja keine Ahnung. So hörte Winnetou alles, was unternommen werden sollte.

Man wollte noch während der Nacht die Toten bestatten. Die Klagegesänge konnten für später aufgehoben werden. Jetzt galt es vor allen Dingen, die gefangenen Häuptlinge zu befreien. Das war sogar noch notwendiger, als morgen die Ankunft Winnetous und seiner weißen Gefährten abzuwarten. Da diese hinauf zum Silbersee wollten, mussten sie auf alle Fälle in die Hände der Utahs fallen. Darum sollten alle nötigen Vorbereitungen getroffen werden, um beim Tagesgrauen den Verfolgungsritt antreten zu können.

Jetzt zog sich Winnetou langsam und vorsichtig zurück. In der Nähe des Versteckes sah er mehrere Pferde stehen. Diese Tiere waren während des Kampfes scheu geworden und hatten sich von den andern getrennt. Da fiel dem Apatschen ein, dass die neuen Gefangenen doch mitgeschleppt werden müssten, drei Häuptlinge und ein Krieger. Dazu waren vier Pferde nötig. Kein Mensch befand sich in der Nähe. Die Tiere scheuten vor ihm nicht, weil er ein Indianer war. Er ergriff eines am Halfter und führte es zum Versteck. Dort saß Old Firehand hinter dem Schlingpflanzenvorhang und nahm es in Empfang. Auf diese Weise wurden noch drei andere hineingeschafft. Sie schnaubten zwar ein wenig, wurden aber von Winnetou bald beruhigt. Sorgfältig verwischte dann der Apatsche alle Spuren zu ihrem Versteck.

Im Innern dieses Versteckes wurde keinem die Zeit lang. Es gab ja so viel zu erzählen und zu hören. Der Hobble-Frank hatte sich an der Seite seines Freundes und Vetters niedergelassen. Früher war er nicht von dem Dicken Jemmy gewichen und trotz aller scheinbaren Zerwürfnisse stets ein Herz und eine Seele mit ihm gewesen. Seit er aber den Altenburger gefunden hatte, war das anders geworden. Droll wollte nicht gelehrt sein und ließ ihn sprechen, ohne ihn jemals zu verbessern. Das band den Vetter mit mächtiger Gewalt an ihn.

Da für den andern Tag bedeutende Anstrengungen zu erwarten waren, wurden Wachen ausgelost und dann versuchte man zu schlafen, was freilich lange nicht gelingen wollte. Man schlief erst nach Mitternacht ein, wurde aber schon beim Morgengrauen wieder munter, da der Abzug der Indianer nicht ohne Geräusch vor sich ging. Bald war kein einziger Utah mehr im Tal. Man konnte das Versteck verlassen.

Zunächst wurde der Sicherheit wegen der Ein- und Ausgang des Tales mit Wachen besetzt und dann das Tal selbst genauer untersucht. Man fand ein Massengrab, das einfach aus einem über den Leichen errichteten Steinhaufen bestand. Auch lagen einige tote Pferde umher, die von fehlgegangenen Kugeln getroffen worden waren. Der Weg zum Silbersee führte, wenn man den Utahs ausweichen wollte, durch wüste Gegenden. Es war dort nicht leicht, hinreichend Nahrung zu finden. Da kamen die Pferde sehr gelegen. Der Westmann ist nicht wählerisch. Er sättigt sich auch mit Pferdefleisch, wenn er nichts andres hat. Wird ihm doch, wenn er Gast der Indianer ist, oft sogar gemästeter Hund als Festbraten vorgesetzt. Man nahm also die besten Stücke, verteilte sie und brannte einige Feuer an, an denen sich jeder seinen Anteil braten konnte, um ihn haltbar zu machen.

Nach dem Abzug der Utahs waren den Gefangenen die Knebel abgenommen worden. Als sie aber ihre Freiheit zurückverlangten, wurde ihnen kurz erwidert, dass man die Zeichensprache am Wald des Wassers belauscht habe und sie noch nicht freilassen werde. Da wurden sie still.

Nun galt es vor allen Dingen noch, die ermordeten Weißen zu besichtigen. Sie waren unter großen Qualen gestorben. Die Männer, die bei den Leichen standen, hatten schon viel gesehen und erfahren. Aber sie konnten sich eines Schauders nicht erwehren, als sie die zerstochenen Körper der Toten erblickten. Die Tramps hatten geerntet, was sie gesät hatten. Am schlimmsten war es dem Cornel ergangen. Er hing verkehrt am Marterpfahl, mit dem Kopf nach unten, und war, ebenso wie seine Gefährten, von allen Kleidern entblößt. Die Roten hatten die Anzüge unter sich verteilt. Die geraubte Zeichnung war verschwunden. Wenn sie nicht von den Utahs zurückzuerlangen war, musste man sich auf Old Shatterhands Wissen um das Versteck der sagenhaften Schätze verlassen, so weit nicht etwa die beiden ‚Bären' das Geheimnis des Silbersees lüfteten.

Man nahm die Toten von den Marterpfählen, legte sie nebeneinander und bedeckte sie mit Steinen. Dann ritt man, geführt von Winnetou, auf einem Schleichweg dem Silbersee zu.

15. Am Silbersee

Es war ein gewaltiges Landschaftsbild, das sich den Augen der Weißen bot, als sie sich nach einigen Tagen dem Ziel ihres beschwerlichen Rittes näherten. Ihr Weg führte durch einen langsam ansteigenden Cañon, an dessen beiden Seiten mächtig hohe Felsmassen aufstarrten, und zwar in einem Farbenglanz, der die Augen beinahe blendete. Riesige Sandsteinpyramiden, eine neben der anderen, oder kulissenartig hintereinander stehend, strebten in einzelnen, verschieden gefärbten Lagerungen und Stockwerken zum Himmel empor. Bald bildeten diese Pyramiden gradlinige senkrechte Wände, bald waren sie mit ihren vielen Pfeilern und vorspringenden Ecken, Spitzen und Kanten mit Burgen zu vergleichen. Die Sonne stand schräg über diesen großartigen Gebilden und ließ sie in einer unbeschreiblichen Farbenpracht erglänzen. Manche Felsen schillerten im hellsten Blau, andre tief goldigrot. Dazwischen lagen gelbe, olivgrüne und in feurigem Kupfer funkelnde Schichten, während in den Furchen ein gesättigt blauer Schatten ruhte. Aber dieses Gepränge, wobei dem Beschauer die Augen übergehen wollten, war wie tot. Es fehlte ihm das Leben, die Bewegung. Kein Wassertropfen floss zwischen diesen Felsen, kein Halm fand Nahrung auf dem tiefen Grund, und an den starren Mauern war kein grünender Zweig, kein einziges Blatt zu bemerken, dessen Farbe dem Auge wohl getan hätte.

Allein, dass es zuzeiten Wasser hier gab, und zwar in gewaltiger Menge, das bewiesen die Spuren, die zu beiden Seiten deutlich am Gestein zu erkennen waren. In diesen Zeiten bildete der jetzt trockene Cañon das Bett eines Stromes, der seine reißenden Fluten tief und breit in den Colorado ergoss. Dann war die Schlucht wochenlang für jeden menschlichen Fuß gesperrt, und wohl schwerlich konnte ein kühner Westmann oder Indianer es wagen, sich den Wogen auf schwankendem, gebrechlichem Kanu anzuvertrauen.

Die Sohle des Cañons bestand dementsprechend aus einer tiefen Lage rundgescheuerter Steine, deren Zwischenräume mit Sand ausgefüllt waren. Das gab eine beschwerliche Bahn, denn die runden Steine wichen bei jedem Schritt unter den Hufen der Pferde und ermüdeten die Tiere so, dass man von Zeit zu Zeit Halt machen musste, um sie ausruhen zu lassen.

Old Firehand, Old Shatterhand und Winnetou ritten voran. Der erste widmete der Umgebung eine auffällige Aufmerksamkeit. Da, wo sich zwei gewaltige Felspfeiler in der Höhe aneinander lehnten und unten einen Zwischenraum ließen, der kaum drei Meter breit war und sich nach innen noch zu verengen schien, hielt er sein Pferd an, betrachtete die Stelle mit prüfendem Blick und sagte: „Hier muss es sein, wo ich damals herauskam, nachdem ich die Ader gefunden hatte. Wollen aber erst sehen. Es ist doch möglich, dass ich mich irre."

Er wollte vom Pferd steigen, um nachzuforschen. Aber der Apatsche lenkte sein Tier nach der Felsenenge und forderte seine Gefährten in seiner ruhigen, sicheren Weise auf: „Meine Brüder mögen mir folgen, denn hier beginnt ein Weg, auf dem wir eine große Strecke abschneiden. Auch ist er für die Pferde viel bequemer als der Geröllboden des Cañon."

„Winnetou kennt diese Spalte?", fragte Old Firehand überrascht.

„Ja. Sie wird erst noch enger, dann verbreitert sie sich nicht zu einer schmalen Schlucht, sondern zu einer glatten Felsfläche, die wie eine riesige Tafel allmählich ansteigt."

„Das stimmt! Ich bin also am richtigen Ort. Diese Tafel führt weit über hundert Meter nach oben. Und was kommt dann? Weißt du es?"

„Die obere Kante dieser Tafel fällt dann jenseits jäh in die Tiefe, in einen großen Kessel, woraus eine schmale, vielgewundene Felsenenge in das weite Tal des Silbersees hinaufführt."

„Auch das ist richtig. Hast du in diesem Kessel vielleicht etwas Merkwürdiges gefunden?"

„Nein. Es ist nichts, gar nichts da zu finden, kein Wasser, kein Gras, kein Tier. Kein Käfer, keine Ameise kriecht über das ewig trockene Gestein."

„So will ich beweisen, dass man da doch etwas findet, etwas, was viel kostbarer ist als Wasser und Gras."

„Meint Old Firehand die Silberader, die er entdeckt hat?"

„Ja. Dieser Felsenkessel ist es, dessentwegen ich den weiten Ritt unternommen habe. Vorwärts, biegen wir hier ab!"

Sie ritten in den Spalt hinein, einzeln hintereinander, denn es gab nicht Platz genug für zwei. Bald aber traten die Felswände immer weiter auseinander, und nun lag, mit dem unteren Winkel an die Spalte stoßend, vor den Reitern ein mächtiges, glattes Felsendreieck, das sich langsam zwischen rechts und links zurückweichenden Wänden erhob und oben gegen den hellen Himmel eine scharfe, schnurgerade Grundlinie bildete.

Dahinauf ging nun der Ritt. Es war, als hätten die Pferde ein ungeheures Dach zu erklimmen. Doch war die Steigung nicht so bedeutend, dass sie allzu große Schwierigkeiten geboten hätte. Es dauerte wohl eine Stunde, bis der Zug oben ankam, und nun dehnte sich vor den Reitern eine meilenweite Felsenebene nach Westen hin, in deren Vordergrund der tiefe Kessel, von dem Old Firehand und Winnetou gesprochen hatten, eingesenkt war. Aus diesem Kessel sah man von oben aus einen dunklen Strich links nach Süden verlaufen. Das war die erwähnte Enge, durch die man zum Silbersee gelangte.

Es ging in die Tiefe hinab. Die Senkung war so bedeutend, dass man von den Pferden steigen musste. Mitunter wurde der Abstieg fast gefährlich. Man hatte die Gefangenen von den Tieren gebunden und ihnen die Beine freigegeben. Unten mussten sie wieder aufsteigen, um erneut festgebunden zu werden.

Nun wollte Old Firehand den Gefährten seinen Fund

zeigen. Aber die Utahs durften nichts davon wissen. Darum wurden sie ein Stück in die Felsenenge hineingebracht, und einige Rafters blieben bei ihnen, um sie zu bewachen. Die andern waren gar nicht wieder in den Sattel gestiegen. Die Kunde, dass man an dem lang ersehnten Fundort stände, versetzte sie in Aufregung.

Der Kessel hatte einen Durchmesser von wenigstens einer englischen Meile. Sein Boden bestand aus tiefem Sand, untermischt mit abgescheuerten Steinen bis zur Größe einer Männerfaust. Patterson, der Ingenieur, ließ seinen prüfenden Blick rundum schweifen und meinte dann: „Es ist möglich, dass wir hier auf eine reiche Bonanza stoßen. Gibt es wirklich edles Metall hier, so steht allerdings zu erwarten, dass es gleich in bedeutenden Mengen vorhanden ist. Diese ungeheure Vertiefung wurde im Laufe der Jahrhunderte ausgewaschen. Das Wasser strömte durch die Felsenenge von Süden herbei und bildete, da es nicht weiterkonnte, einen Strudel, der das Gestein ablöste und zu Grieß und Sand zerrieb. Der Boden, worauf wir stehen, wurde durch den Niederschlag des abgeschwemmten Gesteins gebildet und muss die ausgewaschenen Metalle enthalten, die infolge ihrer Schwere am tiefsten sanken und nun unter dem Sand liegen. Wenn wir einige Meter tief nachgraben, wird es sich zeigen, ob unsere Reise erfolgreich oder vergeblich war."

„Wir brauchen nicht nachzugraben. Es genügt doch, nachzuweisen, dass die Wände dieses einstigen Wasserloches das gesuchte Metall enthalten!", entgegnete Old Firehand.

„Allerdings. Gibt es in diesen Wänden Silber, so ist ganz bestimmt auch der Boden des Kessels damit durchsetzt."

„So kommt! Ich will euch den Beweis liefern." Old Firehand schritt voran. Die andern folgten ihm voller Spannung.

„Vetter, mir schuckert das Herz", gestand Hobble-Frank dem Altenburger. „Wenn wir hier Silber finden, so raffe ich mir alle Taschen voll und fahre nachher heim, nach Sachsen. Dort baue ich mir am lieblichen Strand der Elbe eine so genannte Villa und recke von früh bis abends den Kopp zum Fenster 'naus, um den Leuten zu zeigen, was für ein vornehmer und großartiger Kerl ich geworden bin."

„Und ich", erklärte Droll, „kaufe mir e Bauerngut mit zwanzig Pferdchen und achtzig Kühen und Ziegen und mache weiter nischt als Quark und Ziegenkäse. Dadroff kommt's nämlich im Altenburgischen hauptsächlich an."

Old Firehand war an der Felswand angelangt, die hier unterwaschen und zerbröckelt war. Er zog einen lockeren Stein heraus, noch einen und noch mehrere, sodass ein Riss entstand, der mit den Steinen verschlossen gewesen war. Dieser Riss war durch natürlichen Einfluss verursacht und, wie man deutlich sah, künstlich erweitert worden. Old Firehand langte mit der Hand hinein und sagte dabei: „Von dem, was ich hier fand, habe ich mir eine Probe mitgenommen und untersuchen lassen. Jetzt will ich sehen, ob das Gutachten Mr. Pattersons das gleiche ist."

Als er nun die Hand zurückzog, hielt er darin ein weißes, bräunlich angelaufenes und drahtähnliches Gebilde, das er dem Ingenieur hinreichte. Kaum hatte es Patterson genommen und einen Blick darauf geworfen, so rief er laut: „Himmel, das ist ja reines, gediegenes Silber! Und das hat ursprünglich hier in diesem Spalt gesteckt?"

„Ja, der ganze Spalt war damit ausgefüllt. Er scheint sich tief in das Gestein hineinzuziehen und sehr reich an Metall zu sein."

„So kann ich versichern, dass wir eine überaus reiche Ausbeute machen werden. Jedenfalls gibt es hier noch mehr solche Klüfte und Sprünge, die Gediegenes enthalten."

Old Firehand lächelte und holte einen zweiten, noch viel größeren Gegenstand heraus. Es war ein mehr als zwei Faust großes Erzstück, das Patterson aufmerksam betrachtete, um dann auszurufen: „Die chemische Untersuchung ist freilich sicherer, aber ich möchte schon jetzt darauf schwören, dass wir es hier mit Chlorsilber, also Silberhornerz, Kerargyrit, zu tun haben!"

„Das stimmt. Die Analyse hat Chlorsilber ergeben."

„Mit wie viel Prozent?"

„Fünfundsiebzig Prozent reines Silber."

„Welch ein Fund! Allerdings findet man in Utah vorzugsweise Silberhornerz. Wo ist die betreffende Ader?"

„Weiter dahinten an der andern Seite des Kessels. Ich habe sie hoch mit Geröll bedeckt."

„Mr. Firehand, hier liegen Millionen, und der Entdecker ist ein reicher Mann!", rief Watson, der frühere Schichtmeister.

„Nur der Entdecker? Nein, Ihr alle sollt teilhaben. Ich bin der Entdecker, Mr. Patterson ist der Ingenieur, und die andern helfen ausbeuten. Zu diesem Zweck habe ich euch ja mitgenommen. Die Bedingungen, unter denen wir zusammenarbeiten, und den Anteil, den jeder Einzelne bekommt, werden wir noch bestimmen."

Die Worte riefen einen allgemeinen Jubel hervor, einen Jubel, der gar nicht nachlassen wollte. Die meisten zeigten Lust, gleich auf der Stelle weiterzuforschen, doch Old Shatterhand tat dem Einhalt, indem er warnte: „Nicht so eilig, Gentlemen! Wir haben zunächst noch anderes zu denken. Wir sind ja nicht allein hier oben."

„Aber wir sind den Roten zuvorgekommen", bemerkte der Engländer.

„Zuvorgekommen, ja, doch nicht weit. Die Navajos werden kaum einige Stunden später als wir am See eintreffen, und hinter ihnen folgen jedenfalls sofort die Utahs. Wir haben also keine Zeit zu verlieren, uns darauf vorzubereiten."

„Das ist wahr", stimmte Old Firehand bei. „Aber wissen möchte ich doch, ob die Ausbeutung auf Schwierigkeiten stoßen wird. Uns das zu sagen, wird Mr. Patterson wohl nur einiger Minuten bedürfen."

Der Ingenieur prüfte mit einem langen Blick die Umgebung und erkundigte sich dann: „Wie weit liegt der Silbersee von hier?"

„In zwei Stunden sind wir dort."

„Liegt er höher als diese Stelle?"

„Bedeutend."

„So wäre das nötige Gefälle für das unentbehrliche Wasser vorhanden. Aber Röhren brauchen wir, wenn auch zunächst nur von Holz. Gibt es hier Holz?"

„Massenhaft. Der Silbersee ist ganz von Wald umgeben."

„Das ist prächtig. Vielleicht brauchen wir nicht die ganze Strecke mit Röhren zu belegen. Wir können ja etwas aufwärts von hier ein Staubecken anlegen. Vom See bis in dieses Staubecken kann das Wasser offen fließen. Von da aus aber muss es in Röhren geleitet werden, damit wir den nötigen Druck bekommen."

„Ach, wegen der Spritzen?"

„Ja. Wir werden uns natürlich hüten, das Gestein mit Hacke und Schaufel zu bearbeiten. Es wird mit Wasser gesprengt. Nur da, wo die Spritze nicht greift, nehmen wir Pulver. Auch hier wird der metallhaltige Boden mit Wasser behandelt."

„Aber dann muss das Wasser auch einen Abfluss haben, sonst füllt sich der Kessel, und wir können nicht arbeiten."

„Richtig, der Abfluss! Er muss erst geschaffen werden. Ich denke, zunächst wird ein Pump- oder Paternosterwerk genügen, womit wir das Wasser zur Höhe heben, über die wir gekommen sind. Von da läuft es von selbst hinab und durch die Spalte in den Cañon. Freilich erfordert das Maschinen. Aber das macht keine Schwierigkeit. In zwei Monaten kann alles Nötige beisammen sein. Ein Punkt nur ist es, der mir Bedenken macht: Wem gehört der Grund und Boden?"

„Den Timbabatschen. Der Einfluss Winnetous wird sie bestimmen, ihn uns zu verkaufen, was ich dann bei der Regierung eintragen lasse."

„Dann bin ich befriedigt. Die Hauptsache ist die Möglichkeit, das Wasser des Sees hierher zu leiten, und deswegen werde ich mich während unseres jetzigen Rittes umsehen. Wollen weiterreiten!“

Der kleine Spalt, den Old Firehand geöffnet hatte, wurde wieder geschlossen. Dann stieg die Gesellschaft zu Pferde, um den unterbrochenen Ritt fortzusetzen.

Es ging durch eine Art Hohlweg, worin die gefangenen Roten mit ihren Wächtern gewartet hatten, eine durch das Wasser früher in den Stein gefressene, vielfach gewundene Rinne von wenigstens drei und höchstens sechs Meter Breite. Auch sie war ohne Pflanzenwuchs. Der frühere Wasserlauf war gänzlich vertrocknet und führte vielleicht nur zur Frühjahrszeit ein wenig Feuchtigkeit, die nicht im Stande war, pflanzliches Leben hervorzurufen.

Noch hatte man den Silbersee nicht erreicht, als das einstige Flussbett plötzlich breiter wurde, um einen von Felsen eingefassten Plan zu bilden, der einen kleinen Teich enthielt. Hier gab es Gras, zum ersten Mal nach einem langen Ritt. Die Pferde hatten infolge der Hitze, des Wassermangels und des schlechten Weges sehr gelitten. Sie wollten dem Zügel nicht mehr gehorchen, sondern fressen. Deshalb stiegen die Reiter ab, um ihnen den Willen zu tun. Sie setzten sich in Gruppen zusammen und unterhielten sich über die Reichtümer, die sie hier zu gewinnen hofften.

Der Ingenieur hatte dem Weg bis hierher seine ganze Aufmerksamkeit zugewendet. Jetzt äußerte er sich über das Ergebnis: „Bis hierher bin ich überaus befriedigt. Der Hohlweg gibt Raum nicht nur zur Wasserleitung, sondern auch zum Heranschaffen jedes Gegenstandes, dessen wir bedürfen. Ich muss sagen, dass uns die Natur freundlich entgegenkommt.“

„Du“, meinte der Hobble-Frank, indem er dem Altenburger einen Rippenstoß versetzte, „hörst du's? Es wird merschtenteels was aus meiner Villa.“

„Und ebenso aus meinem Bauerngut! Na, freu dich, Altenburg, wenn der berühmteste deiner Söhne angefahren kommt mit ’nem Geldsack, zwanzig Ellen lang! Vetter, komm her, ich muss dich umarmen!“

„Jetzt noch nich!“, wehrte Frank ab. „Ich bin...“

Er wurde unterbrochen, denn der Ingenieur rief besorgt: „Ellen! Wo ist Ellen? Ich sehe sie nicht!“

Das Mädchen hatte hier seit zwei Tagen nicht nur das erste Gras, sondern auch einige Blumen gesehen und sich nach Mädchenart beeilt, sie zu pflücken. Die Feuchtigkeit des nahen Sees durchdrang die Erde bis hierher. Darum begann hier ein Pflanzenwuchs, der aufwärts immer kräftiger wurde und sogar den zum See führenden Hohlweg bekleidete. Ellen ging pflückend weiter und weiter, bis sie an eine Biegung kam. Eben wollte sie umkehren, als drei Männer um die Krümmung des Weges traten, drei bewaffnete Indianer. Das Mädchen war starr vor Schreck, wollte um Hilfe rufen, brachte aber keinen Laut hervor. Der Indianer ist durch Erziehung geistesgegenwärtig. Er handelt in jeder Lage schnell und entschlossen.

Kaum erblickten die drei das Mädchen, so warfen sich zwei von ihnen auf sie, um sie zu ergreifen. Der eine presste ihr die Hand auf den Mund, der andre hielt ihr das Messer vor und drohte in gebrochenem Englisch: „Still, sonst tot!“

Der dritte huschte vorwärts, um nachzusehen, zu wem die Weiße gehöre, denn es war klar, dass sie sich nicht allein hier befand. Er kehrte nach kaum zwei Minuten zurück und raunte seinen Gefährten einige Worte zu, die Ellen nicht verstand. Danach wurde sie fortgerissen, ohne dass sie es wagte, einen Ton hören zu lassen.

Nach kurzer Zeit war der Hohlweg zu Ende. Er mündete auf eine nicht hohe Berglehne, deren unterer Saum mit Büschen besetzt war, die aufwärts in Wald übergingen. Ellen wurde zwischen die Büsche hinein und dann zu den Bäumen gezerrt, wo mehrere Indianer saßen. Sie hatten ihre Waffen neben sich liegen, ergriffen sie aber sofort und sprangen auf, als sie ihre Kameraden mit dem Mädchen kommen sahen.

Ellen fühlte die Blicke aller drohend auf sich gerichtet und glaubte sich infolgedessen in ernster Gefahr. Da fiel ihr das Totem ein, das ihr der Kleine Bär auf dem Schiff gegeben hatte. Er hatte ihr gesagt, dieses Leder werde sie vor jeder Feindschaft roter Männer schützen. Sie zog die Schnur hervor, woran sie das Totem hängen hatte, machte es los und gab es dem Indianer, den sie seines grimmigen Aussehens wegen für den gefährlichsten hielt.

Der Rote faltete das Leder auseinander, betrachtete die Figuren, stieß einen Ruf der Überraschung aus und gab das Totem dem nächsten. Es ging von Hand zu Hand. Die Gesichter wurden freundlicher, und derjenige, der Ellen schon einmal angesprochen hatte, fragte sie: „Wer – geben – dir?"

„Nintropan-homosch", gab sie Auskunft.

„Wo?"

„Auf dem Schiff."

„Groß Feuerkanu? Auf Arkansas?"

„Ja."

„Richtig sein. Nintropan-homosch auf Arkansas gewesen. Wer – Männer – dort?" Er zeigte nach dem Hohlweg zurück.

„Winnetou, Old Firehand, Old Shatterhand."

„Uff!", rief der Rote aus, und „Uff!", riefen auch die andern. Er wollte weiter fragen. Aber da rauschte es in den Büschen, und, die drei Genannten an der Spitze, brachen die Weißen hervor, um augenblicklich einen Kreis um die Roten zu bilden. Der Späher hatte vorhin Winnetou nicht bemerkt. Jetzt erst erkannte er ihn.

„Der große Häuptling der Apatschen!", rief er aus. „Dieses weiße Mädchen besitzt das Totem des Kleinen Bären, ist also unsre Freundin. Wir nahmen sie mit, weil wir nicht wussten, ob die Männer zu denen sie gehört, unsre Freunde oder Feinde sind."

Die Roten trugen blaue und gelbe Farbstreifen im Gesicht. Das veranlasste Winnetou zu der Frage: „Ihr seid Krieger der Timbabatschen?“

„Ja.“

„Welcher Häuptling führt euch an?“

„Tschia-nitsas.“ Dieser Name heißt zu deutsch Langes Ohr. Jedenfalls war der Mann wegen seines scharfen Gehörs berühmt.

„Wo ist er?“, fragte Winnetou weiter.

„Am See.“

„Wie viel Krieger seid ihr hier?“

„Hundert.“

„Sind auch andre Stämme dort versammelt?“

„Nein. Es kommen aber noch zweihundert Krieger der Navajos. Mit ihnen wollen wir nach Norden ziehen, um uns die Skalpe der Utahs zu holen.“

„Nehmt euch in Acht, dass sie nicht die eurigen nehmen! Habt ihr Wachen ausgestellt?“

„Wozu? Wir haben keine Feinde zu erwarten.“

„Es kommen ihrer mehr, als euch lieb sein wird. Ist der Große Bär am See?“

„Ja, und ebenso der Kleine Bär.“

„Führt uns zu ihnen!“

Soeben kamen einige Rafters mit den Pferden und den Gefangenen aus dem Hohlweg, denn die andern Weißen waren Winnetou und den Jägern zu Fuß gefolgt. Man stieg auf, und die Timbabatschen stellten sich als Führer an die Spitze. Es ging die Berglehne vollends hinan und unter Bäumen eine Strecke auf ihr hin. Dann senkte sich jenseits der Boden abwärts, und bald sah man Wasser schimmern. Der Silbersee war erreicht!

Turmhohe Felsbastionen, in allen Farben schillernd wie die im Cañon, schlossen ein Tal ein, das vielleicht zwei Stunden lang und halb so breit sein mochte. Hinter diesen Bastionen stiegen neue und immer wieder neue Bergriesen auf, der eine immer das Haupt über den andern erhebend.

In den zahlreichen Klüften, die sie durchrissen, wuchsen Bäume und Sträucher. Tiefer herab wurde der Wald immer dichter, der rundum bis nahe an den See trat und zwischen sich und dem Wasser nur einen schmalen Grasstreifen freiließ.

In der Mitte des Sees lag eine grüne Insel mit einem seltsamen Luftziegelbau. Er schien aus der Zeit zu stammen, in der die jetzigen Indianer die Urbewohner noch nicht verdrängt hatten. Auf dem Grasstreifen standen mehrere Hütten, in deren Nähe einige Kanus am Ufer angebunden waren. Die Insel war kreisrund und mochte einen Durchmesser von hundert Schritt haben. Das alte Bauwerk war teilweise mit blühenden Schlingpflanzen überzogen. Der übrige Raum der Insel war wie ein Garten mit Blumen und Stauden bepflanzt.

Der Wald spiegelte seine Wipfel im Wasser des Sees, und die Berghäupter warfen ihre Schatten über die Flut. Dennoch war das Wasser weder grün noch blau oder überhaupt dunkel gefärbt. Es glänzte vielmehr silbergrau. Kein Lufthauch kräuselte die Oberfläche. Man hätte meinen mögen, ein mit Quecksilber gefülltes Becken vor sich zu haben.

In und bei den erwähnten Hütten lagen Indianer, jene hundert Timbabatschen. Sie gerieten in Aufregung, als sie den Zug der Weißen kommen sahen. Da aber ihre Gefährten dabei waren, beruhigten sie sich schnell. Noch waren die Weißen nicht ganz heran, da traten drüben auf der Insel zwei männliche Gestalten aus der Hütte. Der Apatsche hielt die Hand an den Mund und rief hinüber: „Nintropanhauey! Winnetou ist gekommen!"

Ein antwortender Ruf scholl herüber. Dann sah man die beiden in ein Kanu steigen, um ans Ufer zu rudern. Es waren die beiden ‚Bären', Vater und Sohn. Ihr Erstaunen, als sie die bekannten Gesichter sahen, war jedenfalls groß, wurde aber durch keine Miene verraten. Als der Große Bär ausgestiegen war, hob er vor Winnetou grüßend die Hand und sagte: „Der große Häuptling der Apatschen ist überall, und wohin er kommt, erfreut er die Herzen. Nintropan-hauey begrüßt auch Old Shatterhand, den er kennt, und Old Firehand, der mit ihm auf dem Schiff war!"

Als er Tante Droll erblickte, flog ein Lächeln über sein Gesicht. Er erinnerte sich der letzten Begegnung mit Droll und meinte, während er ihm die Hand reichte: „Mein weißer Bruder ist ein tapferer Mann. Er hat den Panther getötet, und der Große Bär heißt ihn willkommen!"

So ging er von Mann zu Mann, um jeden zu begrüßen. Sein Sohn näherte sich Ellen, die aus der Sänfte gestiegen war. Er grüßte und sagte in gebrochenem Englisch: „Der Kleine Bär hat es nicht für möglich gehalten, die weiße Miss wieder zu sehen. Wo liegt das Ziel ihrer Reise?"

„Wir wollen zum Silbersee", entgegnete sie.

Freude zuckte über sein Gesicht, obgleich er einen Ausdruck des Erstaunens nicht zu unterdrücken vermochte. „So wird die Miss einige Zeit hier verweilen?", fragte er.

„Längere Zeit sogar", erwiderte sie.

„Dann bittet Nintropan-homosch, bei ihr sein zu dürfen. Sie soll alle Bäume, Pflanzen und Blumen kennen lernen. Wir werden auf dem See fischen und im Walde jagen. Wird sie ihm das erlauben?"

„Gern. Ich freue mich, dass du hier bist." Sie streckte ihm die Hand entgegen, die er zaghaft ergriff, dann aber mit herzhaftem Druck eine Weile festhielt.

Die Pferde der Neuangekommenen wurden von den Timbabatschen in den Wald geführt, wo sich auch die ihrigen befanden. Ihr Häuptling hatte bisher in seiner Hütte gesessen und kam nun langsam hervor, ziemlich verdrossen darüber, dass man ihm nicht mehr Beachtung schenken wollte. Er war ein finsterer Gesell mit langen Beinen und Armen, die ihm etwas Orang-Utan-Ähnliches gaben. Er blieb von fern stehen und blickte zu den Bergen hinüber, über die Fremden hinweg, als hätte er mit ihnen nicht das Mindeste zu schaffen. Aber er hatte sich verrechnet, denn Tante Droll kam zu ihm und sagte: „Warum tritt das Lange Ohr nicht näher? Will er die berühmten Krieger der Bleichgesichter nicht begrüßen?"

Der Häuptling brummte etwas Unverständliches in seiner Sprache vor sich hin, kam aber da bei Droll an den Falschen, denn der Jäger klopfte ihm wie einem alten, guten Bekannten auf die Schulter und rief: „Rede englisch, alter Boy! Ich habe deine Sprache nicht gelernt."

Der Rote murmelte wieder einiges Kauderwelsch, und so fuhr Droll fort: „Verstell dich nicht! Ich weiß, dass du ein ganz leidliches Englisch sprichst."

„*No!*", leugnete der Häuptling.

„Nicht? Kennst du mich?"

„*No.*"

„Hast du mich noch nicht gesehen?"

„*No.*"

„Hm! Besinne dich. Du musst dich meiner erinnern."

„*No.*"

„Wir haben einander unten in Fort Defiance gesehen!"

„*No.*"

„Wir waren da drei Weiße und elf Rote und haben ein wenig Karten gespielt und ein wenig getrunken. Die Roten tranken mehr als die Weißen und wussten endlich nicht mehr, wie sie hießen und wo sie waren. Sie schliefen dann den ganzen Nachmittag und auch die ganze Nacht. Kannst du dich nun besinnen, Alter?"

„*No.*"

„Nicht? Schön! Wir Weißen legten uns auch nieder, im Bretterschuppen bei den Indianern, denn es gab sonst keinen Platz. Als wir erwachten, waren die Roten fort. Weißt du, wohin?"

„*No.*"

„Aber mit ihnen war auch mein Gewehr fort und meine Kugeltasche. Ich hatte ein S. M. D., Sebastian Melchior Droll, in den Lauf stechen lassen. Sonderbarerweise finden sich diese Buchstaben hier auf dem Lauf deiner Büchse. Weißt du vielleicht, wie sie dorthin gekommen sind?"

„No."

„Und meine Kugeltasche war mit Perlen bestickt und auch mit einem S. M. D. versehen. Ich trug sie an meinem Gürtel, geradeso wie du die deinige. Und wie ich zu meiner Freude bemerke, hat diese auch die gleichen Buchstaben. Weißt du, wie die Buchstaben an deine Tasche gekommen sind?"

„No."

„So weiß ich desto besser, wie meine Waffen in deine Hand und mein Kugelbeutel an deinen Gürtel gekommen sind. Ich will dich von ihnen befreien."

Im Nu hatte er dem Roten das Gewehr aus der Hand und den Beutel vom Gürtel gerissen und wendete sich von ihm ab. Aber blitzschnell war ihm der Rote nach und gebot ihm in ziemlich gutem Englisch: „Gib her!"

*„No!", e*ntgegnete jetzt Droll.

„Dieses Gewehr gehört dem Langen Ohr!"

„No!"

„Und dieser Beutel auch!"

„No."

„Du bist ein Dieb!"

„No."

„Her damit, oder der Häuptling zwingt dich!"

„No."

Da zog der Rote das Messer. Droll schlug ein lustiges Gelächter an und rief: „Du bist das Lange Ohr. Ich kenne dich. Noch viel länger als deine Ohren sind deine Finger. Gib der Wahrheit die Ehre, und du sollst die Sachen behalten können! Also aufrichtig: Kennst du mich?"

*„Yes!", e*rwiderte der Rote wider alles Erwarten.

„Du warst mit mir in Fort Defiance?"

„Yes."

„Warst du betrunken?"

„Yes."

„Und bist dann mit meinem Gewehr und meinem Beutel verschwunden?"

„*Yes.*“

„Gut, so sollst du beides wiederhaben. Hier! Da ist auch meine Hand! Wollen Freunde sein. Aber englisch reden musst du, und mausen darfst du nicht. Verstanden?“

Droll ergriff die Hand des Häuptlings, schüttelte sie und gab ihm die gestohlenen Gegenstände wieder. Der Rote nahm sie, verzog keine Miene, sagte aber im freundlichsten Ton: „Mein weißer Bruder ist der Freund des Langen Ohrs. Er weiß, was recht und billig ist, denn er hat die Sachen beim Langen Ohr gefunden und gibt sie ihm wieder. Er ist ein Freund der roten Männer, und wir lieben ihn.“

„Ja, Freundchen, ich liebe euch auch. Das werdet ihr bald erkennen, denn wenn wir nicht gekommen wären, würdet ihr höchstwahrscheinlich eure Skalpe an die Utahs verlieren.“

„Oh, die kommen nicht! Die sind von den Navajos geschlagen worden, und wir werden den Siegern bald folgen, um uns auch viele Kopfhäute der Utahs zu holen.“

„Da irrst du dich.“

„Aber wir sehen doch Häuptlinge und Krieger der Utahs hier als Gefangene bei euch. Also müssen die Utahs besiegt worden sein.“

„Die Häuptlinge haben wir auf unsre eigene Rechnung gefangen. Die Navajos aber sind schmählich geschlagen worden und geflohen. Die Utahs reiten hinter ihnen her und werden vielleicht heute noch hier am Silbersee erscheinen.“

„Uff!“, rief das Lange Ohr, während ihm vor Staunen der Mund offen stehen blieb.

„Redet Tante Droll die Wahrheit?“, fragte der Große Bär.

„Ja“, versicherte Old Firehand. „Wir werden euch alles erzählen, aber erst nachdem wir uns vergewissert haben, dass wir von den Feinden nicht überrascht werden können. Ihr Erscheinen ist jeden Augenblick zu erwarten. Es mögen fünfzig Krieger der Timbabatschen sofort hinab in den Cañon reiten. Frank, Droll, Davy, Jemmy, Bill und

Uncle, ihr reitet mit! Ihr geht bis an die Stelle, wo der Cañon schmal zu werden beginnt, und setzt euch da hinter den Felsen fest! Es gibt dort Vorsprünge und Vertiefungen genug, die euch Schutz gewähren. Die Utahs werden den Navajos kräftig nachdrängen, um mit ihnen zugleich den Silbersee zu erreichen. Ihr sollt den Freunden Hilfe leisten und uns, sobald ihr die Feinde nahen seht, einen Boten senden. Lasst eure Pferde vorher saufen! Trinkt auch selbst, denn da unten gibt es kein Wasser, und der Große Bär wird euch zu essen mitgeben."

Fleisch war genug vorhanden. Es hing zum Trocknen an Riemen, die zwischen den Bäumen ausgespannt waren. Trinkwasser gab es im Überfluss. Von den Bergen kamen mehrere Bäche herab, die den See speisten. An einen dieser Bäche hatten sich die Pferde gemacht, um ihren Durst zu stillen. Bald waren die fünfzig Mann mit den sechs Weißen zum Aufbruch bereit. Der Kleine Bär führte sie.

Das Gebirgstal des Silbersees zog sich von Norden nach Süden, war an seiner Ost- und Westseite unzugänglich und konnte im Norden nur durch den Cañon und die Felsenenge, aus der die Weißen gekommen waren, erreicht werden, während nach Süden hin der See sein Wasser in eine Schlucht ergoss, die dort den Ausgang bildete. Von Süden her war zunächst kein Feind zu erwarten, vielmehr sollten von dort her die befreundeten Navajos kommen.

Wer nach Norden die Umgebung des Silbersees untersuchte, dem musste bald die Ansicht kommen, dass das Wasser früher seinen Abfluss nicht nach Süden, sondern nach Norden in den Cañon gehabt hatte. Jetzt aber lag zwischen See und Cañon eine ziemlich breite, dammartige Erhöhung, die es früher nicht gegeben hatte. Von selbst war sie nicht entstanden. Also ergab sich die Vermutung, dass sie künstlich aufgeworfen sei. Aber die Hände, die diese Arbeit vollendet hatten, waren längst in Staub zerfallen, denn der Damm trug Bäume, die gewiss hundertfünfzig Jahre alt waren. Zu welchem Zweck hatte man diesen

Damm errichtet? Gab es jetzt noch einen Menschen, der diese Frage beantworten konnte?

Die von Old Firehand abgesandte Schar ritt über den Damm hinweg, hinter dem der Cañon begann. Der war hier kaum zehn Meter breit, erst flach und schnitt nur nach und nach tiefer in den Boden ein. Je größer seine Tiefe wurde, desto mehr nahm er auch an Breite zu. Kurz hinter dem Damm hörten die Bäume und Sträucher auf, und bald war selbst kein Grashalm mehr zu sehen.

Kaum war der Trupp zehn Minuten geritten, als die Wände des Cañons schon eine Höhe von über dreißig Metern besaßen. Noch eine Viertelstunde, und sie schienen bis an den Himmel zu reichen. Hier gab es bereits das rundgescheuerte Steingeröll, wodurch das Reiten so sehr erschwert wird. Nach der dritten Viertelstunde wurde der Cañon plötzlich breiter, doppelt so breit wie bisher. Seine Wände waren nicht nur in der Höhe, sondern auch unten vielfach zerklüftet. Es sah fast aus, als ständen die Felsen auf Säulen, die Laubengänge bildeten, in denen man sich verstecken konnte.

„Hier sollen wir halten“, sagte der Kleine Bär, der mit den Weißen voranritt. „Es gibt da Löcher und Höhlen genug, in denen wir uns verbergen können.“

„Und die Pferde schaffen wir eine Strecke zurück“, meinte Droll, „dass sie von hier aus, wo es leicht zum Kampf kommen kann, nicht gesehen werden.“

Dieser Vorschlag wurde befolgt. Die siebenundfünfzig Mann versteckten sich zu beiden Seiten in den Vertiefungen. Noch hatten sie nicht lange gewartet, da hörten sie das Stolpern eines ermüdeten Pferdes im Geröll. Bald darauf erschien ein einzelner Reiter, ein Navajo, dessen Pferd kaum mehr zu laufen vermochte. Der Mann schien verwundet zu sein, denn sein Anzug war mit Blut befleckt. Er arbeitete trotzdem unausgesetzt mit Händen und Füßen, um seinen Gaul zu erneuter Anstrengung anzutreiben.

Der Kleine Bär verließ sein Versteck. Sobald der Navajo

ihn erblickte, hielt er sein Pferd an und rief: „Uff! Mein junger Bruder! Sind die erwarteten Krieger der Navajos schon angekommen?“

„Noch nicht.“

„So sind wir verloren! Der Große Geist hat uns verlassen und sich den Hunden der Utahs zugewendet. Wir haben sie im Tal der Hirsche überfallen, aber wir wurden geschlagen. Wir flohen, und die Utahs folgten uns, und heute früh ist ein neuer großer Trupp zu ihnen gestoßen. Sie sind nun viermal so stark wie wir und drängen mächtig hinter uns her.“

„Uff! So seid ihr vernichtet?“

„Fast. Zehn Gewehrschüsse abwärts von hier wogt der Kampf. Ich wurde abgesandt, um vom See Hilfe zu holen, denn wir dachten, die erwarteten Krieger seien bereits da. Nun sind unsre Leute verloren.“

„Noch nicht. Steige ab und ruhe dich hier aus! Es wird Hilfe kommen.“

Es galt, den schwer bedrängten Navajos schleunigst Beistand zu bringen, um ihnen den Rückzug zu ermöglichen. Man schickte einen Boten zum Silbersee, ließ den Navajo bei den Pferden zurück und drang dann rasch zum Kampfplatz vor.

Ja, es stand schlecht um die Navajos. Ihre Pferde waren meist erschossen. Die Krieger fanden hinter den Leichen der Tiere die einzige Deckung, die es gab, denn die Seitenwände des Cañons waren hier glatt und winkellos, sodass sie keine Deckung gewährten. Ihre Pfeile schienen ihnen auszugehen, denn sie schossen nur noch, wenn sie ihres Zieles sicher waren. Einige der Kühnsten rannten umher, um die Pfeile der Utahs aufzulesen. Die Gegner waren so zahlreich, dass sie in mehreren Reihen hintereinander die ganze Breite des Cañons füllten. Sie kämpften zu Fuß und hatten ihre Pferde zurückgelassen, damit die Tiere nicht erschossen würden.

Jetzt verstummte das Kampfgeheul für kurze Zeit. Man

sah die Hilfe kommen. Die Weißen blieben, als sie die Utahs im Bereich ihrer Kugeln wussten, ganz offen in der Mitte des Cañons stehen, legten die Gewehre an, zielten und drückten ab. Ein Geheul der Utahs bewies, dass die Schützen gut gezielt hatten. Noch sechs Schüsse, ein erneutes Heulen. Die Timbabatschen duckten sich und krochen vorwärts, um auch zum Schuss zu kommen.

Der Humply-Bill war der Ansicht, dass die sechs Weißen nicht zugleich schießen dürften, weil in diesem Fall während des Ladens eine zu lange Pause entstehe. Drei laden und drei schießen, so sollte es gehalten werden, und die andern stimmten bei. Es zeigte sich bald, was sechs tüchtige Schützen mit guten Gewehren vermögen. Jeder Schuss traf seinen Mann. Die Utahs wichen zurück. Nur diejenigen von ihnen, die Gewehre besaßen, hielten stand. Aber ihre Kugeln flogen zu kurz, und näher wagten sie sich nicht heran. Da rief der Hobble-Frank dem Kleinen Bären zu: „Wir sechs halten den Platz. Die Navajos mögen sich hinter uns zurückziehen. Sage es ihnen!“

Der Sohn des Häuptlings folgte dieser Aufforderung, und die Navajos sprangen auf und rannten zurück, um sich hinter den Weißen festzusetzen. Erst jetzt sah man, wie sehr die Navajos gelitten hatten. Sie zählten höchstens noch sechzig Mann, und nicht die Hälfte von ihnen hatte ihre Pferde noch. Glücklicherweise konnten sie sich jetzt ungehindert zurückziehen, denn auch die Timbabatschen blieben liegen und hielten die Utahs in Schach.

Allmählich begannen nun aber auch die Retter der Navajos ihren Rückzug. Die Utahs stießen einfach nach. Sie sparten ihre Pfeile und setzten nur mit ihren Gewehren das Gefecht fort. So zogen sich die einen von Punkt zu Punkt zurück, und die andern folgten, bis die Verteidiger in die Nähe der Stelle gekommen waren, wo sie sich vorher versteckt gehabt hatten. Die Weißen rieten, nun schnell die Höhlen und Vertiefungen aufzusuchen. Der Kleine Bär machte den Dolmetscher. Ein plötzlicher, allgemeiner

Rückzug, und die bisher so hart Bedrängten waren verschwunden. Sie befanden sich in Sicherheit, denn hier gab es Deckung gegen jedes Geschoss, während sich die Utahs nicht verstecken konnten. Wenn nun bald die erwartete Hilfe kam, konnte man getrost dem weiteren Verlauf des Kampfes entgegensehen.

Und diese Hilfe war schon unterwegs. Old Firehand hatte dem Großen Bären in kurzen Worten erzählt, was geschehen war. Der Rote machte ein bedenkliches Gesicht und meinte: „Nintropan-hauey hat die Navajos gewarnt. Er riet ihnen, zu warten, bis alle ihre Krieger beisammen seien. Aber sie glaubten, die Utahs hätten sich auch noch nicht vereinigt, und wollten die einzelnen Trupps nacheinander vernichten. Nun haben sie das Schicksal erlitten, das sie den Feinden bereiten wollten. Und selbst wenn es ihnen gelingt, in die Berge zu entkommen, wird doch die Zahl der Verfolger von Ort zu Ort größer werden, und es kann leicht geschehen, dass wir tausend Utahs hier am Silbersee zu sehen bekommen."

„Wie steht es dann mit dir? Werden die Utahs dich als Feind behandeln?"

„Ja."

„So befindest du dich in Gefahr."

„Nein."

„Wohl weil du die Timbabatschen hier hast und auch noch einige Navajos erwartest?"

„Nein. Nintropan-hauey verlässt sich nur auf sich selbst."

„Dann begreife ich dich nicht."

„Er fürchtet sich vor tausend Utahs nicht, denn er braucht nur die Hand aufzuheben, so sind sie verloren. Ein einziger kurzer Augenblick tötet sie alle."

„Hm! Alle?"

„Du glaubst es nicht? Ja, ihr Bleichgesichter seid sehr kluge Männer, aber auf einen solchen Gedanken würde keiner von euch kommen."

Er sagte das mit stolzem Gleichmut. Old Firehand zuckte die Achseln. Der Blick Old Shatterhands schweifte rund über den See, an den Bergen hin. Dann sagte er, während ein leises Lächeln um seine Lippen spielte: „Du bist es aber auch nicht, der auf diesen Gedanken gekommen ist."

„Nein. Wer sagt dir das?"

„Ich selbst. Du meinst freilich, wir Weißen könnten keinen solchen Einfall haben. Nun, ich will dir das Gegenteil beweisen. Wir sind klug genug, euch in die Seelen zu blicken."

„Du meinst zu wissen, warum sich der Große Bär vor tausend Feinden nicht fürchtet?"

„Ja."

„Sage es!"

„Gut! Du tötest tausend Utahs in wenigen Augenblicken?"

„Ja."

„Wenn sie sich im Cañon befinden?"

„Ja."

„Das kann weder durch Messer, Gewehre oder sonstige Waffen geschehen, sondern nur durch eine Naturkraft. Durch die Luft, durch Sturm? Nein. Durch Feuer? Auch nicht. Also durch das Wasser!"

„Deine Gedanken sind klug und gut. Aber weiter kommst du nicht."

„Wollen sehen! Wo hast du genug Wasser, um so viele Menschen zu töten? Im See. Werden diese Leute in den See gehen? Nein. Folglich muss der See zu den Leuten gehen. Er muss seine Fluten plötzlich in den Cañon ergießen. Wie ist das möglich? Es liegt doch ein hoher, starker Damm dazwischen. Nun, dieser Damm ist vor alter Zeit nicht gewesen. Er ist gebaut worden, und dabei hat man ihm eine Einrichtung gegeben, wodurch er plötzlich geöffnet werden kann, sodass sich der trockene Cañon augenblicklich in einen reißenden Strom verwandelt. Habe ich es erraten?"

Trotz der Ruhe, die ein Indianer in allen Lagen bewahren soll, sprang der Große Bär auf und rief: „Bist du allwissend?"

„Nein, aber ich denke nach."

„Du hast es wirklich erraten! Aber wie ist der Große Bär zu diesem Geheimnis gekommen?"

„Durch Erbschaft."

„Und wie wird der Damm geöffnet?"

„Wenn du mir erlaubst, nachzuforschen, werde ich dir diese Frage bald beantworten können."

„Nein, das darf dir Nintropan-hauey nicht erlauben. Aber kannst du auch erraten, weshalb dieser Damm errichtet wurde?"

„Aus zwei Gründen. Erstens zur Verteidigung. Die Eroberer der südlichen Gegenden kamen alle von Norden. Dieser große Cañon war ein beliebter Weg der Eroberer. Man baute den Damm, um den Weg zu sperren und das Wasser plötzlich loslassen zu können."

„Und der zweite Grund?"

„Der Schatz?"

„Der Schatz?", fragte der Häuptling, indem er einen Schritt zurücktrat. „Was weißt du von ihm?"

„Nichts. Aber ich errate viel. Ich sehe den See, seine Ufer, seine Umgebung und denke nach. Bevor es den Damm gab, war hier kein See vorhanden, sondern ein tiefes Tal, wodurch die Bäche, die heute hier rinnen, in den Cañon flossen, den sie sich gegraben hatten. Eine reiche Nation wohnte hier. Sie kämpfte lange Zeit gegen die andringenden Eroberer. Doch sie erkannte schließlich, dass sie nachgeben, fliehen müsse, vielleicht einstweilen nur. Sie vergrub ihre Kostbarkeiten, ihre heiligen Gefäße, hier in dem Tal und errichtete den Damm, damit ein großer See entstehe, dessen Flut der stumme Wächter dieses Schatzes sei."

„Schweig, schweig!", rief der Große Bär erschrocken. „Sprechen wir nicht von dem Schatz, sondern nur von dem Damm! Ja, der Große Bär kann ihn öffnen. Er kann tausend und noch mehr Utahs ersäufen, wenn sie sich im Cañon befinden. Soll er es tun, wenn sie kommen?"

„Um Gottes willen, nein! Es gibt noch andre Mittel, sie zu bezwingen."

„Welche? Die Waffen?“

„Ja, und dann die Geiseln, die dort im Gras liegen. Es sind die berühmtesten Häuptlinge der Utahs. Die Feinde werden, um ihre Anführer zu retten, auf manche Bedingung eingehen. Deshalb haben wir die Geiseln ergriffen und mitgebracht.“

„Dann müssen wir diese Gefangenen in Sicherheit bringen.“

„Hast du einen passenden Ort?“

„Ja. Sie mögen erst essen und trinken. Dann werden wir sie fortschaffen.“

Die Gefangenen bekamen die Hände frei. Sie erhielten Fleisch und Wasser und wurden dann wieder gefesselt. Nachher wurden sie mit Hilfe einiger Timbabatschen in den am Ufer liegenden Kanus auf die Insel gebracht. Old Firehand, Old Shatterhand und Winnetou begaben sich auch hinüber. Sie waren begierig, das Innere des Bauwerkes zu sehen.

Es bestand oberhalb nur aus einem Erdgeschoss, das durch eine Mauer in zwei Abteilungen getrennt wurde. In der einen befand sich der Herd, und die andre bildete den Wohnraum, der jedoch recht dürftig ausgestattet war. Eine Hängematte und ein einfaches Lager, das war alles.

„Und hier sollen die Gefangenen bleiben?“, fragte Old Firehand.

„Nein, denn hier hätten wir sie nicht sicher genug. Es gibt einen viel besseren Ort.“ Der Große Bär schob das Lager auf die Seite. Dieses Lager bestand aus einer Unterlage von Querhölzern mit darüber gebreiteten Schilfmatten und Decken. Darunter wurde eine viereckige Öffnung frei, durch die ein gekerbter Baumstamm als Leiter hinunterführte. Der Häuptling stieg hinab. Old Shatterhand folgte ihm, und die andern sollten nun die Gefangenen einzeln hinablassen.

Durch die Öffnung fiel nur wenig Licht in den kellerartigen Raum. Er war größer als die Wohnstube. Die Vergrößerung lag nach der Gartenseite zu. Die entgegengesetzte Seite wurde durch eine Luftziegelmauer abgeschlossen, worin es weder eine Tür noch eine sonstige Öffnung gab. Als der Jäger daran klopfte, klang es dünn und hohl. Es befand sich also dahinter ein zweiter Keller, der unter dem Herdraum lag. Und doch war dort trotz eifrigen Suchens kein Zugang nach unten zu sehen gewesen.

Die Utahs wurden herabgereicht und nebeneinander gelegt. Old Shatterhand befürchtete, dass es ihnen an Luft mangeln werde. Als er eine hierauf bezügliche Bemerkung machte, erklärte der Große Bär: „Sie können genügend atmen. Hier von der Decke aus gehen Löcher durch die Mauer des Hauses. Es sind Hohlziegel eingesetzt. Die einstigen Bewohner dieser Gegend wussten gar wohl, was sie taten."

Old Shatterhand trat wie unwillkürlich einige Mal fest auf. Der Boden des Kellers klang auch hohl. Jedenfalls war die Insel, ehe man den See entstehen ließ, als hohles Gebäude aufgemauert und dann mit einem festen, für das Wasser undurchdringlichen Lehm- und Steinmantel umgeben worden. Sollte da unten, auf dem Grund der Insel, der Schatz aufbewahrt liegen?

Zu einer weiteren Untersuchung gab es jetzt keine Zeit, denn der letzte Gefangene war untergebracht, und der Häuptling stieg wieder hinauf. Old Shatterhand musste ihm folgen. Unter dem Dach des Gebäudes hingen an Stangen große Stücke getrockneten und auch geräucherten Fleisches. Ein kleiner Vorrat davon wurde in die Kanus getragen, um mit ans Ufer genommen zu werden. Eben als man drüben anlangte, erschien auf schäumendem Pferd der Bote, der um Hilfe abgeschickt worden war. Alles griff zu den Waffen und eilte zu den Pferden.

Ellen musste natürlich zurückbleiben und mit ihr zu ihrem Schutz ihr Vater. Er erhielt von dem Großen Bären den Rat, mit Ellen hinüber zur Insel zu rudern, da man dort am sichersten sei. So stieg er denn mit ihr in ein Kanu, nahm seine Waffen und stieß vom Land, als die andern fortritten.

Aus Vorsicht hatte man noch eine starke Wache an die Felsenge gesandt, durch welche die Weißen heute zum Silbersee gekommen waren. Sie genügte vollauf als Rückendeckung.

Die Übrigen strengten ihre Pferde weit mehr an als die erste Abteilung. Es ging im Galopp über Stock und Stein, und in einer Viertelstunde war der Weg zurückgelegt, zu dem die ersten fünfzig drei Viertelstunden gebraucht hatten. Da stießen sie auf deren Pferde. Vor ihnen fielen Schüsse. Sie sprangen ab, ließen ihre Tiere ebenfalls hier zurück, verteilten sich schnell nach rechts und links und gelangten, von den Utahs unbemerkt, in die zerklüfteten Felsgruppen, die ihren Freunden als Versteck dienten.

Die Utahs glaubten, es immer noch nur mit denen zu tun zu haben, die sie gesehen hatten. Sie meinten, dass sie durch rasches Vorgehen dem Kampf längst hätten ein Ende machen können, und wollten das nun nachholen. Plötzlich erscholl ein wildes Geheul, und die Utahs drangen vor. Ein kaum zwei Minuten währendes Krachen von beiden Seiten, und sie wichen zurück, während sie eine Menge Tote und Verwundete liegen ließen.

Old Shatterhand hatte hinter einem Felsenpfeiler gestanden und mehrere Schüsse abgegeben, dabei aber so gezielt, dass er die Getroffenen nur kampfunfähig machte. Jetzt sah er, dass die Timbabatschen hinausstürmten, um die Gefallenen zu skalpieren. Ihr Häuptling war bei ihnen. „Halt!", rief der Jäger mit donnernder Stimme. „Lasst diese Utahs liegen!" – „Warum? Ihre Skalpe gehören uns!", antwortete das Lange Ohr. – Dabei zog er sein Messer und bückte sich, um einem Verwundeten die Kopfhaut zu nehmen. Im nächsten Augenblick stand Old Shatterhand bei ihm, hielt ihm den Revolver vor den Kopf und drohte: „Tu einen Schnitt, so schieße ich dich nieder!" – Das Lange Ohr richtete sich auf und fragte verwundert: „Was kannst du dagegen haben? Die Utahs würden uns auch skalpieren.“ – „Wenn ich bei ihnen wäre, würden sie es bleiben lassen. Ich dulde es nicht, wenigstens bei den noch Lebenden nicht.“ – „So mögen sie ihre Skalpe behalten, aber den Toten werden sie genommen.“ – „Mit welchem Recht?“ – „Langes Ohr begreift dich nicht!“, meinte der Rote betroffen. „Ein erlegter Feind muss doch skalpiert werden!“ – „Hier liegen viele. Hast du sie alle besiegt?“ – „Nein. Einen hat der Häuptling getroffen.“ – „Welchen?“ – „Das weiß er nicht genau.“ – „Ist er tot? Zeige mir den Toten, in dem die Kugel deines Gewehres steckt. Dann sollst du ihn skalpieren dürfen, eher aber nicht!“

Der Häuptling zog sich brummend in sein Versteck zurück, und seine Leute folgten diesem Beispiel. Da erhob sich unten, wo sich die zurückgeschlagenen Utahs wieder gesammelt hatten, ein Geschrei. Solange der Jäger zwischen den Timbabatschen stand, hatten sie ihn nicht genau sehen können. Nun, da er sich noch allein im Freien befand, erkannten sie ihn, und man hörte sie rufen: „Old Shatterhand! Das Zaubergewehr, das Zaubergewehr!“

Er schritt langsam auf sie zu und rief, als er in Hörweite an sie herangekommen war: „Holt eure Toten und Verwundeten! Wir schenken sie euch.“

Einer der Anführer trat vor und erwiderte: „Ihr werdet auf uns schießen!“

„Nein.“ Dabei drehte sich Old Shatterhand um und kehrte in sein Versteck zurück.

So treulos diese Roten waren, diesem Jäger trauten sie keine Untreue, keinen Verrat zu. Darum schickten die Utahs zunächst versuchsweise zwei ihrer Leute ab, die sich langsam näherten, einen Verwundeten aufhoben und forttrugen. Sie kamen wieder und schafften einen zweiten fort. Als auch jetzt nichts Feindseliges unternommen wurde, gewannen sie Vertrauen, und es kamen mehrere. Old Shatterhand trat wieder hinaus und rief ihnen zu: „Bleibt! Es geschieht euch nichts.“

Sie blieben stehen. Er näherte sich ihnen vollends und fragte: „Wie viele Häuptlinge sind jetzt bei euch?“

„Vier."
„Welcher ist der vornehmste von ihnen?"
„Kai-unune[1]."
„Sag ihm, dass ich mit ihm sprechen will! Er mag die Hälfte des Weges machen und ich die andre Hälfte. So treffen wir uns in der Mitte. Die Waffen lassen wir zurück."
Sie richteten diese Botschaft aus und brachten den Bescheid: „Er wird kommen und die andern Häuptlinge mitbringen."
„Ich bringe nur zwei Gefährten mit. Sobald ihr hier fertig seid, mögen die Häuptlinge erscheinen."
Bald näherten sich die vier von der einen und Old Shatterhand mit Old Firehand und Winnetou von der andern Seite. In der Mitte trafen sie zusammen, begrüßten sich stumm und setzten sich einander gegenüber auf die Erde. Der Stolz verbot den Roten, sofort zu sprechen. So ruhten die Augen der Gegner eine ganze Weile aufeinander, bis endlich der älteste der Utahs, eben der Rollende Donner, die Geduld verlor und zu reden beschloss. Er erhob sich, reckte sich in würdevolle Haltung und begann: „Als die weite Erde noch den Söhnen des großen Manitou gehörte und es bei uns keine Bleichgesichter gab, da..."
„...da konntet ihr die Reden halten, so lange es euch beliebte", fiel Old Shatterhand ein. „Die Bleichgesichter aber lieben es, sich kurz zu fassen, und das wollen wir jetzt tun."
Wenn der Rote eine Beratung hält, so findet er kein Ende. Die jetzige Unterredung hätte vielleicht Stunden in Anspruch genommen, wenn Old Shatterhand nicht schon die Einleitung abgeschnitten hätte. Der Utah warf ihm einen halb verwunderten, halb zornigen Blick zu, setzte sich wieder und sagte: „Der Rollende Donner ist ein berühmter Häuptling. Er zählt viel mehr Jahre als Old Shatterhand und ist nicht gewohnt, sich von jungen Männern unterbrechen zu lassen. Howgh!"

[1] Rollender Donner

„Ein Mann kann viele Jahre zählen und doch weniger erfahren haben als ein jüngerer. Du wolltest von den Zeiten reden, in denen es bei euch noch keine Bleichgesichter gab. Wir aber haben die Absicht, von dem heutigen Tag zu sprechen. Und wenn ich es bin, der dich rufen ließ, so werde ich auch der sein müssen, der zuerst das Wort ergreift, um dir zu sagen, was ich von dir will. Auch ich habe gesprochen. Howgh!"

Das war scharf zurechtgewiesen. Die Roten schwiegen, und Old Shatterhand fuhr fort: „Du hast meinen Namen genannt, kennst mich also. Kennst du auch die beiden Krieger, die hier neben mir sitzen?"

„Ja. Es sind Old Firehand und Winnetou, der Häuptling der Apatschen."

„So wirst du wissen, dass wir stets die Freunde der roten Männer gewesen sind. Warum verfolgt ihr uns?"

„Weil ihr die Freunde unsrer Feinde seid."

„Das ist nicht wahr. Der Große Wolf hat uns gefangen genommen, ohne dass wir ihm die geringste Feindseligkeit gezeigt hatten. Um unser Leben zu retten, mussten wir uns gegen die Utahs wehren."

„Habt ihr nicht im Wald des Wassers den alten Häuptling niedergeschlagen und andre Häuptlinge mitgenommen?"

„Wieder nur, um zu retten."

„Und jetzt befindet ihr euch bei den Navajos und Timbabatschen, die unsre Feinde sind."

„Ohne böse Absicht. Wir wollten zum Silbersee und trafen hier auf sie. Wir hörten, dass es zum Kampf zwischen euch und ihnen kommen werde, und beeilen uns, Frieden zu stiften."

„Wir wollen Rache, aber keinen Frieden!"

„Ihr seid schwer gekränkt worden. Das wissen wir. Aber es ist ungerecht von euch, euch an Unschuldigen zu rächen. Wäre es auf euch angekommen, so wären wir längst am Marterpfahl gestorben wie die andern Bleichgesichter im Tal der Hirsche."

„Was wisst ihr davon?"
„Alles. Wir haben ihre Leichen begraben."
„So warst du dort?"
„Ja. Wir waren mitten unter euch. Wir haben gehört, was die Utahs sprachen, und gesehen, was sie taten. Wir standen unter den Bäumen, als die Navajos kamen, und sahen, dass ihr sie vertrieben habt."
„Das ist unmöglich! Das ist nicht wahr!"
„Du weißt, dass ich nicht lüge. Frage die Häuptlinge der Utahs, die dabei waren."
„Wo sollen wir sie fragen? Sie sind verschwunden. Der Große Geist hat sie zu sich gerufen."
„Nein. Der Große Geist mag von so treulosen und verräterischen Männern nichts wissen. Er hat sie in unsre Hände gegeben."
„Deine Zunge ist falsch. Sie spricht solche Worte, um uns den Frieden abzuzwingen."
„Ja, ich will und werde euch den Frieden abzwingen, aber ich sage die Wahrheit. Als wir des Abends im Tal der Hirsche bei euch waren, haben wir die drei Häuptlinge gefangen. Ich will dir beweisen, dass ich die Wahrheit spreche. Was ist das?"
Old Shatterhand zog einen schmalen Riemen aus der Tasche, der mit walzenförmig geschnittenen Knöpfen aus der Schale der Venusmuschel besetzt war, und hielt ihn dem Rollenden Donner vors Gesicht.
„Uff!", rief der Alte erschrocken. „Der Wampum der Gelben Sonne!"
„Und dieser hier?"
Der Jäger brachte einen zweiten Riemen zum Vorschein.
„Der Wampum des Häuptlings Vier Büffel!"
„Und dieser dritte Wampum?"
Als er auch noch einen dritten Riemen zeigte, wollte dem Alten das Wort im Munde stocken. Er machte eine Bewegung des Entsetzens und stieß in abgerissenen Sätzen hervor: „Kein Krieger gibt seinen Wampum her. Er ist ihm

heilig über alles. Wer den Wampum eines andern besitzt, hat ihn getötet oder gefangen genommen. Leben die drei Häuptlinge noch?“

„Ja. Sie sind in unsrer Gewalt.“

„Was wollt ihr mit ihnen tun?“

„Leben gegen Leben, Blut gegen Blut! Macht Frieden mit den Navajos und Timbabatschen, so geben wir die Gefangenen heraus!“

„Auch wir haben Gefangene gemacht. Tauschen wir sie aus, Mann gegen Mann!“

„Hältst du mich für einen Knaben, dass du meinst, ich wisse nicht, dass man einen Häuptling nur für wenigstens dreißig Krieger austauscht? Ich sage dir, wenn du nicht Frieden mit uns machst, werden die wenigsten von euch ihre heimatlichen Zelte wieder sehen!“

Der Rollende Donner blickte finster und nachdenklich zur Erde nieder. Da stand Old Firehand auf, reckte und streckte gelangweilt seine riesige Gestalt und sagte:

„*Pshaw!* Wozu die Worte, wenn wir Waffen haben! Der Rollende Donner mag uns schnell sagen, ob er Krieg oder Frieden will. Dann wissen wir, woran wir sind, und werden ihm geben, was ihm gebührt: Leben oder Tod.“

„So rasch können wir uns nicht entscheiden.“

„Warum nicht? Seid ihr Männer oder Squaws?“

„Wir sind keine Weiber, sondern Krieger. Dem Mann aber ziemt es nicht, wallendes Blut zu haben. Wir werden gehen und überlegen, was zu tun ist.“

„So bedenkt, dass es in einer halben Stunde Nacht sein wird!“

„Wir können euch auch des Nachts sagen, was wir beschlossen haben. Wer eine Mitteilung machen will, ihr oder wir, mag einen Schuss abfeuern und dann laut rufen. Man wird ihm antworten. Ich habe gesprochen. Howgh!“ Der Utah stand auf, neigte fast unmerklich den Kopf und entfernte sich. Die andern folgten seinem Beispiel.

„Nun sind wir gerade so klug wie vorher!“, zürnte Old Firehand.

„Mein Bruder hat zu zornig gesprochen", sagte Winnetou ruhig. „Er hätte Old Shatterhand weiterreden lassen sollen. Der Rollende Donner war nachdenklich geworden und stand schon im Begriff, zur Einsicht zu kommen."

Old Firehand schien die Wahrheit dieses Vorwurfs einzusehen, denn er entgegnete nichts. Als sie bei den andern ankamen, wurden sie von dem Langen Ohr mit der Frage empfangen: „Es waren vier Utahs. Warum gingt ihr nur zu dreien?"

„Weil wir genug Männer waren", erwiderte Old Firehand unwirsch.

„Es gab hier aber noch andre Männer. Auch das Lange Ohr ist Häuptling und gehört zur Beratung, ebenso wie ihr."

„Es ist genug unnütz gesprochen worden. Wir brauchten nicht noch einen vierten."

Das Lange Ohr schwieg. Wäre sein Gesicht nicht mit Farbe beschmiert gewesen, so hätte man ihm seinen Ärger angesehen. Er befand sich überhaupt in schlechter Laune, denn er war von Droll entlarvt worden, ohne seinen Groll darüber laut werden zu lassen. Und sodann hatte ihn auch Old Shatterhand durch das Verbot des Skalpierens vor seinen Leuten beleidigt. Der Häuptling war ein Feigling, der nicht den Mut besaß, offen zu widersprechen. Aber der Zorn, den er nicht sehen ließ, fraß in seinem Innern umso mehr.

Es begann zu dämmern und wurde bald Nacht. Zwar war nicht anzunehmen, dass die Utahs einen Angriff wagen würden, aber es mussten dennoch Maßnahmen getroffen werden, einen etwaigen Überfall zu vereiteln. Man musste Wachen ausstellen. Das Lange Ohr erbot sich freiwillig, sie mit einigen seiner Leute zu übernehmen, und es konnte ihm nicht abgeschlagen werden.

Es waren mit dem Häuptling fünf Mann, die eine Linie quer über den Cañon bildeten. Das Lange Ohr befand sich auf dem äußersten rechten Flügel. Der Groll in ihm nagte fort. Er wünschte, diesen Weißen zeigen zu können, dass er eine wichtige Person sei, die man nicht umgehen dürfe. Wie nun, wenn die Utahs etwas im Schilde führten und es ihm gelänge, das zu erlauschen! Dieser Gedanke ließ ihm keine Ruhe, und endlich beschloss er, ihn auszuführen. Er kroch vorsichtig vorwärts. Aber das war nicht so leicht, wie er es sich vorgestellt hatte, denn das Steingeröll bewegte sich unter seinen langen Gliedern. Dadurch musste er seine Aufmerksamkeit mehr unter sich als vor sich richten. Wieder kollerte unter ihm ein Stein – neben ihm tauchte etwas Dunkles auf – vor ihm auch. Zwei kräftige Hände legten sich ihm wie Eisenklammern um den Hals, zwei andre Hände pressten seine Arme an den Leib. Sein Atem stockte, und er verlor die Besinnung.

Als er wieder zu sich kam, lag er zwischen zwei Männern, die ihm die Spitzen ihrer Messer auf die entblößte Brust hielten. Seine Glieder waren gefesselt, und in seinem Mund steckte ein Knebel. Er machte eine Bewegung, die von einem dritten, der ihm zu Häupten saß, bemerkt wurde. Dieser sagte mit leiser Stimme, wobei er ihm die Hand auf den Kopf legte: „Wir haben das Lange Ohr erkannt. Wenn der Häuptling klug ist, wird ihm nichts geschehen. Ist er aber unklug, so wird er die Messer kosten, die er auf seiner Brust fühlt. Er mag dem Rollenden Donner durch ein Nicken zu erkennen geben, ob er seine Worte hört!"

Der gefangene Häuptling gab das gewünschte Zeichen. Er lag hier zwischen Leben und Tod, und es war begreiflich, dass er das Leben wählte.

„Das Lange Ohr mag uns ferner zu verstehen geben, ob er nur leise sprechen will, wenn wir ihm den Knebel aus dem Mund nehmen!", fuhr der andre fort.

Der Aufgeforderte nickte wieder und sofort wurde der Knebel entfernt, doch warnte der Rollende Donner:

„Wenn du ein lautes Wort sprichst, wirst du sterben. Willst du dich aber mit uns verbrüdern, so wirst du teilhaben an unserer Beute. Antworte mir!"

Beute! Bei diesem Wort kam dem Timbabatschen ein Gedanke. Er hatte ein Gespräch zwischen dem Großen und dem Kleinen Bären belauscht, ein Gespräch, das ihm noch jetzt im Ohr klang. Beute! Ja, Beute sollte es geben, Beute, wie sie noch nie nach einem Kampf ausgeteilt worden war! Von diesem Augenblick an war er der Sache der Utahs mit Leib und Seele ergeben. „Langes Ohr hasst und verachtet die Weißen“, erklärte er. „Wenn ihr ihm helft, werden wir sie vernichten.“

„Und die ‚Bären‘ auch?“

„Ja. Doch meine Krieger sollen leben bleiben!“

„Das versprechen wir dir. Warum aber warst du vorher unser Feind?“

„Weil der Häuptling das noch nicht wusste, was er heute weiß. Die Bleichgesichter haben ihn so beleidigt, dass er ihr Blut haben muss.“

„Diese Rache soll dir werden. Kai-unune wird bald sehen, ob du es ehrlich meinst oder ihn betrügen willst.“

„Langes Ohr ist aufrichtig und wird es dir beweisen.“

„So sage zunächst, ob es wahr ist, dass die Bleichgesichter unsre Häuptlinge als Gefangene bei sich haben!“

„Es ist wahr. Langes Ohr hat sie gesehen.“

„Diese Hunde sind mit dem bösen Geist im Bunde, sonst wäre ihnen nicht gelungen, was jedem andern Menschen unmöglich ist. Wo befinden sich die Häuptlinge der Utahs?“

„In dem Haus auf der Insel des Sees.“

„Von wem werden sie bewacht?“

„Von einem einzigen Bleichgesicht und einem Mädchen, das seine Tochter ist.“

„Ist das wahr? Ein einziger Mann und ein Mädchen halten so viele tapfere und berühmte Krieger fest?“

„Langes Ohr sagt die Wahrheit. Du musst bedenken, dass die Gefangenen gefesselt sind.“

„Dann wollen wir es glauben. Und nun weiter! Wie viele Krieger befinden sich am Ufer?“

„Nur wenige Weiße. Sie bewachen den andern Zugang zum Silbersee."

„Uff! Der Weg durch diesen Cañon ist nicht der einzige? Es gibt noch einen andern?"

„Ja. Wenn du willst, wird Langes Ohr ihn dir zeigen."

„Wo ist dieser Pfad?"

„Eine Strecke abwärts von hier beginnt zwischen zwei Felsensäulen eine Spalte, durch die man über eine Höhe in einen tiefen Kessel gelangt, aus dem ein Hohlweg zum See führt. Langes Ohr ist diesen Weg mit dem Großen Bären geritten."

„Wie lange braucht man, um von hier aus auf diesem andern Weg zum See zu gelangen?"

„Drei Stunden."

„Das ist sehr viel!"

„Aber der Lohn ist groß. Es fallen alle Feinde in deine Hände, du befreist deine Häuptlinge und Krieger und..."

„Und? – Sprich weiter!"

„...und außerdem findest du eine Beute, wie es noch niemals eine gegeben hat."

„Eine Beute? Bei den Navajos? Du meinst ihre Pferde und Waffen?"

„Langes Ohr spricht nicht von den Navajos, sondern von den beiden Bären und ihrem Silbersee, auf dessen Grund ungeheure Reichtümer aufbewahrt liegen, Gold, Silber und edle Steine in großer Menge."

„Wer hat dir das weisgemacht?"

„Niemand. Langes Ohr hat es von beiden selbst gehört. Er lag des Abends im Dunkel unter den Bäumen. Sie kamen und blieben in seiner Nähe stehen. Da sprachen sie von diesen Schätzen."

„Wie sind diese Schätze in den See gekommen?"

„Ein Volk, das vor langer Zeit hier wohnte und unterjocht wurde, hat sie dort aufbewahrt."

„Wie soll man sie heraufbekommen, wenn sie auf dem Grunde des Sees liegen? Man müsste ihn ausschöpfen."

„Nein. Da wo jetzt der See ist, war früher trockenes Land. Jenes Volk hat einen Turm gebaut, dessen Spitze jetzt die Insel ist. Von diesem Turm aus wurde ein fester Gang gebaut, der über das Tal hinlief und da endete, wo jetzt der Cañon beginnt. Dann errichtete man einen starken, breiten Damm, damit das Wasser nicht mehr nach Norden abfließen könne. Das Tal füllte sich mit Wasser und wurde zum See, woraus nun die Spitze des Turmes als Insel ragt. Als das Tal voll war, lief das Wasser nach Süden ab. Das Ende des Ganges aber wurde durch Steine verdeckt."

„Das alles soll wahr sein?"

„Gewiss. Langes Ohr hat sich überzeugt, die Steine heimlich entfernt und den Gang gefunden. Da, wo er beginnt, liegen Fackeln, um den Gang zu erleuchten. Er führt jetzt auf dem Grund des Sees zur Insel, dem ursprünglichen Turm, in dessen unterstem Stockwerk die Schätze liegen. Dieser Gang ist zugleich da, um nötigenfalls das Wasser abzulassen und etwaige Feinde zu verderben, die sich im Cañon befinden. Man öffnet eine Stelle des Ganges; das Wasser dringt ein und ergießt sich in den Cañon, und alles, was darin ist, muss ersaufen."

„Uff! Das wäre etwas für uns. Wenn wir die Bleichgesichter ersaufen lassen könnten!"

„Das darf nicht geschehen, weil meine Timbabatschen mit ertrinken würden."

„Das ist wahr. Aber wenn sich alles wirklich so verhält, wie du sagst, sind die Weißen ohnedies verloren. Es wird sich finden, ob du es aufrichtig meinst. Willst du uns jetzt an den See führen?"

„Ja, Langes Ohr ist bereit dazu. Aber welchen Teil der Reichtümer wird er bekommen?"

„Das wird Kai-unune bestimmen, sobald er sich überzeugt hat, dass du die Wahrheit gesagt hast. Er wird dich jetzt losbinden und dir ein Pferd geben. Aber beim geringsten Fluchtversuch bist du verloren."

Der Häuptling gab seine Befehle mit leiser Stimme. Bald

saßen alle Utahs im Sattel und ritten den Cañon zurück, anfangs mit der größten Vorsicht, um kein Geräusch zu verursachen. Sie erreichten die Stelle, wo die Weißen aus dem Cañon in den Felsenkessel abgebogen waren, und folgten der gleichen Richtung.

Der Ritt war jetzt, des Nachts, noch viel beschwerlicher als am Tag. Aber die Roten hatten wahre Katzenaugen, und auch ihre Pferde fanden sich leicht zurecht. Es ging die schiefe Ebene hinauf, drüben in den Kessel hinab und dann in die Felsenge hinein, auf dem gleichen Weg, den die Weißen geritten waren. Die letzte Hälfte des Rittes wurde dadurch erleichtert, dass der Mond aufgegangen war.

Genau drei Stunden waren vergangen, als die Utahs da ankamen, wo die Bäume begannen. Hier hielt das Lange Ohr an und sagte: „Der Eingang zu dem Tal ist so schmal, dass die Wachen ihn gegen euch leicht verteidigen können. Aber ihr werdet ihnen in den Rücken kommen."

„Wie ist das möglich?"

„Durch den Gang, von dem Langes Ohr bereits gesprochen hat. Er mündet nur wenige Schritt von hier. Wir öffnen ihn, indem wir die Steine fortnehmen, und steigen hinein. Wenn wir die Fackeln anzünden, können wir ihm leicht folgen. So gelangen wir in den Turm und steigen in seinem Innern hinauf, um auf die Insel zu kommen. Dort gibt es stets einige Kanus, in denen wir an das Ufer rudern. Dann befinden wir uns im Rücken der Feinde und werden sie leicht überwältigen, zumal sich meine Timbabatschen, sobald es ihnen der Häuptling befiehlt, auf eure Seite stellen werden."

„Gut! Die Hälfte meiner Krieger bleibt hier, und die andre Hälfte folgt uns in den Gang. Zeige ihn uns!"

Die Utahs waren von den Pferden gestiegen. Das Lange Ohr führte sie zur Seite bis an eine Stelle, wo ein Steinhaufen am Felsen lag. „Diese Steine müssen fort", erklärte der Timbabatsche, „dann werdet ihr die Öffnung sehen."

Der Haufen wurde entfernt, und es zeigte sich ein dunkles Loch, einen Meter breit und zwei Meter hoch. Die Häuptlinge traten ein und fanden, als sie um sich tasteten, einen ganzen Vorrat von Fackeln, die aus Hirsch- und Büffeltalg gefertigt waren. Man verteilte die Fackeln und steckte sie mit Hilfe von Punks in Brand. Dann drang man in den Gang ein.

Es herrschte eine dumpfe Luft darin, aber feucht war sie nicht. Der Gang musste außergewöhnlich stark gemauert und dann dick und hoch mit Lehm bestampft worden sein, dass er so lange Zeit dem Wasser des Sees Widerstand geleistet hatte.

Um nicht allzu lange Zeit dieser Luft, die durch den Qualm der Fackeln noch verschlechtert wurde, ausgesetzt zu sein, ging man so schnell wie möglich vorwärts, bis man nach unendlich scheinender Zeit in eine weite Halle gelangte, an deren Wänden viele in Matten gehüllte Pakete aufgestapelt lagen.

„Das muss das unterste Geschoss des Turmes, also der Insel sein", sagte das Lange Ohr. „Vielleicht befinden sich in diesen Packen die Schätze, von denen ich euch erzählt habe. Wollen wir nachsehen?"

„Ja", antwortete der Rollende Donner. „Aber lange halten wir uns dabei nicht auf, da wir uns beeilen müssen, nach der Insel zu kommen. Später haben wir mehr Zeit dazu."

Als man dann von einem der Pakete die Hülle entfernt hatte, sah man im Schein der Fackeln eine Götzenfigur golden erglänzen. Diese eine Figur bedeutete für sich allein ein Vermögen. Ein Weißer hätte vielleicht vor Entzücken laut gejubelt; diese Roten blieben kalt. Man breitete die Matte wieder über den Götzen und schickte sich zum Aufstieg an.

Es waren, wenn auch nicht ganz in Gestalt unsrer Treppen, schmale Stufen gemauert, die nach oben führten; sie boten nur für eine Person Platz, darum mussten sich die Roten hintereinander halten.

Das Lange Ohr stieg, mit einer Fackel in der Hand, voran. Noch hatte er die oberste Stufe dieses Geschosses nicht erreicht, da hörte er unter sich einen Schrei, dem Angstrufe von vielen Lippen folgten. Er blieb stehen und sah zurück. Was er erblickte, war ganz geeignet, ihn mit Entsetzen zu erfüllen. Aus dem Gang, in dem sich noch viele, viele Utahs befanden, drang, so breit und hoch er war, das Wasser herein. Die Fackeln warfen ihre Lichtstrahlen auf die dunkle, gurgelnde Flut, die schon halb mannshoch stand und mit entsetzlicher Schnelligkeit stieg. Diejenigen, die sich noch im Gang aufhielten, waren verloren. Das Wasser erstickte sie sofort. Und alle, die noch auf den Stufen standen, waren ebenso verloren. Sie drängten vorwärts; jeder wollte sich nach oben retten; einer riss den andern fort. Man warf die Fackeln von sich, um sich mit beiden Händen verteidigen zu können. So kam es, dass es keinem gelang, auf den Stufen Fuß zu fassen. Dabei wuchs die Flut so schnell, dass sie eine Minute, nachdem der erste Schrei erschollen war, den Roten schon bis an die Hälse reichte. Sie wurden von ihr gehoben. Sie schwammen, sie kämpften gegen den Tod und gegeneinander – vergeblich.

Nur sechs waren bereits so hoch, dass ihnen das Entkommen möglich war. Der Rollende Donner befand sich unter ihnen. Sie hatten nur eine einzige Fackel, die der voransteigende Timbabatsche trug. Eine schmale Öffnung leitete durch die Decke in das nächste Stockwerk, von wo aus ebensolche Stufen weiterführten.

„Gib mir das Licht und lass mich voran!“, gebot der Rollende Donner dem Timbabatschen. Er griff nach der Fackel, doch das Lange Ohr weigerte sich. Es entspann sich ein kurzer Streit, der aber dennoch lange genug währte, das Wasser herankommen zu lassen. Es drang schon durch die Öffnung in dieses Stockwerk. Das war eng, viel enger als das untere. Darum stieg die Flut hier mit mehrfacher Schnelligkeit an den Wänden hoch.

Das Lange Ohr war jünger und stärker als der Rollende

Donner. Er riss sich von ihm los und warf ihn mit einem kräftigen Stoß zu Boden. Nun aber drangen die andern Utahs auf ihn ein. Er besaß keine Waffe und hatte nur eine Hand frei, sich ihrer zu erwehren. Schon legte einer das Gewehr auf ihn an, da rief er: „Halt, sonst schleudert Langes Ohr das Licht ins Wasser, und dann seid ihr verloren! Ihr könnt nicht sehen, wohin ihr steigen müsst, und das Wasser holt euch ein." Das half. Sie sahen ein, dass sie sich nur dann retten konnten, wenn sie Licht besaßen. Schon stand ihnen das Wasser bis zu den Hüften.

„So behalte die Fackel und steig voran, du Hund!", erwiderte der Rollende Donner. „Aber du wirst es büßen!"

Der Timbabatsche stand schon auf den Stufen und eilte weiter. Wieder gelangte er durch eine schmale Öffnung in das nächste Stockwerk. Die Drohung des Alten war ernst gemeint. Das Lange Ohr wusste es. Deshalb blieb er, als er durch die Öffnung gestiegen war, stehen und blickte zurück. Hinter ihm erschien der Kopf des Rollenden Donners.

„Du hast mich einen Hund genannt und willst dich an mir rächen", rief ihm Langes Ohr zu. „Du bist selbst ein Hund und sollst wie ein Hund sterben. Zurück mit dir ins Wasser!"

Langes Ohr versetzte dem Utah einen Fußtritt ins Gesicht, sodass der Alte zurückstürzte und in der Öffnung verschwand. Einen Augenblick später erschien der Kopf des nächsten Utah. Auch er erhielt einen Fußtritt und fiel zurück, ebenso der dritte. Das Lange Ohr keuchte vor Angst und Anstrengung. Aber zugleich glitt eine wilde Siegesfreude über sein Antlitz, denn das Wasser hatte die andern erreicht und von den Stufen geschwemmt. Es trat jetzt schon durch die Öffnung.

Der Timbabatsche war allein. Nur er war übrig geblieben von all denen, die den Tunnel betreten hatten.

Hastig stieg er weiter und weiter, noch einige Stockwerke höher, und das Wasser folgte ihm mit gleicher Schnelligkeit. Da fühlte er, dass die Luft besser wurde. Der Aufstieg war nun ganz eng geworden, und es gab keine Stufen mehr, sondern ein eingekerbtes Holz war als Leiter an die Mauer gelegt. Schon setzte er die Fußspitzen in die Kerben, um hinaufzuklimmen, da hörte er über sich eine Stimme: „Halt, bleib unten, sonst erschieße ich dich! Die Utahs haben uns vernichten wollen. Nun sind sie selbst alle verloren, und du sollst als der letzte von ihnen sterben!"

Es war die Stimme des Großen Bären. Der Timbabatsche erkannte sie. „Ich bin ja kein Utah! Schieß nicht!", rief er voller Angst.

„Wer bist du denn?"

„Dein Freund, der Häuptling der Timbabatschen."

„Ah, das Lange Ohr! So hast du erst recht den Tod verdient, denn du bist ein Abtrünniger, ein Verräter."

„Nein, nein! Du irrst!"

„Ich irre nicht. Du hast dich auf irgendeine Weise in mein Geheimnis geschlichen und es den Utahs mitgeteilt. Nun magst du ertrinken, wie sie ertrunken sind."

„Ich habe nichts verraten!", beteuerte der Rote voller Angst, denn das Wasser stieg ihm schon bis an das Knie.

„Lüge nicht!"

„Lass mich hinauf! Bedenke, dass ich stets dein Freund war!"

„Nein, du bleibst unten!"

Da ließ sich Old Firehands Stimme hören: „Lass ihn herauf! Es ist des Fürchterlichen genug geschehen. Er wird seine Schuld gestehen."

„Ja, ich werde euch alles sagen!", versicherte das Lange Ohr, denn das Wasser reichte ihm jetzt fast bis an die Hüfte.

„Gut, ich will dir das Leben schenken und hoffe, dass du mir dafür dankbar bist."

„Meine Dankbarkeit wird ohne Grenzen sein."

„Ich halte dich beim Wort. Komm herauf!"

Der Rote warf, um mit beiden Händen klettern zu können, die Fackel ins Wasser und stieg hinauf. Als er oben anlangte, sah er sich in dem Raum des Inselgebäudes, wo sich der Herd befand. Vor der offenen Tür brannte ein Feuer, und bei dem hereinfallenden Lichtschein erkannte er den Großen Bären, Old Firehand und Old Shatterhand. Er sank vor Müdigkeit und infolge der ausgestandenen Angst nieder, raffte sich aber schnell wieder auf, um hinauszuspringen und rief: „Fort, fort, hinaus, sonst kommt das Wasser, ehe wir uns retten können!"

„Bleib hier!", gebot der Große Bär. „Du hast von dem Wasser nichts mehr zu befürchten, denn es kann im Innern der Insel nicht höher steigen, als es draußen steht. Du bist gerettet und wirst nun erzählen, wie du von deinem Posten weg- und hierher gekommen bist." –

Es mochte ungefähr eine Stunde nach Aufstellung der letzten Wachen vergangen sein, als Old Firehand der Gedanke gekommen war, wieder nach den Posten zu sehen. Er schlich sich hinaus und zunächst an die Stelle, wo das Lange Ohr sein sollte. Der Platz war leer. Er begab sich zu dem anschließend aufgestellten Timbabatschen, um ihn zu fragen, und erfuhr von ihm, dass sein Häuptling fortgegangen sei.

„Wohin?"

„Zu den Utahs. Er ist noch nicht wieder zurück."

„Seit wann ist er fort?"

„Seit einer Stunde fast."

„Dann muss ihm ein Unfall widerfahren sein. Ich werde nachsehen." Der Jäger legte sich nieder und kroch dahin, wo er die feindlichen Wächter gesehen hatte. Sie waren fort. Er kroch weiter. Da, wo die Utahs den ganzen Cañon quer abgeriegelt hatten, war kein einziger von ihnen zu erblicken. Old Firehand forschte mit äußerster Vorsicht weiter. Er fand keinen Utah, aber auch den Häuptling nicht. Das war Besorgnis erregend. Er drang eine bedeutende Strecke in den Cañon vor, ohne auf einen Feind zu stoßen, und kehrte mit dem Ergebnis zurück, dass die Utahs verschwunden seien. Das wäre an sich nichts Unbegreifliches oder gar Besorgniserregendes gewesen, wenn nicht das Lange Ohr mit ihnen verschwunden gewesen wäre.

„Sie haben ihn erwischt", vermutete der Große Bär. „Er hat zu viel gewagt. Nun ist's um ihn geschehen."

„Und wohl auch um uns", meinte Old Firehand.

„Wieso um uns?"

„Mir fällt auf, dass sie sich entfernt haben. Das muss einen ganz besonderen Grund haben. Der Umstand, dass Langes Ohr in ihre Hand geraten ist, kann an und für sich nicht die Ursache ihres unerwarteten Rückzuges sein. Es muss vielmehr ein anderer Grund vorhanden sein, der aber zu dem Häuptling in Beziehung steht."

„Welcher Grund könnte das sein?"

„Hm! Ich traue dem Langen Ohr nicht. Er hat mir nie gefallen."

„Nintropan-hauey wüsste nicht, weshalb wir ihm misstrauen sollten. Er hat sich niemals feindlich gegen ihn verhalten."

„Mag sein. Dennoch ist er nicht der Mann, auf den ich mich verlassen möchte. Kennt er die hiesige Örtlichkeit genau?"

„Ja."

„Kennt er auch den Weg, der über den Felsenkessel zum See führt?"

„Er kennt ihn, denn er war mit mir dort."

„So weiß ich genug. Wir müssen sofort aufbrechen, um zum See zu gehen."

„Warum?"

„Weil er den Utahs wahrscheinlich diesen Weg verraten hat. Mag ich mich da irren oder nicht, mag er freiwillig oder gezwungen geplaudert haben, darauf kommt es nicht an. Ich bin überzeugt, dass die Utahs seit einer Stunde fort sind und in zwei Stunden am See erscheinen werden."

„Das denke ich auch", stimmte Old Shatterhand bei.

„Das Lange Ohr hat kein gutes Gesicht", meinte Winnetou. „Meine Brüder mögen schnell mit zum See kommen, sonst sind die Utahs eher dort als wir und nehmen Patterson und seine Tochter gefangen."

Man stieg zu Pferd und ritt den Cañon hinauf, so gut es in der Finsternis gehen mochte. Es dauerte wohl eine Stunde, bis man den Eingang des Seetales erreichte. Es wurde besetzt, und zwar von Weißen, weil nun, da ihr Häuptling fehlte, den Timbabatschen nicht mehr zu trauen war.

Patterson befand sich nicht mehr auf der Insel. Er hatte mit seiner Tochter in dem Gebäude gesessen. Unter ihnen lagen die Gefangenen, die miteinander sprachen. Ihre Stimmen drangen dumpf herauf. Das klang so geisterhaft, dass Ellen sich zu fürchten begann, und sie bat ihren Vater, die Insel zu verlassen und mit ihr hinüber ans Ufer zu gehen. Er erfüllte ihre Bitte und ruderte sie hinüber. Als es Nacht geworden war, brannte er ein Feuer an, war aber so vorsichtig, sich nicht daran zu setzen, vielmehr zog er sich mit Ellen in den Schatten zurück, wo beide den erleuchteten Platz übersehen konnten, ohne selbst bemerkt zu werden. Es war für sie unheimlich, so allein an diesem einsamen und gefährlichen Ort zu sein, und ihre Freude war groß, als die Freunde jetzt mit den Timbabatschen auftauchten.

Die Weißen lagerten sich, soweit sie nicht an den beiden Zugängen Wache stehen mussten, um das Feuer. Die Timbabatschen brannten sich ein zweites an, woran sie Platz nahmen und sich über das Verschwinden ihres Häuptlings unterhielten. Dass die Weißen ihn im Verdacht der Verräterei hatten, war ihnen wohlweislich verschwiegen worden.

Seit der Ankunft am See hatte Watson, der frühere Schichtmeister, keine Gelegenheit gehabt, mit dem Großen Bären zu sprechen. Jetzt aber, als sie nahe beieinander am Feuer saßen, meinte der Weiße zu dem Roten: „Mein roter Bruder hat noch nicht mit mir gesprochen. Ich bin eines der beiden Bleichgesichter, die hier oben einen ganzen Winter zubrachten. Damals lebte Ikhatschi-tatli noch, dein Großvater, der krank war und von uns gepflegt wurde, bis er starb."

„Nintropan-hauey dankt dir dafür“, sagte der Große Bär einfach.

„Ja, wir pflegten ihn, und er gab uns ein Geschenk. Es war ein Geheimnis, das er uns anvertraute, ein Geheimnis von einem Schatz, der hier verborgen liegt.“

„Der alte Häuptling tat Unrecht, als er von diesem Geheimnis sprach. Er war müde und schwach geworden, und die Dankbarkeit hinderte ihn, sich zu erinnern, dass er ewiges Schweigen gelobt hatte. Er durfte von diesem Geheimnis, das sich nur auf die Nachkommen zu vererben hat, einzig zu seinem Sohn und Enkel sprechen.“

„So meinst du, dass ich nicht das Recht habe, von dieser Sache zu reden?“

„Der Große Bär kann es dir nicht verbieten. Aber auf die Ausnutzung des Geheimnisses musst du verzichten; jeder andre Wunsch aber wird dir mit Freuden erfüllt.“

„Ist das dein Ernst?“, fragte Old Firehand schnell. „So werde ich an Stelle unsres Gefährten einen Wunsch aussprechen.“

„Tu es! Liegt es in der Macht des Großen Bären, dann wird er dir gern erfüllt.“

„Wem gehört das Land, auf dem wir uns hier befinden?“

„Nintropan-hauey. Er wird es einst seinem Sohn, dem Kleinen Bären, hinterlassen.“

„Kannst du dein Recht darauf beweisen?“

„Ja. Bei den roten Männern gilt das Wort. Die weißen Männer aber verlangen ein Papier mit schwarzen Buchstaben. Es wurde ein solches Papier angefertigt und von den weißen Häuptlingen unterschrieben. Es ist auch ein großes Siegel darauf. Der Große Bär war deshalb in der Stadt des Weißen Vaters. Das Land am Silbersee, so weit es rundum von den Bergen eingefasst wird, ist sein Eigentum. Er kann damit tun, was ihm beliebt.“

„Und wem gehört der Felsenkessel, durch den wir heute gekommen sind?“

„Den Timbabatschen. Die weißen Häuptlinge haben die

ganze Gegend ausgemessen und abgezeichnet. Dann hat der Weiße Vater in Washington unterschrieben, dass sie Eigentum der Timbabatschen ist."

„Sie können also davon verkaufen, verpachten oder verschenken, ganz wie es ihnen gefällt?"

„Ja."

„So will ich dir sagen, dass ich den Felsenkessel von ihnen kaufen will."

„Der Große Bär kann es ihnen nicht verbieten, zu verkaufen, und dir nicht, zu kaufen."

„Darum handelt es sich nicht, sondern darum, ob es dir lieb oder unlieb ist, uns in deine Nachbarschaft zu bekommen."

Das Gesicht des Großen Bären nahm einen pfiffigen Ausdruck an, als er fragte: „Warum wollt ihr grad an einer Stelle wohnen, wo es kein Wasser gibt und wo kein einziger Grashalm wächst? Der Weiße kauft nur solches Land, das ihm Nutzen bringt. Der Große Bär errät eure Gedanken. Es ist der Stein, der Felsen, der Wert für euch hat."

„Das ist richtig. Aber er gewinnt erst dann Wert, wenn wir Wasser bekommen können."

„Nehmt es euch aus dem See!"

„Das ist es, was ich von dir erbitten wollte."

„Du sollst so viel haben, wie du brauchst."

„Darf ich eine Leitung anlegen?"

„Ja."

„Du verkaufst mir das Recht dazu, und ich bezahle es dir?"

„Wenn der Kauf notwendig ist, so soll er geschehen. Du magst einen Preis bestimmen, aber Nintropan-hauey schenkt ihn dir. Ihr habt ihm einen großen Dienst geleistet. Ohne euch wäre er in die Hände der Utahs gefallen. Dafür wird er euch behilflich sein, die Schätze des Felsenkessels auszubeuten."

„Das lass ich mir gefallen", flüsterte der Hobble-Frank seinem Vetter zu. „Das Wasser haben wir also merschtenteels schon. Wenn dann das Silber ooch so bereitwillig fließt, können wir bald Crassussens spielen."

„Meinste vielleicht Krössussens? Krösus is doch wohl der König gewese, der so steinreich war?"

„Du, fang mer nich etwa ooch so an wie der Dicke Jemmy! Wennste mein Freund und Vetter bleiben willst, so... Horch!"

Vor dem Eingang ließ sich ein Pfiff hören. Das war das mit den Rafters verabredete Zeichen. Die Weißen sprangen auf und eilten zum Eingang des Tals. Dort erfuhren sie, dass man aus der Gegend der Felsenenge ein Geräusch wie Huftritte gehört habe. Es wurden schnell die nötigen Maßnahmen getroffen. Die Weißen lagen unter und hinter den Bäumen versteckt und warteten mit Spannung auf das, was sich nun ereignen werde. Allein, es verging längere Zeit, ohne dass man ferner etwas hörte oder sah. Das war auffällig. Darum kroch Winnetou vorwärts, um auszuspähen. Nach ungefähr einer Viertelstunde kehrte er zu Old Firehand, Old Shatterhand und dem Großen Bären zurück und meldete: „Die Krieger der Utahs haben sich geteilt. Die eine Hälfte hält mit allen Pferden dort links, wo der Weg aus dem Felsenkessel mündet. Die andern sind rechts am Beginn des Cañon. Dort haben sie ein Loch geöffnet, worin sie verschwinden."

„Ein Loch?", fragte der Große Bär erschrocken. „So kennen sie den unterirdischen Gang, und mein Geheimnis ist verraten. Das kann kein andrer als das Lange Ohr getan haben. Wie hat er das erfahren? Kommt mit mir! Ich muss sehen, ob es wahr ist."

Nintropan-hauey eilte fort, auf der Höhe des Dammes hin, und die drei folgten ihm. Bald sahen sie, unter den Bäumen verdeckt, den Anfang des Cañon hell unter sich liegen. Der Steinhaufen war entfernt, und beim Schein des Mondes erkannte man die Utahs, die in den Gang eindrangen. „Ja, sie kennen mein Geheimnis", meinte der Große Bär. „Sie wollen zur Insel, um uns in den Rücken zu kommen, und sie wollen meine Schätze haben. Aber das soll ihnen nicht gelingen. Ich muss rasch auf die Insel. Old Firehand und Old Shatterhand mögen mich begleiten! Winnetou aber mag hier bleiben! Ich muss ihm etwas zeigen."

Er führte den Apatschen einige Schritte vorwärts an eine Stelle, wo der Damm senkrecht in den See fiel. Dort lag ein großes, viele Zentner schweres Felsstück auf einer Unterlage von kleineren Steinen, die eigentümlich geordnet waren. Der Große Bär deutete auf einen dieser Steine und erklärte: „Sobald Winnetou von hier aus sieht, dass ich auf der Insel ein Feuer anbrenne, mag er an diesen Stein stoßen, worauf dieser Felsen ins Wasser hinabrollen wird. Mein roter Bruder mag aber schnell zurückspringen und nicht erschrecken, wenn er ein großes Krachen hört."

Nintropan-hauey rannte davon, und die beiden Jäger folgten ihm. Am Feuer riss er einen Brand heraus und stieg in eines der Boote. Während er sich bemühen musste, die Flamme zu erhalten, nahmen Old Firehand und Old Shatterhand die Ruder. Sie stießen ab und hielten auf die Insel zu. Drüben eilte der Große Bär in das Gebäude. Auf dem Herd lag dürres Holzwerk. Er schaffte es heraus und steckte es in Brand.

„Meine Brüder mögen horchen!", forderte er dann die Jäger auf, mit der Hand in die Gegend deutend, wo Winnetou zurückgeblieben war.

Da drüben war ein kurzes, hohles Rollen zu hören, dann das Zischen des unter dem stürzenden Felsen aufbrausenden Wassers, und nun erfolgte ein Krachen, ein Getöse, als ob ein Haus einstürze. „Es ist gelungen!", rief der Große Bär, tief aufatmend. „Der Zugang ist versperrt, die Utahs sind verloren. Kommt mit mir!"

Er ging wieder in das Gebäude, in die Abteilung, wo sich der Herd befand. Die Feuerstelle stand, wie die beiden Jäger jetzt sahen, auf einer beweglichen Unterlage. Der Rote schob sie ohne Anstrengung zur Seite. Es wurde eine

Öffnung sichtbar, in die der Große Bär hinablauschte. „Sie sind drin, ich höre sie kommen!“, sagte er. „Nun aber schnell das Wasser hinein!“

Er sprang hinaus, hinter das Gebäude. Was er dort machte, konnten die beiden nicht sehen. Aber als er zurückkehrte, deutete er auf eine nahe Stelle des Sees und erklärte: „Seht ihr, dass sich dort das Wasser bewegt? Es bildet einen Strudel, denn es wird hinuntergezogen und fließt in den Gang, den ich geöffnet habe.“

„Mein Himmel! So müssen die Utahs ja elend ertrinken!“, rief Old Shatterhand.

„Ja, alle, alle! Kein Einziger entkommt!“

„Grässlich! War das nicht zu umgehen?“

„Nein. Es soll keiner entkommen, der mein Geheimnis entdeckte.“

„Aber du hast deinen eigenen Bau zerstört!“

„Ja, er ist zerstört und kann nie wieder hergestellt werden. Die Insel wird sich bis obenan mit Wasser füllen. Kommt herein!“

Die beiden Weißen überlief ein Grauen. Das aufsteigende Wasser trieb die dumpfe Luft herauf. Man fühlte es aus der Bodenöffnung kommen. Das bedeutete den Tod von weit über hundert Menschen.

„Aber unsre Gefangenen, die sich hier nebenan befinden!“, sagte Old Shatterhand. „Die ertrinken doch auch!“

„Nein. Die Mauer widersteht für einige Zeit. Dann freilich müssen wir sie herausholen. Horcht!“ Man hörte da unten ein Geräusch, und dann sah man einen Roten mit einer Fackel auftauchen. Es war das Lange Ohr. Der Große Bär wollte auch ihn ertrinken lassen, aber auf Old Firehands Zureden sah er von dieser Grausamkeit ab. Kaum befand sich der Timbabatsche in Sicherheit, so stand im Innern der Insel das Wasser genauso hoch wie draußen, und der vorhin sichtbare trichterförmige Wirbel war verschwunden.

Das Lange Ohr hatte sich am Feuer niedergesetzt. Es war ihm jetzt unmöglich, zu stehen. Der Große Bär setzte sich ihm gegenüber, zog einen Revolver aus dem Gürtel und gebot drohend: „Jetzt mag der Häuptling der Timbabatschen erzählen, wie er mit den Utahs in den Gang gekommen ist. Wenn er Nintropan-hauey belügt, wird er ihm eine Kugel in den Kopf schießen. Das Lange Ohr hat das Geheimnis der Insel gekannt?"

„Ja", gestand der Häuptling.

„Wer hat es dir verraten?"

„Du selbst."

„Das ist nicht wahr!"

„Es ist wahr. Ich saß drüben unter der alten Lebenseiche, als du mit deinem Sohn kamst. Ihr bliebt in meiner Nähe stehen und spracht von der Insel, von ihren Schätzen und von dem Gang, aus dem man das Wasser in den Cañon laufen lassen kann. Erinnerst du dich?"

„Ja."

„Ich entnahm euern Worten, dass der Gang da beginnt, wo der Steinhaufen lag. Am andern Morgen jagtet ihr einen Hirsch, und ich benutzte das, um den Steinhaufen zu entfernen. Ich trat in den Gang und fand die Fackeln. Da wusste ich genug und brachte die Steine wieder an ihre Stelle."

„Und heute gingst du zu den Utahs, um das Geheimnis zu verraten?"

„Nein. Ich wollte sie belauschen, wurde aber ergriffen. Nur um mich zu retten, sprach ich von diesem Gang und auch von der Insel."

„Das war feig. Hätte Old Firehand nicht bemerkt, dass du fehltest, so wäre der Verrat gelungen, und unsre Seelen befänden sich schon morgen in den ewigen Jagdgründen. Habt ihr gesehen, was unten in der Insel lag?"

„Ja."

„Und habt ihr die Pakete geöffnet?"

„Nur ein einziges."

„Was befand sich darin?"

„Ein Gott, aus purem Gold gefertigt."

„Kein menschliches Auge wird ihn wieder sehen, auch das deinige nicht. Was, meinst du wohl, hast du verdient?"

Der Timbabatsche schwieg.

„Den zehnfachen Tod! Aber du warst mein Freund und Kamerad, und diese Bleichgesichter wünschen nicht, dass ich dich töte. Du sollst also leben bleiben, doch nur, wenn du auf meine Forderungen eingehst."

„Was forderst du?"

„Dass du das tust, was Old Firehand von dir verlangt. Er will in dem Felsenkessel wohnen und ihn euch abkaufen. Du wirst ihm den Platz verkaufen und dazu den Weg, der von dort zum Silbersee führt."

„Wir brauchen den Kessel nicht, denn er ist unnütz. Kein Pferd findet Weide dort."

„Was forderst du dafür?"

„Da muss ich erst mit den andern Timbabatschen sprechen."

„Ich will dir sagen, welche Forderung du machen darfst. Old Firehand wird dir zwanzig Gewehre und zwanzig Pfund Pulver, zehn Decken, fünfzig Messer und dreißig Pfund Tabak geben. Das ist nicht zu wenig. Wirst du darauf eingehen?"

„Ich stimme bei und werde dahin wirken, dass auch die andern darauf eingehen."

„Du wirst mit Old Firehand und einigen Zeugen zum nächsten Häuptling der Bleichgesichter gehen müssen, damit der Kauf dort seine Gültigkeit erhält. Dafür wirst du noch ein besonderes Geschenk bekommen, groß oder klein, viel oder wenig, wie du es verdienst, und wie es Old Firehand beliebt. Du siehst, ich sehe auf deinen Nutzen. Aber ich hoffe auch, dass du mich den Verrat vergessen lässt. Jetzt rufe einige deiner Leute herüber, welche die gefangenen Utahs hinüberschaffen sollen, damit sie nicht auch ertrinken!"

Das Lange Ohr gehorchte dieser Aufforderung, denn es war hohe Zeit, dass die Gefangenen in Sicherheit gebracht wurden. Bald nachdem der letzte von ihnen draußen vor dem Gebäude niedergelegt worden war, hörte man ein Prasseln und Gurgeln. Das Wasser hatte die dünne Mauer eingedrückt und war nun auch drüben im Keller eingedrungen.

Die Gefangenen wurden in den Kanus ans Ufer geschafft und den Timbabatschen zur Bewachung anvertraut. Das Lange Ohr wurde nicht bei ihnen gelassen, weil man ihm doch noch nicht wieder trauen konnte. Er musste mit vor zum Eingang, wo die Weißen noch scharf auf Posten lagen, da die zweite Hälfte der Utahs ihnen gegenüberstand und sich noch nicht zurückgezogen hatte.

Diese Roten wussten nicht, woran sie waren. Die meisten von denen, die zur Insel hatten vorstoßen sollen, waren schon in den Gang eingedrungen gewesen, als er plötzlich durch eine mächtige Stein- und Erdmasse von oben eingedrückt worden war. Diese Masse hatte viele der Eindringenden erschlagen und den Gang so völlig verschüttet und verstopft, dass das Wasser des Sees nicht hinauszuströmen vermochte. Und das hatte in der Absicht des Großen Bären gelegen. Das Wasser sollte nicht in den Cañon abfließen, sondern in das Innere der Insel dringen.

Die Utahs, die nicht mit verschüttet wurden, waren erschrocken zurückgewichen und zu der anderen Abteilung geeilt, um dort zu erzählen, was geschehen war. Man wusste nicht, ob alle, die sich in dem Gang befunden hatten, verloren seien, oder ob es einer Anzahl gelungen sei, nach der Insel zu kommen. War das Zweite der Fall, so mussten diese Krieger die Weißen im Rücken angreifen. Man wartete von Minute zu Minute, aber die Zeit verging, ohne dass sich diese Hoffnung erfüllte. Nun stand es fest, dass alle in dem Gang ein Opfer des Unheils geworden waren.

Es wurde Tag, und noch hielten die Utahs mit ihren Pferden an der gleichen Stelle. Sie hatten, um nicht von den Bleichgesichtern überrumpelt zu werden, einige Posten vorgeschoben. Da sahen sie Old Shatterhand unter den

Bäumen erscheinen. Er rief ihnen zu, dass er mit ihrem Anführer zu sprechen wünsche. Als sie zusammentrafen, begann Old Shatterhand: „Du weißt, dass sich mehrere eurer Häuptlinge und Krieger als Geiseln bei uns befinden?“

„Ich weiß es“, erwiderte der Gefragte finster.

„Und weißt du, was mit euren Kriegern, die den Gang betreten haben, geschehen ist?“

„Nein.“

„Der Gang stürzte zusammen, und das Wasser trat hinein. Sie sind alle ertrunken. Nur das Lange Ohr ist entkommen. Soeben sind die erwarteten zweihundert Navajos angelangt. Wir sind euch weit überlegen. Aber wir wünschen nicht euer Blut, sondern wir wollen euch Frieden geben. Sei klug und gehe jetzt mit mir! Ich führe dich zu euern Häuptlingen. Sprich mit ihnen, und dann kannst du wieder hierher zurückkehren.“

Der Mann blickte eine Weile vor sich nieder und erkundigte sich dann: „Du wirst Wort halten und mich zurückkehren lassen? Ich traue dir und gehe mit.“ Er unterrichtete seine Leute von seinem Vorhaben, legte die Waffen ab und folgte dann dem Jäger zum See. Dort herrschte reges Leben, denn die Navajos waren tatsächlich angekommen. Sie brannten vor Begierde, die Niederlage der Ihrigen an den Utahs zu rächen, und es hatte außergewöhnlicher Überredungsgabe bedurft, sie dem Frieden geneigt zu machen.

Die Geiseln waren von ihren Fesseln befreit worden. Sie saßen unter hinreichender Bewachung beieinander, als Old Shatterhand ihren Kameraden brachte. Er ließ sich bei ihnen nieder, und dann wurde das Lange Ohr zu ihnen geschickt, um ihnen den Hergang der Vernichtung zu berichten. Ihre Unterhaltung währte lange. Endlich meldete das Lange Ohr, dass sie den Entschluss gefasst hätten, auf den Friedensvorschlag einzugehen. Infolgedessen gab es eine feierliche Sitzung, an der die hervorragenden Weißen und Roten sich beteiligten. Sie dauerte mehrere Stunden, und es wurden viele Reden gehalten, bis endlich die Friedenspfeife die Runde machte. Das Ergebnis war ein ‚ewiger' Friede zwischen allen Parteien. Sühne war von keiner Seite zu leisten. Die Gefangenen wurden freigegeben, und alle, Utahs, Navajos und Timbabatschen, verpflichteten sich, den Bleichgesichtern, die im Felsenkessel wohnen und arbeiten wollten, Freundschaft zu erweisen und allen Vorschub zu leisten.

Hierauf folgte eine große Jagd, die bis zum Abend währte und reiche Beute brachte.

Die Zeichnung, die der rote Cornel gehabt hatte, blieb verschwunden. Sie wäre nun auch gegenstandslos gewesen.

Eine schwierige Aufgabe für die Weißen war es, den Großen Wolf nun freundlich zu behandeln. Er war es, der sich am meisten gegen sie hatte zuschulden kommen lassen; aber auch ihm wurde schließlich vergeben.

Am nächsten Morgen schlug die Trennungsstunde. Die Utahs zogen nord- und die Navajos südwärts. Auch die Timbabatschen kehrten in ihre Dörfer heim. Das Lange Ohr versprach, wegen des Verkaufs des Felsenkessels Beratung zu halten und dann das Ergebnis mitzuteilen. Er kehrte schon am dritten Tag zurück und berichtete, dass die Versammlung darauf eingegangen sei und sich mit dem vom Großen Bären festgesetzten Preis einverstanden erklärt habe. Es galt nun nur noch, den Kauf an zuständiger Stelle abzuschließen und beglaubigen zu lassen.

Das gab ein Schwärmen und ein Hoffen, womit lediglich ein Einziger nicht einverstanden war, der Engländer. Er hatte mit dem Humply-Bill und dem Gunstick-Uncle vereinbart, ihn nach Frisco zu bringen, den beiden aber fiel es gar nicht ein, unter den jetzigen Verhältnissen fortzureiten, und Castlepool musste sich zufrieden geben. Übrigens konnte die Arbeit im Felsenkessel noch lange nicht begonnen werden. Castlepool hatte also noch genug

Zeit, sich mit seinen beiden Führern nach Abenteuern in den Bergen umzusehen.

Zunächst ritt Old Firehand mit dem Großen Bären und dem Langen Ohr nach Salt Lake City, wo der Kauf in Ordnung gebracht wurde. Das war zugleich der passende Ort, die nötigen Maschinen und Werkzeuge zu bestellen. Tante Droll war mitgeritten, um durch Zeugen vor dem Notar erhärten zu lassen, dass der rote Cornel tot sei, worauf Droll in den Besitz der Belohnung gelangte.

Nach fast zwei Monaten trafen die Maschinen am Silbersee ein, und der Ingenieur begann seine Tätigkeit. Die Wasserleitung wurde angelegt und dann zunächst der Abbau des Kessels in Angriff genommen. Der Ort bot wirklich eine reiche Ausbeute, und der Gewinn mehrte sich von Tag zu Tag. Jeden Abend wurde neu gewogen und abgeschätzt, und wenn das Ergebnis recht erfreulich war, flüsterte Droll vergnügt seinem Vetter zu: „Wenn's so fortgeht, werde ich das Bauerngut bald koofe könne. Das Geschäft geht glänzend."

Und der Hobble-Frank entgegnete regelmäßig: „Und meine Villa is merschtenteels schon fertig, wenigstens im Koppe. Das wird ein großartiger Bau am schönen Strand der Elbe, und der Name, den ich ihm gebe, wird noch viel großartiger werden. Ich habe gesprochen. Howgh!"